STS
STS

LPT 絕對合格 攻略

考試分數大躍進
累積實力
百萬考生見證
應考秘訣

1

根據日本國際交流基金考試相關概要

新日檢6回

全真模擬 寶藏題庫

＋通關解題

N1
レベル

吉松由美・田中陽子・西村惠子・山田社日檢題庫小組　合著

讀解・聽力・言語知識
【文字・語彙・文法】

想要日檢，百「試」百勝！
就多做考試會出的題目！

本書將是您日檢「高得分」的一塊試金石！
摸透出題「方向」和「慣性」的寶藏題庫，
再講求「通關戰略」！
讓您在關鍵時刻，突然爆發潛力！
成為日檢黑馬－－得分高手！

　　百萬考生佳評如潮！為回饋讀者的喜愛，新增通關解析，擊破考點！絕對合格！

　　一本好的模擬試題，除了能讓您得到考試的節奏感，練出考試的好手感外，透過專業日籍教師的通關解析，讓您立刻就抓出自己答題的盲點，快速提升實力！親臨考場，立刻就能超常發揮，高分唾手可得！

⇨ 多做會考的寶藏題庫，高分唾手可得：

　　努力雖然重要，但考試勝敗的關鍵在，摸透出題「方向」和「慣性」，再講求「戰略戰術」。因此，為掌握最新出題趨勢，本書的出題日本老師，通通在日本長年持續追蹤新日檢出題內容，徹底分析了歷年的新舊日檢考題，完美地剖析新日檢的出題心理，比照日本語能力試驗規格，製作了擬真度 100 % 模擬試題的寶藏題庫。讓考生知道會考什麼題目，才知道如何為打勝仗而做準備。這樣熟悉考試內容，多做會考的寶藏題庫，將讓考生在關鍵時刻，突然爆發潛力，贏得高分！

⇨ 摸透出題法則，通關戰略方向指引，搶高分決勝點：

　　日檢合格高手善於針對考試經常會出的問題，訂出通關戰略。更知道一本摸透出題法則的模擬考題，加上巧妙的分析解題思路與方法，並總結規律，才是得分關鍵。

　　本書符合日檢合格高手的最愛，例如：「日語漢字的發音難點、把老外考得七葷八素的漢字筆畫，都是熱門考點；如何根據句意確定詞，根據詞意確定字；如何正確把握詞義，如近義詞的區別，多義詞的辨識；能否辨別句間邏輯關係，相互呼應的關係；如何掌握固定搭配、約定成俗的慣用型，就能加快答題速度，提高準確度；閱讀部分，品質和速度同時決定了最終的得分，如何在大腦裡建立好文章的框架」。只有徹底解析出題心理，再加上戰略上的方向指引，培養快速解題的技巧，合格證書才能輕鬆到手！

⇨ 大份量 6 回聽解考題，全科突破：

　　新日檢的成績，只要一科沒有到達低標，就無法拿到合格證書！而「聽解」測驗，經常為取得證書的絆腳石。

　　本書提供您 6 回合大份量的模擬聽解試題，更依照 JLPT 官方公佈的正式考試規格，請專業日籍老師錄製符合 N1 程度的標準東京腔光碟。透過緊密扎實的練習，為您打造最強、最敏銳的「日語耳」，熟悉日本老師的腔調，聽到日語在腦中就能夠快速反應，讓您一聽完題目馬上就知道答案是哪一個！

⇨ 掌握考試的節奏感，輕鬆取得加薪證照：

　　為了讓您熟悉正式考試的節奏，本書集結 6 回大份量模擬考題，全部都按照新日檢的考試題型來製作。您可以按照正式考試的時間計時，配合模擬考題，訓練您答題的節奏與速度。考前 30 天，透過 6 回密集練習，讓您答題可以又快又正確！事前準備萬全，就能提高您的自信心，正式上場自然就能超常發揮，輕鬆取得加薪證照！

⇨ 資深高分金牌教師精心編寫通關解析，擊破考試盲點：

　　為了幫您贏得高分，《絕對合格攻略！新日檢 6 回全真模擬 N1 寶藏題庫＋通關解題》分析並深度研究了舊制及新制的日檢考題，不管日檢考試變得多刁鑽，掌握了原理原則，就掌握了一切！

　　本書由長年追蹤日檢題型的日籍資深高分金牌教師撰寫通關解析，點出您應考時的盲點！做練習不怕犯錯，就怕一錯再錯！透過反覆的試錯、糾正，從錯誤中學習，實力也能大大增加，考試絕對合格！

⇨ 相信自己，絕對合格：

　　「信心」來自周全的準備，經過反覆多次的練習，還有金牌教師幫您分析盲點，補足您的弱項，您已經有了萬全的準備，要相信自己的實力，更要保持平常心，專注在題目上，穩穩作答，就能發揮出 120% 的實力，保證「絕對合格」啦！

目錄 もくじ

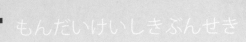

測驗科目 (測驗時間)		試題內容			
		題型		小題題數 *	分析
語言知識、讀解 (110分)	文字、語彙	1	漢字讀音	◇ 6	測驗漢字語彙的讀音。
		2	選擇文脈語彙	○ 7	測驗根據文脈選擇適切語彙。
		3	同義詞替換	○ 6	測驗根據試題的語彙或說法，選擇同義詞或同義說法。
		4	用法語彙	○ 6	測驗試題的語彙在文句裡的用法。
	文法	5	文句的文法 1（文法形式判斷）	○ 10	測驗辨別哪種文法形式符合文句內容。
		6	文句的文法 2（文句組構）	◆ 5	測驗是否能夠組織文法正確且文義通順的句子。
		7	文章段落的文法	◆ 5	測驗辨別該文句有無符合文脈。
	讀解 *	8	理解內容（短文）	○ 4	於讀完包含生活與工作之各種題材的說明文或指示文等，約 200 字左右的文章段落之後，測驗是否能夠理解其內容。
		9	理解內容（中文）	○ 9	於讀完包含評論、解說、散文等，約 500 字左右的文章段落之後，測驗是否能夠理解其因果關係或理由。
		10	理解內容（長文）	○ 4	於讀完包含解說、散文、小說等，約 1000 字左右的文章段落之後，測驗是否能夠理解其概要或作者的想法。
		11	綜合理解	◆ 3	於讀完幾段文章（合計 600 字左右）之後，測驗是否能夠將之綜合比較並且理解其內容。

聽力變得好重要喔！

沒錯，以前比重只佔整體的1/4，現在新制高達1/3喔。

語言知識、讀解 (110分)	讀解 *	12	理解想法 （長文）	◇	4	於讀完包含抽象性與論理性的社論或評論等，約 1000 字左右的文章之後，測驗是否能夠掌握全文想表達的想法或意見。
		13	彙整資訊	◆	2	測驗是否能夠從廣告、傳單、提供各類訊息的雜誌、商業文書等資訊題材（700 字左右）中，找出所需的訊息。
聽解 (60分)		1	理解問題	◇	6	於聽取完整的會話段落之後，測驗是否能夠理解其內容（於聽完解決問題所需的具體訊息之後，測驗是否能夠理解應當採取的下一個適切步驟）。
		2	理解重點	◇	7	於聽取完整的會話段落之後，測驗是否能夠理解其內容（依據剛才已聽過的提示，測驗是否能夠抓住應當聽取的重點）。
		3	理解概要	◇	6	於聽取完整的會話段落之後，測驗是否能夠理解其內容（測驗是否能夠從整段會話中理解說話者的用意與想法）。
		4	即時應答	◆	14	於聽完簡短的詢問之後，測驗是否能夠選擇適切的應答。
		5	綜合理解	◇	4	於聽完較長的會話段落之後，測驗是否能夠將之綜合比較並且理解其內容。

＊「小題題數」為每次測驗的約略題數，與實際測驗時的題數可能未盡相同。此外，亦有可能會變更小題題數。

＊有時在「讀解」科目中，同一段文章可能會有數道小題。

＊新制測驗與舊制測驗題型比較的符號標示：

◆	舊制測驗沒有出現過的嶄新題型。
◇	沿襲舊制測驗的題型，但是更動部分形式。
○	與舊制測驗一樣的題型。

JLPT N1

しけんもんだい
試験問題

STS

文
字
・
語
彙

第1回

言語知識（文字・語彙）

問題1 ＿＿＿の言葉の読み方として最もよいものを、1・2・3・4から一つ選びなさい。

1 安全保障問題を巡って、与野党の対立が著しい。

1 ほうしょ 　　　2 ほうじょ 　　　3 ほしょう 　　　4 ほじょう

2 猿の披露した見事な芸に、会場は大きな拍手に包まれた。

1 ひろ 　　　2 ひいろ 　　　3 ひろう 　　　4 ひいろう

3 一人の社員の無責任な行動が、会社の信頼性を損なうのだ。

1 まかなう 　　　2 そこなう 　　　3 やしなう 　　　4 ともなう

4 掲示板に、清掃ボランティアを募るポスターが貼られている。

1 つのる 　　　2 はかる 　　　3 あやつる 　　　4 さとる

5 私の乏しい知識では、打てる手は限られている。

1 くやしい 　　　2 いやしい 　　　3 おしい 　　　4 とぼしい

6 鐘の音を聞きながら、新年を迎える。

1 てつ 　　　2 くさり 　　　3 つな 　　　4 かね

問題2 （　　）に入れるのに最もよいものを、1・2・3・4から一つ選びなさい。

7 貧困層と富裕層の（　　　）が社会を不安定にする。

1　格差　　　　　　2　差別　　　　　　　3　相違　　　　　　4　誤差

8 本日の試験は、午前中に筆記、午後から（　　　）を行います。

1　接待　　　　　　2　面会　　　　　　　3　面接　　　　　　4　雑談

9 津波が押し寄せたあと、町の姿は（　　　）した。

1　変遷　　　　　　2　改修　　　　　　　3　推移　　　　　　4　一変

10 成功率10パーセントの手術だが、わずかな可能性に（　　　）みたい。

1　つげて　　　　　2　こじれて　　　　　3　かけて　　　　　4　かえりみて

11 首脳会談を経ても、二国間の（　　　）は深まる一方だった。

1　筋　　　　　　　2　溝　　　　　　　　3　穴　　　　　　　4　源

12 年末年始はなにかと忙しく、同じ日に会合が二つ（　　　）ことも珍しくない。

1　くるむ　　　　　2　こめる　　　　　　3　かつぐ　　　　　4　ダブる

13 けが人は（　　　）して、意識がないように見えた。

1　ぐったり　　　　2　がっしり　　　　　3　ぐっすり　　　　4　じっくり

問題3 ＿＿の言葉に意味が最も近いものを１・２・３・４から一つ選びなさい。

14 今月の携帯電話料金の<u>内訳</u>を調べる。

1 金額 　　　　2 おつり 　　　　3 理由 　　　　4 内容

15 先生はいつも君の進路のことを<u>案じて</u>いらっしゃるよ。

1 安心して 　　　　2 心配して 　　　　3 あきれて 　　　　4 疑問に思って

16 遠方からわざわざ彼女のためにやってきた彼に対する彼女の態度は実に<u>そっけない</u>ものだった。

1 冷たい 　　　　2 うるさい 　　　　3 すがすがしい 　　　4 くだらない

17 一人で暮らすようになって、親のありがたさを<u>つくづく</u>感じている。

1 初めて 　　　　2 毎日のように 　　　3 心から 　　　　4 いつの間にか

18 首相が緊急会見するとあって、会場は<u>慌ただしい</u>雰囲気に包まれた。

1 落ち着かない 　　2 厳かな 　　　　　3 緊張した 　　　　4 盛大な

19 災害被害者に対する<u>サポート</u>態勢の整備が急がれる。

1 保護 　　　　2 指示 　　　　3 理解 　　　　4 支援

問題4　次の言葉の使い方として最もよいものを、1・2・3・4から一つ選びなさい。

20 圧倒

1　大地震により、駅前に並ぶ高層建築は次々と圧倒した。

2　父は昨年、職場で圧倒し、今も入院生活を続けている。

3　決勝戦では、体格の勝るAチームが相手チームを圧倒した。

4　私は大勢の人の前に立つと、圧倒して手が震えてしまうんです。

21 美容

1　美容と健康のために、スポーツジムに通っています。

2　食事の前には、石けんで手を洗って、美容にしよう。

3　このりんごは味だけでなく、色や形など美容にもこだわって作りました。

4　こんな美容な服、私には似合わないよ。

22 鮮やか

1　事業に成功した彼は、その後85歳で亡くなるまで、鮮やかな人生を送った。

2　初めて舞台に立った日のことは、今も鮮やかに記憶しています。

3　彼は、言いにくいことも鮮やかに言うので、敵も多い。

4　公園からは子供たちの鮮やかな声が聞こえてくる。

23 かろうじて

1　電車が遅れて、かろうじて遅刻をした。

2　先方との交渉は順調に進み、かろうじて契約が成立した。

3　相手選手のミスのおかげで、かろうじて勝つことができた。

4　最後まであきらめなかった人が、かろうじて勝つのだ。

24 掲げる
　　　かか

1　バランスのとれた食生活を掲げている。

2　選手団が国旗を掲げて入場した。

3　料理の写真を、お店のホームページに掲げています。

4　結婚相手に望む条件を三つ掲げてください。

25 取り扱う

1 交通安全週間に当たり、警察は駐車違反を厳しく<u>取り扱った</u>。

2 当店は食器の専門店ですので、花瓶は<u>取り扱って</u>おりません。

3 この海沿いの村では、ほとんどの人が漁業を<u>取り扱って</u>いる。

4 兄弟でおもちゃを<u>取り扱って</u>、ケンカばかりしている。

問題5（　　）に入れるのに最もよいものを、1・2・3・4から一つ選びなさい。

26 国境付近での激しい衝突を繰り返したあげく、両国は（　　　）。

1 戦争に突入した　　　　　　　　　2 紛争を続けている

3 平和を取り戻した　　　　　　　　4 話し合いの場を設けるべきだ

27 この契約書にサイン（　　　　）君の自由だが、決して悪い話ではないと思うよ。

1 しようがしないが　　　　　　　　2 すまいがするが

3 しようがしまいが　　　　　　　　4 するがするまいが

28 母は詐欺被害に（　　　）、電話に出ることを極端に恐れるようになってしまった。

1 遭ったといえども　　　　　　　　2 遭ったら最後

3 遭うべく　　　　　　　　　　　　4 遭ってからというもの

29 彼に連絡がついたら、私の勤務先（　　）自宅（　　　）に、すぐに連絡を入れるように伝えてください。

1 といい、といい　　　　　　　　　2 というか、というか

3 だの、だの　　　　　　　　　　　4 なり、なり

30 お忙しい（　　　）、わざわざお越しいただきまして、恐縮です。

1 ところで　　　2 ところを　　　3 ところにより　　　4 ところから

31 演奏が終わると、会場は（　　　）拍手に包まれた。

1 割れんばかりの　　　　　　　　　2 割れがちな

3 割れないまでも　　　　　　　　　4 割れがたい

32 子どものいじめを見て見ぬふりをするとは、教育者に（　　　）行為だ。

1 足る　　　　　　2 あるまじき　　　3 堪えない　　　　4 に至る

33 この天才少女は、わずか16歳（　　　　）、世界の頂点に立ったのだ。

  1　ときたら　　　　2　にあって　　　　3　とばかり　　　　4　にして

34 環境問題が深刻化するにつれて、リサイクル運動への関心が（　　　　）。

  1　高めてきた　　　2　高まってきた　　3　高めよう　　　　4　高まろう

35 子猫が5匹生まれました。今、（　　　　）人、募集中です。

  1　もらってくれる　　　　　　　2　あげてくれる

  3　もらってあげる　　　　　　　4　くれてもらう

問題6　次の文の＿★＿に入る最もよいものを、1・2・3・4から一つ選びなさい。

（問題例）

あそこで＿＿＿＿　＿＿＿＿　＿★＿＿　＿＿＿＿は山田<ruby>山田<rt>やまだ</rt></ruby>さんです。

1　テレビ　　　2　見ている　　3　を　　4　人

（回答のしかた）

1. 正しい文はこうです。

> あそこで＿＿＿＿　＿＿＿＿　＿★＿＿　＿＿＿＿は山田<ruby>山田<rt>やまだ</rt></ruby>さんです。
> 1　テレビ　　　　3　を　　　　2　見ている　　　　4　人

2. ＿★＿に入る番号を解答用紙にマークします。

（解答用紙）　　(例) ① ● ③ ④

36 その男は、先礼なことに＿＿＿＿　＿＿＿＿　＿★＿＿　＿＿＿＿と、走り去った。

1　わたしを　　　　2　どころか　　　　3　謝罪する　　　　4　どなりつける

37 ＿＿＿＿　＿＿＿＿　＿★＿＿　＿＿＿＿。早速荷物をまとめよう。

1　決まったら　　2　こうしては　　3　行くと　　　　4　いられない

38 こちらの条件が受け入れられないなら、この契約は＿＿＿＿　＿＿＿＿　＿★＿＿
＿＿＿＿です。

1　まで　　　　　2　のこと　　　　3　なかったことに　4　する

39 彼女に告白したところで、＿＿＿＿　＿＿＿＿　＿★＿＿　＿＿＿＿。

1　ものを　　　　　　　　　　2　どうせ

3　ふられるのだから　　　　　4　やめておけばいい

40 初めてアルバイトをしてみて、世間の ＿＿＿＿ ＿＿＿＿ ＿★＿ ＿＿＿＿。

　1　もって　　　　　2　知った　　　　　　　3　厳しさを　　　　　4　身を

問題7　次の文章を読んで、文章全体の趣旨を踏まえて、 41 から 45 の中に
　　　　入る最もよいものを、1・2・3・4から一つ選びなさい。

名は体をあらわす

　日本には「名は体をあらわす」ということわざがある。人や物の名前は、
その性質や内容を的確にあらわすものであるという意味である。

　物の名前については確かにそうであろう。物の名前は、その性質や働きに
応じて付けられたものだからだ。

　しかし、人の名前については 41 。

　日本では、人の名前は基本的には一つだけで、生まれたときに両親によって
42-a 。両親は、生まれた子どもに対する願いを込めて名前を 42-b 。名前
は両親の子どもへの初めての大切な贈り物なのだ。女の子には優しさや美し
さを願う名前が付けられることが 43-a 、男の子には強さや大きさを願う名
前が 43-b 。それが両親の願いだからだろう。

　したがって、その名前は必ずしも体をあらわしては 44 。特に若い頃は
そうだ。

　私の名前は「明子」という。この名前には、明るく前向きな人、自分の立
場や考えを明らかにできる人になって欲しいという両親の願いが込められて
いるにちがいない。しかし、この名前は決して私の本質をあらわしてはいな
いと私は日頃思っている。私は、時に落ち込んで暗い気持ちになったり、自
分の考えをはっきり言うのを躊躇したり 45 。
　　　　　　　　　　　　　　　（注）

　しかし、そんな時、私はふと、自分の名前に込められた両親の願いを考え
るのだ。そして、「明るく、明らかな人」にならなければと反省する。そう
しているうちに、いつかそれが身につき私の性格になるとすれば、その時こ
そ「名は体をあらわす」と言えるのかもしれない。

（注）躊躇：ためらうこと。

41

1 そうであろう 2 どうだろうか

3 そうかもしれない 4 どうでもよい

42

1 a 付けられる ／b 付ける

2 a 付けるはずだ ／b 付けてもよい

3 a 付ける ／b 付けられる

4 a 付く ／b 付けられる

43

1 a 多いので ／b 多いかもしれない

2 a 多いが ／b 少ない

3 a 少ないが ／b 多くない

4 a 多いし ／b 多い

44

1 いる 2 いるかもしれない

3 いない 4 いるはずだ

45

1 しないからだ 2 しがちだからだ

3 しないのだ 4 するに違いない

読解

問題8　次の (1) から (3) の文章を読んで、後の問いに対する答えとして最もよいものを、1・2・3・4 から一つ選びなさい。

(1)

　近年、住まいに関して「減築」が注目されている。減築とは文字通り「増築」の反対で、家の床面積を減らして効率よく暮らそうというのだ。掃除の手間が減る、光熱費が抑えられるといった利便性、経済性に加え、防災・防犯面の安全性など、メリットが多い。

　かつての「より広く、より大きく」から、生活空間を集約して「より快適に」へと住まいの考え方が変わってきたのは、日本人のライフスタイルの変化にともなう世帯人数の減少を考えると、ごく自然なことだと思われる。

(注1) 利便性：便利。利益と便利さに都合がよいこと。
(注2) 集約：一箇所にまとめること。

46　筆者の考えに合うのはどれか。
1　空間を効率よく利用する方法が考え出されたことで、一人暮らしが増えてきている。
2　より快適な住まいを求め、面積や価格に加えて安全面も考慮されるようになった。
3　家の合理的な小型化が注目されるのは、個人の生き方が変わってきたからだ。
4　生活様式が変わるにしたがって狭い家が合わなくなってきたのは、当然なことだ。

(2)

　多くの観客が見守る中、はだか同然でサムライ頭の大きな男同士がぶつかり合う。初めて見る外国人は驚きを隠せず、「なぜ、はだかなのか。」「何を食べて、あんなに大きくなるのか。」「いくら、稼げるのか。」等々、そばにいる日本人を質問攻めにする。

　そんな大相撲の醍醐味^{（注1）}は、なんといってもじかに取組^{（注2）}を見ることだろう。初めは白い力士の体が仕切り直す^{（注3）}うちにだんだん赤味を帯び、大歓声に包まれる。テレビやインターネットでは味わえない興奮が、<u>そこ</u>には必ずある。

（注1）醍醐味：本当のおもしろさ。深い味わい。
（注2）取組：大相撲の勝負の組み合わせ。
（注3）仕切り直す：勝負の前に何度も身構え、にらみ合って呼吸を合わせること。

47 「<u>そこ</u>」は何を指しているか。

　1　大きな男同士がはだか同然でぶつかり合うこと。
　2　外国人が日本人を質問攻めにすること。
　3　大相撲の取組をじかに見ること。
　4　力士の体が高揚して赤味を帯びること。

(3)

　目上の人と一緒になった場合の座席の位置に関するマナーは、意外に難しい。基本的には入口から遠い席が上座（かみざ）、近い席が下座（しもざ）とされているので、例えば飛行機や列車の二列シートなら、上司や客を窓側の席に案内するのが一般的である。迷うのは新幹線の三列シートだが、これも窓側が上座、通路側が次、真ん中は通路に出にくいため下座とされている。これらの原則を踏まえたうえで、同行者の体調や天候などにも配慮し、相手の意向を確かめるなど気づかいをするのが、本来の敬意であり、もてなしの心である。

48 目上の人二人と新幹線の三列シートに乗る場合、どうすればよいか。

1　事前に目上の人それぞれに三つの座席番号を知らせ、席を選んでおいてもらう。

2　目上の人二人を窓側と通路側に案内しながら、その席でよいか尋ねる。

3　目上の人二人を窓側とその隣に案内してから、最後に自分が座る。

4　まず自分が全員の荷物を持って窓側に座り、目上の人二人に他の席に座ってもらう。

問題9　次の (1) から (3) の文章を読んで、後の問いに対する答えとして最もよいものを、1・2・3・4から一つ選びなさい。

(1)

　受験シーズンになると、当然のことだが、受験生はプレッシャーを感じる。「プレッシャー」とは、日本語に直すと「圧力」、つまり、押さえつけられる力である。「ストレス」と似ているが、「ストレス」は、プレッシャーに対する体内の反応とでも言ったらよいだろうか。

　過度のプレッシャーは、受験生を追い詰めて、やる気をなくさせたり、不安を起こさせたりする。
(注1)

　しかし、まったくプレッシャーのない状態というのも物足りないのではないかと思われる。例えば、受験生に余計なプレッシャーを与えまいとする配慮だろうか、まるで関心も示さず、どこの大学を受験するのかを尋ねもしないとしたら、プレッシャーはない代わりに、自分が全く期待されていないように感じ、やる気が起こらないのではないだろうか。

　適度なプレッシャーは、むしろ人を奮い起こさせ、励ますものだ。例えば、その子供の将来に夢を持たせるような言葉をかけるのが望ましい。「あなたは、○○になりたいって言っていたから、その大学はふさわしいと思うわ。ぜひ、がんばって。あなたなら大丈夫よ。」などの言葉は、適度なプレッシャーを与え、励みになるはずである。
(注2)

　逆に、よくないプレッシャーを与えるのは、他人と比べられたり、親の見栄による言葉をかけられたりすることである。例えば「A君は○○大学に受けるそうね。あの子よくできるからきっと受かるわ。」とか、「私の友達に恥ずかしいから、合格してね。」などは、本人のやる気をなくすものである。

　それにしても、「プレッシャー」とか「ストレス」という言葉を、近年しきりに見聞きするようになったのは、「プレッシャー」や「ストレス」の多い時代になったということなのだろうか。

（『よいプレッシャーと悪いプレッシャー』による）

（注1）過度：適当な程度を超えていること。

（注2）奮い起こす：元気づけ、張り切らせること。

49 「プレッシャー」と「ストレス」の違いについて、正しいものを選べ。

1 「プレッシャー」も「ストレス」も同じような心の働きである。

2 「ストレス」は「プレッシャー」を与えられたことによる心身の反応である。

3 「ストレス」は外部からの圧力、「プレッシャー」は内部の反応である。

4 「プレッシャー」は不安を起こさせるもの、「ストレス」は安心させるものである。

50 受験生にとってのプレッシャーについて、筆者の考えと合うものを選べ。

1 プレッシャーは全くないほうがよい。

2 プレッシャーは受験生にとって必要なものだ。

3 プレッシャーが多くないとやる気が起こらない。

4 適度なプレッシャーはあったほうがよい。

51 受験生によくないプレッシャーを与えるのは、親のどんな行為だと筆者は述べているか。

1 他人と比べたり、親の見栄を張ったりすること。

2 受験する大学の名前を聞くこと。

3 何も話しかけず、そっとしておくこと。

4 暗い話題はさけて話しかけること。

(2)

　近年、「ブラックバイト」が社会問題となっている。「ブラックバイト」とは、過重な勤務やノルマを強制され、学校での勉強にも妨げになる学生のアルバイトのことである。

　例えば、コンビニでアルバイトをする女子高校生は、大学受験の準備のためにアルバイトを辞めたいと申し出たが、許されなかった。また、やはり、コンビニでアルバイトをしていたある男子高校生は、おでんの販売についてのノルマを守るため、おでん300個を自分で買わされた。コンビニだけでなく、塾の講師のアルバイトに関する問題も発生しており、ある男子学生は、支払われるべき講師料が支払われなかった。

　このような被害は、大学生から高校生にまで及んでおり、学生たちはついにブラックバイトユニオンを発足させた。大学生や高校生による労働組合である。

　ユニオンに寄せられる相談は、相次いでいるそうで、ユニオン側は、団体で企業と交渉に当たるなどして、学生が安心して働けるように活動を続けているということだ。

　企業側は、いかにして正社員を減らしてアルバイトを使い、安い費用で働かせるかと考えているのだが、アルバイトに対しても経営者は労働基準法などの法律を守る義務があるのだ。学生たちは、まず、これらの法律をよく勉強して欲しい。そして、困ったときには、これらのユニオンに相談して自分たちの力で解決するようにするとよい。

　近い将来、学生たちも社会に出て働くことになるのだ。労働者になる人も、経営者になる人もいるだろうが、これらの経験を活かすことで、よい社会人になることができるだろう。

（『ブラックバイト』による）

（注1）過重：重すぎること。

（注2）おでん：大根や芋などを長い時間煮込んで作った食べ物。コンビニでも、1本いくらで売っている。

（注3）正社員：アルバイトやパートではない、正式な社員。

（注4）労働基準法：労働者を守るための法律。

52 ブラックバイトで学生たちが受けている被害の例として、本文で挙げられていないのはどれか。

1　受験準備のためにアルバイトを辞めたかったが、許されなかった。

2　労働基準法が全く守られておらず、長時間の残業を強いられた。

3　販売のノルマを達成するため、自分のお金で店の品物を買わされた。

4　塾の講師をしていたが、正当な講師料が支払われなかった。

53 アルバイトをしている学生たちに、筆者はどのようなことを望んでいるか。

1　文句を言う前にしっかり働いて欲しい。

2　疑問を感じたり困ったりしたときは、友達に相談して欲しい。

3　労働基準法などの法律を勉強して欲しい。

4　被害を受けたら、すぐに経営者を訴えて欲しい。

54 ブラックバイトユニオンを発足させた学生たちに対して、筆者はどう思っているか。

1　経験のない学生が労働組合を作るのは早すぎるので、学校を卒業してからのほうがよい。

2　自分たちの力でユニオンを作ったのは立派なことだが、おそらく何も解決しないだろう。

3　学生は学校の勉強に専念して、労働組合を作ったりすることは大人に任せておけばよい。

4　自分たちの力で問題を解決しようとする姿は立派であり、将来のよい経験になるだろう。

(3)

　外国の人から「日本の宗教は、何ですか」と尋ねられることがあるが、そんなとき、私はいつもとても困ってしまう。日本の宗教についての知識がないだけでなく、私自身、これといった宗教がないからだ。

　日本国憲法第二〇条には、

一　信教の自由は、何人（なにびと）に対してもこれを保障する。いかなる宗教団体も、国から特権を受け、又は政治上の権力を行使してはならない。
　（注1）

二　国及びその機関は、宗教教育その他いかなる宗教活動もしてはならない。

とあり、日本では信教の自由が認められているが、国教（注2）は定められていない。

　国民へのアンケート調査などでは、「なんらかの信仰・信心を持っている、または信じている人」の割合は、だいたい2割から3割という結果が出ることが多いそうである。

　実情はどうかというと、子供が生まれたときやお正月には神社にお参りし、お葬式は仏教式で、といった人が多い。さらに近年では結婚式をキリスト教会で挙げる若者も増えている。このような状況は、一信教が基本である欧米人にはなんとも理解しがたいらしい。

　では、日本人には全く信仰心がないのかというと、そうではないと思う。子供が生まれたときに神社に参るのは、神様に子供の健やかな成長と生きる力を授かるためであるし、お葬式を仏教式で行うのは、仏様に亡くなった人の魂を鎮めて（注3）もらうためである。つまり、日本人は、習慣として神と仏にそれぞれの役割分担を望んでいるのであろう。

　私個人について言えば、私も多くの日本人同様、神様と仏様の両方を信じてその時に応じて祈りを捧げるのだが、それと同時に、この世界の全てを支配する存在を信じ、心から敬っている。多くの日本人も同じではないだろうか。

（注1）信教：宗教を信じること。

（注2）国教：国として保護している宗教。

（注3）鎮める：静かに落ち着かせる。

55 日本国憲法第二〇条について、正しくないものはどれか。

1 政治上の特権を行使してよいのは、特別な宗教団体だけである。

2 全ての人は、どんな宗教を信じてもよい。

3 国は宗教教育や宗教活動をしてはいけない。

4 国教は定められていない。

56 このような状況とは、どのような状況か。

1 結婚式をキリスト教会で挙げるという状況。

2 決まった宗教を持っていないという状況。

3 信教の自由が認められているという状況。

4 儀式や場合に応じて祈る相手を変えるという状況。

57 筆者自身の宗教に関して述べたものとして、正しいものを選べ。

1 全く何も信じていない。

2 世界を支配する大きな存在を信じている。

3 神と仏以外には信じているものはない。

4 儀式の習慣としては神と仏に祈るが、信じてはいない。

問題10　次の文章を読んで、後の問いに対する答えとして最もよいものを、1・2・
　　　　3・4から一つ選びなさい。

　厳しい冬が過ぎて春になると、日本人は桜が咲くのを今か今かと待つ。やっと
桜の季節になると、開花宣言なるものがテレビなどで報道され、桜前線が日本列
島を南から北上する。大阪は3月25日、東京は28日などと発表されると、誰も
が浮き浮きした気分になる。日本各地の桜の名所は大勢の人々で賑わう。公園で、
河原の堤で、山の中腹で、人々は暖かい春の光に映える満開の桜の下でそれぞれに
お花見を楽しむ。春のひとときを仲間と共にご馳走を頂き、お酒を飲みながら「桜
が咲きましたね」、「美しいですね」、「お元気でしたか」などと笑顔で言葉を
交わし合い、互いに春の喜びと生きている幸せを味わう。

　「桜」は、また、日本人にとってスタートを表す言葉でもある。日本の会社も
学校も、桜が咲く4月から新しく始まる。4月は誰にとっても人生の区切りとなる
出発の時期である。人々は桜の季節になると、自分が入学したときや入社したと
きのことをなつかしく思い出す。桜は大人にとっても子供にとっても出発の喜び
と幸せを味わい、同時になつかしい気持ちにもさせてくれるものだ。

　それだけに人々は、この美しい桜がいつまでも咲き続ければいいのにと願う。
にもかかわらず、桜の花の生命があまりにも短いことも人々はよく知っている。
それゆえ、日本人は昔から桜を見て生命の短さ、はかなさを知り、人生の無常を
感じて来たのだ。そして桜を人生そのものにたとえて、その想いを多くの人が短
歌に歌ってきた。

　　平安時代の美貌の歌人、小野小町は、

　　　　花の色は移りにけりないたずらに

　　　　わが身世にふる　ながめせしまに　（百人一首）

と歌っている。

　「桜の花は、すっかり色あせてしまいましたね。私が、降る長雨をぼんやり眺
めている間に」という意味である。しかし、小野小町はこの歌で、美しい桜の花
がいつの間にか色あせてしまう様子を自分にたとえ、「私の美しさも、物思いに

ふけりながら過ごしているうちにすっかり衰えてしまいました」という、若い女性ならではの嘆きや人生のはかなさを見事に歌いあげているのだ。

　日本人は桜が美しければ美しいほどその生命が短いことを知っている。そして、そこに人生のはかなさを見、無常を感じてきたのである。

　それだけに桜は日本人にとって単に美しい春の花の一つではない。それは日本人の人生を写す鏡である。桜を見ることは、日本人の心を見ることである。

（『桜と日本人の心』による）

（注1）開花宣言：桜の花が咲き始めたという報道。

（注2）桜前線：日本地図の上に桜の開花日を記した線。

（注3）無常：全てのものは移り変わるということ。

（注4）小野小町：平安時代（794 〜 1192 年）の歌人で、とても美しい女性であったと伝えられている。

58 日本人にとって、「桜」という言葉はどのような意味を表すか。

1　生きる幸せを表すものであり、友情を表す言葉でもある。

2　春の喜びを表すものであり、出発を表す言葉でもある。

3　日本人の心を表すものであり、永遠を表す言葉でもある。

4　温かい心を表すものであり、感謝を表す言葉でもある。

59 桜を人生そのものにたとえてとあるが、桜のどのような点を人生にたとえているのか。

1　花の命が短いこと。

2　美しいこと。

3　冬の終わりを表すこと。

4　いかにも日本らしいこと。

60 <u>若い女性ならではの嘆き</u>とは、どのような嘆きか。

1 自分の命が短いのではないかという嘆き。

2 桜の花がすぐに色あせるという嘆き。

3 自分の美しさが衰えてしまうという嘆き。

4 桜の花がいつまでも咲かないという嘆き。

61 日本人にとって桜はどのようなものだと筆者は述べているか。

1 長い苦しみがやっと終わったことを感じさせるもの。

2 自分のこれまでの人生をしみじみと思い出させるもの。

3 美しい春の花の中で、最も美しいもの。

4 人生のはかなさをしみじみと感じさせるもの。

問題11　次のＡとＢは、日本の英語教育についての意見である。後の問いに対する
　　　　答えとして最もよいものを、1・2・3・4から一つ選びなさい。

A

　　国際化時代を迎え、日本では今、経済界をはじめ文化や教育界からも英語の必要性が盛んに叫ばれている。こうした傾向を受けて、子供に一日も早く英語を身に付けさせたいと願う親が多くなっている。英語が出来たら子供の将来は恵まれた人生が待っていると考えるからだ。

　　そこで、国を挙げての取り組みが始まり、すでに小学校でも英語の時間が設けられている。子供、特に幼児期から英語を学ばせる方が、多くの面での学習効果が高いと言われる。右脳の言語処理能力が養われる幼児期は、ネイティブの英語に接することで自然に聞き取ることができ、発音も無理なくできるようになる。また、幼児期から英語を学ぶことで、英語で考える力が養われ、いわゆる英語の総合力が身に付く。

　　こうして幼児期から自然と身に付いた英語の土台があれば、中学や高校に進んでも英語には抵抗感なく接することができるばかりでなく、海外への興味や関心は、さらに大きくなるだろう。

　　早くからネイティブな英語の世界に親しむことで、子供の国際性や協調性も養われるという教育面の効果も大きいと言える。

B

　英語はなるべく早いうちから、それも幼児期から学んだ方が効果が大きいと言われているが、果たしてそうなのか。私はこの考え方には大きな疑問を持っている。特にまだ日本語も頼りない幼児のうちから英語を学ばせることについては、極めて問題が多い。

　なぜなら、幼児期は年齢からいっても、日本語を話す能力も語彙も自分の考えを表現する能力も、まだまだ不十分であるからだ。むしろ英語と日本語を混同して、子供の考える力や思考力の発達を阻害する恐れもある。

　さらに問題なのは、英語を学ぶといっても、それは幼児や子供の自主性からというよりも、言わば親の子供への過剰な期待や教育熱からであることがほとんどであるからだ。このことは、ややもすると子供にとって過剰な学習を押し付けることにもなり、その結果、逆に子供は将来英語が嫌になり、英語に興味を失くしてしまうことにもなりかねない。

　このように見てくると、幼児期からの英語教育には反対せざるを得ない。

（注）阻害：邪魔をすること。

62　ＡとＢの文章ではどのようなことについて述べているか。

1　幼児期から英語を学ばせることについての是非について述べている。

2　国際社会で生きていくためには、どのようなことが必要かについて述べている。

3　英語を学ばせるのは何歳ぐらいからが適当かについて述べている。

4　幼児期から英語を学ばせる理由について述べている。

63 日本の英語教育について、ＡとＢはどのように述べているか。

1　Ａは、中学で初めて英語を学ばせるのは遅すぎると述べ、Ｂは、小学校まで
　は日本語だけをきちんと学ばせるのがいいと述べている。

2　Ａは、幼児の時から英語に親しむことで子供の国際性も育つと述べ、Ｂは早
　くから英語を押し付けることで、逆に英語が嫌になる可能性もあると述べて
　いる。

3　Ａは、小学生になる前から英語を学ばせたほうが効果が得られると述べ、Ｂ
　は、小学校で英語と日本語を同時に学ばせるのが理想的だと述べている。

4　Ａは、幼児期に英語を学ばせるのは、むしろ遅すぎると述べ、Ｂは、その子
　どもの自主性に任せて英語を学ばせるのがいいと述べている。

問題12　次の文章を読んで、後の問いに対する答えとして最もよいものを、1・2・3・4から一つ選びなさい。

　最近まで誰もが疑いなくそう思っていた日本人の美徳ともいえる「品性」が、(注1)そして「いさぎよさ」や「まじめさ」(注2)が、いま「責任感」という言葉とともに社会から失われつつあるのではないか。私たちはその典型的な表れを日本の指導的立場にある政界や経済界、さらには学界やマスコミ界の人々の露骨な言動や振る舞いに見ることが出来るように思える。

　例えば、①数年前の地震や電力会社の大事故である。(注3)大勢の人々が死傷し、故郷を追われ、生活の場を奪われたにもかかわらず、彼らは全て想定外の出来事だとして誰も責任を取ろうとせず、自分には何の責任もないと逃げ回り、全く恥じることもない。(注4)また、これに対して司法や行政当局が問題ありと追及することもない。

　さらに、国民も何を言ってもしようがないとという諦めの気持ちからか、こうした問題に対して不平不満はあっても、大きな声を挙げて責任を追及することもしない。

　このようなことが、そのまま許されていいのか。マスコミも②一過性で、社会的な大問題であるにもかかわらず、(注5)以前に比べ真実や責任を持続的に追及するキャンペーンを張ることもない。権力からの圧力を恐れて、あくまでも自分に圧力が及ばない安全な所に身を置くところからの報道だけである。ただ、言い訳の出来ない弱い立場の人々やグループに対しては、あたかも正義の刃が自分にあるかのように、高々と、あることないことまでペンの力でたたく。(やいば)

　それは政財界やマスコミの世界の人だけの話ではない。一般の人もそうである。例えば最近起こった少年グループの中学生殺しがそうである。(注6)マスコミを初め、国中の人々が怒り、憤慨し、涙を流し、少年たちのあまりにも残酷な行動を非難し、厳しく責任を追及した。そしてその怒りは、行政や司法当局をも動かし、少年法の改正などの動きさえも引き出した。それは、そのような酷いことを許さないという人々の偽らぬ素直な思いの表れでもあった。

　ただ別の面から見ると、正義は我にあり、自分は正しい、何を言っても責任を取らされることもないということが前提としてあるのだ。③これがまさに今の日

本社会の一面である。自分は決して表には出ず安全な所に身を置き、スマートホンのツイッターなどで人を中傷し、悪口を言い、弱いものをいじめるという、以前は考えられなかったことが起きている。

　いつから日本はこのような卑怯^(注7)なことがはびこる社会になったのか。これまで日本人は、常に身を正し、何か事があれば責任は自分にあると覚悟してきたのではなかったのか。これこそまさに今言われる「日本人の劣化^(注8)」ではないか。

　日本人は本来品性があり、人や物事に対し誠実に対処してきたはずである。私たちは今こそ日本人本来の品性と心を取り戻すことが求められているのだ。

（池永陽一『日本人の品性』による）

（注1）美徳：道徳的に立派であること。

（注2）品性：道徳的な面から見たその人の性格。

（注3）数年前の地震や電力会社の大事故：2011 年３月に起きた東北地方の地震による津波や原子力発電所の事故。

（注4）想定外：「想定」は、仮に考えたこと。「想定外」は想定しなかったこと。

（注5）一過性：その時だけ取り上げること。

（注6）少年グループの中学生殺し：2015 年に東京で起きた事件。

（注7）はびこる：広がる。

（注8）劣化：だんだん劣ってくること。

64　筆者は最近の日本人に関してどのように感じているか。

1　日本人の「品性」が、外国人に疑われるようになってきたのではないか。

2　日本人の「品性」が、「責任感」に取って代わられているのではないか。

3　指導的立場にある人々が特に日本人の美徳を失っているのではないか。

4　日本人の美徳が失われつつあるのではないか。

65 ①<u>数年前の地震や電力会社の大事故</u>はどのようなことの例として挙げられているか。

1 指導的立場の人々に「責任感」が失われつつあることを示す典型的な例。

2 「責任感」という言葉が日本からなくなりつつあることの例。

3 日本人の美徳の中でも、特に「責任感」がなくなりつつあることの例。

4 想定外の出来事だとして、誰も責任を取ろうとしなかったことを示す例。

66 ②「<u>一過性</u>」と逆の意味で本文中に用いられている言葉は何か。

1 「追及」 　　　　　　　　　　　　2 「社会的」

3 「持続的」 　　　　　　　　　　　4 「圧力」

67 ③<u>これ</u>はどのようなことを指しているか。

1 権力からの圧力を恐れて自分の責任を果たす努力をしないが、事件を起こした人の責任は追及すること。

2 問題を起こした人の残酷な行動を批判し、厳しく追及することで自分の責任を果たすこと。

3 自分は正しいし責任はないという前提で自分の身の安全を確認し、弱い者をいじめること。

4 残酷な事件を起こした人を許さないという素直な心で怒り、憤慨し、行政に訴えること。

問題13　右のページは、フリーマーケットの出店募集広告である。下の問いに対する答えとして最もよいものを1・2・3・4から一つ選びなさい。

68　山田さんは友人と一緒にフリーマーケットに出品したいと思っている。下の物で出品できないものはどれか。

1　家庭で使わなくなった子供用の自転車。

2　手作りクッキー。

3　十分使えるが、傷がついたギター。

4　パンダのぬいぐるみ。

69　参加する人全員がしなければならないことはどれか。

1　保護者と一緒に参加すること。

2　公園の掃除。

3　電源を持っていくこと。

4　財布や高価なものの管理。

ご家族やお友達といっしょに参加しませんか?
毎月第1日曜日！水上公園(すいすいパーク)フリーマーケット

毎月第3日曜日はすいすいフリマデー！　家庭内の不用品や手作り品などを「すいすいフリーマーケット」で出品してみませんか?

今後の開催日時

5月3日（祝・日）
10:00〜16:00
→受付終了

6月7日（日）
10:00〜16:00
→5月1日（火）
より出店受付開始

開催場所

水上公園

■開催趣旨
ご家庭での不用品、手作り品を有効活用して、楽しいひとときをすいすいパークで過ごそう！

■募集概要
[出店数] 30 店
※先着順(審査あり) [出店料] 1,800 円／1 スペース
※公園清掃への参加で500円引き／1 スペース
※ペットボトルのキャップ10個以上持参で300円引き／1 スペース
※駐車料金は各自で負担となります。

[出店資格]
・高校生以上（但し、成人の保護者も参加の場合は高校生以下も可）
・実施趣旨に反するようなプロの出店は不可
・販売商品に対して責任を持ち、販売後の問い合わせにも誠実に対応できる方
・ルールを守り、周囲と楽しくご参加できる方

[出品規制]
ご家庭の不用品や手作り品、アウトレット品等で、安全かつ健全な商品である事が絶対条件

[出品不可商品例]
飲食物全般、医療品、動植物類、危険物、盗品、偽ブランド品、コピー商品などご来場のお客さまに提供するのにふさわしくないと当館が判断するもの

■申込方法
ホームページ、モバイルサイトでお申込みください。

【問い合わせは】すいすいフリーマーケット担当TEL XXX-XXX-XXXX　（10:00〜17:00）

注意事項 ※必ずお読みください
・1スペース 2.1m×2.1m／屋根付コンクリート／火気厳禁／電源無し／テント・タープ不可／ハンガーラック・テーブル可
・設営受付時間／8:00〜9:30　場所は出店申込順に決定。
※受付時間前の場所取りは出来ません。
・貴重品は各自で管理してください。

もんだい
問題 1

問題1では、まず質問を聞いてください。それから話を聞いて、問題用紙の1から4の中から、最もよいものを一つ選んでください。

れい
例

1　タクシーに乗る

2　飲み物を買う

3　パーティに行く

4　ケーキを作る

1番

1 他の仕事を探す
2 もっと早く準備をする
3 自分の会社についてもっとよく知る
4 競争相手の会社について研究する

2番

1 8時半
2 9時
3 9時半
4 10時

3番

1 大部屋

2 二人部屋

3 三人部屋

4 個室

回數

1

2

3

4

5

6

4番

1 リサイクル業者に連絡する

2 足りない書類を探す

3 弁当を買いに行く

4 書類の整理を続ける

5番

1 野菜を切る
2 肉を炒める
3 鍋に調味料を入れる
4 炒めた野菜をフライパンに戻す

6番

1 飛行機
2 新幹線
3 自動車
4 長距離バス

Check □1 □2 □3

<ruby>問題<rt>もんだい</rt></ruby> 2

T1-10 ～ 1-19

<ruby>問題<rt>もんだい</rt></ruby> 2 では、まず<ruby>質問<rt>しつもん</rt></ruby>を<ruby>聞<rt>き</rt></ruby>いてください。そのあと、<ruby>問題用紙<rt>もんだいようし</rt></ruby>のせんたくしを<ruby>読<rt>よ</rt></ruby>んでください。<ruby>読<rt>よ</rt></ruby>む<ruby>時間<rt>じかん</rt></ruby>があります。それから<ruby>話<rt>はなし</rt></ruby>を<ruby>聞<rt>き</rt></ruby>いて、<ruby>問題用紙<rt>もんだいようし</rt></ruby>の1から4の<ruby>中<rt>なか</rt></ruby>から<ruby>最<rt>もっと</rt></ruby>もよいものを<ruby>一<rt>ひと</rt></ruby>つ<ruby>選<rt>えら</rt></ruby>んでください。

<ruby>例<rt>れい</rt></ruby>

1 パソコンを<ruby>使<rt>つか</rt></ruby>い<ruby>過<rt>す</rt></ruby>ぎたから

2 コーヒーを<ruby>飲<rt>の</rt></ruby>みすぎたから

3 <ruby>部長<rt>ぶちょう</rt></ruby>の<ruby>話<rt>はなし</rt></ruby>が<ruby>長<rt>なが</rt></ruby>かったから

4 <ruby>会議室<rt>かいぎしつ</rt></ruby>の<ruby>椅子<rt>いす</rt></ruby>が<ruby>柔<rt>やわ</rt></ruby>らかすぎるから

回數

1

2

3

4

5

6

1番

1 山崎先生がひげをそったから
2 山口先生がひげをそったから
3 木村君のあわてぶりが面白かったから
4 男の学生の話し方が面白かったから

2番

1 反省している
2 後悔している
3 驚いている
4 心配している

3番
ばん

1 美容院の床の色
びよういん ゆか いろ

2 車のソファの色
くるま いろ

3 レストランの壁の色
かべ いろ

4 アクセサリー店の看板の色
みせ かんばん いろ

4番
ばん

1 壊れていたから
こわ

2 吸い込む力が弱いから
す こ ちから よわ

3 デザインが悪いから
わる

4 うるさいから

5番

1 新しいゲームをしたいから

2 数学の宿題をやっていないから

3 数学のテストで60点とれそうにないから

4 父親にゲーム機を取り上げられたから

6番

1 保険がきくから

2 近所だから犬の散歩のため

3 診察代が安いから

4 説明が親切だったから

7番

1 明日は別の仕事をしたいから

2 打ち合わせの時間を短くしたいから

3 早く報告書を作りたいから

4 女の人がうまくできるか心配だから

もんだい
問題 3

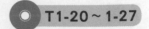
　問題 3 では、問題用紙に何も印刷されていません。この問題は、全体としてどんな内容かを聞く問題です。話の前に質問はありません。まず話を聞いてください。それから、質問とせんたくしを聞いて、1 から 4 の中から、最もよいものを一つ選んでください。

ーメモー

もんだい
問題 4

問題 4 では、問題用紙に何も印刷されていません。まず文を聞いてください。それから、それに対する返事を聞いて、1 から 3 の中から、最もよいものを一つ選んでください。

―メモ―

聴
解

<ruby>問題<rt>もんだい</rt></ruby> 5

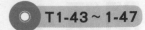
T1-43 ～ 1-47

<ruby>問題<rt>もんだい</rt></ruby> 5 では、<ruby>長<rt>なが</rt></ruby>めの<ruby>話<rt>はなし</rt></ruby>を<ruby>聞<rt>き</rt></ruby>きます。この<ruby>問題<rt>もんだい</rt></ruby>には<ruby>練習<rt>れんしゅう</rt></ruby>はありません。

メモをとってもかまいません。

1 <ruby>番<rt>ばん</rt></ruby>、2 <ruby>番<rt>ばん</rt></ruby>

<ruby>問題用紙<rt>もんだいようし</rt></ruby>に<ruby>何<rt>なに</rt></ruby>も<ruby>印刷<rt>いんさつ</rt></ruby>されていません。まず<ruby>話<rt>はなし</rt></ruby>を<ruby>聞<rt>き</rt></ruby>いてください。それから、<ruby>質問<rt>しつもん</rt></ruby>とせんたくしを<ruby>聞<rt>き</rt></ruby>いて、1 から 4 の<ruby>中<rt>なか</rt></ruby>から、<ruby>最<rt>もっと</rt></ruby>もよいものを<ruby>一<rt>ひと</rt></ruby>つ<ruby>選<rt>えら</rt></ruby>んでください。

ーメモー

3番

まず話を聞いてください。それから、二つの質問を聞いて、それぞれ問題用紙の1から4の中から、最もよいものを一つ選んでください。

質問1

1 みんなで違うものが食べたいとき

2 デートをするとき

3 静かなところで勉強したいとき

4 甘いものを食べたいとき

質問2

1 一休みするには便利だ

2 安いので便利だ

3 家族がコンビニに寄って帰ると遅くなるので困る

4 たびたび利用するとお金がかかる

第 2 回

言語知識（文字・語彙）

問題1 ＿＿＿の言葉の読み方として最もよいものを、1・2・3・4から一つ選びなさい。

1 この施設は目の不自由な人に配慮した設計になっています。

1 はいりょ　　　2 はいりょう　　　3 はいじょ　　　4 はいじょう

2 子供のころは、暇さえあれば、動物や昆虫の図鑑を見ていたものだ。

1 とかん　　　2 とがん　　　3 ずかん　　　4 ずがん

3 これからの世界を担う若者たちに、大いに期待したい。

1 になう　　　2 きそう　　　3 おう　　　4 つくろう

4 王女は、美しい装飾の施された金の冠をかぶっていた。

1 つくされた　　2 ほどこされた　　3 うながされた　　4 もよおされた

5 山田さんに協力を依頼したところ、快い返事が返ってきた。

1 よい　　　2 あらい　　　3 とうてい　　　4 こころよい

6 彼女は、小さなことにこだわらない、器の大きな人です。

1 つつ　　　2 うつわ　　　3 あみ　　　4 さかずき

問題2 （　　）に入れるのに最もよいものを、1・2・3・4から一つ選びなさい。

7 彼女は、財産を相続する権利を（　　）した。

1　解消　　　　　2　謝絶　　　　　3　放棄　　　　　4　不振

8 その絵には、画家の強烈な（　　）が表れていた。

1　個性　　　　　2　人柄　　　　　3　タイプ　　　　4　個人

9 この写真はきれいすぎて不自然だね。（　　）してあるのじゃないかな。

1　修理　　　　　2　加工　　　　　3　変換　　　　　4　浸透

10 それは、線路に面した、北向きの（　　）なアパートだった。

1　陰気　　　　　2　冷淡　　　　　3　下品　　　　　4　無愛想

11 資金（　　）のため、研究は中止せざるを得なかった。

1　無　　　　　　2　欠　　　　　　3　難　　　　　　4　割

12 私は、紛争地帯の悲惨な現状を伝えることに、（　　）としての使命を感じ
ています。

1　ビジネス　　　　　　　　　　　2　レジャー

3　インフォメーション　　　　　　4　ジャーナリスト

13 これからという時に亡くなって、先生も（　　）悔しかったことでしょう。

1　さほど　　　　2　さも　　　　　3　いざ　　　　　4　さぞ

問題 3 ＿＿の言葉に意味が最も近いものを 1・2・3・4 から一つ選びなさい。

14 家賃は隔月払いです。
1 一か月ずつ　　2 一か月おき　　　3 一か月遅れ　　　4 一か月先

15 そんないい加減な作り方では売り物にならないよ。
1 ちょうどいい　2 なめらかな　　　3 なまけた　　　4 ざつな

16 さすが、高級レストランは、コーヒーカップまでエレガントだ。
1 上品　　　　　2 流行　　　　　　3 高級　　　　　4 独特

17 期限に間に合わないことはあらかじめわかっていたはずだ。
1 本当は　　　　2 すっかり　　　　3 だいたい　　　4 以前から

18 待ち合わせまで時間があったので、商店街をぶらぶらしていました。
1 くよくよ　　　2 のろのろ　　　　3 うろうろ　　　4 しみじみ

19 君の協力を当てにしていたのだが、残念だ。
1 条件　　　　　2 参考　　　　　　3 頼り　　　　　4 目処

問題4　次の言葉の使い方として最もよいものを、1・2・3・4から一つ選びなさい。

20　更新

1　視力が落ちてきたので、今の眼鏡を更新することにした。

2　古い木造建築は、戦後、鉄筋の高層ビルに更新された。

3　このキーを押すと、ひらがながカタカナに更新されます。

4　5年ぶりに男子100メートル走の世界記録が更新された。

21　分野

1　与えられた分野に添って、800字以内で小論文を書きなさい。

2　オリンピックでは100を超える分野で、世界一が争われる。

3　研究チームのリーダーには専門の分野だけでなく、幅広い知識が求められる。

4　海岸に沿って、工業分野が広がっている。

22　はなはだしい

1　どれでもいいと言われて一番大きい箱を選ぶとは、ずいぶんはなはだしいヤ
ツだな。

2　わたしがあなたのことを好きですって？　はなはだしい勘違いですよ。

3　そんなはなはだしい番組ばかり見ていないで、たまには本でも読んだら？

4　事故のはなはだしい映像が、インターネットを通じて世界中に拡散した。

23　いかにも

1　何といった目的もなく、いかにも大学に通っている学生も少なくない。

2　無駄なお金を使わない、いかにも倹約家の彼女らしい結婚式だ。

3　誠実な彼のことだから、今度の選挙ではいかにも当選するだろう。

4　長い髪を後ろで結んでいたので、いかにも女の人だと思っていました。

24 エスカレート

1 懸命な消火活動にもかかわらず、山火事はますますエスカレートした。

2 君の話は、ウソではないのだろうが、少しエスカレートなのではないかな。

3 明日の試験のことを考えると、頭がエスカレートして眠れない。

4 住民による暴動は次第にエスカレートしていった。

25 言い張る

1 このタレントは、どの番組でも、つまらない冗談ばかり言い張っている。

2 スピーチは、聞き取りやすいよう、大きな声でゆっくり言い張ろう。

3 その男は、警察に連れていかれてからも、自分は被害者だと言い張った。

4 自由の大切さを死ぬまで言い張った彼は、この国の英雄だ。

問題5 （　　）に入れるのに最もよいものを、1・2・3・4から一つ選びなさい。

26　台風が接近しているそうだ。明日の登山は中止（　　　）。

1　するわけにはいかない　　　　　　2　せざるを得ない

3　せずにすむ　　　　　　　　　　　4　せずにはおけない

27　この私がノーベル賞を受賞するとは。貧乏学生だった頃には想像だに（　　　）。

1　できません　　　　　　　　　　　2　していません

3　しませんでした　　　　　　　　　4　しないものです

28　彼女は、衣装に着替える（　　　　）、舞台へ飛び出して行った。

1　とたん　　　　　2　そばから　　　　　3　かと思うと　　　　4　が早いか

29　作業中は、おしゃべり（　　　　）、トイレに行くことも許されないなんて、まるで刑務所だね。

1　ときたら　　　　2　はおろか　　　　3　といわず　　　　4　であれ

30　この店の豆腐は、むかし（　　　　）の製法にこだわって作っているそうだ。

1　ながら　　　　　2　なり　　　　　3　ばかり　　　　　4　限り

31　A：明日、降らないといいね。

　　B：うん、でも（　　　）、美術館か博物館にでも行こうよ。

1　雨といい風といい　　　　　　　　2　雨といわず風といわず

3　雨にいたっては　　　　　　　　　4　雨なら雨で

32　森さんの顔に殴られたようなあざがあり、どうしたのか気になったが、（　　　）。

1　聞くに堪えなかった　　　　　　　2　聞くに聞けなかった

3　聞けばそれまでだった　　　　　　4　聞かないではおかなかった

33　社員（　　　）の会社ではないのか。真っ先に社員の待遇を改善すべきだ。

1　いかん　　　　2　あって　　　　3　ながら　　　　　4　たるもの

34 明け方、消防車のサイレンの音に（　　　　）。

1　起きさせた　　　　　　　　　　　2　起こした

3　起こされた　　　　　　　　　　　4　起きさせられた

35 すみませんが、ちょっとペンを（　　　　）。

1　お借りできませんか　　　　　　　2　お貸しできませんか

3　お借りになりませんか　　　　　　4　お貸しになりませんか

問題6　次の文の＿★＿に入る最もよいものを、1・2・3・4から一つ選びなさい。

（問題例）

　　あそこで＿＿＿　＿＿＿　＿★＿　＿＿＿　は山田さんです。

　　1　テレビ　　　2　見ている　　3　を　　4　人

（回答のしかた）

1. 正しい文はこうです。

> あそこで＿＿＿　＿＿＿　＿★＿　＿＿＿　は山田さんです。
> 1　テレビ　　　　3　を　　　　2　見ている　　　　4　人

2. ＿★＿に入る番号を解答用紙にマークします。

（解答用紙）　（例）　① ● ③ ④

36 水は、＿＿＿　＿＿＿　＿★＿　＿＿＿ならないものだ。

　1　生物　　　　　2　にとって　　　　3　なくては　　　　4　あらゆる

37 採用面接では、志望動機＿＿＿　＿＿＿　＿★＿　＿＿＿、細かく質問された。

　1　家族構成　　2　から　　　　3　至るまで　　　4　に

38 どんな悪人＿＿＿　＿＿＿　＿★＿　＿＿＿いるのだ。

　1　家族が　　　2　悲しむ　　　3　死ねば　　　　4　といえども

39 いつもは静かな＿＿＿　＿＿＿　＿★＿　＿＿＿国内外からの多くの観光客で賑わう。

　1　ともなると　　2　紅葉の季節　　3　も　　　　4　この寺

40 山頂から_____ _____ __★__ _____。一生の思い出だ。

1 素晴らしさ　　　2 眺めた　　　　3 といったら　　　4 景色の

問題7　次の文章を読んで、文章全体の趣旨を踏まえて、 **41** から **45** の中に入る最もよいものを、1・2・3・4から一つ選びなさい。

ドバイ旅行

　会社の休みを利用してドバイに行った。羽田空港を夜中に発って11時間あまりでドバイ到着。2泊して、3日目の夜中に帰国の途につくという日程だ。

　ドバイは、ペルシャ湾に面したアラブ首長国連邦の一つであり、代々世襲_(注1)の首長が国を治めている。面積は埼玉県とほぼ同じ。 **41-a** 小さな漁村だったが、20世紀に入って貿易港として発展。1966年に石油が発見され急速に豊かになったが、その後も、石油のみに依存しない経済作りを目指して開発を進めた。その結果、 **41-b** 高層ビルが建ち並ぶゴージャスな商業都市として発展を誇っている。現在、ドバイの石油産出量はわずかで **42** 、貿易や建設、金融、観光など幅広い産業がドバイを支えているという。

　観光による収入が30%というだけあって、とにかく見る所が多い。それも「世界一」を誇るものがいくつもあるのだ。世界一高い塔バージュ・ハリファ、巨大人工島パームアイランド、1,200店が集まるショッピングモール、世界最高級七つ星ホテルブルジュ・アル・アラブ、世界一傾いたビル……などなどである。

　とにかく、見るもの全てが〝すごい〟ので、 **43** しまう。ショッピングモールの中のカフェに腰を下ろして人々を眺めていると、さまざまな肌色や服装をした人々が通る。民族衣装を身に着けたアラブ人らしい人は **44** 。アラブ人は人口の20%弱だというだけに、ドバイではアラブ人こそ逆に外国人に見える。

　急速な発展を誇る未来都市のようなドバイにも、経済的に大きな困難を抱えた時期があったそうだ。2009年「ドバイ・ショック」と言われる債務超過(注4)による金融危機である。アラブ首長国の首都アブダビの援助などもあって、現在では社会状況もかなり安定し、さらなる開発が進められているが、今も債務の返済中であるという。

　そんなことを思いながらバージュ・ハリファ124階からはるかに街を見下ろすと、砂漠の中のドバイの街はまさに"砂上の楼閣"(注5)、砂漠に咲いた徒花(注6)のようにも見えて、一瞬うそ寒い気分に襲われた。しかし、21世紀の文明を象徴するような魅力的なドバイである。これからも繁栄を続けることを

　　45 　いられない。

（注1）世襲：子孫が受け継ぐこと。

（注2）ゴージャス：豪華でぜいたくな様子。

（注3）ショッピングモール：多くの商店が集まった建物。

（注4）債務超過：借金の方が多くなること。

（注5）砂上の楼閣：砂の上に建てた高層ビル。基礎が不安定で崩れやすい物のたとえ。

（注6）徒花（あだばな）：咲いても実を結ばずに散る花。実を結ばない物事のたとえ。

（注7）うそ寒い：なんとなく寒いようなぞっとする気持ち。

41

1 a 今は／b もとは

2 a もとは／b 今も

3 a もとは／b 今や

4 a 今は／b 今や

42

1 あるし

2 あるにもかかわらず

3 あったが

4 あることもあるが

43

1 圧倒して

2 圧倒されて

3 がっかりして

4 集まって

44

1 とても多い

2 素晴らしい

3 アラブ人だ

4 わずかだ

45

1 願って

2 願うが

3 願わずには

4 願いつつ

問題8　次の (1) から (3) の文章を読んで、後の問いに対する答えとして最もよいも
　　　　の を、1・2・3・4から一つ選びなさい。

(1)

　病原菌を殺したり増殖を抑えたりする抗生物質は、これまで多くの人命を救っ
てきたが、近年、抗生物質がきかない耐性菌が増え、医療の現場で危機が叫ばれ
ている。

　耐性菌が増えるいちばんの原因は、抗生物質の乱用だ。効果の高い抗生物質も、
使い続けるとやがて菌が順応する。新しい抗生物質が開発されては新たに耐性菌
も生まれるという「イタチごっこ」が起きているのだ。医師も患者自身も「念の
ために」というような安易な使用をやめ、適正な使用に限るよう認識を改める必
要がある。

（注１）抗生物質：微生物によって作られ、他の微生物の活動を阻止する効果を持
　　　　　　　　つ物質。
（注２）耐性菌：抗生物質などに対する抵抗性が強くなった細菌。

46　「イタチごっこ」とは何のことか。
　1　抗生物質が開発されればされるほど安易な使用法が広まるという危険。
　2　病原菌の増殖により抗生物質の開発が滞るという苦境。
　3　抗生物質がきかない病気が初めて発見されたという危機。
　4　新薬の開発と新しい耐性菌の発生が繰り返されるという悪循環。

(2)

　日本では、一年間に生じる食品のむだが米の生産量にほぼ匹敵するといわれている。一方で、約2,000万人が貧困状態で暮らしているという。そこで注目されるのが、フードバンクだ。品質としては問題なく食べられるのに、さまざまな理由で処分されてしまう食品を、食べ物に困っている人や施設に届けようというのである。

　受け取る側は食費を節約でき、企業側は食品廃棄コストを削減できる。さらに行政としても食品廃棄の抑制や財政負担の軽減などメリットが多く、今後の活動が期待されている。

(注) 匹敵する：同じぐらいである。

47 どのような活動が期待されているか。

　1　貧しい人々に、より安全でより高価な食品を提供する活動。

　2　捨てられる食べ物を、食べ物の足りていない人々へと送る活動。

　3　財政の負担を減らすために、行政が指導して食品のむだを減らす活動。

　4　行政と企業が協力し、貧困層に十分な食べ物を与えようという活動。

(3)

　日本人の多くは、「人に迷惑をかけないように」と子供をしつけます。親が自分の子供に、少しぐらい腕白でも、あるいは多少勉強ができなくてもいいから、とにかく他人に迷惑をかけるような人間にだけはなってくれるなと望むのは、当然なこととされています。

　でも、人に迷惑をかけたくないというのは、裏を返せば人から迷惑をかけられたくないということで、それが、ある種のゆとりのなさにつながることは否定できません。窮屈な生き方を招かないためにも、この当然なことを少し疑ってみてはどうでしょうか。

（注1）腕白：男の子が、暴れ回ったりいたずらを重ねたりする様子。

（注2）窮屈：自由に動きがとれない様子。

48　筆者の考えに合うのはどれか。

　1　人に迷惑をかけるべきではないという考えにとらわれるべきではない。

　2　人は自分でも気づかぬうちに他人に迷惑をかけているものである。

　3　子供は周囲に迷惑をかけつつものびのびと育てられたほうがよい。

　4　人に迷惑をかけられて初めて自分も迷惑をかけていることに気づく。

問題9　次の (1) から (3) の文章を読んで、後の問いに対する答えとして最もよいも
　　　　のを、1・2・3・4から一つ選びなさい。

(1)

　この何年か、日本では少子化が加速している。2014 年の出生数は 100 万 3532 人
で (厚生労働省による)、過去最少であったそうだ。子どもを産めない理由の第一
(注1)
としては、「子育てや教育にお金がかかりすぎる」ということである。そのため、
国の政策としては、出産のための出産育児一時金や出産手当金、生まれた子どもの
ためには子ども手当の支給、など、金銭面でのいろいろな制度が実施されている。
(注2)
しかし、①それほどの効果があがっていないのは先に述べたとおりである。ほかに
どのような理由があるだろうか。

　このところの日本が、子どもを産み育てにくい社会になっているから、という理
由は考えられないだろうか。

　乗り物の中にベビーカーを持ち込むと、迷惑がられたりうるさがられたりする。
また、保育園などの施設から出る音をめぐるトラブルは絶えず、先日は、「子ども
の声がうるさい」という理由で、住民が保育所建設に反対するケースさえあった。
ある保育園では、保育園の庭に高さ３ｍほどの防音壁を設け、遊ぶ人数や時間も
制限した。周りの景色も青空も見えない壁の中で子どもたちは遊ぶのだ。なんとも
やりきれない思いである。
(注3)
　昔から日本では、子どもは国の宝とされてきた。子どもは個人のものではなく、
国のものだから、みんなで大切に育てなければならない、という考え方だ。そのよ
うな考え方からは、子どもの声を「騒音」と捉える気持ちは理解できない。

　子どもを産み育てにくくしている大きな原因の一つは、人々の②このような変化
ではないだろうか。

（『少子化の一因』による）

(注１)厚生労働省：国民生活の保障及び向上をはかるための日本の行政機関の一つ。

(注２)出産育児一時金や出産手当金：出産に関する費用を国が補助するためのお金。

(注３)やりきれない：我慢ができない。

49 ①それほどの効果があがっていないのは先に述べたとおりとあるが、効果が
あがっていない例としてどのようなことが述べられているか。

1 出産のための金銭面での制度がいろいろと実施されていること。

2 住民が保育所建設に反対する運動を起こしたこと。

3 2014年の出生数は、過去最少であったこと。

4 子育てや教育にお金がかかりすぎるということ。

50 ②このような変化とは、どのような変化か。

1 子どもを国の宝と捉える考え方がなくなったこと。

2 子どもを産みたくないと思うようになったこと。

3 子どもを自然の中で育てたいと思うようになったこと。

4 子どもの教育にお金をかけたくないと思うようになったこと。

51 筆者は、少子化が加速している原因はどのようなことだと考えているか。

1 出産に関する国の手当が少ないこと。

2 国全体の景気が悪いこと。

3 保育園などの施設に対するトラブルが絶えないこと。

4 日本が、子どもを産み育てにくい社会になっていること。

(2)

　日本では、大学や専門学校生の約４割が日本学生支援機構の奨学金を利用している。家庭に経済的な余裕がなくても、意欲と能力があれば進学できるように、金銭的な面で支える制度である。

　その奨学金事業で、近年、奨学金の利用者からの返還が滞るケースが増えているという。そのため、返還請求訴訟などが、目立って増加しているそうである。2015年度の奨学金の利用者は、約134万人。その約３分の２が有利子の奨学金を借りているが、長引く雇用不安や所得の低下などの影響もあって、多くの若者が奨学金の返済を困難に感じているという。

　①これらの現象を受け、この度（平成16年１月）、「所得連動返還型奨学金制度」の導入に向けた会議が文部科学省で開かれた。現行（平成15年）では所得に関わらず一律の返還額（最高では月に14,400円）が設定され、負担が重すぎるという声があったため、制度が見直されたのだ。その結果、②この制度の実施についての骨子が固まったという。これは、卒業後の所得に応じて返還額を決めるという制度である。この制度によると、毎月の最低返還額は、2,000円から3,000円となる見通しであるという。

　日本は、欧米諸国に比較して、大学の学費が高いうえ奨学金制度が整っていないと言われている。しかし、言うまでもなく、教育は未来のための最も大切な先行投資であるので、国は、大学などの高等教育に、もっと力を入れるべきなのだ。特に人口減少が進むなか、若者への投資を十分にして一人一人の能力を高めなければ、日本の国全体がだんだん衰えてしまうことになるのは目に見えている。

（『奨学金制度について』による）

（注１）日本学生支援機構：学生に対する奨学金事業や留学支援などを行っている。

（注２）文部科学省：日本の行政機関の一つで、主に教育の振興をはかる。

（注３）骨子：中心となることがら。

52 ①これらの現象の指すものとして、正しくないものを選べ。

1 利用者からの返還金が滞納されるケースが増加している。

2 返還金を請求する訴訟が増えている。

3 奨学金の利用者が年々減ってきている。

4 多くの若者が奨学金の返還が難しいと感じている。

53 ②この制度の実施についての骨子は、どんなことか。

1 全ての人の毎月の返還額を一律にすること。

2 毎月の返還額を、最高でも 14,400 円にすること。

3 毎月の返還額を、2,000 円ないし 3,000 円にすること。

4 奨学金の返還額を、卒業後の所得に応じて決めること。

54 この文章における筆者の主張はどんなことか。

1 奨学金の返済額を少なくして、奨学金の制度を存続させるべきだ。

2 若者への投資を十分にしないと国が衰えてしまうことになる。

3 若者の能力を高めるためには、欧米の奨学金制度を見習うとよい。

4 人口の減少を防ぐためには、奨学金の制度を整えるべきだ。

Check □1 □2 □3

(3)

　現代社会はストレスの時代とも言われ、現代人はストレスとともに生きているともいわれている。重いストレスによって病気になったり、死期を早めたりする場合もあるということで、ストレスは体に悪いと考えがちである。

　アメリカの健康心理学の博士で、ボストン大学の講師である、ケリー・マクゴニガルさんは、ストレスについて研究し、「ストレスは自分を助け、成長させるものである。避けるより利用すべきだ」という説を唱えている。

　きっかけとなったのは、アメリカで①1998年から行われた追跡調査である。それによると重いストレスを感じていた人の８年後の死亡率は、そうでない人に比較して43％高かったが、それは、ストレスは体に悪いと考えていた人の場合で、そう考えていなかった人は、死亡率の上昇はなかったという。

　この結果を踏まえて、マクゴニガルさんは、「ストレスの捉え方で体の反応が変わる」と主張している。

　例えば、緊張すると心臓がドキドキするが、②これを体に悪いと捉えると血管が収縮し、病気の原因になるが、そうは捉えず、「『ドキドキ』は、新鮮な血液を体中に送ろうとしている」と捉えれば、血管は収縮せず、逆に力が出るということである。

　また、職場で感じる人間関係のストレスについては、「ストレスを感じる相手の、共感できる点を探す、または面白がってしまう」ことを助言している。

　つまり、マクゴニガルさんによると、ストレスに対する考え方を変え、上手に利用することで、「困難にうまく対処できるとともに、自分の持つ力に気づき、勇気を出すことができる」ということである。

　③「ものは考えよう」という言葉があるが、まさにそういうことであろうか。

（『ストレスの時代』による）

（注１）追跡調査：ある結果が出たあと、どうなったかを継続して調べること。

（注２）収縮：縮んで小さくなること。

55 ① 1998 年から行われた追跡調査で、8 年後の死亡率についてどのようなことがわかったか。

1　ストレスは体に悪いと考えていた人の死亡率は、そう考えていない人より高かった。

2　ストレスは体に悪いと考えていた人の死亡率は、そう考えていない人より低かった。

3　ストレスは体に悪いと考えていた人の死亡率は、そう考えていなかった人の死亡率と同じだった。

4　ストレスは体によいと考えていた人の死亡率は極めて高かった。

56 ② これは何を指すか。

1　緊張すること。

2　血管が収縮すること。

3　緊張すると心臓がドキドキすること。

4　ドキドキは病気の原因になること。

57 ③「ものは考えよう」とは、どんな意味か。

1　ものごとはしっかり考えなければ本質が見えないということ。

2　ものの考え方は、人によって違うということ。

3　どのように考えようと、結果は同じだということ。

4　ものごとは考え方しだいでよいほうに取れるということ。

問題 10　次の文章を読んで、後の問いに対する答えとして最もよいものを、1・2・3・4から一つ選びなさい。

　全国高校野球選手権大会が開かれる夏の甲子園ほど人々を熱くするものはほか_(注1)にないだろう。

　真夏の太陽の下、甲子園のグランドで行われる試合の数々。地域の人々の誇りと高校の名誉を担い、ただひたすら白球を追いかける選手たちに、人々は心からの拍手と声援を送る。特に自分の住む県や母校のチームともなると、声援はさらに熱心になる。チャンスを迎えると皆立ちあがり、大声で熱い声援を送る。ホームランでも出ると、喜びで応援団席が大きく揺れる。

　逆に、選手がピンチを迎えれば、皆、心配そうな顔をして、神に祈るような目_(注2)で試合を見つめる。

　なぜ甲子園の高校野球はそこまで人々の心を捉えるのだろうか。そこには、若さと情熱が、汗と涙が流れる青春があるからだ。□□□そこに自分の青春時代を重ね、仲間との強い絆と連帯感を感じるからだ。_(注3)　_(注4)

　試合が始まると、敵、味方、どちらのチームの選手達も勝利を願い、最後まで全力で戦う。その姿に観客は心からの声援を送る。そして味方チームの勝利を心_(注5)から願う。

　しかし、①勝負は非情である。試合は必ずどちらかのチームが勝ち、どちらか_(注6)が負ける。そんな中で、甲子園は思いがけない物語を生み、②それが伝説となって人々に語り伝えられる。

　試合に勝ったチームの選手たちは大きな歓声をあげて、全身で勝利の喜びを表す。応援団も観客も互いに腕を組み、声も高く校歌を歌う。

　負けたチームの選手たちは悔しさにあふれる涙で下を向いたまま声も出ない。それでも応援団は、よく頑張ったと選手を慰め励まし拍手を送る。選手たちは応援団に挨拶を済ませると、グランドの片隅のベンチの前にしゃがんで、両手でグランドの土を寄せ集めてズボンのポケットにしまう。

　③これは 1937 年の第 23 回大会に出場した熊本工業の川上哲治選手が中京商業に最後の試合で敗れた時、グランドの土をズボンのポケットに入れて持ち帰った

ことから始まったと言われている。また、1958年の40回大会に沖縄から初めて出場した首里高(しゅりこう)の選手たちが、当時沖縄が米国の統治下にあったため土を持って帰ることが許されず、帰りの船の上から海に捨てさせられたことがあった。後にそれを気の毒に思った航空会社の乗務員が、土の代わりに甲子園の小石を贈ったという話は有名で、今や伝説となって語り継がれている話である。

　今年も負けたチームが甲子園のグランドの土をポケットに入れて持ち帰っている。これは時代を越えて人々を感動させる甲子園の光景だ。

（『甲子園の土』による）

（注1）甲子園：兵庫県(ひょうご)にある甲子園球場。毎年、春と夏に全国の地域を代表した高校による野球大会が開かれる。
（注2）ピンチ：重大で危ない場面。
（注3）絆：人間どうしのつながり。
（注4）連帯感：みんなが仲間でつながっているという感じ。
（注5）声援：声を出して応援すること。
（注6）非情：人間らしい情けがない様子。

58 ［　　　　］に入る言葉はどれか。

　1　だから　　　　　2　しかし　　　　　3　そして　　　　4　例えば

59 ①勝負は非情であるとは、どういう意味か。

　1　必ず味方のチームが負けるという意味。
　2　勝つチームもあるが、負けるチームもあるという意味。
　3　勝負は決まった時間内にやらなければならないという意味。
　4　負けても泣いてはいけないという意味。

60 ②それが伝説となってとあるが、この「伝説」の例としてどのようなことが本文に挙げられているか。

1 航空会社の人が、沖縄の選手に甲子園の土の代わりに石を送ったこと。

2 負けたチームが勝ったチームに声援を送ったこと。

3 勝ったチームの応援団が互いに腕を組んで校歌を歌ったこと。

4 航空会社の乗務員が沖縄の選手たちに甲子園の土を送ったこと。

61 ③これは、どのようなことを指すか。

1 勝ったチームが甲子園の土を記念に持ち帰ること。

2 負けたチームの選手たちが応援団に挨拶に行くこと。

3 負けたチームの応援団が、選手を慰め励ましたこと。

4 負けたチームが甲子園の土をポケットに入れて持ち帰ること。

問題 11　次のＡとＢは、大学入試についての意見である。後の問いに対する答えとして最もよいものを、1・2・3・4から一つ選びなさい。

A

　　多くの若者にとって一度は通らねばならない最大の難関は、大学入試である。この入試に受かるかどうかで、その後の人生が左右されると言っても過言ではない。(注1)

　　そこで、この入学試験のあり方を巡って様々な議論が交わされている。その中でも話題の中心となるのが一発勝負のペーパーによる学力試験である。

　　この学力試験は高校生にはあまりにも負担が重く、この制度の下では高校生活は受験勉強中心にならざるを得ない。受験のための学習に付いていけない生徒は、高校生活半ばでやる気を失う。一方、この難しい入学試験になんとか合格した生徒も、受験勉強に全力を使い果たしたため、大学入学後はやる気がなくなることも多いという。

　　また、このような学力試験では、偏差値は高いが特色のない受験生だけが合格し、芸術やスポーツなど特定の分野に関心や能力のある個人の才能は見出しにくい。(注2)

　　大学入試は、ペーパーによる学力試験だけに頼るのではなく、高校生時代の学習報告や社会活動、あるいは小論文や面接を重視して選抜する人物本位の試験が望ましいのではないだろうか。

B

　大学入試はペーパーによる一発勝負の学力試験の方がよい。なぜなら、現在、日本で行われている幼稚園から就職試験までを含めてあらゆる選抜試験において、この試験のやり方ほど公正なものはないからだ。個人の思想も信条も、好き嫌いや外観、親の財力や社会的地位もいっさい関係ないからである。そこには今の日本の社会において、唯一努力し、頑張ったものだけが実力だけで評価されという、とかく忘れがちな社会の正義と真実なるものがあるからである。

　学力試験を経験せずに推薦や面接だけで合格した受験生は、ややもすると入学後新しいものへの挑戦を避ける傾向があり、成績も優秀とは言えない者が多いという。

　そしてさらに、面接にも問題がある。大学という場で育った面接官は、研究者や教育者であっても、果たして短時間で多様な受験生一人一人の力や特質を見抜ける能力があるのだろうか。疑問を持たざるを得ない。

　したがって、大学入試は、あくまでも従来通りの学力試験をメインにして、芸術やスポーツなどの専攻によって、二次的に面接試験や実技試験を加味すればよいのだ。

（注1）難関：通り抜けるのが難しい所。

（注2）偏差値：テストの点数が、全体のどの辺りにあるかを示す数値。

62 「一発勝負のペーパーによる学力試験」について、AとBではどのように述べているか。

1　Aは、学生にいい影響を与えると述べ、Bは実力が評価されると述べている。

2　Aは学生の気力をなくすと述べ、Bは挑戦する力をなくすものだと述べている。

3　Aはあまりにも負担が重すぎると述べ、Bは平等な入試制度だと述べている。

4　Aは個性のない学生が受かると述べ、Bは実力が評価されるものだと述べている。

63 日本の大学受験制度について、AとBはどのように述べているか。

1　Aはペーパーによる学力試験は廃止すべきだと述べ、Bは高校の先生による報告書を重視すべきだと述べている。

2　Aは小論文や面接によって選抜するほうがいいと述べ、Bはこれまでと同様に、ペーパーによる学食試験が良いと述べている。

3　Aは偏差値が高い学生が集まるのでいいと述べ、Bは大学の先生を信頼して任せることができるのでいいと述べている。

4　Aは、学力試験のみに頼らず、他の方法でその人物の特質を判断して選抜すべきだと述べ、Bはペーパーによる学力試験を主にすべきだと述べている。

問題12　次の文章を読んで、後の問いに対する答えとして最もよいものを、1・2・3・4から一つ選びなさい。

　新聞は内外の政治や経済をはじめ、文化や科学、さらにスポーツや芸術など全ての情報を提供してくれるありがたいメディアである。そしてまた新聞は、今日テレビやインターネット等の情報機器の目覚ましい発達により速報性では後れをとるものの、誰もが情報に簡単に接することが出来、しかもその情報を記録として残すことが出来る①貴重なメディアである。

　ところが最近、その新聞が怪しくなってきたように見える。新聞はいつも一方に偏らず、真実を伝えているものと思っていたのに、このところの新聞を見ていると、②このような考えを変えざるを得ないようだ。

　特に問題なのが、どこで道を誤ったのか、新聞社自らが不祥事を引き起こしている点である。私達は新聞を信頼するからこそ紙面の記事を疑わず、事実として捉えるのは至極当然のことである。それなのに一大スクープとして報じられた記事が実は偽りであったという、信じられないような事件を起こした新聞がある。その新聞は誤りを指摘されても、その非をなかなか認めようとせず、なぜか長い間謝罪もしなかった。偽りのスクープ記事を流し、人々を惑わせているのに、自らの社会的責任と役割をまるで忘れてしまったかのようである。

　紙面に掲載する以上、情報は決して嘘や意図的に歪められたものであってはならない。そして言うまでもなく世論を誘導してはならない。常に権力と一線を画し、真実を伝えるものでなければならない。これは一新聞のことではない。他紙を批判しているその他の新聞にも同じことが言える。

　今日の新聞は自分の身を守るのに懸命で、社会的に力のある強いものに対しては本気で抵抗しようとしない。それなのに反論できない弱者に対しては強圧的で、高々とあたかも正義の刃を振りかざすがごとく徹底的に叩く。あまりにも自分勝手な態度である。

　新聞は、ここで謙虚に反省し、国民のための新聞を目指して欲しい。そのためには、常に権力に迎合することなく正義の側に立って真実を伝えるものでなければならない。

　一方、新聞を読む私達は、単に新聞に掲載されていたからというだけで、その
まま信じてはいけない。新聞を読むときは、できれば他誌と見比べながら「これ
は真実なのか、この記事の裏に何か意図的なものが隠されてはいないか」と、紙
面を厳しく見抜く力が求められる。なぜなら新聞は私達の日常の生活のみならず、
国益や国の行方まで左右しかねない大きな影響力を持つものだからだ。
(注4)

（「新聞を考える」より）

（注1）不祥事：よくない出来事。

（注2）一線を画す：はっきり区別する。

（注3）強圧的：強い力で押さえつける様子。

（注4）国益：国の利益。

64　①貴重なメディアの理由として筆者が挙げていないのはどれか。

1　国内外のほとんど全ての情報を提供してくれるから。

2　速報性にすぐれているから。

3　誰でも簡単に情報に接することができるから。

4　情報を記録に残すことができるから。

65　②このような考えの指すものは何か。

1　新聞の報道が一方に偏っているのでは、という考え。

2　新聞の報道は公正で、真実を伝えているという考え。

3　新聞の報道は、常に最新のものであるという考え。

4　新聞の報道は、常に真実ではないという考え。

66　筆者は、新聞にどのようなことを希望しているか。

1　正義の側に立って世論を導くという目標に向かって努力してほしい。

2　国民のためには、権力におもねることも必要であると自覚してほしい。

3　正義の側に立って真実を伝え、国民のための新聞を目指してほしい。

4　情報機器に後れをとることなく、素早い報道を目指してほしい。

67 筆者は、新聞の読者に対してどのようなことを求めているか。

1 その報道に間違った部分がないかどうかを情報機器と比べで確認しながら読むこと。

2 スクープとして報じられたものが、すでに他誌で報道されたものではないかを見極めながら読むこと。

3 新聞に掲載されたものは全て真実なので、余計な疑いを持たずに素直に読むこと。

4 その報道が真実なのか、裏に意図的なものが隠されていないかを判断しながら読むこと。

問題13　右のページは、社内スポーツ大会についてのメールである。下の問いに対
　　　　する答えとして最もよいものを1・2・3・4から一つ選びなさい。

68　このスポーツ大会は、何のために行われるか。

1　社員の過労を防ぐため

2　新入社員をたくさん募集するため

3　社員たちがお互いをよく知って親しくなるため

4　会社の宣伝のため

69　このスポーツ大会に参加したくないときは、どうすればよいか。

1　何もしなくてよい

2　部の代表者が参加しない人数をまとめて松山さんに連絡する

3　参加しない人が、直接松山さんに連絡をする

4　参加する人に連絡して、当日松山さんに伝えてもらう

宛先 http://www.bibo.com
件名 社内スポーツ大会のご案内

従業員の皆様へ
社内スポーツ大会開催のお知らせです。

　今年も社内行事の一つとして、交流のためのスポーツ大会を下記のとおり開催することとなりましたので、ご参加いただきますようお願いします。大会への出場者以外に応援だけでも参加できます。皆さん奮ってご参加ください。

　なお、準備の都合上、代表者の方は、3月1日（火）までに大会参加者と応援のみの方を各部とりまとめて私へのメール返信または口頭でお申し込みくださいますようお願いいたします 。

　また、止むを得ない事情で開催が不可能な場合は中止とさせていただき、前日までに代表者へメールで通知いたします。

------------記------------

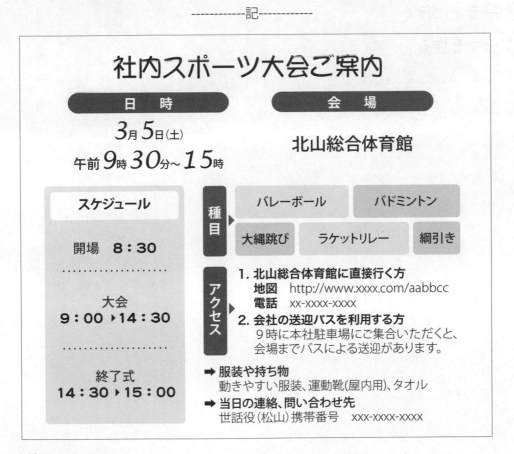

社内スポーツ大会ご案内

| 日　時 | 会　場 |

3月5日(土)
午前9時30分～15時

北山総合体育館

スケジュール

開場　8：30

大会
9：00 ▶ 14：30

終了式
14：30 ▶ 15：00

種目
バレーボール　　バドミントン
大縄跳び　ラケットリレー　綱引き

アクセス
1. 北山総合体育館に直接行く方
地図　http://www.xxxx.com/aabbcc
電話　xx-xxxx-xxxx
2. 会社の送迎バスを利用する方
　9時に本社駐車場にご集合いただくと、
　会場までバスによる送迎があります。

➡ 服装や持ち物
　動きやすい服装、運動靴(屋内用)、タオル
➡ 当日の連絡、問い合わせ先
　世話役(松山)携帯番号　xxx-xxxx-xxxx

以上
総務部　内線1234
松山　茂

もんだい
問題 1

　問題 1 では、まず質問を聞いてください。それから話を聞いて、問題用紙の 1 から 4 の中から、最もよいものを一つ選んでください。

れい
例

1　タクシーに乗る
2　飲み物を買う
3　パーティに行く
4　ケーキを作る

1番
<ruby>番<rt>ばん</rt></ruby>

1 <ruby>子<rt>こ</rt></ruby>どもが<ruby>生<rt>う</rt></ruby>まれた<ruby>病院<rt>びょういん</rt></ruby>に<ruby>行<rt>い</rt></ruby>く

2 <ruby>職場<rt>しょくば</rt></ruby>に<ruby>健康保険証<rt>けんこうほけんしょう</rt></ruby>を<ruby>取<rt>と</rt></ruby>りに<ruby>行<rt>い</rt></ruby>く

3 <ruby>子育<rt>こそだ</rt></ruby>て<ruby>支援課<rt>しえんか</rt></ruby>で<ruby>書類<rt>しょるい</rt></ruby>を<ruby>出<rt>だ</rt></ruby>す

4 <ruby>保険課<rt>ほけんか</rt></ruby>で<ruby>健康保険証<rt>けんこうほけんしょう</rt></ruby>を<ruby>作<rt>つく</rt></ruby>る

2番
<ruby>番<rt>ばん</rt></ruby>

1 <ruby>食器<rt>しょき</rt></ruby>を<ruby>片付<rt>かたづ</rt></ruby>ける

2 <ruby>料理<rt>りょうり</rt></ruby>をする

3 <ruby>買<rt>か</rt></ruby>い<ruby>物<rt>もの</rt></ruby>に<ruby>行<rt>い</rt></ruby>く

4 <ruby>買<rt>か</rt></ruby>うものをメモする

3番

1 Ａの部屋
2 Ｂの部屋
3 Ｃの部屋
4 Ｄの部屋

4番

1 荷造りをする
2 床屋へ行く
3 薬屋へ行く
4 役所に行く

5番

1　子どもの転校のための書類を書く

2　体育着と運動靴を買う

3　帽子を買う

4　隣の町の靴屋に行く

6番

1　水

2　缶詰

3　パンとごはん

4　ラジオ付き懐中電灯

もんだい
問題 2

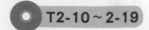

　問題 2 では、まず質問を聞いてください。そのあと、問題用紙のせんたくしを読んでください。読む時間があります。それから話を聞いて、問題用紙の 1 から 4 の中から最もよいものを一つ選んでください。

れい
例

1　パソコンを使い過ぎたから

2　コーヒーを飲みすぎたから

3　部長の話が長かったから

4　会議室の椅子が柔らかすぎるから

1番

1 電車賃がなくて家に帰れないから

2 財布を落としたのかとられたのかわからないから

3 スマートフォンをのぞかれたから

4 クレジットカードを落としたから

2番

1 謙虚だった

2 軽率だった

3 勉強不足だった

4 消極的だった

3番

1 娘に勧められたから

2 若い人と知り合うため

3 妻が応援してくれるから

4 姿勢がよく若くなれるから

4番

1 キュウリ

2 ナス

3 ピーマン

4 トマト

5番<ruby>番<rt>ばん</rt></ruby>

1　<ruby>楽<rt>たの</rt></ruby>しくないのに<ruby>楽<rt>たの</rt></ruby>しそうだと<ruby>言<rt>い</rt></ruby>われたから

2　<ruby>父親<rt>ちちおや</rt></ruby>が<ruby>自分<rt>じぶん</rt></ruby>の<ruby>誕生日<rt>たんじょうび</rt></ruby>を<ruby>間違<rt>まちが</rt></ruby>えたから

3　<ruby>昨日<rt>きのう</rt></ruby><ruby>父親<rt>ちちおや</rt></ruby>が<ruby>遅<rt>おそ</rt></ruby>く<ruby>帰<rt>かえ</rt></ruby>ってきたから

4　プレゼントが<ruby>気<rt>き</rt></ruby>に<ruby>入<rt>い</rt></ruby>らなかったから

回數

1

2

3

4

5

6

6番<ruby>番<rt>ばん</rt></ruby>

1　<ruby>定期預金<rt>ていきよきん</rt></ruby>

2　<ruby>住宅<rt>じゅうたく</rt></ruby>ローン

3　<ruby>保険<rt>ほけん</rt></ruby>

4　<ruby>株<rt>かぶ</rt></ruby>

7番

1　希望の会社に就職が決まったから

2　試験に合格したのは偶然だから

3　教授に反対されたから

4　留学するお金がないから

もんだい
問題3

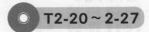

　問題3では、問題用紙に何も印刷されていません。この問題は、全体としてどんな内容かを聞く問題です。話の前に質問はありません。まず話を聞いてください。それから、質問とせんたくしを聞いて、1から4の中から、最もよいものを一つ選んでください。

ーメモー

もんだい
問題 4

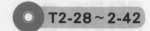
　問題 4 では、問題用紙に何も印刷されていません。まず文を聞いてください。それから、それに対する返事を聞いて、1 から 3 の中から、最もよいものを一つ選んでください。

― メモ ―

もんだい
問題 5

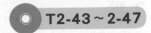

問題 5 では、長めの話を聞きます。この問題には練習はありません。

メモをとってもかまいません。

1番、2番

問題用紙に何も印刷されていません。まず話を聞いてください。それから、質問とせんたくしを聞いて、1から4の中から、最もよいものを一つ選んでください。

—メモ—

3番

まず話を聞いてください。それから、二つの質問を聞いて、それぞれ問題用紙の1から4の中から、最もよいものを一つ選んでください。

質問1

1 こんな会社が増えてほしい

2 社員にストレスを与えるだけだ

3 自分の会社でも提案したい

4 おもしろそうだが行ってみたいとは思わない

質問2

1 役員が働くのは嫌だ

2 男の人は遠慮をしすぎている

3 いいシステムだ

4 何の効果もないはずだ

Check ☐1 ☐2 ☐3

第3回

言語知識（文字・語彙）

問題1 ＿＿＿の言葉の読み方として最もよいものを、1・2・3・4から一つ選びなさい。

1 条件に該当する項目を全て書き出しなさい。

  1 かいとう   2 がいとう   3 かくとう   4 がくとう

2 このデザイナーは、独特の色彩感覚に定評がある。

  1 しょくざい   2 しょくさい   3 しきざい   4 しきさい

3 巡ってきたチャンスを逃さないよう、全力で取り組むつもりだ。

  1 のがさない   2 にげさない   3 ぬかさない   4 つぶさない

4 故郷に帰る日のことを思うと、心が弾む。

  1 はばむ   2 はずむ   3 はげむ   4 いどむ

5 資料が不足している人は、速やかに申し出てください。

  1 すこやか   2 こまやか   3 すみやか   4 あざやか

6 明るいうちに峠を越えた方がいい。

  1 ふもと   2 とうげ   3 みさき   4 いただき

問題2 （　　）に入れるのに最もよいものを、1・2・3・4から一つ選びなさい。

7 少子高齢化は、老人が老人を（　　　　）するという過酷な事態を生んでいる。

1　福祉　　　　　　2　保育　　　　　　3　安静　　　　　4　介護

8 部長は部下を（　　　）ばかりだが、ほめてくれればもっとやる気が出るのに。

1　みたす　　　　　2　けなす　　　　　3　はみだす　　　　4　もよおす

9 我が社は日々、製品の品質（　　　）に努めております。

1　向上　　　　　　2　上昇　　　　　　3　良好　　　　　4　増加

10 兄とは、兄弟というより、何でも競い合う（　　　）のような関係です。

1　キャリア　　　　　　　　　　2　ライバル

3　トラブル　　　　　　　　　　4　ボーイフレンド

11 失業して離婚した。金の切れ目が（　　　）の切れ目とはよく言ったものだ。

1　宝　　　　　　　2　骨　　　　　　　3　縁　　　　　　4　涙

12 一度引き受けた仕事を、（　　　）できないとは言えない。

1　いかにも　　　　2　まさしく　　　　3　やんわり　　　　4　いまさら

13 娘の寝顔を見ると、小さな悩みなんて（　　　）しまうよ。

1　吹き飛んで　　　2　走り去って　　　3　滑り込んで　　　4　溶け出して

問題3 ＿＿の言葉に意味が最も近いものを1・2・3・4から一つ選びなさい。

14 定年後は、キャリアを生かしたボランティア活動をするつもりだ。

1 能力 　　　　2 性格 　　　　3 経歴 　　　　4 出身

15 次の項目に該当する人は、近くの係員まで申し出てください。

1 合う 　　　　2 乗る 　　　　3 貼る 　　　　4 参加する

16 彼は本当に信頼できる男ではない。現に、約束の時間になっても来ないじゃないか。

1 今のところ 　　2 例によって 　　3 その証拠に 　　4 約束したので

17 東京近郊にもまだ昔の趣の残っている街がある。

1 思い出 　　　　2 遊び 　　　　3 旅館 　　　　4 雰囲気

18 候補者の演説は、どれも無難で新鮮さに欠けるものだった。

1 真面目過ぎる 　　　　　　　　2 レベルが低い

3 わかりにくい 　　　　　　　　4 良くも悪くもない

19 今日こそいい結果を出すぞ、と彼は意気込んで出掛けていった。

1 叫んで 　　　　2 張り切って 　　3 もてなして 　　4 気にして

問題 4　次の言葉の使い方として最もよいものを、1・2・3・4から一つ選びなさい。

20　告白

1　新製品の特徴を表にして告白する。

2　自分の過ちを告白するのは、大変勇気がいることだ。

3　医者には、患者の病状を分かりやすく告白する義務がある。

4　マスコミ各社は、女優Aの婚約を一斉に告白した。

21　仲直り

1　簡単な故障なら、自分で仲直りできます。

2　練習で失敗したことを、本番で仲直りすることが大切だ。

3　ぼくとたかし君は、小さいころからの仲直りです。

4　仲直りの印に握手をしようじゃないか。

22　ふさわしい

1　駅前のコンビニは24時間営業なので、忙しい人にふさわしい。

2　優秀な彼女には、もっとふさわしい仕事があると思う。

3　あの兄弟は、顔も体格もふさわしくて、遠くからでは区別がつかない。

4　ちゃんと病院に行って、ふさわしい薬をもらったほうがいいよ。

23　強いて

1　いい映画だが、強いて言うなら意外性に欠ける。

2　彼女は、こちらの都合など考えず、強いてしゃべり続けた。

3　男の子というのは、好きな女の子を強いていじめるものだ。

4　犯人逮捕のために、知っていることは強いて話してください。

24　威張る

1　君は班長なのだから、責任を持ってもっと威張らなくてはいけないよ。

2　あの山は姿が威張っていると、観光客に人気だ。

3　3つ上の兄は、いつも威張って私に命令する。

4　となりの犬は夜になると大きな声で威張るので迷惑だ。

25 使いこなす

1 父に買ってもらったこの辞書は、もう 10 年以上<u>使いこなして</u>いる。

2 このくつはもう<u>使いこなして</u>しまったので、捨ててください。

3 この最新の実験装置を<u>使いこなせる</u>のは、彼だけです。

4 旅先で、持っていたお金を全て<u>使いこなして</u>しまった。

言語知識（文法）

問題５（　　）に入れるのに最もよいものを、１・２・３・４から一つ選びなさい。

26 優秀な彼が、この程度の失敗で辞職に追い込まれるとは、残念で（　　　）。

1 やまない　　　　2 堪えない　　　　3 ならない　　　　4 やむをえない

27 隊員たちは、危険を（　　　）、行方不明者の捜索にあたった。

1 抜きにして　　2 ものともせず　　3 問わず　　　　4 よそに

28 （　　　）を限りに、Ａ社との提携を打ち切ることとします。

1 最近　　　　　2 以降　　　　　3 期限　　　　　4 本日

29 事情（　　　）、遅刻は遅刻だ。

1 のいかんによらず　　　　　　　2 ならいざ知らず

3 ともなると　　　　　　　　　　4 のことだから

30 大切なものだと知らなかった（　　　）、勝手に処分してしまって、すみませんでした。

1 とはいえ　　　　　　　　　　　2 にもかかわらず

3 と思いきや　　　　　　　　　　4 とばかり

31 あの時の辛い経験があればこそ、僕はここまで（　　　）。

1 来たいです　　　　　　　　　　2 来たかったです

3 来られたんです　　　　　　　　4 来られた理由です

32 同じ議員でも、タレント出身のＡ氏の人気（　　　）、元銀行員のＢ氏の知名度はゼロに等しい。

1 ならでは　　　2 にもまして　　　3 にして　　　　4 にひきかえ

33 お礼を言われるようなことではありません。当たり前のことをした（　　　）です。

1 うえ　　　　　2 きり　　　　　3 こそ　　　　　4 まで

34 日食とは、太陽が月の陰に（　　　　）ために、月によって太陽が隠される現象をいう。

1　入れる　　　　　2　入る　　　　　　3　入れる　　　　　4　入れられる

35 一度、ご主人様に（　　　　）のですが、いつご在宅でしょうか。

1　お目にかないたい　　　　　　　2　お目にはいりたい

3　お目にかかりたい　　　　　　　4　お目にとまりたい

問題6　次の文の＿★＿に入る最もよいものを、1・2・3・4から一つ選びなさい。

（問題例）

あそこで＿＿＿　＿＿＿　＿★＿　＿＿＿は山田さんです。

1　テレビ　　　2　見ている　　3　を　　4　人

（回答のしかた）

1. 正しい文はこうです。

> あそこで＿＿＿　＿＿＿　＿★＿　＿＿＿は山田さんです。
> 1　テレビ　　　3　を　　　　2　見ている　　　4　人

2. ＿★＿に入る番号を解答用紙にマークします。

（解答用紙）　　（例）　①　●　③　④

---

[36]　食物アレルギーを甘くみてはいけない。＿＿＿　＿＿＿　＿★＿　＿＿＿あるのだ。

1　食べよう　　　　　　　　　　2　誤って

3　命にかかわることも　　　　　4　ものなら

[37]　この＿＿＿　＿＿＿　＿★＿　＿＿＿を禁ずる。

1　部屋に　　　　　　　　　　　2　なしに

3　入ること　　　　　　　　　　4　断り

[38]　たとえ＿＿＿　＿＿＿　＿★＿　＿＿＿しません。

1　大金を　　　　　　　　　　　2　ことは

3　友人を裏切るような　　　　　4　積まれようと

39 お金を貸すことは_____ _____ ★_____ _____できますよ。

1 までも 　　　　　　　　　　2 くらいなら

3 できない 　　　　　　　　　4 アルバイトの紹介

40 取材陣の_____ _____ ★_____ _____集中した。

1 態度に 　　　　2 極まる 　　　　3 世間の批判が 　　　4 失礼

問題7　次の文章を読んで、文章全体の趣旨を踏まえて、　41　から　45　の中に
　　　　入る最もよいものを、1・2・3・4から一つ選びなさい。

旅の楽しみ

　テレビでは、しょっちゅう旅行番組をやっている。それを見ていると、居な
がらにしてどんな遠い国にも　41　。一流のカメラマンが素晴らしい景色を写
して見せてくれる。旅行のための面倒な準備もいらないし、だいいち、お金が
かからない。番組を見ているだけで、　42-a　　その国に　42-b　気になる。

　だからわざわざ旅行には行かない、という人もいるが、私は、番組を見て
旅心を誘われるほうである。その国の自然や人々の生活に関する想像が膨ら
み、行ってみたいという気にさせられる。

　旅の楽しみとは、まずは、こんなことではないだろうか。心の中で想像を
膨らますことだ。　43-a　その想像は美化されすぎて、実際に行ってみたらがっ
かりすることも　43-b　。しかし、それでもいいのだ。自分自身の目で見て、
そのギャップを実感することこそ、旅の楽しみでも　44　。

　もう一つの楽しみとは、旅先から自分の国、自分の家、自分の部屋に帰る
楽しみである。帰りの飛行機に乗った途端、私は早くもそれらの楽しみを思
い浮かべる。ほんの数日間離れていただけなのに、空港に降り立ったとき、
日本という国のにおいや美しさがどっと身の回りに押し寄せる。家の小さな
庭の草花や自分の部屋のことが心に　45　。

　帰宅すると、荷物を片付ける間ももどかしく、懐かしい自分のベッドに倒
れこむ。その瞬間の嬉しさは格別である。

　旅の楽しみとは、結局、旅に行く前と帰る時の心の高揚にあるのかもしれ
ない。

（注1）美化：実際よりも美しく素晴らしいと考えること。

（注2）ギャップ：差。

（注3）もどかしい：早くしたいとあせる気持ち。

（注4）高揚：気分が高まること。

41

1 行くのだ

2 行くかもしれない

3 行くことができる

4 行かない

42

1 a まるで／b 行く

2 a あたかも／b 行くような

3 a または／b 行ったかのような

4 a あたかも／b 行ったかのような

43

1 a もしも／b あるだろう

2 a もしかしたら／b あるかもしれない

3 a もし／b あるに違いない

4 a たとえば／b ないだろう

44

1 ないかもしれない

2 あるだろうか

3 あるからだ

4 ないに違いない

45

1 浮かべる

2 浮かぶ

3 浮かばれる

4 浮かべた

読解

問題8　次の(1)から(3)の文章を読んで、後の問いに対する答えとして最もよいものを、1・2・3・4から一つ選びなさい。

(1)

　　働きアリの集団では、必ず一定の割合で働かないアリが現れる。それは、なぜか。

　　新たな研究の成果では、最初よく働いていたアリが休み出すと、それまで働かなかったアリが働き始めることが確認された。さらに、よく働くアリだけの集団と、働き具合がばらばらな集団とを比べると、前者はアリが一斉に疲労して働けなくなるため集団が滅びるのが早いが、後者は集団が長続きする傾向が見られたという。

　　集団の存続のためには、勤勉な者の交代要員として怠け者が不可欠なのだ。そう考えると、近くの怠け者に対する見方も変わってくるかもしれない。

46　「怠け者に対する見方」がどのように変わりうると考えられるか。

　1　集団の活動のためには怠け者も勤勉な者と働き具合をそろえるべきだ。

　2　集団の存続のために常に一定の割合で怠け者が出現するのは残念だ。

　3　集団の維持のためにはずっと働かない怠け者がいるのもしかたがない。

　4　集団が長続きするためには今、怠け者がいてくれるのがありがたい。

(2)

　高校に入って料理に興味を持ち始めたころの娘が、ある日、台所の祖母をつかまえ、「おばあちゃん、ここを使えば、じゃがいもの芽も簡単に取れるんだよ。」と、新品のピーラーを自慢げに見せた。明治生まれの祖母はすかさず、「ありがたいね。でも、包丁だってここを使えば、じゃがいもの芽だってすぐ取れるんだよ。」と、包丁の角を器用に使って実演して見せた。娘は目を見開いて、祖母の手の動きを見つめていた。

　次々と現れる便利グッズを目にするたびに、私は、その時の娘の落胆と驚きと敬意の入り混じった複雑な表情と、包丁一本をさまざまに使い分けていた明治の女の手を思い出す。人は一つ便利さを身につけるたびに、実は一つ不器用になっていく気がしてならない。

（注1）ピーラー：主に野菜や果物の皮をむくための手軽で便利な調理器具。

（注2）明治生まれ：およそ 1868 年から 1912 年までに生まれた者。

（注3）すかさず：すぐに。

47　便利グッズを、筆者はどのようなものだと感じているのか。

1　生活には便利だが、人間が本来持つさまざまな能力の可能性を損なうもの。

2　新品の状態なら便利だが、使うにつれて劣化していく、実は不便なもの。

3　次から次へとより便利なものが現れては消えていく、意外と不確かなもの。

4　便利さに感心したりがっかりしたりを繰り返しながら、愛着がわいてくるもの。

(3)

以下は、市報に掲載された、スポーツ施設の利用についてのお知らせである。

♪ 学生フリーウイークのお知らせ

【日時】7月25日(月)〜8月5日(金)の平日午前9時〜午後3時

【場所】スポーツセンター・総合体育館

【内容】●プール・トレーニングルーム・柔道場・弓道場の無料利用
　　　　●プールの各教室(下表参照)の無料参加

【対象】市内在住の、大学(短期大学・大学院を含む)、高等専門学校、専門学校
　　　　等で学ぶ者。

　　　　※詳しくはお問い合わせください。

【利用・参加方法】
■利用時に、学生証か身分証明書を提示してください。
■教室への参加申し込みは、7月11日(月)までに直接または電話で各館へ。
※申し込み多数の場合は抽選。

【問い合わせ】スポーツセンター　TEL (012) - 3456 - 7890

コース	教 室 名	日　　時	定員
A	せめてクロール50マスター	7月25日(月)午前9時〜11時	20人
B	めざせ遠泳!平泳ぎマスター	7月26日(火)午後1時〜3時	10人
C	チャレンジ・ザ・バタフライ	8月1日(月)午前9時〜11時	10人

---

48 学生の利用・参加方法として正しくないものはどれか。

1　7月25日のプールの教室に参加したいので、7月11日に総合体育館に電話
して申し込む。

2　7月26日のプールの教室に参加したいので、7月4日にスポーツセンターへ
行って申し込む。

3　8月1日の午後3時から5時までプールを無料で利用するために、当日学生
証を持参してプールに行く。

4　8月4日の午前10時から12時まで弓道場を無料で利用するために、当日学
生証を持参して弓道場へ行く。

問題9　次の (1) から (3) の文章を読んで、後の問いに対する答えとして最もよいものを、1・2・3・4から一つ選びなさい。

(1)

　白い杖、つまり白杖を持っているのは、主に視覚障害者であることは、たいていの人は知っている。

　街で白杖を持っている人を見かけたら、どうすればいいだろうか。

　白杖を持つ人が常に人の助けを求めているとは限らないので、まずは、その人が危険な状態にないかどうかを確かめよう。そして、危険な状態に直面していると思われる場合は、ためらわずに助けを申し出よう。

　しかし、そうでない場合、通行を助けようとして、いきなりその人の腕を掴んだり杖を触ったりするのは禁物である。視覚に障害がある人は、相手の顔や様子が見えないので、急に体や杖に触られると恐怖を感じることがあるからだ。手助けをしようと思ったら、まずは、「何か、お手伝いをしましょうか。」などと声をかけてみよう。そうすれば、こちらの目的がわかって安心してもらえるだろう。人によって、また、障害の程度によっては、一人で歩ける人もいるので、手助けはかえって迷惑だということもあるかもしれない。

　だが、視覚障害者が必ず助けを求めていることを表すポーズがある。「白杖SOS」といって、白杖を体の前に高く掲げて立ち止まるポーズである。そんな障害者を見たら、すぐに駆け寄って助けよう。このポーズは、今から約40年ほど前に考え出されたものだが、あまり普及しなかったということだ。しかし、障害者の社会参加が進んでいる今日、SOS が必要になる場面も増えるにちがいない。全ての人にこのポーズの意味を知ってもらって、視覚障害者の人達も安心して街を歩けるようにしたいものである。

（『視覚障害者に対する手助け』による）

(注) 視覚障害者：目が不自由な人。

49 街で白い杖を持っている人を見かけたら、まず、どうすればよいか。

1 黙ってその人に近寄り、腕を優しく掴んで通行を助ける。

2 その人が危険に直面しているとわかれば、すぐに助けを申し出る。

3 その人の白い杖を握って、優しく誘導する。

4 周りの人たちにも声をかけて、みんなで助けるようにする。

50 すぐにその人のそばに行って助けなければならないのは、どんな時か。

1 杖を大きく振り回している人を見た時。

2 視覚障害者が乗り物に乗ろうとしている時。

3 白杖を体の前に高く上げて立ち止まっている障害者を見た時。

4 視覚障害者が立ち止まってどちらに行くか迷っている時。

51 筆者が「白杖SOS」の意味を全ての人に知ってほしいと考えているのは、どのような社会的実情によるか。

1 障害者の数が多くなったという実情。

2 障害者に対する社会の関心が高まっているという実情。

3 障害者が街を歩きにくくなったという実情。

4 障害者の社会参加が増えているという実情。

(2)

　中国は、1979年にスタートさせた「一人っ子政策」をやめ、来年(2016年)から「二人っ子政策」に転換するそうである。ひと組の夫婦が二人の子供を産み育てることを認めるということだ。

　少子高齢化による労働力人口の減少が中国経済減速の原因の一つになるという危機感もあってのことらしい。(注1)

　□□□□、都会では、二人目を産まない夫婦が増えているそうである。

　上海に住むある夫婦も二人目を産むつもりはない、と言う。教育費が高すぎて二人の子供を育てる余裕がないということだ。まず、子供を有名な幼稚園に入れるには高級住宅地の区に引っ越さなければならないそうだが、そこのマンション代が非常に高いという。また、たとえその幼稚園に入れたとしても、学費や習い事にかかるお金が高いので、とても自分たちにはできない、したがって、二人っ子政策に変わっても自分たちには関係ないと言う。(注2)

　中国にしても日本にしても、経済的な理由が子供を産めない一番の理由になっているのは同じであるらしい。

　だが、ここで、浮かび上がってくるのは、「子供とは、いったい何だろう？」という素朴な疑問ではないだろうか。

　政府は、国力や経済のために少子化対策を推進し、国民は、家の経済が原因で子供を産めないという。これでは、まるで、子供は経済のために存在しているようなものではないか。本来、子供を産み育てるのは人類としての義務であり、また、人にとって喜びであるはずで、国や国の経済に左右されたり、支配されたりすべきではないと思うのだが……。

（『何のために子供を産み育てるのか』による）

（注1）減速：発展の速度が落ちること。
（注2）習い事：学校の勉強以外に、先生についてピアノなどを習うこと。

52 [＿＿＿]に入る言葉を次から選べ。

1 したがって　　　2 また　　　　　　　3 もちろん　　　　　4 しかし

53 中国と日本の子供を産めない理由について、合っているのはどれか。

1 中国は経済的な理由によるが、日本は社会的な理由による。

2 中国は国の政策によるが、日本は経済的な事情による。

3 中国も日本も夫婦二人の人生観による。

4 中国も日本も経済的な理由による。

54 筆者は子供を産み育てることに関して、どのように考えているか。

1 人類として当然であり、人間としての喜びであるはずだ。

2 社会に貢献するために当然の義務である。

3 経済的な事情を考慮して夫婦が決めるべきである。

4 国が経済的にもっと援助して子供を産みやすくするべきだ。

(3)

　1986年、「男女雇用機会均等法」が施行された。企業の採用や昇進などにおい
て、女性差別を禁止することを目指した法律である。それから今年で約30年だが、
共同通信の調査によると、その年、大企業に採用された女性総合職のうち、昨年
(2015年)10月には、約80％が退職していたという。総合職として採用されたもの
の、長時間労働などの慣習の中で、育児と仕事の両立に耐えられなかったのであ
ろうか、多くが職場に定着できなかった。

　男女雇用機会均等法の施行後、1999年と2007年にも比較的大きな改正が行わ
れたが、□□□□、1999年採用の女性総合職は74％が、2007年採用では42％が退
職しているということだ。政府は女性の活躍推進を中心的な政策としてはいるが、
そのための環境整備についてはなかなか手が回らず、依然大きな課題として残っ
ている。育児に関する法整備が進んだ後も、退職率は依然高い。

　また、日本は国際的に見ても女性の政治家が極端に少なく、国会では衆議院で
9％、参議院で15％、地方議会では12％に過ぎない。

　外国では、70年代以降、北欧が議員の男女差をなくすため、議員や候補者の一
定人数を女性にする「クオータ制」を導入。今では、100か国以上がこの制度を取
り入れているという。その結果、女性議員が、韓国では約15％、ドイツは3割、
北欧は4割を超えているという。日本も各国並みに法的な仕組みが必要ではない
かということで、今年(2016年)超党派による議員連盟が動きだした。選挙の候補
者をできるだけ男女同数にすることを目指して公職選挙法改正案をまとめて国会
に提出する考えだそうだ。

　社会が男性と女性で成り立っている以上、当然、全ての分野で女性の視点は欠
かすことができない。各党は、女性議員を増やす環境づくりに努力すべきである。

　　　　　　　　　　　　　　　　　　　　　（『男女差をなくす試み』による）

（注1）男女雇用機会均等法：職場における男女の差別を禁止し、雇用においても
　　　　　　男女平等に扱うことを決めた法律。
（注2）共同通信：全国の新聞社やNHKが組織する通信社。
（注3）総合職：総合的な判断を要する重要な業務に従事する正社員。

（注4）定着：ある所にとどまること。

（注5）超党派：各政党が違いを超えて協力しあうこと。

（注6）公職選挙法：選挙に関する法律。

55 ［　　　　］に入る言葉はどれか。

1　それでも

2　それで

3　つまり

4　そして

56 「クオータ制」について説明したものとして、正しくないものを選べ。

1　議員の男女差をなくす目的である。

2　今では100以上の国がこの制度を採用している。

3　日本もこの制度を取り入れている。

4　まず、北欧で導入された。

57 筆者は、女性の活躍のためにどんなことを政府に望んでいるか。

1　女性を差別しないという法律を厳しくすること。

2　企業の長時間労働を取り締まること。

3　多くの女性が活躍できる環境を整えること。

4　女性に高い賃金を払うこと。

問題10　次の文章を読んで、あとの問いに対する答えとして最もよいものを、1・
　　　　2・3・4から一つ選びなさい。

　あなたは「文系ですか、理系ですか」と聞かれたら、あなたはどう答えますか？
(注1)　　　　　　　　　(注2)
恐らく多くの人が「私は文系です」と答えるのではないだろうか。

　そこで、次にもう一つ。「あなたは学生のとき、数学や理科は得意でしたか、
また理数系の科目は好きでしたか」と尋ねると、多くの人が「嫌いでした。そう
いえば私は中学の頃から数学や理科が苦手で、いつも悩んでいました。今も数学
や理科のテストの問題が解けずに苦しむ夢を見るくらいです」と付け加える人さ
えいる。

　そんな問答に接すると、学生時代、数学や理科が出来なくて苦しんだ人が予想
以上に多いことに気付かされる。それゆえ、「文系ですか、理系ですか」と尋ね
れば、当然ながら「文系」と答える人が多いのは言うまでもないことなのだ。

　最近の子どもたちを見ても、小学生から中学生になるにつれ、理数系は苦手だ
という子どもがますます多くなり、①理科離れを引き起こしているようだ。

　中学生に②「理科や数学が好きですか」という設問を試みた国際的な比較
(文部科学省の科学技術指標、2004 年) があるが、理科が好きだと答えた学生は、
(注3)　　　　　　　　　　　(注4)
トップのシンガポールの86％に対して、日本は52％、数学が好きだと答えたのは
シンガポールの79％に対し日本は54％。アメリカなどに比べてもかなり低くなっ
ている。

　また中学2年生を対象にした「理科の勉強は楽しいですか」と尋ねた99年の
IEA の国際調査があるが、それを見ると理科が楽しいと答えた日本の中学生は、世
(注5)
界平均の73％に対し、韓国の59％につぐ56％でしかなく、理科についての関心度
はますます薄れてきている。その原因の一つとして考えられるのが、理数科の特
徴として論理的に考えることが難しいということは当然としても、社会の急速な
発展につれ便利な物があふれ、新しい物を創造するとか、考えるとかいうことが
少なくなったことが挙げられるだろう。

　歴史を見ても、戦後、日本人として初めてノーベル賞を受賞した湯川秀樹博士を初めノーベル賞受賞者の多くのメンバーからも分かるように、日本は物理や化学、生物学などの科学分野で世界のトップレベルを維持してきた。そして日本はそのような学力、科学力を基礎にして世界に冠たる産業立国を築き上げてきたのである。

　ただ、これからの日本を考えたとき、今の若い人の理科離れには大きな危惧を抱かざるをえないのだ。いまやこの理科離れは、日本の教育に突き付けられた一大課題である。科学技術の発展には、長い時間と国民的な基礎学力が必要である。それは教育界だけに任せておけばいいということではない。私たちはそのことを国民的な課題として捉え、一日も早く理数科教育の改善に向かう必要があるのだ。

(『理科離れ』による)

(注1)文系:文化系の学科。人文科学、社会科学などの分野。

(注2)理系:理科系の学科。自然科学などの分野。

(注3)文部科学省:日本の行政機関の一つで、教育に関する活動を行っている。

(注4)指標:ものごとの状態を知るための目印。

(注5)IEA:国際エネルギー機関(International Energy Agency)。

(注6)冠たる:最も優れている。

(注7)産業立国:産業によって国が栄えること。

(注8)危惧:よくない結果になるのではないかと心配すること。

58　①理科離れとはどのような現象か。

1　小学生から中学生にかけて、理科の授業が減る現象。

2　子どもの、理科に対する興味や関心、学力が低下する現象。

3　中学になると、文系より理数系に偏る現象。

4　理科を教える先生の数が減る現象。

59 ②「理科や数学が好きですか」という設問を試みた国際的な比較では、日本の中学生に関して、どのような結果が出たか。

1 数学が好きだと答えた中学生は、シンガポールの約半分だった。

2 数学が好きだと答えた中学生は、アメリカより多かった。

3 理科が好きだと答えた中学生の割合は、トップのシンガポールの約6割だった。

4 日本は、理科が好きだと答えた中学生が最も多かった。

60 理科に対する関心が薄れてきている原因の一つとして、筆者はどのようなことを述べているか。

1 社会の急速な発展に、子どもたちの理科の力が追いついていけなくなったから。

2 物が豊かにある現代において、子どもたちは物事を論理的に考えなくなったから。

3 日本人は、もともと物事を論理的に考えるということが苦手だから。

4 便利な物があふれているので、新たに物を創ったり考えたりすることが少なくなったから。

61 筆者は子どもたちの理科離れについてどのように考えているか。

1 理科離れを改善することが世界の中での日本の地位を高めることになる。

2 理科や数学は最も大切な学科だから、文系の勉強より優先すべきである。

3 科学技術の発展には長い時間が必要なので、理科離れを一日も早く改善すべきだ。

4 理科離れを改善することで、日本から多数のノーベル賞受賞者が出るだろう。

問題11　次のAとBは、嘘をつくことについての意見である。後の問いに対する答えとして最もよいものを、1・2・3・4から一つ選びなさい。

A

　　いかなる理由があっても私は絶対嘘はついてはいけないと思う。私達の社会はお互いに相手を信用し合うことで成り立っている。それは、相手に嘘をついたり、相手を騙したりしないという社会の極めて常識的な約束事なのだ。嘘がまかり通れば、人を騙してもいいということになり、社会の秩序も公正さも損なわれてしまう。

　　それなのに意外にも私たちの身近な社会でしばしば嘘をつく人がいる。嘘をつく人は「小さな嘘ならその場限りのことでたいしたことではない」と考えているのかもしれないが、嘘をつかれた人は心に傷を負い、絶対に忘れないのだ。さらに信用していた人に裏切られたことで友人関係にひびが入り、絶交に到ることも多い。
（注1）

　　このように嘘をつくと仲間の信用を失い、友情も簡単に壊れてしまい、ひいては社会そのものの在り方が根底から破壊されてしまうだろう。したがって、人間関係を壊すような嘘は小さくとも絶対についてはいけないのだ。

B

　嘘をつくことは確かに悪い。でも「嘘も方便（ほうべん）」という言葉があ
るように嘘の全てが否定されるものではない。むしろ嘘をつかず本音だけを
言い合えば、私達の人間社会は間違いなく悪化し、収拾がつかなくなってし
まうに違いない。

　たとえば人の才能や美醜について、見た通り思った通りをありのままに言
い合えば、言うまでもなくお互いの友情関係は完全に壊れてしまうだろう。

　また大学受験に失敗した人に、自分はそう思っていても「あなたの力では
とうてい無理だったんだよ」とか、容姿に悩んでいる女の人に「あなたは化
粧しても変わり映えしないよ」などと言えば、言われた当人は傷つき、落ち
込み、二人の仲は完全に終わってしまうだろう。同じように、病気が重い人
に医者が「難しいですね」などと病状をそのまま伝えれば、言われた病人は
落ち込み、治る病気も悪化しかねない。

　それ故に相手を励まし傷つけないための嘘なら、むしろ積極的に嘘をつく
方がいい。嘘はある面では社会の潤滑油でもあるのだ。

（注1）絶交：今までのつきあいをやめること。

（注2）嘘も方便：目的によっては嘘をつくこともあってもよい。

（注3）収拾がつかない：混乱して、うまくまとめることができない。

（注4）潤滑油：機械などをうまく動かすための油という意味から転じて、物事を
　　　　　円滑に運ぶための役割を果たすもの。

62 嘘をつくことについて、ＡとＢの観点はどのようなものか。

1 Ａは道徳的な観点で善し悪しを判断し、Ｂは慣習的な観点で考えを述べている。

2 Ａは社会そのものの在り方という面から述べ、Ｂは、主に個人どうしの関係という観点から述べている。

3 ＡもＢも嘘をつくということにおける、個人の心の中に焦点を当てて論じている。

4 Ａは嘘をつくことが許されるかどうかを建前から述べ、Ｂは本音から考えを述べている。

63 嘘をつくことが許されるかということに関して、ＡとＢはどのように述べているか。

1 Ａは、どんな事情があっても嘘をつくことは許されないと述べ、Ｂは、本音ならば嘘をついても許されると述べている。

2 Ａは、社会を円滑にするためなら多少の嘘は許されると述べ、Ｂは、相手を傷つけないための嘘なら許されると述べている。

3 ＡもＢも、嘘をつくことは悪いと述べているが、Ａは特に人を傷つける嘘は絶対に許されないと述べている。

4 Ａは、嘘は人間関係とともに社会をも破壊してしまうものだから許されないと述べ、Ｂは、相手の為を思った嘘なら許されると述べている。

問題12　次の文章を読んで、後の問いに対する答えとして最もよいものを、1・2・3・4から一つ選びなさい。

　聖徳太子の17条の憲法に「和をもって尊しとなす」という条に見られるように、私たち日本人にとって「和」は昔から生活の場でごく当たり前のものとして考えられてきた。そして子供の時から、家庭や学校で「周りの人と仲良くしましょう、人の和を大事にしましょう」と言われ育てられてきた。

　社会に出てからはなお更である。遊びやスポーツの場ではもちろん、専門的な研究や仕事の場においても、「和」の気持ちを大切にして課題に取り組むことが多い。事実、日本人はこの「和」の総合力によって、これまでにスポーツや文化、学術、産業等いろいろな方面で大きな成果を上げてきた。「和」はまさに今日の日本を築いた大きな要因の一つとして挙げることが出来るだろう。

　仲間と共に助け合い目標に向かって努力する姿は美しい。目的達成に向かう時、この「和」の精神は大きな力を持つ。その過程で私たちは「和」の素晴らしさを再認識することになる。そしてまた成果に関わらず個人一人一人にとっても得難い経験、体験を積み重ねることになる。

　ただ、成果を上げるために、仲間の「和」を重要視するあまり、個人よりも全体に従い同調することが強制される。個人の意見や異論を自由に述べることはなかなか難しい。仲間内では、たとえプラスになる独創的な提案や改善策があっても、それは全体からはみ出すわがままな意見として無視され、取り上げられることはほとんどない。むしろ皆で決めたことと違う意見を述べることは、仲間の和を乱す異論として捉えられるからだ。

　そしてまた、一個人の失敗が全体の責任とされることを恐れるからだ。そこでは個人の自主性は生かされにくい。仲間内ではいかに争いごとを起こさず、仲良くやっていくかということが求められている。そこでは、あえて対立してまで自分の意見や考えは述べず、黙って周りに合わせた方がいいと考える者が多くなるのは当然のことである。

　しかし、それでいいのだろうか。私たちはいま大きな危惧を抱かざるを得ない。確かに「和」はすばらしい。ただ「和」を強調するあまり周りに合わせることに

慣れ、それが習い性となって人々の自由な考えや意見を縛ることは、あってはならないだろう。そこからは独創的な発明や発見は決して生まれないからだ。

世界は今かつてない大きな激動期を迎えている。日本も決してこの歴史の流れに無関心であってはならない。自分には関係ないと「和」の狭い考えに閉じこもっていては、世界に取り残されてしまう。私たち日本人は「和」の精神を大切にしながらも、今こそ積極的に仲間はもちろん世界に向けて発言し、行動しなければならない時なのだ。

（池永陽一『個の確立を—いま和を考える』より）

（注1）聖徳太子：飛鳥時代の皇族で政治家。「十七条の憲法」を制定したと言われる。

（注2）危惧：悪い結果にならないかと心配すること。

（注3）習い性となる：いつもの習慣が身についてしまう。

（注4）激動期：激しく揺れ動く時期。

64 「和をもって尊しとなす」とは、どのようなことか。

1 人と意見を合わせることができる人は、尊敬されるということ。

2 人と調和して互いに仲良くすることはとても尊いことだということ。

3 国と国が戦争をしないで平和であることはとても尊いことだ。

4 日本人は、何よりも「和」を好む性質があるということ。

65 和を重視して成果を上げようとする場合、問題となるのはどのようなことか。

1 成果を上げようと努力している過程で、突然和が崩れてしまうことがよくあること。

2 成果を上げるためなら、一人だけ皆と異なる意見を述べることも大切だと見なされること。

3 仲間と共に助け合って努力する姿は美しいが、その和がいつまでも続くとは限らないこと。

4 プラスになる意見であっても皆と違う意見を述べることは和を乱すと見なされること。

66 和についての筆者の考えはどれか。

1 和を強調することに慣れると人の独創的な発明や発見は生まれない。

2 和の精神によって日本人はいろいろな成果を上げてきたのだ。

3 人に得難い経験や体験を得させる和のすばらしさを認識すべきだ。

4 自分のわがままな意見を反省させられるので、和は大切なものだ。

67 この文章で筆者が最も言いたいことは何か。

1 日本人の特長である和をますます重視するとともに、世界にもそれを広めて
いかなければならない。

2 和の精神は日本人を日本の歴史の中に閉じ込めるものなので、この激動の時
代にはふさわしくないものだ。

3 日本人は和の精神を重視しながらもそこに閉じこもらず、激動期を迎えてい
る世界に向かって行動しないと取り残されてしまう。

4 世界は今激動期を迎えているので、昔ながらの和の精神に閉じこもっていて
は他国からばかにされるだけだ。

問題 13　右のページは、病院で行われる検査前の注意である。下の問いに対する答えとして最もよいものを１・２・３・４から一つ選びなさい。

68　この検査の前の食事について、正しいものはどれか。

1　前日は何を食べても飲んでもいいが、当日は受付の５時間前から飲食禁止。

2　前日は何を食べても飲んでもいいが、当日は受付の５時間前からお茶と水しか口にしてはいけない。

3　前日はお酒以外、飲食は自由だが、当日は受付の５時間前からお茶と水しか口にしてはいけない。

4　前日はお酒以外の飲食は自由だが、当日は受付の５時間前から飲食禁止。

69　急な都合で検査が受けられなくなったときは、どうすればいいか。

1　前日までにかかりつけの医師に連絡する。

2　前日の正午までに検査室に連絡する。

3　翌日検査室に連絡して、データを作り直してもらう。

4　翌日検査室に連絡してキャンセル料を払い、薬品を作り直してもらう。

検査前の注意事項

食事について

○ **検査前日**
食事は普通にお取り頂けますが、お酒は控えてください。

○ **検査当日**
食事は受付時間の5時間前までに軽く済ませてください。
水分について、お茶・水はご自由にお飲みください。

※ 砂糖や牛乳を含む飲み物（ジュース・スポーツ飲料・牛乳など）は控えてください。

※ アメやガムなども控えてください

薬の服用について

かかりつけの医師から処方されている薬は、普段通り飲んでください。

運動について

検査日の2〜3日前から激しい運動等は控えてください。

使用した筋肉などに検査の薬が集まり、正確なデータが得られない場合があります。

当日の注意事項

当日は検査時間までに直接検査室Aで受付を済ませてください。
※2階再診受付（自動再来受付機）での受付は必要ありません。

当日持参して頂くもの

□検査予約票
□診察券
□同意書
□問診票
□健康保険証

検査料金の支払いについて

総合受付の自動精算機か、会計窓口(5番)にてお支払いをお願いします。

お支払方法は、当日現金、クレジットカードをご利用頂けます。

検査終了後について

検査終了後は、食事や入浴など日常生活は普段通りにお過ごしください。

キャンセルについて

○ 万が一、検査をキャンセルされる場合は、検査日の前日正午までに、検査室受付にご連絡ください。この検査に使用する

○ 薬品などは使用期限の短い特殊なものです。急なキャンセルや検査時間に遅れることがあると、使用することができなくなります。その場合、所定のキャンセル料を頂くことがございます。

【お問合せ先】 杉本大学医学部附属病院機能診断センター 　　TEL:XXX-XXX-XXXX

※この検査で得られたデータは、検査を受けた患者様が特定できないよう十分に配慮した上で、学術研究目的に利用させて頂くことがあります。

<ruby>問題<rt>もんだい</rt></ruby>1

<ruby>問題<rt>もんだい</rt></ruby>1では、まず<ruby>質問<rt>しつもん</rt></ruby>を<ruby>聞<rt>き</rt></ruby>いてください。それから<ruby>話<rt>はなし</rt></ruby>を<ruby>聞<rt>き</rt></ruby>いて、<ruby>問題用紙<rt>もんだいようし</rt></ruby>の1から4の<ruby>中<rt>なか</rt></ruby>から、<ruby>最<rt>もっと</rt></ruby>もよいものを<ruby>一<rt>ひと</rt></ruby>つ<ruby>選<rt>えら</rt></ruby>んでください。

<ruby>例<rt>れい</rt></ruby>

1　タクシーに<ruby>乗<rt>の</rt></ruby>る

2　<ruby>飲<rt>の</rt></ruby>み<ruby>物<rt>もの</rt></ruby>を<ruby>買<rt>か</rt></ruby>う

3　パーティに<ruby>行<rt>い</rt></ruby>く

4　ケーキを<ruby>作<rt>つく</rt></ruby>る

1番
ばん

1　金融の仕事をする
　　きんゆう　しごと

2　男の学生と結婚する
　　おとこ　がくせい　けっこん

3　大学院に行く
　　だいがくいん　い

4　日本酒を造る仕事をする
　　にほんしゅ　つく　しごと

2番
ばん

1　病院に行く
　　びょういん　い

2　出張に行く
　　しゅっちょう　い

3　まっすぐ家に帰る
　　　　　いえ　かえ

4　スポーツクラブに行く
　　　　　　　　　　　い

3番

1　机と椅子

2　机とベッド

3　机

4　机と収納ボックス

4番

1　歯医者に行く

2　薬屋に行く

3　病院に行く

4　ボランティアに行く

5番

1 帰国する準備をする
2 大学に出す書類をそろえる
3 留学試験のための勉強をする
4 大学について調べる

6番

1 黄色

2 ピンク

3 オレンジ

4 赤

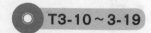

もんだい
問題2

　問題2では、まず質問を聞いてください。そのあと、問題用紙のせんたくしを読んでください。読む時間があります。それから話を聞いて、問題用紙の1から4の中から最もよいものを一つ選んでください。

れい
例

1　パソコンを使い過ぎたから

2　コーヒーを飲みすぎたから

3　部長の話が長かったから

4　会議室の椅子が柔らかすぎるから

1番

1　予定の宿泊所が工事中だから
2　別の宿泊施設が遠いから
3　交通費が高くなりそうだから
4　乗り物酔いをするから

回数
1
2
3
4
5
6

2番

1　感謝している
2　のんびりしている
3　焦っている
4　退屈している

3番

1 大学

2 スーパー

3 本屋

4 出版社

4番

1 商品の値段が上がったから

2 商品が置かれていなかったから

3 商品の値段がわかりにくかったから

4 商品にまちがった値段がついていたから

5番

1 父親が苦手だから

2 家にお菓子がなかったから

3 好きなものが買えないから

4 母親が心配だから

6番

1 お祝いのプレゼント

2 ゲームの商品

3 花嫁と花婿

4 花束

7番

1 立川部長との打ち合わせに必要だから

2 立川部長が急いでいるから

3 今日から出張だから

4 新製品の発売が来月だから

もんだい
問題3

　問題3では、問題用紙に何も印刷されていません。この問題は、全体としてどんな内容かを聞く問題です。話の前に質問はありません。まず話を聞いてください。それから、質問とせんたくしを聞いて、1から4の中から、最もよいものを一つ選んでください。

ーメモー

もんだい
問題4

　問題4では、問題用紙に何も印刷されていません。まず文を聞いてください。それから、それに対する返事を聞いて、1から3の中から、最もよいものを一つ選んでください。

－メモ－

もんだい
問題 5

問題 5 では、長めの話を聞きます。この問題には練習はありません。

メモをとってもかまいません。

1 番、2 番

問題用紙に何も印刷されていません。まず話を聞いてください。それから、質問とせんたくしを聞いて、1 から 4 の中から、最もよいものを一つ選んでください。

― メモ ―

3番

まず話を聞いてください。それから、二つの質問を聞いて、それぞれ問題用紙の1から4の中から、最もよいものを一つ選んでください。

質問1

1　家族がクラシックを聴いているとき

2　疲れているとき

3　悲しいとき

4　ゆったりしているとき

質問2

1　意外性のある人

2　趣味のない人

3　趣味がよく変わる人

4　人に安心感を与える人

第4回

言語知識（文字・語彙）

問題1 ＿＿＿の言葉の読み方として最もよいものを、1・2・3・4から一つ選びなさい。

1 日本の神話には、ギリシャ神話との類似点があるという。

1 るいじ　　　　2 るいに　　　　3 るいい　　　　4 るいいん

2 写真の背景には、懐かしい故郷の山が写っていた。

1 はいきょう　　2 はいけい　　　3 せきょう　　　4 せけい

3 絵画の保存には、部屋の温度や湿度を一定に保つ必要がある。

1 うつ　　　　　2 たつ　　　　　3 もつ　　　　　4 たもつ

4 食糧は3日で尽き、救助を待つしかなかった。

1 つき　　　　　2 あき　　　　　3 おき　　　　　4 いき

5 半端な気持ちでやるなら、いっそやらない方がましだ。

1 はんば　　　　2 はんたん　　　3 はんぱ　　　　4 はんたん

6 イギリス育ちだけあって、発音が滑らかだね。

1 ほがらか　　　2 きよらか　　　3 あきらか　　　4 なめらか

問題2 （　　）に入れるのに最もよいものを、1・2・3・4から一つ選びなさい。

7 昨日のマラソン大会は、体調不良により途中で（　　　）する選手が続出した。
1 不振　　　　　2 棄権　　　　　3 脱退　　　　　4 反撃

8 カードを紛失された場合、再（　　　）の手数料として500円頂戴します。
1 作成　　　　　2 発信　　　　　3 提出　　　　　4 発行

9 工場の建設により、周囲の自然環境は（　　　）悪化した。
1 強いて　　　　2 著しく　　　　3 一向に　　　　4 代わる代わる

10 いじめ問題の解決には、子供の発するサインを周囲の大人がしっかり（　　　）
することが大切だ。
1 リード　　　　2 キャッチ　　　3 オーバー　　　4 キープ

11 絶滅が危ぶまれる動植物の（　　　）輸入が跡を絶たない。
1 密　　　　　　2 不　　　　　　3 過　　　　　　4 裏

12 その男は取り調べに対して（　　　）無言を貫いた。
1 直に　　　　　2 危うく　　　　3 終始　　　　　4 一概に

13 ミスをしても、頭を（　　　）、次に進むことが成功に繋がる。
1 切り替えて　　2 乗り切って　　3 立て直して　　4 折り返して

問題3 ＿＿の言葉に意味が最も近いものを1・2・3・4から一つ選びなさい。

14 あなたがそのように主張する<u>根拠</u>はなんですか。

1 結果　　　　　　2 理由　　　　　　3 経緯　　　　　　4 推測

15 人と<u>接する</u>仕事なので、言葉遣いには気をつけています。

1 応対する　　　　2 担当する　　　　3 取材する　　　　4 訴える

16 彼はその<u>平凡な</u>生活を心から愛していたのだ。

1 穏やかな　　　　2 理想の　　　　　3 気楽な　　　　　4 普通の

17 宣伝費に大金を費やした結果、A社は<u>イメージ</u>アップに成功した。

1 収益　　　　　　2 合併　　　　　　3 感想　　　　　　4 印象

18 思い切って佐々木さんを映画に誘ったのだが、断られた。どうも<u>脈</u>はなさそうだ。

1 のぞみ　　　　　2 うわさ　　　　　3 ききめ　　　　　4 このみ

19 仕事で失敗したからといって、いちいち<u>落ち込んで</u>いる暇はない。

1 反省して　　　　　　　　　　　　2 元気をなくして

3 中止して　　　　　　　　　　　　4 速度を落として

問題4　次の言葉の使い方として最もよいものを、1・2・3・4から一つ選びなさい。

20　最善

1　最善の材料を使った当店特製スープです。

2　最善を尽くしたので、後悔はない。

3　あなたの最善の長所は、その正直なところだ。

4　数学の成績は常にクラスで最善でした。

21　紛らわしい

1　忘れ物をしたり、遅刻をしたり、君はちょっと紛らわしいね。

2　引っ越しをすると、住所変更などの手続きが紛らわしい。

3　昔のことなので、記憶が紛らわしいのですが。

4　同姓同名の人が3人もいて、本当に紛らわしい。

22　浮かぶ

1　一晩寝たら、いいアイディアが浮かんだ。

2　今日は給料日なので、朝から気持ちが浮かぶ。

3　パンにチーズやトマトを浮かべて焼く。

4　木の枝に鳥の巣が浮かんでいる。

23　スペース

1　10時東京駅発の新幹線のスペースはまだありますか。

2　ここはサービススペースの圏外ですので、携帯電話は使用できません。

3　こんな大きなソファを置くスペースはうちにはないよ。

4　彼は、どんなに忙しい時でも、自分のスペースを崩さない。

24　打ち込む

1　彼はこの10年、伝染病の研究に打ち込んでいる。

2　新事業に失敗して、会社の業績が打ち込んだ。

3　時計台の時計が3時を打ち込んだ。

4　駅のホームで並んでいたら、酔っ払いが列に打ち込んできた。

25 取り入れる

1 審議委員にはさまざまな分野の専門家が<u>取り入れられた</u>。

2 若者の意見を<u>取り入れて</u>、時代に合った商品の開発を進める。

3 男は小さな瓶を、そっとかばんの中に<u>取り入れた</u>。

4 給料から毎月5万円、銀行に<u>取り入れる</u>ようにしている。

言語知識（文法）

問題5（　　）に入れるのに最もよいものを、1・2・3・4から一つ選びなさい。

26 手術を（　　　）、できるだけ早い方がいいと医者に言われた。

1　するものなら　　　　　　　　　2　するとしたら
3　しようものなら　　　　　　　　4　しようとしたら

27 A議員の発言を（　　　）、若手の議員から法案に対する反対意見が次々と出された。

1　皮切りに　　　　2　限りに　　　　3　おいて　　　　4　もって

28 彼は、親の期待（　　　）、大学を中退して、田舎で喫茶店を始めた。

1　を問わず　　　2　をよそに　　　3　はおろか　　　4　であれ

29 高橋部長がマイクを（　　　）最後、10曲は聞かされるから、覚悟しておけよ。

1　握っても　　　2　握ろうと　　　3　握ったが　　　4　握るなり

30 A社の技術力（　　　）、時代の波には勝てなかったというわけだ。

1　に至っては　　　　　　　　　　2　にとどまらず
3　をものともせずに　　　　　　　4　をもってしても

31 この問題について、私（　　　）考えを述べさせていただきます。

1　なりの　　　2　ゆえに　　　3　といえば　　　4　といえども

32 政府が対応を誤ったために、被害が拡大した。これが人災（　　　）。

1　であろうはずがない　　　　　　2　といったところだ
3　には当たらない　　　　　　　　4　でなくてなんであろう

33 あいつに酒を飲ませてはいけないよ。どなったり暴れたりしたあげく、最後には（　　　）。

1　泣き出してやまない　　　　　　2　泣き出しっぱなしだ
3　泣き出すまでだ　　　　　　　　4　泣き出す始末だ

34 企業の海外進出により、国内の産業は衰退を余儀なく（　　　）。

1　されている　　　　　　　　　　2　させている

3　している　　　　　　　　　　　4　させられている

35 父は体調を崩して、先月から入院して（　　　）。

1　いらっしゃいます　　　　　　　2　おられます

3　おります　　　　　　　　　　　4　ございます

問題6　次の文の＿★＿に入る最もよいものを、1・2・3・4から一つ選びなさい。

（問題例）

あそこで＿＿＿　＿＿＿　＿★＿　＿＿＿　は山田さんです。

1　テレビ　　　2　見ている　　3　を　　4　人

（回答のしかた）

1. 正しい文はこうです。

あそこで＿＿＿　＿＿＿　＿★＿　＿＿＿　は山田さんです。

1　テレビ　　　　3　を　　　　　2　見ている　　　　4　人

2. ＿★＿に入る番号を解答用紙にマークします。

（解答用紙）　｜（例）｜ ① ● ③ ④ ｜

36　社長の時代錯誤な提案に、＿＿＿　＿＿＿　＿★＿　＿＿＿としていなかった。

1　一人　　　　　　2　社員は　　　　　3　唱える　　　　　4　反対意見を

37　仕事を始めてから＿＿＿　＿＿＿　＿★＿　＿＿＿日はない。

1　もっと勉強しておく　　　　　　　2　思わない

3　というもの　　　　　　　　　　　4　べきだったと

38　後になって＿＿＿　＿＿＿　＿★＿　＿＿＿べきではない。

1　最初から　　　2　断る　　　　　3　引き受ける　　　4　くらいなら

39　女性の労働環境は厳しい。子どものいる独身女性＿＿＿　＿＿＿　＿★＿
＿＿＿を越えるという。

1　貧困率　　　　　2　に至っては　　　3　が　　　　　　4　5割

40 この作品は、＿＿＿＿ ＿＿＿＿ ＿★＿ ＿＿＿＿の出世作です。

1　私が　　　　　　2　井上先生　　　　3　やまない　　　　4　尊敬して

問題7　次の文章を読んで、文章全体の趣旨を踏まえて、 41 から 45 の中に
　　　　入る最もよいものを、1・2・3・4から一つ選びなさい。

日本の敬語

　人に物を差し上げるとき、日本人は、「ほんの 41-a 物ですが、おひと
つ。」などと言う。これに対して外国人は「とても 41-b 物ですので、どう
ぞ。」と言うそうだ。そんな外国人にとって、日本人のこの言葉はとても不
思議で 42 という。なぜ、「つまらない物」を人にあげるのかと、不思議
に思うらしいのだ。

　なぜこのような違いがあるのだろうか。

　日本人は、相手の心を考えて話すからであると思われる。どんなに立派
な物でも、「とても立派なものです。」「高価なものです」と言われれば、
　43 いる気がして、いい気持ちはしない。そんな嫌な気持ちにさせないた
めに、自分の物を低めて「つまらない物」「ほんの少し」などと言うのだ。
いわば、謙譲語(注1)の一つである。

　謙譲語の精神は、自分の側を謙遜して言うことによって、相手をいい気持
ちにさせるということである。例えば、自分の息子のことを「愚息(ぐそく)」という
のも 44 である。人の心というのは不思議なもので、「私の優秀な息子で
す。」と紹介されれば自慢されているようで反発を感じるし、逆に「愚息で
す」と言われると、なんとなく安心する気持ちになるのだ。

　尊敬語(注2)は、 45-a だけでな 45-b にもあると聞く。何かしてほしいと頼ん
だりするとき、命令するような言い方ではなく、へりくだった態度で丁寧に
頼む言い方であるが、それは日本語の謙譲語とは異なる。「立派な物」「高
価な物」と言って贈り物をする彼らのことだから、多分謙譲語というものは
ないのではなかろうか。

（注1）謙譲語：敬語の一種で、自分をへりくだって控えめに言う言葉。

（注2）尊敬語：敬語の一種で、相手を高めて尊敬の気持ちを表す言い方。

41

1 a おいしい／b つまらない

2 a つまらない／b おいしい

3 a おいしくない／b おいしい

4 a 差し上げる／b いただく

42

1 理解しがたい 2 理解できる

3 理解したい 4 よくわかる

43

1 馬鹿にされて 2 追いかけられて

3 困って 4 威張られて

44

1 いる 2 あれ

3 それ 4 一種で

45

1 a 外国語／b 日本語

2 a 日本語／b 外国語

3 a 敬語／b 謙譲語

4 a それ／b これ

読
解

問題8　次の (1) から (3) の文章を読んで、後の問いに対する答えとして最もよいも
　　　　のを、1・2・3・4から一つ選びなさい。

(1)

　「コリアンダー」、「シャンツァイ」などとも呼ばれる香味野菜パクチーは、
その好き嫌いが極度に分かれることで知られているが、日本国内では、エスニッ
ク料理のブームを背景に、急速に需要が高まっている。これにともない、これま
で主に輸入に頼ってきたパクチーを日本で作ろうという動きも活発化し、国内で
栽培を始める農家が増えている。

　国内産は輸入品に比べて新鮮で傷みが少なく、生産者の顔が見えるという安心
感もあり、売れ行きも好調だ。こうした動きは、バナナ、アボカド、コーヒー豆
などでも見られ、各地の農業の活性化にもつながっている。

46　「こうした動き」とは何か。

1　需要の高い農作物の輸入を活発化させる動き。

2　輸入品が多かった農作物を国内で生産する動き。

3　輸入品よりも国内産の農作物を購入する動き。

4　農業の活性化のため新たな農作物を輸入する動き。

(2)

　2015年3月に世界ランキング4位となった錦織圭選手は、わずか13歳で奨学金制度を利用して単身アメリカに渡り、世界で通用する選手になるためテニスを学んだ。

　男子テニスは日本人にとって、体格面で世界トップとの距離が最も遠いスポーツの一つだ。錦織選手も身長178センチとプロテニス界では小柄なほうで、実際、トッププレーヤーたちとの体格差では、かなり苦しんだ。しかし、そのハンディキャップを、スピードとフットワーク、そしてメンタル面で補った。

　<u>これ</u>には、13歳から留学して厳しい鍛錬に励んだこともももちろんだが、身長175センチながらかつて全仏大会を制した同じアジア系のマイケル・チャンコーチとの出会いが、強く影響したのは言うまでもない。

47 「これ」は何を指しているか。

　1　技術と精神を鍛えて体格面の弱点を乗り越えたこと。

　2　世界のトップレベルの選手たちとの体格差で悩んだこと。

　3　日本人テニス選手にとって体格面で世界の壁が厚いこと。

　4　身長差を克服して世界的に活躍したコーチの指導を受けたこと。

(3)

　最近耳にすることが少なくなったと感じる日本語の一つに、「おかげさまで」という言葉がある。「〜のおかげで」を丁寧にした表現として、「ありがたいことに」という意味で、「ご両親はお元気ですか。」「はい。おかげさまで。」というように挨拶の一つとしてよく使われる。「おかげさまで」は、特に相手から直接恩恵を受けていない場合でも、漠然とした感謝の気持ちを表す言葉として使われるのだが、この言葉が最近あまり聞かれなくなったことには、具体的な神や仏でなくとも、なにか人間の力を超えたものに対する畏怖^(注)のようなものが、日本人の心から急速に失われつつあることが関係しているのではないかと思えてならない。

（注）畏怖：神聖なものを前にして、謙虚になる気持ち。

48 筆者の考えに合うのはどれか。

1 「おかげさまで」が使われるのは、日本人が曖昧な気持ちを表現したいからだ。

2 「おかげさまで」を使うことによって、日本人は相手への感謝を直接表現してきた。

3 「おかげさまで」を使わないのは、日本人が具体的な神を信じなくなったからだ。

4 「おかげさまで」が使われないのは、日本人から畏怖の念が消えつつあるからだ。

問題9　次の (1) から (3) の文章を読んで、後の問いに対する答えとして最もよいものを、1・2・3・4から一つ選びなさい。

(1)

　2016年1月、安保法案に反対する高校生たちのメンバーが都内で記者会見し、東京や大阪などで、2月21日に安保法案に抗議する高校生の一斉デモを実施する旨を発表した。会見でメンバーは「安保法案で戦争に行ったりするのは私たちだ。今の政治に将来を任せることはできない。」と訴えた。

　昨年 (2015年) 秋、北海道の高校3年生Tくんは、全国の高校生や大学生がインターネットで時事問題を議論し合う①「ぼくらの対話ネット」を始めた。選挙権年齢が18歳以上に引き下げられたことに向けて、自分たちを鍛え、知を磨くためだという。その取り組みをまとめたT君の論文が、全国高校生小論文コンテストの最優秀賞に選ばれた。

　対話ネットには、現在北海道から沖縄までの約50人が参加し、毎日のように意見が交わされているという。

　また、2016年1月19日、ブラックバイトユニオンは、コンビニでアルバイトをしている高校3年生の男子生徒の未払い賃金の支払いなどを求めて、コンビニ側に団体交渉を申し入れた。

　以上の例のように、このところ高校生の政治的な活躍が目立つ。高校生全体の数から言えば、このような活動をしている人は、もしかしたら少ないのかもしれない。それにしても、②このような傾向は、これまであまり見られなかったのではないだろうか。選挙権が18歳以上になったことを一部の大人たちは危惧しているようだが、高校生のこれらの活躍を見ていると、とても頼もしいものを感じる。我々日本の大人たちが得意でなかったこと、特に政府や経営者に向かって自分たちの声を上げること、が、これらの若い人たちに期待できそうな気がするからだ。

（『頼もしい高校生の活躍』より）

（注１）安保法案：安全保障関連法案。日本および国際社会の安全を確保するため
　　　　 に自衛隊法等の一部を改正しようとする法案。違憲だとして多くの人々が
　　　　 反対している。

（注２）時事問題：その時々の社会の問題。

（注３）ブラックバイトユニオン：ブラックバイトから学生たちを守るための労働
　　　　 組合。

（注４）危惧：心配。

49 ①「ぼくらの対話ネット」の目的は何か。

1　安保法案について、政府に抗議すること。

2　高校生の小論文コンテストに応募すること。

3　18歳選挙権に対応できるように勉強し力をつけること。

4　社会や政治の矛盾をなくすこと。

50 ②このような傾向とは、どのようなことを指すか。

1　選挙権が引き下げられるという傾向。

2　選挙権の引き下げに対して大人たちが危惧する傾向。

3　政治的な活動をする高校生が減少する傾向。

4　政治的な活躍をする高校生が目に付く傾向。

51 筆者は高校生たちの活躍に対してどのように思っているか。

1　日本の将来に期待できそうで、頼もしく思っている。

2　高校生の軽率な行動を見て、心配している。

3　選挙権を18歳に引き下げることに対して危惧している。

4　大人の行動をもっと見習うべきだと思っている。

(2)

　2012年、日本貿易振興機構 (ジェトロ) が7つの国や地域で日本料理に対する関心度や印象などについて調べた。それによると、好きな外国料理については、他国を大きく引き離して日本料理が一位に選ばれた。好きな日本料理としては、1位「すし・刺身」、2位「焼き鳥」、3位「てんぷら」、4位「ラーメン」で、そのほか、「カレーライス」なども上位に入っているようである。

　また、ここ数年、海外の日本食レストランが増えているそうである。中国や台湾、韓国などのアジア圏内だけでなく、アメリカやフランスにも多くなった。フランス国内では、2015年、3167店もの日本食料理店がある。これは、2年前の約1.5倍である。

　このように、日本食が世界で注目されている理由としては、まず、2013年、和食がユネスコの無形文化遺産に登録されたことが挙げられるが、そのほか和食がヘルシーであることに加え、安全であることが挙げられる。さらには、日本のアニメなどの中でカレーライスや弁当を食べるシーンが登場し、関心が高まっていることもその理由の一つだそうだ。日本食の普及に、アニメが一役買っているのは意外である。

　食べ物だけでなく、近年ではフランスなどをはじめとして日本茶も普及しているそうだ。また、東京のフランス料理店でシェフをしている人の話によると、ここ10年ぐらいで、フランスの若い料理人が、昆布や鰹節を使った日本の「だし」をフランス料理に活かしているということである。これらの「だし」こそ本当の和食に欠かせない、世界に誇るべきものである。

　これからも世界中から観光客が日本にやってきて、本当の和食を食べてくれるようになれば、日本食は、今後ますます世界に広がっていくだろう。

（『世界に誇る日本食』より）

(注1) 無形文化遺産：人々が残した文化的に優れた無形のもの。
(注2) 一役買っている：ある役目を果たしている。ある役に立っている。
(注3) 昆布・鰹節：海藻や魚から作られたもので、日本料理に使う「だし」(スープ)
　　　　を取るためのもの。

52　和食が世界で注目されている理由として、この文章で挙げられていないものはどれか。

1　材料が安くて豊富であること。

2　無形文化遺産として登録されてこと。

3　健康的で安全であること。

4　日本のアニメに日本食を食べるシーンがよく出てくること。

53　この文章で、フランスの事情として挙げられていないものはどれか。

1　日本食料理店が急速に増えていること。

2　食べ物だけでなく、日本のお茶も普及していること。

3　日本のだしが、料理に使われていること。

4　日本のアニメが日本食の普及に役立っていること。

54　筆者は、日本食についてどのように考えているか。

1　本当の和食がこれからもますます普及するだろう。

2　アメリカやフランスには和食がますます広まるだろう。

3　味の好みが似ているアジア圏には和食が普及するだろう。

4　日本国内では、逆に和食が好まれなくなるだろう。

　　　　　　　　　　　　　　　　　　　Check □1 □2 □3

(3)

　毎年、年末になると、書店の店先に日記帳が並ぶ。新しい年のための日記帳だ。

　日本人で、日記を書いたことがない人や読んだことがない人はほとんどいない
だろう。

　小学校でも、国語の学習の一つとして日記が取り上げられているほどだ。

　また、平安時代には、日本文学のジャンルの一つとして日記文学が盛んであっ
た。「土佐日記」「紫式部日記」「和泉式部日記」などである。

　なお、太平洋戦争中は、兵士たちに武器とともに日記帳が配られていたという。
それらの日記の一部は、南洋の島で、日本軍の遺留品として回収された。読むと、
兵士たちの追い詰められた気持ちが痛いほど胸に迫ってくる。

　このように考えると、日記はまさに日本文化の一つである。

　日記は、人に見せるために書くものではないが、残っている限りいつか誰かの
目に触れる。読んだ人は、書いた人の心の内を読み取ることができ、また、当時
の現実を知ることができるのだ。

　いっぽう、日記を書くことにはどんな利点があるだろうか。

　まずは、その日の出来事を忘れないようにメモしておくという役目がある。こ
れは、現実的に役立つことだ。また、自分の心を見つめることで自分自身を知る
ことができる。これは、自分の進歩のためであるし、ときにはストレスをなくす
ことにもなるかもしれない。さらには、日記を書くことで文章力が増す。

　以上のように考えると、日記を書くことは、何よりも自分自身のためになるこ
とがわかる。毎日でなくても、立派な文章でなくてもよい。日記を書くことを実
行してみよう。

（注１）平安時代：794 年〜 1185 (1192) 年。
（注２）太平洋戦争：1941 年〜 1945 年アメリカ・イギリスの連合国と日本との戦争。
（注３）遺留品：あとに残された品物。

55 日本文化の一つとは、どういうことか。

1　その時代の出来事を詳しく語るものの一つ。

2　時代による日本人の精神を表すものの一つ。

3　その時代の最も優れた文化の一つ。

4　日記を書いた人の性格を表すものの一つ。

56 日記を書く利点として、筆者が本文で挙げていないのは何か。

1　一日のできごとをメモしておくことができる。

2　自分の心を見つめることで自分を知り自分の進歩につながる。

3　文章を書く力が伸びる。

4　人に読んでもらい批評してもらうことができる。

57 本文で筆者が最も言いたいことは何か。

1　読む人のためにもなるので、日記を書くことを実行してみよう。

2　日本の文化のために、日記を書くことを実行してみよう。

3　自分自身のために、日記を書くことを実行してみよう。

4　文章力をつけるために、日記を書くことを実行してみよう。

問題10　次の文章を読んで、後の問いに対する答えとして最もよいものを、1・2・3・4から一つ選びなさい。

　最近、観光地はもちろん普通の街でも外国人の姿を見かけることが多くなった。政府の発表でも、従来目標としていた年間訪日外国人2000万人の目標は今年（2016年）中にも達成できる見通しだという。特に、①中国や台湾、韓国、タイなどからの観光客の増加は著しいという。

　では、観光客は日本の何に憧れ、何を求めて日本を訪れるのだろうか。

　明治時代、諸外国の人々が持つ日本のイメージは「フジヤマ・ゲイシャ」であったという。(注1)「フジヤマ」つまり、富士山は、その美しい姿が時代や国を問わず外国人の憧れであり、日本のイメージを表すものとしてふさわしいものであったが、一方、「ゲイシャ」は、当時でさえ、消えゆく日本文化を代表するものであった。

　しかし、やはり、外国人には「フジヤマ、ゲイシャの国、日本」というイメージが強かったようである。②それには、浮世絵が関係しているらしい。明治時代初めにかけて、多くの浮世絵が海外に流出し、ヨーロッパの絵画にも大きな影響を与えたが、(注2)その絵の中の美人画が「ゲイシャ」と見なされ、やはり浮世絵に描かれた富士山とともに日本の象徴になったのでは、ということである。

　現在、日本を訪れる外国人は、果たして日本に何を期待しているのだろうか。インターネットによると、まず、日本を訪れる外国人観光客はアジアの人々が多く、全体の75%を占めることがわかる。そして、その目的は、日本の食べ物やお酒、旅館や温泉、花見などの四季の自然、神社や寺などの歴史的建築物とともに、賑やかな街の様子やショッピングなどが多数を占めている。また、近年特に増加が目立つものとして、アニメ、秋葉原…などが挙げられる。(注3)つまり、買い物を目当てに訪日する者や、アニメや漫画に憧れる者など、かつては考えられなかった動機で日本を訪れる者が多くなっているということである。

　このように、③日本を訪れる外国人観光客の目的も、時代とともに変わってきた。和服や神社仏閣などといった伝統的な日本の姿だけでなく、新しい時代の日本を求めて、いろいろな国から観光客が訪れるようになったことは喜ばしいことであるし、これからもますます多くの外国人が日本を訪れてくれるようであってほしい。

しかし、そのためには、日本は現状に満足することなく、新しい時代の日本をPRするメディア戦略、広報宣伝を考えていかなければならない。定番の観光地の宣伝広報に頼るだけでなく、メディアを駆使して、若者に人気のアニメや漫画、最新の音楽や絵画、実体験出来る陶芸や武道や古民家宿泊、日本の農業と若者との交流などを前面に押し出してみたらどうだろうか。そうすれば、日本は古さと新しさを同時に体験出来る未来に発展する国として世界に認識され、これからもますます多くの若者が日本を訪れてくれるだろう。

（『世界に向けて』による）

（注1）明治時代：1868年～1912年。

（注2）流出：流れ出ること。

（注3）秋葉原：家電量販店や電子機器、ゲーム機などを売る店がずらりと並んでいる街の名前。

（注4）陶芸：陶器や磁器を作る芸術。

58 ①中国や台湾、韓国、タイなどからの観光客の増加は著しいとあるが、それらの国々からの観光客の割合は、全体のどのくらいか。

1　半分

2　90%

3　3分の2

4　4分の3

59 ②それとはどんなことを指すか。

1　日本のイメージがいつの間にか固定されていたこと。

2　「ゲイシャ」は、すでに古い日本文化であったこと。

3　「フジヤマ、ゲイシャ」が、外国人の日本に対するイメージであったこと。

4　日本のイメージとして「フジヤマ」より「ゲイシャ」の方が強かったこと。

60 ③日本を訪れる外国人観光客の目的も、時代とともに変わってきたとあるが、どのように変わってきたか。

1 浮世絵の中で見る和服や神社の建物など、日本らしい文化を見ることを目的に訪れるようになった。

2 伝統的な日本文化や日本の自然を目的に訪れる外国人は、ほとんどいなくなった。

3 伝統的な日本文化だけでなく、日本の街や買い物を目的に訪れるようになった。

4 アジアの人々は買い物を目的とすることが多くなり、欧米人は、日本食を目的とすることが多くなった。

61 筆者は、今後ますます外国人観光客を増やすためにどのようなことを提案しているか。

1 メディアを使って日本の新しい文化や現状を世界に宣伝すること。

2 神社仏閣などの古い建築物の補修に力を入れ、大いに PR すること。

3 陶芸や武道、農業体験などを中心に、若い観光客を増やすこと。

4 秋葉原などの街の様子を宣伝し、ショッピングで観光客を呼ぶこと。

問題11　次のAとBは、ブータンの幸福と日本人の幸福について書かれた文章である。後の問いに対する答えとして最もよいものを1・2・3・4から一つ選びなさい。

A

　　2011年の東日本大震災から半年後、ブータンの国王夫妻が来日し、震災後の落ち込んだ日本人に向けて発せられた慰めの言葉と真摯な態度は多くの日本人の心を捉えて幸福について考えさせた。(注1)

　　ヒマラヤの小さな山国に過ぎないブータンの人びとに、「あなたは今幸福ですか」と尋ねたら、97パーセントもの人が「幸福です」と答えたという。それを見て世界がブータンを「世界一幸福な国」だと賞賛している。まだまだ国も国民も貧しく教育や文化も遅れているのに、ブータンの人びとは現状の暮らしに満足し、心やすらかに「幸せ」な日々を送っている。それはなぜなのか。

　　ブータンは仏教国である。その仏教の教えが人びとの日常生活に大きな影響を与えているようだ。毎日時間に追われ、人より一歩でも先にと競争心むき出しの先進国の人びとと違って、彼らは他人とむやみに比べたり競争したりしない。彼らはいつも調和の心と謙虚な気持ちで欲望を抑え、質素に、そして穏やかな日々を送ることが何よりも「幸福」なことだと思っている。彼らの「幸福」の基準は我々とは全く異なるのだ。ブータンの人びとに教わることは多い。

B

　日本の社会でより豊かに生きるためには、他人よりも抜きん出なければならない。他人に勝つことは難しいが一度抜きん出れば、周りからあの人は優秀だ、出来る人だと認められる。そのとき、人は勝ったという誇らしさで優越感を満足させられる。さらに気分も高揚し、心も満ち足りてきっと幸せな気持ちが生まれるだろう。

　その幸せな気持ちすなわち「幸福」になることを夢見て、人びとは子供の時から入学試験を初めとして、あらゆる競争に打ち勝つことが求められる。大変だが、このことは決して否定されることではない。大いなる競争心を持って、他人に負けないように頑張ることは、自分にとって生きる上で大きな刺激となり活力ともなる。さらに自分の夢が公の社会で実現したとき生まれる優越感はまさに最高に達し、このときほど「幸福」を感じる時はないだろう。

　まさに競争こそが自分にとっても社会にとっても絶対に必要な「幸福」を生む源である。

（注１）真摯：真面目で真剣な様子。

（注２）抜きん出る：人より断然優れていること。

（注３）高揚：高まり盛んになること。

62 幸福と宗教の関係について、Aではどのように述べているか。

1　日本人は宗教がないので、幸福を感じることができないと述べている。

2　ブータンも日本も、宗教と幸福感には何の関係もないと述べている。

3　日本人も昔は仏教を信じていたので幸福感を感じていたと述べている。

4　ブータンの人々の幸福感には、宗教の教えが影響を与えていると述べている。

63 幸福についての考え方について、AとBではどのように述べているか。

1 Aは、金銭に対する欲望をおさえた貧しい生活こそ幸福だと述べ、Bは、自
　分で努力して豊かな生活を手に入れることこそ幸福だと述べている。

2 Aでは、他人と競争することなく心安らかに暮らすことこそ幸福だと述べ、B
　では、他人にも自分にも打ち勝って社会に認められることが幸福だと述べて
　いる。

3 Aは、自分の幸せより人の幸せを優先させることが幸福だと述べ、Bは、あ
　らゆる競争に打ち勝つことが幸福だと述べている。

4 AもBも、幸福とは感じるものであり、幸福だと思えば幸福だし、そうでな
　いと思えばそうでないのだと述べている。

問題12　次の文章を読んで、後の問いに対する答えとして最もよいものを、1・2・3・4から一つ選びなさい。

　昨年 (2015 年) 6 月文部科学省が出した 1 つの通達_(注1)が全国の国立大学に大きな衝撃を与え、大学人はもとより、知識人やマスコミ等を巻き込み社会的な問題となっている。

　通達_(注2)によると、これからの国立大学は「世界的に優れた教育研究を行う」、「特色ある分野の研究を進める」、「地域に貢献する」などの特色ある教育研究機関として存在しなければならない。それ故、今後の人口の減少と社会からの要請に応えるために現行の教員養成学部や人文・社会系学部は廃止ないし再編成_(注3)を行うことが望ましいというわけだ。

　確かに、人口の動向から見て将来大学に入学する子弟の数が少なくなっていくのは避けることができない。したがって各大学の教員養成体制も、大学の学部として今の形のままで存続させるのは難しいというのも納得出来る。

　また、大学の現状を見ると、人文・社会系の学問・研究分野で世界的な研究成果を海外に発表するような論文も決して多くない。研究成果が形として現れる理系に比べ、人文・社会系の研究は成果を上げるまでに研究対象の複雑さ_(注4)と長い時間を必要とすること、言葉の制約等もありその成果を正しく世界的に評価することは非常に難しいとは言える。

　しかし、果たしてこれは日本の将来にとって的を射た提言_(注5)と言えるのだろうか。私が思うには、どうもこの通達の裏に人文・社会系学部の学問は理系学部の学問と違って社会で役に立たないという社会一般の考え方があるように思える。確かに工学や医学の学問研究は、比較的誰にも明白に見える形で成果を生み出すことが多い。それなら人文・社会系分野に進む学生のための学部よりも、産業社会に即役立つ理系分野の学部を強化した方がいいという考えが出てくるのも当然かもしれない。そうすれば大学は役に立つ技術者を、社会人を育てて欲しいという産業社会からの強い要請にも応えることが出来る。

　だからと言って、私達は<u>このような意見</u>をそのまま受け入れていいのだろうか。よくないのだ。なぜなら人文系・社会系の学問で養われる知識や教養は、社会を

構成する一人一人の個人の知的水準を高め、物事の本質を捉える力となり、新たなる価値観を生むものだからである。さらに人が生きる上で絶対に必要な情緒を養い、理性を磨く基礎となる。人は決して一人では生きられない。それ故人文・社会系の学問は、私達の社会生活をよりよく生きるための人間社会に絶対不可欠の学問である。そしてそれは理系の学問で優れた成果を挙げるための基礎ともなる学問分野なのだ。

　短期間で成果を求める理系の学問だけを重視し人間そのものを見ない社会の未来は決して明るいものではないだろう。人文系・社会系を軽視してはならない。

　　　　　　　　　　（「文系学部廃止を考える─文系学部の再編成」による）

（注1）文部科学省：教育や科学技術などの事務を扱う中央官庁。

（注2）通達：上の役所からの知らせ。

（注3）再編成：組織しなおすこと。

（注4）理系：理科や数学の系統。対するものは「文系」。

（注5）的を射た：うまく要点を捉えた。うまく言い表した。

64 通達の要点はどのようなことだったか。

1　これからの国立大学は、特色ある分野の研究を進めるべきだ。

2　国立大学の研究は、その地域に貢献するものでなければならない。

3　今後の社会の要請に応えるために人文系の学部を更に充実させるべきだ。

4　今ある人文・社会系の学部は廃止したり編成し直したりするべきだ。

65 筆者は、通達について、どのように考えているか。

1　人文系・社会系の学問を軽視するのは間違っている。

2　人口が減少している現代においては、当然のことだ。

3　教員養成学部を今のままの形で存続させるべきだ。

4　人文・社会系の学問は、いずれなくなるだろう。

66 <u>このような意見</u>とは、どのような意見か。

1 研究成果が明白で社会の役に立つ理系分野の学部を強化したほうがよい。

2 人文・社会系の学部も理系分野の学部と並行して強化すべきである。

3 人文・社会系の学部を存続させるのは難しい。

4 人文・社会系の研究成果は、論文として海外に発表できない。

67 この文章中で筆者が述べていることはどれか。

1 人文・社会系の学部をこのまま存続させるためには、社会の一人一人の知的
水準を高めなければならない。

2 産業社会にすぐに役立つ理系の学問を強化したほうがいいというのは納得で
きるが、時期的に早すぎるだろう。

3 人文・社会系の学問は、人が一人で生きるために不可欠なものであるので、
ますます重要になるだろう。

4 人文・社会系の学問は人間社会に不可欠なものであり、また、理系の学問で
優れた成果を挙げる基礎でもある。

問題 13　右のページは女性の就業状態の推移を表したグラフである。下の問いに対
　　　　する答えとして最もよいものを 1・2・3・4 から一つ選びなさい。

68　グラフの説明として正しくないものはどれか。

　1　平成 19 年と 24 年を比較すると、50 代、60 代の有業率は 24 年の方が高い。

　2　平成 19 年、24 年ともに有業率が最も高いのは 20 代後半の女性である。

　3　平成 19 年の 20 代から 40 代の女性で最も有業率が低いのは 30 代前半である。

　4　平成 24 年の 20 代から 40 代の女性で最も有業率が低いのは 30 代後半である。

69　平成 24 年に 40 代未満の有業率が 19 年を下回った年代はどれか。

　1　10 代後半と 20 代前半

　2　10 代後半と 20 代後半

　3　20 代前半と 30 代前半

　4　20 代前半と 30 代後半

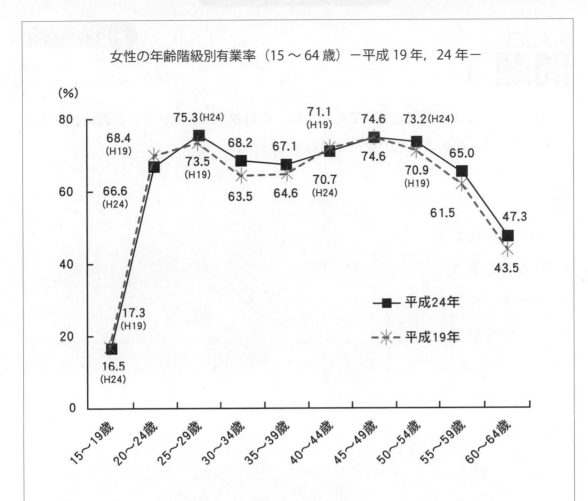

女性の年齢階級別有業率（15～64歳）－平成19年，24年－

統計局ホームページ　2　女性の就業状況齢女性の年齢階級別有業率（15～64歳）－平成19年，24年－
http://www.stat.go.jp/data/shugyou/topics/topi740.htm#ikuji

もんだい
問題 1

問題 1 では、まず質問を聞いてください。それから話を聞いて、問題用紙の1から4の中から、最もよいものを一つ選んでください。

れい
例

1　タクシーに乗る

2　飲み物を買う

3　パーティに行く

4　ケーキを作る

1番

1　破れてしまった制服を縫う

2　ポスターを作る

3　親に制服リサイクルの趣旨を説明する

4　子どもたちにリサイクルについて説明をする

2番

1　自分に自信を持つこと

2　絶対にミスをしないこと

3　丁寧な仕事をすること

4　仲間との協調性を大切にすること

3番

1 近い場所の予約をする
2 日帰りの旅行に申し込む
3 息子に帰国後のスケジュールを聞く
4 妻に息子の予定を聞く

4番

1 デパートに行く
2 洗濯物を片付ける
3 父親を駅に送る
4 ガソリンスタンドに行く

Check ☐1 ☐2 ☐3

5 番

1　商品開発ができる仕事を探す

2　営業の仕事がしたいと上司に返事をする

3　食品関係の仕事を探す

4　マーケティングの仕事を探す

6 番

1　地震の被害について論文を書く

2　地震の被害についてアンケート調査をする

3　地震で大きい被害が出た場所に行く

4　知人に調査への協力を頼む

もんだい
問題 2

問題 2 では、まず質問を聞いてください。そのあと、問題用紙のせんたくしを読んでください。読む時間があります。それから話を聞いて、問題用紙の 1 から 4 の中から最もよいものを一つ選んでください。

れい
例

1 パソコンを使い過ぎたから

2 コーヒーを飲みすぎたから

3 部長の話が長かったから

4 会議室の椅子が柔らかすぎるから

1 番

1　相手の男の人に対して申し訳ない

2　杉本さん一人でこの仕事ができるか心配

3　杉本さんに仕事をさせるのはかわいそうだ

4　相手の男の人に不信感を持っている

2 番

1　夫が帰るのを待っている

2　息子が帰るのを待っている

3　管理会社の人が来るのを待っている

4　お客が来るのを待っている

3番

1 友達の夫
2 昔の同僚
3 昔の恋人
4 大学の先輩

4番

1 料理がまずかったこと
2 料理を間違えていたこと
3 態度が悪い店員がいたこと
4 料理が来るのが遅かったこと

Check □1 □2 □3

5番

1　コンビニ

2　美容院
<ruby>び よういん</ruby>

3　喫茶店
<ruby>きっ さ てん</ruby>

4　学習塾
<ruby>がくしゅうじゅく</ruby>

6番

1　目的地まで歩く
<ruby>もくてき ち</ruby>　<ruby>ある</ruby>

2　反対側のバスに乗る
<ruby>はんたいがわ</ruby>　<ruby>の</ruby>

3　地下鉄の駅まで歩く
<ruby>ち か てつ</ruby>　<ruby>えき</ruby>　<ruby>ある</ruby>

4　タクシーを呼ぶ
<ruby>よ</ruby>

7番

1 女子学生の本を借りたい

2 女子学生が参考にしたページのコピーを見せてほしい

3 女子学生にレポートを書いてほしい

4 女子学生の出したレポートを読ませてほしい

もんだい
問題 3

　問題 3 では、問題用紙に何も印刷されていません。この問題は、全体としてどんな内容かを聞く問題です。話の前に質問はありません。まず話を聞いてください。それから、質問とせんたくしを聞いて、1から4の中から、最もよいものを一つ選んでください。

－メモ－

問題 4
もんだい

　問題 4 では、問題用紙に何も印刷されていません。まず文を聞いてください。それから、それに対する返事を聞いて、1 から 3 の中から、最もよいものを一つ選んでください。

― メモ ―

<ruby>問題<rt>もんだい</rt></ruby>5

🔘 T4-43 〜 4-47

<ruby>問題<rt>もんだい</rt></ruby>5では、<ruby>長<rt>なが</rt></ruby>めの<ruby>話<rt>はなし</rt></ruby>を<ruby>聞<rt>き</rt></ruby>きます。この<ruby>問題<rt>もんだい</rt></ruby>には<ruby>練習<rt>れんしゅう</rt></ruby>はありません。

メモをとってもかまいません。

1<ruby>番<rt>ばん</rt></ruby>、2<ruby>番<rt>ばん</rt></ruby>

<ruby>問題用紙<rt>もんだいようし</rt></ruby>に<ruby>何<rt>なに</rt></ruby>も<ruby>印刷<rt>いんさつ</rt></ruby>されていません。まず<ruby>話<rt>はなし</rt></ruby>を<ruby>聞<rt>き</rt></ruby>いてください。それから、<ruby>質問<rt>しつもん</rt></ruby>とせんたくしを<ruby>聞<rt>き</rt></ruby>いて、1から4の<ruby>中<rt>なか</rt></ruby>から、<ruby>最<rt>もっと</rt></ruby>もよいものを<ruby>一<rt>ひと</rt></ruby>つ<ruby>選<rt>えら</rt></ruby>んでください。

ーメモー

3番
<ruby>番<rt>ばん</rt></ruby>

まず<ruby>話<rt>はなし</rt></ruby>を<ruby>聞<rt>き</rt></ruby>いてください。それから、<ruby>二<rt>ふた</rt></ruby>つの<ruby>質問<rt>しつもん</rt></ruby>を<ruby>聞<rt>き</rt></ruby>いて、それぞれ<ruby>問題用紙<rt>もんだいようし</rt></ruby>の１から４の<ruby>中<rt>なか</rt></ruby>から、<ruby>最<rt>もっと</rt></ruby>もよいものを<ruby>一<rt>ひと</rt></ruby>つ<ruby>選<rt>えら</rt></ruby>んでください。

質問1
<ruby>質問<rt>しつもん</rt></ruby>

1 <ruby>健康<rt>けんこう</rt></ruby>が<ruby>気<rt>き</rt></ruby>になるとき
2 <ruby>時間<rt>じかん</rt></ruby>がたっぷりあるとき
3 ゴルフをしているとき
4 <ruby>災害<rt>さいがい</rt></ruby>の<ruby>時<rt>とき</rt></ruby>

質問2
<ruby>質問<rt>しつもん</rt></ruby>

1 <ruby>自分<rt>じぶん</rt></ruby>にはあまり<ruby>役<rt>やく</rt></ruby>に<ruby>立<rt>た</rt></ruby>たないから<ruby>欲<rt>ほ</rt></ruby>しくない
2 <ruby>高<rt>たか</rt></ruby>いから<ruby>買<rt>か</rt></ruby>わない
3 <ruby>短時間<rt>たんじかん</rt></ruby>で<ruby>充電<rt>じゅうでん</rt></ruby>できれば<ruby>買<rt>か</rt></ruby>いたい
4 <ruby>将来<rt>しょうらい</rt></ruby>は<ruby>役<rt>やく</rt></ruby>に<ruby>立<rt>た</rt></ruby>つかもしれないが、<ruby>今<rt>いま</rt></ruby>はまだ<ruby>欲<rt>ほ</rt></ruby>しくない

Check □1 □2 □3

第5回

言語知識（文字・語彙）

問題1 ＿＿の言葉の読み方として最もよいものを、1・2・3・4から一つ選びなさい。

1 電気製品の<u>寿命</u>は10年といわれている。
1 じゅめい　　2 じゅうめい　　3 じゅみょう　　4 じゅうみょう

2 彼の話は<u>建前</u>ばかりで、本音がまるで見えてこない。
1 たてさき　　2 たてまえ　　3 けんせん　　4 けんぜん

3 彼は小さいころから、打てば<u>響く</u>ような子でしたよ。
1 ひびく　　2 えがく　　3 きずく　　4 かがやく

4 セーターを手洗いしたら、<u>縮んで</u>しまった。
1 からんで　　2 はずんで　　3 のぞんで　　4 ちぢんで

5 景気回復の<u>兆し</u>が見えるというが、到底実感できない。
1 ふかし　　2 しるし　　3 きざし　　4 こころざし

6 料理人といっても、私なんて<u>専ら</u>皿洗いですよ。
1 もっぱら　　2 かたわら　　3 やたら　　4 ひたすら

問題2 （　　）に入れるのに最もよいものを、1・2・3・4から一つ選びなさい。

7 最近の詐欺は、（　　　）が実に巧妙だ。

1　手際　　　　　2　手順　　　　　3　手口　　　　　4　手取り

8 こんな器じゃ、せっかくの料理が（　　　）だよ。

1　あべこべ　　　2　由来　　　　　3　台無し　　　　4　色違い

9 電車の中で大声でけんかするなんて、（　　　）まねはやめろ。

1　みっともない　2　めざましい　　3　にくらしい　　4　そそっかしい

10 この地域は、戦争中、敵国の支配（　　　）にあった。

1　状　　　　　　2　下　　　　　　3　圏　　　　　　4　層

11 たまには授業を（　　　）、映画でも見に行きたいな。

1　おしんで　　　2　まぎれて　　　3　はずして　　　4　サボって

12 30 年続いた料理番組は、テレビ局の都合により、この秋で（　　　）こととなった。

1　打ち切られる　　　　　　　　2　取り組まれる

3　受け止められる　　　　　　　4　使い果たされる

13 どうしてもやるというなら、（　　　）君の責任においてやってくれ。

1　ろくに　　　　2　どうせ　　　　3　あくまで　　　4　案の定

問題 3 ＿＿の言葉に意味が最も近いものを 1・2・3・4 から一つ選びなさい。

14 高速道路の建設は、この春着工の予定だ。

　1　開始　　　　　　2　開業　　　　　　3　着陸　　　　　　4　完了

15 母親は、冷たくなった子どもの身体をさすり続けた。

　1　抱き　　　　　　2　たたき　　　　　3　こすり　　　　　4　探し

16 現政権は、他よりまし、という理由で国民から支持されているそうだ。

　1　だいぶ強い　　　2　やや大きい　　　3　とても速い　　　4　少しよい

17 安価な農作物が海外から大量に輸入され、国産品は一段と売り上げを減らした。

　1　すぐに　　　　　2　ますます　　　　3　いくらか　　　　4　だんだん

18 開発された技術によって、長年にわたる問題はあっさり解決した。

　1　すんなり　　　　2　きっぱり　　　　3　しっかり　　　　4　てっきり

19 支払い期限は今日だから、よかったら立て替えておくよ。

　1　直して　　　　　2　預けて　　　　　3　貸して　　　　　4　整えて

問題4　次の言葉の使い方として最もよいものを、1・2・3・4から一つ選びなさい。

20 過労

1　長時間労働による社員の過労は、会社の責任だ。

2　この業界はどこも人手不足で、職員は毎日深夜まで過労している。

3　今回の件では、過労をおかけし、誠に申し訳ございません。

4　成功したければ、寝る間を惜しんで過労しなさい。

21 さっさと

1　宿題をさっさと片付けて、遊びに行こう。

2　どうぞ、熱いうちにさっさとお召し上がりください。

3　配布した資料は、次の会議までにさっさと目を通しておくこと。

4　ようやく渋滞を抜けて、車はさっさと動き始めた。

22 もれる

1　彼女の目から一粒の涙がもれた。

2　夜の間に、小屋からニワトリがもれたようだ。

3　顧客データが社外にもれてしまった。

4　口の周りにケチャップがもれているよ。

23 オーバー

1　先生の本を読んで、オーバーに感動しました。

2　オーケストラによるオーバーな音楽を楽しむ。

3　オーバーした表現はかえって心に響かないものだ。

4　彼は何でもオーバーに言うから、信用できない。

24 ほぼ

1　この番組は、子どもからお年寄りまで、ほぼ人気がある。

2　20年ぶりの同窓会には、クラスのほぼ全員が集まった。

3　今朝、家の猫がほぼ4匹の子猫を産んだ。

4　来年の今頃は、君もほぼ大学生か。

25 溶け込む

1 先月転校してきた彼女は、もうすっかりクラスに溶け込んでいる。

2 春になって、溶け込むような天気の日が続いている。

3 雨水が靴の中まで溶け込んできて、気持ちが悪い。

4 公共料金の相次ぐ値上げから1年がたち、国民の生活はすっかり溶け込んだ。

言語知識（文法）

問題5（　　）に入れるのに最もよいものを、1・2・3・4から一つ選びなさい。

26 あの遊園地のお化け屋敷は、（　　　　）泣き出す人が続出していると評判だ。

1　あまりに怖さで　　　　　　　　　　2　怖いのあまりで

3　怖さあまりに　　　　　　　　　　　4　あまりの怖さに

27 複雑な過去を持つこの主人公を演じられるのは、彼を（　　　　）他にいない
だろう。

1　よそに　　　　　2　おいて　　　　　3　もって　　　　　4　限りに

28 戦争の悲惨さを後世に（　　　）べく、体験記を出版する運びとなった。

1　伝わる　　　　　2　伝える　　　　　3　伝えられる　　　　4　伝わらない

29 子ども（　　　　）、帰れと言われてそのまま帰ってきたのか。

1　じゃあるまいし　　　　　　　　　　2　ともなると

3　いかんによらず　　　　　　　　　　4　ながらに

30 大成功とは言わないまでも、（　　　　）。

1　成功とは言い難い　　　　　　　　　2　もう二度と失敗できない

3　次に期待している　　　　　　　　　4　なかなかの出来だ

31 この薬の開発を待っている患者が全国にいるのだ。完成するまで1分（　　　）
無駄にはできない。

1　なり　　　　　　　　　　　　　　　2　かたがた

3　たりとも　　　　　　　　　　　　　4　もさることながら

32 転勤に当たり、部下が壮行会を開いてくれるそうで、（　　　　）限りだ。

1　感謝する　　　　2　参加したい　　　3　嬉しい　　　　　4　楽しみな

33 僕の先生は、頑固で意地悪、（　　　）ケチだ。

1　すなわち　　　　2　おまけに　　　　　3　ちなみに　　　　4　それゆえ

34 ボランティアの献身的な活動（　　　）、この町の再建はなかったといえる。

1　なくして　　　　2　をもって　　　　　3　をよそに　　　　4　といえども

35 私の過失ではないのに、彼と同じグループだという理由で、彼の起こした事故の責任を（　　　）。

1　とられた　　　　2　とらせた　　　　　3　とらされた　　　　4　とられさせた

問題6　次の文の＿★＿に入る最もよいものを、1・2・3・4から一つ選びなさい。

（問題例）

あそこで＿＿＿＿　＿＿＿＿　＿★＿＿　＿＿＿＿　は山田さんです。

1　テレビ　　　2　見ている　　　3　を　　　4　人

（回答のしかた）

1. 正しい文はこうです。

> あそこで＿＿＿＿　＿＿＿＿　＿★＿＿　＿＿＿＿　は山田さんです。
> 1　テレビ　　　　3　を　　　　　2　見ている　　　　4　人

2. ＿★＿に入る番号を解答用紙にマークします。

（解答用紙）　| (例) | ① ● ③ ④ |

36　この病気は＿＿＿＿　＿＿＿＿　＿★＿＿　＿＿＿＿、毎日の生活習慣を改める必要があるのです。

1　という　　　　　2　治る　　　　　3　ものではなく　　　4　薬を飲めば

37　個人商店ですから、売り上げ＿＿＿＿　＿＿＿＿　＿★＿＿　＿＿＿＿です。

1　月に100万　　　　　　　　　　2　せいぜい

3　といっても　　　　　　　　　　4　といったところ

38　＿＿＿＿　＿＿＿＿　＿★＿＿　＿＿＿＿、どの選手も緊張を隠せない様子だった。

1　とあって　　　　　　　　　　　2　をかけた

3　試合　　　　　　　　　　　　　4　オリンピック出場

39 彼が＿＿＿＿　＿＿＿＿　＿★＿＿　＿＿＿＿なかった。

1　ことは　　　　　　　　　　　　　2　までも

3　がっかりしている　　　　　　　　4　見る

40 森君に関しては、成績が下がったこと＿＿＿＿　＿＿＿＿　＿★＿　＿＿＿＿こと
が心配です。

1　最近　　　　　　　2　元気がない　　　3　まして　　　　　4　にも

問題7　次の文章を読んで、文章全体の趣旨を踏まえて、| 41 | から | 45 | の中に
　　　　入る最もよいものを、1・2・3・4から一つ選びなさい。

暦^{こよみ}

　　昔の暦は、自然と人々の暮らしとを結びつけるものであった。新月が満
ちて欠けるまでをひと月としたのが太陰暦、地球が太陽を一周する期間を1
年とするのが太陽暦。その両方を組み合わせたものを太陰太陽暦^{たいいんたいようれき}(旧暦)と
いった。

　　旧暦に基づけば、1年に11日ほどのずれが生じる。それを | 41 | 、数
年に一度、13か月ある年を作っていた。| 42-a | 、そうすると、暦と実際の
季節がずれてしまい、生活上大変不便なことが生じる。| 42-b | 考え出された
のが「二十四節気」「七十二候」という区分である。二十四節気は、一年を
二十四等分に区切ったもの、つまり、約15日。「七十二候」は、それをさ
らに三等分にしたもので、| 43-a | 古代中国で | 43-b | ものである。七十二候の
方は、江戸時代に日本の暦学者^{れきがくしゃ}によって、日本の気候風土に合うように改訂
されたものである。ちなみに「気候」という言葉は、「二十四節気」の「気」
と、「七十二候」の「候」が組み合わさって出来た言葉だそうである。

　　「二十四節気」「七十二候」によれば、例えば、春の第一節気は「立春^{りっしゅん}」、
暦の上では春の始まりだ。その第1候は「東風氷を解く^{とうふう}」、第2候は「うぐ
いすなく」、第3候は「魚^{うお}氷に上る^{のぼ}」という。どれも、短い言葉でその季節
の特徴をよく言い表している。

　　現在使われているのはグレゴリオ暦で、単に太陽暦(新暦)といっている。
この | 44 | では、例えば「3月5日」のように、月と日にちを数字で表す
単純なものだが、たまに旧暦の「二十四節気」「七十二候」に目を向けてみ
て、自然に密着した日本人の生活や美意識を再認識してみたいものだ。それ
に、昔の人の知恵が、現代の生活に | 45 | とも限らない。

（注1）新月：陰暦で、月の初めに出る細い月。

（注2）江戸時代：1603年〜1867年。徳川幕府が政権を握っていた時代。

（注3）密着：ぴったりとくっついていること。

（注4）美意識：美しさを感じ取る感覚。

41

1　解決するのは　　　　　　　　2　解決するために

3　解決しても　　　　　　　　　4　解決しなければ

42

1　a　それで／b　しかし

2　a　ところで／b　つまり

3　a　しかし／b　そこで

4　a　だが／b　ところが

43

1　a　もとは／b　組み合わせた

2　a　最近／b　考え出された

3　a　昔から／b　考えられる

4　a　もともと／b　考え出された

44

1　旧暦　　　　　　　　　　　　2　新月

3　新暦　　　　　　　　　　　　4　太陰太陽暦

45

1　役に立たない　　　　　　　　2　役に立つ

3　役に立たされる　　　　　　　4　役に立つかもしれない

問題8　次の (1) から (3) の文章を読んで、後の問いに対する答えとして最もよいも
　　　　のを、1・2・3・4 から一つ選びなさい。

(1)

　アクティブシニアという呼び方がある。多くは戦後すぐに生まれた団塊の世代^(注1)
で、定年退職後も趣味など多くの活動に意欲的で、とても元気だ。戦後の大きな変
化の中を生きてきただけあって新しいものを生み出す力も強く、従来のシニア像^(注2)
を一新させた。

　ところで最近、国立機関による高齢者 14,000 人余りの 4 年にわたる追跡調査で、
「幸福感や満足度など、前向きな感情を多く持つ人ほど認知症になるリスクが減
る。」という研究結果が発表された。前向きな気持ちが行動や人との交流を活発
にして脳にいい刺激を与えるなら、アクティブシニアの老い方は超高齢社会を生
き抜くための知恵なのかもしれない。

（注1）団塊の世代：戦後の 1947 年〜1949 年に生まれた第一次ベビーブームの世代。
（注2）シニア像：高齢者のイメージ。
（注3）認知症：さまざまな理由で脳の細胞が壊れるなどして、生活に支障が出る
　　　　障害。

46　筆者の考えに合うのはどれか。
　1　超高齢化が進む中、前向きで活動的な団塊の世代が多いのはもっともなこ
　　　とだ。
　2　前向きな気持ちの人と交流することで、脳は活性化され、認知症が改善さ
　　　れる。
　3　変化を楽しむ感情が行動を活発化させ、脳はより強い刺激を求めるように
　　　なる。
　4　戦後社会が豊かさを求め続けてきた結果、高齢者の幸福度や満足度が上
　　　がった。

(2)

　信号機のない円形交差点<u>ラウンドアバウト</u>が注目されている。これは、中央の円形地帯に沿った環状道路を車両が一方向に進んで目的の道へと抜け出る方式の交差点で、2013 年には日本でも長野県飯田市で、従来の信号機を撤去して導入された。

　交通量の多い都市部では機能しにくいが、正面衝突など重大事故のリスクや、信号待ちによる渋滞などが減る、災害時に停電しても交通に支障が出にくいなど、メリットは多い。

　ラウンドアバウトの設計には、交通量の把握、十分なスペースの確保、構造上の工夫など課題も多いが、今後さらなる普及が見込まれている。

47 「ラウンドアバウト」の説明として合うのはどれか。

1　中央の円形地帯の周囲で道路を交差させるため、信号機は従来より少なくて済む。

2　交通量によって利便性が制限されないため、全国各地で導入が可能である。

3　従来より安全性が高く、電力消費も抑えられるため、導入が増えそうである。

4　十分なスペースさえあれば設計は容易なため、郊外を中心に導入されている。

(3)

　村上春樹の作品は 40 を超える言語に翻訳され、アジアはもとより、アメリカ、ロシア、ヨーロッパなど海外でも人気が高い。2006 年には、優れた現代文学作家に与えられるフランツ・カフカ賞を受賞した。毎年ノーベル賞の季節になると文学賞の候補に挙げられるものの受賞を逸し、そのたびにかえって本が売れるというような現象が繰り返されている。

　もちろん一読して、「合わない」という人も少なくない。しかし、自分のためだけに書かれたというような思いを抱き、たちまち魅了されてハルキストとなる人は、新たな彼の作品に手を伸ばさずにはいられなくなる。それが日本国内だけ^(注)でなく、海外でも同じように起きているのである。

（注）ハルキスト：小説家村上春樹のファン。

48 「それ」は何を指しているか。

1　村上春樹の作品が、国内だけでなく海外の読者のためにも書かれているということ。

2　村上春樹の作品の世界に引き込まれて、彼の作品を読まずにいられなくなること。

3　村上春樹が毎年ノーベル賞候補に挙げられては、受賞を逃していること。

4　村上春樹の作品が多くの言語に翻訳され、海外でも人気を博していること。

問題9　次の(1)から(3)の文章を読んで、後の問いに対する答えとして最もよいも
　　　　のを、1・2・3・4から一つ選びなさい。

(1)

　2015年、二人の日本人科学者がノーベル賞を受章した。そのうちの一人が、ノー
ベル医学生理学賞の大村智さんである。

　大村さんは、地中の微生物が作り出す「エバーメクチン」という化合物を見つ
け、それをもとに寄生虫病に効く薬を開発し、アフリカなどで寄生虫病に悩む多
く(注1)の人々を、失明の危険性から救った。
　　　　　　　　(注3)

　大村さんは、会見で、「微生物の力で何か役に立つことができないかと考え続
けてきた。微生物がいいことをやってくれているのを頂いただけで、自分が偉い
仕事をしたとは思っていない。ノーベル賞を受賞するとは思っていなかったが、
今日ではこの病気のために失明する子どもはいない。多くの人々を救えたと思っ
ている。」と語った。

　大村さんは科学研究者であるだけでなく、いろいろな才能を持つ。ゴルフが好
きで、また、美術への造詣も深い。45年以上にわたって絵画や陶器などを収集し、
そのコレクションを、故郷に自ら創立した美術館に寄付したという。そんな大村
さんは「科学と芸術は創造と想像が不可欠で、根本は同じ。両者の融合が人類を
　　　　　　　　　　　　　　　　　　　　　　　　　　　(注5)
好ましい方向に導く。」と言っている。

　そのほか、故郷山梨県の発展にも力を尽くしている。25年前、「山梨科学アカ
デミー」を創立。そこで、多くの子どもたちが科学者たちの講義をうけてきたと
いう。

　よく、例えば「科学者ばか」とか「役者ばか」と言って、専門のこと以外何に
も知らない人がいるが、それでは、専門の分野についても底が浅いものになって
しまう。大村さんのように、多方面に興味や関心を持つことが出来る人こそ、専
門分野でも深い研究が出来るのかもしれない。

（注１）微生物：単細胞生物など、目には見えない非常に小さい生物。

（注２）寄生虫病：寄生虫（他の生物の体から栄養を取って生きる虫）による病気。

（注３）失明：目が見えなくなること。

（注４）造詣：知識が深く、優れていること。

（注５）融合：一緒になってとけあうこと。

[49] 大村智さんは、どのような功績によりノーベル医学生理学賞を受賞したか。

1 地中から失明を防ぐ薬「エバーメクチン」を発見し、寄生虫病の人々を救った。

2 長年、地中にいる微生物を採集し、新しい微生物を発見した。

3 地中の微生物が作り出す化合物を発見し、それで寄生虫病に効く薬を開発した。

4 「エバーメクチン」という微生物を発見して寄生虫病に効く薬を作った。

[50] 両者とは、何と何か。

1 創造と想像

2 科学と芸術

3 科学と想像

4 芸術と創造

[51] 筆者は、優秀な科学者である大村さんが美術などへの造詣も深いことに対して、どのように思っているか。

1 多方面にわたる知識が豊富だということは、才能に恵まれているということだ。

2 専門分野にのみ力をそそぐことで、もっと深い研究ができるのではないだろうか。

3 多方面において才能があるということは、すべてにおいて底が浅いということだ。

4 多方面に興味や関心を持つ人だからこそ、専門分野の研究が深いものになるのだ。

Check □1 □2 □3

(2)

　「児童労働」とは、教育を受けるべき年齢の子ども(14、5歳まで)が教育を受けずに働くこと、及び、18歳未満の子どもが危険で有害な仕事をすることである。

　世界の子どもの9人に1人、1億6800万人が、児童労働に従事していると言われている。そのうち、子ども兵士や人身売買を含む危険・有害労働に従事する子ども(注1)は、なんと、8534万人にのぼるということである。(2013年ILO報告書による。2012年において。)

　児童労働が多いのはアジアやアフリカで、アフリカでは、5人に1人の子どもが児童労働に従事している。どの産業でいちばん多く働いているかというと、「農林水産業」が58.6%で、コーヒーや紅茶、ゴム、タバコなどの農場で雇われている。次に「サービス業」が32.3%で、道路で物を売ったり、市場で物を運んだり、人の家で家事を手伝ったりして働いている。そして、縫製工場やマッチの製造工場工業で働いている「工業・製造業」が7.2%である。

　ほとんどの国が、児童労働を禁止する法律を持っているだけでなく、国際条約でも定義・禁止されている。1989年に国連で採択された「子どもの権利条約」には、18歳未満を「子ども」と定義すること、子どもには教育を受ける権利や、経済的搾取を含むあらゆる搾取や暴力、虐待から保護される権利があることなどを、54(注2)の条文ではっきり記している。

　例えば、ガーナでは、カカオ農園で働く子どもの64%が14歳以下で、人身売買などで働かされていると指摘されたため、2002年、国際機関や民間の団体などが共同で児童労働予防プロジェクトを発足させ、日本のNPO法人なども支援(注3)している。

　このような努力の結果、児童労働は年々減少しているとは言え、世界的に見ればまだ多くの子どもたちが労働を強いられている。企業が海外に進出し、輸入に頼っている日本も世界の児童労働と無関係ではない。企業が利益のためにコストを削減すれば、そのしわ寄せは途上国の生産者が受けることになり、果ては子どもが働(注4)　　　　(注5)かされることになるからだ。

　チョコレートの向こうには、カカオ農園で働かされているガーナの子どもたちがいることを私たちは忘れてはならない。

（『世界の児童労働』による）

（注1）人身売買：人間をお金で売り買いすること。

（注2）搾取：労働者の利益などを独り占めすること。

（注3）NPO法人：利益を目的としない法人で、福祉的な活動をする。

（注4）しわ寄せ：無理や矛盾の悪い影響が他に及ぶこと。

（注5）途上国：発展の途中にある国。

52 「児童労働」について、間違っているのはどれか。

1　義務教育を受けながら働くこと。

2　子どもが危険・有害な仕事をすること。

3　2012年には、世界の子どもの9人に1人が児童労働に従事している。

4　児童労働が多いのは、アジアやアフリカである。

53 児童労働が最も多いのはどの産業か。

1　サービス業

2　農林水産業

3　工業・製造業

4　土木・建設業

54 筆者は、児童労働と日本の関係についてどのように考えているか。

1　児童労働についての法律が整っている日本は、児童労働とは関係がない。

2　日本企業が海外に進出することで途上国の児童労働を増やしている。

3　日本企業の姿勢が途上国の児童労働を増やす結果となっていることもある。

4　日本のNPO法人などの活動の結果、世界の児童労働は激減している。

(3)

　「貧困の連鎖」が心配されている。生活が苦しい家庭の子どもは、進学のための塾に行くことや、必要な本を買うことができず、十分な教育を受けることができない。その結果、卒業しても待遇がよくない企業に就職することになり、結婚しても貧困家庭を作ることになってしまうのだ。

　このような問題に対して、自治体での取り組みが始まっている。滋賀県の野洲市では、母子家庭などの貧困家庭の子どもに勉強を教える仕組みを作り、連鎖を断ち切ることを目指している。無料で学べる中学生の塾を作ったのだ。先生は、大学生や現場の教員だ。

　お腹がすいていたら勉強ができないだろうということで、ボランティアの女性を募集。塾の日には簡単なおやつを作って中学生に食べさせる。費用をどうするかが問題になったが、地元の農業青年団が、米を寄付してくれることになった。塾に入ることができるのは、母子家庭を中心に、児童扶養手当を受けている市内の中学生である。

　また、2015年6月に発足した「子どもの貧困対策センター・あすのば」の若者たちは、貧困家庭の子どもたちのために募金活動を始めた。目標は来年春までに600万円。それを全国の160人の子供たちに3～5万円ずつ送るという計画だったが、この3月の時点で、目標を上回る756万円の寄付が集まったということだ。

　政府も、寄付や募金を集めて「子供の未来応援基金」をつくり、貧困対策に取り組む計画だという。しかし、なぜ、政府が「寄付や募金」に頼らなくてはならないのか。

　日本の将来にとって最も大切な子どもの教育がおろそかにされているような気がしてならない。

（『貧困の連鎖』による）

（注1）連鎖：鎖のように、同じことがつながること。

（注2）児童扶養手当：一人親家庭などの児童のために自治体が支給するお金。

55 「貧困の連鎖」とはどういうことか。

1 貧困家庭の子どもが親になって、また貧困家庭を作ること。

2 貧しい家庭の子どもは、大人になっても相変わらず貧しいということ。

3 生活が貧しい家庭の子どもは待遇が悪い企業に就職することが多いこと。

4 貧困家庭の子どもは、十分な教育を受けることができないこと。

56 無料で学べる中学生の塾は、どのような人のどんな協力によってなされたかについて、本文で書かれていないものはどれか。

1 大学生や現場の教員が塾の先生を引き受けた。

2 ボランティアの女性が塾に来る中学生のおやつを作った。

3 地元の青年団がおやつに使う米を寄付してくれた。

4 市内の青年たちが貧困家庭の子どもたちのために募金活動をした。

57 筆者が本文で最も言いたいことは何か。

1 貧困の連鎖を断ち切るためには、自治体や民間の協力が必要だ。

2 貧困対策として政府が寄付や募金を集めるのはよいことだ。

3 大切な子どもの未来のために、もっと国の予算を使うべきだ。

4 貧困対策として寄付や募金に頼るのは、限りがある。

問題10　次の文章を読んで、後の問いに対する答えとして最もよいものを、1・2・
　　　　3・4から一つ選びなさい。

　読書の大切さについては、いまさら言うまでもないだろう。昔から哲学者のショ
ウペンハウエルや小説家の丸谷オ一が、また最近では評論家の松岡正剛や内田樹
など内外の多くの識者が読書の効用について述べている。読書は知識を得るため
に、教養を身に付けるために、よりよく生きるために、そして楽しむために、まさ
に誰もが手軽に取り組むことが出来る最良のものである。

　だからと言って、読書はどんな本でもただ読めばいいというものではない。特
に学術書や専門書の場合、読む前に自分は何のために読むのかという目的を確認
することだ。今から読もうとしている本は自分の目的に合う本なのか、果たして
自分が選んだ本が真に読むに値する本なのかを知る必要がある。そのために、①
著者はどんな経歴の人なのか、この本の他にどんな本を書いているのか、その本
はいつ発行されたのか等を調べた方がよい。

　そして、書評や周囲の意見などを参考にして読む本が決まったら、実際に読書
に取りかかる前に②幾つかの準備作業をすることが大切である。まず本を開き、
目次と前書きや後書きに目を通し、本書で著者はどんなことを言おうとしている
かを知ることである。なぜなら、そこにはこの本が書かれた理由が必ず述べられ
ているからである。そして出来たら章の見出しや興味が持てそうな本文の短い一
章でも目を通すのがよい。

　読書に入る前に十分な準備作業をして取り掛かれば、実際に読み終わった後、
本の内容を表面だけの理解にとどまらず、著者の主張を真に生きたものとして吸
収出来るようになるだろう。

　このように、本と真剣に対峙する姿勢があれば、結果として語彙や知識が増え、
考える力が自分のものになる。さらにこの読書で得た情報や知識を活用すること
により表現力も養われる。表現力が豊かになれば、他人と協調して物を見ること
や考えることも出来るようになる。他人と協調出来れば、期せずして良好な人間
関係を築くことにも繋がっていくのである。

　また、読書を通して自分と向き合うことは、自分を高めるだけでなく想像力、発想力を養うことにも役立ち、新たな自己発展のヒントも得られ、未知の新たな世界へ旅立つきっかけも与えてくれる。

　このように見てくると、読書は自分の学ぶ姿勢によって知識だけでない新たな道を開き、人生を楽しむ最高の手引きともなる。改めて読書がいかに多くの効用を生み出すかに驚くだろう。③読書の効用は限りなく大きいと言える。

（池永陽一『読書の効用』による）

（注1）識者：知識が深く、物事を判断する力が優れている人。知識人。

（注2）効用：効果。

（注3）前書き・後書き：書物の前と後に書かれている文章。

（注4）対峙：向き合うこと。

58　学術書や専門書を読む場合、まず、しなければならないのはどんなことか。

1　その本についての評判を聞いておくこと。

2　自分がその本を読む目的を確かめておくこと。

3　著者の主張や考えを書評からとらえておくこと。

4　著者が有名な人かどうかを確認すること。

59　①著者はどんな経歴の人なのか、この本の他にどんな本を書いているのか、その本はいつ発行されたのか等を調べたほうがいいのは何のためか。

1　選んだ本が最近書かれた新しい本であるかどうかを知るため。

2　選んだ本の著者が多くの著書がある偉い人であるかどうかを知るため。

3　選んだ本が自分の目的に合い、読む価値があるかどうかを知るため。

4　選んだ本の著者が自分と同年代の人であるかどうかを知るため。

60 読む本が決まったら、読み始める前に②幾つかの準備作業をすることが大切であると書かれているが、そうすることで、読書後、どのような効果があるか。

1 内容の表面的な理解だけでなく、著者の主張を真に吸収できる。

2 著者の主張をあらかじめ知ることで、自分の主張と比べることができる。

3 著者が前書きで述べたことと後書きで述べたことを比較できる。

4 自分がこの本を選んだのが本当に正しかったかどうかわかる。

61 筆者は③読書の効用は限りなく大きいと述べているが、それは、どのような読書について言えることか。

1 手当たり次第にどんな本でも読むことで、語彙や知識が増えるような読書。

2 本と真剣に向き合うことを通じて自分を高め、新たな道を開くきっかけともなるような読書。

3 自分に興味のない分野の本を読むことで、広い知識を得ることができるような読書。

4 気軽に本と向き合うことを通じて、教養を身に付け人生を楽しむことができるような読書。

問題11　次のＡとＢは、早期教育についてのＡとＢの意見である。後の問いに対する答えとして最もよいものを、１・２・３・４から一つ選びなさい。

A

　　子供が3、4歳ぐらいになると、先を争うかのようにピアノや英語など色々の習い事を子供にやらせ始める親は多い。確かに音楽や絵画などの芸術分野や各種のスポーツ、英語などは、なるべく早い時期から始める方が、後で始めた子供よりも上達が早いようである。

　　子供を早くから専門的な指導者の下で教育すると、子供の脳の働き、特に右脳の発達が促進され、直観的、空間的な認識が必要とされる芸術やスポーツなどで特に目覚ましい成果が見られるという。そこで早期教育は多少親からの強制^(注1)であっても、教育の最中に子供が興味を覚え、やる気も出てくればその後の各種の技能の習得にも大きな力となる。

　　早期教育が子供の成長・発達に大いに役立つことを知れば、親ならば誰もが子供のための習い事は出来るだけ早くから始めたいと思うのは当然のことである。

B

　果たして子供の早期教育は、いいことばかりであろうか。世阿弥の有名な『花伝書』のなかに「芸に於いて、大方（おおかた）七歳をもてはじめとす。さのみに、善し悪しきとは教ふべからず。あまりにいたく諫れば　気を失いて、能ものぐさくなり」とあるように、「教えることは7歳から始めても、いいとか、悪いとかは教えてはいけない。期待するあまりひどく怒ったりすれば、子供はやる気を失い、いい加減になってしまう」と言っているほどである。

　早期教育は子供からの自発的なものでないため、ともすれば子供は受け身とならざるを得ず、また親の過度の期待が子供の発達段階を越える押し付けにもなる。さらに親から他の人よりも「早く、上手に、正しく」と競争させられることで習い事がいやになったりして興味を失くしかねない。そしてまた、本来の自由な子供らしさが失われ、子供の心が傷ついてしまうかもしれない。このように見てくると早期教育にはかなり問題が多いと言える。

（注1）目覚しい：目に見えて素晴らしい。

（注2）さのみに：それだけで。

（注3）自発的：自分から進んでする様子。

62　AとBは、早期教育について、どのような観点から見ているか。

　1　AもBも、早期教育の是非について述べている。

　2　AもBも、早期教育における親の役割について述べている。

　3　AもBも、早期教育のもたらす弊害について述べている。

　4　AもBも、早期教育をした結果を報告している。

63 早期教育について、AとBはどのように述べているか。

1 Aは専門的な指導者のもとで早期教育をすれば効果があると述べ、Bは子供に競争させてでも早期教育をすべきだと述べている。

2 Aは、子供にやる気があればなるべく小さいうちに早期教育をしたほうがいいと述べ、Bは、早期教育は子供らしさをなくすものだと述べている。

3 Aは、子供のためには早期教育をすべきだと述べ、Bは、早期教育はよいとばかりは言えず、いろいろな弊害があると述べている。

4 Aは、早期教育をするのは親として当然の義務であると述べ、Bは、早期教育は、むしろ子供をいい加減な性格にしてしまうと述べている。

問題12　次の文章を読んで、後の問いに対する答えとして最もよいものを、1・2・3・4から一つ選びなさい。

　毎年、桜咲く4月になると、日本のあちこちで入学式が行われる。高レベルの難しい入学試験を乗り越えた明るい笑顔の新入生たちはキラキラと目を輝かせ、何の悩みもなく幸せそのもののように見える。

　しかし、彼等の笑顔の前には、実は見過ごすことの出来ない厳しい社会の現実が待ち受けている。彼等がここまで来るために親が費やした費用は、塾の費用を初めとして半端ではない。それは全て子を思う親心あればこそなのだが、これで終わりではない。子供にとっても親にとっても入学は、これまで以上の出費を伴う新たなる出発なのだ。決して安くない入学料と授業料、学生生活を送るための生活費や住居費など、これからの何年間にも渡って多額の出費が必要となる。

　これを賄える高額収入の家庭だったら問題は少ないかもしれないが、現在の厳しい社会状況では、入学後の経済負担は大変なものだ。最近の調査によると、親元を離れて学生生活を送る子供に、ひと頃月8万円を超えていた仕送りも現在では月平均6万8千円程度しかなく、これでは授業料だけで精一杯で、住居費、食費等の生活費まではとても賄いきれない。

　そこで学生は仕方なくアルバイトをして生活費を稼ぐ必要に迫られる。でも少々のアルバイトの収入では、とても補えるものではない。授業を捨てて長時間のアルバイトに精を出せば、本来の学業がおろそかになる。実際どんな優秀な学生でも、他からの経済的援助を受けられなければ学業を諦めざるを得ない。

　そこで学生が頼らざるを得ないのが奨学金である。現在2人に1人が奨学金に頼って大学生活を送っており、日本学生支援機構によると、2014年度の奨学金利用者は141万人で、その奨学金の多くが卒業したら返還することを前提とした貸与型である。つまり、運よく奨学金を貰えて卒業出来ても厳しい取り立てが待っ（注1）ているのだ。思うように就職が出来ないとか、賃金が低いとか、病気とかで、返済を3か月以上延滞している人は17万人もいるという。毎月の返還が出来ない者がそれだけ多いということは、卒業後に降りかかる現実が予想以上に厳しい状況にあるということだ。

　そもそも奨学金は、本来我われの国の将来を担う人物を育てるために役立てるべきものである。それも意欲ある優秀な学生なら誰にもただで支給され、返還義務のない給付型であるべきものである。現在のような貸与型の奨学金は単なる貸付金[注2]に過ぎず、とうてい奨学金とは言えない。米英独などの諸外国と比べても日本の奨学金制度はあまりにも不十分である。入学時キラキラした目を輝かせた学生たちが、お金の心配なく勉学に専心できるような国を挙げての奨学金制度を早急に作り直さなければならない。[注3]

（「奨学金問題を考える」による）

（注1）貸与型：返してもらうことを前提として貸すタイプ。
（注2）貸付金：貸すお金。
（注3）専心：目的に向かって、ひたすら突き進むこと。

64　半端ではないとは、ここではどういうことか。

1　多いとも少ないとも言えないということ。

2　よくわからないということ。

3　とても多いということ。

4　だんだん増えているということ。

65　親元を離れて学生生活を送る子供に対する仕送りがひところより減ったということは、どのようなことを表しているか。

1　学校生活にかかる費用が減ってきているということ。

2　社会の経済的状況が厳しくなってきているということ。

3　授業料や入学金が高くなったということ。

4　親の生活費が高くなったということ。

66 筆者は、奨学金についてどのように考えているか。

1 貸与型でもいいので、返還期間を長くするべきだ。

2 卒業後の返還を無利子にするべきだ。

3 全て変換する義務がない給付型にするべきだ。

4 貸与型のままで、取立てを厳しくするべきだ。

67 この文章で筆者が言いたいのはどんなことか。

1 学生がお金の心配なく勉強できるように、親からの仕送りを多くするべきである。

2 若者たちがアルバイトなどしないで勉学に専心できるように、大学の授業料を無料にするべきである。

3 国の援助などに頼らず、若者はもっと自立した学生生活を目指すべきである。

4 国の将来を担う若者たちが勉学に専心できるように、奨学金制度を至急作り直すべきである。

問題 13　右のページは書道教室からのメールである。下の問いに対する答えとして
　　　　最もよいものを 1・2・3・4 から一つ選びなさい。

68　メールの件名として正しいものはどれか。

1　展示会のお知らせ

2　新年会のお知らせ

3　情報交換会のお知らせ

4　書道教室のお知らせ

69　メールに書いていないことは、次のうちのどれか。

1　一年に一度のチャンスなのでぜひ参加してほしい。

2　新年会に出席できるかどうかを書いて返信してほしい。

3　出席する場合、乾杯の飲み物を選んでほしい。

4　銀座教室にあるお茶をおみやげとして持って帰ってほしい。

宛先 http://www.bibo.com

件名

書道教室会員の皆様

今年もはや12月となりました。

毎年多数の方々にご参加いただいております書道教室新年親睦会を、下記のとおり開催いたします。

ぜひご一緒に会食をしながら、おしゃべりや情報交換を楽しみましょう。

年に一度顔合わせができる貴重な機会ですので、ぜひご出席くださいますよう、お願い申し上げます。

なお、新年会の後、銀座教室にてお茶の用意をいたしますので、あわせてご参加いただければ幸いです。

・・・・・・・・・・・・・・・・・・・・・・・ 記 ・・・・・・・・・・・・・・・・・・・・・・・

日時 令和3年　1月24（日）　午後13時〜14時半頃

会費 3,000円（乾杯の飲み物代含む）
＊2杯目以降は、各自注文してください。

場所 白菊 (日本料理)
中央区銀座2-18-12 ワラクビル101
TEL(03)xxxx－5511
地図　www://xxxx.xxxxxxxx

＊ご出欠を下記にご記入の上12月23日迄にinfo@waraku.xxxへご返信ください。

＊1月20日以降のキャンセルにつきましては会費全額をいただく場合がありますのでお気をつけください。

令和2年　師走
スタッフ一同

- -

お名前＿＿＿＿＿＿＿＿＿＿＿＿＿＿＿＿＿＿

★　1月24日（日）の　新年会に
　　□出席　　　　　□欠席　　　　　します。

なお、ご出席の方は、乾杯のお飲物をお選びください。

★　お飲物：□ ビール
　　　　　　□ ソフトドリンク（ウーロン茶、ジンジャエール、リンゴジュース）

もんだい
問題 1

問題 1 では、まず質問を聞いてください。それから話を聞いて、問題用紙の 1 から 4 の中から、最もよいものを一つ選んでください。

れい
例

1　タクシーに乗る
2　飲み物を買う
3　パーティに行く
4　ケーキを作る

1番

1 イラストの修整をする

2 イラストを課長に送る

3 会議の報告書を部長に送る

4 香港に出発する

2番

1 昼ご飯を食べる

2 電車に乗って市内に行く

3 博物館に行く

4 ラーメン屋を探す

3番

1 男の人が失礼だから
2 引っ越し料金が高いから
3 希望の時間に予約できないから
4 男の人がうそをついたから

4番

1 傘を買う
2 図書館へ行く
3 女子学生を待つ
4 女子学生に傘を借りる

Check □1 □2 □3

5番

1 薬を飲みながらしばらく様子をみる
2 薬を飲んでから検査を受ける
3 すぐ総合病院に行く
4 仕事を休んで禁酒、禁煙する

6番

1 スキー靴と靴下
2 手袋と靴下
3 靴下とスキーパンツ
4 帽子とスキーパンツ

<ruby>問題<rt>もんだい</rt></ruby>2

<ruby>問題<rt>もんだい</rt></ruby>2では、まず<ruby>質問<rt>しつもん</rt></ruby>を<ruby>聞<rt>き</rt></ruby>いてください。そのあと、<ruby>問題用紙<rt>もんだいようし</rt></ruby>のせんたくしを<ruby>読<rt>よ</rt></ruby>んでください。<ruby>読<rt>よ</rt></ruby>む<ruby>時間<rt>じかん</rt></ruby>があります。それから<ruby>話<rt>はなし</rt></ruby>を<ruby>聞<rt>き</rt></ruby>いて、<ruby>問題用紙<rt>もんだいようし</rt></ruby>の1から4の<ruby>中<rt>なか</rt></ruby>から<ruby>最<rt>もっと</rt></ruby>もよいものを<ruby>一<rt>ひと</rt></ruby>つ<ruby>選<rt>えら</rt></ruby>んでください。

<ruby>例<rt>れい</rt></ruby>

1 パソコンを<ruby>使<rt>つか</rt></ruby>い<ruby>過<rt>す</rt></ruby>ぎたから

2 コーヒーを<ruby>飲<rt>の</rt></ruby>みすぎたから

3 <ruby>部長<rt>ぶちょう</rt></ruby>の<ruby>話<rt>はなし</rt></ruby>が<ruby>長<rt>なが</rt></ruby>かったから

4 <ruby>会議室<rt>かいぎしつ</rt></ruby>の<ruby>椅子<rt>いす</rt></ruby>が<ruby>柔<rt>やわ</rt></ruby>らかすぎるから

1番

1 元同僚が活躍していたから
2 期待していた契約ができないことがわかったから
3 元同僚に失礼なことを言われたから
4 契約したかった会社の担当者に会えなかったから

2番

1 時代ものに感動した
2 悲しい話ばかりだった
3 よく理解できたのでおもしろかった
4 内容がよくわからなかった

3番

1 帰りの電車がなくなりそうだから
2 出張が増えるから
3 仕事が増えるから
4 男の人がまじめに仕事をしないから

4番

1 京都
2 鎌倉
3 日光
4 広島

5番

1 宴会に行けなかったから
2 早く酔っぱらったから
3 宴会の途中で帰ったから
4 料理がおいしい店を選んだから

6番

1 どんな場所でも早く話せるようにすること
2 ふだんから人と多く接するように心がけること
3 パソコンのソフトを使いこなすこと
4 説明する準備と練習を十分行うこと

7番

1 日本語学校の欠席が多かったから

2 志望理由がはっきりしないから

3 学校のことをよく知らなかったから

4 緊張しすぎていたから

もんだい
問題3

　問題3では、問題用紙に何も印刷されていません。この問題は、全体としてどんな内容かを聞く問題です。話の前に質問はありません。まず話を聞いてください。それから、質問とせんたくしを聞いて、1から4の中から、最もよいものを一つ選んでください。

―メモ―

<ruby>問題<rt>もんだい</rt></ruby> 問題 4

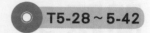

<ruby>問題<rt>もんだい</rt></ruby> 4 では、<ruby>問題用紙<rt>もんだいようし</rt></ruby>に<ruby>何<rt>なに</rt></ruby>も<ruby>印刷<rt>いんさつ</rt></ruby>されていません。まず<ruby>文<rt>ぶん</rt></ruby>を<ruby>聞<rt>き</rt></ruby>いてください。それから、それに<ruby>対<rt>たい</rt></ruby>する<ruby>返事<rt>へんじ</rt></ruby>を<ruby>聞<rt>き</rt></ruby>いて、1 から 3 の<ruby>中<rt>なか</rt></ruby>から、<ruby>最<rt>もっと</rt></ruby>もよいものを<ruby>一<rt>ひと</rt></ruby>つ<ruby>選<rt>えら</rt></ruby>んでください。

ーメモー

問題 5

問題 5 では、長めの話を聞きます。この問題には練習はありません。

メモをとってもかまいません。

1番、2番

問題用紙に何も印刷されていません。まず話を聞いてください。それから、質問とせんたくしを聞いて、1 から 4 の中から、最もよいものを一つ選んでください。

―メモ―

3番

まず話を聞いてください。それから、二つの質問を聞いて、それぞれ問題用紙の
1から4の中から、最もよいものを一つ選んでください。

質問1

1 法律的に正しいのはどちらか裁判で決める

2 トラブルが起きたらすぐにコミュニケーションを図る

3 早めに第三者に判断してもらうように努力する

4 今後も付き合いがあることを忘れず、まずよく話し合う

質問2

1 不愛想でぶっきらぼうなので付き合いにくい

2 世話好きで親切なので感謝している

3 子どもに厳しい人だが尊敬できる

4 口うるさい人なのでなるべく距離を置きたい

第6回

言語知識（文字・語彙）

問題1 ＿＿＿の言葉の読み方として最もよいものを、1・2・3・4から一つ選びなさい。

1 選挙が正しく行われるためには、制度の是正が不可欠だ。

1 ていせい　　　　2 だいせい　　　　3 しょうせい　　　　4 ぜせい

2 山に響く不気味な音の正体は、噴火による爆発だった。

1 ふぎみ　　　　2 ふきみ　　　　3 ぶぎみ　　　　4 ぶきみ

3 両親は小さな雑貨屋を営んでいます。

1 いとなんで　　2 いどんで　　　　3 つつしんで　　　　4 あゆんで

4 船から下をのぞくと、海底が透き通って見えた。

1 すきとおって　　　　　　　　2 ひきとおって

3 ときとおって　　　　　　　　4 いきとおって

5 運がよければ、と淡い期待を抱いていたが、結果は厳しいものだった。

1 あらい　　　　2 ゆるい　　　　3 うすい　　　　4 あわい

6 データの値をコンピュータに入力する仕事をしています。

1 わざ　　　　　2 ふだ　　　　　3 あたい　　　　4 おつり

問題2 （　　）に入れるのに最もよいものを、1・2・3・4から一つ選びなさい。

7 企業はもっと利益を社会に（　　　）すべきだ。

1 回収　　　　　2 出資　　　　　3 譲歩　　　　　4 還元

8 住民の（　　　）は、ゴミ処理場の移転に反対している。

1 最大数　　　　2 多大数　　　　3 大多数　　　　4 超過数

9 A：あなたは世界一美しい。

　　B：そんな（　　　）には騙されないわよ。

1 お世辞　　　　2 愚痴　　　　　3 お説教　　　　4 お節介

10 部下からは頼られ、上司からは期待される。課長という（　　　）は辛いよ。

1 プレゼン　　　2 ポジション　　3 レギュラー　　4 エリート

11 A社の倒産が噂されている。A社との共同事業からは（　　　）を引くべきだ。

1 手　　　　　　2 足　　　　　　3 腰　　　　　　4 頭

12 薬局へ行くなら、（　　　）シャンプー買ってきて。

1 ひいては　　　2 ついでに　　　3 そもそも　　　4 てっきり

13 私の言い方が気に（　　　）ら、ごめんなさい。

1 やんだ　　　　2 かかった　　　3 さわった　　　4 しみた

問題3 ＿＿の言葉に意味が最も近いものを1・2・3・4から一つ選びなさい。

14 退職してからは、植木の手入れをするのが父の日課です。
 1 購入　　　　　 2 処分　　　　　 3 分担　　　　　 4 世話

15 映像を見て、子どもの頃の記憶が一挙に蘇った。
 1 ようやく　　　 2 一度に　　　　 3 素早く　　　　 4 簡単に

16 絶対安静のため、家族以外の面会は控えてください。
 1 やめて　　　　 2 ことわって　　 3 待って　　　　 4 延期して

17 団体旅行ですので、勝手な行動は謹んでください。
 1 わがままな　　 2 一人だけの　　 3 別方向の　　　 4 危険な

18 実際に営業部を仕切っているのは、部長じゃなくて鈴木主任らしいよ。
 1 紹介して　　　 2 昇進して　　　 3 まとめて　　　 4 進めて

19 責任者としては、この企画を投げ出すことはできない。
 1 断る　　　　　 2 他の人に頼む　 3 安く売る　　　 4 途中でやめる

問題4　次の言葉の使い方として最もよいものを、1・2・3・4から一つ選びなさい。

20 順調

1　問題は全部で5問あります。1番から5番まで順調に答えてください。

2　新製品は順調に売り上げを伸ばしている。

3　景気の悪化に伴い、失業者数は順調に増加している。

4　この湖には、水を求めて野性のシカが順調に集まってくる。

21 重んじる

1　我が校には、個性を重んじる伝統がある。

2　未成年者の犯罪は、近年重んじる傾向にある。

3　無理をしたので、腰痛が重んじてしまった。

4　たくさんの失敗を重んじて、人は成長する。

22 費やす

1　子どもの教育のため、無理をしてでも学費を費やす親は多い。

2　大学の寮で暮らしていた頃は、友人たちと有意義な時間を費やしたものだ。

3　新薬の開発に、莫大な費用を費やした。

4　ダムの建設には、多くの作業員を費やした。

23 きっかり

1　この車は小さいから、4人乗ったらきっかりだ。

2　会議は10時きっかりに始められた。

3　この料理には赤ワインがきっかりですね。

4　彼女はいつもきっかりした服装をしている。

24 取り組む

1　会社のお金をこっそり取り組んだのが知られ、首になった。

2　この村では、毎年秋に盛大な収穫祭が取り組まれる。

3　迷いがなくはなかったが、取り組んで出発した。

4　ボランティアで、被災地の支援活動に取り組んでいます。

25 　引き返す

1 　家を出てから忘れものに気づいて、引き返した。

2 　問い合わせの電話があったので、すぐに調べて引き返した。

3 　意地悪をされたので、倍にして引き返してやった。

4 　このチケットは 1000 円相当の品物と引き返すことができます。

文法

問題5（　　）に入れるのに最もよいものを、1・2・3・4から一つ選びなさい。

26 「母は強し」というが、守るものができる（　　　　）、人は強くなるものだ。

1　と　　　　　　2　には　　　　　　3　とは　　　　　　4　ゆえ

27 体の温まる味噌味の鍋は、寒さの厳しい北海道（　　　　）の郷土料理です。

1　ばかり　　　　2　ならでは　　　　3　なり　　　　　4　あって

28 高校で国語の教師をする（　　　　）、文芸雑誌にコラムを連載している。

1　かたわら　　　2　そばから　　　　3　からには　　　4　ともなく

29 今さら後悔した（　　　　）、事態は何も変わらないよ。

1　ことで　　　　2　もので　　　　　3　ところで　　　4　わけで

30 遅刻厳禁と言った手前、（　　　　）。

1　私が遅れるわけにはいかない　　　　2　10分遅れてしまった

3　みんな早く来るだろう　　　　　　　4　早めに家を出てください

31 （　　　　）ともなると、母親の言うことなんか、全然聞かないですよ。

1　子供　　　　　2　男の子　　　　　3　息子　　　　　4　中学生

32 多くの犠牲者が出る（　　　　）、国はようやく法律の改正に動き出した。

1　べく　　　　　2　に至って　　　　3　をもって　　　4　ようでは

33 移民の中には、学ぶ機会を与えられず、自分の名前（　　　）書けない者もいた。

1　だに　　　　　2　こそ　　　　　　3　きり　　　　　4　すら

34 なんとか入賞することはできたが、コンクールでの私の演奏は、満足（　　　　）ものではなかった。

1　に足る　　　　2　に堪える　　　　3　に得る　　　　4　による

35 この店は、本場の中華料理を（　　　　）。

1　食べさせられる　　　　　　　　2　食べさせてもらう

3　食べさせてくれる　　　　　　　4　食べられてくれる

問題6　次の文の＿★＿に入る最もよいものを、1・2・3・4から一つ選びなさい。

（問題例）

あそこで＿＿＿＿　＿＿＿＿　＿★＿＿　＿＿＿＿　は山田さんです。

1　テレビ　　　2　見ている　　3　を　　4　人

（回答のしかた）

1. 正しい文はこうです。

あそこで＿＿＿＿　＿＿＿＿　＿★＿＿　＿＿＿＿　は山田さんです。			
1　テレビ	3　を	2　見ている	4　人

2. ＿★＿に入る番号を解答用紙にマークします。

（解答用紙）　| (例) | ① ● ③ ④ |

36　点字とは、視覚障害者の＿＿＿＿　＿＿＿＿　＿★＿＿　＿＿＿＿ことである。

1　指で触れて　　　2　文字の　　　　3　読む　　　　　4　ための

37　全財産を失ったというのなら＿＿＿＿　＿＿＿＿　＿★＿＿　＿＿＿＿落ち込むとはね。

1　そんなに　　　　　　　　　2　くらいで

3　いざ知らず　　　　　　　　4　宝くじがはずれた

38　突然の事故で＿＿＿＿　＿＿＿＿　＿★＿＿　＿＿＿＿。

1　彼女の悲しみは　　　　　　2　かたくない

3　想像に　　　　　　　　　　4　母親を失った

39 逆転に次ぐ逆転で、＿＿＿＿ ＿＿＿＿ ＿★＿ ＿＿＿＿試合が続いている。

1 気を抜くことの 2 できない

3 たりとも 4 一瞬

40 娘の好きなアニメ映画を見たが、＿＿＿＿ ＿＿＿＿ ＿★＿ ＿＿＿＿素晴らしいものだった。

1 鑑賞に 2 大人の 3 堪える 4 も

問題7 次の文章を読んで、文章全体の趣旨を踏まえて、 41 から 45 の中に
入る最もよいものを、1・2・3・4から一つ選びなさい。

若者言葉

いつの時代も、若者特有の若者言葉というものがあるようである。電車の
中などで、中・高生グループの会話を聞いていると、大人にはわからない言
葉がポンポン出てくる。 41 通じない言葉を使うことによって、彼らは仲
間意識を感じているのかもしれない。

携帯電話やスマートフォンでのSNSやラインでは、それこそ暗号のよう
な若者言葉が飛び交っているらしい。
（注1）

どんな言葉があるか、ネットで 42 覗いてみた。

「フロリダ」とは、「風呂に入るから一時離脱する」という意味だそうだ。
（注2）
お風呂に入るので会話を中断するよ、という時に使うらしい。似た言葉に「イ
チキタ」がある。「一時帰宅する」の略で、1度家に帰ってから出かけよう、
（いちじ きたく）
というような時に使うそうだ。どちらも漢字の 43-a を組み合わせた 43-b
だ。

「り」「りょ」は、「了解」、「おこ」は「怒っている」ということ。こ
こまで極端に 44 と思うのだが、若者はせっかちなのだろうか。
（注3）

「ディする」は、英語disrespect（軽蔑する）を日本語の動詞的に使って「軽
蔑する」という意味。「メンディー」は英語っぽいが「面倒くさい」という
意味だという。

「ガチしょんぼり沈殿丸」は、何かで激しくしょんぼりしている状態を表
（注4）　　　（注5）
すそうだが、これなどちょっと可愛く、センスもあると思われる。

これらの若者言葉を使っている若者たちも、何年か後には「若者」でなく
なり、若者言葉を卒業することだろう。 45 、言葉の遊びを楽しむのもい
いことかもしれない。

（注1）暗号：秘密の記号。

（注2）離脱：離れて抜け出すこと。

（注3）せっかち：短気な様子。

（注4）しょんぼり：がっかりして元気がない様子。

（注5）沈殿：底に沈むこと。

41

1 若者にしか 　　　　　　　　2 若者には

3 若者だけには 　　　　　　　4 若者は

42

1 じっと 　　　　　　　　　　2 かなり

3 ちらっと 　　　　　　　　　4 さんざん

43

1 a 読み／b 略語

2 a 意味／b 略語

3 a 形／b 言葉

4 a 読み／b 熟語

44

1 略してもいいのでは

2 組み合わせてもいいのでは

3 判断してはいけないのでは

4 略さなくてもいいのでは

45

1 困ったときには 　　　　　　2 しばしの間

3 永久に 　　　　　　　　　　4 さっそく

問題8　次の (1) から (3) の文章を読んで、後の問いに対する答えとして最もよいも
　　　　のを、1・2・3・4から一つ選びなさい。

(1)

　　マチュピチュは南米ペルーのアンデス山脈の尾根にある古代インカ帝国の遺跡
で、とがった絶壁の山々に囲まれた、「空中都市」ともいわれる世界遺産である。
　　2015 年、その麓にあるマチュピチュ村と福島県大玉村との間で友好都市協定が
締結された。なんでも、かつてマチュピチュ村の開発に尽力した村長が、大玉村
出身の日本人野内与吉さんだったことによるらしい。野内さんは 1917 年、21 歳で
移民としてペルーに渡り、線路拡大工事に携わった後、水力発電の設備や観光ホ
テルの建設などを手がけたそうだ。およそ 100 年もの昔に日本から地球の反対側
まで出かけ、地元のために貢献した野内さんの開拓者魂に頭が下がる。

（注1）友好都市：国同士の外交関係とは別に、文化交流や親善を目的とした地方
　　　　　　　　同士の関係。「姉妹都市」「親善都市」などともいう。
（注2）貢献：何かのために役立つように力をつくすこと。

46　「頭が下がる」のは何に対してか。
　1　南米ペルーの絶壁の山々に囲まれたマチュピチュ遺跡の壮大な世界遺産。
　2　日本の福島県大玉村と南米ペルーのマチュピチュ村との意外な親善関係。
　3　一世紀も前に、祖国から遠いマチュピチュ村の発展に供した進取の精神。
　4　水力発電、ホテル建設などマチュピチュ村の奇跡ともいえる急速な開発。

(2)

　「ひとりカラオケ」の人気が高まり、専門店や専門ルームも増え、若者から高齢者まで幅広い層が楽しんでいる。仲間と歌う前にこっそり練習する、誰にも邪魔されずに好きな歌を好きなだけ歌う、ストレス発散^(注)するなど、動機はさまざまだ。一方で、複数でわいわいと楽しむイメージの強いカラオケに一人で行くのは、寂しい人だと思われそうで気が引けるという声も少なくない。

　一昔前なら、人目を気にして一人で外食することさえためらう女性が少なくなかったが、そんな母親が「うちの高校生の娘、昨日ひとりカラオケにデビューして、ランチのあと三時間も歌ってきたのよ。」と複雑な表情で語る。

(注) 発散：体の外にまき散らすこと。

47 ひとりカラオケに行く動機として、書かれていないものはどれか。

　1　ストレスを発散するため。

　2　みんなの前で歌う前にこっそり練習。

　3　好きな歌を好きなだけ歌うため。

　4　寂しい人だと思われたくないため。

(3)

以下は、大学の夏期講座担当者から来たメールである。

小林 恵美 様

　先日は、今年度の夏期講座の日本画コースについてお問い合わせいただき、どうもありがとうございました。その後の情報について、ご連絡いたします。

　テーマは、「日本画と風景」。前半3回は、風景をモチーフにした日本画作品を鑑賞して時代別に考証するとともに、日本人の自然観も探ります。後半3回では、庭園での写生をもとに日本画を制作します。なお、どちらか半分のみの受講も可能ですが、後半の講座を受講の場合、日本画画材は各自で用意していただきます。講師は、新東京美術大学教授の山田明子先生です。

　お申込みは、6月10日から30日まで。小林様のように昨年度の冬期講座を受講された方には、山田ゼミの学生と同様、優先的に受け付けさせていただきますので、20日までにお申し込みいただければ幸いです。

　ご質問等ございましたら、メールにてご連絡ください。

　新東京美術大学 夏期講座担当
　田中 正夫

---

48 このメールの内容について、正しいものはどれか。

1 写生の講座受講のためには画材を自分で準備しなければならない。

2 昨年度の冬期講座の受講者は20日間優先的に受け付けてもらえる。

3 日本画の制作より鑑賞に興味のある者は受講することができない。

4 山田ゼミの学生はこの講座を必ず申し込まなければならない。

問題 9　次の (1) から (3) の文章を読んで、後の問いに対する答えとして最もよいも
　　　　のを、1・2・3・4 から一つ選びなさい。

(1)

　「もったいない」という日本語がある。もともとは仏教用語で、「神や仏に対
してよくないことである。」という意味で使用されていたということだが、現在
では、「そのものの値打ちが生かされず無駄になることが惜しい。」（広辞苑）と
いう意味で使われている。例えば、「まだ使えるのに、捨てるのはもったいない。」
などというように使う。

　日本生まれのこの言葉は、今では、「MOTTAINAI」という世界に通用する言葉
になっているらしい。その主なきっかけとなったのは、2004 年、環境分野で初め
てノーベル賞を受賞したケニアのワンガリ・マータイ氏 (1940 ～ 2011) の活動によ
ると思われる。

　氏は、2005 年来日の際「もったいない」という言葉を知って深く感動した。そ
して、この言葉のように自然や物に対する敬意や愛などが込められている言葉が
他にないか探したが、見つからず、また、この言葉のように、消費削減、再利用、
再生利用、地球資源に対する尊敬の概念 を一言で表すことができる言葉も見つか
らなかった。そこで、「MOTTAINAI」を世界共通の言葉として広める活動を続けた。

　その後、ブラジルの環境保護活動家マリナ・シルバ氏 (1958 ～) は、「『もった
いない』は、『新たな発展モデルを創る心の支えとなる言葉だ』として、「もっ
たいないキャンペーン」に強く賛同し、ワンガリ・マータイ氏の後継者として、
このキャンペーンを世界に広げることを約束した。

　このように、日本で生まれ、「日本人の知恵」とも言われた「もったいない」
という言葉が、近年ではその日本で忘れられようとしているように感じる。特に、
IT 機器の業界でそれが感じられる。次々に新しいモデルが販売され、消費者はそ
れに飛びつく。古いモデルは、棚の上や机の中に眠ったままであるのを見ると、
本当に「もったいない」と思ってしまうのだ。

　　　　　　　　　　　　　　　　　　　（『「もったいない」という言葉』）より）

（注1）広辞苑：日本の有名な国語辞典の名前。

（注2）賛同：考えに同意すること。賛成すること。

（注3）後継者：前の人の仕事などのあとをつぐこと。

49 「もったいない」という言葉の使い方として、正しいのはどれか。

1　もったいないケーキね。みんなで食べましょう。

2　彼はスポーツマンで頭もいいから学校でももったいないようよ。

3　そんなくだらないことにお金を使ったらもったいない。

4　彼女の性格はもったいないので、人気者よ。

50 ワンガリ・マータイ氏が、「MOTTAINAI」を世界共通の言葉として広める活動を続けたのはなぜか。

1　この言葉が既に世界共通の言葉として通用していたから。

2　この言葉のように自然や物に対する敬愛が込められている言葉が他になかったから。

3　この言葉が、消費削減や再生利用に役立つと思ったから。

4　地球資源がそろそろなくなりそうで危機感を感じたから。

51 筆者は「もったいない」という言葉についてどのように思っているか。

1　これからの日本人の心の支えともなる言葉だから大事にしたい。

2　普段この言葉は忘れているが、日本人の特徴をよく表している言葉だ。

3　今や、「もったいない」という感覚は日本でも時代遅れである。

4　日本人の知恵とも言えるこの言葉が、日本で忘れられているのは残念だ。

(2)

　今年（2016年）も2月28日に東京マラソンが、3月13日に名古屋ウイメンズマラソンが行われた。前者には国内外の一流選手や市民ランナーを含め36,647人が、後者には21,465人が参加した。ほかにも、全国各地で一般ランナー参加のマラソン大会が年に二百以上も開催されているということである。ランナーの数は増え続け、今やマラソンブームである。十数年前には、マラソン人口がこれほど増えるとは考えられなかったそうである。

　マラソンは厳しく苦しいというイメージがあるはずなのに、なぜマラソンに挑戦する人がこれほど増えたのだろうか。

　ある新聞の社説によると、マラソンが苦しいスポーツから楽しむスポーツに変わったからだという。つまり、ゴールまで42,195キロを走る制限時間を7時間と設定する大会が増えたことによって、時間的なハードルが低くなったことが挙げられるという。それによって、走者は楽しみながら走ることができるようになった。例えば、車道を走りながら見る街の景色はいつもと全く違って新鮮だし、沿道からの声援を受けるという経験もうれしい、という参加者たちの感想も聞かれるそうだ。

　しかしながら、いったい人はなぜ走るのだろうか。

　昔、ある有名な登山家は、「なぜ山に登るのか」と問われて、「そこに山があるからだ」と答えたそうだが、走る理由も同じようなものかもしれない。何のためということもなく、自分の足を動かして走っているとき、人は、確かに自分の自由な存在を確認することができるからだ。さらに、苦しみを乗り越えてゴールに達した時、目的を達成した喜びと同時に自分自身に対して確かな満足感を覚えることができるからではないだろうか。

（「人はなぜ走るのか」による）

（注1）ハードル：越すべき障害。
（注2）声援：声をかけて応援すること。

52 <u>後者</u>は何を指しているか。

1　東京マラソン

2　名古屋ウイメンズマラソン

3　一般ランナー参加のマラソン大会

4　市民ランナー

53 ある新聞の社説によると、マラソンが「厳しく苦しいスポーツ」から「楽しむスポーツ」に変わった一番の原因は、どんなことだと言われているか。

1　ランナーの数が増え続けて、マラソンブームになったこと。

2　車道を走るとき、街の景色がいつもと違って新鮮に映ること。

3　マラソンの制限時間が7時間に設定されるようになったこと。

4　沿道から応援されるという、うれしい体験をすることができること。

54 「人はなぜ走るのか」という疑問に対して、筆者はどう考えているか。

1　走るという厳しく苦しい行動を通して、自分の心や体を鍛えられるから。

2　市民参加のマラソン大会に一度は参加してみたいと思うから。

3　走ることに夢中になることによって自分の存在を忘れることができるから。

4　自分自身の自由を確認し、目標達成の満足感を覚えることができるから。

(3)

　①その当時、いわゆる商店街というところには、いろいろな店が並んでいた。魚屋、肉屋、八百屋などの食料品の店をはじめ、花屋に下着屋、電気店、等などで、商店街で揃わない物はないくらいだった。つい、10数年前のことである。

　私は、会社の帰りには毎日この商店街を通り、夕飯の買い物などをした。魚屋では刺身の作り方や魚の見分け方を聞いたり、花屋では季節の花の名前を聞いたり、…毎日、店の人と会話をしない日はなかった。それぞれの店の人は、その店の商品に関するプロでもあったのだ。一人暮らしをしていた私は、いくつかの店に寄って、ほんの少量の食料品を買った。魚をひと切れ、りんごを一個、お肉を100ｇ、などである。②それでも店の人は嫌な顔一つしないで、にこにこと話し相手になりながら、時にはいくらかおまけをして、品物を渡してくれたものだ。

　ところが、今はどうだろう。商店街にあるのは、携帯電話のショップといろいろな食堂や居酒屋、本屋などで、食料を売る店はほとんどない。その代わり駅ビルや商店街の真ん中に大きなスーパーができた。

　スーパーにはいろいろな食料品が揃っている。肉も魚も野菜も果物も。客は店内をカートを押して歩き、必要な品物をかごに入れる。決まった量がプラスティックのパックに入れられているので、ほんの一人分を買うことはなかなか難しい。買い物が済んだらレジに向かう。レジでの計算は素早いし、正確だ。

　しかし、私は時に懐かしく思い出すのだ。あの店は、あの店のおじさんおばさんは、いったいどこに行ってしまったのだろう、と。

（注1）居酒屋：簡単な料理を出してお酒を飲ませる店。
（注2）カート：買った品物を入れて押しながら店内をまわる、車付きのかご。

55 ①<u>その当時</u>とは、いつのことか。

1 数十年前

2 私が子どもだったころ

3 5、6年前

4 15、6年前

56 ②<u>それでも</u>とは、どのような内容を指しているか。言い換えた言葉を選べ。

1 多くの店に寄って買い物をしても。

2 少しずつしか買わなくても。

3 代金を負けてもらわなくても。

4 店の人にいろいろなことを聞いても。

57 スーパーで買い物をすることに関して、筆者が困っているのはどのようなことか。

1 レジでの計算が、たまに間違っていたりすること。

2 食料品は売っているが、花や本は売っていないこと。

3 パックに入っている量が決まっていて、必要な量だけ買えないこと。

4 売り場の人にわからないことを聞くことができないこと。

問題10　次の文章を読んで、後の問いに対する答えとして最もよいものを、1・2・3・4から一つ選びなさい。

　日本の象徴と言えば、誰もが第一に挙げるのが富士山である。日本の最高峰の山として、そして①頂きから東西南北360度、どの方向にも麓まで滑らかな傾斜を見せる優美な姿は人々をひきつけずにはおかない。日本人なら誰もがその美しさを愛し、心が洗われる思いがするだろう。まさに富士山は日本人皆の誇りなのである。

　なお、富士山は2013年、世界遺産に登録されたことでこれまで以上に世界の人々の注目を集め、日本を訪れる外国人旅行者の行ってみたい観光地の人気ナンバーワンに挙げられている。

　さらに、富士山は春夏秋冬、どの季節もそれぞれに美しい。なかでも真白い雪をかぶった冬の富士山は、他にたとえようもなく美しく輝き厳かな感じさえする。

　その富士山の美しさに心を奪われた多くの歌人や文人が、富士山を歌に詠み、また、物語にしている。

　奈良時代の『万葉集』に、山部赤人が「田子の浦ゆ　うち出でて見れば　真っ白にぞ　富士の高嶺に　雪は降りける」（田子の浦に出て富士山を眺めると、真っ白な山頂に、今、しきりに雪が降り続いている。）と詠んだのを初め、多くの歌人がその美しさを歌に詠んできた。

　また、富士山は、日本最古の物語だと言われる『竹取物語』等にも登場し、近代では、小説家の太宰治は「富士には月見草がよく似合う」等の言葉で富士を賞賛している。

　絵画にも富士山は数多く登場しているが、中でも江戸時代の浮世絵師葛飾北斎は、富士山を36枚の「富嶽三十六景」に見事に描き、安藤広重は「東海道五十三次」の浮世絵の中に富士の素晴らしさを描き、私たち日本人の心を捉えてきた。それだけではない。彼らの絵画はモネやゴッホなどのヨーロッパの画家たちに大きな影響を与えてきたのだ。

富士山はただ美しいだけではない。あの見事に均整のとれた山の形は、実は地下のマグマが大噴火して作ったことを忘れてはならない。しかも富士山は今も生きている火の山である。②そのため、地域の人々はこの火の山が噴火して被害をもたらすことのないよう、富士山の霊を祭る神社を造り、神の加護を願って季節ごとに祭りを行っている。人々は富士山を神の山、信仰の山として怖れ敬いながらも、富士山を見て移り行く季節を感じ、富士にかかる雲の様子で明日の天気を知るという。つまり、富士山はいつも人々の心の中、　Ⅰ　の中に生きているのだ。まさに人々の　Ⅱ　は富士山とともにある。

　それだけにとどまらない。富士山から遠く離れた鹿児島や北海道でも、富士山の姿に似た開聞岳を薩摩富士、羊蹄山を蝦夷富士等と呼ぶなど日本中の人々が富士山を愛し憧れている。それほど富士山に対する日本人の思いは深いのである。

　　　　　　　　　　　　　　　　　　　　　　　（『日本人と富士山』による）

（注１）『万葉集』：７世紀後半〜８世紀にできた日本で最も古い歌集。

（注２）月見草：花の名前。夏、夕方から咲く山野草で、黄色い花。

（注３）均整のとれた：調和がとれて美しい様子。

（注４）加護：神様や仏様が助け守ること。

58　①頂きから東西南北360度、どの方向にも麓まで滑らかな傾斜を見せるとは、富士山の何を描いたものか。

1　均整のとれた山の形。

2　真っ白に雪をかぶった姿。

3　四季のどの季節でも美しい姿。

4　日本で一番高い山であること。

59 ②そのためを言い換えた言葉として、最もよいものを選びなさい。

1　富士山は地下のマグマの噴火によりできた山であるが。

2　富士山が現在でも生きている火山であるので。

3　富士山は危険な山であるけれど。

4　富士山の形は素晴らしく調和がとれているから。

60 人々が、富士山を祭る神社で季節ごとに祭りをしているのは、なぜか。

1　富士山が神様の怒りにふれて大噴火をしないように願うため。

2　富士山がいつまでも美しく人々から敬われるように祈るため。

3　富士山に登る人々の安全を神様に祈るため。

4　富士山の噴火による被害から人々を守ってくれるように神様に祈るため。

61 　Ⅰ　・　Ⅱ　には同じ言葉が入る。それは次のどれか。

1　信仰

2　賞賛

3　象徴

4　生活

問題11　次のＡとＢは、社会の発展と幸福について述べた文章である。後の問いに
　　　　対する答えとして最もよいものを、1・2・3・4から一つ選びなさい。

A

　　私たちの日常を改めて見渡してみると、衣食住はもちろん現代を象徴する
テレビや車、スマートフォン等生活の全てが、人々の長年に渡る工夫と努力、
科学技術の発達が生み出した成果の上に成り立っていることに気付く。そし
て朝起きてから夜寝るまで、私たちはこれらの贈り物を特に意識すること
もなくごく当たり前の物として享受し、豊かに生きている。

　　私たちは今これらの贈り物をただありがたく受け取っているだけでいいの
だろうか。私たちが今なすべきことは、先人が与えてくれたいろいろな成果
に敬意を払い感謝することである。そして私たちは、この豊かな生活に満足
することなく、優れた科学技術者たちとともに人々が築き上げた多くの成果
をはるかに凌ぐ、生活の便利さ、快適さ、豊かさを生み出す工夫と努力をし
ていかねばならない。これは未来の子どもたちのためにも今を生きる私たち
としては当然の責務で、一日も油断することなく早急に取り組まなければな
らない最も大切な課題である。

　　私たちに課せられた責任は大きい。

B

　有史以来人々は豊かな生活を目指して生きてきた。このところの目覚ましい科学技術の発達によって私たちの生活は大きく変化し、誰もがその成果を享受し、豊かで便利な世の中になったと言えるだろう。しかしこれまで先人たちが取り組んだ科学技術の発達は、私たちが本当に心から喜べる成果をもたらしたと言えるのだろうか？　答えは、「否」である。

　科学技術の発達の陰には、いつも全てを破壊する戦争があった。そして戦争はいつも多くの人の命を奪った。さらに科学技術の成果とともに絶えず利益を追求する資本は、多くの自然を破壊し続けている。山や川が、そして海が汚され傷つけられている。核開発で生み出された放射能は空気を汚し、万人の生命さえも奪いかねない。今や科学技術の発達は人びとの間で深刻な対立を生んでいる。それでも科学技術信奉者たちは、あくまでも成果を求める活動を止めないのだろうか。

　もう十分ではないか。ここらで皆一度立ち止まって考えてみたらどうだろうか。

（注1）有史以来：人類の歴史が始まって以来。

（注2）科学技術信奉者：科学技術を最高のものと信じて大事に思う人たち。

62　社会の発展に関して、AとBで共通して述べていることは何か。

1　科学技術の発達によって私たちの生活は便利で豊かになった。

2　科学技術の発達は、私たちに幸福をもたらした。

3　科学技術は、これからも際限なく発達するに違いない。

4　科学技術の発達は、有史以来人類すべての望みであった。

63 科学技術の発達に関して、AとBはどのように述べているか。

1 Aは、これからも科学技術はますます発達するだろうと述べ、Bは、科学技術の発達は、もうそろそろ限界に来ていると述べている。

2 Aは、科学技術の発達はこれからの子どもたちが責任をもって取り組むべきだと述べ、Bは科学技術の発達については、考え直すべきだと述べている。

3 Aは、さらに科学技術の発達を目指すのが我々の責任であると述べ、Bは、科学技術は人間に不幸をもたらすこともあるので、改めて考えるべきだと述べている。

4 Aは、人間の幸福や生活の快適さは科学技術者の功績によるものだと述べているが、Bはその恩恵を享受することができる人がいることが問題だと述べている。

問題 12　次の文章を読んで、後の問いに対する答えとして最もよいものを、1・2・3・4から一つ選びなさい。

　今年から選挙権が20歳から18歳に引き下げられることになった。これは将来の社会を担う若者に早くから社会の一員としての自覚を促し、社会に対する責任を持つことを期待するということであろう。

　しかしながら、果たして今の若者はこの期待に応えることが出来るのだろうか。最近の若者についてよく言われていることは、「周囲にほとんど関心がない」ということである。仲間と酒を飲んだり、彼女とデートをしたり、旅行やドライブに出かけることも少なく、もっぱら家でゲームやメールをしたりして自分一人で時間を過ごすことが多いという。すべてが自分個人の時間優先で、他人と触れ合うことにはほとんど興味がないと言われている。

　ある時期、若者の憧れであった車についても関心は薄く、かつては早く自分の車で彼女とドライブをしたいと思い、飲み会に誘われれば喜んで参加し、仲間と大騒ぎをするなど、社会は若者たちの活気で溢れていた。大人たちは、そんな若者たちを、ときには苦々しく思いながらもその活気を頼もしくも思っていたものだ。

　若者はいつからそのように変わってしまったのだろうか。それには幾つかの原因が挙げられるだろう。最大の原因として考えられるのは、何よりも社会構造の変化ではないだろうか。今日の社会は階層化がはっきりして、一個人の力では社会で活躍することはまず不可能な状況になっていると思われるからである。

　例えば教育の面で考えても、偏差値の高い有名大学に進学出来るのは経済的に恵まれた家庭の子弟が大部分である。試験に合格するためには、多額の塾費や入学金が賄える家庭の子弟でなければ難しくなっている。このことはどの大学を出たかが若者の就職や結婚などにも関係し、場合によれば卒業後どの社会階層に属するかまで決定することもある。そこで恵まれない階層の子供たちは、たとえ少々の努力をしたところで、いまさら自分には新たな道は開けないという現実に直面し、始めから競争から降りている、いや降りざるをえないのである。

　それは大学進学だけのことではない。中学、高校進学さえもままならない子供が多くなっているのが現実である。いや今や日本の社会に、家庭が貧しくて三食さえ食べることの出来ない子供たちが増え続けている。社会が豊かな階層とそうでない階層に分離して、周囲に気を配るだけの余裕が無くなってきているのが現実なのだ。

　自分の力ではどうにもならず、将来の希望が持てない社会であれば、他人のことよりもまず自分だ。とにかく自分さえよければと考える若者が多くなるのは当然のことだ。そんな若者たちが、社会のことや選挙のことなど考えるはずがないではないか。

　しかし、このままでいいのだろうか。これは日本の将来にとって、いや今日の日本社会の極めて憂慮すべき問題である。では、どうすれば若者が希望の持てる社会にすることが出来るのだろうか。果たしてこの社会状況を変えることが出来るのか。今、我われ一人ひとりが真剣に考えなければならない時に来ているのだ。

（「若者の無関心」による）

（注）偏差値：その人のテストなどの得点が、全体のどの辺りにあるかを示す数値。

64　若者が、周囲に関心をなくした最大の原因を、筆者はどんなことだと考えているか。

1　社会の構造が変化して、階層化が明白になったこと。

2　経済状況が悪化して、好きなことをする余裕がなくなったこと。

3　選挙権が20歳から18歳に引き下げられたこと。

4　社会全体よりも個を重んじる傾向が強くなったこと。

65 教育の面での階層化は、どのようなことに現れているか。

1 偏差値の高い有名大学に進学できた子弟と、そうではない大学に進学した子弟は、お互いに付き合うことが少ないということ。

2 卒業後属する階層によって、子供を有名大学に進学させることができるかどうかが決まってくること。

3 経済的に恵まれているため有名大学に進学できた子弟と、そうではない子弟は、卒業後属する社会の階層が決まってくること。

4 偏差値の高い大学を卒業した人と、そうではない人とは、周囲への関心の持ち方が違ってくるということ。

66 社会の階層化は、人々の心にどのような影響をもたらすか。

1 経済的に恵まれないことを不安に感じる。

2 周囲の人に気を配る余裕がなくなる。

3 その階層に属することに満足する。

4 上の階層の人をねたむようになる。

67 筆者は、選挙権が20歳から18歳に引き下げられることについて、どのように考えているか。

1 今の若者の状況では、選挙権を得ることで社会の一員として自覚し、責任を持つことができるかどうか、疑問に思っている。

2 現代の若者は周囲のことに無関心ではあるものの、選挙権を得ることになれば、社会にも関心を持つに違いないと思っている。

3 今の若者の自分本位な態度は、社会から認められないことによるので、選挙権が引き下げられれば、徐々に改善されるに違いないと思っている。

4 現代の若者の状況は選挙権を得ることではなんの変化もなく、どうしようもないことだ。

問題 13　右のページは南市役所の相談窓口のリストである。下の問いに対する答えとして最もよいものを 1・2・3・4 から一つ選びなさい。

68 長嶋さんは、マンションの上の階に住む人が深夜に大きい音をたてるので困っている。次のうち、相談できる時間帯はどれか。

1　月曜日の 13 時から 16 時まで。

2　火・木・金曜日の 10 時から 12 時。

3　第 1・3 火曜日の 13 時から 16 時。

4　平日の 8 時 45 分から 17 時。

69 南市役所の相談窓口で、できないことはどれか。

1　法律についての相談。

2　専門家による相談。

3　相談者の代わりに書類を書くこと。

4　仕事を紹介すること。

南市役所特別相談

相談名 (相談員)	相談内容	相談日時
法律相談 (弁護士)	困りごと、争いごとの法律的見解、解決方法について **(予約必要・面談のみ)**	第2・4月曜日 相談日当日9時から電話xxx-xxxxにて先着順で受付(定員8名)。 相談は面談で、午後からです。 指定の時間までに、市役所へお越しください。
行政相談 (行政相談委員)	国やその関係機関などの仕事に関すること	月曜日 13時00分〜16時00分
家庭生活相談 (家庭生活カウンセラー)	家庭生活、生き方、地域関係、育児、夫婦関係、心情、悩みごと	火・木・金曜日 10時00分〜12時00分
交通事故相談 (交通事故相談員)	交通事故の解決、保険金請求などに関すること	第1・3水曜日 9時30分〜12時15分 13時00分〜16時00分
わいワーク東 (ハローワーク相談員・職業相談員)	求人探索機(4台)設置 ハローワークの就職支援ナビゲーターによる職業相談、紹介 市の職業相談員による職業相談、情報提供	平日 8時45分〜17時

※書類作成などの具体的な業務は行いません。
※いずれの相談も、祝日・年末年始はお休みします。

もんだい
問題1

問題1では、まず質問を聞いてください。それから話を聞いて、問題用紙の1から4の中から、最もよいものを一つ選んでください。

れい
例

1 タクシーに乗る
2 飲み物を買う
3 パーティに行く
4 ケーキを作る

1番

1　薄地のジャケットを買う

2　今日中に資料の印刷をする

3　富士工業に請求書を送る

4　企画書を書いて松井設計に出す

2番

1　やきそば

2　ラーメン

3　カレー

4　お弁当

3 番

1　洋服
2　帽子
3　靴
4　靴下

4 番

1　本社へ行く
2　薬局へ行く
3　会社の1階にある医院へ行く
4　自宅の近くの内科へ行く

Check □1 □2 □3

5番

1 茶

2 赤

3 黄色

4 紺

6番

1 病院へ行って薬をもらう

2 デスクワークを減らす

3 スポーツクラブへ行く

4 家から駅までバスに乗るのをやめて歩く

<ruby>問題<rt>もんだい</rt></ruby> 2

T6-10～6-19

　<ruby>問題<rt>もんだい</rt></ruby> 2 では、まず<ruby>質問<rt>しつもん</rt></ruby>を<ruby>聞<rt>き</rt></ruby>いてください。そのあと、<ruby>問題用紙<rt>もんだいようし</rt></ruby>のせんたくしを<ruby>読<rt>よ</rt></ruby>んでください。<ruby>読<rt>よ</rt></ruby>む<ruby>時間<rt>じかん</rt></ruby>があります。それから<ruby>話<rt>はなし</rt></ruby>を<ruby>聞<rt>き</rt></ruby>いて、<ruby>問題用紙<rt>もんだいようし</rt></ruby>の1から4の<ruby>中<rt>なか</rt></ruby>から<ruby>最<rt>もっと</rt></ruby>もよいものを<ruby>一<rt>ひと</rt></ruby>つ<ruby>選<rt>えら</rt></ruby>んでください。

<ruby>例<rt>れい</rt></ruby>

1　パソコンを<ruby>使<rt>つか</rt></ruby>い<ruby>過<rt>す</rt></ruby>ぎたから

2　コーヒーを<ruby>飲<rt>の</rt></ruby>みすぎたから

3　<ruby>部長<rt>ぶちょう</rt></ruby>の<ruby>話<rt>はなし</rt></ruby>が<ruby>長<rt>なが</rt></ruby>かったから

4　<ruby>会議室<rt>かいぎしつ</rt></ruby>の<ruby>椅子<rt>いす</rt></ruby>が<ruby>柔<rt>やわ</rt></ruby>らかすぎるから

1 番

1 高齢者が子どもを嫌いな理由

2 保育園建築計画への反対が起きる社会について

3 母親の自転車事故が多い理由について

4 保育園は本当に不足しているかどうか

回數

1

2

3

4

5

6

2 番

1 使っていない机の上のものを棚に移動する

2 パソコンを修理する

3 資料の入った棚を移動する

4 新しい企画の仕事を終わらせる

3番

1 高層ビル
2 橋
3 公園
4 海

4番

1 買い物に行ってアルバイトに行く
2 買い物に行って歯医者に行く
3 引っ越しの準備をしてアルバイトに行く
4 引っ越しの準備をして歯医者に行く

Check □1 □2 □3

5番

1　資料の翻訳

2　パンフレットの書き直し

3　新製品を持ってくること

4　新製品の撮影

6番

1　牧場

2　動物園

3　スキー

4　美術館

7番

1　アンケートの回答数が少なかったこと

2　回答者に名前を書いてもらわなかったこと

3　調査のデータにミスがあったこと

4　アンケートの内容が不適切だったこと

もんだい
問題 3

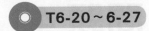

T6-20～6-27

　問題 3 では、問題用紙に何も印刷されていません。この問題は、全体としてどんな内容かを聞く問題です。話の前に質問はありません。まず話を聞いてください。それから、質問とせんたくしを聞いて、1 から 4 の中から、最もよいものを一つ選んでください。

－メモ－

もんだい
問題 4

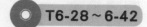

　問題 4 では、問題用紙に何も印刷されていません。まず文を聞いてください。それから、それに対する返事を聞いて、1 から 3 の中から、最もよいものを一つ選んでください。

― メモ ―

もんだい
問題 5

問題 5 では、長めの話を聞きます。この問題には練習はありません。

メモをとってもかまいません。

1番、2番

問題用紙に何も印刷されていません。まず話を聞いてください。それから、質問とせんたくしを聞いて、1から4の中から、最もよいものを一つ選んでください。

－メモ－

3番

まず話を聞いてください。それから、二つの質問を聞いて、それぞれ問題用紙の1から4の中から、最もよいものを一つ選んでください。

質問1

1 女性の教育に関する実態
2 女性の活躍推進に関する世論
3 育児に関する世論
4 高齢化社会の実態

質問2

1 兄も妹も、働きづらいと思っている
2 兄は働きづらいと思っているが、妹は働きやすいと思っている
3 兄も妹も、とても働きやすいと思っている
4 兄は働きやすいと思っているが、妹は特に女性にとって働きづらい会社だと思っている

ちょうかい
聴解スクリプト

日本語能力試験聴解 N1　第一回　🔊 1-1
（M：男性　F：女性）

もんだい
問題1　🔊 1-2

れい
例　🔊 1-3

おとこ ひと おんな ひと はなし　　　　　　　　　ふたり　　　　　　　　なに
男の人と女の人が話をしています。二人はこれから何をしますか。

M：ごめんごめん。もうみんな、始めてるよね。

F：（少し怒って）もう。きっとおなかすかせて待ってるよ。飲み物がなくちゃ乾杯できないじゃない。私たちが買って行くことになってたのに。

M：電車が止まっちゃって隣の駅からタクシーだったんだよ。なんか、人身事故だって。

F：ああ、そうだったんだ。また寝坊でもしたんじゃないかと思ったよ。

M：ええっ。それはないよ。朝は早く起きて、見てよ、これ。

F：すごい。佐藤君、ケーキなんて作れたんだ。

M：まあね。とにかく急ごう。あのスーパーならいろいろありそうだよ。

ふたり　　　　　　　なに
二人はこれからまず何をしますか。

ばん
1番　🔊 1-4

かいしゃ おとこ ひと おんな ひと はな　　　　　　　おんな ひと おとこ ひと　　　　　い
会社で男の人と女の人が話しています。女の人は男の人がこれからどうすべきだと言っていますか。

M：課長、契約がとれなくて申し訳ありませんでした。

F：まあ、初めてにしてはなかなかよくやったと思いますよ。確か、二か月前からでしたね。準備したのは。

M：はい。自分としては早く始めたつもりだったんですが。次はもっと早く準備をします。

F：ただ、準備には時間さえかければいいというものでもないんですよ。

M：はい。競争相手に勝つには、相手についてどれだけ知っておくかということですね。

F：それもあるけど、まずは自分の側、つまり自社の強みや弱みについても、十分にわかっておくことが大事なんですよ。

M：あ、…はい。私の勉強不足でした。これからは気をつけます。

おんな ひと おとこ ひと　　　　　　　　　　　　い
女の人は男の人がこれからどうすべきだと言っていますか。

2番 🔊 1-5

会社で男の人と女の人が話しています。女の人は明日何時までに出勤しなければなりませんか。

F：明日は直接本社に行くから、よろしくね。

M：10時に着いていなきゃならないんだったら、15分前には着いていたほうがいいね。10時からでしょ。明日の委員会は。

F：それが、そうはいかないの。明日は私が議長なんで30分前には着いてないと。家から一時間半以上はかかるから、早起きしなきゃ。ここからだったら30分で着くんだけどね。

M：ああ、そりゃ大変だ。会場の準備もしなくちゃいけないんでしょ。

F：そっちは本社の山口さんに頼んだから、明日の9時半には出来てると思う。

M：でもさ、山口さん、お子さんを保育園に連れて行ってるから、最近はぎりぎりに出勤することもあるみたいだよ。

F：ああ、そうか。じゃ、今日のうちにやってもらおう。そうすればなんとかなるから。

女の人は明日何時までに出勤しなければなりませんか。

3番 🔊 1-6

病院の受付で男の人がパソコンの画面を見ながら説明を聞いています。男の人はどの部屋にしますか。

F：ご入院されるお部屋ですが、この画面をご覧ください。こちらは大部屋で、4人から6人の部屋になります。ベッド代はかかりません。トイレや洗面台、冷蔵庫は共同で部屋の外で使います。

M：ええと、テレビは。

F：テレビは、レンタル料は無料ですが、テレビカードを買って見ていただきます。今はベッドも…はい、空いています。

M：はあ。

F：で、こちらは三人部屋で一日3000円ですね。トイレはないですが、洗面台はついてます。二人部屋は8000円で、トイレと洗面台、あと一人ずつ冷蔵庫がついています。

M：一人部屋はどうですか。

F：いくつかの種類がございます。こちらの写真の通り、個室には基本的にトイレと洗面台、それにインターネットにつながるテレビもついているんですが、シャワーとお客様用ソファーセットとキッチンもついている100,000円の部屋から、もっと小さめの20,000円の部屋もあります。見学されますか。

M：一日 100,000 円ですか。すごいなあ…。まあ、僕はテレビさえあればいいんです。共同のトイレや洗面台もそんなに遠くないし。これに決めます。

F：ええ。トイレまで歩くのも、運動ですからね。

男の人はどの部屋にしますか。

4番　🔘 1-7

女の学生が男の学生と話しています。女の人はこれから何をしますか。

F：ふう。ずいぶん整理できたね。でも、こんなに紙を処分しなきゃならないなんて、もったいない。リサイクルもできないなんて。

M：まだまだあるよ。みんな個人情報が書かれているんだからしょうがないよ。

F：そうね。名前や住所、年齢。

M：それだけじゃないよ。学歴や収入まで書かれてる。もしこの情報が外に漏れようものなら大変だよ。明日回収だから今日中に全部箱の中の書類を分別した上で業者に出さないと。でも、とりあえず、夕飯に行こうよ。

F：ええー。このままここを離れるなんて無理だよ。私、この箱ぐらいやっておくから、行ってきていいよ。

M：そうか。じゃ弁当でも買って、ここで食べるしかないか。俺、行ってくるよ。

女の人はこれから何をしますか。

5番　🔘 1-8

テレビの料理番組で男の人と女の人が話しています。男の人は次に何をしますか。

F：この料理は、野菜が柔らかくなりすぎるとおいしくないんです。だから、今炒めたものを皿に移しておいて、肉に火が通ったらまたフライパンに戻して炒めるんです。

M：わかりました。さっと炒めただけだから、色もいいし、シャキシャキしてますね。

F：ええ。それにほら、しばらくおいといても、たっぷりの油で炒めてあるので冷めないでしょ。

M：で、こうして肉を炒めて、最後に調味料と混ぜるんですね。

F：いえいえ、今ここで調味料を入れるんです。こうして。肉にね、たっぷり味が染みこむように。はい、味がつきましたね。

M：なるほど。じゃ、ここでもう一度こちらをフライパンに戻すんですね。

F：ええ。そうです。どうぞ、お願いします

男の人は次に何をしますか。

6番 ● 1-9

旅行会社で店員と客が話しています。客はどんな交通手段を選びましたか。

F：こちらの日は、あいにく連休前で大変混雑しています。今からですと、飛行機の運賃は、この
　　ようになっております。

M：ああ、これ、片道ですか。

F：はい。いちばんお安い料金でも、38,000円ですね。往復ですと76,000円です。

M：新幹線はどうですか。席はありますか。

F：指定席は売り切れです。でも、グリーン車ならございます。あとは、自由席で乗っていただくか…。
　　通常ですと、長距離バスもあるんですが、直前ですととれるかどうか…。

M：ただ、とれたとしても、万が一雪でも降って途中で止まったり、動かなかったりしたら台無し
　　ですからね。かといって贅沢もできないし、…いいや、早めに行って並ぶことにします。

客はどんな交通手段を選びましたか。

問題2 ● 1-10

例 ● 1-11

男の人と女の人が話しています。男の人はどうして肩がこったと言っていますか。

M：ああ肩がこった。

F：パソコン、使いすぎなんじゃないの？

M：今日は2時間もやってないよ。30分ごとにコーヒー飲んでるし。

F：ええ？何杯飲んだの？

M：これで4杯めかな。眼鏡だって新しいのに変えてから調子いいんだ。ただ、さっきまで会議だっ
　　たんだけど、部長の話が長くてきつかったよ。コーヒーのおかげで目が覚めたけど。あの会議
　　室は椅子がだめだね。

F：そうなのよ。私もあそこで会議をした後、必ず背中や肩が痛くなるの。椅子は柔らかければい
　　いというわけじゃないね。

M：そうそう。だから会議の後は、みんな肩がこるんだよ。

男の人はどうして肩がこったと言っていますか。

1番　🔘 1-12

大学で男の学生と女の学生が話しています。女の学生はどうして笑っているのですか。

F：ああ、おかしい（笑い声）。

M：なに？　何かおもしろいことあったの。

F：さっきね。木村君と話していたんだけど、おかしいの。私は山口先生の話をしていたの。ほら、経済学のね。

M：うん。

F：木村君、急に、先生がひげをそったから若くなったとかって言うの。

M：えっ、山口先生は、女の先生だろう？…ああ、山崎先生と間違えていたんだ。

F：そうなの。で、ちょうどそのとき山口先生がいらっしゃって、あら、楽しそうね、って。その時の木村君の顔を思い出すと…ふっふっふ（笑い声）。すごく慌ててたんだよ。

M：先生にその話、したの。

F：まさか。

女の学生はどうして笑っているのですか。

2番　🔘 1-13

会社で男の人と女の人が話しています。男の人はどんな気持ちですか。

M：本当なら今頃は完成していたはずなんですが、第1回目のシステムテストが明日になりました。

F：わかりました。本社からの指示が遅れたので、それはしかたないですよ。

M：この仕事の最終的な締め切りは、延ばしてもらえるんでしょうか。

F：むずかしいでしょうね。ただ、手が足りない場合は、何人かに手伝ってもらうように手配します。

M：何も変更がないにせよ、うちの部だけでプログラム開発を進められるわけではないので、人を増やしたところで、これから計画通り行くかどうか。

男の人はどんな気持ちですか。

3番　🔘 1-14

パソコンのカメラとマイクを使って男の人と女の人がオンラインで話しています。二人は何について話していますか。

M：おはようございます。あのう、昨日送ったファイル、どうですか。

F：ああ、設計図ですね。ざっと目を通しましたけど、色は、結局どうしますか。

M：そうか。ちょっと待ってください。今、見本を…これ。これは一冊しかないからそちらに送れないんですよ。今、いっしょに見てもらえますか。

F：いいですよ。

M：これなんてどうでしょう、パソコンだと見にくいかな。

F：うーん、調理場と同じにしてほしいっていうことでしたね。もう少し明るい方がよくないですか。昔は水に強いペンキは限られた色しかなかったけど、今はいろいろ選べるし。それに、お客さんは若い女性が多いし、メニューも若い人向けだしね。もっと軽い感じで。次のページはどうですか。見せてもらえます？

二人は何について話していますか。

4番 🔘 1-15

店員と客が話しています。客が掃除機を返品したい理由は何ですか。

F：これ、昨日こちらで買った掃除機なんですけど、返品できますか。

M：はい。何か問題がありましたでしょうか。

F：きのう、うちは犬がいるから吸い込む力が強力じゃないとだめだ、って言ったら、こちらの店員さんにこれを勧められたんだけど、これ、前のより吸い込まなくて。デザインはとってもおしゃれだし、軽いし、気に入っていたんですが。

M：そうでしたか。ご説明が足りず、申し訳ありません。やはり、このタイプの掃除機は音が静かで、空気を汚さない分、吸い込む力が若干弱くなっておりまして。

F：そうですよね。とにかく選びなおしたいので、とりあえず返品してもいいですか。パワーがあるのを選び直しますから。

客が品物を返品したい理由は何ですか。

5番 🔘 1-16

母親と男の子が話しています。男の子はどうして今日学校に行きたくないのですか。

M：ああ、行きたくない。

F：どうして。早く行かないと遅れるよ。今日、数学のテストなんでしょ。

M：約束しちゃったんだよね。70点以上取るって、お父さんと。そしたら新しいゲーム買ってくれるって。

F：ああ、そうなの。じゃ、がんばれば。

M：無理に決まってるよ。まあ、それはともかく、もし60点以下だったら、ゲーム機を取り上げられるんだって。

F：あらあら。

M：50点さえとったことないのにさ。お父さん、ひどいよ。

F：うーん、毎日10分も勉強しない方がひどいと思うけど。

男の子はどうして学校に行きたくないのですか。

6番 🔘 1-17

男の人と女の人が動物病院で話しています。女の人がこの病院を選んだ理由は何ですか。

M：かわいい子猫ですね。まだ小さいんですか。

F：ええ。4月生まれです。あのう、この近くには結構ペットの病院がありますけど、どうしてここにいらっしゃってるんですか。

M：ああ、うちの犬は小さいころからずっとここでお世話になっててね。先生が丁寧なんですよ。この前なんか、うちの孫がカメを連れてきたんだけど、ものすごく丁寧に見てくれて。

F：そうですか。よかった。ペットを飼うのが初めてなんで、あちこち電話して、予防注射の値段を聞いたんです。もっと安いところもあったんですけど、ここは値段だけじゃなくて子猫の飼い方についても教えてくれて、なんか安心できそうで。

M：ああ、そうでしたか。

F：やっぱり、人間と違って保険も使えないから、ずっとお世話になるなら、こんなところがいいんだろうなって思って。

M：ええ、いいと思いますよ。ここ。

女の人がこの病院を選んだ理由は何ですか。

7番 🔘 1-18

男の人と女の人が会社で話しています。男の人が今打ち合わせをしたい理由は何ですか。

M：中村さん。あさっての件、打ち合わせしておきたいんだけど。

F：あ、申し訳ないんですが、あと10分ほどで出たいんです。差し支えなければ明日の午前中にお願いしたいんですが。

M：そうか。わかった。じゃ、明日までに報告書を見ておいてくれる？そうすれば打ち合わせの時間も短縮できるから。

F：はい、承知しました。もし問題点が見つかったら、メールでお知らせしましょうか。

M：そうですね。お願いします。

F：本当なら今日中に打ち合わせを終わらせられたらよかったのですが、申し訳ありません。

M：そうすれば明日は田中産業の仕事に時間が使えるからね。まあ、いいよ。あっちは今週中にできさえすればいいと言われているし。

男の人が今打ち合わせをしたい理由は何ですか。

>>> ここでちょうど休みましょう <<<　　🔊 1-19

問題3　🔊 1-20

例　🔊 1-21

テレビで男の人が話しています。

M：ここ2、30年のデザインの変化は著しいですよ。例えば、一般的な4ドアのセダンだと、これが日本とアメリカ、ドイツとロシアの20年前の形と比較したものなんですけど、ほら、形がかなりなだらかな曲線になっています。フロントガラスの形も変わってきていますね。これ、同じ種類なんです。それと、もう一つの大きい変化は、使うガソリンの量が減ったことです。中にはほとんど変わらないものもあるんですが、ガソリン1リットルで走れる距離がこんなに伸びている種類があります。今は各社が新しい燃料を使うタイプの開発を競争していますから、消費者としては、環境問題にも注目して選びたいものです。

男の人は、どんな製品について話していますか。

1. パソコン
2. エアコン
3. 自動車
4. オートバイ

1番　🔊 1-22

会社の会議で、男の人が話しています。

M：昨年以来、わが社の売り上げが下降していることは、皆さんご承知のとおりです。材料の値上げに加え、石油価格の上昇に伴った輸送燃料費の値上げなど、楽観的にはなれない状況ですから、

社員が力を合わせて業務に取り組んでいることは頼もしく思っています。ただ、そのような中で、昨年度ののべ残業日数、時間は、かつてないほどでありました。これは、全社員を家族と考える私としては、危機感を抱かずにはいられません。わが社にも、家族の介護や育児などといった問題を抱えている方もおられるはずです。新入社員も例外ではありません。各課、各部署の責任者は、日頃の仕事の効率を考え、一人一人の業務の量や、能力の適正さを把握するという職務を、責任をもって果たしてもらいたいと思います。

男の人は、誰に何を指示していますか。
1. 社員に、遅刻や欠勤をしないように指示している。
2. 社員に、節電をするように話している。
3. 課長や係長に、もっとサービスを改善して売り上げを伸ばすように指示している。
4. 課長や係長に、社員の仕事量や内容が適当かよく注意するように指示している。

2番 🔘 1-23

女の人が、テレビで話しています。

F：最近、野菜ジュースを飲む人が増えているようです。コンビニでは、カップヌードルと一緒に買っている人もよく見かけます。市販の野菜ジュースの中には、ジュースにした方が摂りやすい栄養もあるのですが、気をつけなければならないのは、砂糖と塩の摂りすぎです。ずいぶん砂糖が入っているものもあるし、塩で味がついているものは、野菜自体に含まれている分も含めると一日の必要量を超えてしまいます。栄養が偏る危険性もあります。いくら日本人が野菜不足だからと言っても、たくさん飲めば健康にいいというわけではないのです。ご家庭で作ればこの点は調整できますね。キャベツとリンゴ、トマトとオレンジなど、いろんな組み合わせも楽しいです。しかし、冷たいものは内臓を冷やすことになりますから、何事もほどほどがいちばんです。

女の人は野菜ジュースについてどう考えていますか。
1. 市販の野菜ジュースの飲みすぎは、体によくない。
2. カップヌードルを食べるときは、野菜ジュースが必要だ。
3. 砂糖や塩が多く含まれるので、飲まない方がいい。
4. 家で作ったものなら、いくら飲んでもいい。

3番 🔘 1-24

駅で、駅員と女の人が話しています。

F：あのう、すみません。

M：はい。

F：たった今なんですが、電車の中に忘れ物をしてしまいまして。

M：上りの電車ですか。

F：ええ。棚の上にのせたまま降りてしまって。黒い猫の絵のバッグに入ってるバイオリンです。バッグはいいんですけど、中身は思い出のあるもので…。

M：何両目か覚えていますか。

F：ええっと…何両目の車両かはちょっと…ああ、でも前の方です。前から二両目だと思います。

M：わかりました。もしかしたら終点の駅で回収できるかもしれませんので連絡します。もし回収できなかったとしても、誰かが届けてくれるかもしれません。その場合は少し時間がかかります。こちらにあなたの電話番号をお書きください。あと、ご住所とお名前もお願いします。

駅員は、これから何をしますか。

1. 終点の駅に行く。
2. 終点の駅から連絡が来るのを待つ。
3. 終点の駅に連絡して、忘れ物を探してもらう。
4. 見つけた人が連絡してくれるのを待つ。

4番　🔊1-25

テレビで、レポーターが話しています。

F：人工知能、すなわちAIが病気の診断を支援するシステムが、医科大学と企業の共同で開発され、昨日、都内で試験が行われました。このシステムは、患者の症状を入力すると、人工知能が病名とその確率を計算して示す仕組みになっていて、来年度から実験が始まります。どんなシステムかというと、まず、普通なら患者が紙にペンで記入する質問票は書かないで、人型ロボット相手に言葉で伝えます。その後、医師の診察が行われ、さらに患者の症状などが電子カルテに追加され、それらの情報を受けた人工知能は、患者の診療データなどを集めたデータバンクをもとに、可能性のある病名とその確率、必要な検査などを提示します。

このシステムが実用化されれば、見落としてはならない病気に医師が気付くことができ、新人の医師の経験不足を補うことも期待されます。

新しいシステムの開発によって、何が期待されると言っていますか

1. 早く病名がわかること。
2. 医師不足が解消されること。

3. 今まで治らなかった病気の薬ができること。
4. 病気を見逃すことが少なくなること。

5番　　🔘 1-26

電車の中で、女の人と男の人が話しています。

M：久しぶり。

F：ほんと。いつ以来かな。最後に会ったの。

M：もうずいぶん前だよね。たけしの結婚式？

F：うーん、そうかなあ、同窓会じゃなかったっけ。一昨年の堀内先生が退職されるからって、集まった。

M：ああ、六年の時の担任だった堀内先生、そうか退職なんだ。みんな小学生の時、「ほりっち先生」って呼んでたよな。なつかしいなあ。俺、あの日、ちょうど出張中で行けなかったんだよ。山下は何やってんの？　今から仕事？

F：ああ、私、去年転勤したんだ。週末は実家に帰ってきてて、今から新幹線で出勤。鈴木君もこれから仕事？　中学校で教えてるんだよね。

M：あれ？　言ってなかったっけ。俺、去年転職しておやじの店、継いだんだ。今営業中だよ。

F：えっ、そうなんだ。知らなかった。

二人は、どんな関係ですか。
1. 小学生の時の同級生
2. 中学生の時の同級生
3. 元同僚
4. 同僚

6番　　🔘 1-27

大学で、先生と学生が話しています。

M：一度先輩に会いに行くといいと思いますよ。

F：はい。商品開発のできるところであれば、ぜひうかがってみたいです。

M：食品関係がいいと言っていたね。卒業した中島さん、覚えていますか。お菓子を作る会社でがんばってるよ。彼女なら仕事のことも詳しく教えてくれるでしょう。

F：中島さんがいらっしゃったのは、かなり有名な企業でしたが、私の成績で、どうでしょうか。

M：ええと、語学が少し苦手だと言っていたけど、専門科目はがんばっていますね。確か、論文も採用されたんじゃなかったっけ。

F：はい。語学も英語は大丈夫です。先生、中島先輩にぜひお話を伺いたいです。

M：わかった。じゃ、今日にでも連絡をとってみよう。ただ、彼女も忙しいかもしれないから、自分でも引き続きがんばってください。

二人は、何について話していますか。
1. 大学の授業について
2. 学生の進学について
3. 学生の就職について
4. 先輩の仕事について

問題4　🔘 1-28

例　　🔘 1-29

M：張り切ってるね。
F：1. ええ。初めての仕事ですから。
　　2. ええ。疲れました。
　　3. ええ。自信がなくて。

1番　🔘 1-30

M：弱いチームだからって、なめちゃだめだよ。
F：1. はい。もちろん、全力で戦います。
　　2. はい。もちろん、自信を持ちます。
　　3. はい、もちろん、あきらめます。

2番　🔘 1-31

M：どうしたの。げっそりして。
F：1. 最近、休みが多くて。
　　2. 最近、太っちゃって。
　　3. 最近、残業ばかりで。

3番　🔘 1-32

M：そういうことは、あらかじめ言ってよ。

F：1. ありがとう。助かる。

　　2. そうだね。ごめん、ぎりぎりになって。

　　3. いいよ。私が言っておくよ。

F：1. ありがとう。助かる。

　　2. そうだね。ごめん、ぎりぎりになって。

　　3. いいよ。私が言っておくよ。

4番 🔘 1-33

M：君は本当に恵まれてると思うよ。

F：1. そうですか。気をつけます。

　　2. はい。自分でも感謝しています。

　　3. いいえ。まだまだです。

5番 🔘 1-34

F：このファイルの名前、まぎらわしいね。

M：1. そうですか。じゃ、はっきりわかるようにします。

　　2. そうですか。じゃ、もっと短くします。

　　3. そうですか。じゃ、もっと長くします。

6番 🔘 1-35

M：君がやってくれたらありがたいんだけど。

F：1. いいえ、それは結構です。

　　2. わかりました。何とかやってみます。

　　3. こちらこそ、ありがとうございます。

7番 🔘 1-36

F：今日は一段と冷えますね。

M：1. うん、春はまだ遠いね。

　　2. うん、昨日ほどではないね。

　　3. いや、昨日よりは寒いよ。

8番 🔘 1-37

M：この部屋、ちょっと窮屈になってきたね。

F：1. ああ、もう古いですからね。

　　2. ああ、人が増えましたからね。

　　3. ああ、掃除しないとだめですね。

聽解

❶
回

9番 🔊 1-38

F：これは外部には漏らさないでください。

M：1. 承知しました。情報管理を徹底します。

2. 承知しました。窓を閉めておきます。

3. 承知しました。ビニールシートを用意します。

10番 🔊 1-39

F：自分さえよければいいのね？

M：1. そうだよ。いっしょにがんばろうよ。

2. そんなことないよ。みんなのことだって考えてるよ。

3. いいよ。そんなに無理しなくても。

11番 🔊 1-40

F：部長のことだから、何か計画があるのでしょう。

M：1. 自分のことだから、きっと考えがあるよ。

2. そうだね。考え深い人だからね。

3. うん。みんな部長のために何か考えているはずだよ。

12番 🔊 1-41

M：木村さんに頼まないことには何も始まらないよ。

F：1. だから、頼まなければよかったのに。

2. じゃあ、すぐ頼んでみるよ。

3. 頼んだことがないよ。

13番 🔊 1-42

M：新人ならいざ知らず、山口さんがこんなミスをするなんて驚いたよ。

F：1. ええ、山口さんは入社したばかりですからね。

2. ああ、きっと、新人社員はまだ知らないんですね。

3. ええ、山口さんらしくないですね。

問題5 🔊 1-43

1番 🔊 1-44

電話で男の人と女の人が話しています。

F：ノートパソコンの画面にひびが入ったということですが、原因はどのようなことでしょうか。

M：床に落としてしまったんです。

F：もう見えない状態ですか。

M：いえ、映りますし、操作もできます。ただ、見づらいし、このまま使うのもいやなので。

F：そうしますと、保証対象外になりますが。

M：はい、しょうがないですね。修理代はいくらになりますか。

F：弊社のホームページからオーダーしていただくと、クレジットカード払いで28,000円、電話で承りますと他にコンビニ払い、銀行振り込み、代金引換が選択できて、30,000円と、プラス、それぞれの手数料になります。

M：けっこうしますね。ちょっと考えてみます。あ、日数はどうですか。

F：工場の予定もありますので、なんとも申し上げられないのですが、通常ですと、ご注文をいただいてから二週間から一か月でお届けできるかと思います。

M：仕事で使ってるんで少しでも早い方がいいから、サイトから自分で今やります。

男の人は、どうすることにしましたか。

1. 自分で修理する
2. インターネットで修理を注文する
3. 電話で修理を頼む
4. 工場にパソコンを持っていく

2番 🔊 1-45

会社で、社員がパソコンを見ながら同僚の結婚祝いについて話しています。

M：市川さんって料理はほとんどしない、ラーメンさえ作らないって言ってたよね。

F1：そう。あ、じゃあ、缶詰のセットなんてどうかな。ふつうの缶詰じゃなくて、世界中のおいしいものを集めたセットになってるやつ。

F2：楽しいと思うけど、缶詰って、どうかなあ。一応、結婚祝いだよ。もうちょっと夢があるものにしない。

M：缶詰、僕だったらうれしいけどね。じゃ、そうだ、料理を保存できる入れものってどう？

F2：だから、料理はしないんだって。

M：ああ、そうか。それじゃ何にもならないね。

F1：ねえねえ、でもさ、ご主人はどうなのかな。意外と料理、好きだったりして。

M：そうだよね。

F2：ねえねえ、ちょっとこれ見て。二人で仲良く協力して料理ができるように、こんなの、どう。

F1：ああ、いいね。あの二人なら似合いそう。

M：ああ、ピンクと白か。いかにも新婚って感じだね。いいんじゃない。

3人は何を贈ることにしましたか。

1. 高級食器のセット

2. おそろいのエプロンセット

3. ペアのワイングラス

4. キッチンに飾る写真

3番 🔵 1-46 🔵 1-47

テレビで、コンビニエンスストアの変化について話しています。

M：コンビニの売り上げ競争が激しくなってきています。ラーメン、うどん、スパゲティの種類を増やしたり、ケーキやシュークリーム、ドーナツなどのデザートに力を入れたりしている店が増えています。これは、じわじわと値段が上がっている5000億円のラーメン市場、昔からほぼ値段の変わらない2500億円のピザ市場を狙ったもので、コンビニならこれらの値段設定より安くできるのです。また最近は、店内で飲食ができるイートインコーナーを設ける店も増えており、外食産業も改革を迫られています。

M1：もちろん高校生はコンビニに行くよ。だって、ラーメン屋は高いもん。

M2：そりゃそうだけど、うまいのか。

M1：味はわかんないけどさ。みんなで食べるときは便利だよ。ラーメン嫌いなやつもいるし。

F ：ああ、女の子がいっしょだと特にそうかもね。

M1：女子とは行かないけど、男子もラーメンよりドーナッツとコーヒーとかっていうやつ、多いよ。

F ：ふうん。

M1：僕は、塾の前にちょっと宿題やりたいときも行くよ。コーラ飲みながらとか。

M2：ああ、それは便利だね。書類を確認したいときや、喫茶店に入るほど時間がないけど、ちょっとひと休みしたいとき、便利だな。だけど、おいしいものを食べたいときは、入らないよ。

F ：二人とも帰りが遅いときは、コンビニに行っているわけね。でも、安いからってしょっちゅう行くと、レストランで食べるより高くついたりするから気をつけてね。

質問1. 息子は、どんな時にコンビニを利用すると言っていますか。

質問2. 母親は、コンビニについてどう考えていますか。

日本語能力試験聴解N1　第2回　　● 2-1
（M：男性　F：女性）

問題1　● 2-2

例　● 2-3
男の人と女の人が話をしています。二人はこれから何をしますか。

M：ごめんごめん。もうみんな、始めてるよね。

F：（少し怒って）もう。きっとおなかすかせて待ってるよ。飲み物がなくちゃ乾杯できないじゃない。
　　私たちが買って行くことになってたのに。

M：電車が止まっちゃって隣の駅からタクシーだったんだよ。なんか、人身事故だって。

F：ああ、そうだったんだ。また寝坊でもしたんじゃないかと思ったよ。

M：ええっ。それはないよ。朝は早く起きて、見てよ、これ。

F：すごい。佐藤君、ケーキなんて作れたんだ。

M：まあね。とにかく急ごう。あのスーパーならいろいろありそうだよ。

二人はこれからまず何をしますか。

1番　● 2-4
市役所で男の人と女の人が話しています。男の人はこれから何をしなければなりませんか。

M：出生届を出したいんですけど。

F：失礼ですが、お子さんのお父さんですか。

M：はい。

F：おめでとうございます。母子手帳と、病院から出された、この用紙はお持ちですか。

M：はい。これですね。

F：はい。では、こちらの用紙にご記入ください。医療費の助成も受けられますか？　これは所得
　　制限がなく、どなたでもお子さんが15歳になるまで医療費が免除になるという制度なのですが、
　　子育て支援課に届け出が必要です。また、児童手当を受けるのも申請がいります。

M：はい。書類はあります。子どもはまだ病院にいるのですが。

F：大丈夫です。健康保険証と、昨年の収入が証明できるもの、それに、身分証明書と、印鑑が必要です。

M：あ、仕事が変わったばかりなので保険証がまだ手元にないんです。職場には届いているはずなのですが。保険課に行った方がいいですか。

F：いえ、保険証はできてからでも大丈夫ですよ。書類の不備があっても支給は開始されます。ただ、近日中には提出していただかなければならないのですが。

M：わかりました。今日、申請していきます。

男の人はこれから何をしなければなりませんか。

2番 💿 2-5

男の人と女の人が引っ越しの荷物を片付けています。女の人はこれから何をしますか。

F：あとは、テーブルと椅子が入ったら終わりね。私、食器を片付けるね。そろそろ食事の時間だから。

M：ちょっと待って。その前に、カーペットを敷いておかないと。

F：それは、まだ届いてないよ。注文したのは昨日の夕方だもん。明日になるんじゃない。

M：ええっ、テーブルや棚を置いちゃった後だと、敷くの大変だよ。僕が車でもらってくるよ。大きい荷物が来る前に。

F：それなら私が行くわよ。ほら、買い物もしたいし。

M：君が行くと長くなるから、買ってくるもの書いてよ。僕がついでにすませるから。

F：そう。わかった。

女の人はこれから何をしますか。

3番 💿 2-6

不動産会社で女の人が店員と話しています。女の人はどの部屋を見に行きますか。

M：こちらのAのお部屋は建てられてから10年未満です。駅からは少し遠いですが、静かでいいですよ。もう少し駅に近い所だと、こちらのBは、30年前にできたマンションですが中はきれいです。徒歩20分ですね。

F：ああ、この新しい部屋はバスなんですね。駅から…うーん。

M：駅の近くは、他に、…ああ、このCは、徒歩5分でエレベーターなしの5階。できたのは40年前ですけど、まあ部屋の中はきれいになってます。

F：あれ？　このマンションって、3階も空いてるんですか。

M：ええ、ちょっと狭いですし、実はまだ居住中なんですよ。

F：ああ、今月中には引っ越したいから、じゃ、そこはだめですね。

M：駅から少し遠いんですけど、15分ぐらい歩けば、こんな部屋もありますよ。このDです。そんなに古くないです。ただ、1階なので、ちょっと日当たりがよくないんですけどね。こちら、ご覧になりますか。

F：いえ、駅の近くを見たいです。この部屋、見せていただけますか。

女の人はどの部屋にしますか。

4番　●2-7

女の学生が男の学生と話しています。男の人はこれから何をしますか。

F：明日、出発だよね。

M：うん。荷物は全部自分で持っていくし、区役所にも行ったし、準備はできてるよ。

F：本当？　私の時はめちゃくちゃ忙しかったよ。電気や水道、それにガスと電話を止める手続きとか、図書館に借りていた本やDVDを返したりとか、それと、持って行く本を買い込んだりね。

M：それだけじゃないんじゃない？　食べ物もずいぶん買ってたよね。

F：そうそう。ラーメンとか、お菓子とか、お米まで。あっちでどれぐらいのものが手に入るかわからなかったから、生もの以外はなんでも持って行こうとして買ったんだけど、結局は缶詰とカレーと、カップ麺ぐらいしか持って行かなかったんだ。あと、薬ね。

M：まあ、虫よけとか、かゆみ止めとか頭痛薬は持って行くか。

F：そう。じゃ薬屋に行く？

M：それぐらいは、用意してるよ。それより、頭をさっぱりしたいんだ。短くして、当分切らなくてもいいようにしたい。

F：ああ、それがいいよ。

男の人はこれから何をしますか。

5番　●2-8

学校で、先生と母親が話しています。母親はこれから何をしますか。

F：これからどうぞよろしくお願いします。

M：きっと、転校したばかりで緊張していると思います。早く友達ができるといいですね。

F：先生、体育着とか運動靴は…。

M：それは、今まで使っていたものをそのままお使いになって結構です。もったいないですから。ただ、帽子だけはご購入ください。この門を出て、右に行ったところにある文房具店で売っています。

F：わかりました。帰りに行きます。体育着も運動靴もそこにあるでしょうか。少しきつくなってきたので、すぐじゃなくても買った方がよさそうなので。

M：いえ、それはまた別の店です。隣の町の靴屋さんなんですけど、他の書類と一緒に、地図を入れて、今日、お子さんにお渡しします。

F：ありがとうございます。

女の人は次に何をしますか。

6番 ● 2-9

男の人と女の人がカタログを見ながら話しています。二人は何を注文しますか。

F：これ、災害が起こった時のために必要なものなんだけど、全部そろえたら重くて持てないんじゃない？

M：家に置いておくものと、持ち出すものと分けて考えようよ。家にあるものもあるし。まず水だね。

F：一日に一人３リットル必要だっていうから、３日分だとペットボトルあと２本。これは私がスーパーで買ってくるよ。

M：うん。保存食は缶詰ぐらいしかないな。５年食べられるパンか…これも買っておこうよ。

F：お湯を入れるだけで食べられるごはんもいるんじゃない？

M：そうだね。あと、ここに大きく書いてあるラジオ付き懐中電灯は？

F：懐中電灯もラジオも小さいのが前から家にあるよ。

M：じゃ、これはいいか。それなら、今はとりあえず…。

二人は何を注文しますか。

問題2 ● 2-10

例 ● 2-11

男の人と女の人が話しています。男の人はどうして肩がこったと言っていますか。

M：ああ肩がこった。

F：パソコン、使いすぎなんじゃないの？

M：今日は２時間もやってないよ。30分ごとにコーヒー飲んでるし。

F：ええ？　何杯飲んだの？

M：これで４杯めかな。眼鏡だって新しいのに変えてから調子いいんだ。ただ、さっきまで会議だったんだけど、部長の話が長くてきつかったよ。コーヒーのおかげで目が覚めたけど。あの会議室は椅子がだめだね。

F：そうなのよ。私もあそこで会議をした後、必ず背中や肩が痛くなるの。椅子は柔らかければいいというわけじゃないね。

M：そうそう。だから会議の後は、みんな肩がこるんだよ。

男の人はどうして肩がこったと言っていますか。

1番　🔘 2-12

駅で駅員と女の人が話しています。女の人はどうして困っているのですか。

M：警察に連絡をしますか。

F：どうしたらいいでしょうか。もしかしたら、定期券を出すときとかに駅で落としたのかもしれないし…。財布と定期券はいつも別々のポケットに入れていますけど。

M：財布だけがなくなっているのなら、やはりスリにとられたのかもしれません。

F：電車で立っているときに、スマートフォンを見ていて、なんだか横の人がのぞき込んでるような気がして嫌だな、と思ったんです。あ、でも、電車賃は大丈夫です。定期券がありますし。ただ、財布の中にクレジットカードが入っているので、すぐカード会社に連絡しないと。

M：それだけはすぐに連絡した方がいいですね。

F：ええ。でも、本当にどっちなのか…。ああ困った。

女の人はどうして困っているのですか。

2番　🔘 2-13

講演会の後で女の人と男の人が話をしています。男の人は講師についてどう思っていますか。

F：時間、短かったね。

M：うん。さすが、今人気の作家だね。１時間半だったけど、あっという間だった。

F：いい小説を書く人って、人との対話も上手なのかな。内容も楽しかった。

M：ことば遣いも丁寧で、聞きやすかったね。ちょっと変な質問にも、相手の立場に立って誠実に答えていたのには感心したな。あんなに売れている作家だし、もっと偉そうな人かと思ってい

たけど。

F：子どものころの話を聞くと、苦労してきたんだな、と思うけど、ぜんぜん偉そうに聞こえなくて、なんだか聞いてて元気が出ちゃった。

M：「人を敬うことが学びのはじめ」という言葉にも、反省させられたよ。あんな先生に教わっている学生たちは幸せだね。

男の人は講師についてどう思っていますか。

3番 🔊 2-14

会社で男の人と女の人が話しています。男の人がダンスを習っている理由は何ですか。

M：部長、今日はお先に失礼します。

F：ああ、お疲れさま。あ、練習の日でしたね。

M：ええ。もうすぐ大会なんですよ。そうだ、部長もよかったら、いかがですか。今、メンバーを募集中なんです。

F：私は遠慮しますよ。でも、なんで池田さんがダンス？ 前から聞きたかったんですけど。奥さんはなんて？ 怒らない？

M：ええ、応援してくれてます。大会の衣装も作ってくれたりして。

F：へえ。

M：姿勢がよくなって、背中がピンとするんですよ。会社ではパソコンばっかりだから。この前娘に背中が丸まってるって言われまして、それで始めたんですが、なんだか、どんどん体が軽くなって、このままやってたら学生時代の自分を取り戻せるんじゃないかって。

F：なるほど。なんだか私も興味がわいてきたわ！

男の人がダンスを習っている理由は何ですか。

4番 🔊 2-15

花屋で店員と客が話しています。客は何を買いますか。

F：いらっしゃいませ。

M：野菜を育ててみたいんですけど、初めてで。どんなのがいいでしょうか。

F：そうですね。キュウリやナスなんかは比較的育てやすいですよ。

M：うん。だけど場所をとるでしょう。うちはベランダなんでね。

F：日当たりと水はけさえよければ、できないことはないですよ。あと…赤ピーマンとか。色があざやかで楽しいですよ。

M：へえ。家で作れるの？　きれいなのはいいね。ただピーマンは苦手だからな。

F：じゃ、これなんていかがですか。ミニトマトはいろいろ種類があるんですよ。黄色と赤、オレンジも。キュウリもナスも小さいものがあるにはあるんですけど、やっぱりスペースはいりますね。

M：そうですよね。家で作るならおいしく食べるだけじゃなくて見ていて楽しめるのがいいな。これなら場所もそんなにとらなそうだし、うん、これにしよう。オレンジと赤と黄色のやつ、三種類ください。

客は何を買いますか。

5番 ● 2-16

父親と娘が話しています。娘はどうして怒っているのですか。

F：（鼻歌を歌っている）。

M：楽しそうだね。あ、誕生日プレゼント、気に入った？

F：え？

M：ずいぶん選んだんだよ。クマの人形なんて子どもっぽいかと思ったんだけどね。お母さんとも相談して洋服とか、新しいゲームとかさんざん見て回ったんだけど。しかし、お母さん、もう渡しちゃったんだね。そうだよね、昨日だったもんな。お父さん、昨日は残業で遅かったから。

F：お父さん！

M：何？

F：ひどいよ、もう！　私の誕生日って、明日なんだけど。

M：えっ。

娘はどうして怒っているのですか。

6番 ● 2-17

銀行で銀行員と客が話しています。客は何を勧められましたか。

F：銀行口座を作りたいんですけど。

M：はい、ありがとうございます。普通でよろしいでしょうか。

F：いえ、普通の口座はあるんで定期を。

M：はい。ではこちらの用紙に、ご住所と、お名前、電話番号をお願いします。

F：はい。（間）これでよろしいですか。

M：はい。ありがとうございます。こちらは、1年でよろしいですか。

F：ええ。とりあえず。

M：…あのう、失礼ですが、こういった商品もございますが、いかがでしょうか。こちらは、病気やけがなどに備えたものでして、入院や手術の時は何回でも支給されることになっているんです。

F：ああ、今日はちょっと時間がないんで…それに、うちはみんな主人の会社の保険に入っているから。

M：そうでしたか。失礼しました。一応、毎月のお支払いが2000円からと、大変お安くなっていますので、またお時間があるときにでも、ぜひご覧になってください。

客は何を勧められましたか。

7番 🔊 2-18

男の学生と女の学生が話しています。男の人が留学できない理由は何ですか。

F：あ、平野君、すごいね。大学推薦の留学生に選ばれたんだね。おめでとう。

M：ああ、ありがとう。たまたまだよ。でも、辞退することにしたんだ。さっき、田山先生にも話してきた。先生も、残念だけどこれも運命だからしかたがないねって。

F：どうして。せっかくのチャンスなのに。奨学金も出るんでしょう。

M：うん。実は先週受けていた会社の役員面接に合格したんだ。

F：ああ、そうだったの。

M：子どものころからずっと憧れていた会社だし、親の年齢を考えると、ここで就職しないで留学しても、帰ってきた時にどうなんだろうって思ってさ。

F：それは、確かに悩むよね。まあ、あの会社なら社内留学制度もあるだろうから、またチャンスはあるかもしれないしね。

男の人が留学できない理由は何ですか。

>>> ここでちょうど休みましょう <<< 🔊 2-19

問題3 🔊 2-20

例 🔊 2-21

テレビで男の人が話しています。

M：ここ2、30年のデザインの変化は著しいですよ。例えば、一般的な4ドアのセダンだと、これが日本とアメリカ、ドイツとロシアの20年前の形と比較したものなんですけど、ほら、形が

かなりなだらかな曲線になっています。フロントガラスの形も変わってきていますね。これ、同じ種類なんです。それと、もう一つの大きい変化は、使うガソリンの量が減ったことです。中にはほとんど変わらないものもあるんですが、ガソリン1リットルで走れる距離がこんなに伸びている種類があります。今は各社が新しい燃料を使うタイプの開発を競争していますから、消費者としては、環境問題にも注目して選びたいものです。

男の人は、どんな製品について話していますか。

1. パソコン

2. エアコン

3. 自動車

4. オートバイ

1番 🔘 2-22

テレビで、女の人が話しています。

F：着物は大きく分けると「礼装」と「礼装以外」に分けられます。礼装は、結婚式やお葬式、入学式、また、改まったパーティなどに着ていくものですから、洋服の場合と同じように、自分の好みだけではなく、守らなければならない決まりもあります。たとえば、素材や、足袋、草履などとのバランスですね。しかし「礼装以外」の、ちょっと友達と会ったり、出かけたりするときに着るものは、自分の好みで選ぶことができます。特に浴衣の着方などはだいぶ自由になってきているようです。着物を選ぶうえで大事なことは、着ている姿の調和と、周囲との調和だけです。この二つに気をつけて、もっと多くの人に日本の伝統文化である着物を楽しんでいただきたいと思っております。

女の人は、着物を着るときに大切なことは何だと言っていますか。
1. 礼儀を守ることと約束をやぶらないこと。
2. 年齢と、時代に合っているかということ。
3. 見た目のバランスと、その場に適当かどうか。
4. 普段から自分の趣味に合ったものを着ること。

2番 🔘 2-23

男の人と女の人が、テレビで話しています。

M：最近、眼鏡はかけてないんですね。
F：ええ、私はもともと目がよくないんですけど、特に、読書用の眼鏡を使うようになってから、

どんどん悪くなるような気がして、眼鏡をかけないようにしています。

M：仕事の時は困りませんか。

F：まあ、慣れですね。とにかく目に悪いと思うことをなるべくやめてます。

M：ブルーベリーがいいって言いますね。

F：ただ、ブルーベリーなんて毎日そんなに食べられないじゃないですか。もっとも、食生活には結構気をつけていますよ。ただ、何より目をいたわることではないでしょうか。ごしごしこすったり、パソコンやスマートフォンを長時間使ったりせず、本を読むにしても優しい明るさの下で読むように、とか。

女の人は目を悪くしないためにいちばん大事なことは何だと考えていますか。

1. 眼鏡をかけないこと。
2. 食生活に気をつけること。
3. よく洗うこと。
4. 目を使いすぎないこと。

3番 🔊 2-24

会社で男の人と女の人が話しています。

F：部長、新製品のパンフレットの原稿を直しましたので、目を通していただけますか。

M：ああ、もう見ましたよ。うーん、まだだめだね。まず、他社とわが社の製品との違いがはっきりわからない。しつこく書いてもよさは伝わらないけど、わが社の製品を購入する理由がわからなくては始まらないでしょう。パンフレットを読むのは親でも、この椅子を使うのは子どもなんだから、見ただけでこの椅子の特別さが伝わるように。

F：写真を増やすってことですか。

M：増やすというより、目を引くようなものをしっかり選んでください。パッと視線を集めて、忘れないような。

F：承知しました。あと、この商品の名前はいかがでしょう。やっぱり、片仮名の方がいいという意見も出ているんですけど。

M：片仮名にしてもひらがなにしても、どうも平凡な気がするけど、あまりわかりにくいのはいけないな。名前はこれで行きましょう。

男の人は女の人にどんな指示をしましたか。

1. パンフレットの文字を少なくする。
2. 印象に残る写真をよく選んで使う。

3. イラストや写真の数を多くする。
4. 漢字をもっと多く使うようにする。

4番　💿 2-25

大学で教授が話しています。

F：現代社会で子どもたちはかつてないほどのさまざまな刺激を受けています。社会の国際化が進み、デジタル化が進み、家族の在り方が変わっていくと同時に、人の価値観、道徳観も変わってきています。その中にあって、子どもは保護をうける存在であると同時に、未来を担うべき存在である、という二つの側面を踏まえて、教育の形を考えなければならないのではないでしょうか。このどちらかに偏った考え方は、この国そのものの未来をゆがめてしまうし、実際、教育に携わる人々の偏った考え方は、多くの問題をうんできました。だからこそこの授業では、時代の移り変わりの中で、この二点における我が国の教育制度がどのように作られてきたのかを学ぶことを第一の目標にしていきたいと思います。

どんな授業についての説明ですか。
1. 教育の国際化
2. 子どもの健康
3. 教育制度の歴史
4. 道徳教育

5番　💿 2-26

車の中で、女の人と男の人が話しています。

M：まさか、こんなに降るとは思っていなかったよね。

F：ほんと。でも、助かったよ。乗せてもらって。タクシーの列すごく長かったから。でも、お酒飲めないね。

M：ああ、もともとアルコールは苦手なんだ。それに今日はこの後仕事でさ。

F：そうなんだ。実は私も上海に出張で、今朝戻ったんだ。

M：運がよかったね。今はこの雪でもう飛行機は飛んでないよ。北海道からくる佐藤先生とか、大丈夫かな。健二、スピーチを頼んだらしいよ。

F：うん。まなみは優しいから、昨日からみんなのこと心配してると思う。今もきっと、真っ白なドレス着て、立ったり座ったりしてるよ。

M：健二はまなみのそういうところが好きなんだろうな。

F：きっといい夫婦になるね。よかったね。

二人は、どこへ行きますか。

1. 会議
2. 同窓会
3. コンサート
4. 結婚式

6番 🔊 2-27

道で、警察官と女の人が話しています。

F：あっ、あぶない（自転車の倒れる音）。

M：大丈夫ですか。けがはなかったですか。

F：ええ、大丈夫です。でも、ひどい、あの自転車。その角から急に曲がって来たかと思ったら。
　　私のバッグを…。

M：盗られたんですね。

F：ええ。でも、たいしたものは入っていませんでしたけどね。財布もポケットだったし。すごい
　　速さで坂を下りてったけど…こわい！

M：何かほかに気付いたことはありませんか。

F：子どもでしたよ。高校生かな。なんか、見たことのある顔だったけど、思い出せないです。

M：お手数ですが、被害届けを出しに来ていただきたいんですが…。

F：特にけがはないですけど、…ああ、だんだん腹が立ってきた。まったくあぶない。何てことを
　　するんでしょ。いいですよ。行きます。

女の人はこれからどこへ行きますか。

1. 警察署
2. 自宅
3. 病院
4. 子どもの家

問題4 🔊 2-28

例 🔊 2-29

M：張り切ってるね。

F：1. ええ。初めての仕事ですから。

　　2. ええ。疲れました。

3. ええ。自信がなくて。

1番 🔘 2-30

M：新人なんだから、もっと温かい目で見てあげたら

F：1. そうね。もっと大きい声で言う。

2. そうね。厳しく言い過ぎたかも。

3. そうね。もっと厳しく教えなきゃね。

2番 🔘 2-31

M：僕が約束をやぶったなんて、人聞きの悪いこと言わないでよ。あの日はひどい熱だったんだから。

F：1. ごめん、ごめん。

2. そんなに遠慮しないで。

3. 心から感謝してるよ。

3番 🔘 2-32

M：やっとテストが終わったけど、難しいなんてもんじゃなかったよ。

F：1. 簡単でよかったね。

2. それならきっと合格できるね。

3. えーっ、どうするの。合格できなかったら。

4番 🔘 2-33

M：そんなに口やかましく言わないほうがいいんじゃない。

F：1. そうね。簡単すぎるよね。

2. そうね。ガミガミ言い過ぎたかも。

3. そうね。甘やかしすぎたかも。

5番 🔘 2-34

F：田中君、さっき会ったとき、なんかそっけない態度だったんだけどどうしたのかな。

M：1. なんかひどいこと言ったんじゃない。

2. 今日はひまだからじゃない。

3. 話したいことがたくさんあるからだよ。

6番 🔘 2-35

M：このドラマも、もう打ち切りだね。最初は注目されてたのに。

F：1. うん。楽しみだね。

2. うん。人気があるからね。

3. うん。つまらないからね。

7番 🔘 2-36

F：今日ね。タカシにねだられて、これ…。

M：1. また、ずいぶん高いものを買ったね。

2. あーあ。修理しないとだめだね。

3. もらったの？　タカシはやさしいね。

8番 🔘 2-37

M：いくらかっとしたからって、それを言ったらおしまいだよ。

F：1. そうね。もう話し続けないようにする。

2. うん。これからは冷静に話すよ。

3. えっ？もう終わりなの？

9番 🔘 2-38

F：こんな大まかな説明で、ご理解いただけたでしょうか。

M：1. ええ。だいたいわかりました。詳細は後日お知らせください。

2. はい。はっきり聞こえました。

3. そうですね。少し大げさですね。

10番 🔘 2-39

M：あ、まつげになんか付いてるよ。取るからちょっとじっとしてて。

F：1. うん。すぐ疲れちゃうんだ。ごめん。

2. えっ、ほんと？　ありがとう。

3. よく見えなくて。こすってみるよ。

11番 🔘 2-40

F：あの人、言っていることがあやふやだね。

M：1. うん。信頼できそうで安心したよ。

2. うん。すごくユーモアがあるね。

　　3. うん。もう一度別の人に確認してみようか。

12番　🔊 2-41

F：そんな見え透いたお世辞言われても、何も出ないから。

M：1. いや、本当にすごくきれいだよ。

　　2. 見えなくても、少しは出してよ。

　　3. 信じてくれて、ありがとう。

13番　🔊 2-42

M：こんな仕事をさせられるとわかっていたら、もっと動きやすい服を着てきたのに。

F：1. ああ、スーツを着て来てよかったね。

　　2. ああ、ジーンズとTシャツで来てもよかったね。

　　3. ああ、ネクタイをして来ればよかったね。

問題5　🔊 2-43

1番　🔊 2-44

会社で、男の人と女の人が話をしています。

F：スポーツ大会は、どんな競技を入れましょうか。

M：冷房が効いた体育館だから、たいていのものはできるよ。

F：バレーボールは外しときませんか。みんなが同じレベルで楽しめるように。

M：うん。社内にクラブがあるからね。チームワークが試されるものを入れて、日頃交流のない

　　社員でチームを作るようにしたら、社内でのコミュニケーションに役立つんじゃない？

　　バスケットボールや、バドミントンなんか。ただ、バドミントンと卓球は一度に競技できる

　　人数が少ないよね。

F：まあそうですけど、みんなで誰かを応援するっていうのもいいんじゃないですか。

M：審判はどうする。審判がいないと話にならないよ。

F：私、中、高とやってたんで、バドミントンのルールならわかります。

M：バスケは山崎君がわかるよ。高校の時、県大会に出たって。じゃ、これでいい？

F：うーん、なんかちょっともの足りないような。綱引きはどうですか。

M：いいね。審判はだれでもできるし、それこそ、チームワークだよ。賛成。

スポーツ大会の競技はどれにしますか。

1. バレーボール、バスケットボール、バドミントン
2. 卓球、バスケットボール、綱引き
3. バドミントン、バスケットボール、綱引き
4. バドミントン、バスケットボール、卓球

2番　🔊 2-45

大学で学生が新入生歓迎会について話しています。

F1：今年の新入生歓迎会、どこにする？

M：駅の南口の焼き鳥屋でいいんじゃない。

F1：今年は女子が多いから、焼き鳥屋って感じでもないような。

F2：ご飯ものとかデザートとかが充実してればいいんだけどね。

F1：そうそう。公園のところにできたカフェみたいなところはどうかな。

M：ああ、だけどあそこ、ランチでもめちゃくちゃお金がかかるよ。ピザ屋はどうかな。ほら、二つ目のバス停の。

F2：時間制限があるけど大丈夫？　きっちり2時間。あと、セット料金が意外と高いよ。

M：うーん、いっそ、ここまで届けてもらおうか。飲み物はこっちで買ってきて。6時から始めるんだったら授業が終わってすぐだから、出席者も多いよ、きっと。

F1：それ、いいんじゃない。三階の学生ルーム、予約できないか聞いてみるよ。お酒はだめだけど、まあ、それは終わってから自由に行けばいいし。カフェやら寿司屋やら、駅に行けばいくらでもあるよ。

F2：そうするとかえって高くなるんじゃない？

F1：でも、最近はあまり飲まない人が多いよ。男子でもノンアルコール頼む人が結構いる。それに、新入生は未成年だから、お酒、だめだしね、元々。

M：よし、今年は配達。それで行こう。

歓迎会の場所はどこになりましたか。

1. 焼き鳥屋
2. 新しいカフェ
3. ピザ屋
4. 大学の学生ルーム

3番 🔊 2-46 🔊 2-47

テレビでレポーターが話をしています。

M：今日は、会社の株価の動きに合わせて、イベントや、メニューが変わるというユニークな社員

食堂を紹介したいと思います。こちらは、ある食品メーカーの社員食堂です。普段は、そばや

寿司、ラーメンコーナー、洋食コーナーなどが設けられ、IC カードで注文するメニューのほか、

羊の肉の丸焼きや北京ダック、バーベキューなどのイベントも行われる、充実した食堂です。

働く人も 100 人近く、ということです。しかし、なんと驚いたことに、会社の売り上げが下がっ

たときは、メニューがカレーややきそば、定食など簡単なものばかりになります。さらに社長

以下、部長までの役員たちが、社員にごはんやみそ汁、おかずをよそって、配膳を行うのです。

社員たちはとても恐縮してしまい、食べた気にならないと言った声も聞かれるようですが、な

んともおもしろい仕組みですね。

M：これは嫌だな。絶対嫌だ。

F1：なんで？ 面白くていいじゃない。うちの会社はそもそも社員食堂なんてないから、うらやま

しいよ。

F2：うちもないけど、これはおもしろいし、いい仕組みだね。会社の売り上げが下がったら、上の

責任を問うというところが気に入ったな。

M：役員たちの責任だと考えるなら、社員に食事ぐらいはのんびり普通に食べさせてほしいよ。部

長にご飯をよそってもらうなんて冗談じゃない。かたくなっちゃって、ろくにのどに通らないよ。

F2：そこまで上の人に気を遣ってるってことなんだね。私はないな、それは。だって業績の悪化はやっ

ぱり上の責任だと考えてほしい。

F1：上の人の責任と見せて、そうさせたのはお前たちだぞっていう、心理的なプレッシャーを与え

る効果もあるってことかな。

質問1．男の人は、この社員食堂についてどう考えていますか

質問2．女の人たちのこの社員食堂に対する共通した意見はどれですか

日本語能力試験聴解 N1　第 3 回　⏺ 3-1

（M：男性　F：女性）

問題 1　⏺ 3-2

例　⏺ 3-3

男の人と女の人が話をしています。二人はこれから何をしますか。

M：ごめんごめん。もうみんな、始めてるよね。

F：（少し怒って）もう。きっとおなかすかせて待ってるよ。飲み物がなくちゃ乾杯できないじゃない。
　　私たちが買って行くことになってたのに。

M：電車が止まっちゃって隣の駅からタクシーだったんだよ。なんか、人身事故だって。

F：ああ、そうだったんだ。また寝坊でもしたんじゃないかと思ったよ。

M：ええっ。それはないよ。朝は早く起きて、見てよ、これ。

F：すごい。佐藤君、ケーキなんて作れたんだ。

M：まあね。とにかく急ごう。あのスーパーならいろいろありそうだよ。

二人はこれからまず何をしますか。

1番　⏺ 3-4

大学で、男の学生と女の学生が話しています。女の学生は来年、何をしますか。

F：いよいよ卒業だね。

M：うん。四年間、あっと言う間だったね。

F：田中君は国に帰るんだってね。

M：うん。こっちに残って金融の仕事をしたくて、一社は決まりかけてたんだけど、実家もいろい
　　ろ大変みたいでさ。兄も東京だし。だから、僕が家業を継ぐことにしたんだ。

F：えらいわね。私はもう少し学生を続けることになりそう。

M：聞いたよ。大学院、合格したんだってね。おめでとう。

F：ありがとう。それでね。私の研究テーマって、日本の酒造りについてなの。だから来年…。

M：ああ、もちろん。親父も大歓迎するはずだよ。小さい蔵だけど、うちで造ってるのはなかなか
　　人気があるんだ。

F：心強いわ。調査の内容が決まったら、連絡するね。

女の人は卒業後に何をするつもりですか。

2番 ● 3-5

家で男の人と女の人が話しています。男の人は今日、仕事の後でどこへ行きますか。

M：僕、顔色悪くない？最近、なんか胃がもたれるんだよね。

F：食べ過ぎ飲み過ぎが続いているもん。しょうがないよ。出張も多いし。

M：そんなことないよ。昨日だって早く帰ってきて、12時には寝てたし。

F：そうね。酔っぱらって帰ってきて、ラーメン二杯食べてからね。

　　もう、せっかくスポーツクラブに通い始めたのに、その後飲みに行くからかえってお腹が出て

　　きたみたいよ。

M：いや、昨日はたまたま、前にうちの会社で働いていた植田君に会って、家が近くだからって誘

　　われちゃってさ。そういえば、植田君にも顔色よくないって言われたんだよ。

F：じゃ、今日は帰りに内科へ行かないとね。田口医院、予約しておこうか。

M：えっ、まあ、まず、もう少しまじめにスポーツクラブへ行ってみて、病院はそれからにしたほ

　　うがいいんじゃないかな。

F：わかった、わかった。でも夕飯は家で食べてね。

M：もちろん。

男の人は今日、仕事の後でどこへ行きますか。

3番 ● 3-6

家具屋で店員と男の人が話しています。男の人は何を買いますか。

F：いらっしゃいませ。お子さんの机をお探しですか。

M：ええ。今度小学校に入るんですけど、どんなのがいいのかなと思って。

F：最近はたんすやベッドなどと一体になった机をお求めになるご家庭も多いですね。

M：家が狭いんで、ベッドはちょっと。

F：それですと、この、リビングにちょっと置けるタイプもあります。引き出しなどはついていな

　　いんですが。

M：一応子供部屋におきたいんです。

F：それでしたら、こちらのタイプはいかがでしょう。パソコンをしまうスペースなどもついてい

　　るので、大人になっても使えます。

M：ああ、いいですね。落ち着いていて。

F：椅子は別になりますが。女のお子さんですか。

M：ええ。

F：それでしたら、椅子や、机の下のスペースに置く収納ボックスをかわいい模様にされるといい
ですね。

M：そうですね。じゃ、とりあえずこれにします。収納ボックスはまた後で娘を連れて来て選ばせ
ますよ。椅子はサイズもみないといけないし。

F：かしこまりました。ありがとうございます。

男の人は今、何を買いますか。

4番　● 3-7

息子と母親が話しています。息子はこれから何をしますか。

M：ちょっと出かけてくるよ。

F：ねえ、これ明日持っていく荷物でしょ。ずいぶん小さいけど、これで足りるの？

M：じゅうぶんだよ。一週間だけなんだから。ちょっと歯医者に行ってくる。今日で治療終わりなんだ。

F：着るものは何日分入っているの？

M：1日分。下着は1枚。あっちで洗濯できるし、すぐ乾くよ。旅行に行くわけじゃないんだし、
だいたいボランティアに行くのに余計なものを持って行ったってじゃまなだけだから。

F：髭剃りや歯磨きは？

M：歯磨きは持ったよ。さっき薬屋へ行って買ってきた。髭剃りは必要ならあっちで買うけど、そっ
てる暇なんてなさそうだから。

F：それはそうね。向こうで自分が助けられる側にならないように気をつけなさいよ。

M：もちろん。だから、今、行ってくるんだよ。いざという時のために痛み止めさえ持っていけば
いいんだけどね。

F：そんなのだめよ。いってらっしゃい。

息子は今日、これから何をしますか。

5番　● 3-8

先生と留学生が話しています。留学生はこれからまず何をしますか。

F：チンさんは、卒業後にどうするか決めましたか。

M：私は、もともと帰国するつもりだったんですが、日本語を勉強すればするほど楽しくなってきて、
今は進学を考えているんです。夏休みには帰国して両親に話すつもりです。

F：そうですか。大学へ行くためにはいろいろな書類の準備をしなければなりませんよ。高校の卒
業証明書や成績証明書、推薦書なども必要です。

M：いろいろいるんですね。今から準備します。

F：12月の留学試験は受けていますか。

M：はい。でもあまりいい点数ではなかったので、6月にもまた受けます。

F：そうですか。ではひとまず留学試験に集中しましょう。あと2か月ですからね。書類は留学試験が終わり次第、用意を始めてください。帰国してからでは間に合わないかもしれませんから。

M：はい、わかりました。

留学生はこれからまず、何をしますか。

6番 🔘 3-9

店員と男の人が話しています。男の人はリビングのカーテンをどんな色にしますか。

F：リビングには緑色を使う方が多いですね。リビングだけでなく、落ち着く場所、休む場所にはよく使われます。

M：でも、暗くなりませんか。

F：そうなんです。あまり濃すぎると、気持ちが沈んでしまうかもしれません。薄ければそんなことはないと思いますが、ちょっと黄色に近くなりますね。

M：黄色は明るいですよね。落ち着くって感じじゃないけど。

F：薄い黄色なら、茶色や緑など他の色と合わせるといいかもしれませんね。ただ、会話がはずんだり、食欲がわく色は赤系統で、ピンクやオレンジが好まれるんです。特に薄いピンクには攻撃性を抑えて、若々しさや美しさを引き出す働きもあります。

M：うちは娘が二人なので、それがいいかな。うん。決めました。同じ系統だけど、はっきりした赤は攻撃性を強めそうでなんとなく落ち着かない。不思議なものですね。

F：そうですね。赤だと食欲はわくんですけどね。

男の人はリビングのカーテンをどんな色にしますか。

問題2 🔘 3-10

例 🔘 3-11

男の人と女の人が話しています。男の人はどうして肩がこったと言っていますか。

M：ああ肩がこった。

F：パソコン、使いすぎなんじゃないの？

M：今日は2時間もやってないよ。30分ごとにコーヒー飲んでるし。

F：ええ？　何杯飲んだの？

M：これで4杯めかな。眼鏡だって新しいのに変えてから調子いいんだ。ただ、さっきまで会議だったんだけど、部長の話が長くてきつかったよ。コーヒーのおかげで目が覚めたけど。あの会議室は椅子がだめだね。

F：そうなのよ。私もあそこで会議をした後、必ず背中や肩が痛くなるの。椅子は柔らかければいいというわけじゃないね。

M：そうそう。だから会議の後は、みんな肩がこるんだよ。

男の人はどうして肩がこったと言っていますか。

1番　🔊 3-12

大学で先生と女の学生が話しています。女の学生はどんな気持ちですか。

M：山田さん、研修旅行の計画書、見ましたよ。

F：これでいいでしょうか。

M：ただ、この宿泊所なんだけど、今年は工事中で、別の施設を使わないとだめだよ。

F：そうですか。では、箱根の保養所に、すぐあたってみます。みんなすごく楽しみにしているんで、がんばって準備します。

M：そうですか。箱根なら一番近い駅からでもバスで一時間近くかかるから、大学からバスを使った方がいいですね。高速代はかかるけど、特急の指定席よりは安いでしょう。

F：えっ、バスですか。

M：何かまずい？

F：そういうわけではないんですが、箱根はけっこうカーブや坂が多いので…それに渋滞もあるし。でもまあ、…大丈夫です。酔い止めの薬を飲んで行きますので。

M：じゃ、その計画で行こう。

F：はあ…。

女の学生はどうして困っているのですか。

2番　🔊 3-13

会社で男の人と女の人が話しています。男の人はどんな気持ちですか。

M：昨日までに来る予定だった新製品の見本、届きましたか。

F：まだですね。今朝電話した時は、宅配便で送ったってことだったけど。

M：インターネットで、今、荷物がどの辺りにあるか調べましょうか。

F：商品の番号は田口さんが知っています。調べるなら田口さんに聞いてください。

M：先方に、必ず昨日のうちにほしいって言っておけばよかったですね。もう一度連絡して、催促しましょうか。

F：今更言っても始まりませんよ。前にも言ったと思うけど、もっと早くからいろいろな場合を予測して動くようにしましょう。まあ使うのは来週なんだからあわてないで。そうでないとミスが重なってしまいますよ。

男の人はどんな気持ちですか。

3番 🔘 3-14

電車の中で男の人と女の人が話しています。二人はどこで知り合いましたか。

M：おはようございます。早いですね。

F：あ、おはようございます。須藤さん、この近くにお住まいなんですか。

M：ええ。実家なんです。親父が本屋をやってて。大学の時は東京に行っていて、しばらくは印刷会社で働いてたんですけどね。親も年だし一緒に暮らすことになって。ところで大崎さん、どうですか。毎日。

F：前の仕事が事務で、仕事の内容も全く違うんで、最初はきつかったですけど、今は少し慣れました。みなさん親切に教えてくださいますし。レジや商品を並べたりするのも初めてなので、いろいろご迷惑をかけてしまって、申し訳ないです。

M：いいんですよ。始めはしかたないですよ。僕なんて、三日でやめたいと思ったんですけど、ほら、店長が厳しいでしょ。やめるって言えなくて、結局今までやってます。

F：へえ。そうだったんですか。じゃ、ご実家の本屋さんのお手伝いも？

M：ええ。スーパーの仕事が休みの日だけですけどね。

二人はどこで知り合いましたか。

4番 🔘 3-15

店員と客が話しています。店員が謝っている理由は何ですか。

F：あの、これ、あそこにあったペンなんですが、おいくらでしょうか。他の、ちょっと形が違うものは2,000円と書いてあるんですけど、これはわからなくて。

M：ええと、こちらは…少々お待ちください。すぐ調べます。3,000円になります。

F：あ、わかりました。ここに書いてあるのが値段なんですね。

M：申し訳ありません。値段の表示がなかったですね。

F：いえ、ここにあるんですよ。ありがとうございます。ちゃんと見なくて。お手数おかけしました。

M：いえ、いえ、とんでもない。商品のコーナーに表示するようにいたします。本当に申し訳ありません。

店員が謝っている理由は何ですか。

5番 ● 3-16

父親と女の子が話しています。女の子はどうして泣いているのですか。

M：しかたがないじゃないか。今日は学校から帰ってくるのが遅かったんだから。それに、ほら、ちゃんとお父さんがいたんだし。

F：だって、ちょっと待っててくれればよかったのに。

M：ああ、お母さんはすぐに帰ってくるよ。きっとおいしいものを買ってきてくれるさ。

F：でも、いっしょに行きたかった、私。

M：何かほしいものがあったのか。わかった。新しいお菓子だね？ それは、じゃあ、明日お父さんが買ってきてあげるよ。だから、もう泣かないで。

F：そんなんじゃないよ。もうすぐ暗くなるでしょう。そうしたら、お母さんが一人で帰ってくるとき、あぶないよ。

M：なんだ。そういうことか。お母さんは大人だもん、大丈夫だよ。

女の子はどうして泣いているのですか。

6番 ● 3-17

男の人と女の人がパーティの受付で話しています。二人は何を待っていますか。

M：来ないですね。

F：開場まであと10分だけど、間に合うかな。プレゼントもゲームももう来てるのに。

M：注文した時、すごく混んでいたんです。まさか間に合わないということはないと思うんだけど。

F：まあ、二人のスピーチは終わり近くで、ご両親に渡すのはその時だから、開場までに間に合わなくても大丈夫だけど、ちょっと心配ですよね。

M：まあ、いざとなれば、会場に生けてあるので間に合わせることはできるかもしれないけど。

F：へえ。そんなことってできるんですか。

M：親戚の結婚式で、やっぱり間に合わなくて、教会の椅子に飾ってあったのをまとめて作ったそうですよ。白い花ばかりだったけど、二人はかえって喜んでたって。でも、うーん、今日は間

に合ってほしいです。花嫁さんの好きなのを選んだそうなんで。

二人は何を待っていますか。

7番 　⏺ 3-18

男の人と女の人が会社で話しています。男の人が女の人に書類作成を急いでほしい理由は何ですか。

M：中村さん。すみませんが、さっきの書類、急いで作ってもらえませんか。

F：請求書の印刷が全部終わったらするつもりですが、お急ぎですか。

M：竹中産業の立川部長が来るんだけど、それを見ながら打ち合わせをしたいんだ。

F：全ページ作った方がよろしいでしょうか。

M：いや、立川部長に見てほしいのは、来月発売の製品についてだから、だいたい10ページぐらい
　　でいいよ。君が今日から出張なのはわかっているんだけど、なんとか頼むよ。

F：立川部長がいらっしゃるのは何時ですか。

M：2時過ぎだから、あと1時間しかない。僕ができればいいんだけど、今、その新製品のことで
　　新聞社が取材に来ていて。そんなわけで、急いでくれる？

F：わかりました。

男の人が女の人に書類作成を急いでほしい理由は何ですか。

>>> ここでちょうど休みましょう <<< 　⏺ 3-19

問題3 　⏺ 3-20

例 　⏺ 3-21

テレビで男の人が話しています。

M：ここ2、30年のデザインの変化は著しいですよ。例えば、一般的な4ドアのセダンだと、これ
　　が日本とアメリカ、ドイツとロシアの20年前の形と比較したものなんですけど、ほら、形が
　　かなりなだらかな曲線になっています。フロントガラスの形も変わってきていますね。これ、
　　同じ種類なんです。それと、もう一つの大きい変化は、使うガソリンの量が減ったことです。
　　中にはほとんど変わらないものもあるんですが、ガソリン1リットルで走れる距離がこんなに
　　伸びている種類があります。今は各社が新しい燃料を使うタイプの開発を競争していますから、
　　消費者としては、環境問題にも注目して選びたいものです。

男の人は、どんな製品について話していますか。

1. パソコン

2. エアコン

3. 自動車
   <small>じどうしゃ</small>

4. オートバイ

1番　● 3-22

テレビで、男の人が話しています。

M：みなさんは、魚を飼育している場所、つまり水族館などで、イワシという小さい魚といっしょに、鋭い歯と力強いあごを持つサメという魚を泳がせているのを見たことがありませんか？なんてひどいことを、と思いますか？　でも、これは、イワシの健康を保つためにされていることなんです。海では、強いサメは確かに他の魚を食べるんですが、水族館では、サメの餌をちゃんと与えているので、いっしょに育てているイワシが食べられることはありません。イワシはサメがいない状態より、なにか不安だ、という環境の方が元気で泳ぎ回るそうです。人間も同じです。ストレスのない人なんていません。適度なストレスは、私たちが生きていく中で必要なものです。会社や家庭で不安や恐怖、困難があっても、その自分自身の気持ちにどう対処するかで、より強く健康になるか、それとも病気になるかに分かれると言っていいかもしれません。ストレスを増やさないためには、自分のストレスの程度をよく知って、付き合い方を考えていくことが必要です。

男の人は何について話していますか。
1. サメの持つ力について
2. 魚の生命力について
3. 環境破壊について
4. ストレスへの対処について

2番　● 3-23

テレビで女の人が話しています。

F：昔は、考えられなかったかもしれませんが、今は親が子どもの就職活動、つまり、就活ですね、これを手伝うなんていうのはまれでした。最近でも、親が心配しすぎているとか、そこまでしなければならないのは子どもがしっかりしていないからだ、などという声も聞きますが、今は実に三分の一の親が、面接の練習や、人事の紹介、いわゆる縁ですね、まあ、これは昔からあ

りましたけど、これらの形で子どもの就活に関わっているそうです。これは時代の流れです。協力できるならしてほしいものです。中でも私がお勧めしたいのは、面接の練習です。大学生は、同じ年代の人と話すことには困りません。同じ年代の人とばかり話していますから。しかし、就活の際は、目上の人、年上の人と話すことに慣れていないから、まともに目を見て話すこともできないんです。親は、社会を知っていると同時に、子どもの長所や短所も知っているわけですから、そこをついた質問もできます。甘やかすのではなく、人生の先輩として関われるといいですね。

女の人は最近の大学生の就職活動について、どう考えていますか。

1. できれば親も就職活動を手伝った方がいい。
2. 親が就職活動を手伝うのは子どもにとってじゃまになる。
3. 最近の大学生は社会経験が豊富なので就職しやすい。
4. 大学生は同年代の人ともっと話さなければならない。

3番 🔘 3-24

学校で、先生と母親が話しています。

M：たけし君のことで、気になることがあるということですが、どんなことでしょうか。

F：サッカー部に入っているんですが、息子は決してうまいというわけではないんです。でも、小学校のころからずっと続けてきて、中学でも、どうしても入りたいと言って続けてきたんですが、正直言って、三年生が卒業しても次に新入生が入って来て、結局ずっと試合には出られないんじゃないかって。向いていないなら無理に続けなくてもいいと私は思うんですが。

M：お子さんは、やめたがっているんですか。サッカー部を。

F：そうは言わないんですが、なんだか見ていて辛いというか。かわいそうで。

M：確かに、試合を応援に行ってもお子さんだけ出られないのは寂しいというのはわかるんですが、続けているのはお母さんのためではなく、自分のためです。そっとしておいて、何か言ってきた時に、気持ちを聞いてあげてはいかがでしょうか。

F：何か言ってきた時ですか。

M：ええ。例えば、サッカーやめようかな、と言ってきたら、自分はどう思うのか、他にやりたいことはあるのかなどと聞いてみるんです。試合には、来てほしいと言われたら行けばいいと思いますよ。

F：はあ…。

先生はどんなアドバイスをしましたか。

1. 子ども自身に、サッカー部をやめたいと言わせたほうがいい。
2. 早くサッカーをやめさせてあげた方がいい。
3. 子どもを見守って、求められたら話を聞くのがいい。
4. 試合は必ず応援に行った方がいい。

4番　● 3-25

テレビで、レポーターが話しています。

F：次は、地震などの災害によって動けなくなった人を助けるために人と犬が協力して行った、救助訓練のニュースです。今日の訓練では、スパニエル犬のゴンタが、人の位置を知らせる装置やカメラを背負い、救助犬として参加して、壊れたコンクリートの建物の中を動き回って、位置情報や映像をコンピュータに送信しました。

これまではいったん救助犬が壊れた建物などの中に入ってしまうと、中の様子がわからなかったのですが、背負った装置から救助隊の持っているタブレットに送信される情報で、崩壊した建物の中の様子や助けを待っている人の位置などを知ることができます。

一方で開発中の救助ロボットは、気温の変化や毒ガスなどが発生する状況下でも捜索が可能ですが、災害発生からケガをした人の生存率が極端に下がると言われる72時間以内に、広い範囲の中から動けなくなった人を捜せる犬の能力には及びません。この装置と救助ロボットの開発者である大野教授は、救助犬とロボットを組み合わせた新しい技術を開発できるのではないか、と話していました。

救助犬が救助ロボットより優れているところはどこですか。
1. 過酷な条件のもとでも長時間作業ができるところ。
2. 広い範囲で、ロボットより短時間で人を見つけ出せるところ。
3. 壊れた建物の中に入っていって人を見つけ出せるところ。
4. 危険な場所でケガ人を見つけ出すことができるところ。

5番　● 3-26

母親と息子が歩きながら話しています。

M：行きたくないな。

F：もう申し込むって決めたでしょ。しかたないじゃない、こんな成績じゃ。高校受験まで、もう一年もないんだから。今からだって間に合わないかもしれないのに。

M：学校だけで大丈夫だよ。野球部もあるんだし。今から家でやるようにすれば、別にさあ。

F：その言葉、何度も聞きました。でも、家にいればいつもなんだかんだと理由をつけて、ゴロゴ
ロしてばかりでしょ。具合が悪いわけでもあるまいし。まずは勉強の仕方から教えてもらいな
さい。

M：お母さんは、行ってたの？　学校の後で。

F：別に行く必要なかったもの。こんな成績じゃなかったし、ピアノも習ってたからね。

M：あ、じゃ、僕もギター習うよ。

F：あきれた！何を言ってるの！

二人はどこに行くところですか。

1. 息子の高校
2. 学習塾
3. 野球の試合
4. 病院

6番 3-27

林の中で、男の人と女の人が話しています。

M：ああ、そこ、立ち入り禁止ですよ。

F：あ、すみません。こんなの見たことがなくて、かわいかったからつい。

M：カタクリっていうんですけど、都内では珍しくて、保護するためにこのロープを張ってあるん
です。芽が出てから咲くまでに六年から八年かかるんですよ。

F：そんなに長く…。じゃあ、なおさら大事にしないとだめですね。

M：もし病気にならなければ、寿命は50年ぐらいらしいですけど。昔は絵を描きに来る人が多かっ
たんですけど、その後、写真を撮りにくる人がどんどん増えて、困ったことに最近では根から
引き抜いていく人もいるんです。

F：ひどいですね…。

M：そうなんですよ。ロープが張ってないところまでなら入れますから、どうぞゆっくり見ていっ
てください。

二人は、何について話していますか。

1. 鳴いている小鳥
2. 林の中の木
3. カタクリの花
4. 花に止まった蝶

問題4　● 3-28

例　　● 3-29

M：張(は)り切(き)ってるね。

F：1. ええ。初(はじ)めての仕事(しごと)ですから。

　　2. ええ。疲(つか)れました。

　　3. ええ。自信(じしん)がなくて。

1番　　● 3-30

M：怒(おこ)らせるつもりはなかったんだよ。

F：1. でも、そんなこと言(い)われたら、だれだって怒(おこ)るよ。

　　2. きっと、怒(おこ)らせたかったからだね。

　　3. いつも、怒(おこ)ってばかりだったよ。

2番　　● 3-31

M：この映画(えいが)、すごい人気(にんき)だけど、見(み)てみたらくだらない話(はなし)だったよ。

F：1. やっぱり。だから評判(ひょうばん)がいいのね。

　　2. そう。じゃ、見(み)るのやめようっと。

　　3. へえ。もう一度(いちどみ)見るなら、絶対(ぜったい)誘(さそ)って。

3番　　● 3-32

M：みんな、離(はな)ればなれにならないようにね。

F：1. うん。手(て)をつないで行(い)くから大丈夫(だいじょうぶ)。

　　2. うん。みんなのこと、絶対(ぜったい)忘(わす)れないから大丈夫(だいじょうぶ)。

　　3. うん。カバン、しっかり持(も)ってるから大丈夫(だいじょうぶ)。

4番　　● 3-33

M：あれ？　まぶたがはれてるけど、どうしたの。

F：1. 新(あたら)しいメガネに換(か)えてみたんだ。

　　2. きのうは食(た)べすぎちゃって。

　　3. この本(ほん)、感動(かんどう)して涙(なみだ)が止(と)まらなくて。

5番　🔊 3-34

F：一回戦、突破したんですね。

M：1. 残念でしたが、次はがんばります。

　　2. ええ。おかげさまで。次もがんばりますよ。

　　3. はい。とても勝てませんから。

6番　🔊 3-35

M：掃除や荷物運びぐらいは、まかせてよ。

F：1. えっ、いいの？　助かるわ。

　　2. えっ、私がやるの？　はいはい。

　　3. ごめん、すぐ業者にたのむよ。

7番　🔊 3-36

F：最近、胸が痛むようなニュースが多いね。

M：1. うん、いろんなものの値段が上がっているね。

　　2. うん、体のためには食べ物に気をつけないとね。

　　3. うん、幼い命が奪われるなんて、辛すぎるよ。

8番　🔊 3-37

M：そんな固いこと言わないでよ。

F：1. だめといったらだめ。友達だからこそお金は貸さないの。

　　2. このパン、まだそんなに硬くないよ。柔らかい。

　　3. ひどい。もう、笑わないでよ。

9番　🔊 3-38

F：フジタ産業、最近、支払いが滞っているようです。

M：1. 不景気だからとはいえ、困りましたね。

　　2. ありがたいですね。

　　3. かなり儲かっているんですね。

10番　🔊 3-39

M：こんなことなら他の映画にするんだった。

F：1. そうね。感動しちゃった。

2. うん。なんで人気があるのか不思議。

3. それなら、絶対これを見ないと後悔するよ。

11番　● 3-40

F：今日って田中君の誕生日じゃなかったっけ？

M：1. いや、誕生日じゃなかったよ。

　　2. そう、誕生日だったよ。よく覚えたね。

　　3. へえ、覚えててくれたんだ。ありがとう。

12番　● 3-41

M：内田君はちょっと頭を冷やした方がいいよ。しばらく放っておこう。

F：1. そうですね。冷静になるまで、そっとしておきましょう。

　　2. 大丈夫でしょうか。冷えすぎませんか。

　　3. ええ。ずいぶん落ち着いていましたからね。

13番　● 3-42

F：新しいリーダーは、酒井さんをおいて他にいないと思います。

M：1. そうですね。酒井さんが一番ですね。

　　2. そうですね。酒井さん以外ならだれでもいいですね。

　　3. そうですね。酒井さんはリーダーがいないって言っていましたね。

問題5　● 3-43

1番　● 3-44

電話で男の人と女の人が話しています。

F：インターネットクラスは、月曜日と水曜日のコースだと7時から、火曜、木曜は8時からです。どちらの内容もビジネス英会話です。

M：授業の長さも、同じですか。

F：ええ、同じです。ただ、水曜日は、研修中の教師も交代で入りますので、それをご理解いたいただいた上でないと、お受けできないのですが…。

M：それで、値段の方は違ってくるんでしょうか。

F：授業料は同じです。いろいろな教師の発音に触れるのも聴解力を伸ばすためにはいいのでは、と…。

M：確かに、発音のいい先生とばかり話していたら、実際に話すときに困りますからね。だけど毎週二日というのがちょっと。たまに残業もありますし。

F：その場合は、3時間前でしたらキャンセルをして他の日に替えることもできます。または、少し割高になりますがフリープランコースはいかがですか。

M：どのぐらいかかりますか。

F：曜日固定のコースの場合、一か月6,800円ですが、フリープランコースですと10回分ずつのお支払いで、10回で9,000円です。

M：そんなには変わらないですね。だけど、いつでもできると先に延ばしがちにしそうだから、やっぱり固定でやります。7時からでいいです。ダメなときは早めにキャンセルすればいいんですよね。

男の人は、どのコースに申し込むことにしましたか。
1. 月曜日と水曜日のコースにする。
2. 火曜日と木曜日のコースにする。
3. 水曜日のコースにする。
4. フリープランコースにする。

2番　◉ 3-45
近所の人が集まって、道で話しています。

M：おはようございます。

F1：おはようございます。あのスーパー、荷物を運ぶ音、すごいですよね。

M：最近、回数が増えてるんですよね。夜中もあの音で目が覚めちゃって。

F2：おはようございます。

M、F1：ああ、おはようございます。

F2：うちにも店員さんたちが外で携帯かけてる声がかなり響くんで、先週、店長さんに話したんですけどね。で、これから気をつけるって言ってたのに。

M：実は、私も言いには行ったんですよ。店長に言っても、何もかわらないですね

F1：やっぱり警察に言った方がいいんじゃない。だってこれ、立派な迷惑行為ですよ。

M：いきなりはどうかなあ。一応ご近所だし。この商店街じゃ、あのスーパーのおかげでお客が増えたっていうところもあるわけだし。

F2：じゃあ、とりあえず市役所に相談してみたらどうでしょう。

F1：そうですね。あまり大騒ぎするのもちょっとね。

三人は何について市役所に相談しますか

1. スーパーの休憩時間について
2. スーパーの営業時間について
3. スーパーの店長について
4. スーパーの騒音について

3番 ● 3-46 ● 3-47

テレビで、俳優がクラシック音楽について話しています。

M：僕がクラシック音楽にハマったのは、40歳になったころで、それまでは、ずっとクラシックとは縁がありませんでした。ただ、まあ、母や妻が聴いているのを、聞くともなしに聞いてはいたんでしょうけど、そんなのは金持ちの気取った人が聴くものだ、と思っていました。でもあるとき仕事で忙しすぎて毎日深夜帰りで、ミスも重なった時期があって、くたくただったんです。お金にも困って、もう音楽どころじゃない、そんな時に、仕事の打ち合わせで入った喫茶店で、モーツァルトのセレナーデが流れてきたんです。心の中を優しく撫でられているようで、恥ずかしいけど、涙が出そうになりました。あの時からですね。ゆったりしたいときにクラシックを聴くようになったのは。最近は自分の出ているドラマに使われたりしているし、ますます好きになってきました。いいものって、どんな使われ方をしても、いいもんですね。

M：この俳優、クラシックなんか聴くんだね。

F1：素敵。あの人、なんか軽そうだと思ってたのに、頭いいんだ。

M：クラシックは素敵、頭がいい、か。ふうん。そんなものかな。

F2：じゃあ、お父さんもクラシックしか聴かないから素敵でしょう。

F1：お父さんは、ちょっと違うの。ええと、かっこよくないってわけじゃないけど、ほら、全然意外じゃないじゃない。よく言えば、安定してるっていうか、ぶれないっていうか。

M：ああ、それは女の人についても同じだな。例えば、いつも静かでおとなしいと思っていた人が、バリバリ仕事をしていたりすると、素敵だなあと思うよ。意外性がある人は魅力があるな。

F2：私はほっとできる人がいいな。いつも同じように生活していて、ずっと一つのことを続けていたりするような人が。

F1：はいはい。お父さんみたいにね。お母さんは、クラシック聴いてたかと思ったらロックやJポップ聴いてたりするから意外性があるよね。

質問1．俳優は、どんな時にクラシックを聴いたことがきっかけで好きになったのですか。

質問2．この父親は、どんな人ですか。

（M：男性　F：女性）

問題 1　● 4-2

例　● 4-3

男の人と女の人が話をしています。二人はこれから何をしますか。

M：ごめんごめん。もうみんな、始めてるよね。

F：（少し怒って）もう。きっとおなかすかせて待ってるよ。飲み物がなくちゃ乾杯できないじゃない。
　　私たちが買って行くことになってたのに。

M：電車が止まっちゃって隣の駅からタクシーだったんだよ。なんか、人身事故だって。

F：ああ、そうだったんだ。また寝坊でもしたんじゃないかと思ったよ。

M：ええっ。それはないよ。朝は早く起きて、見てよ、これ。

F：すごい。佐藤君、ケーキなんて作れたんだ。

M：まあね。とにかく急ごう。あのスーパーならいろいろありそうだよ。

二人はこれからまず何をしますか。

1番　● 4-4

中学校で、男の人と女の人が話しています。二人はこれから何をしますか。

F：男の子の制服は集まらないですね。

M：ええ。みなさん、制服は思い出があるから、とっておきたいんでしょうか。

F：それもあるけど、破れたり、しみになったりしていて、こんなの出しても…って思ってる人も
　　多いかもしれませんよ。

M：そうですね。うちの子も結構乱暴に着ていたから、卒業した後、リサイクルに出すのはちょっ
　　となあ…。

F：新入生は別としても、持っている制服のサイズが小さくなってしまって、という人は、とにか
　　く大きいのがほしいんですよ。うちの息子もそうでした。ですから、多少破れたりしていても。
　　あ、じゃあ、今年は見本をのせたポスターを学校に貼ってみましょうか。こんなのでも OK ですっ
　　てイラストや写真入りで。で、子どもたちからも親に言ってもらいましょう。

M：ああいいですね。そうしましょう。

二人はこれから何をしますか。

2番 ● 4-5

<ruby>会社<rt>かいしゃ</rt></ruby>で<ruby>男<rt>おとこ</rt></ruby>の<ruby>人<rt>ひと</rt></ruby>と<ruby>女<rt>おんな</rt></ruby>の<ruby>人<rt>ひと</rt></ruby>が<ruby>話<rt>はな</rt></ruby>しています。

M：<ruby>昨日<rt>きのう</rt></ruby>は<ruby>申<rt>もう</rt></ruby>し<ruby>訳<rt>わけ</rt></ruby>ありませんでした。

F：<ruby>注文部数<rt>ちゅうもんぶすう</rt></ruby>のミスをするなんて、<ruby>田中君<rt>たなかくん</rt></ruby>らしくないね。どうしたの。

M：<ruby>契約<rt>けいやく</rt></ruby>が<ruby>取<rt>と</rt></ruby>れたことで、<ruby>気<rt>き</rt></ruby>が<ruby>緩<rt>ゆる</rt></ruby>んでいたのかもしれません。

F：<ruby>確<rt>たし</rt></ruby>かに、この<ruby>契約<rt>けいやく</rt></ruby>を<ruby>取<rt>と</rt></ruby>ってきたときはさすが<ruby>田中君<rt>たなかくん</rt></ruby>だと<ruby>思<rt>おも</rt></ruby>ったわ。だけど、<ruby>細<rt>こま</rt></ruby>かい<ruby>部分<rt>ぶぶん</rt></ruby>にこそ、その<ruby>人<rt>ひと</rt></ruby>の<ruby>仕事<rt>しごと</rt></ruby>の<ruby>姿勢<rt>しせい</rt></ruby>が<ruby>問<rt>と</rt></ruby>われるっていうことを<ruby>忘<rt>わす</rt></ruby>れちゃ<ruby>困<rt>こま</rt></ruby>るよ。そのためには<ruby>何<rt>なに</rt></ruby>より、すべて<ruby>自分<rt>じぶん</rt></ruby>でできるって<ruby>思<rt>おも</rt></ruby>わないこと。

M：はい、<ruby>以後絶対<rt>いごぜったい</rt></ruby>にこんなことは…。

F：みんな<ruby>失敗<rt>しっぱい</rt></ruby>はするの。<ruby>絶対<rt>ぜったい</rt></ruby>、ということはないんだから。だからこそ、チームワークを<ruby>大事<rt>だいじ</rt></ruby>にして、<ruby>一<rt>いち</rt></ruby>にも<ruby>確認二<rt>かくにんに</rt></ruby>にも<ruby>確認<rt>かくにん</rt></ruby>。<ruby>絶対一人<rt>ぜったいひとり</rt></ruby>でやれるなんて、<ruby>自分<rt>じぶん</rt></ruby>を<ruby>過信<rt>かしん</rt></ruby>してはダメよ。

M：はい。わかりました。…<ruby>本当<rt>ほんとう</rt></ruby>に<ruby>申<rt>もう</rt></ruby>し<ruby>訳<rt>わけ</rt></ruby>ありませんでした。

<ruby>女<rt>おんな</rt></ruby>の<ruby>人<rt>ひと</rt></ruby>は<ruby>男<rt>おとこ</rt></ruby>の<ruby>人<rt>ひと</rt></ruby>にどんなことに<ruby>気<rt>き</rt></ruby>をつけるように<ruby>言<rt>い</rt></ruby>いましたか

3番 ● 4-6

<ruby>旅行会社<rt>りょこうがいしゃ</rt></ruby>で<ruby>男<rt>おとこ</rt></ruby>の<ruby>人<rt>ひと</rt></ruby>が<ruby>店員<rt>てんいん</rt></ruby>と<ruby>話<rt>はな</rt></ruby>しています。<ruby>男<rt>おとこ</rt></ruby>の<ruby>人<rt>ひと</rt></ruby>はこれからどうしますか。

F：<ruby>行<rt>い</rt></ruby>き<ruby>先<rt>さき</rt></ruby>はどの<ruby>辺<rt>あた</rt></ruby>りをお<ruby>考<rt>かんが</rt></ruby>えですか。ご<ruby>参考<rt>さんこう</rt></ruby>までに、こちらは<ruby>九州<rt>きゅうしゅう</rt></ruby>、<ruby>北海道<rt>ほっかいどう</rt></ruby>のパンフレットです。それとこちらは<ruby>伊豆<rt>いず</rt></ruby>、<ruby>箱根<rt>はこね</rt></ruby>ですね。…ご<ruby>家族<rt>かぞく</rt></ruby>、<ruby>三名様<rt>さんめいさま</rt></ruby>でよろしかったでしょうか。

M：ええ。<ruby>息子<rt>むすこ</rt></ruby>が<ruby>留学先<rt>りゅうがくさき</rt></ruby>から<ruby>一時帰国<rt>いちじきこく</rt></ruby>するんで、<ruby>何年<rt>なんねん</rt></ruby>かぶりに<ruby>家族<rt>かぞく</rt></ruby>で<ruby>温泉<rt>おんせん</rt></ruby>でも<ruby>行<rt>い</rt></ruby>きたいと<ruby>思<rt>おも</rt></ruby>って……。<ruby>新幹線<rt>しんかんせん</rt></ruby>で、<ruby>京都<rt>きょうと</rt></ruby><ruby>辺<rt>あた</rt></ruby>りとか。

F：<ruby>大学生<rt>だいがくせい</rt></ruby>のお<ruby>子<rt>こ</rt></ruby>さんで、<ruby>一時帰国<rt>いちじきこく</rt></ruby>ということですと、お<ruby>忙<rt>いそが</rt></ruby>しいかもしれませんね。

M：ええ。たったの<ruby>一週間<rt>いっしゅうかん</rt></ruby>なんです。そうか。<ruby>確<rt>たし</rt></ruby>かにいろいろあるだろうしなあ。

F：それでしたら、<ruby>近<rt>ちか</rt></ruby>いところでの<ruby>一泊<rt>いっぱく</rt></ruby>や、<ruby>日帰<rt>ひがえ</rt></ruby>りも<ruby>検討<rt>けんとう</rt></ruby>された<ruby>方<rt>ほう</rt></ruby>がいいかもしれませんね。あるいは、ご<ruby>本人<rt>ほんにん</rt></ruby>に<ruby>予定<rt>よてい</rt></ruby>を<ruby>確認<rt>かくにん</rt></ruby>されてからでも、<ruby>今<rt>いま</rt></ruby>の<ruby>時期<rt>じき</rt></ruby>は<ruby>大丈夫<rt>だいじょうぶ</rt></ruby>かと。

M：そうですね。うーん、<ruby>喜<rt>よろこ</rt></ruby>ばせようと<ruby>思<rt>おも</rt></ruby>ったんだけど、ちょっと<ruby>早<rt>はや</rt></ruby>すぎたか。まあ、その<ruby>方<rt>ほう</rt></ruby>が<ruby>無難<rt>ぶなん</rt></ruby>だな。じゃ、そうします。

<ruby>男<rt>おとこ</rt></ruby>の<ruby>人<rt>ひと</rt></ruby>はこれからどうしますか。

4番 ● 4-7

<ruby>父親<rt>ちちおや</rt></ruby>が<ruby>娘<rt>むすめ</rt></ruby>と<ruby>話<rt>はな</rt></ruby>しています。<ruby>娘<rt>むすめ</rt></ruby>はこれから<ruby>何<rt>なに</rt></ruby>をしますか。

M：ちょっと出かけてくるよ。

F：いってらっしゃい。あ、お父さん、車使っていい？　そろそろ新しい毛布がほしいから、デパートに行ってくる。

M：最近寒くなってきたからね。いいけどガソリンはたいして入っていないよ。

F：ああ、じゃ入れとく。

M：そうか。すぐ出かけるのか？

F：うん。今、洗濯物を片付けてるところだったけど、後回しにしてもいいし。

M：ああ、じゃあ、ちょうどよかった。悪いけど駅まで頼むよ。バスは今の時間なかなか来ないからな。

F：珍しいね。お父さん、バスで行くつもりだったの？　いいわよ。ガソリンスタンドのカード貸して。デパートの近くで入れるから。

M：ああ。これだよ。

娘はこれから何をしますか。

5番　💿 4-8

大学で、卒業生と学生が話しています。男の人はこれから何をしますか。

F：私、どんな仕事がしたいのか、自分でもわからなくなってきて。先輩、営業の仕事って、どうですか。

M：僕はまさか自分が営業マンになるなんて思わなかったよ。大学では、ずっと実験ばかりだったから。

F：そうですよね。どんな仕事をさせられるかはわからないですよね。必ずしも希望通りにはならないし。

M：うん。最初は毎日辛かったけど、一年たって今の仕事もおもしろいって思えるようになったよ。それに、消費者が何を求めているかを知らないで商品開発をしても、自己満足に終わるしね。もう少しすると、課長に、来年どんな部署で働きたいか希望を聞かれるんだけど、このまま営業をやらせてほしいって返事しようと思ってる。

F：へえ。自分の知らなかった自分に気づくって、なんかいいですね。私も新しい自分の力に気づけるかな。

男の人はこれから何をしますか。

6番　💿 4-9

先生と学生が話しています。学生は連休に何をしますか。

F：地震の被害について、いろいろな本を読んでいるみたいですね。

M：はい。まだまだ足りないと思いますが。

F：ただ、あなたのレポートを読んでいると、自分の目で確かめたのかなって疑問に思うことがあるんです。たとえばこの部分だけど、調査は信用できるもの？

M：ええと、2012年に建築会社が行った調査です。

F：そうですね。この会社はどんな目的でこの調査をしたと思いますか？　また、この結果が一般に知れ渡ることで、誰が利益を得ますか。

M：ええと…。

F：あと、参考図書として書かれている本ですが、原文を読んでいますか？

M：いえ、それはインターネットで…。

F：同じテーマについてどんな研究があるかを知ることはもちろん大事ですが、来週はせっかくの連休なんだから、現地に足を運んでみてはどうでしょう。

M：わかりました。さっそくあちらにいる知人に連絡をとってみます。いい論文を書きたいので、この連休は現地で、自分の目で見て、自分の足で歩き回ります。

F：直接だれかと話すことで新しい視点が持てるかもしれませんね。

学生は連休に何をしますか。

問題2　🔊 4-10

例　　🔊 4-11

男の人と女の人が話しています。男の人はどうして肩がこったと言っていますか。

M：ああ肩がこった。

F：パソコン、使いすぎなんじゃないの？

M：今日は2時間もやってないよ。30分ごとにコーヒー飲んでるし。

F：ええ？　何杯飲んだの？

M：これで4杯めかな。眼鏡だって新しいのに変えてから調子いいんだ。ただ、さっきまで会議だったんだけど、部長の話が長くてきつかったよ。コーヒーのおかげで目が覚めたけど。あの会議室は椅子がだめだね。

F：そうなのよ。私もあそこで会議をした後、必ず背中や肩が痛くなるの。椅子は柔らかければいいというわけじゃないね。

M：そうそう。だから会議の後は、みんな肩がこるんだよ。

男の人はどうして肩がこったと言っていますか。

1番　🔊 4-12

会社で男の人と女の人が話しています。女の人はどんな気持ちですか。

F：あの、これでよかったんでしょうか。もともとは私が言い出したことなんですが。

M：杉本さんのこと？

F：ええ。確かに彼女は、知識はありますが、経験が少ないので全部まかせてよかったのかと思って。

M：確か、杉本さんは入社一年目ですよね。

F：はい。そうですが、まだ一人で担当したことはなかったと思います。

M：何か今までに大きいミスでもしたことがあるんですか？　それとも本人がいやがっていたとか？

F：そういうわけではないんですが、先方は昔から取り引きしていただいている会社ですし。

M：じゃ、これからも僕がたびたび状況を聞くようにするよ。何かあったらすぐ手が打てるように。

F：そうですか…。今からだれか彼女と一緒に担当をさせるのは…無理ですよね。

女の人はどんな気持ちですか。

2番　🔊 4-13

道で男の人と女の人が話しています。女の人は何を待っていますか。

M：ああ、長谷川さん。どうしたんですか。

F：ええ、主人が家のカギを持って出てしまって。しかたないからマンションの管理会社に頼んだんですよ。そしたら鍵屋さんが来てくれるっていうんで…。でも、カギを換えるとなるとお値段が馬鹿にならないから、なんとか主人が先にもどってくれないかって思って待っているんだけど。

M：それは困りましたね。息子さんの携帯には連絡したんですか。

F：ええ。でもメールもつながらなくて。もしかして、充電が切れているんじゃないかと思うんです。ああ、もうすぐお客さんも来るし、困った…。

女の人は何を待っていますか。

3番　🔊 4-14

電車の中で男の人と女の人が話しています。男の人は、女の人にとってどんな関係の人ですか。

M：こんなところでお会いするなんて、すごい偶然ですね。

F：ええ。結婚式以来ですね。あゆみ、あ、奥さんは元気ですか。

M：おかげさまで。今また、バスケットボールを始めたんですよ。

F：へえ…。小田さんも続けてらっしゃるんですか。

M：ええ。高校に入ってからですから、もう10年以上やってますね。大学でもずっとやってました。
で、今は会社のチームで。

F：ああ、じゃ、高校の大会で初めてお会いした頃は、まだ始めたばかりだったんですね。

M：そうですよ。だから、まだ下手くそだったでしょ。

F：いえ、いえ、とんでもない。あゆみと、かっこいいね、って話してたんですよ。バスケットボールっ
て楽しいですよね。私も地元のチームで三年前までやってたんですけど、もうすぐ二人目で…。

M：それはおめでとうございます。にぎやかになりますね。

F：あ、私、ここで失礼します。あゆみによろしく伝えてください。

男の人は、女の人にとってどんな関係の人ですか。

4番 ● 4-15

店員と客が話しています。客はなぜ残念だと言っていますか。

F：あの、あと何分ぐらいかかりますか。

M：はい、ただいま…。大変お待たせいたしました。こちら、春野菜と季節の魚のてんぷらでござ
います。

F：え？春野菜のてんぷらと季節の刺身をお願いしたんだけど。ああ、でも、まあいいです。

M：大変申し訳ありません。ただいま…。

F：もう時間がないんで、そのままでいいですよ。

M：申し訳ありません。

F：こんなに混んでいるから、待たされるのは仕方ないけど、さっき催促したら別の店員さんに、
お待ちください、と不愛想に言われただけで、どうなってるのかさっぱりわからなくて。ここ
はサービスがいいと思っていたのに残念でした。

M：そうでございましたか。大変失礼をいたしました。後ほど、きびしく注意いたします。申し訳
ありません。

客はなにが一番残念だと言っていますか。

5番 ● 4-16

靴屋で男の人と女の人が話しています。女の人は何を探していますか。

F：あのう、ちょっとうかがいたいんですが。

M：はい、いらっしゃいませ。

F：こちらの隣にコンビニがあったと思うんですけど、なくなってしまったんですか。

M：ええ、あったんですが、去年、ビルごとなくなっちゃったんですよ。

F：その店の三階に学習塾や喫茶店や、美容院があったと思いますが、どちらかへ移転されたんでしょうか。

M：ビルに入っていた店は、経営者の方も結構みなさんお年だったんで、やめちゃったんじゃないかなあ。…学習塾とか、写真屋さんとかね。

F：そうですか。せっかく久しぶりに髪、切ってもらおうと思って来たのに。

M：二階の喫茶店もおいしかったから、よくみなさん、どこ行っちゃったんですか、なんて聞きにいらっしゃるんですけどね。

F：ほんと。あそこのコーヒー、おいしかったですよね。…すみません。ありがとうございました。

女の人はどこに行くつもりでしたか。

6番 🔴 4-17

男の人と女の人がバス停で話しています。男の人はこれからどうしますか。

M：バス、もう行っちゃったんでしょうか。

F：ええ。私三分ほど前に来たんですけど、ちょうど出たところでしたよ。

M：次のバスまでまだだいぶありますね。反対側に行く方は、どんどん来てるけど、あっちの駅に行くとかなり遠回りだし。

F：ええ。歩いた方が早いかもしれませんね。駅までだったら。

M：私は、その先まで行くので…困ったな。タクシーもなかなか来ないみたいだし。

F：まあ、少し歩けば地下鉄の駅もありますけどね。タクシーは、ここで待ってても全然来ないですよ。

M：そうなんですか。しょうがないから電話で頼もう。…あ、駅まで一緒に乗っていらっしゃいますか。

F：あ、私はいいです。急いでいないので。

男の人はこれからどうしますか。

7番 🔴 4-18

男子学生と女子学生が大学で話しています。男子学生は女子学生に何を頼みましたか。

M：北川さん、もうレポート終わった？

F：とっくに。

M：あのさ、どんな資料使った？

F：だいたいが学校の図書館のだけど。

M：そうか。そのコピーを、とってあるところだけでいいから、見せてくれない。

F：いいけど、何で。自分で本読まないの？

M：今からじゃ、どのページを読んだらいいかわからないし、だいいち、どの本を読んだらいいかもわからないんだよ。

F：つまり、何を読めばいいか知りたいのね。私が参考にしたものだけでいいの？

M：そうなんだよ。それを見せてもらえたらすごくありがたい。実をいえば、出したレポートを見せてほしいんだけど、それはさすがに…頼めないよね？

F：まったく。あたりまえでしょ。でも、参考文献のコピーを見せるって、そんなことしていいのかなあ。

男子学生は女子学生に何を頼みましたか。

>>> ここでちょうど休みましょう <<< 🔵 4-19

問題3 🔵 4-20

例 🔵 4-21

テレビで男の人が話しています。

M：ここ 2、30 年のデザインの変化は著しいですよ。例えば、一般的な 4 ドアのセダンだと、これが日本とアメリカ、ドイツとロシアの 20 年前の形と比較したものなんですけど、ほら、形がかなりなだらかな曲線になっています。フロントガラスの形も変わってきていますね。これ、同じ種類なんです。それと、もう一つの大きい変化は、使うガソリンの量が減ったことです。中にはほとんど変わらないものもあるんですが、ガソリン 1 リットルで走れる距離がこんなに伸びている種類があります。今は各社が新しい燃料を使うタイプの開発を競争していますから、消費者としては、環境問題にも注目して選びたいものです。

男の人は、どんな製品について話していますか。

1. パソコン

2. エアコン

3. 自動車

4. オートバイ

1番　● 4-22

テレビで、男の人が話しています。

M：世界最高峰のエベレストに、三浦雄一郎さんが世界最年長の80歳で登って以来、山に興味を持つ人が増えてきましたね。この前は、時間に余裕ができたので、夫婦でエベレストに登ってみたい、と意欲的な70代のご婦人にお会いしました。よく聞いてみると、ご主人も登山らしい経験はほとんどなく、学生の頃にハイキング程度しかしたことがないとのことです。いい写真を撮ってきますよ、と嬉しそうに話すのですが、心配です。また、大学時代は野球部に所属し、体力では同年代の人に決して負けない自信があるという60歳代の男性もいらっしゃいました。退職したので本格的な登山を始めたいと言います。血圧が高めなので、トレーニングや健康づくりのための登山のようです。

しっかり準備をした登山者に山が親しまれるのはいいですが、無茶な人たちも増えています。健康のためにという気持ちは分かりますが、登山中の事故は、自分や家族が辛いだけでなく、多くの人に迷惑をかけてしまうこともあります。まずは登山前に足腰を鍛え、バランス感覚を鍛えて、登山のための体を作ってほしいと思います。

男の人は何について話していますか。

1. エベレストの美しさについて
2. エベレストの危険について
3. 登山の喜びについて
4. 登山の危険性について

2番　● 4-23

駅の前で女の政治家が演説をしています。

F：みなさん、さあ、働くための環境を整え、出産後も、また、介護中も、働きたいと思ったその時に、いつでも、すぐに職場に帰れるような社会をめざそうではありませんか。そのためには、まだまだ実行されていないことがございます。その一つが、労働時間規定の見直しを促進する政策を打ち出すことだと、私は考えます。今のままの政権で、それが実行できると言えるでしょうか。いいえ、言えないと私は思います。この二年間の政治でそれが明らかになったではありませんか。少子化対策、少子化対策とは言っても、経済優先の政策ですから、労働力の確保にばかり気持ちが向いている。お母さんたちの中で、現状に満足している、という人がどれだけいるでしょうか。このような社会で、市民の暮らしは幸せな方向に向かっていくと言えますか。

この人は、今しなければならないことは何だと言っていますか。

1. 男女が平等に働くための政策を作る。
2. 働く時間についての決まりの見直し。
3. 少子化を止める。
4. 働く時間について時代に合っているかということ。

3番　🔊 4-24

大学で、先生と学生が話しています。

M：先生、日本文学研究会の研修旅行のことなんですが。

F：ええ、行きますよ。ただ、一週間ずっとは無理なので、どこかの二日間と思っています。確か
　　今回はずいぶん遠い田舎でやるんでしょう。山に囲まれたところで。一番近いコンビニまで、
　　車で1時間かかるって聞きましたよ。面白そうですね。

M：ありがとうございます。先生がいらっしゃる日に合わせて僕たち3年生の発表をしたいんです
　　が…。

F：ああそう。じゃ、そうしてくれる？　君たちの発表を聞きたいから。でも、私が行けるのは土
　　日になると思うけど、大丈夫ですね。

M：はい、ご都合に合わせて発表の順番を調整します。

F：あ、…そうだ。そこはネットがつながる？

M：ええと、そうですね。ちょっとわからないんですけど、たぶん…。

F：悪いけど、調べといてくれる？それによっていつ行くか決めます。あっちで仕事ができるなら、
　　土日でなくても行けるかもしれないから。

なぜ、今、先生が合宿に参加する日が決まらないのですか。
1. かなり遠い場所になるかもしれないから。
2. 合宿をする場所でインターネットが使えるかどうかわからないから。
3. 合宿をする場所が、コンビニもないような不便なところだから。
4. 土日は学生たちの発表が聞けないかもしれないから。

4番　🔊 4-25

テレビで、女の人が話しています。

F：人工知能、AIがめざましい発達を続けています。囲碁などのゲームで世界一になった人を相手
　　に圧勝したり、車の自動運転の開発が実用化されたり、といったニュースを耳にしない日はな
　　いほどです。こうなると、このまま人工知能が進化し続けていったときに起こる良いことと悪

いことを想像せずにはいられません。例えば、良いことは、労働力不足の解決、悪いことは人
工知能が人類を攻撃して滅ぼすのではないかというようなことです。ただ、私は、後者のよう
な事態は心配していません。なぜならそのために膨大なデータの蓄積ができるにはまだ時間が
かかるからです。今から人間に求められるのはAIと共存して自然災害や人の心理などをふくめ
たあらゆる不確実なことを、経験を元に予測し続けることだと思います。最も、これこそが最
も困難な課題かもしれませんが。

女の人は、これからの人間がするべきことはなんだと言っていますか。

1. 人工知能について悪いイメージをもたないこと。
2. 人工知能に過大な期待をしないこと。
3. 人間が能力を磨くこと。
4. 人工知能と共存し、経験に基づいた予測をすること。

5番　🔊 4-26

女の人と男の人が話しています。

M：あ、雨が降ってきた。ねえ、そろそろ出かける？

F：まだあと2時間もあるから大丈夫よ。12時からなんだから、10分前に着けばいいんでしょ。
　　30分もあれば着くでしょう。指定席なんだから、並ぶ必要もないし。

M：それじゃバタバタするし、始まる前に何かお腹にいれようよ。

F：さっき朝ごはん食べたばかりでしょう。コンビニで何か買って入ればいいじゃない。

M：まあ、そんなにはお腹、すいてないんだけどね。映画を観ているときにお腹が鳴ったら恥ずか
　　しいし。それより、チケット、忘れないでね。

F：え？　あなたが持っているんじゃないの？

M：いや、僕は持ってないよ。行こうっていうから、きっと君が持ってるんだろうと思って。

F：まずい…。早く出かけましょう。でも、今から行って間に合うかなあ。

M：とにかく、すぐ出よう。もし席がなかったら…いいや、その時考えよう。さあ、早く。

二人はなぜ急いでいますか。

1. 映画館のチケットを買っていないから。
2. 雨が降っているから。
3. 始まる前に映画館で何か食べるため。
4. コンビニで何か食べ物を買うため。

6番　● 4-27

パトカーに乗った婦人警官が、男の人と話しています。

F：失礼ですが、どちらへ行かれるんですか。

M：家へ帰るところです。

F：その自転車は、ご自分のですか。

M：はい。

F：すみませんが、防犯登録シールを見せてください。

M：…はい。

F：結構です。今、ライトがついているのが見えなかったですけれど。

M：えっ、あっ。いえ、つくんですけど、ちょっと。

F：だいぶ明かりが弱くなっていますね。危ないですから気をつけてください。最近この近くで強盗事件が起きています。夜間は、十分に注意してください。

M：ああ、はい。どうも。

二人が話している時間は何時ごろですか

1. 朝6時ごろ
2. 午後1時ごろ
3. 夜11時ごろ
4. 午後3時ごろ

問題4　● 4-28

例　● 4-29

M：張り切ってるね。

F：1. ええ。初めての仕事ですから。
　　2. ええ。疲れました。
　　3. ええ。自信がなくて。

1番　● 4-30

M：さっき田中さんが退職をされると伺って驚きました。

F：1. もう行ってらっしゃったんですね。
　　2. もうお耳に入ったんですね。
　　3. もう質問されたんですね。

2番　🔊 4-31

M：半分ぐらいはやっとかないと、まずいよ。

F：1. 大丈夫。もうやめるから。

　　2. そうだね、もうちょっとやっちゃおう。

　　3. ようやくできたのに、おいしくない？

3番　🔊 4-32

M：ああ、加藤さんにあんなことを言うんじゃなかった。

F：1. 言ってしまったものはしかたないよ。潔く謝ったら？

　　2. そうだよ。加藤さんじゃなくて田中さんだよ。

　　3. そうだね。大事なことなのに言わなかったね。

4番　🔊 4-33

M：部長、私が行くことになっていた出張、中村君に代わってもらっても構わないでしょうか。

F：1. よかったですよ。

　　2. 構わなかったですよ。

　　3. いいですよ。

5番　🔊 4-34

F：今、ぐずぐずしていると、あとであわてることになるよ。

M：1. うん、でも、なんかめんどうくさくて。

　　2. うん。笑っているわけじゃないよ。

　　3. うん。雨だからぜんぜん乾かないよ。

6番　🔊 4-35

M：この部屋、掃除するからちょっとあっち行ってて。

F：1. これを運べばいいんだね。

　　2. 座っているから大丈夫。

　　3. わかった。ありがとう。

7番　🔊 4-36

F：面接で、留学生からなかなか鋭い質問が出たんですよ。

M：1. 新人だからまだ勉強不足なんですね。

2. もっとたくさんの質問が出るかと思いましたが。

3. 今年は頭の切れる学生が多いですね。

8番　🔘 4-37

M：何時間も煮たスープが、ほら、台無しだ。

F：1. ああ、こげちゃったんだね。

　　2. 本当だ。こんなにおいしいスープ飲んだの、初めて。

　　3. うん。足りない材料を買ってくるよ。

9番　🔘 4-38

F：たか子ったら、新しいバッグ、見せびらかしてるんだよ。

M：1. もしかして、うらやましい？ 自分も欲しいの？

　　2. そんなに欲しがっているなら、買ってあげたら？

　　3. ちゃんと閉めておいた方がいいよ。スリが多いから。

10番　🔘 4-39

M：小野さんの発表を聞いていると、はらはらしますよ。

F：1. そうね。気持ちが明るくなりますね。

　　2. そうね。もっとしっかり準備をしてほしいですね。

　　3. そうね。説得力のある話し方ですね。

11番　🔘 4-40

F：おかえりなさい。それ、全部マサミのおもちゃ？ずいぶん買い込んで来たのね。

M：1. いらなくなったから。

　　2. 家にたくさんあるから。

　　3. 今日は給料日だったから。

12番　🔘 4-41

M：あっちのチームはしぶといね。

F：1. ええ。なかなかあきらめないですね。

　　2. それなら、すぐ勝てますよ。

　　3. ええ。こっちはまだ零点ですよ。

13番 🔊 4-42

M：レポート提出の締め切りまで、二週間を切ったね。

F：1. うん。一週間すらないね。

　　2. うん。まだ二週間もあるんだね。

　　3. うん。もうのんびりしてはいられないね。

問題5 🔊 4-43

1番 🔊 4-44

家の中で男の人と女の人が話しています。

F：ええと、今日のお客さんは、池田さんと奥さん、太田さんと奥さん、あとは山中さんと、平木

　　さんだね。

M：食器は全部で8人分。

F：じゃ、お皿とコップを出すね。食べ物は、お寿司もサンドイッチもたくさん作ったし、みんな

　　もそれぞれ持ってくるって言ってたから、じゅうぶんじゃないかな。

M：ああ、それやめて、紙のやつにしない？　あとで洗うの大変だし。

F：だけど使ってない食器、たまには使わないと。それに、ゴミが増えて環境にもよくないでしょう。

M：洗剤を使うことや油をふき取った紙や布をどうするかと考えたら、どっちもどっちなんじゃない。

F：そうか。それに、その分、みんなと楽しく過ごす時間が増えるって考えれば、いいか。

M：そうだよ。ただ使い捨てでも、うちのは再生紙で作られてるやつだから。それと、使ってない

　　食器はリサイクルショップに持っていったり、フリーマーケットに出したり、寄付したりしよ

　　うよ。家にしまっておいても、それこそ、もったいないからね。

F：うん。

二人は、どうすることにしましたか。

1. 使い捨ての紙の食器を使う。

2. ずっと使っていない食器を使う。

3. お客さんが持ってくる食器をもらう。

4. 食器を売る。

2番 🔊 4-45

会社で社員が集まって話しています。

M：この機械システムで、不審者の侵入は防げるのかな。

F1：カメラの性能はかなりいいそうですよ。この前、人気グループのコンサートで使われたものと同じだそうです。

M：コンサートといえば、あぶないことをするファンも多いからね。

F2：それもありますが、買ったチケットを他の人に高く売らせないようにするためです。私、そのコンサートに行くんですよ。

F1：えっ、行くんですか。よくチケットがとれましたね。高くなかったですか。

F2：私は運よく抽選で当たったので定価でした。抽選に外れた人に、高い値段で売るのを防ぐために、買う時に運転免許証やパスポートなんかの、証明書の写真が必要なんです。チケットを見せる時にその顔が違うと絶対会場に入れないみたいです。

M：ふうん。でも女の人は髪形や化粧がいつも違う人が多いけど、ちゃんと顔が見分けられるのかな。

F1：そうですね。似ている人だと、会場に入れるんでしょうか…。

F2：難しいそうです。数年前までは、まだ機械のミスが多かったそうですが。

M：新製品の情報に関しては特に厳しく管理しなきゃいけないから、セキュリティシステムは厳しいほどいいよ。このシステムの導入でうちが情報を守る姿勢も世間に示せるしね。

三人はどんなシステムについて話していますか

1. パスワードを読み取る機械システムについて
2. 違法なコンサートを見つける機械システムについて
3. 血管の形で本人かどうかを見分ける機械システムについて
4. 顔で本人かどうかを見分ける機械システムについて

3番 ● 4-46 ● 4-47

ニュースで、女のアナウンサーが話しています。

F：イタリアとアメリカの会社が共同で、スマートフォンの電池に十分電気を貯める、つまり充電ができるスポーツシューズを開発しました。これは、靴底に埋め込んだ装置によって、歩く時の足の動きなどで生じるエネルギーを蓄積しておくことができる靴で、完全防水のため雨や雪が降っても問題なく、悪天候でも、マイナス20度から65度の暑さ、寒さの厳しい場所でも使えるようになっています。さらに、「位置情報、歩数、足元の温度、バッテリーレベル」などをチェックすることが可能です。ただし、スマートフォン一台分に充電をするには、8時間の歩行が必要だそうです。

M：もうちょっと短い時間で充電できればいいのになあ。だいたい8時間なんて、そんな時間誰も歩かないよ。

F1: そうね。海外旅行に行ったときぐらいしか役に立たないんじゃない。

F2: 登山の時なんかは？　がんばって歩こう、という気になるし健康にもいいかも。

F1: お父さんはもともと体を動かすのが好きじゃないから、きっと買っても無駄になるわね。

M: ゴルフだったら歩くけど、とても8時間には足りないな。

F2: 私は、歩くことは苦にならないんだけど、値段が気になる。いくらぐらいするのかな。

F1: 安かったとしても、私はふつうのスポーツシューズでたくさん。

M: でも、一足あれば、地震や台風で停電になった時に役立つよ。早く発売されるといいのに。

F1: 私はいい。いつでもちゃんと充電してるし。持っていても、充電のことをいつも気にしてたら
　　スポーツしていても楽しくなさそうだから結局はかないな。

F2: 言われてみれば、そうね。

質問1．父親は、どんな時にこの靴が役に立つと言っていますか。

質問2．女の子はこの靴についてどう思っていますか。

日本語能力試験聴解 N1　第 5 回　🔘 5-1
（M：男性　F：女性）

問題 1　🔘 5-2

例　🔘 5-3

男の人と女の人が話をしています。二人はこれから何をしますか。

M: ごめんごめん。もうみんな、始めてるよね。

F: （少し怒って）もう。きっとおなかすかせて待ってるよ。飲み物がなくちゃ乾杯できないじゃない。
　　私たちが買って行くことになってたのに。

M: 電車が止まっちゃって隣の駅からタクシーだったんだよ。なんか、人身事故だって。

F: ああ、そうだったんだ。また寝坊でもしたんじゃないかと思ったよ。

M: ええっ。それはないよ。朝は早く起きて、見てよ、これ。

F: すごい。佐藤君、ケーキなんて作れたんだ。

M: まあね。とにかく急ごう。あのスーパーならいろいろありそうだよ。

二人はこれからまず何をしますか。

1番　● 5-4

会社で男の人と女の人が話しています。男の人は今日、何をしなければなりませんか。

M：坂上部長、明日から、よろしくお願いいたします。

F：香港への出張、一週間でしたね。開成物産の件は大丈夫ですか。

M：はい。山崎課長に引き継いであります。イラストの修整だけは私がチェックしたいので、明日データを送ってもらうことになっているんですが。

F：それが終わったら印刷ですね。

M：はい。こちらが見本です。まだなのはイラストの部分だけです。

F：わかりました。それと、昨日の会議の報告書はいつになりますか。具体的な意見も出ていましたから、なるべく詳しく書いてほしいんですが。

M：はい、承知しました。作成中なので、でき次第今日のうちにメールでお送りしておきます。

F：わかりました。じゃ、私はこれで出てしまいますが、香港からいい話を持って帰ってきてください。

M：はい。新しい契約がとれるようにがんばります。

男の人は今日、何をしなければなりませんか。

2番　● 5-5

男の人と女の人が旅行の計画を立てています。空港に着いたら、まず最初に何をしますか。

F：空港の周りは特に何もないみたいね。

M：そうなんだよ。着くのは11時半だけど、空港ですぐ昼ご飯を食べるより、せっかくだから市内に行って地元のものを食べたいよね。

F：そうね。電車で市内まで行って、そこからバスに乗る予定だから、じゃあ、バスに乗る前にでも食べようよ。

M：ちょっと遠回りになるけど、博物館があるよ。七世紀ごろ外国から日本に贈られた物が展示されてるんだって。

F：あ、教科書で見たことある。鏡とか、刀とか…。絶対に見たい。市内の見学は後でもいいよ。

M：だけど空港から博物館まで一時間以上かかるよ。昼ご飯はやっぱり…。

F：そうね。空港に着き次第、すませよう。腹が減っては戦ができぬっていうしね。それから動こうよ。でも、やっぱり一番の楽しみはおいしいラーメン屋を探すことだよね。

M：うん。夜、行こう。絶対。

空港に着いたら、まず最初に何をしますか。

3番　⏺ 5-6

引っ越し会社の人と女の人が電話で話しています。女の人はなぜ断りましたか。

M：お引越しの予定はいつですか。

F：3月29日です。

M：何時ごろがご希望ですか。

F：午前10時にはここを出られるようにしたいんです。

M：ああ、もう午前中の予約はいっぱいですね。申し訳ございません。ええと、その日は早くても
　　5時になってしまいます。それでよければ料金の方はサービスさせていただきますが。

F：5時ということは、引っ越し先に着くのは…。

M：8時ごろになりますね。

F：夜になってしまうんですね。あっちに行ってから片付けだと、ちょっと…。

M：一度、荷物の方を見せていただいたほうがいいと思うんですが。よろしければ今から伺うこと
　　はできますよ。もちろん、無料で見積もりを出させていただきます。その時に、引っ越しで使
　　う箱なんかもお持ちしますよ。

F：でも、時間帯が合わないので。

M：こんな時期ですから、他社さんも無理だと思いますよ。見積もりだけでもいかがですか。

F：本当に結構です。じゃあ。

女の人はなぜ断りましたか。

4番　⏺ 5-7

女の学生が男の学生と話しています。男の学生はこれからどうしますか。

F：降ってきたね。

M：今日は午後からだって言っていたのに。参ったな。

F：傘持ってないの？

M：うん。でもいいよ。夕立みたいだから、きっとしばらくしたらやむだろうし。

F：私のを貸しましょうか。私はどうせ次も授業だし。あなたは今日アルバイトでしょ。

M：いや、いい、いい。図書館にでも行ってる。バイトは、大急ぎで行かなきゃならないってこと
　　はないし。ただ悪いけど、もし次の授業が終わってもまだ降ってたら、駅まで傘に入れてって
　　くれない？　正門のところで待ってるから。傘、買いたいんだけど、今、バイトの給料日前でさ…。

F：だから、いいって。私はその次も授業なんだから。

M：あ、そうなの？

F：いいよ。この前ノート借りたから、そのお返し。

M：えっ、そう？悪いね。

男の学生はこれからどうしますか。

5番 🔘 5-8

病院で、医者と患者が話しています。患者はこれから何をしますか。

F：今日はどうされましたか。

M：先日の風邪は治ったみたいなんですが、なんだか食欲がなくてちょっと胸も痛むような気がして…。

F：ちょっと胸の音をきいてみましょう。…うん。じゃあ口を開けて、あーって言ってみてください。口を大きく開けて。

M：あー。

F：結構です。…こちらで出した薬は全部飲みましたね。

M：はい。

F：風邪が治りきっていないみたいですね。ご心配なら詳しい検査ができる総合病院に紹介状を書きましょうか？ 血液検査なり、レントゲン撮影なり、受けた方が安心なら。

M：検査は受けないとまずいですか？ 仕事、休まなきゃなんないですよね。

F：いや、今、仕事に行っているぐらいなら、少し薬を飲んで様子を見てからでも遅くないとは思います。でも治るまではお酒は控えてください。仕事は休むまでもないでしょう。ただ、胃の具合いかんによらず、禁煙はしましょう。

M：はい、がんばります。

患者はこれから何をしますか。

6番 🔘 5-9

男の人と女の人がスポーツ用品店で話しています。女の人は何を買いますか。

F：何を買えばいいかな。

M：スキーの道具と、スキー靴はあっちで借りるとして、着るものはどうする？ 安いの買っとく？

F：うーん、もう二度としたくないって思うかもしれないし、ちょっと考える。妹の借りてもいいし。でも、靴下はいるよね。

M：そうだね。手袋はぬれちゃうし、靴下も、一応セール品買っといたら。

F：ああ、手袋は妹の借りてく。靴下は普段も履けそうだから買う。ああ、あと、帽子はいるかな。

M：毛糸のでもなんでもいいんだけどね。脱げさえしなければ。

F：じゃ、いいや。家になんかありそうだから。そのかわりスキーパンツぐらいはここで買っとくよ。
　　何回も転びそうだし。

M：確かに、初心者はいっぱい転ぶよ。じゃあ、今は、…。

女の人は何を買いますか。

問題2　🔘 5-10

例　🔘 5-11

男の人と女の人が話しています。男の人はどうして肩がこったと言っていますか。

M：ああ肩がこった。

F：パソコン、使いすぎなんじゃないの？

M：今日は2時間もやってないよ。30分ごとにコーヒー飲んでるし。

F：ええ？　何杯飲んだの？

M：これで4杯めかな。眼鏡だって新しいのに変えてから調子いいんだ。ただ、さっきまで会議だっ
　　たんだけど、部長の話が長くてきつかったよ。コーヒーのおかげで目が覚めたけど。あの会議
　　室は椅子がだめだね。

F：そうなのよ。私もあそこで会議をした後、必ず背中や肩が痛くなるの。椅子は柔らかければい
　　いというわけじゃないね。

M：そうそう。だから会議の後は、みんな肩がこるんだよ。

男の人はどうして肩がこったと言っていますか。

1番　🔘 5-12

会社で男の人と女の人が話しています。男の人はどうしてがっかりしているのですか。

M：ああ、まいった。

F：どうしたんですか。

M：さっき、木島君に会ったんだよ。

F：えっ、元、うちの会社にいた木島さんですか？

M：うん。産業ロボット展で展示を見ていたんだ。元気そうで、ほっとしたんだけどさ。今、大学院で介護ロボットの開発をしてるんだって。

F：よかったじゃないですか。

M：グローバルクリックサービスの矢田さんもいて、木島君の先輩だっていうから、紹介してもらったんだ。でも、グローバルクリックはその時、木島君の見ていたロボットを売っている会社と契約してしまったみたいで。

F：ええっ、うちとグローバルクリックサービスとの契約は、てっきりもう決まったものだと思っていたのに。

男の人はどうしてがっかりしているのですか。

2番 🔘 5-13

歌舞伎を見た後で女の人と男の人が話をしています。男の人は今日の歌舞伎についてどう思っていますか。

F：今日の歌舞伎は、悲しい話だったよね。でも、殿様に仕える女中の役をやっていた役者さん、あんなにきれいで、声まで女そのもので、私、泣きそうになっちゃった。

M：歌舞伎、高校生の時に初めて観て以来 20 年ぶりだったよ。あれ、悲しい話だったの？

F：今日のは、一つ目が、武士の兄弟が敵として戦ったことを書いた時代もの、二つ目が踊りなんかが中心の所作もの、三つ目が庶民の身近な世界を演じた世話もので、私が感動したのは時代もの。

M：踊り中心のものはなんだかわかんなかったけど、三つ目は動きがあっておもしろかったな。

F：え？　三つ目は、遊んでばかりいた不良息子が、家を追い出されて、借金がもとで人を殺しちゃう話で、殺人現場で油まみれになったっていう話だよ。

M：うわあ、残酷な話だね。そのストーリー、最初から知っていれば面白かっただろうなあ。

F：ということは、一番人気のある最初のは？

M：ああ、もちろん、さっぱりだったよ。

男の人は今日の歌舞伎についてどう思っていますか。

3番 🔘 5-14

道を歩きながら男の人と女の人が話しています。女の人が困っている理由は何ですか。

M：今日はお疲れさまでした。あれ？　杉田さん、時間、大丈夫だったんですか？

F：ええ、今日の会議は今進めている企画の話が出たので、途中で帰りにくくて。でも、なんとか間に合うと思います。だめならタクシーで帰りますし。

M：まあ、杉田さんの担当部分については別に今日決めなくてもよかったんだけど。それより、川島さんの転勤で、しばらく杉田さんが二人分の仕事をしなきゃいけなくなるみたいですね。

F：そうなんですよ。それでちょっと困ってるんです。出張が増えるのが厄介かなって。今の企画に集中したかったんで。仕事が増えるのはしょうがないとしても、新人の竹下さんに全部まかせてしまうことになるのもどうかと思うので。

M：へえ。責任感が強いんですね。僕ならこれを機に、あのめんどうくさい企画からさっさと逃げちゃいますけど。

F：そうできたらいいんですけど。とにかく、困りましたよ。

女の人が困っている理由は何ですか。

4番　◎ 5-15

学校で男の教師と女の教師が日本語学校の卒業旅行について話しています。行き先はどこになりましたか。

F：旅行費用は合わせて2万円だから、そんなに遠くは行けないですね。

M：去年は温泉に行ったみたいですけど、あまり旅行したこともない人も多いことだし、この際、日本の代表的な観光地にしませんか？

F：観光地ですか。歴史的な建物と景色なら京都、日光、鎌倉かな。あとは広島。自然や温泉なら北海道や富士山か…あ、鎌倉は春に日帰りで行きましたっけ。

M：ええ。行ってない所にしましょう。ただ広島と京都はちょっと遠いかなあ。交通費だけで2万円以上かかるし。

F：じゃ北海道も問題外ですね。歴史の勉強もいいけど、ただ、勉強ばっかりしてないで自然も楽しんでほしいんです。日本ならではの美しい景色を見て。

M：じゃあ、そんなに遠くなくて、景色が楽しめて歴史的な建物も見られる所にしましょう。

行き先はどこになりましたか。

5番　◎ 5-16

会社で男の人と女の人が話しています。男の人はどうして謝っているのですか。

F：おはようございます。

M：あ、平野さん、おはようございます。昨日はすみませんでした。僕、早く失礼してしまって。

F：え？　ああ、いいんですよ。電車に間に合いましたか。

M：なんとか。うち遠いんで、実はギリギリでした。部長が結構酔っぱらってたんで、平野さんと横山さん、大変だったんじゃないかって。

F：ああ、気にしなくていいですよ。部長がもう一軒、もう一軒って言うからしかたなくカラオケに行ったんですけど、そこで部長ぐっすり寝ちゃって。結局、横山さんがタクシーで送って行ったんです。で、かなり遅くなって奥さんに叱られたって。

M：えー、大変だったんですね。いろいろとすみません。

F：ただ、おいしいお店だったから食べてばかりでカロリーオーバーですよ。せっかくダイエットしてたのに。

M：ハハハ。そんなふうに見えないから、大丈夫ですよ。

男の人はどうして謝っているのですか。

6番　🔊 5-17

男の人が講演会で話しています。人前で話すときに、この人が一番気をつけていることは何ですか。

M：学生時代の私は消極的で、あまり話さない学生だったんです。卒業してコンピューター関連の会社に勤めても、人と接することは少なかったです。一日中コンピューターに向かっていましたから。しかし、営業の部署に回されたことをきっかけに、人と接することを余儀なくされました。話さなければ、説明しなければ始まらない。しかし、私は、これがプレゼンの原点だと思います。エレベーターで相手先の社長に会って30秒で世間話をする、いわばこれもプレゼンです。説明をよく聞いてもらうためには、相手が何に関心があるのか調べ、その人に向けた説明を準備し、練習しておかなければなりません。私は毎日必死で自分の会社や商品について学び、説明の練習を繰り返しました。今、プレゼンのためのソフトがいろいろありますが、パソコンで資料を作ることに時間をかけすぎるのはどうかと思います。これは準備にかけられる時間全体の二割程度と考えていればいいのではないでしょうか。

人前で話すときに、この人が一番気をつけていることは何ですか。

7番　🔊 5-18

専門学校で、面接官が入学試験を受けた留学生について話しています。この学生が不合格になる理由は何ですか。

F：今の受験生はどうでしょう。

M：ええ。日本語は頑張って勉強していたようです。志望の理由も、将来、母国の子どもたちの生活をもとにした楽しいアニメを作りたい、と明確です。

F：素晴らしい夢ですね。ただ、日本語学校の時、欠席が多かったようです。体が弱いのかな。

M：アルバイトをたくさんしているのかもしれません。ちょっと疲れた感じでしたから。

F：母国でも日本のアニメをよく見て勉強していたようだけど、せっかく入学しても、休んでばかりというのはお話になりませんから。

M：ええ、そういうのが一番まずいんです。それと、この学校のことをあまりよく分かっていないような印象でしたね。うちは映像学科はあるけど、映画学科というのはないのに。

F：まあ、それは緊張のせいでまちがえたのかもしれませんから。しかし、ともかく、この学生については見送りましょう。

この学生が不合格になる理由は何ですか。

>>> ここでちょうど休みましょう <<<　● 5-19

問題3　● 5-20

例　● 5-21

テレビで男の人が話しています。

M：ここ2、30年のデザインの変化は著しいですよ。例えば、一般的な4ドアのセダンだと、これが日本とアメリカ、ドイツとロシアの20年前の形と比較したものなんですけど、ほら、形がかなりなだらかな曲線になっています。フロントガラスの形も変わってきていますね。これ、同じ種類なんです。それと、もう一つの大きい変化は、使うガソリンの量が減ったことです。中にはほとんど変わらないものもあるんですが、ガソリン1リットルで走れる距離がこんなに伸びている種類があります。今は各社が新しい燃料を使うタイプの開発を競争していますから、消費者としては、環境問題にも注目して選びたいものです。

男の人は、どんな製品について話していますか。

1. パソコン

2. エアコン

3. 自動車

4. オートバイ

1番　🔊 5-22

テレビで、女の人が話しています。

F：次は、ホームレスの実態についてです。先日、東京23区内のホームレス、つまり、住む家がなく、路上で生活している人の人数は、国や地方自治体の調査の2倍以上であるとの結果が、東京の国立大学などの研究者グループによって発表されました。この調査グループが今年の1月中旬、深夜の時間帯に新宿、渋谷、豊島の3区で、路上で生活している人の数を調べたところ、約670人だったそうです。今回の調査から、ホームレスの人数は23区全体で、都・区調査の2.2倍以上であると思われ、これまでの調査の方法について疑問視する声も聞かれます。

　都・区調査によると、昼間の路上生活者は1999年の夏以来、減少しています。これは雇用情勢の改善のためとみられますが、この調査を行った大学院グループの代表は、「2020年の東京オリンピックに向けて、地域単位でより細かい支援が求められる」と話しています。

どんな問題についてのニュースですか。

1. ホームレスの増加が続いていることについて。
2. ホームレスの人数が自治体の調査より多いとわかったことについて。
3. 国や自治体がホームレス対策をしないことについて。
4. 国民一人一人が雇用について真剣に考えていないことについて。

2番　🔊 5-23

父親と母親が電話で話しています。

M：来週そっちに帰るけど、武のおみやげ何がいいかな。

F：男の子だからあなたの方がわかると思う。それより受験生なんだから、そこのところをよろしくね。武が行きたがっている高校って結構むずかしいのよ。去年も競争率5倍だって。

M：へえ。それにしても、早いもんだなあ。僕がこっちにいる間にねえ。じゃ、大人っぽいものがいいか。洋服かな。

F：いいけど、気が散っちゃうようなものは、いっさいダメ。

M：だけど、また親父はつまらないって言われるよ。

F：この前だって、あなたが買ってきたゲームに夢中になっちゃって、なかなか勉強しなかったんだから。

M：高校生になるんなら、新しいスマホがいるんじゃないか。

F：パソコンもスマホも全部、合格してからよ。とにかくあまり気を取られないものにしてね。お願いよ。

M：うん…わかったよ。

母親は、息子へのお土産はどんなものがいいと言っていますか。
  1. 勉強の役に立つもの
  2. 健康にいいもの
  3. 気晴らしになるもの
  4. 勉強のじゃまにならないもの

3番　⏺ 5-24

会社で男の人と女の人が話しています。

M：課長にあんなこと言うんじゃなかった。つい口が滑ったよ。

F：どうしてですか。思い切って言ってくれて助かりましたよ。だって、課長は直接お客様に文句を言われるわけではないし、私たちの仕事内容をそんなにしらないから、次々に仕事を任せてくるでしょう。限界ですよ。もう。

M：それはそうかもしれないけど、課長は課長でずいぶん上から言われてるんだよ。もっと人を減らせとか、経費を使いすぎるとか。

F：えっ、課長、そんなこと私たちに一言も言わないじゃないですか。言うのは具体的な指示ばかりで。

M：そりゃ、立場上そうするしかないよ。いちいち誰が言ったからとか、自分はこう思うけど、こうしろ、なんて言ったら現場は混乱するばかりだから。特に課長はチームワーク第一の人でしょ。

F：ええ。で、意外と個人的な都合も考えてくれてますよね…。

二人は課長がどんな人だと言っていますか。
  1. 強引な人
  2. 部下に甘い人
  3. 協調性を重視する人
  4. 個人主義者

4番　⏺ 5-25

先生が学生と話しています。

M：池上さんもいよいよ卒業ですね。

F：はい、先生には本当にお世話になりました。特に、卒業論文の提出直前はもう今年はあきらめようかと思ったのですけど、励ましていただいて、なんとか出せました。

M：あの時は、どうなることかとハラハラしたよ。でも、就職も決まっていたし、方法は間違って
　　いないので、もう少しがんばればいいだけのことだと思ったから。

F：はい、今思えば、なんであんなに慌ててたんだろうって、自分であきれます。

M：たぶん、これだけやった、という自信が持てるまでのことをしていなかったんじゃないかな。
　　だから、先輩に厳しく指摘されて、これではまずいって、思ったんでしょう。あの時は辛かっ
　　たかもしれないけど、ショックを受けたり、恥ずかしいと感じたり、負けるもんかと思ったか
　　らこそ、必死でがんばって、いい論文が書けたんだね。

F：はい、ショックが大きいほどその後わいてくるエネルギーも大きいって、今思えば、素晴らし
　　いことを学んだと思います。

女の学生は、どんなことを学んだと言っていますか。

1. どんなこともあきらめたら終わりだということ。
2. 自分で選んだ方法に間違いはないということ。
3. 大事な目標のためには恥ずかしさを忘れなければならないこと。
4. ショックが大きいほどあとで大きな力になること。

5番　🔊 5-26

飛行機の中で、男の人と女の人が話しています。

M：ああ、今日はよく揺れるね。

F：それより、もうすぐ食事じゃない？　お腹すいたー。

M：えっ、もうすいたの？

F：私は飛行機って食事が一番楽しみなんだ。メニューは何かな。ねえ、何だと思う？

M：機内食どころじゃないから何でもいいよ。あっ、また揺れてる。落ちそう。こんなところから
　　落ちたりしたら絶対助からないよ。

F：大丈夫よ。じゃ、私が食べてあげようか。

M：ああ食べていいよ。いやだなあ。なんで飛行機はこんなところを飛べるのか不思議だよ。だか
　　ら僕が言ったでしょう。速くなくても揺れてもいいから船にしようって。あっ、また揺れた。シー
　　トベルトちゃんと締めてる？

F：もちろん。でも飛行機って動けないのがつまらないのよね。こっちばっかりじゃなくてあっち
　　の景色はどうなってるのかも見たいのに。

M：同じだよ。それに、そんなの見たくない。考えただけでぞーっとするよ。帰りは船にしたいよ。

F：いいけど、船は時間がかかりすぎるからね。

男の人は何が苦手なのですか。

1. 機内食

2. 高いところ

3. 自由に動けないこと

4. 飛行機の音

6番 🔘 5-27

工場で、男の人と女の人が話しています。

M：独立したスペースがいるんで、ここにひとつ部屋を作るようにしたいんですよ。で、いくらぐ

　らいかかるかなって。

F：ガラス張りのですか。外から見えるような。

M：そうです。

F：どれぐらいの壁を作りますか。例えば、音が漏れないように、また外の音も聞こえないように

　するとか。ただ独立した形でいいなら、板で四角いスペースを囲めばいいとか…。

M：製品検査室にしたいんです。だから、中は見えてもいいんだけど、音は漏れない方がいい。

F：エアコンも当然いりますよね。

M：そうですね。長時間作業することもあると思うから、いりますね。なるべくうるさい音の出な

　いやつ。

F：何人ぐらいで作業をするんでしょうか。

M：多くて3、4人です。

F：だいたいわかりました。ひと通り測ってみて、写真を撮って、社に帰って見積もりを出します。

女の人はどんな仕事をしていますか。

1. 警察官

2. カメラマン

3. デザイナー

4. 建築士

問題4 🔘 5-28

例 🔘 5-29

M：張り切ってるね。

F：1. ええ。初めての仕事ですから。

2. ええ。疲れ<ruby>疲<rt>つか</rt></ruby>れました。

3. ええ。<ruby>自信<rt>じしん</rt></ruby>がなくて。

1番　● 5-30

M：こんな<ruby>雨<rt>あめ</rt></ruby>ぐらい、<ruby>傘<rt>かさ</rt></ruby>をさすまでもないよ

F：1. うん。わざわざ<ruby>買<rt>か</rt></ruby>わなくてもいいね。

　　2. うん。さしても<ruby>無駄<rt>むだ</rt></ruby>みたい。<ruby>大雨<rt>おおあめ</rt></ruby>だから。

　　3. うん。<ruby>午後<rt>ごご</rt></ruby>から<ruby>降<rt>ふ</rt></ruby>るって<ruby>言<rt>い</rt></ruby>ってたからまだ<ruby>平気<rt>へいき</rt></ruby>かな。

2番　● 5-31

M：いくら<ruby>一生懸命働<rt>いっしょうけんめいはたら</rt></ruby>いたって、<ruby>病気<rt>びょうき</rt></ruby>になってしまえばそれまでだよ。

F：1. はい。もっと<ruby>頑張<rt>がんば</rt></ruby>ります。

　　2. はい。なるべく<ruby>休<rt>やす</rt></ruby>むようにします。

　　3. いいえ、あと１<ruby>時間<rt>じかん</rt></ruby>ほど<ruby>働<rt>はたら</rt></ruby>きます。

3番　● 5-32

M：<ruby>毎日毎日<rt>まいにちまいにち</rt></ruby>こんなに<ruby>暑<rt>あつ</rt></ruby>くっちゃかなわないね。

F：1. そうねえ、もうすっかり<ruby>秋<rt>あき</rt></ruby>ね。

　　2. うん、<ruby>今年<rt>ことし</rt></ruby>の<ruby>夏<rt>なつ</rt></ruby>は<ruby>涼<rt>すず</rt></ruby>しいね。

　　3. ほんと、<ruby>早<rt>はや</rt></ruby>く<ruby>涼<rt>すず</rt></ruby>しくなればいいのに。

4番　● 5-33

M：<ruby>新入社員<rt>しんにゅうしゃいん</rt></ruby>じゃあるまいし、<ruby>人事部長<rt>じんじぶちょう</rt></ruby>の<ruby>名前<rt>なまえ</rt></ruby>も<ruby>知<rt>し</rt></ruby>らないの？

F：1. はい、もう<ruby>入社<rt>にゅうしゃ</rt></ruby>５<ruby>年目<rt>ねんめ</rt></ruby>ですので。

　　2. お<ruby>恥<rt>は</rt></ruby>ずかしいんですが…。

　　3. ええ、<ruby>新入社員<rt>しんにゅうしゃいん</rt></ruby>ならみんな<ruby>知<rt>し</rt></ruby>っています。

5番　● 5-34

F：あと<ruby>二日<rt>ふつか</rt></ruby><ruby>待<rt>ま</rt></ruby>っていただけたらできないこともないんですけど。

M：1. わかりました。じゃ、<ruby>明後日<rt>あさって</rt></ruby>までにお<ruby>願<rt>ねが</rt></ruby>いします。

　　2. じゃあ、あと<ruby>一日<rt>いちにち</rt></ruby>で<ruby>結構<rt>けっこう</rt></ruby>です。

　　3. あと<ruby>二日<rt>ふつか</rt></ruby>でできないなら、<ruby>間<rt>ま</rt></ruby>に<ruby>合<rt>あ</rt></ruby>いませんね。

6番　🔘 5-35

M：彼女に会わなかったら、ぼくは今頃きっと寂しい人生を送っていたと思うよ。

F：1. なぜ彼女に会えなかったの？

　　2. 彼女に会えて本当によかったね。

　　3. 寂しい人生だったからね。

7番　🔘 5-36

F：私に言わせてもらえば、課長はこの仕事のことをあまりわかっていませんよ。

M：1. そんなことはない。よくわかってるよ。

　　2. じゃあ、もっと言ってもいいよ。

　　3. 言わせてあげないよ。

8番　🔘 5-37

M：子どもたち、目をきらきらさせて話を聞いていましたね。

F：1. そうですね。つまらなかったんでしょうね。

　　2. はい。とても怖がっていました。

　　3. ええ、楽しかったみたいですね。

9番　🔘 5-38

F：申し訳ないんですが、明後日から出張を控えておりまして…。

M：1. 大変ですね。出張に行けないほどお忙しいなんて。

　　2. 承知しました。お帰りになりましたらご連絡ください。

　　3. じゃあ、明日しか出張はできないんですね。

10番　🔘 5-39

M：こんなことになるなら、もっと早く来るんだった。

F：1. まさかぜんぶ売り切れちゃうとはね。

　　2. うん。いいものが買えたから、早く来てよかったね。

　　3. 家を出たのが早すぎたね。まだ店が開いてない。

11番　🔘 5-40

F：山口さんに頼んだんですが、なかなかうんと言ってくれないんです。

M：1. そうか。すぐに承知してくれて助かった。

2. そうか。もう少し交渉してみよう。

3. そうか。きっとよく分かったんだろう。

12番 🔘 5-41

F：今日の集合時間のこと、川上さんに何も言ってなかったんじゃない？

M：1. いえ、伝えましたよ。

2. いえ、伝えてません。

3. はい、伝えましたよ。

13番 🔘 5-42

F：もう少し会議を続けませんか。

M：1. 続けようと続けまいと、もう会議は終わるべきだと思います。

2. 結論が出たが最後、会議は終わらないと思いますが。

3. これ以上続けたところで結論は出ないと思いますが。

問題5 🔘 5-43

1番 🔘 5-44

大学で、男の人と女の人が話をしています。

F：どのサークルに入ろうかな。もう決めた？

M：僕はテニスクラブに入ったよ。まだ募集してるけど、どう？ 入らない？

F：うん、高校の時ずっとテニスをやってたから続けてもいいんだけど、せっかく大学に入ったん だから、大学でしかできないことをやりたいな。

M：文学研究会とか、合唱サークルとか？

F：うーん、それより、うちの大学は留学生が多いでしょ。社会に出れば外国人といっしょに仕事 をすることになると思うから、その前に、友達を作ってその人の国の文化を知りたいんだ。生 け花とか書道のサークルも留学生がいるみたいだけど、できればいっしょに人の役に立つよう な、一つの目的を果たせるようなサークルがいいな。

M：そういえば、利害関係のない友達を作れるのは学校だけだって聞いたことあるな。いっしょに 社会の役に立つなんていいよね。

F：そうでしょ。うん。私、探してみる。

女の人が興味を持つのはどのサークルですか。

1. 留学生が多い日本画のサークル
2. 留学生が多い書道部
3. 留学生が多いボランティアサークル
4. 留学生に日本文化を紹介するサークル

学生がアルバイトの面接を受けています。

M：今までどんなアルバイトをしたことがありますか。

F1：飲食店で働いたことがあります。ウェイトレスと、レジも担当していました。

F2：どうしてやめてしまったんですか。

F1：その店が閉店してしまいまして、ちょうど私も留学が決まっていたので、それ以後はしていません。

M：英語は話せますか。

F1：はい、日常会話には不自由しません。

M：うちはレストランや喫茶店と違って、お客さんと話すことはないんですが、電話の応対がしっかりできないと困るんです。電話はお客様からが多いんですけれど、大家さんや建築会社、銀行など、いろいろなところからかかってきます。大丈夫ですか。

F1：はい。敬語も、苦手だと感じたことはないです。

F2：パソコンは？

F1：資格などはありませんが、キーボードは見ないで打てます。

M：わかりました。

どんなアルバイトの面接ですか。
1. 不動産会社の事務
2. 通信販売の受付
3. 英会話の教師
4. 楽器演奏者

3番 ● 5-46 ● 5-47

テレビの報道番組で、近隣トラブル、つまり、近所に住む人どうしの紛争について弁護士が話しています。

M：引っ越したら隣の人がうるさくて困っている、上の階の子どもが四六時中ドタバタと走り回っている、などという苦情をよく耳にしますが、どう対処すればいいか分からないという方が多

いようです。

　ご近所同士の紛争は、ある程度の長さのつきあいを続けざるを得ないことが多く、裁判で勝っても、問題の本質的な解決につながりにくいのです。さらに近隣トラブルは、生活に影響するため精神的ストレスが大きいという特徴があります。

　ですから、まず何よりも、今後もつきあいが続くということを頭において対処すべきでしょう。このような観点から、まず、話し合いで解決を図るのが効果的です。その際に、法律とかマンションの規則とか、何らかの客観的な根拠をもって話し合いに臨むことも有効です。話し合いで解決がつかない場合も、いきなり裁判を起こすのではなく、裁判所という場所を借りた話し合いや、中立的な立場の人に判断を任せるなど、より穏やかな解決方法が望ましいでしょう。

M：昔、ピアノの音が原因で近所の人を殺してしまった事件があったね。

F1：そうね。最近もエレベーターの中でにらまれたとか、近所の子どもに家のドアを蹴られたことで殺そうと思ったとか、騒音以外にも近隣トラブルはあるみたいね。

M：ふだんからコミュニケーションがとれていればいいのかもしれないけれど、今はそれが難しいんだよな。さやかはちゃんと近所の人に挨拶してる？

F2：うん、してるよ。でも、お隣の酒井さんに、「お帰りなさい」て言われると、「ただいま」って答えていいのかどうかわからなくて、「どうも」って小さい声で答えてるんだ。

M：夫婦げんかの声とかが聞こえてたら、ちょっと恥ずかしいなあ。

F1：やあね、そんなに大きい声で喧嘩なんかしないわよ。どこまでお付き合いをしたらいいかっていうのは難しいけど、災害が起きた時は助け合わなくちゃいけないんだから、やっぱり普段から関係はよくしておきたいわね。

F2：そういえば私が小学生の時、鍵がなくて家に入れないで困っていたとき、酒井さんのおじさんが一緒に遊んでてくれたでしょ。顔はちょっと怖いけど、優しいよ。

M：奥さんにはいつも手作りのおいしいものをいただいているしね。

F1：本当。ありがたいわね。

M：そうだね。こんなトラブルは想像もつかないなあ。

質問1．弁護士は、近隣トラブルの解決で大切なのはどんなことだと言っていますか。

質問2．この家族は隣の夫婦について、どう思っていますか。

（M：男性　F：女性）

問題1　●6-2

例　●6-3

男の人と女の人が話をしています。二人はこれから何をしますか。

M：ごめんごめん。もうみんな、始めてるよね。

F：（少し怒って）もう。きっとおなかすかせて待ってるよ。飲み物がなくちゃ乾杯できないじゃない。
　　私たちが買って行くことになってたのに。

M：電車が止まっちゃって隣の駅からタクシーだったんだよ。なんか、人身事故だって。

F：ああ、そうだったんだ。また寝坊でもしたんじゃないかと思ったよ。

M：ええっ。それはないよ。朝は早く起きて、見てよ、これ。

F：すごい。佐藤君、ケーキなんて作れたんだ。

M：まあね。とにかく急ごう。あのスーパーならいろいろありそうだよ。

二人はこれからまず何をしますか。

1番　●6-4

会社で、男の人と女の人が出張について話しています。女の人は男の人に何を頼まれましたか。

F：出発、明日でしたっけ。準備は終わりましたか。

M：はい、ほんの三日なので身軽にします。さっき印刷を頼んだ資料を持って行くから、それがか
　　さばるぐらいかな。着るものも夏物でいいし。ジャケットはどうしようかな。

F：マレーシアはどこでもエアコンがきいているから、薄い生地のジャケットは役に立ちますよ。
　　飛行機の中も寒いし。室内で会議の時にもいりますから。

M：薄地のやつは持ってないな。どこかで買って行きます。あ、明後日、請求書を富士工業に送っ
　　といてください。もう変更はないですから。

F：はい。わかりました。田島建設との連絡やら、松井設計に出す企画書やら、いろいろたまって
　　るみたいですけど、何かやっておきましょうか。

M：あ、それはいいです。僕があっちからできるんで。

F：わかりました。

女の人は男の人に何を頼まれましたか。

2番 🔊 6-5

家で父親と娘が話しています。二人はこれから何を食べますか。

M：ああ、お腹すいたなあ。お母さん、まだ帰ってきそうにないから、なんか食べよう。

F：ええっ、お父さんが作るの？　何を？

M：まあ、ラーメンか焼きそばぐらいかな。

F：夕ご飯にラーメンって、どうかなあ。私、作るよ、カレーかなんか。ジャガイモ、ニンジン…あれ、玉ねぎがない。それにお肉も…これしかない。

M：それじゃ無理だな。お弁当でも買ってこようか。

F：…あれ、テーブルの上にお母さんのメモがある。カレーが冷凍してあります…って。

M：なんだ。

F：よかったねー。助かった。雨も降ってきたし、コンビニまで歩くと結構あるから。

M：ひさしぶりに弁当も食べたかったけど。ま、いいや。さっそく食べよう。

F：お父さん、ぜいたくー。

二人はこれから何を食べますか。

3番 🔊 6-6

デパートのベビー用品売り場で、男の人と店員が話しています。男の人は何を買いますか。

F：いらっしゃいませ。贈り物でしょうか。

M：ええ。姪が昨日生まれたばかりで…。お祝いなんですけど、どんなのがいいのかなと思って。おもちゃじゃちょっと早いし、洋服の方がいいかなあ。

F：そうでございますね。早いことはないですけれど、お洋服は、いくらあっても困られることはないと思います。

M：そうですね。今すぐ使ってほしいし。

F：お帽子と靴下、あと靴は、こちらにあります。これからどんどん出かけられるでしょうから、帽子は早めに用意された方がいいですね、暑くなりますし。お母さまによっては靴下は履かせたくないという方もいらっしゃるので。

M：ええ。足は裸足が一番ですからね。あ、これ、かわいいですね。

F：ああ、こちらとても人気があるんですよ。このままだとクマさんのお耳で、裏返すとウサギさんになるんです

M：へえ。いいな。じゃ、これを包んでください。

男の人は何を買いますか。

4番 ● 6-7

会社で男の人と女の人が話しています。男の人はこれからどこへ行きますか。

M：ゴホゴホ（咳の音）

F：大丈夫ですか？

M：なんか寒いと思ったら、喉も痛くなってきた。参ったな。

F：今日は早めに帰られた方がいいですよ。

M：いや、6時から本社で例の会議なんだ。まだ3時か…ちょっと、薬買ってくるよ。

F：熱もありそうですね。1階の医院で見てもらった方がよくないですか。

M：そこまではしなくても。まあ、一応体温は計ってみよう。…ピピッ、ピピッ。ああ、結構あるな。

F：無理なさらない方がいいですよ。

M：どうせ行くなら、帰りに家の近くの内科へ行くよ。夜9時まで受け付けてるんだ。じゃ、ちょっと出て来るから頼むよ。

男の人はこれからどこへ行きますか。

5番 ● 6-8

メガネ店で店員と男の人が話しています。男の人はどの色の眼鏡を買いますか。

F：どのような眼鏡をお探しですか。

M：軽いのを探してるんです。今まで縁が太いものを使っていて、見た目に圧迫感があったんで。こんどは縁なしか、あっても薄い、明るい色にしたいんです。

F：とすると、こちらはどうでしょう。縁とレンズの厚みに差がないし、しかも特殊な材質を使っているので自由に曲がるんです。

M：ああ、いいですね。圧迫感がない。

F：色は、赤、茶、紺、ピンク、それに黄色とグレーの模様入り、などがあるんですが、全部透明で、とても薄い色です。

M：迷うなあ。

F：こちらに鏡がございます。肌の色に合わせて選ぶ、相手に与えたい印象に合わせて選ぶなど、いろんな方法があります。男女兼用なので、どの色もお召しにはなれますが、やはりピンクと赤は女性の方が良いようですね。

M：そうでしょうね。ただ、今までは濃い黒縁で、ちょっと厳しいような印象だったから、もっと明るくてソフトな印象にしたいんです。やはり、無地の方がいいけど、紺だと学生っぽいし。ただ、女性っぽくなっても変だし…よし、これにします。

男の人はどの色の眼鏡を買いますか。

6番　● 6-9

男の人と女の人が家で話をしています。男の人は今朝から何を始めますか。

M：ごちそうさま。

F：あれ、もう食べないの？

M：最近あまり食欲がなくて。夜もよく眠れないし。あー（あくびの音）、眠いなあ。

F：座ってばかりの仕事だとそうなるんだって、テレビで言ってたよ。それに、寝る直前までパソコンとかスマートフォンを見ていても眠りにくくなるとか。

M：パソコンやスマートフォンの画面から出る光のせいだと言うんだろう。そうは言ってもなあ。

F：じゃ、スポーツクラブに入る？　あと、ちょっと走ってみたら？

M：えっ、急に走ったりしたらまずいんじゃない？　それに、そんな時間ないよ。病院に行ってみようかな。

F：バスをやめてみるとか、ひと駅前で降りて歩くとかは？　病院に行けば薬をもらうぐらいしかないんだろうけど、その前に体を動かしてみた方がいいような気がする。

M：うん。それもそうだね。よし、今朝からさっそくやってみよう。そうすると、…おっ、もう出かけた方がいいな。

男の人は今朝から何をしますか。

問題2　● 6-10

例　● 6-11

男の人と女の人が話しています。男の人はどうして肩がこったと言っていますか。

M：ああ肩がこった。

F：パソコン、使いすぎなんじゃないの？

M：今日は2時間もやってないよ。30分ごとにコーヒー飲んでるし。

F：ええ？　何杯飲んだの？

M：これで4杯めかな。眼鏡だって新しいのに変えてから調子いいんだ。ただ、さっきまで会議だったんだけど、部長の話が長くてきつかったよ。コーヒーのおかげで目が覚めたけど。あの会議室は椅子がだめだね。

F：そうなのよ。私もあそこで会議をした後、必ず背中や肩が痛くなるの。椅子は柔らかければいいというわけじゃないね。

M：そうそう。だから会議の後は、みんな肩がこるんだよ。

男の人はどうして肩がこったと言っていますか。

1番　🔊 6-12

学生と先生が学生の書いたレポートを見ながら話しています。先生は学生に、何を考えてほしいと言っていますか。

F：田中君、このレポートについてなんだけど、保育園の建設予定地で住民の反対運動があったことについて書いてありますね。

M：はい。今、保育園に入ることができない待機児童の問題は深刻で、一つでも多くの保育園ができることはいいことです。一人でも多くの母親が働けるわけですから。

F：はい。

M：しかし、住民には、なぜこの場所なのか、ということが納得できないのだと思います。静かで落ち着いた住宅地が、保育園ができると、運動会やら、夏祭りやら、いろいろありますから。それである地域では、高齢者による保育園建設への反対運動が起きました。

F：それで、解決方法として、母親たちの意識を変えることが大事だと思ったのですね。

M：はい。お母さんたちが自転車を停めて子どもを放っておしゃべりしていたりとか、朝、ものすごい勢いで自転車を走らせたりするのをやめないといけない、つまり安全についての意識を徹底しなければならないと思いました。

F：確かに、それも大事ですね。しかし、なぜお母さんたちはそんなことをしているんでしょうか。別の地域ではそれほどまでに激しい反対運動は起きていませんね。

M：はあ…。

F：そもそも、その事態を生んだ社会の事情から考えないと。

先生は学生に、何を考えるように言っていますか。

2番　🔊 6-13

会社で男の人と女の人が部屋の整理について話しています。男の人はまず何をしますか。

M：配置をどう変えましょうか。

F：入口のすぐ近くが受付になっていて、その近くに事務の机があるのはいいと思うんです。ただ、机は四つあるけど、実際に使っているのはそのうちの二つです。あとの二つは物を置くだけになっています。置いてる物を棚に入れて、机を二つ処分すると、かなりスペースができるんじゃないですか。

M：確かに。

F：ええ。それと、紙の資料に日差しが当たらないように、この棚を奥の方に移して、データ化できるものはしていきましょう。私、実は少しずつ始めているんですよ。

M：そうですか。じゃ、机からやります。スペースができれば、部屋の中での人の流れがスムーズになりますからね。

F：そうですね。そうすれば新しい企画の仕事も捗りますよ。よし、さっそく始めましょう。

男の人はまず何をしますか。

3番 🔘 6-14

ビルの外を見ながら、男の人と女の人が話しています。二人は何を見ていますか。

M：あれができたのって、今からもう20年前なんだよね。

F：そうね。ライトアップされるとほんとにきれい。でも、夜は歩けないんでしょう。

M：たしか、夏は9時までじゃなかったかな。晴れた日は本当にきれいだよ。東京タワーや、都心のこの辺や、反対側は千葉の房総半島まで見えるんだ。

F：確か高速道路が通ってるんだよね。電車や車では何度か通ったことがあるけど、歩いたことはないな。

M：じゃ、今度歩いてみようよ。長さは1.7キロぐらいだよ。無料だし、なかなか景色がいいんだ。

F：へえ。もっと長いかと思ってた。海の上だから風が強い日はちょっとこわそう。スリルがあるね。自転車やバイクで通る人もいるのかな。

M：たしか、自転車はだめなんじゃなかったかな。それに景色がいいから、ゆっくり歩くのがいちばんだよ。

二人はビルから何を見ていますか。

4番 🔘 6-15

母親と息子が話しています。息子は今日、何をしますか。

F：引っ越しの準備、進んでる？ 荷造りとか、掃除とか。もう大学生なんだから自分でやってよ。

M：うん。ぽちぽち。バイト、夕方からだからそれまでやるよ。

F：そう。じゃ、がんばって。お母さん、ちょっと買い物に行ってくるね。

M：あ、痛み止めの薬ない？ ちょっと歯が痛くて。

F：虫歯なら薬なんて飲んだってだめよ。さっさと歯医者に行きなさい。

M：さっき電話したんだけどさ、今日はもう予約がいっぱいなんだって。だから明日にした。薬な

　　いんだったら買ってきてよ。

F：薬はあるけど、別の歯医者に行ったら？　ほっぺた、けっこう腫れてるよ。

M：うーん、いや、なんとかがんばる。今日でバイト最後なんだ。で、薬、どこ？

F：キッチンの棚の二段目の引き出し。

M：了解。

息子は今日、何をしますか。

5番　　🔘 6-16

会社で、男の人と女の人が話をしています。女の人は男の人に何を頼みましたか。

M：山口さん、新しい炊飯器のパンフレットですけど、日本語のチェックは全部終わりました。

F：ああ助かった。どうもありがとうございます。あとは翻訳ですね。そっちは？

M：ああ、翻訳者からはすぐ届きますが、パンフレットはこれです。

F：そうですね…いいんですけど、もう少し写真が入っていたほうがわかりやすいんじゃないかし

　　ら。

M：ただ、もういいのがないんですよ。工場からいくつか送ってきたんですけど。

F：色違いの製品がのっていないし、これではちょっと足りないですね。

M：確かに。じゃ、これから僕が工場に行って写真撮ってきます。

F：急いだほうがいいですね。

女の人は男の人に何を頼みましたか。

6番　　🔘 6-17

ホテルで男の人が受付の人と話をしています。男の人は今からどこに子どもを連れていきますか。

M：この近くでおもしろいところはありますか。早めに着いたんで、ちょっと子どもと時間をつぶ

　　したいんですけど。

F：この近くは、景色がいいので歩くだけでも気持ちがいいんですが、…30分ほど歩くと牧場があっ

　　て、搾りたての牛乳が飲めます。アイスクリームもおいしいですよ。

M：いいですね。ただ、歩くのは疲れるかな。明日は朝からスキーなので。

F：お子さんが喜びそうな所ですと、ここから車で20分ほどのところに小さい動物園があってウ

　　サギを抱っこできます。あと、虎の赤ちゃんが先週から公開されているんですよ。

M：楽しそうですね。他にありますか。

F：あとはやはりここから20分ほど歩くんですが、市民美術館があります。子どもさんが自由に絵を描けるコーナーもあるそうです。

M：それもいいですね。うーん、いろいろあって迷うなあ。動物園もいいし。

F：よろしければタクシーを呼びましょうか？　動物園まで。

M：いえ、なんだかちょっとぐらい歩けそうな気がしてきました。だって、搾りたての牛乳なんてめったに飲めないし。よし、そうしよう。

男の人は今からどこに子どもを連れていきますか。

7番　　● 6-18

女の人が会議で質問をしています。女の人は何が問題だと思っていますか。

F：今のご説明について一点質問があります。3ページについてなんですが、インターネットを使ったアンケート調査の結果ですね、これは記名での回答になっていたのでしょうか。

M：はい、メールマガジンの発行を前提にしたアンケートで、これからの宣伝につなげることを目的に行いました。

F：そうですか。今後発売する化粧品づくりには正確なデータが必要ですが、この回答数はいかがなものでしょうか。

M：確かに回答者数は少なかったのですが、信頼性の高い結果が得られたと思っています。

F：無記名でも、メールアドレスは登録されているわけですから、今後は回答数を増やすためにも記名の必要性について再度検討して行っていただきたいと思います。しかし、文章で回答してもらったことは画期的ですので、ぜひ今後も続けてください。

M：承知しました。貴重なご意見、ありがとうございました。

女の人は調査の何が問題だと思っていますか。

\>>> ここでちょうど休みましょう <<<　　● 6-19

問題3　● 6-20

例　　● 6-21

テレビで男の人が話しています。

M：ここ2、30年のデザインの変化は著しいですよ。例えば、一般的な4ドアのセダンだと、これが日本とアメリカ、ドイツとロシアの20年前の形と比較したものなんですけど、ほら、形がかなりなだらかな曲線になっています。フロントガラスの形も変わってきていますね。これ、同じ種類なんです。それと、もう一つの大きい変化は、使うガソリンの量が減ったことです。中にはほとんど変わらないものもあるんですが、ガソリン1リットルで走れる距離がこんなに伸びている種類があります。今は各社が新しい燃料を使うタイプの開発を競争していますから、消費者としては、環境問題にも注目して選びたいものです。

男の人は、どんな製品について話していますか。

1. パソコン

2. エアコン

3. 自動車

4. オートバイ

1番　● 6-22

テレビで、男の人が話しています。

M：暑い夏に涼しく過ごせるのも、寒い冬にあたたかく過ごせるのも科学技術の恩恵です。人類が宇宙に行き、ステーションを作る。新たなエネルギーを生み出す。科学は進むことをやめません。しかし、それはなんのためでしょうか。日本でも、そして外国でも自然災害が続いています。地震で多くの犠牲者が出て、人々の心の傷も、体の傷も治らないうちに、次の災害が起こります。古代から自然災害は突然、人々の平和を襲います。その間を縫って、人類は生きるための便利な道具を作ってきました。しかし、近年、その目的は豊かさや便利さであって、安全に向けたものではなくなっているのではないでしょうか。武器の開発も例外ではないでしょう。大きい災害が発生するたびに、安全に生きるための科学技術に、人類の知恵を使うことはできないのか、私はそう思えてしかたがありません。

男の人は何について話していますか。
1. 自然災害と文化について
2. 人類の進化について
3. 人類の平和について
4. 科学技術の目的について

2番　● 6-23

男の人と女の人が話をしています。

F：もう入社して一か月なんだけど、どうも職場の人とうまく話ができなくて。

M：へえ。大学の時はあんなに楽しそうに話していたのに。

F：年が違うからかな。父よりちょっと若いぐらいの男の人が多いし、女の人もいるけど話さないし。仕事の話も最小限なんだよね。

M：あっちもそう思ってるんじゃない？

F：そうなのかなあ。どんな話題を出したらいいか、難しくて。

M：あのさ、話しかけられやすい雰囲気を作ったら？　例えば、朝早く出勤するとか。

F：早めには行ってるよ。

M：一番に行くんだよ。それで、コーヒーでも飲みながら新聞読んでるんだ。そうすると、次に来た人が話しかけてくれるだろう？　他の人がいないと、話しやすいもんだよ。ひどい雨だね、とか。もしかすると偉い人が意外な話をしてきたりする。昨日は子どもの運動会で、とか。仕事も早く始められるし、誰かの手伝いもできるから喜ばれるよ。

F：そうか。うん。それ、さっそくやってみる。ありがとう。

男の人はどんなアドバイスをしましたか。

1. 誰にでも自分から積極的に話しかけること。
2. 朝、一番早く出勤すること。
3. 朝は必ずコーヒーを飲むこと。
4. 偉い人に意外な話をしてみること。

3番 🔊 6-24

テレビで女の人が話をしています。

F：笑う門には福来る、ということわざがあります。いつもにこにこしていれば、その人のまわりには安心して人が集まってきます。笑っている人というのはくだらないことにこだわりません。前向きな気持ちで物事を行えるから、うまくいくことが多いのです。さらに心に余裕がありますから、人の失敗にも腹が立ちません。問題が起こっても、笑えば脳の緊張もとけ、筋肉もやわらかくなるため、よく眠ることができて、健康でいられます。いいことばかりですね。昔の人は、本当にすばらしいことを言うなあと思います。

女の人が言ったことわざは、いつも何をしているといい、という意味ですか

1. 笑っている。
2. 前向きに考えている。
3. 健康でいるように心がけている。
4. 物事にこだわらずにいる。

4番 ● 6-25

テレビで、教育評論家が話しています。

F：友達にあやまる時や、バイトを休みたい時、つきあっている相手との交際をやめたいとき、メールやSNSを使う人が増えています。これは中学生や高校生に限ったことではなく、大学生もそうです。相手がメッセージを読めばとりあえず目的は達成できるから、とても楽なんですね。相手の怒りや悲しみに向き合わずに済みますから。ただ、10代の頃にこのコミュニケーションの方法に慣れてしまったら、社会人になってから直接、相手の感情を受け止めるのは大変です。誰でも、相手と衝突するのは嫌なものですが、その嫌なことを乗り越えるためには、人がどんなときに、どんな風に思うのかをしっかり学ばなければならないのではないでしょうか。

どんなことをメールやSNSで伝える人が増えていると言っていますか。

1. 早く伝えたいこと
2. 簡単なこと
3. 言いにくいこと
4. わかりにくいこと

5番 ● 6-26

男の人と女の人が歩きながら話しています。

M：もうこんな時間だ。座る場所がなくてずっと立ったまま見てなくちゃならなかったのがつらかったな。でも、純一も若菜も頑張っていたね。

F：そうね。若菜は走るのが速くなっていてびっくりしちゃった。

M：僕に似たんだな。僕も小学校の時は結構、速かったんだよ。

F：純一は私かな。スポーツより音楽なのよね。ピアノが大好きで…。だからかな？ ダンスはすっごく一生懸命やっていて、じーんとしちゃった。男の子だから、もうちょっと速く走れたらいいと思ってたからちょっと残念だけど、好きなことがあればいいよね。

M：うん。男がスポーツ、女は音楽、なんていう考え方はもう古いよ。二人とも楽しそうに頑張っていたのは何よりだ。帰ったらたっぷりほめてやろうよ。

F：そうね。夕飯は二人の好きなハンバーグにしましょう。

二人は何をしてきたところですか。

1. 子どもの入学式に出席した。
2. 子どもの運動会を見てきた。

　3. 子どもの授業を見に行ってきた。

　4. 子どもの音楽発表会に行ってきた。

6番　🔘 6-27

病院で、女の人と医者が話しています。

M：この病気は、お酒もそうですが、コーヒーなどのカフェイン、あと、重いものを持つような姿
　　勢が原因になることもあります。高齢でもなりますが、若い人がかかりやすいんです。ストレ
　　スでなる場合もあります。何か思い当りますか。

F：お酒はのまないんですけど、コーヒーはよく飲みます。

M：カフェインは治るまで控えた方がいいですね。あと、コーラはよくないです。

F：刺激物もだめなんですね。

M：ええ。それと、ソーセージなど肉を加工したものや、油で揚げた物など、脂肪が多いものも、
　　避けてください。逆に、乳製品はいいですよ。牛乳やヨーグルトは積極的に。

F：はい…。あとはどうでしょうか。

M：そうですね。とにかく消化がよくて、やわらかく、胃にやさしいものを食べてください。食事
　　以外のことでうまく気分転換をしてください。

女の人に適当な食事はどれですか。

　1. 刺身、てんぷら、漬物

　2. カレー、ハムサラダ、牛乳

　3. うどん、とうふの煮物、ヨーグルト

　4. ラーメン、揚げぎょうざ、ヨーグルト

問題4　🔘 6-28

例　🔘 6-29

M：張り切ってるね。

F：1. ええ。初めての仕事ですから。

　　2. ええ。疲れました。

　　3. ええ。自信がなくて。

1番　🔘 6-30

M：あの時は、そんなつもりで言ったんじゃないんだ。

F：1. いいよ、気にしてないから。

2. 今から言ってもいいよ。

3. じゃ、誰が言ったの？

2番　● 6-31

M：新しいプリンターを買ったんだけど、なかなか思うようにならなくて。

F：1. しばらく節約だね。

2. 説明書を読んでみた？

3. いつ申し込んだの？

3番　● 6-32

M：この事件、犯人の動機は何だったんでしょうか。

F：1. 昔は小学校の先生だったらしいですよ。

2. カッターナイフだそうです。

3. お金に困っていたようですよ。

4番　● 6-33

M：こんなニュースを見ると、寒気がするね。

F：1. うん。どうして自分の子どもにこんな残酷なことをするんだろう。

2. うん。この新発売のアイスクリーム、おいしそう。

3. うん。雪が積もった富士山ってきれいだね。

5番　● 6-34

F：ここの職人さんは、腕がいい人が多いですね。

M：1. ええ。スポーツで鍛えていたんですね。

2. はい。けんかではとても勝てませんね。

3. そうですね。どの器もすばらしいですね。

6番　● 6-35

M：来月から、僕にも家族手当が出ることになったよ。

F：1. よかった。少し楽になるわね。

2. どうしよう。そんなにお金はないよ。困ったな。

3. これで、痛くなくなるね。

7番 🔊 6-36

F：新入社員の片岡さん、人当たりがいいですね。

M：1. そうですか。そんなに太ってるようにはみえませんけど。

2. ええ。いつもにこにこして、話しやすいですね。

3. 話し方はきついけど、優しいところもあるんですけど。

8番 🔊 6-37

M：佐藤君の言うことは一本筋が通ってるよ。

F：1. うん。人の意見を聞かないから困るよ。

2. そう。いつも誰かの考えに影響されてるね。

3. そうね。だからみんなに信用されるんだよね。

9番 🔊 6-38

F：菅原さんの話は、いつも自慢ばかりでうんざりしちゃう。

M：1. そんなにおもしろいの？ 聞いてみたいな。

2. そうか。それは退屈だね。

3. ちゃんと聞いていないと、後で困るね。

10番 🔊 6-39

M：こんなことなら他の映画にするんだった。

F：1. そうね。感動しちゃった。

2. うん。なんで人気があるのか不思議。

3. それなら、絶対これを観ないと後悔するよ。

11番 🔊 6-40

F：私、たばこは今日できっぱりやめる。

M：1. えらい。やっと決心したんだね。応援するよ。

2. だめだよ。体に悪いから吸わない方がいい。

3. うん。少しずつでも減らした方がいいよ。

12番 🔊 6-41

M：日本料理の中では、とりわけ豆腐が好きなんです。

F：1. ああ、私も豆腐はあんまり。

2. ええ。豆腐<ruby>豆腐<rt>とうふ</rt></ruby>はそんなにおいしくないですからね。

3. へえ。寿司<ruby>寿司<rt>すし</rt></ruby>やてんぷらよりも好<ruby>好<rt>す</rt></ruby>きなんですか。

13番 🔘 6-42

F：ひろしの成績<ruby>成績<rt>せいせき</rt></ruby>、なかなか上<ruby>上<rt>あ</rt></ruby>がらないけど、これで合格<ruby>合格<rt>ごうかく</rt></ruby>できるのかしら。

M：1. まあ、自分<ruby>自分<rt>じぶん</rt></ruby>なりに努力<ruby>努力<rt>どりょく</rt></ruby>はしているみたいだから、もう少<ruby>少<rt>すこ</rt></ruby>し様子<ruby>様子<rt>ようす</rt></ruby>をみてみようよ。

2. うん。合格<ruby>合格<rt>ごうかく</rt></ruby>ともなれば、きっとうれしいに違<ruby>違<rt>ちが</rt></ruby>いないよ。

3. きっと、合格<ruby>合格<rt>ごうかく</rt></ruby>したら最後<ruby>最後<rt>さいご</rt></ruby>、がんばるだろう。大丈夫<ruby>大丈夫<rt>だいじょうぶ</rt></ruby>だよ。

問題5 🔘 6-43

1番 🔘 6-44

<ruby>電話<rt>でんわ</rt></ruby>で<ruby>男<rt>おとこ</rt></ruby>の<ruby>人<rt>ひと</rt></ruby>と<ruby>女<rt>おんな</rt></ruby>の<ruby>人<rt>ひと</rt></ruby>が<ruby>話<rt>はな</rt></ruby>しています。

F：はい、アイラブックです。

M：あのう、本<ruby>本<rt>ほん</rt></ruby>を寄付<ruby>寄付<rt>きふ</rt></ruby>したいんですけど。

F：ありがとうございます。どのぐらいになるでしょうか。

M：ええと、100冊<ruby>冊<rt>さつ</rt></ruby>ぐらいなんで、ミカンの箱<ruby>箱<rt>はこ</rt></ruby>で三箱<ruby>三箱<rt>さんばこ</rt></ruby>ぐらいかな。いや、二箱<ruby>二箱<rt>ふたはこ</rt></ruby>…。大<ruby>大<rt>おお</rt></ruby>きい本<ruby>本<rt>ほん</rt></ruby>もあるのでやはり三箱<ruby>三箱<rt>さんばこ</rt></ruby>ぐらいです。

F：五冊以上<ruby>五冊以上<rt>ごさついじょう</rt></ruby>の場合<ruby>場合<rt>ばあい</rt></ruby>は、送料<ruby>送料<rt>そうりょう</rt></ruby>は結構<ruby>結構<rt>けっこう</rt></ruby>です。こちらで指定<ruby>指定<rt>してい</rt></ruby>する配送業者<ruby>配送業者<rt>はいそうぎょうしゃ</rt></ruby>を手配<ruby>手配<rt>てはい</rt></ruby>します。お送<ruby>送<rt>おく</rt></ruby>りになる準備<ruby>準備<rt>じゅんび</rt></ruby>ができましたら、ホームページから申<ruby>申<rt>もう</rt></ruby>し込<ruby>込<rt>こ</rt></ruby>み用紙<ruby>用紙<rt>ようし</rt></ruby>を印刷<ruby>印刷<rt>いんさつ</rt></ruby>して必要事項<ruby>必要事項<rt>ひつようじこう</rt></ruby>を書<ruby>書<rt>か</rt></ruby>いたものを箱<ruby>箱<rt>はこ</rt></ruby>に詰<ruby>詰<rt>つ</rt></ruby>めてください。それから配送会社<ruby>配送会社<rt>はいそうがいしゃ</rt></ruby>に電話<ruby>電話<rt>でんわ</rt></ruby>をして、引<ruby>引<rt>ひ</rt></ruby>き取<ruby>取<rt>と</rt></ruby>りを依頼<ruby>依頼<rt>いらい</rt></ruby>して、配送会社<ruby>配送会社<rt>はいそうがいしゃ</rt></ruby>の人<ruby>人<rt>ひと</rt></ruby>が来<ruby>来<rt>き</rt></ruby>たら、渡<ruby>渡<rt>わた</rt></ruby>していただけますでしょうか。

M：わかりました。それと、もし引<ruby>引<rt>ひ</rt></ruby>き取<ruby>取<rt>と</rt></ruby>ってもらえない本<ruby>本<rt>ほん</rt></ruby>が入<ruby>入<rt>はい</rt></ruby>っていた場合<ruby>場合<rt>ばあい</rt></ruby>は、送<ruby>送<rt>おく</rt></ruby>り返<ruby>返<rt>かえ</rt></ruby>されてくるんでしょうか。

F：一度送<ruby>一度送<rt>いちどおく</rt></ruby>っていただいた本<ruby>本<rt>ほん</rt></ruby>は返却<ruby>返却<rt>へんきゃく</rt></ruby>できないので、処分<ruby>処分<rt>しょぶん</rt></ruby>します。値段<ruby>値段<rt>ねだん</rt></ruby>がつけばそれを支援<ruby>支援<rt>しえん</rt></ruby>が必要<ruby>必要<rt>ひつよう</rt></ruby>な団体<ruby>団体<rt>だんたい</rt></ruby>に寄付<ruby>寄付<rt>きふ</rt></ruby>させていただき、値段<ruby>値段<rt>ねだん</rt></ruby>がつかなければ処分<ruby>処分<rt>しょぶん</rt></ruby>します。

M：わかりました。じゃあ、これから準備<ruby>準備<rt>じゅんび</rt></ruby>します。

F：よろしくお願<ruby>願<rt>ねが</rt></ruby>いいたします。

<ruby>男<rt>おとこ</rt></ruby>の<ruby>人<rt>ひと</rt></ruby>が<ruby>本<rt>ほん</rt></ruby>を<ruby>送<rt>おく</rt></ruby>るためにしなければならないことは<ruby>何<rt>なん</rt></ruby>ですか。

1. ①本<ruby>本<rt>ほん</rt></ruby>を箱<ruby>箱<rt>はこ</rt></ruby>に詰<ruby>詰<rt>つ</rt></ruby>める　②申込書<ruby>申込書<rt>もうしこみしょ</rt></ruby>をアイラブックに郵送<ruby>郵送<rt>ゆうそう</rt></ruby>する　③連絡<ruby>連絡<rt>れんらく</rt></ruby>が来<ruby>来<rt>き</rt></ruby>たら配送会社<ruby>配送会社<rt>はいそうがいしゃ</rt></ruby>に①を持<ruby>持<rt>も</rt></ruby>って行<ruby>行<rt>い</rt></ruby>く。

2. ①本<ruby>本<rt>ほん</rt></ruby>を数<ruby>数<rt>かぞ</rt></ruby>える　②冊数<ruby>冊数<rt>さっすう</rt></ruby>を申込書<ruby>申込書<rt>もうしこみしょ</rt></ruby>に記入<ruby>記入<rt>きにゅう</rt></ruby>する　③電話<ruby>電話<rt>でんわ</rt></ruby>が来<ruby>来<rt>き</rt></ruby>たらアイラブックに郵便<ruby>郵便<rt>ゆうびん</rt></ruby>で送<ruby>送<rt>おく</rt></ruby>る。

3. ①申込書に必要事項を記入する　②①を本と一緒に箱に詰める　③配送会社に電話して来ても
らう。

4. ①申込書に必要事項を記入する　②①をアイラブックに郵送する　③配送会社に電話して来て
もらう。

2番　💿 6-45

会社で三人の社員が集まって社内行事の企画について話しています。

M：今年の秋の行事について、そろそろ意見をまとめましょう。

F1：うちの課は、社員旅行がいいという声が上がりました。最近はずっと旅行に行ってなかったん
ですが、また復活させたい、ということです。

M：そういえば他の会社でも、社員旅行を復活させたところが増えてるらしいですよ。自分の時間
を優先させたかったり、不況だったりでやれなくなったのに、今になってまたなんて、おもし
ろいですね。

F1：職場の人間関係をよくするためにはいいことじゃないですか。ベテランと新人が一緒の部屋で
寝起きするって、会社の業績を上げこそすれ、下げることはなさそうだし。

F2：うちの課は、山登りと花見、あと、花火大会見物が出てました。例えば土日で旅行に行けば、
次の週末までは休みがないわけですから、社員旅行は、体力的にどうかな。スポーツ大会とか、
花見ぐらいが適当だと思うんですけど。

M：スポーツ大会も結構無理するかもしれませんね。とにかく、運動会にせよ、花見にせよ、イベ
ントをやること自体はみんな前向きですね。うーん、旅行も、無理ってことはないかもしれま
せんよ。そうだ、みんなに行きたいかどうか、意見を聞いてみませんか。もし旅行ということ
になると予算を組まないといけないから、会社がどれぐらい出せるのかもさっそく上に聞いて
みます。

F2：一人いくらぐらいなら個人的に出してもいいか、またどんなところに行きたいかも合わせて、
アンケートをとってみましょうか。他のイベントに関しては、旅行はなし、と決まってからで
も遅くないですよ。

M：それはそうですね。

F1：じゃあ、さっそくアンケートをつくりましょう。

三人が作るアンケートの問いとして適当ではないのはどれですか。
1. 社内行事をすることに賛成か反対か
2. 社員旅行に行きたいかどうか
3. 社員旅行があったらどこへ行きたいか

4. 社員旅行があったら参加費がいくらまでなら参加するか

3番 🔵 6-46 🔵 6-47

テレビでアナウンサーが、世論調査の結果について話をしています。

M：今回の調査では、政治・経済・地域などの各分野で女性のリーダーを増やすときに障害となる
　ものは何か、という質問に対して、「保育・介護・家事などにおける夫などの家族の支援が十
　分ではないこと」、と答えた人の割合が、女性54.8%、男性44.8%と、ともに最も高くなりまし
　た。続いて、保育・介護の支援などの公的サービスが十分ではないことが42.3%、長時間労働
　の改善が十分ではないことが38.8%、上司・同僚・部下となる男性や顧客が女性リーダーを希
　望しないことが31.1%と続きました。
　また、一方で、男性が家事・育児を行うことについて、どのようなイメージを持っているか聞
　いたところ、「子どもにいい影響を与える」と考えた人の割合が女性では62.2%と最も高かった
　ことに対して、男性では「男性も家事・育児を行うことは、当然である」と答えた人の割合が
　58%で、一位となりました。

M：僕は、結婚したら必ず家事や育児をするのに、なんでなかなか結婚できないのかな。

F1：あらあら、妹の陽子の方が結婚することになって、急に焦ってるんでしょ？健一は、あんま
　り結婚したそうに見えないからじゃない？お父さんに似て、あんまりおしゃれもしないし。

M：そうかな。とにかく、うちは特に長時間労働ということもないし、働きやすいよ。

F2：上の人がまだ仕事をしていると、なかなか帰りにくいっていうことはない？私、課長より先に
　は帰りにくくて。

M：そうでもないよ。逆に、残っていると、仕事ができない人みたいなイメージになっちゃう。部
　長は女の人だし、たいてい一番先に帰るんだ。女性社員もさっさと帰るよ。

F1：昔、私が会社に勤めてた時は、特に仕事がなくても会社に残っている人がいたんだけど、そう
　いう人はきっと、家事をやらなくても済んでたのよね。

M：うん。元気な親と一緒に住んでたか、一人暮らしか…。今はそんな会社、減ったよ。もちろん、
　なかなか仕事が終わらなくて、っていう人もいるとは思うけど、育児や介護を抱えていたりす
　る人が長時間働かなくてもいいように会社が考えていかないと、女性は社会では活躍しにくい
　よ。最近は、家族の誕生日は休めるし、育児休暇は男性も最低1か月はとれるって会社もある
　らしいね。

F2：そういう会社はいいね。うちの会社は、大事なことが決まるのは、6時過ぎで、場所は喫煙室。
　社長も部長もいつもそこにいるんだもん。結婚してもやめないけど、子どもが生まれたら仕事
　を続けられるか心配。

質問1. この調査は何について調べたものですか。

質問2. 兄と妹は自分の勤めている会社についてそれぞれどう考えていますか。

第1回 言語知識（文字・語彙）

問題1 P8

1 解答：3

▲「保」音讀唸「ホ」，訓讀唸「たも‐つ／維持」。例如：「保険／保険」、「担保／抵押」、「健康を保つ／保持健康」。

▲「障」音讀唸「ショウ」，訓讀唸「さわ‐る／妨礙」。例如：「故障／故障」。

▲「保障／保障」是指承諾在面臨危險或困難時，會給予保護或協助的約定。

2 解答：3

▲「披」音讀唸「ヒ」。例如：「披見／閱覽」。

▲「露」音讀唸「ロ・ロウ」，訓讀唸「つゆ／露水」。例如：「露出／曝光」、「披露宴／婚宴、開幕宴會」、「朝露／朝露」。

▲「披露／公佈」是指公開發表、宣布，將事情公諸於世。

3 解答：2

▲「損」音讀唸「ソン」，訓讀唸「そこ‐なう／破損」、「そこ‐ねる／損害」。例如：「損害／損害」、「損失／損失」、「健康を損なう／損害健康」、「機嫌を損ねる／有損興致」。

▲「損なう」是指失敗、毀損器皿或使身體、心情變壞。

《其他選項》

▲ 選項1　寫成漢字是「賄う／供給」。

▲ 選項3　寫成漢字是「養う／養育」。

▲ 選項4　寫成漢字是「伴う／伴隨」。

4 解答：1

▲「募」音讀唸「ボ」，訓讀唸「つの‐る／招募」。例如：「募集／募集」、「公募／公開徵集」、「部

員を募る／招募成員」。

▲「募る／募集」是指廣泛蒐集。

《其他選項》

▲ 選項2　寫成漢字是「図る／圖謀」、「測る／測量」、「計る／推測」。

▲ 選項3　寫成漢字是「操る／操縱」。

▲ 選項4　寫成漢字是「悟る／醒悟」。

5 解答：4

▲「乏」音讀唸「ボウ」，訓讀唸「とぼ‐しい／缺少」。例如：「欠乏／缺乏」、「貧乏／貧窮」、「物資が乏しい／物資缺乏」。

▲「乏しい」是指不足、不充分的意思。

《其他選項》

▲ 選項1　寫成漢字是「悔しい／不甘心」。

▲ 選項2　寫成漢字是「卑しい／卑鄙」。

▲ 選項3　寫成漢字是「惜しい／可惜」。

6 解答：4

▲「鐘」音讀唸「ショウ」，訓讀唸「かね／鐘」。例如：「半鐘／火警警鐘」、「鐘楼／鐘樓」、「除夜の鐘／除夕鐘聲」。

▲「鐘」是指由金屬製成，懸掛在寺廟等場所，敲擊便能發出聲音的響器。

《其他選項》

▲ 選項1　寫成漢字是「鉄／鐵」。

▲ 選項2　寫成漢字是「鎖／鎖鏈」。

▲ 選項3　寫成漢字是「綱／繩索」。

問題2 P9

7 解答：1

▲ 從題目的「貧困層と富裕層／貧與富」兩個相差甚遠的詞可知應填入選項1「格差／差距」指人事物之間的差距。使用這個單字時，會用「～と～の格差／…和…的差距」的形式。

《其他選項》

▲ 選項 2 「差別／歧視」意思是施以差別待遇。例句：

・女性を差別してはならない／不可以歧視女性。

▲ 選項 3 「相違／相異」是指某事和某事之間的不同。例句：

・意見の相違／意見相左。

▲ 選項 4 「誤差」是偏差、不一致的意思。是指真實數值和預測數值之間的差異。例句：

・誤差を生じる／產生誤差。

8

解答：3

▲ 從「試験／測驗」可聯想到一般會舉行「筆記試験／筆試測驗」和「面接／面試」。因前面已提到「筆記／筆試」，所以後方應填入選項 3「面接」指在就職考試等情況下，由面試官直接訪談應試者。

《其他選項》

▲ 選項 1 「接待／接待」是指招待來訪的客人。

▲ 選項 2 「面会／會面」是指和來訪的人見面。例句：

・病院の面会時間は決まっている／醫院的會客時間是固定的。

▲ 選項 4 「雑談／閒談」是指輕鬆的閒聊。例句：

・講演会の後、雑談の時間を設ける／在演講會結束之後安排一段聊談時間。

9

解答：4

▲ 從「津波が押し寄せた／海嘯來襲」可知會在突然之間發生巨變。而選項 4「一変／突然完全改變」是指狀況急遽變化的意思，為正確答案。

《其他選項》

▲ 選項 1 「変遷／變遷」是指長時間的演變。例句：

・社会の変遷／社會的變遷。

▲ 選項 2 「改修／改建」是指將建築物等的破舊處重新翻修。例句：

・図書館の改修を行う／圖書館重新進行裝修。

▲ 選項 3 「推移／演進」是指隨時間經過而發生的變遷，也表示時間的推進。例句：

・時代の推移／時代的演進。

10

解答：3

▲ 符合句意的選項 3「かける／賭上」指抱著可能失敗的覺悟進行某事。

《其他選項》

▲ 選項 1 「つげる」可寫成「告げる」，是傳達給別人的意思。例句：

・別れをつげる／告別。

▲ 選項 2 「こじれる／複雜化」是事情或狀況混亂以至於難以釐清。

▲ 選項 4 「かえりみる／自省」是反省自己的行為或舉止。

11

解答：2

▲ 選項 2「溝／隔閡」是指自己與對方的心情或思想產生了隔閡。這個字的慣用語句為「溝が深い／隔閡很深」。

《其他選項》

▲ 選項 1 「筋／條理」是指道理、常規。常寫成「筋を通す／合乎道理」的形式。

▲ 選項 3 「穴／窟窿」的本意是指地面凹陷，現在也指缺點、不完整的部分等等。例句：

・経理の穴をうめる／彌補經營管理的漏洞。

▲ 選項 4 「源／起源」是指事物的起源、由來。

12

解答：4

▲ 題目提到「会合が二つ／兩場聚會」，因此最適合的答案是選項 4「ダブる／重複」指兩件事情重疊。

《其他選項》

▲ 選項 1 「くるむ／包」是指用布之類的物品將東西包起來。例句：

・ふろしきでくるむ／用包袱巾裹起來。

▲ 選項 2 「こめる／裝填」是指放入其中。例句：

・気持ちをこめる／注入感情。

▲ 選項 3 「かつぐ／擔起」是指用肩扛起。例句：

・荷物をかつぐ／擔起行李。

13

解答：1

▲ 從後面的「意識がない／失去意識」可知應填入選項 1「ぐったり／筋疲力盡」指因生病、疲勞

等原因而體力不支的樣子。

《其他選項》

▲ 選項2 「がっしり／健壯」是指身體強壯，肌肉結實的樣子。例句：

· がっしりした体／健壯的身體。

▲ 選項3 「ぐっすり／酣睡」是指睡得很熟的樣子。例句：

· ぐっすり眠る／熟睡。

▲ 選項4 「じっくり／仔細的」是指冷靜、踏實地做事的樣子。例句：

· じっくり考えてから行動する／深思熟慮後才行動。

問題3　　　　　　　　　　　　　　　P10

14　　　　　　　　　　　　　解答：**4**

▲「内訳／細項」是由整體內容細分而成之明確的項目。意思相近的是選項4「内容／內容」指包含於事物中的東西。

《其他選項》

▲ 選項1 「金額／金額」是指價格。例句：

· 金額を確かめる／確認金額。

▲ 選項2 「おつり／找零」是指比應付費用多付的錢。例句：

· おつりを渡す／找錢。

▲ 選項3 「理由／理由」是指原因。例句：

· 休んだ理由を話す／告知休假的理由。

15　　　　　　　　　　　　　解答：**2**

▲「案じる／掛心」是擔心、掛念的意思，與選項2「心配する／擔心」意思相同。

《其他選項》

▲ 選項1 「安心する／安心」是不擔心，鬆了一口氣的意思。為「心配する／擔心」的對義詞。例句：

· 母の病気がよくなったので安心した／因為媽媽的病況好轉，我也鬆了一口氣。

▲ 選項3 「あきれる／驚訝」指因預料之外或超出預期的事情而感到訝異。例句：

· あまりの汚さにあきれた／沒想到會這麼髒，真是太驚人了。

▲ 選項4 「疑問に思う／抱有疑問」表示感到懷疑，覺得奇怪或難以理解。例句：

· 彼の意見は疑問に思う／對他的意見感到疑惑。

※補充：題目中的「進路／前途」是指今後前進的方向。

16　　　　　　　　　　　　　解答：**1**

▲「そっけない／冷淡」是指冷淡的對待對方的樣子。意思相近的是選項1「冷たい／冷淡」形容態度或言語缺乏溫情的樣子。

《其他選項》

▲ 選項2 「うるさい／嘈雜」是指聲音很大、刺耳的樣子。例句：

· 話し声がうるさい／說話聲很吵。

▲ 選項3 「すがすがしい／神清氣爽」是指清爽舒暢的樣子。例句：

· すがすがしい朝の空気／早晨清新怡人的空氣。

▲ 選項4 「くだらない／無聊」是指沒有用處、毫無價值的樣子。例句：

· くだらない番組／無聊的節目。

17　　　　　　　　　　　　　解答：**3**

▲「つくづく／由衷的」是指心中深切的想法或感覺。與之相近的詞是選項3「心から／打從心底」。例句：

· 心から謝る／誠摯的道歉。

《其他選項》

▲ 選項1 「初めて／初次」指目前為止沒有做過某事，是第一次的意思。

▲ 選項2 「毎日のように／近乎每天」是「毎日ほぼ／幾乎每天」的意思。例句：

· 毎日のように体重を量る／幾乎每天量體重。

▲ 選項4 「いつの間にか／不知不覺」表示不知道具體是什麼時候的事。例句：

· 大好きなお菓子がいつの間にか売り切れていた／我最喜歡的點心不曉得什麼時候居然賣完了。

18　　　　　　　　　　　　　解答：**1**

▲「慌ただしい／慌忙」是指匆忙、無法冷靜的樣子。意思相近的是選項1「落ち着かない／躁動不安」是指情緒無法安定下來的樣子。

《其他選項》

▲ 選項 2 「厳かな／鄭重」是指莊嚴宏偉的樣子。例句：

・厳かな結婚式／莊嚴的婚禮儀式。

▲ 選項 3 「緊張した／緊張」是指精神很緊繃的樣子。例句：

・受験生が緊張した顔で並んでいる／考生一臉緊繃的排著隊。

▲ 選項 4 「盛大な／盛大」是指蓬勃發展、大規模的樣子。例句：

・盛大な式典が取り行われた／舉行了盛大的儀式。

19　　　　　　　解答：4

▲「サポート／支持」是支援的意思。意思相近的選項 4「支援／支援」是助他人一臂之力的意思。

《其他選項》

▲ 選項 1 「保護／保護」是守護或保護使其不受損或發生危險的意思。例句：

・野鳥を保護する／保護野鳥。

▲ 選項 2 「指示／指示」是指引、吩咐的意思。例句：

・方法を具体的に指示する／具體的指示方法。

▲ 選項 3 「理解／理解」是徹底明白了的意思。例句：

・人の話を理解する／理解別人的話。

問題 4　　　　　　　P11-12

20　　　　　　　解答：3

▲「圧倒する／勝過」是以過人的力量打敗他人的意思。例句：

・A君はB君を圧倒して委員に選ばれた／A君擊敗了B君當選為委員了。

《其他選項的用法及正確用語》

▲ 選項 1 「大地震により、駅前に並ぶ高層建築は次々と倒壊した／由於大地震，車站前林立的高樓相繼倒塌了」。

▲ 選項 2 「父は昨年、職場で転倒し、今も入院生活を続けている／我父親去年在工作中跌倒，至今仍在住院」。

▲ 選項 4 「私は大勢の人の前に立つと、緊張して手が震えてしまうんです／我只要站在眾人面前，就會緊張得雙手發抖」。

21　　　　　　　解答：1

▲「美容／美容」是指使外貌變美麗。例句：

・美容に気をつける／在美容上花心思。

《其他選項的用法及正確用語》

▲ 選項 2 「食事の前には、石けんで手を洗って、清潔にしよう／用餐之前先用肥皂洗手，好好清潔吧」。

▲ 選項 3 「このりんごは味だけでなく、色や形など見かけにもこだわって作りました／培植這種蘋果時，不僅僅是口味，就連色澤和形狀等外表也很講究」。

▲ 選項 4 「こんな派手な服、私には似合わないよ／這種華麗的服裝，不適合我啦」。

22　　　　　　　解答：2

▲「鮮やか／鮮明」是指顏色和形狀清晰的樣子。例句：

・鮮やかな宙返りをしてみせた／我展現了精湛的空翻動作。

《其他選項的用法及正確用語》

▲ 選項 1 「事業に成功した彼は、その後 85 歳で亡くなるまで、豊かな人生を送った／事業有成的他，過著富足的人生直至 85 歲逝世」。

▲ 選項 3 「彼は、言いにくいこともずけずけに言うので、敵も多い／連一般人難以啟齒的話他也會直言不諱，因此四處樹敵」。

▲ 選項 4 「公園からは子どもたちのにぎやかな声が聞こえてくる／從公園傳來孩子們喧鬧的聲音」。

23　　　　　　　解答：3

▲「かろうじて／好不容易」是勉勉強強的意思。例句：

・英語はかろうじて日常会話がわかる程度だ／我的英語程度大概只能勉強理解日常會話。

《其他選項的用法及正確用語》

▲ 選項 1 「電車が遅れて、完全に遅刻をした／因為電車誤點，結果完全超過了約定時間」。

▲ 選項2 「先方との交渉は順調に進み、順当に契約が成立した／與對方的談判順利進行，順利達成了協議」。

▲ 選項4 「最後まであきらめなかった人が、当然勝つのだ／到最後都沒有放棄的人，勝利自然會實至名歸」。

24
解答：2

▲「掲げる／高舉」是高高舉起的意思。例句：

・優勝旗を掲げる／高舉優勝錦旗。

《其他選項的用法及正確用語》

▲ 選項1 「バランスのとれた食生活を目指している／以均衡的飲食生活為目標」。

▲ 選項3 「料理の写真を、お店のホームページに掲載しています／店家的網頁上登載著餐點的照片」。

▲ 選項4 「結婚相手に望む条件を三つ挙げてください／請舉出三項理想中的結婚對象應具備的條件」。

25
解答：2

▲「取り扱う／經營販售」是指經營、管理業務的意思。例句：

・この店では、宅配便も取り扱っています／這家商店也有經營快遞的業務。

《其他選項的用法及正確用語》

▲ 選項1 「交通安全週間に当たり、警察は駐車違反を厳しく取り締まった／時值交通安全週，警方嚴格取締違規停車」。

▲ 選項3 「この海沿いの村では、ほとんどの人が漁業を営んでいる／在這個海邊的村莊，大多數人都從事漁業」。

▲ 選項4 「兄弟でおもちゃを取り合って、ケンカばかりしている／兩兄弟總是為了爭奪玩具，而打鬧不休」。

問題5
P13-14

26
解答：1

▲「（名詞＋の、動詞た形）あげく／結果」用於表示做了許多努力後，卻得到讓人遺憾的結果。可知「衝突を繰り返した／發生了多起衝突」後，會演變成不好的結果。因此選項1「戦争に突入した／爆發了戰爭」是正確答案。例句：

・高級レストランに連れて行き、タクシーで家まで送ったあげくに、振られた／帶她去高級餐廳吃飯，還搭計程車送她回家，最後卻被甩了。

《其他選項》

▲ 選項2是表示紛爭持續的狀態，並不算是「悪い結果になった／演變成不好的結果」，所以不正確。

27
解答：3

▲ 要表達不論做或不做都是你的自由時，應用選項3「（動詞意向形）（よ）うが、（動詞辞書形）まいが／不管是…不是…」的句型，表示無論做不做都一樣、哪個都沒關係。和「～（よ）うと、～まいと／不管是…不是…」意思相同。另外，接在動詞「する」之後的用法，除了「するまい」和「しまい」之外，還有「すまい」這種例外的形式。例句：

・あなたが信じようが信じるまいが、彼女は二度と戻ってきませんよ／不管你願不願意相信，她都不會再回來了。

《其他選項》

▲ 沒有選項1、2、4的說法。

28
解答：4

▲ 從題目句可知母親是經歷了詐騙之後發生了改變。應填入選項4的「（動詞て形）＋からというもの／自從…以來」表示從發生某事之後一直持續某狀態。用於表示當時發生的變化之後也一直持續下去的時候。例句：

・営業部に異動になってからというもの、夜8時より前に帰れたことがない／自從營業部門的一番調動之後，就沒有在晚上八點前下班過了。

▲ 選項1 「といえども／雖説…可是…」是即使如此的意思。例句：

· 有名人といえども、プライバシーは尊重されるべきだ／雖説是名人，也應該尊重他們的隱私。

▲ 選項2 「～たら最後／一旦…就…」表示如果做了前項的話一定會造成可怕的後果。例句：

· このお菓子は、食べ始めたら最後、一袋なくなるまでやめられないんだ／這個零食只要吃了一口就會停不下來，直到吃光一整袋為止。

▲ 選項3 「べく／為了…而…」是為了能夠做前項，而努力做後項的意思，是較生硬的説法。例句：

· 新薬を開発するべく、研究を続けています／為了開發新藥而不斷的進行研究。

---

29 解答：**4**

▲ 選項4 「(名詞、動詞辞書形) なり、(名詞、動詞辞書形) なり／…也可以…也可以」後面接表達意志或動作的句子，表示「這樣也好，或是那樣也行」的意思。另外，也可用「(名詞＋助詞) なり」的形式。例句：

· 携帯を忘れたなら、誰かに借りるなり、公衆電話を探すなり、何か方法があったでしょ／如果忘了帶手機，也可以跟別人借啦，或是找附近的公共電話，還是有些辦法的吧。

· 心配なことは、先生になり、先輩になり相談して、一人で悩まないように／感到不安的話可以跟老師、前輩們商量，盡量不要自己一個人煩惱。

《其他選項》

▲ 選項1 「といい、～といい／無論…也好…」表示不論是從前項來看也好，從後項來看也好，結果都一樣…的意思。例句：

· この絵は、色使いといい、構図といい、完璧だ／這幅畫無論是顏色還是色澤都十分完美。

▲ 選項2 「というか、～というか／該説是…還是…」用在表示要説是前項也可以，或者要説後項也可以的時候。例句：

· 佐々木さんは、明るいというか、うるさいというか、とにかく元気な人ですよ／佐佐木先生不知該説他是開朗，還是聒噪呢？總之是個充滿活力的人。

▲ 選項3 「だの、～だの／…啦…啦」為舉例的説法，語意中含有困擾、討厭的心情。例句：

· 部屋には、汚れたお皿だの、脱いだシャツだのが、床一面に散らかっていた／房間的地板上用過的髒碗盤啦、髒衣服到處都是。

---

30 解答：**2**

▲「(普通形、な形な、名詞の) ところを／…的時候」是在前項的時候，或在前項的狀況下卻做了某事之意，是表示抱歉的説法。例句：

· お休みのところを、お邪魔いたしました／不好意思，在您休息的時間打擾了。

---

31 解答：**1**

▲「(動詞ない形) んばかりだ／似的」是簡直就像是前項的意思。例句：

· コンサート会場は、たくさんのファンで溢れんばかりだった／演唱會現場的大量粉絲簡直就像要溢出來似的。

《其他選項》

▲ 選項2 「(名詞、動詞ます形) がちだ／容易」用於表示經常如此、常常發生前項的狀況。例句：

· 私は体が弱く、子どものころから病気がちでした／我的身體不好，從小就經常生病。

▲ 選項3 「(動詞ない形) までも／雖説不至於」用在表示還不到前項這個程度，但至少有達到比前項稍微低一點的程度時。例句：

· 俳優にはなれないまでも、映画に関わる仕事がしたい／雖説也不一定要當演員，但想要從事電影相關的工作。

▲ 選項4 「(動詞ます形) がたい／不易」是難以做某事、要做到前項提及的事很困難的意思。例句：

· 今日は本当に暑いね。まだ5月とは信じがたいよ／今天真的好熱喔，難以相信現在還只是五月。

---

32 解答：**2**

▲ 選項2的「(動詞辞書形) まじき (名詞) ／絕不容許」表示站在這個立場，或以道德角度來説，前項是不被允許的。為生硬的説法。填入句中表示身為教育界的人員，無法容忍前面提到的行為。另外「～とは／竟然會…」用於表示前項很令人驚訝、吃驚等的時候。例句：

· 金のために必要のない手術をするとは、医者として許すまじき犯罪行為だ／作為醫生，絕不容許為了金錢而進行不必要的手術的犯罪行為。

《其他選項》

▲ 選項1 「～に足る／值得」是十分值得去做前項的意思。例句：

· 彼は信頼するに足る人物だ／他是個值得信賴的人。

▲ 選項3 「～に堪えない／難以承受」用在表示無法忍受某事，沒有做某事的價值時。例句：

· 彼の話は人の悪口ばかりで、聞くに堪えない／他老是在說別人的壞話，真讓人聽不下去。

▲ 選項4 「至る／到達」寫成「～に至るまで／甚至到…」的形式，表示強調範圍。例句：

· 妻は私の服装から髪型に至るまで、自分で決めないと気が済まない／從我的服裝到髮型，我太太都堅持要幫我打理，不然就不會滿意。

※ 補充：題目中的「見て見ぬふり／視而不見」是明明看到了卻裝作沒看到的意思。

33　　　　　　　　　　解答：**4**

▲ 選項4「（名詞）にして／因為…，才…；雖然…，卻…」用於表示「因為是前項的程度，才有後面的結果」，或是「雖然是前項的程度，卻做到了某事」時。本題用的是後者的意思。例句：

· この問題は彼のような天才にして初めて解けるものだ／這個問題因為有了像他一樣的天才因而首次被破解。

《其他選項》

▲ 選項1 「ときたら／提到…的話」用在表達對前項的不滿和責備的時候。例句：

· 健二君は優秀ですね。うちの息子ときたら、ゲームばかりで全く勉強しないんですよ／健二真是優秀，要說我家兒子，就光會打電動完全不念書。

▲ 選項2 「にあって／在…的情況下」表示在前項這樣特殊的狀況下。例句：

· この非常時にあっても、会社は社員の雇用を守り続けた／即使是現在這種非常時期，公司仍然沒有裁員。

▲ 選項3 「とばかり（に）／像…的樣子」指簡直就像是在說前項的態度。例句：

· 彼は、もう帰れとばかりに、大きな音を立ててドアを閉めた／他好像受不了要趕人回去一般，大聲的關起門來。

34　　　　　　　　　　解答：**2**

▲「（名詞、動詞辞書形）につれて／隨著」用在表示隨著某一方面的變化，另一方面也跟著變化時。「につれて」的前後應接表示變化的詞語，前方表示變化的詞語便是「深刻化する／惡化」。而由於題目是以「（リサイクル運動への）関心／（對於環保運動的）關注度」作為主詞的自動詞句子，因此應填入表示變化的自動詞「高まる（高くなる）／高漲」。

《其他選項》

▲ 選項1的「高める／變高」是他動詞。例句：

· 私はいつも大事な試合の前には、この音楽を聴いて、気持ちを高めるんです／在重要比賽之前我總會聽這首曲子來提升士氣。

▲ 不會使用像選項3和選項4這種表達意志或意向的説法。

35　　　　　　　　　　解答：**1**

▲ 這題可以從「私は猫をもらいます／我收養貓」推敲出「（あなたは）猫をもらってくれませんか／（你）願不願意收養貓」這個句子。由此可知，「你」是「猫をもらってくれる人／收養貓的人」。

問題6　　　　　　　　　　P15-16

例　　　　　　　　　　解答：**2**

※ 正確語順

あそこで　テレビ　を　見ている　人　は山田さんです。

在那裡正在看電視的人是山田先生。

▲ 首先選項2「見ている／正在看」前面要接助詞選項3「を」變成「を見ている」。至於看什麼呢？是「テレビ／電視」還是「人／人」呢？看畫線的前後文脈，知道要看的是選項1「テレビ／電視」才符合邏輯了，就樣就變成了「テレビを見ている／正在看電視」。最後再以「テレビを見ている／正在看電視」來修飾後面的選項4「人／人」，成為「テレビを見ている人／正在看電視的人」。這麼一來順序就是「1→3→2→4」，而 ★ 的部分應填入選項2「見ている」。

36　　　　　　　　　　　　　　　　　解答：**1**

その男は、失礼なことに　謝罪する　どころか　わたしを　どなりつける　と、走り去った。

那個男人做了那麼不禮貌的舉動，結果別說是道歉了，他居然還大聲斥責我，然後就走掉了！

▲「～どころか～／別說是…，甚至還…」的前後要接程度相差甚遠的兩件事，或是相反的兩件事。從文意來看，可知選項3「謝罪する／道歉」應填在「どころか／別說是」之前，選項4「どなりつける／大聲斥責」應填在「どころか／別說是」之後。選項1「わたしを／我」因為有助詞「を」，所以要填在選項4的前面。如此一來順序就是「3→2→1→4」，___★___的部分應填入選項1「わたしを」。

※ 文法補充：

◇「どころか／別說是」是別說是前項了，程度完全不到，甚至更差的意思。

◇「～ことに／…的是」是先表達說話者的感想，然後再陳述事實的說法。例句：

残念なことに、明日の発表会は中止になりました／非常可惜的是，明天的發表會確定中止了。

37　　　　　　　　　　　　　　　　　解答：**2**

行くと　決まったら　こうしては　いられない。早速荷物をまとめよう。

既然決定要去就不能再繼續這樣拖拖拉拉的了。快點打包行李吧！

▲「こうしてはいられない／不能再繼續這樣拖拖拉拉的了」是固定用法。用在表示沒有時間做這種事了的時候。考量選項2「こうしては／這樣」和選項4「いられない／不能再繼續」的前面要接「～と決まったら／既然決定…」，所以前面應填入選項3「行くと／要去」和選項1「決まったら／決定」。如此一來順序就是「3→1→2→4」，___★___的部分應填入選項2「こうしては」。

※ 文法補充：「（動詞て形）（は）いられない／不能再…」用在表示「沒時間了，所以無法做某事」或是「精神上無法做某事」的時候。例句：

・後輩が困っているのを見ていられなくて、大金を貸してしまった／實在不想再看著晚輩苦惱的樣子，不小心借出了大筆金錢。

38　　　　　　　　　　　　　　　　　解答：**1**

こちらの条件が受け入れられないなら、この契約は　なかったことに　する　まで　のことです。

如果不接受我方的條件，那麼這份合約，只能當作從沒發生過的事了。

▲「～までだ／大不了…罷了」、「～までのことだ／大不了…罷了」表示沒有前項以外的方法，只好做了的意思。選項1、選項2「までのこと／只能…了」前應填入選項3和選項4「なかったことにする／當作從沒發生過的事」。如此一來順序就是「3→4→1→2」，___★___的部分應填入選項1「まで」。

※ 文法補充：「までのことだ／大不了…罷了」是如果沒有別的辦法，那就做前項吧的意思，是表達說話者強烈的意志和覺悟的說法。例句：

・真面目に仕事をしないなら、会社を辞めてもらうまでですよ／假如再不認真工作，就只好請你離開公司了。

39　　　　　　　　　　　　　　　　　解答：**4**

彼女に告白したところで、どうせ　ふられるのだから　やめておけばいい　ものを。

就算向她表白，反正也會被甩的，所以還是放棄算了，可是…。

▲「告白したところで／就算向她表白」是否定的意思。選項2「どうせ／反正」是表達無論做什麼都沒用，結果都是不行的副詞，因此選項3「ふられるのだから／也會被甩的」的前面應填選項2。選項3的「～だから／所以…」後面應接選項4「やめておけばいい／還是放棄算了」。最後的選項1「ものを／可是…」是表達可惜的心情或語含責備的說法。如此一來順序就是「2→3→4→1」，___★___的部分應填入選項4「やめておけばいい」。

※ 文法補充：

◇「（動詞た形）ところで」是指即使做了也只是徒勞之意。例句：

・私なんかが、どんなにがんばったところで、佐々木さんに勝てるはずがないよ／就算我用盡辦法的努力，最後也還是贏不了佐佐木先生的。

◇「（動詞、形容詞的普通形）ものを」是當事情與期待相反時會説的話，表達對於現實感到不滿的心情。

・山田さんも、意地を張らないで、ちゃんと奥さんに謝ればよかったものを／山田先生如果不要這麼固執，好好跟太太道歉的話就沒事了嘛。

→「ものを」後面省略了「謝らなかった／（卻）沒有道歉」。話中隱含説話者期待山田先生跟太太道歉，卻事與願違的遺憾心情。

40　　　　　　　　　　　　　解答：1

※ 正確語順

初めてアルバイトをしてみて、世間の　厳しさを　身を　もって　知った。

第一次嘗試打工，這才親身體驗到了這個社會的嚴苛。

▲「世間の／社會的」的後面應接選項3「厳しさを／嚴苛」，句子最後應填入選項2「知った／體驗到了」。「～をもって／以…」用於表示手段。選項3和選項2之間應填入選項4和選項1，變成「身をもって／親身」。如此一來順序就是「3→4→1→2」，　★　的部分應填入選項1「もって」。

※ 文法補充：「（名詞）をもって／以…」用於表達手段。和「～で／用…」意思相同，但因為是較生硬的説法，不太會在日常生活中使用。例句：

・彼の専門知識をもってすれば、この文書の解読も可能だろう／只要運用他的專業知識，也許就能解讀這篇文章了。

問題7　　　　　　　　　　　　P17-18

41　　　　　　　　　　　　　解答：2

▲ 前一段提到「物の名前について確かにそう（＝その性質や内容をあらわす）であろう／以事物的名稱來説，應該是這樣（＝與實際狀況相符）的」。下一段接著説「しかし／但是」人的名字，因此推測後面應該以選項2「どうだろうか／又是如何呢」來呈現疑問。

42　　　　　　　　　　　　　解答：1

▲ a 因為前面有「両親によって／由父母」，所以 a 應填入被動形的「付けられる／命名」。b 接在「両親は、生まれた子どもに対する願いを込めて名前を／父母會抱著對孩子的期許為新生兒（取）名」後面，應為「付ける／取」。

43　　　　　　　　　　　　　解答：4

▲ 從上下文來理解，a、b 都應填入「多い／多半」。因此，「女の子には～多いし、男の子には～多い／為女孩…多半，而為男孩…多半」這個句型是正確的。

44　　　　　　　　　　　　　解答：3

▲「必ずしも／一定」後面應接否定的詞語。因此，選項3「いない／並不」是最合適的選項。

45　　　　　　　　　　　　　解答：2

▲ 由於前一句提到「この名前は決して私の本質をあらわしてはいない／這個名字根本沒有反映出我的本性」，作者接著説明理由「私は、時に落ち込んで暗い気持ちになたり、自分の考えをはっきり言うのを躊躇したり／我有時候會落入失望幽暗的情緒，也會猶豫是否該清楚的説出自己的想法」。因此選項2「しがちだからだ／因為經常會…」正確。

| 第1回 | 読解

問題8　　　　　　　　　　　　P19-21

46　　　　　　　　　　　　　解答：3

▲ 請參見文章第一段敘述的居住空間小型化的合理性，以及第二段分析其原因為「日本人のライフスタイルの変化にともなう世帯人数の減少／日本人生活方式的改變使得家戶人數亦隨之減少」。因此，正確答案應為選項3。

《其他選項》

▲ 選項1　文章沒有寫到「一人暮らしが増えてきている／獨居者日益增多」。

▲ 選項2　本文的觀點並非追求「より快適な住まい／更舒適的居住空間」，而是更有效率的居住

383

空間。

▲ 選項4 「狭い家が合わなくなってきた／（因生活方式的變化）小宅已經不適合了」，這個觀點與本文的論述相反。

47　　　　　　　　　　　　　　解答：3

▲ 題目的底線部分「そこ／（就在）那裡」是指前面所述的「テレビやインターネットでは味わえない興奮／那種在電視和網路轉播中所無法體驗到的興奮」。至於是什麼樣的體驗，請繼續往前尋找線索，就是第二段的第一行提到的「大相撲の醍醐味は、なんといってもじかに取組を見ること／觀賞由日本相撲協會主辦的正式相撲賽事其最大樂趣在於能夠親眼見證一場場勢均力敵的精彩比賽」。因此，正確答案為選項3。

《其他選項》

▲ 請將選項1、選項2和選項4的文字內容嘗試分別代入「そこ／（就在）那裡」的部分。

▲ 選項1和選項4皆可從電視轉播中感受到，選項2則與「テレビやインターネットでは味わえない興奮」無關。

48　　　　　　　　　　　　　　解答：2

▲ 搭乘新幹線列車的三人座時，原則上是「窓側が上座、通路側が次／窗側座位為上首，靠走道座位為其次」，但前提是「相手の意向を確かめる／要先請問對方的意願」，因此正確答案為選項2。

《其他選項》

▲ 選項1　文章並沒有提到「事前に目上の人それぞれに三つの座席番号を知らせ、席を選んでおいても／乘車前先告知尊長三個座位各自的號碼，請他先挑選座位」。

▲ 選項3　正中央的座位是下首。

▲ 選項4　靠窗座位為最上首。

問題9　　　　　　　　　　　　P22-27

49　　　　　　　　　　　　　　解答：2

▲ 請參見文章第一段的解釋：「『ストレス』は、プレッシャーに対する体内の反応とでも言ったらよいだろうか／『情緒緊繃』可以說是受到外在

壓力時體內產生的反應」，因此正確答案為選項2。

《其他選項》

▲ 選項1　請參見文章第一段第一到三行，「プレッシャー／外在壓力」和「ストレス／情緒緊繃」雖然相似，但並不相同。

▲ 選項3　兩個名詞的定義恰好相反。

▲ 選項4　請參見文章第四段第一行提到的「適度なプレッシャーは、むしろ人を奮い起こさせ、励ますものだ／適度的外在壓力反而有助於振奮精神，鼓舞人心」。

50　　　　　　　　　　　　　　解答：4

▲ 請參見文章第四段第一行提到的「適度なプレッシャーは、むしろ人を奮い起こさせ、励ますものだ／適度的外在壓力反而有助於振奮精神，鼓舞人心」，因此正確答案為選項4。

《其他選項》

▲ 文章中已提到給予適度的外在壓力有助於鼓舞應考生，因此選項1、選項2和選項3均不是正確答案。

51　　　　　　　　　　　　　　解答：1

▲ 題目即為文章第五段第一行提到的「逆に、よくないプレッシャーを与えるのは／相反地，所謂給予不適度的外在壓力是指」，所以應該尋找這句話後面的敘述，也就是「他人と比べられたり、親の見栄による言葉をかけられたりすること／與別人做比較，或是父母基於虛榮而批評兒女的話語」，因此正確答案為選項1。

《其他選項》

▲ 選項2請參見文章第三段第三行寫到的「どこの大学を受験するのかを尋ねもしない／連要報考哪一所大學都不問一句」，而這種舉動會讓應考生失去鬥志，所以問的話反而是好事，可知不是這個選項。

▲ 選項3的「そっとしておく／不去搭理他」和選項4的「暗い話題はさける／避免談起會讓心情低落的話題」文章並沒有寫到。

52　　　　　　　　　　　　　　解答：2

▲ 文章第二段第一行寫到了選項1，第三行提到選

項3，而第四行提到選項4，但是沒有寫到選項2。

読解

1
2
3
4
5
6

53　　　　　　　　　　　　　　　解答：3

▲ 請參見文章第五段第三行寫到的「学生たちは、まず、これらの法律（＝労働基準法など）をよく勉強して欲しい／希望學生們能先自行研讀相關法律條文（包括《勞動基準法》等）」，因此正確答案為選項3。

《其他選項》

▲ 選項1　文章沒有寫到。

▲ 選項2　因文章第五段第四至五行中寫的是「困ったときには、これらのユニオンに相談して自分たちの力で解決するように／發生糾紛時，可以向相關工會尋求協助，靠自己的力量解決」，所以不是正確答案。

▲ 選項4　文章沒有寫到「すぐに経営者を訴えて欲しい／希望能夠立刻向經營者提起訴訟」，因此也不是正確答案。

54　　　　　　　　　　　　　　　解答：4

▲ 作者在文章第五段第四行建議學生們「自分たちの力で解決する／靠自己的力量解決」，並於最後一段的第二至三行提到「これらの経験を活かすことで、よい社会人になることができるだろう／想必能夠藉助這些經驗，成為一個更優秀的社會人士」，因此正確答案為選項4。

《其他選項》

▲ 選項1與選項3，作者於文章第三段表示對於學生組成「對抗黑心工讀自救工會」給予正面的評價。

▲ 選項2，作者並未在文章中提到「おそらく何も解決できないだろう／恐怕什麼問題都解決不了」。

55　　　　　　　　　　　　　　　解答：1

▲ 選項1與《日本國憲法》第二十條第一項「いかなる宗教団体も、国から特権を受け、又は政治上の権力を行使してはならない／任何宗教團體都不得從國家接受特權或行使政治上的權利」的條文內容相反。

《其他選項》

▲ 選項2、選項3和選項4均為《日本國憲法》第二十條第一項及第二項的內容。

56　　　　　　　　　　　　　　　解答：4

▲ 題目的底線部分「このような状況／諸如此類的情形」是指絕大多數為一神論的歐美人所難以理解的狀況，至於是什麼樣的狀況，已寫在本段底線前面的部分，亦即「子供が生まれたときやお正月には神社にお参りし、お葬式は仏教式で、といった人が多い。さらに近年では結婚式をキリスト教会で挙げる若者も増えている／許多家庭會在小孩平安誕生後與過新年時前往神社參拜，而喪禮則採用佛教儀式。近年來甚至有愈來愈多年輕人於基督教會舉行結婚典禮」，因此綜上所述，正確答案是選項4。

《其他選項》

▲ 選項1僅僅是「このような状況／諸如此類的情形」的其中一個事例。

▲ 選項2是描述多數日本人的現況。

▲ 選項3為轉述憲法的文字內容。

57　　　　　　　　　　　　　　　解答：2

▲ 請參見文章最後一段的開頭是「私個人について言えば／就我個人而言」，亦即接下來的論述代表作者本人的看法。提到「この世界の全てを支配する存在を信じ／相信支配著這個世界的所有存在」，而與之相符的答案是選項2。

《其他選項》

▲ 選項1和選項4由於文章最後一段第一行提到「私も多くの日本人同様、神様と仏様の両方を信じて／我和多數日本人一樣，同時相信神道和佛教」，因此不是正確答案。

▲ 選項3，本段第二行提到「この世界の全てを支配する存在を信じ／我相信支配這個世界的每一種存在」，因此也不是正確答案。

問題10　　　　　　　　　　　　P28-30

58　　　　　　　　　　　　　　　解答：2

▲ 在文章第一段的最後一行描述櫻花「春の喜びと生きている幸せ／代表春天的喜悅與生命的幸福」，以及第二段第一行的「『桜』は、また、日本人にとってスタートを表す言葉でもある／此外，對日本人來說，『櫻花』亦是象徵著『出發』

的名詞」，因此正確答案為選項 2 。

《其他選項》

▲ 選項 1 的「友情／友誼」、選項 3 的「永遠／永恆」以及選項 4 的「温かい心／溫暖的心」與「感謝／感謝」都不是文章提到的寓意。

---

59 解答：**1**

▲ 題目的底線部分在文章的第三段，請參見同段落的第三至四行提到的「日本人は昔から桜を見て生命の短さ、はかなさを知り、人生の無常を感じて来た／自古至今，日本人從櫻花身上學到了生命的短暫與虛幻，繼而領略到人生的無常」。換句話說，也就是借用櫻花短短的花期來譬喻人生。

《其他選項》

▲ 選項 2 、選項 3 和選項 4 都不是櫻花和人生的共通之處。

---

60 解答：**3**

▲ 小野小町是以櫻花褪色的模樣來比喻自己的人老珠黃，感嘆美貌不再。

《其他選項》

▲ 選項 1 並不是「若い女性ならでは／年輕女性所特有的」感嘆。

▲ 選項 2 是對櫻花的感嘆。

▲ 選項 4 並未在本文中提到。

---

61 解答：**4**

▲ 請參見文章第五段第二行的「そこ（＝桜の生命が短いこと）に人生のはかなさを見、無常を感じてきた／從那裡（即櫻花短暫的生命）看到了人生的虛幻，也感受到了人生的無常」，因此正確答案為選項 4 。

《其他選項》

▲ 選項 1 ，文章中並沒有提到「長い苦しみ／漫長的痛苦」。

▲ 選項 2 和選項 3 雖然也很重要，但並不是「日本人にとってどのようなものか／在日本人眼中具有什麼樣的象徵意義」的答案。

問題 11 P31-33

62 解答：**1**

▲ A文章和B文章同樣都是論述從幼兒期開始學習英文的優缺點，A文章持贊成立場，而B文章持反對立場。因此選項 1 正確。

《其他選項》

▲ 選項 2 的「国際社会で生きていくためには、どのようなことが必要か／為了能在國際社會立足，必須預做哪些準備」，A文章和B文章都沒有提及。

▲ 選項 3 的「英語を学ばせるのは何歳ぐらいからが適当か／學習英文的適合年齡大約是幾歲」，A文章和B文章都沒有提及。

▲ 選項 4 ，A文章雖然提到「英語を学ばせる理由／學習英文的理由」，但是B文章的主旨是反對從幼兒期開始學習英文，也沒有提到選項 4 的讓小孩學英文的理由。

---

63 解答：**2**

▲ 請參見A文章最後一段的「早くからネイティブな英語の世界に親しむことで、子供の国際性や協調性も養われるという教育面の効果も大きいと言える／就教育層面而言，讓兒童盡早從母語角度熟悉英文，亦可相當有效地培養其國際性與協調性」，以及B文章第三段第三至五行的「このことは、ややもすると子供にとって過剰な学習を押し付けることにもなり、その結果、逆に子供は将来英語が嫌になり、英語に興味を失くしてしまうことにもなりかねない／一旦弄巧成拙，很可能導致孩子學習過量，反而使孩子日後厭惡英文，對英文失去興趣」。綜上所述，正確答案為選項 2 。

《其他選項》

▲ 關於選項 1 、選項 3 和選項 4 所敘述的學習英語的年齡層，A文章和B文章都沒有提到從幾歲開始較為適當。

問題 12 P34-36

64 解答：**4**

▲ 文章第一段第一行即寫到「日本人の美徳ともいえる『品性』そして『いさぎよさ』や『まじめさ』

が、いま『責任感』という言葉とともに社会から失われつつあるのではないか／時至今日，堪稱日本傳統美德的『品行』、『高潔』與『認真』，似乎都隨著『責任感』這個詞彙一同從社會上消失無蹤了」，這段文字即為本文的主旨。

《其他選項》

▲ 選項1的「外国人に疑われる／受到外國人的質疑」與文章內容不符。

▲ 選項2的「『責任感』に取って代わられる／被『責任感』所取而代之」與文章內容不符。

▲ 選項3的「指導的立場にある人々が特に／尤其是那些高居領導地位的人士」與文章內容不符。

---

65 解答：**1**

▲ 由於在底線文字①之前寫著「例えば／舉例來説」，意思就是①是前面所述內容的例證。換言之，亦即失去責任感的典型代表人物——「日本の指導的立場／位居日本政府高職」諸位人士的言行舉止正是最明顯的例子。

《其他選項》

▲ 題目的底線文字並不是選項2、選項3及選項4的事例。

---

66 解答：**3**

▲ 所謂的「一過性／一時性」如同註解説明的，只是大眾媒體短期內報導的新聞熱點。與之語意相反的詞彙為出現在下一行的「真実や責任を持続的に追及する／持續追蹤報導事件的真相與究責」裡面的「持続的／持續性」，亦即長期維持的意思。

《其他選項》

▲ 選項1 「追及／究責」是指追究責任歸屬。

▲ 選項2 「社会的／社會性」是指與社會的相關性。

▲ 選項4 「圧力／壓力」則是施加於身上的外在力量。

---

67 解答：**3**

▲ 本題底線文字③的「これ／這」位於文章第六段，請參見這個段落：「ただ別の面から見ると、正義は我にあり、自分は正しい、何を言っても責任を取らされることもないということが前提としてあるのだ。③これがまさに今の日本社会の

一面である。自分は決して表には出ず安全な所に身を置き、スマートホンのツイッターなどで人を中傷し、悪口を言い、弱いものをいじめるという、以前は考えられなかったことが起きている／然而從另一個角度來看，這種思維也成了我乃正義、自己是正確的、發表任何言論都不會被究責的前提。而③這正是今日日本社會的一個面向——自己絕不現身，只躲在安全之處透過手機發送推特，做出中傷別人、口出惡言、欺負弱小等等在過去的時代根本難以想像的行徑」。綜合考量指示代名詞「これ」的前後文脈，正確答案應為選項3。

《其他選項》

▲ 選項1、選項2和選項4都不是本文所描述的「日本社会の一面／日本社會的一個面向」。

問題13 P37-38

68 解答：**2**

▲ 在公告的〔出品規制／擺攤規範〕中包含「手作り品／自製物品」，看似可以販售「手作りクッキー／手工餅乾」，但是在〔出品不可商品例／不可販售商品項目〕當中列舉了「飲食物全般／任何餐食飲品」，因此不可販售選項2的「手作りクッキー」。

---

69 解答：**4**

▲ 在〔注意事項／注意事項〕上載明「貴重品は各自で管理してください／貴重物品請各自妥善保管」，因此正確答案為選項4。

《其他選項》

▲ 選項1 〔出店資格／擺攤資格〕上載明，只要是「高校生以上／高中生以上」，就不需要監護人陪同擺攤。

▲ 選項2 〔募集概要／招募概要〕中寫到「公園清掃への参加で500円引き／願意協助清掃公園者可減免500圓」，並沒有寫所有人都必須參與。

▲ 選項3 關於電源，在〔注意事項／注意事項〕中寫著「電源無し／無提供電力」，但並沒有寫到「持っていくこと／必須自備」。

問題1

P39-42

例

解答：2

▲ 從女士跟男士説「飲み物がなくちゃ乾杯できないじゃない。私たちが買って行くことになってたのに／沒有飲料不就沒辦法乾杯嗎？我們被派的任務是購買飲料的説」可得知目前宴會上沒有飲料，導致宴會無法開始。

▲ 再加上男士最後説「まあね。とにかく急ごう。あのスーパーならいろいろありそうだよ／算了！總之加緊腳步，那家超市的話應該什麼都有吧」。可知兩人接下來要做的是選項2「飲み物を買う／購買飲料」。

《其他選項》

▲ 選項1　這是男士抵達前使用的交通工具。

▲ 選項3　兩人雖在前往宴會的途中，但這並不是接下來要做的事。

▲ 選項4　蛋糕男士一早在家裡就做好了。

1

解答：3

▲ 科長最後説道「まずは自分の側、つまり自社の強みや弱みについても、十分にわかっておくこと／更重要的是，必須徹底了解我方，也就是自家公司的強項和弱項」這就是男士接下來要做的事。

《其他選項》

▲ 選項1　對話中並未提及。

▲ 選項2　科長説「準備には時間さえかければいいというものでもない／籌備工作不見得是花費時間就能準備周詳」。

▲ 選項4　科長説比起了解競爭對手的公司，首先必要徹底了解我們自己的公司。

2

解答：3

▲ 會議從十點開始。因為女士擔任主席，所以必須提前三十分鐘到達總公司。因此女士必須在九點半前抵達總公司上班。

3

解答：1

▲ 男士説「僕はテレビさえあればいいんです／我只要有電視就夠了」，又説「共同のトイレや洗面台もそんなに遠くないし／反正公用廁所和洗手台也不算遠」由於多人房的廁所和洗手台是共用的，而電視可以買電視卡收看，且其他房間至少都有附廁所或洗手台等，可知，男士選擇了「大部屋／多人房」。

4

解答：4

▲ 男同學邀請女同學一起去吃晚飯，但是女同學拒絕了，並説「この箱ぐらいやっておくから、行ってきていいよ／至少讓我把這箱整理完，你先去吃吧」表示她想要繼續整理。

《其他選項》

▲ 選項1和選項2，關於聯絡回收業者和尋找缺少的文件，會話中都沒有提到。

▲ 選項3，要去買便當的是男同學。

※ 補充：「ええー／什麼」並非表達肯定意思的「ええ／嗯，對」，相反的，「ええー」用在無法認同對方的話時，發音應將語尾上揚。

5

解答：4

▲ 炒好的蔬菜先盛到盤子裡→用同一個平底鍋炒肉→加入調味料讓肉充分入味。到這裡為止，女士都是一邊向男士説明一邊進行動作。

▲ 而對於男士説「じゃ、ここでもう一度こちらをフライパンに戻すんですね／那，現在再一次把這邊的（菜）倒回平底鍋裡對吧」，女士回答「お願いします／請倒進來吧」。因此正確答案是選項4。

※ 詞彙補充：「シャキシャキ／咔嚓咔嚓」指食物不太柔軟，咬起來清脆的樣子。

6

解答：2

▲ 聽完機票的價格後，男士便轉為新幹線的話題。頭等車廂還有空位，但男士説「贅沢もできないし／不能太揮霍」。最後男士決定「いいや、早めに行って並ぶことにします／算了，我早點去排座位就好」也就是為了搭乘新幹線的自由座，決定早點去排隊。

《其他選項》

▲ 選項3 對話中並未提及。

▲ 選項4 不確定能不能訂到長途巴士，且男士說「とれたとしても、万が一雪でも降って途中で止まったり、動かなかったりしたら台無しですからね／就算訂得到票，萬一下雪而半路停駛或動彈不得，那假期就泡湯了」。

問題2　P43-47

例　解答：4

▲ 男士在對話中提到「あの会議室は椅子がだめだね／那間會議室的椅子不行啦」，女士下一句附和說「椅子は柔らかければいいというわけじゃないね／椅子並不是軟就好呢」，「というわけじゃない／並不是說」表示否定前面「椅子軟就好」的情況，由此得知答案是選項4「会議室の椅子が柔らかすぎるから／因為會議室的椅子太軟了」。

《其他選項》

▲ 選項1 女士問「パソコン、使いすぎなんじゃないの／是不是過度使用電腦了？」，男士否定說「今日は2時間もやってないよ／今天也用不到兩小時啊」，可知選項1不正確。

▲ 選項2 男士雖然喝了四杯咖啡，但這並不是造成肩膀痠痛的原因。

▲ 選項3 男士雖說部長說話冗長，聽得好累，但這也不是造成肩膀痠痛的主要原因。

1　解答：3

▲ 女同學說「その時の木村君の顔を思い出すと／想起木村當時的表情就…」接著便笑了起來。可知答案是選項3。

2　解答：4

▲ 男士說「これから計画通りに行くかどうか／我也沒有把握能夠按照既定時程進行」表達擔心的心情。因此選項4正確。

《其他選項》

▲ 男士在對話中並未表現出選項1「反省／反省」或選項2「後悔／後悔」，也沒有露出選項3「驚いて／驚訝」的情緒。

3　解答：3

▲ 從「調理場／烹飪區」和「メニュー／菜單」可以得知，兩人正在討論餐廳牆壁的顏色。

4　解答：2

▲ 顧客說這台吸塵器「前のより吸い込まなくて／比（我家裡）原來那支的吸力還要弱」，想換一台吸力更強的吸塵器。店員也承認這台吸塵器的「吸い込む力が若干弱くなっておりまして／吸力比較弱」。因此選項2正確。

《其他選項》

▲ 選項3 顧客說「デザインはとってもおしゃれ／設計非常漂亮」。

▲ 選項4 店員說這款吸塵器「音が静か／沒有噪音」。

5　解答：3

▲ 數學考試考到70分以上就可以得到新的遊戲軟體，但男孩說這是不可能的，而且若考不到60分還會被爸爸沒收遊戲機。從男孩說「50点さえとったことないのに／我根本從來沒考超過50分」，可知男孩覺得自己考不到60分，而遊戲也會被沒收。

《其他選項》

▲ 對話中沒有提到選項1和選項2的內容。遊戲機還沒被沒收，所以選項4也不正確。

6　解答：4

▲ 男士說醫生很細心，女士則說「子猫の飼い方についても教えてくれて、なんか安心できそうで／（這家醫院）會（親切地）說明養小貓的注意事項，感覺比較安心」。因此正確答案為選項4。

《其他選項》

▲ 選項1 對話中提到寵物不能使用健保。

▲ 選項3 對話中提到其他醫院的診療費更便宜。

7　解答：1

▲ 女士解釋原本也想在今天完成的，並向男士道歉時男士回答「そうすれば明日は田中産業の仕事に時間が使えるからね／那樣（今天討論）的話，就能把明天的時段拿來處理田中産業的案子了」。可知答案為選項1。

例
解答：3

▲ 對話中列舉了汽車相關的內容。從「一般的な4ドアのセダンだと／就一般的四門轎車而言」、「フロントガラスの形も変わってきていますね／前擋風玻璃的造型設計變化也是永不停息呢」、「使うガソリンの量が減ったことです／石油的消耗量也減少了」，可知正確答案是選項3。當然，若一開始能夠聽出「セダン／轎車」這個單字，本題就能迎刃而解了。

《其他選項》

▲ 選項1　電腦不會有四個門、前擋風玻璃及使用石油。

▲ 選項2　空調不會有四個門、前擋風玻璃及使用石油。

▲ 選項4　機車不會有四個門。

1
解答：4

▲ 對話中提到「昨年度ののべ残業日数、時間は、かつてないほどでありました／前一年度的總加班日數與時數均創下歷年新高」。而對於過度加班的現象，説話者正在向「各課、各部署の責任者／各部門與各科室的主管」下達指示，要求科長和股長應該確實掌握部屬的業務量是否適當。因此正確答案是選項4。

《其他選項》

▲ 選項1和選項2，對話中並沒有提到遲到或曠職，以及節約用電的相關事宜。

▲ 選項3，雖然銷售量下降，但説話者認可員工的努力。

2
解答：1

▲ 女士提到「砂糖と塩の摂りすぎです／導致糖和鹽的攝取過量」、「栄養が偏る危険性もあります／可能有營養不均衡的風險」都是在提醒大家注意不要過量飲用市售的蔬果汁。

《其他選項》

▲ 選項2　女士是説常看到民眾同時選購杯麵和蔬果汁。

▲ 選項3　女士並沒有説「飲まない方がいい／最好不要喝」。

▲ 選項4　女士並沒有説「いくら飲んでもいい／盡量喝沒關係」，並提醒「何事もほどほどがいちばんです／凡事都要適量就好」。

3
解答：3

▲ 因為站務員説「もしかしたら終点の駅で回収できるかもしれませんので連絡します／我聯絡一下，或許會在終點站找回遺失物」，因此選項3是正確答案。

《其他選項》

▲ 選項1和選項2，對話中並沒有提到「終点の駅に行く／去終點站」以及「終点の駅から連絡が来るのを待つ／等待來自終點站的聯繫」。

▲ 選項4，對話中雖然提到「誰かが届けてくれるかもしれない／可能有人會送來招領」，但這並不是站務員接下來要做的事。

4
解答：4

▲ 播報員提到「見落としてはならない病気に医師が気付くことができ／將可達到幫助醫師做出精準的疾病診斷」，所以選項4是正確答案。

《其他選項》

▲ 播報員並沒有提到選項1、2、3的內容。

5
解答：1

▲ 從「六年の時の担任／六年級的級任導師」、「みんな小学生の時／大家讀小學的時候」等對話可以得知，男士和女士是小學同學。

《其他選項》

▲ 選項2　男士曾是中學老師，但並沒有説兩人是國中同學。

▲ 選項3　對話中沒有提到兩人在同一個地方上班。

▲ 選項4　現在兩人並沒有從事同樣的工作。

6
解答：3

▲ 對於學生希望到「商品開発ができるところ／能夠從事商品研發的地方」上班，老師建議她不妨去和中島學姊見個面。由此可知老師和學生在談論選項3「学生の就職について／關於學生的就業」。

《其他選項》

▲ 選項4 關於學姊的工作，老師只是為了向學生說明才稍微提了一下。

問題4

P49

例

解答：1

▲ 對方語帶鼓舞的説「張り切ってるね／真是幹勁十足啊」，是「元気があふれている。大いに意気込む／精神飽滿。積極奮力」的意思，這時要回答表示原因的選項1「ええ、初めての仕事ですから／是啊，因為這是我第一份工作啊」語含感謝對方對自己積極態度的關注。

《其他選項》

▲ 選項2 這是表示狀況、程度的説法，是被詢問「ずいぶん長旅になりましたね／旅途期間真是久啊」等的回答。

▲ 選項3 這是表達內心不安或能力不足時的心理狀況，是被詢問「今回も駄目か／這次也不行啊」等的回答。

1

解答：1

▲ 這裡的「なめる／輕視、小看」是瞧不起的意思。男士是説即使對手的隊伍實力不強，也不能因為瞧不起對方而疏忽大意。因為回答「もちろん／當然」表示同意，所以後面應回答選項1表示會全力奮戰。

《其他選項》

▲ 選項2是當對方説「自信を持って戦うように／拿出自信上吧！」時的回答。

▲ 選項3是當因為對手的實力遠遠超乎己方而被勸退時的回答。

2

解答：3

▲「げっそり／無精打采」是指因為疲勞而消瘦、沒精神的樣子。男士看見女士無精打采的樣子，正在詢問原因。而疲憊的原因，要選擇選項3最適當。

《其他選項》

▲ 選項1和選項2，休息太久或變胖都不是造成無精打采的理由。

3

解答：2

▲「あらかじめ／事先」是事前、預先的意思。男士説拜託一開始先講，這是男士在對女士抱怨，所以應該回答選項2表示道歉。

《其他選項》

▲ 選項1，「ありがとう／謝謝」是道謝的用語。

▲ 選項3的內容不適合作為當對方説「あらかじめ言って／拜託一開始先講」時的回答。

4

解答：2

▲「恵まれている／很幸運」是在許多事情上都從他人身上得到了幫助，很好運的意思。由於這是應該感謝的事情，所以選項2是正確答案。

《其他選項》

▲ 選項1是用於自己的過錯受到指責時的回答。

▲ 選項3是被稱讚「ピアノがうまいね／你鋼琴彈得真好」之類的時候會説的話。

5

解答：1

▲ 女士説檔案的名稱「まぎらわしい／複雜」，也就是太相似而不容易區分的意思。對於女士的意見，選項1是最適當的答案。

《其他選項》

▲ 選項2是當對方抱怨檔案名稱太長時的回答。

▲ 選項3是當對方抱怨檔案名稱太短時的回答。

6

解答：2

▲ 這題是希望他人能幫自己做某事的説法，可回答選項2表示會盡力試試看。

《其他選項》

▲ 選項1的「結構／好的、不用了」這個詞語有許多用法。例如，在提議「誰かに、その仕事を手伝うように言おうか／去拜託誰來幫忙這項工作吧？」的情況下，回答「結構」表示「いいです／好」的意思。

▲ 選項3是當對方表示感謝時的回答。

7

解答：1

▲「一段と冷える／特別冷」是特別寒冷的意思。如果贊同這句話，可以回答「うん／嗯」、「はい／是」、「ええ／對啊」等等，並且接著説表示

贊同的話。選項1「春はまだ遠い／還要等很久春天才會來」的意思是目前仍然很冷，不知還要等多久春天才會到來。為正確答案。

《其他選項》

▲ 選項2如果是「いや、昨日ほどではないね／不，沒有昨天那麼冷吧」則正確。

▲ 選項3如果是「うん、昨日よりは寒いよ／嗯，比昨天更冷哦」則正確。

---

8 解答：**2**

▲ 男士的意思是以人數來說，房間似乎有點小了。所以回答選項2最適當。

《其他選項》

▲ 選項1是當對方說房屋老舊損壞而住起來不舒服時的回答。

---

9 解答：**1**

▲ 對話的情況是被拜託保守機密，不能向外人洩漏內部的情報。選項1是表示自己會嚴守機密的回答。

《其他選項》

▲ 選項2「窓を閉めておきます／把窗戶關上」和選項3「ビニールシートを用意します／（我會）準備塑膠袋」都是用於不讓物體漏洩出去的處理方法，誤判了題目的意思。

---

10 解答：**2**

▲ 這是女士在批評男士的言行舉止十分自私的狀況。可回答選項2來解釋自己的想法。

《其他選項》

▲ 選項1是當對方說「がんばらなければ／必須努力」時的回答。

▲ 選項3是當對方說「がんばろうと思う／我想盡我所能」時的回答。

---

11 解答：**2**

▲ 女士的意思是「あの部長だから、きっと計画があるはずだ／畢竟是那位經理，他心裡一定有計畫了」，因為她了解經理的個性，所以才會這麼說。可回答選項2表示同意女士的看法。

《其他選項》

▲ 選項1 女士的「～のことだから／因為是…」意思並不是指「因為是某人的事情」，而是指「因為是那位經理」的意思。

▲ 選項3 考慮計畫的是經理，並非大家。

---

12 解答：**2**

▲ 「始まらない／做不成」的意思是「何の役にも立たない。無駄だ／無濟於事、無能為力」。意思是說，如果不去拜託木村小姐，就什麼事都無法完成。所以應該要趕快拜託木村小姐，因此選項2正確。

《其他選項》

▲ 選項1 這是當對方說後悔拜託了木村小姐時的回答。

▲ 選項3 這是當對方詢問是否拜託過木村小姐時的回答。

---

13 解答：**3**

▲ 男士說「新人ならどうだか知らないが（無理もないことかもしれないが）／如果是新人還情有可原（也許是理所當然），但是…」，也就是說他對山口先生所犯的錯誤感到意外。可回答選項3表示認同。

《其他選項》

▲ 選項1 山口先生並非剛進公司。

▲ 選項2 男士在說的是山口先生。而且山口先生並非新進員工。

※ 文法補充：「～はいざ知らず／如果是…就算了」的意思是「～はどうだかわからないが／…的話我事不知道，但是…」。例句：

・昔の人はいざ知らず、現代人は砂糖のとりすぎである／姑且不論以前的人，但現代人的糖分攝取過量。

問題5　　P50-51

---

1 解答：**2**

▲ 男士在電話中詢問修理電腦的相關事宜，但由於修理費太貴，他說要再考慮看看。最後，他決定「サイトから自分で今やります／現在就上網自己申請」。

《其他選項》

▲ 對話中沒有提到有關於選項1和選項4的內容。

※ 補充：「ちょっと考えてみます／考慮看看」是用在無法馬上決定、暫且婉拒的情形。

2　解答：2

▲ 因為「二人で仲良く協力して料理ができる／兩人可以使一起下廚時用」，而且顏色是粉紅色和白色，感覺很適合新婚夫妻。從以上這幾點，可以推測出正確答案應是選項2成套的圍裙。

《其他選項》

▲ 選項1、3、4均不是一起下廚時使用的物品，且顏色也不符合。

3-1　解答：1

▲ 兒子提到如果去拉麵店就只有拉麵，但「ラーメン嫌いなやつもいるし／難免有些傢伙討厭吃拉麵」、「ドーナッツとコーヒーとかっていうやつ、多い／也有很多男生喜歡吃甜甜圈配咖啡」。可知答案是選項1「みんなで違うものが食べたいとき／一群人想吃不同東西時」。

3-2　解答：4

▲ 媽媽說「安いからってしょっちゅう行くと、レストランで食べるより高くついたりする／便利商店雖然便宜，但要是經常光顧，反而會比去餐廳吃飯花更多錢」。所以正確答案是選項4。

|第2回| 言語知識（文字・語彙）

問題1　P52

1　解答：1

▲「配」音讀唸「ハイ」，訓讀唸「くば-る／分配」。例如：「配当／分紅」、「分配／分配」、「紙を配る／分發紙張」。

▲「慮」音讀唸「リョ」，訓讀唸「おもんぱか-る／考慮」。例如：「焦慮／焦躁」。

▲「配慮／關懷」是指對周圍的人體貼入微的照料。

《其他選項》

▲ 選項3　寫成漢字是「排除／排除」。

2　解答：3

▲「図」音讀唸「ズ・ト」，訓讀唸「はか－る／策畫」。例如：「図面／設計圖」、「図書館／圖書館」、「問題の解決を図る／想辦法解決問題」。

▲「鑑」音讀唸「カン」。例如：「鑑定／鑑定」、「印鑑／印章」、「年鑑／年鑑」。

▲「図鑑／圖鑑」是用照片或圖畫來說明各種事物的書。

3　解答：1

▲「担」音讀唸「タン」，訓讀唸「かつ－ぐ／挑、扛」、「にな－う／肩負」。例如：「分担／分擔」、「担当／擔任」、「荷を担ぐ／扛貨物」、「責任を担う／背負責任」。

▲「担う／肩負」是承擔、負擔責任的意思。

《其他選項》

▲ 選項2　寫成漢字是「競う／競賽」。

▲ 選項3　寫成漢字是「負う／擔負」、「追う／追逐」。

▲ 選項4　寫成漢字是「繕う／修補」。

4　解答：2

▲「施」音讀唸「セ・シ」，訓讀唸「ほどこ－す／救濟」。例如：「施薬／用藥」、「施工／施工」、「手当を施す／給予津貼」。

▲「施す／施捨、施行、施加」表示施予恩惠或金錢，也指實行和施加。

→ 題目中的「装飾を施す／施以裝飾」是加上裝飾的意思。

《其他選項》

▲ 選項1　寫成漢字是「尽くされた／用盡了」。

▲ 選項3　寫成漢字是「促された／促使了」。

▲ 選項4　寫成漢字是「催された／舉行了」。

5　解答：4

▲「快」音讀唸「カイ」，訓讀唸「こころよ－い／爽快」。例如：「快感／快感」、「快速／快速」、「快い音／令人愉快的聲音」。

▲「快い／爽快」指心情很好、感覺很好。

《其他選項》

▲ 選項1　寫成漢字是「良い／好」。

▲ 選項2　寫成漢字是「荒い／粗暴」、「粗い／粗糙」。

▲ 選項3　寫成漢字是「到底／無論如何也（後接否定）」。

6　　　　　　　　　　　　　　　　解答：**2**

▲「器」音讀唸「キ」，訓讀唸「うつわ／容器」。例如：「楽器／樂器」、「器具／器具」、「器が大きい／很有氣量」。

▲「器／器皿」指盛裝東西的物品，或指人有卓越的能力。

《其他選項》

▲ 選項1　寫成漢字是「筒／筒子」。

▲ 選項3　寫成漢字是「網／網子」。

▲ 選項4　寫成漢字是「盃／酒杯」。

問題2　　　　　　　　　　　　　　P53

7　　　　　　　　　　　　　　　　解答：**3**

▲ 由前面的「権利／權利」可知應填入選項3「放棄／放棄」，指拋棄權利或原本可得的事物，常用在「財産放棄／放棄財產」等情況。

《其他選項》

▲ 選項1　「解消／解除」是指取消、消除以前存在的狀態或關係。例句：
・婚約を解消する／解除婚約。

▲ 選項2　「謝絶／謝絕」是指拒絕。例句：
・面会謝絶／拒絕會面。

▲ 選項4　「不振／蕭條」是指情勢不佳。例句：
・食欲不振／食欲不振。

8　　　　　　　　　　　　　　　　解答：**1**

▲ 這題要選可用「強烈／強烈的」來修飾的選項。最符合句意的是選項1「個性／個性」是指每個人獨特的性格特質。

《其他選項》

▲ 選項2　「人柄／人格」是指人的為人、人品。例句：
・人柄がよい／人品很好。

▲ 選項3　「タイプ／類型」是指擁有共通性質的同一群人。例句：
・好きな女性のタイプ／喜歡的女性類型。

▲ 選項4　「個人／個別的人」是指每個個別的人。例句：
・個人の権利を守る／保障個人的權利。

9　　　　　　　　　　　　　　　　解答：**2**

▲ 因為照片美得不太自然，可猜想是經過某些人為的後製。選項2「加工／加工」是指天然的東西經過一些程序後做成不同的製品，為正確答案。

《其他選項》

▲ 選項1　「修理／修理」是指修復故障、損壞的地方。例句：
・時計を修理する／修理手錶。

▲ 選項3　「変換／變換」是指換成其他事物。例句：
・文字を変換する／轉換文字。

▲ 選項4　「浸透／滲透」是指滲入到裡面。例句：
・水が浸透する／水滲透過去。

10　　　　　　　　　　　　　　　解答：**1**

▲ 本題要填入可以形容公寓的詞語。而正確答案是選項1「陰気／陰暗」指心情或氛圍陰暗的樣子。

《其他選項》

▲ 選項2　「冷淡／冷淡」是指冷冰冰的態度、不體貼的樣子。例句：
・冷淡な態度／冷淡的態度。

▲ 選項3　「下品／下流」是指粗野的人品或粗俗的態度。對義詞為「上品／高尚」。

▲ 選項4　「無愛想／冷淡」是説話不親切、不擅交際的意思。例句：
・無愛想な人／態度冷淡的人。

11　　　　　　　　　　　　　　　解答：**3**

▲ 能放在「資金／資金」之後又符合句意的是選項1「難／困難」指困難的事情。用法是在名詞之後接「～難／…難」。例如：「財政難／財務困難」。

《其他選項》

▲ 選項1　「無／沒有」是指沒有。用法是在詞語前面接上「無／無」，像是「無遠慮／不客氣」、

「無作法／沒規矩」。

▲ 選項2 「欠／欠缺」是指缺少或缺席。例如：「欠席／缺席」、「欠礼／失禮」。

▲ 選項4 「割／比例」是指比例的單位或利益得失的比例。例如：「5割／五成」、「割に合わない／不划算」。

12　　　解答：**4**

▲「～として／作為…」表示以前項的身份和立場，因題目中提到對傳達戰地慘狀一事的使命感，可知前項應為表示身份的「ジャーナリスト／記者」指在報社等機構進行報導的人。

《其他選項》

▲ 選項1 「ビジネス／商務」是指商業辦公。例如：「ビジネスマン／上班族」。

▲ 選項2 「レジャー／閒暇」是指空閒時間。例如：「レジャーセンター／休閒中心」。

▲ 選項3 「インフォメーション／資訊」是指嚮導、接待處、資訊。例如：「駅のインフォメーション／車站的接待處」。

13　　　解答：**4**

▲ 句末的「でしょう／吧」是猜測、不確定的語氣。而選項4「さぞ／想必」正是推測對方心情的詞語，用法是「さぞ～でしょう／想必…吧」。

《其他選項》

▲ 選項1 「さほど／（並非）那麼」是程度不高的意思，後接否定。例句：
・さほど疲れてはいません／並沒有那麼累。

▲ 選項2 「さも／非常、好像」表示完全就是後項的樣子。用法是「さも～のように／好像…的樣子」、「さも～そうな／看起來好像…」。例句：
・さも楽しそうな顔で笑う／好像非常的笑著。

▲ 選項3 「いざ／一旦」是一旦到了緊急關頭，就應該進行某動作，或發生某狀態的意思。例句：
・いざやろうとすると～／一旦決定要做了…。
・いざという時に腰が抜けてしまった／一旦到了那個節骨眼，就嚇得人都癱軟了。

14　　　解答：**2**

▲「隔月／間隔一個月」。例如1月、3月、5月、7月…，即是間隔一個月。而選項2「一か月おき／間隔一個月」是指跳過一個月，下個月再繼續。另外，「隔日／間隔一天」是「一日おき／每隔一天」的意思。

《其他選項》

▲ 選項1 「一か月ずつ／每個月」是指每個月。例句：
・一か月ずつ当番を交代する／每一個月輪班一次。

▲ 選項3 「一か月遅れ／晚一個月」是指比指定的某月再晚一個月。例句：
・一か月遅れで月謝を払う／晚一個月繳納學費。

▲ 選項4 「一か月先／一個月後」是指一個月後。例句：
・会えるのは一か月先だ／還要等一個月才能見到面。

15　　　解答：**4**

▲「いい加減な／馬馬虎虎」是指沒有深入考慮、不責任的樣子。意思相近的是選項4「ざつ（雑）な／草率」指不用心、馬虎的樣子。

《其他選項》

▲ 選項1 「ちょうどいい／剛好」是指恰當的程度。例句：
・これくらいの甘さでちょうどいい／這甜度剛好。

▲ 選項2 「なめらかな／平滑」是指表面很光滑的樣子。例句：
・なめらかな肌／滑潤的肌膚。

▲ 選項3 「なまけた／偷懶」是指該做的事卻沒做、或溜班翹課的樣子。例句：
・夏休みになまけたせいだ／都是因為暑假時偷懶的緣故。

16　　　解答：**1**

▲「エレガント／高雅」是指典雅、優雅的樣子。意思相近是選項1「上品／典雅」指品格高尚。

《其他選項》

▲ 選項2 「流行／流行」是指在世界上廣泛流傳開來的事物。例句：

・流行の服／流行服飾。

▲ 選項3 「高級／高級」是指程度很高，優秀的樣子。例句：

・高級なレストランで食事をする／在高級餐廳用餐。

▲ 選項4 「独特／獨特」是指某人或某物獨有的特點。例句：

・地方独特の言葉／鄉下獨特的方言。

17	解答：4

▲「あらかじめ／預先」是事先之意思。意思相近的是選項4「以前から／從以前開始」表示從以前就是這樣。

《其他選項》

▲ 選項1 「本当は／其實」。例句：

・本当は彼女が好きだ／其實我很喜歡她。

▲ 選項2 「すっかり／完全」是指全部，狀態非常完整之意。例句：

・片付けはすっかり済んだ／已經全部整理完畢了。

▲ 選項3 「だいたい／大概」是大約的意思。例句：

・だいたいわかった／我大致明白了。

18	解答：3

▲「ぶらぶら／閒晃」是指這邊走走、那邊逛逛，悠哉地走來走去的樣子。意思相近的是選項3「うろうろ／徘徊」，指沒有目標的走來走去。

《其他選項》

▲ 選項1 「くよくよ／憂心忡忡」是指對瑣碎的小事在意、擔心的樣子。例句：

・くよくよしないで明るくいこう／不要悶悶不樂的，開心一點嘛！

▲ 選項2 「のろのろ／慢吞吞的」是指動作緩慢的樣子。例句：

・のろのろしてると遅刻するよ／你再這樣慢吞吞的話會遲到哦！

▲ 選項4 「しみじみ／深切的」是指打從心底深有所感的樣子。例句：

・しみじみ語り合う／認真的交談。

19	解答：3

▲「当て／依賴」是指靠得住的意思。意思最接近的是選項3「頼り／依靠」是指依賴、拜託。

《其他選項》

▲ 選項1 「条件／條件」是指要成立某個約定所必要達成的事物。例句：

・会員の条件／成為會員的條件。

▲ 選項2 「参考／參考」是指可以幫助思考、決定的事物。例句：

・参考意見を聞く／聽取參考意見。

▲ 選項4 「目処／目標」指目標，也指線索、頭緒的意思。例句：

・やっと仕事の目処がついた／終於找到了工作的目標。

問題4　　　　　　　　　　　　　　　P55-56

20	解答：4

▲「更新する／更新」是將紀錄或決定等等改成新的之意。例句：

・アパートの契約を更新する／重新簽訂公寓的租約。

《其他選項的用法及正確用語》

▲ 選項1 「視力が落ちてきたので、今の眼鏡を変えることにした／因為視力變差了，所以我決定換一副眼鏡」。

▲ 選項2 「古い木造建築は、戦後、鉄筋の高層ビルに改築された／第二次世界大戰之後，老舊的木造房屋被改建成了鋼筋水泥的高樓大廈」。

▲ 選項3 「このキーを押すと、ひらがながカタカナに変換されます／只要按下這個鍵，平假名就會變更成片假名」。

21	解答：3

▲「分野／領域」是指將知識或勢力範圍分門別類後的其中一個細項。例句：

・将来、天文の分野に進むつもりだ／我未來打算進入天文方面的領域。

《其他選項的用法及正確用語》

▲ 選項1 「与えられた課題に添って、800字以内で小論文を書きなさい／請依照指定的課題，書寫八百字以內的小論文」。

▲ 選項2 「オリンピックでは100を超える競技で、世界一が争われる／奧運選手將在超過一百項的各項競技中角逐世界第一」。

▲ 選項4 「海岸に沿って、工業地帯が広がっている/沿著海岸，工業區正在擴大」。

22 　　　　　　　　　　　解答：2

▲「はなはだしい/非常」是指程度很高，比一般嚴重的樣子。例句：

・気温の差がはなはだしく大きいので、体調を崩しがちだ/因為溫差很大，容易生病。

《其他選項的用法及正確用語》

▲ 選項1 「どれでもいいと言われて一番大きい箱を選ぶとは、ずいぶんずうずうしいヤツだな/人家説隨便你挑，你就真的挑了最大的箱子，你這傢伙臉皮可真厚」。

▲ 選項3 「そんなばかばかしい番組ばかり見ていないで、たまには本でも読んだら？/不要老是看那種沒營養的節目，偶爾也讀點書如何？」。

▲ 選項4 「事故のいたましい映像が、インターネットを通じて世界中に拡散した/事故當時怵目驚心的影片透過網絡傳播到了全世界」。

23 　　　　　　　　　　　解答：2

▲「いかにも/誠然」是不管怎麼看，都是如此、果然、的確的意思。例句：

・いかにも君が言うとおりだ/誠如你所説的。

《其他選項的用法及正確用語》

▲ 選項1 「何といった目的もなく、なんとなく大学に通っている学生も少なくない/沒有特定目標，指是隨波逐流地進入大學就讀的學生並不在少數」。

▲ 選項3 「誠実な彼のことだから、今度の選挙では当然当選するだろう/因為他為人誠實，所以這次選舉一定會當選的吧」。

▲ 選項4 「長い髪を後ろで結んでいたので、多分女の人だと思っていました/看那在身後紮成馬尾的長髮，我想她大概是女生吧」。

24 　　　　　　　　　　　解答：4

▲「エスカレート/逐步遞增」是某個傾向或某件事逐漸增強、變大的意思。例句：

・アメリカとの紛争がエスカレートする/我國與美國的紛爭日益緊張。

《其他選項的用法及正確用語》

▲ 選項1 「懸命な消火活動にもかかわらず、山火事はますます広がった/雖然已經拚命滅火了，但山裡的火勢仍然不斷蔓延」。

▲ 選項2 「君の話は、ウソではないのだろうが、少しオーバーなのではないかな/雖然你説的是事實，但是不是有點超過了呢」。

▲ 選項3 「明日の試験のことを考えると、頭が混乱して眠れない/一想到明天要考試，頭腦就一片混亂，睡不著覺」。

25 　　　　　　　　　　　解答：3

▲「言い張る/堅決主張」是強烈主張某個意見的意思。例句：

・犯人は僕ではないと言い張った/犯人堅稱自己不是兇手。

《其他選項的用法及正確用語》

▲ 選項1 「このタレントは、どの番組でも、つまらない冗談ばかり言っている/這名藝人不管上哪個節目，都只會開一些無聊的玩笑」。

▲ 選項2 「スピーチは、聞き取りやすいよう、大きな声でゆっくり話そう/為了讓聽眾聽得清楚，演講時就放大音量，慢慢説吧」。

▲ 選項4 「自由の大切さを死ぬまで主張した彼は、この国の英雄だ/他到死前都仍聲張自由的重要，真是這個國家的英雄」。

|第2回| 言語知識（文法）

問題5　　　　　　　　　　　P57-58

26 　　　　　　　　　　　解答：2

▲ 要選結果是「中止する/取消」意思的選項。「～ざるを得ない/不得不…」用在表示我並不想這樣，但因為某個原因所以沒有辦法時。句型是「（動詞ない形）ざるを得ない/不得不」，但「する/做」是例外，必須寫作「せざるを得ない/不得不做」。例句：

・この学生は、面接の印象はよかったが、テストの点数がこんなに悪いのでは、落とさざるを得ない/雖然這個學生面試時的印象很好，但因筆試的成績太差只好刷掉了。

▲ 選項 1 「わけにはいかない/不可以」表示因社會的道德倫理或心理因素而無法做到某事。例句：

・友達と約束をしたので、行かないわけにはいけない/已經跟朋友約定好了，就不能爽約不去。

▲ 選項 3 「ずにすむ/不…也行」表示不做前項也沒關係。例句：

・保険に入っていたので、治療費は払わずにすんで、助かった/因為有保險所以不用自付醫藥費，真是得救了。

▲ 選項 4 「ずにはおけない/不能不…」指不做前項就無法原諒，一定要這麼做的意思。例句：

・不良品を高く売るようなやり方は、罰せずにはおけない/不能不制裁那些高價出售不良品的做法。

27　　　　　　　解答：**3**

▲ 因為是「貧乏学生だった頃/當年還是個窮學生的時候」，所以要選過去式的選項 3。

※ 補充：

◇「〜とは/竟然…」是表達訝異、驚人、嚴重等心情的說法。

◇「〜だに/連…」寫成「〜だに〜ない/連…也不…」的形式時，表示完全沒有做過前項的意思。例句：

・あの泣き虫の女の子が日本を代表する女優になるなんて、夢にだに思わなかった/作夢也沒想到，那個愛哭的女孩竟然成為足以代表日本的女演員。

28　　　　　　　解答：**4**

▲「(動詞辞書形/た形)が早いか/一…就…」用於表示做了前項後馬上接著做下一件事。例句：

・彼は教室の席に座るが早いか、弁当を広げた/他一進教室坐到座位上，就立刻打開便當了。

《其他選項》

▲ 選項 1「とたん/剛…就…」和選項 3「かと思うと/一…就…」前面必須接動詞た形。如果是「着替えたとたん/一換好服裝就」和「着替えたかと思うと/剛換好服裝馬上就」則正確。

▲ 選項 2「そばから/才剛…就又…」用在表示即使做了前項，卻馬上又重蹈覆轍，或又立刻發生相同的事情。例句：

・小さい子どもがいると、片付けるそばから、部屋が散らかっていく/只要有幼小孩童在，剛整理好的房間馬上又會亂成一團了。

29　　　　　　　解答：**2**

▲「(名詞)はおろか/別説是」是前項是當然，就連後項也…的意思。是強調比前項程度更高 (或更低) 的説法。常用於表達負面的事。例句：

・生活が苦しくて、旅行はおろか、外食をする余裕もない/生活如此艱難，別說是旅行了，就連去餐廳吃飯的餘裕都沒有。

《其他選項》

▲ 選項 1 「ときたら/提到…的話」用在表達對前項的不滿時。例句：

・うちの犬ときたら餌を食べる以外はずっと寝てるんだ/說到我家的狗，除了吃以外總是在睡覺。

▲ 選項 3 「〜といわず〜といわず/無論…還是…」是前項也好後項也好，全都…的意思。例句：

・隣の人は昼といわず夜といわず大きな音でテレビをつけていて、迷惑している/隔壁鄰居不分晝夜總是很大聲的開著電視，真讓人困擾。

▲ 選項 4 「〜であれ〜であれ/不管是…還是…」是表示無論前項還是後項都沒差別，都不會影響後面的結果。例句：

・海であれ川であれ、夏は水の事故に注意が必要だ/不論是川邊還是海邊，夏天戲水都要注意安全。

30　　　　　　　解答：**1**

▲「(名詞、動詞ます形)ながら(の)/謹遵」是保持前項，一直維持著前項的意思。例句：

・この辺りは昔ながらの古い街並みが残っている/這一帶還保存著古老的街景。

《其他選項》

▲ 選項 2 「(動詞辞書形)なり/剛…就立刻…」用在表示做了前項後，馬上接著做下一件事時。例句：

・店長は客が帰るなり、大きなため息をついた/客人一走，店長立刻大嘆了一口氣。

▲ 選項 3 「ばかり/總是」是行為頻繁且持續地進行的意思。例句：

・肉ばかり食べないで野菜も食べなさい/不要只吃肉，也要吃青菜。

▲ 選項4 「限り／竭盡…」是指前項範圍的全部。例句：
・ 私にできる限りのことはします／能做的我都已經盡力去做了。

31
解答：4

▲「～なら～で／…的話就…」表示就算是前項的狀況，也有和想像中不同的看法。題目的意思是即使下雨也可以去博物館（不同於一般人對下雨的反應），所以沒關係。例句：
・ ここは静かでいいのだが、静かなら静かでまた寂しいものだ／這裡很安靜雖然很好，但安靜也有安靜的寂寞。

《其他選項》

▲ 選項1 「～といい～といい／…也好…也罷」表示不管是前項還是看後項都一樣。例句：
・ 君の家族は、お母さんといいお姉さんといい、みんな美人だなあ／你的家人媽媽也好，姐姐也是，大家都是美女啊。

▲ 選項2 「～といわず～といわず／無論…還是…」表示前項也好後項也好，全都…的意思。

▲ 選項3 「にいたっては／至於說到」用於舉一個極端的例子，表示尤其是前項的意思。例句：
・ 今年は地震が多い。今月にいたっては、毎週のように小さな地震がある／今年地震特別多，尤其是這個月，幾乎每周都有小地震。

※ 補充：「～なら～で／…的話就…」的用法。

◇ 動詞的例子：「行けば行ったで／能去的話就…」、「行ったら行ったで／能去的話就…」。

◇ い形容詞的例子：「新しければ新しいで／如果是新的就…」、「新しかったら新しいで／如果是新的就…」。

◇ な形容詞的例子：「便利なら便利で／方便的話就…」。

32
解答：2

▲「（動詞辞書形）に＋可能動詞の否定形／實在無法」用在表示雖然想做某件事，但因故而無法做時。例句：
・ 部長の奥さんが次々と手料理を出してくれるので、帰るに帰れず、困った／經理夫人陸續端出一道道親手煮的料理，想走也走不了，好兩難啊。

《其他選項》

▲ 選項1 「～に堪えない／忍受不住」用在表示不值得或無法做前項時。例句：
・ 彼の歌声は酷くて、聞くに堪えないね／他的歌聲實在不堪入耳，讓人聽不下去。

▲ 選項3 「それまでだ／…就完了」用在表示如果變成前項就完了。例句：
・ どんなに才能があっても、ルールが守れないのではそれまでだ／不論多麼的有才華，只要不能遵守規則一切就結束了。

▲ 選項4 「ではおかない／不能不」表示不做到前項絕不罷休，一定要做前項不可。例句：
・ 彼の話は全部嘘だった。本当のことを白状させないではおかない／他的話全都是謊言，非得要他說出實話不可。

33
解答：2

▲「（名詞A）あっての（名詞B）／有A才有B」是正因為有A，所以才有B的意思。例句：
・ 健康あっての人生です。体を壊すような働き方は間違ってますよ。

《其他選項》

▲ 選項1 「～いかん（だ）／根據」是根據前項決定後項的意思。例句：
・ この会社は採用されても、入社後の営業成績いかんで、首になるらしいよ／就算被公司錄取，但聽說進去之後要是業績不好，還是會被開除的樣子。

▲ 選項3 「ながら／一邊」有同時動作、逆接和狀態的持續三種意思。例句：
・ 歩きながら電話する／邊走邊講電話。〈同時動作〉
・ 残念ながら欠席します／雖然遺憾但我不克參加。〈逆接〉
・ 昔ながらの街並み／保有昔往風情的街道。〈狀態的持續〉

▲ 選項4 「（名詞）たるもの／身為…就…」表示站在該負責的人的立場或位居上位者，應該要做後項的行為。例句：
・ 政治家たるもの、自身の発言には責任を持ってもらいたい／身為政治家就該為自己的發言負責。

34
解答：3

▲ 本題的主詞「私／我」被省略了。題目是由原句

「<ruby>私<rt>わたし</rt></ruby>は〜<ruby>音<rt>おと</rt></ruby>に（<ruby>音<rt>おと</rt></ruby>を<ruby>聞<rt>き</rt></ruby>いて）<ruby>起<rt>お</rt></ruby>きた／我聽到…聲（聽到聲音）而醒了」轉換成使役被動句的句型。

▲ 「<ruby>起<rt>お</rt></ruby>きる／醒來」為使役句的時候，不寫作「<ruby>起<rt>お</rt></ruby>きさせる」，而應使用「<ruby>起<rt>お</rt></ruby>こす／吵醒」。「<ruby>起<rt>お</rt></ruby>こす／吵醒」的使役受身形是「<ruby>起<rt>お</rt></ruby>こされる／被吵醒」。

35　　　　　　　　　　　　解答：1

▲ 因為以「すみませんが／不好意思」來拜託，所以可以知道題目的意思是想借筆。選項1「お<ruby>借<rt>か</rt></ruby>りできませんか／能否借我…」是正確答案，意思和「お<ruby>借<rt>か</rt></ruby>りしてもいいですか／可以借給我嗎」相同。另外「お（動詞ます形）します」是謙讓用法。例句：

・<ruby>先生<rt>せんせい</rt></ruby>、お<ruby>荷物<rt>にもつ</rt></ruby>は<ruby>私<rt>わたし</rt></ruby>がお<ruby>持<rt>も</rt></ruby>ちします／老師，您的行李請交給我提。

《其他選項》

▲ 選項3和選項4「お（動詞ます形）になります」是敬語用法。例句：

・<ruby>先生<rt>せんせい</rt></ruby>がお<ruby>帰<rt>かえ</rt></ruby>りになりますから、タクシーを<ruby>呼<rt>よ</rt></ruby>んでください／議員要回去了，請幫忙攔計程車。

問題6　　　　　　　　　P59-60

<ruby>例<rt>れい</rt></ruby>　　　　　　　　　解答：2

※ 正確語順

あそこで　テレビ　を　<ruby>見<rt>み</rt></ruby>ている　<ruby>人<rt>ひと</rt></ruby>　は<ruby>山田<rt>やまだ</rt></ruby>さんです。
在那裡正在看電視的人是山田先生。

▲ 首先選項2「<ruby>見<rt>み</rt></ruby>ている／正在看」前面要接助詞選項3「を」變成「を<ruby>見<rt>み</rt></ruby>ている」。至於看什麼呢？是「テレビ／電視」還是「<ruby>人<rt>ひと</rt></ruby>／人」呢？看畫線的前後文脈，知道要看的是選項1「テレビ／電視」才符合邏輯了，就樣就變成了「テレビを<ruby>見<rt>み</rt></ruby>ている／正在看電視」。最後再以「テレビを<ruby>見<rt>み</rt></ruby>ている／正在看電視」來修飾後面的選項4「<ruby>人<rt>ひと</rt></ruby>／人」，成為「テレビを<ruby>見<rt>み</rt></ruby>ている<ruby>人<rt>ひと</rt></ruby>／正在看電視的人」。這麼一來順序就是「1→3→2→4」，而　★　的部分應填入選項2「<ruby>見<rt>み</rt></ruby>ている」。

36　　　　　　　　　　　　解答：2

※ 正確語順

<ruby>水<rt>みず</rt></ruby>は、あらゆる　<ruby>生物<rt>せいぶつ</rt></ruby>　にとって　なくてはならないものだ。
水對於所有的生物來說是不可或缺的存在。

▲ 「なくてはならない／不可或缺」是表達絕對必要之意的固定說法。選項2「にとって／對於」前方必須接名詞，所以可以連接選項1「<ruby>生物<rt>せいぶつ</rt></ruby>／生物」。選項4「あらゆる／所有的」是全部的意思，用來修飾選項1。如此一來順序就是「4→1→2→3」，　★　的部分應填入選項2「にとって」。

※ 文法補充：「にとって／對於…來說」表示從前項的立場來考慮。例句：

・この<ruby>古<rt>ふる</rt></ruby>い<ruby>写真<rt>しゃしん</rt></ruby>は、<ruby>私<rt>わたし</rt></ruby>にとっては<ruby>宝物<rt>たからもの</rt></ruby>なんです／這張老照片是我的寶貝。

37　　　　　　　　　　　　解答：4

※ 正確語順

<ruby>採用面接<rt>さいようめんせつ</rt></ruby>では、<ruby>志望動機<rt>しぼうどうき</rt></ruby>　から　<ruby>家族構成<rt>かぞくこうせい</rt></ruby>　に<ruby>至<rt>いた</rt></ruby>るまで　、<ruby>細<rt>こま</rt></ruby>かく<ruby>質問<rt>しつもん</rt></ruby>された。
在錄用面試時，從報考動機乃至於家庭成員都仔仔細細問了我。

▲ 看到題目後想到「〜から〜まで／從…乃至於…」這個文法。「に<ruby>至<rt>いた</rt></ruby>るまで／甚至到…」是表達範圍的「まで／到…」的強調說法，由此可知要將選項4「に／到…」與選項3「<ruby>至<rt>いた</rt></ruby>るまで／甚至到…」連結。在選項4的前面應該填入是名詞的選項1「<ruby>家族構成<rt>かぞくこうせい</rt></ruby>／家庭成員」，而兩個名詞中間則填入選項2「から／從…」。如此一來順序就是「2→1→4→3」，　★　的部分應填入選項4「に」。

※ 文法補充：「に<ruby>至<rt>いた</rt></ruby>るまで／甚至到…」是甚至是到前項這個驚人的範圍的意思。例句：

・この<ruby>保育園<rt>ほいくえん</rt></ruby>は、<ruby>毎日<rt>まいにち</rt></ruby>の<ruby>給食<rt>きゅうしょく</rt></ruby>から、おやつのお<ruby>菓子<rt>か</rt></ruby>に<ruby>至<rt>いた</rt></ruby>るまで、<ruby>全<rt>すべ</rt></ruby>て<ruby>手作<rt>てづく</rt></ruby>りです／這家托兒所每天供應的餐食，從營養午餐到零食點心，全部都是親手烹飪的。

38 　　　　　　　　　　　解答：**2**

※ 正確語順

> どんな悪人（あくにん） といえども 死ねば 悲（かな）しむ 家族（かぞく）が いるのだ。
> 即使是十惡不赦的壞人，如果死了，還是會有為他傷心的家人。

▲ 接在「どんな悪人（あくにん）／十惡不赦的壞人」後面的是選項4「といえども／即使」。「いるのだ／會有」的前面應是選項1「家族（かぞく）が／家人」。選項3「死ねば／如果死了」和選項2「悲（かな）しむ／傷心」是用來説明選項1的詞語。如果連接選項1和2寫成「家族（かぞく）が悲（かな）しむ／家人很傷心」的話，就無法連接句尾的「いるのだ／會有」。因此要將選項3和2放在選項1之前。如此一來順序就是「4→3→2→1」，　★　的部分應填入選項2「悲（かな）しむ」。

※ 文法補充：「といえども／即使是…」用在表示雖然前項是事實，但實際情況和想像中的並不同之時。例句：

・社長（しゃちょう）といえども、会社（かいしゃ）のお金（かね）を自由（じゆう）に使（つか）うことは許（ゆる）されない／就算是社長也不能任意使用公司的經費。

39 　　　　　　　　　　　解答：**2**

※ 正確語順

> いつもは静（しず）かな この寺（てら） も 紅葉（こうよう）の季節（きせつ） ともなると 国内外（こくないがい）からの多（おお）くの観光客（かんこうきゃく）で賑（にぎ）わう。
> 即使是平時安安靜靜的這座寺院一旦進入葉子轉紅的季節，就會大批湧入來自國內外的遊客，好不熱鬧。

▲ 「静（しず）かな／安安靜靜的」的後面要接名詞，所以是選項2「紅葉（こうよう）の季節（きせつ）／葉子轉紅的季節」和選項4「この寺（てら）／這座寺院」其中一個。從語意考量，選項4後面應接選項3「も／即使是」。選項1「ともなると／一旦變成」後面應連接選項2。如此一來順序就是「4→3→2→1」，　★　的部分應填入選項2「紅葉（こうよう）の季節（きせつ）」。

※ 文法補充：「（名詞）ともなると／一旦變成」是一旦發展到前項的境界、要是狀況變得特別了的意思。和「〜になると／如果變成…」意思相同。例句：

・パート社員（しゃいん）も10年目（ねんめ）ともなると、その辺（へん）の正社員（しゃいん）よりよほど仕事（しごと）ができるな／如果兼職工作做上十年，也會比一旁的正職人員還要熟悉工作。

40 　　　　　　　　　　　解答：**1**

※ 正確語順

> 山頂（さんちょう）から 眺（なが）めた 景色（けしき）の 素晴（すば）らしさ といったら。一生（いっしょう）の思（おも）い出（で）だ。
> 提起從山頂上眺望時那景色之壯闊！我一輩子都不會忘記！

▲ 請注意如果把選項2「眺（なが）めた／眺望」填入句尾，句子則無法成立。將選項4「景色（けしき）の／景色的」和選項1「素晴（すば）らしさ／壯闊」連接在一起。「山頂（さんちょう）から／從山頂上」的後面應接選項2。而選項3「といったら／提起…」省略了「〜といったらない／實在是」的「ない」（本題是過去式所以應為「なかった」），填入句子的最後。如此一來順序就是「2→4→1→3」，　★　的部分應填入選項1「素晴（すば）らしさ」。

※ 文法補充：「（名詞）といったら（ない）／提起…」是對於程度極高或極低的事物感到驚訝時會說的話。

・怒（おこ）られたときの、うちの犬（いぬ）の顔（かお）といったらないんだ。人間（にんげん）よりも悲（かな）しそうな顔（かお）をするよ／說到我家的小狗，被罵的時候會露出比人類還要難過的表情喔。

問題7 　　　　　　　　　　　P61-63

41 　　　　　　　　　　　解答：**3**

▲ **41-a** 空格部分的後面「小（ちい）さな漁村（ぎょそん）だったが／原本是個小漁村」是過去式，**41-b** 的後面「発展（はってん）を誇（ほこ）っている／以發展為傲」是現在式，所以可知 a 為「もとは／原本」，b 則是「今（いま）や／如今」。

42 　　　　　　　　　　　解答：**2**

▲ 注意題目空格的前後，「石油産出量（せきゆさんしゅつりょう）はわずか／石油產量不多」和「貿易（ぼうえき）や建設（けんせつ）、金融（きんゆう）、観光（かんこう）など幅広（はばひろ）い産業（さんぎょう）がドバイをささえている／來自貿易、建築、金融、觀光等不同領域產業的收入仍足以支撐杜拜財政所需」，這前後兩項是相反的內容，所以填入「にもかかわらず／儘管」最為適切。

43 解答：**2**

▲ 要尋找能表達出看見「すごい／嘆為觀止」的事物時內心震撼的詞語，找到了選項2「圧倒されて（しまう）／為之折服」是正確答案。

《其他選項》

▲ 選項1「圧倒して／壓倒對方」是指展現出卓越的事物或出眾的力量來戰勝對手。本題必須寫成被動式「圧倒されて／被對方壓倒（為之折服）」。

44 解答：**4**

▲ 空格後面的句子寫道「ドバイではアラブ人こそ逆に外国人に見える／阿拉伯人在這裡看起來反而像是外國人」，也就是「アラブ人らしい人はとても少ない／看起來像阿拉伯人的人很少」，因此選項4「わずか／寥寥可數」是正確答案。

45 解答：**3**

▲ 這題的「～いられない／不得不」是「～ずにはおかない／不能不…」、「ないではおかない／必須」的意思。而選項3「願わずにはいられない／不得不祈求」表達「どうしても願う気持ちになってしまう／衷心祈求」的意思，是正確答案。

| 第**2**回 | 読解 |

問題8　　　　　　　　　　P64-66

46 解答：**4**

▲ 請參見文章第二段第一至三行。抗生素的濫用導致細菌產生抗藥性，為了抑制具有抗藥性細菌的增生，進一步研發出藥性更強的抗生素，於是促使新一代抗藥性細菌的產生。這樣的惡性循環即稱為「イタチごっこ／抓鼬遊戲」。

47 解答：**2**

▲ 請參見第三行關於「フードバンク／食物銀行」的說明，敘述到：「品質としては問題なく食べられるのに、さまざまな理由で処分されてしまう食品を、食べ物に困っている人や施設に届けようというのである／將一些品質毫無疑慮仍可供人食用，卻因為種種理由而遭到棄置的食物，轉贈給缺乏食物的人們及機構」，因此正確答案

為選項2。

48 解答：**1**

▲ 請參見文章第二段，尤其最後一行即為作者觀點的總結：「窮屈な生き方（＝ゆとりのなさ）を招かないためにも、この当然なこと（＝人に迷惑をかけるのはよくないということ）を少し疑ってみてはどうか／為了不讓自己生活得拘束受迫（亦即缺乏游刃有餘），不妨對這種理所當然之事（亦即不應該造成別人的困擾）提出質疑」。因此正確答案為選項1。

問題9　　　　　　　　　　P67-72

49 解答：**3**

▲ 題目的底線文字①為「それほどの効果があがっていないのは先に述べたとおり／如前所述，這些政策並未發揮太大的功效」，而最前面講述的相關例子就是2014年的出生人口為「過去最少であった／歷年最低」，因此正確答案為選項3。

《其他選項》

▲ 其他選項都不是「並未發揮太大功效」的例子。

50 解答：**1**

▲ 題目的底線文字②為「このような変化／像這樣的變化」。要知道是什麼樣的改變，必須在前文尋找答案。文章第四段敘述了從前的日本人認為「子どもは国の宝／孩子是國家的珍寶」，並不會把小孩吵鬧的聲音當成噪音，但是現代社會就不一樣了。也就是說，現在生養孩子不易的原因，就是人們的想法出現了「このような変化／像這樣的」變化。

《其他選項》

▲ 選項2和選項4並不是「子どもを産み育てにくくしている／生養小孩不易」的原因。另外，文章中沒有寫到選項3。

51 解答：**4**

▲ 請參見文章第二段的「このところの日本が、子どもを産み育てにくい社会になっているから／因為現在的日本，已經變成一個生養小孩不易的社會了」，而這就是作者的觀點。

《其他選項》

▲ 選項1　由國家給付的生產津貼已經實施了。

▲ 選項2　文章沒有寫到關於「国全体の景気が悪いこと／全國景氣不佳」的內容。

▲ 選項3　這是「子どもを産み育てにくい社会になっている／已經變成一個生養小孩不易的社會」的舉例。

52　　　　　　　　　　　　　解答：3

▲ 請注意，本題問的是「正しくないもの／以下何者不符」。題目底線文字①的「これらの現象／這些現象」中的「これら」是指示代名詞，所以要往前尋找其代稱的內容。在前面的第二段中列舉了選項1、選項2和選項4，但沒有提到選項3，所以本題答案為選項3。

53　　　　　　　　　　　　　解答：4

▲ 文章的底線文字②「この制度の実施についての骨子が固まったという／訂定了這項制度的施行要旨」，而接下來的敘述即是說明該制度的內容：「これは、卒業後の所得に応じて返還額を決めるという制度である。この制度によると、毎月の最低返還額は、2,000円から3,000円となる見通しであるという／亦即，根據畢業後的收入來決定償還金。依照該制度，每月的最低償還金額預估為 2,000 圓至 3,000 圓」，因此正確答案為選項4。

《其他選項》

▲ 選項3缺少「卒業後の所得に応じて／根據畢業後的收入」的前提。

54　　　　　　　　　　　　　解答：2

▲ 作者的觀點歸納於文章的最後一段。尤其最後一句的「若者への投資を十分にして一人一人の能力を高めなければ、日本の国全体がだんだん衰えてしまう／如不充分投資年輕人，拉高每個人的能力，日本將會逐漸衰敗」。因此正確答案是選項2。

《其他選項》

▲ 選項1和選項3雖然屬於作者的某些看法，但並沒有歸納完整。

▲ 選項4的「人口の減少を防ぐためには／為了預防人口減少」在文章中並未提到。

55　　　　　　　　　　　　　解答：1

▲ 答案在底線文字①的下一句「それによると／根據該（研究結果）」的後續內容，亦即，比較認為壓力有害健康者與不認為壓力有害健康者的八年後死亡率，發現前者較高。因此正確答案為選項1。

《其他選項》

▲ 選項2和選項4的敘述文字與文章內容相反。

▲ 選項3的「同じだった／是相同的」這句話不對。

56　　　　　　　　　　　　　解答：3

▲ 本題問的是底線②的指示代名詞「これ／這」，其代稱的內容要往前面找，也就是前一句的「緊張すると心臓がドキドキする／一緊張心臟就會怦怦跳」。因此正確答案為選項3。

《其他選項》

▲ 選項1　只提到前半段的「緊張すると／一緊張」，缺少後半段的「心臓がドキドキする／心臟就會怦怦跳」。

▲ 選項2　「血管が収縮する／血管收縮」是緊張造成心臟狂跳的結果，並不是「これ」所代稱的內容。

▲ 選項4　「ドキドキは病気の原因になる／心臟怦怦跳將會導致疾病」，但是「これ」所代稱的內容不包含由此導致的病因。

57　　　　　　　　　　　　　解答：4

▲ 底線文字③的「ものは考えよう／端看從什麼角度思考」這句話的「よう」是指「方式、角度」，亦即「是福是禍，存乎一心」。舉例來說，當一個人認為壓力有害健康，那麼壓力就會造成他生病；而另一個人覺得可以善加利用壓力帶來的好處，於是壓力反而成為動力。換句話說，面對同一件事物的思考角度不同，將會影響結果的好壞。因此，正確答案為選項4。

問題10　　　　　　　　　　　P73-75

58　　　　　　　　　　　　　解答：3

▲ 請觀察空格的前一句和後一句都是以「〜からだ／那是因為」作為結尾，既然前後兩句是描述原因的排比句，居間串連的連接詞應該用「そし

て／而且」比較恰當，所以正確答案是選項3。

《其他選項》

▲ 選項1 「だから／所以」的適用情況是前面的原因導致後面的結果。

▲ 選項2 「しかし／然而」的適用情況是敘述前後兩件相反的事。

▲ 選項4 「例えば／例如」的適用情況是接下來舉例說明。

---

59 解答：2

▲「非情／殘酷」是形容冷酷無情的樣子。文章底線文字①「勝負は非情である／輸贏是殘酷的」的下一句已說明「試合は必ずどちらかのチームが勝ち、どちらかのチームが負ける／比賽未必哪一支隊伍獲勝、哪一支隊伍失敗」，而最接近這個意思的是選項2。

---

60 解答：1

▲ 題目問的是底線文字②「それが伝説となって／那些(故事)成為傳說」是指哪些故事成為傳說。文章倒數第三行出現了這句話：「今や伝説となって語り継がれている話である／時至今日已經成為傳說並且流傳下去」，因此往前尋找那則傳說的內容，也就是在1958年第40屆大會上發生的事蹟。因此選項1為正確答案。

《其他選項》

▲ 選項4 航空公司的空服員贈送的是「石／小石子」而不是「土／泥土」。

---

61 解答：4

▲ 題目的底線文字③為指示代名詞「これ／這」，請往前尋找其代稱的事物，也就是上一段描述的球員在輸球以後，「両手でグランドの土を寄せ集めてズボンのポケットにしまう／雙手掬起一把球場上的泥土，放進褲袋裡」的舉動，因此正確答案是選項4。

《其他選項》

▲ 選項1，帶甲子園的泥土回去作為紀念的不是「勝ったチーム／贏球的隊伍」，而是「負けたチーム／輸球的隊伍」。

▲ 選項2和選項3都不是「これ」真正代稱的事物。

問題11 P76-78

62 解答：3

▲ 請參見A文章第六行的「この学力試験は高校生にはあまりにも負担が重く／這種學力測驗對高中生來說，負擔過於沉重」，以及B文章第三行的「この試験のやり方ほど公正なものはない／沒有比這種型態的測驗更為公正的方式了」。與之相符的敘述是選項3。

---

63 解答：4

▲ A文章和B文章的作者皆將自己的看法寫在最後一段。A認為不應該只看學力測驗，也要參考社團活動等。B則認為要以學力測驗為主。因此選項4正確。

問題12 P79-81

64 解答：2

▲ 請參見文章第三行的「速報性では後れをとるものの／儘管在時效性上有些落後」，亦即，時效性並不是報紙優於其他媒體的強項。

《其他選項》

▲ 選項1 請參見文章第一至二行的「全ての情報を提供してくれる／為大眾提供各種資訊」。

▲ 選項3 請參見第四行的「誰もが情報に簡単に接することが出来／任何人都能輕易接觸到資訊」。

▲ 選項4 請參見同樣第四行的「その情報を記録として残すことが出来る／並且能將該項資訊留存紀錄」。

---

65 解答：2

▲ 首先請閱讀包含本題底線文字②的第二段，「ところが最近、その新聞が怪しくなってきたように見える。新聞はいつも一方に偏らず、真実を伝えているものと思っていたのに、このところの新聞を見ていると、②このような考えを変えざるを得ないようだ／然而近年來，報紙的內容愈來愈奇怪了。原以為報上的新聞向來持中立立場，致力於傳達真相，可是看看最近的報導，卻令人不得不改變②這種想法了」。請留意句中的「のに／原以為」，以及底線文字後面的「変えざ

404

るを得ない＝変えなければならない／不得不改變」，意思就是否定「のに」前面敘述的部分。

《其他選項》

▲ 選項 1　這並不是「変えざるを得ない／不得不改變」的想法。

▲ 選項 3　文章中並沒有寫到「最新のものである／最新的訊息」。

▲ 選項 4　文章中並沒有寫到「常に真実ではない／通常不是真相」。

66 　　　　　　　　　　　　　　　　解答：**3**

▲ 作者認為報紙應有的樣貌寫在文章的倒數第二段，「国民のための新聞を目指して欲しい／期盼能立定目標，為國民而報導」、「正義の側に立って真実を伝えるものでなければならない／必須堅定地站在正義的一方，傳達真相」，因此正確答案為選項 3。

《其他選項》

▲ 選項 1 的「世論を導く／帶風向」、選項 2 的「権力におもねることも必要／亦需攀附權勢」以及選項 4 的「素早い報道を目指してほしい／將目標訂在搶先報導」，以上二點都不是作者心目中報紙應有的樣貌。

67 　　　　　　　　　　　　　　　　解答：**4**

▲ 作者對報紙讀者的期望寫在文章最後一段，也就是讀者必須有能力判斷「これは真実なのか、この記事の裏に何か意図的なものが隠されてはいないか／這是不是真的？這則報導的背後是否隱藏著某種意圖？」。

《其他選項》

▲ 選項 1 的「情報機器と比べて／與資訊裝置相互對照」、選項 2「すでに他誌で報道されたものではないかを見極めながら／必須分辨是否為其他雜誌已經報導的內容」，以及選項 3 的「全て真実なので／全部都是真相」「疑いを持たずに／毫無疑慮地」，以上三個選項都不是作者對報紙讀者的期望。

問題 13 　　　　　　　　　　　　　　P82-83

68 　　　　　　　　　　　　　　　　解答：**3**

▲ 請參見通知信第一行的「交流のためのスポーツ大会／為促進交流所舉辦的運動會」。所謂的「交流／往來」是指增進彼此的情誼，因此正確答案是選項 3。

69 　　　　　　　　　　　　　　　　解答：**1**

▲ 必須主動聯絡承辦人的是「大会参加者／參與比賽者」和「応援のみの方／只在場外加油者」，其餘沒有意願參加運動會的人不需要採取任何行動。

| 第**2**回 | 聴解 |

問題 1 　　　　　　　　　　　　　　P84-87

例 　　　　　　　　　　　　　　　　解答：**2**

▲ 從女士跟男士說「飲み物がなくちゃ乾杯できないじゃない。私たちが買って行くことになってたのに／沒有飲料不就沒辦法乾杯嗎？我們被派的任務是購買飲料的說」可得知目前宴會上沒有飲料，導致宴會無法開始。

▲ 再加上男士最後說「まあね。とにかく急ごう。あのスーパーならいろいろありそうだよ／算了！總之加緊腳步，那家超市的話應該什麼都有吧」。可知兩人接下來要做的是選項 2「飲み物を買う／購買飲料」。

《其他選項》

▲ 選項 1　這是男士抵達前使用的交通工具。

▲ 選項 3　兩人雖在前往宴會的途中，但這並不是接下來要做的事。

▲ 選項 4　蛋糕男士一早在家裡就做好了。

1 　　　　　　　　　　　　　　　　解答：**3**

▲ 女士請男士填寫醫院開立的申請單，然後交到育兒輔助科。對於女士的要求，男士回答「今日、申請していきます／今天就去申請」。因此選項 3 正確。

《其他選項》

▲ 選項 2 及選項 4，對話中提到沒有「健康保險
証／健保卡」也沒有關係。

2
解答：4

▲ 男士説要開車去把地毯拿回來，並向女士説
「買ってくるものを書いて／把要買的東西寫給
我」。因此，女士接下來要做的事是選項 4「買
うものをメモする／把要買的東西記下來」。

《其他選項》

▲ 選項 1　對於女士説要整理碗盤，男士回答
「ちょっと待って／等一下」。

▲ 選項 2　對話中沒有提到要做飯。

▲ 選項 3　關於買東西，男士説他會「ついでにす
ませる／順便買回來」。

3
解答：3

▲ 女士説想看車站附近的房子。這幾間房子與車站
的距離比較如下：
Ａ物件到車站必須搭巴士。
Ｂ物件步行到車站要 20 分鐘。
Ｃ物件步行到車站要 5 分鐘。
Ｄ物件步行到車站要 15 分鐘。

▲ 因此，女士要看的是Ｃ物件的房子。選項 3 正確。

4
解答：2

▲ 男學生説所有的行李都是自己帶走，區公所也去
過了。藥也早就準備好了，並説「それより、頭
をさっぱりしたいんだ／比起那個，我想去理髮
店剪個清爽的髮型」。綜上所述，選項 2「床屋
へ行く／去理髮廳」是正確答案。

5
解答：3

▲ 女士説回去時會去買校帽。因為體育服和運動鞋
要到其他地方才買得到，老師説今天會把那裡的
地圖交給小朋友。所以女士接下來要做的事是選
項 3「帽子を買う／買校帽」。

《其他選項》

▲ 選項 1　對話中沒有提到轉學的文件。

▲ 選項 2　這是今天小朋友回家之後的事。

▲ 選項 4　女士目前還不打算去鞋店。

6
解答：3

▲ 女士説，水去超市買就好。手電筒和收音機家裡
本來就有了。需要訂購的是可以保存五年的麵包
和只要沖熱水就可以吃的米飯。因此，選項 3
「パンとごはん／麵包和米飯」正確。

問題 2
P88-92

例
解答：4

▲ 男士在對話中提到「あの会議室は椅子がだめだ
ね／那間會議室的椅子不行啦」，女士下一句附
和説「椅子は柔らかければいいというわけじゃ
ないね／椅子並不是軟就好呢」，「というわけ
じゃない／並不是説」表示否定前面「椅子軟就
好」的情況，由此得知答案是選項 4「会議室の
椅子が柔らかすぎるから／因為會議室的椅子太
軟了」。

《其他選項》

▲ 選項 1　女士問「パソコン、使いすぎなんじゃ
ないの／是不是過度使用電腦了？」，男士否定
説「今日は 2 時間もやってないよ／今天也用不
到兩小時啊」，可知選項 1 不正確。

▲ 選項 2　男士雖然喝了四杯咖啡，但這並不是造
成肩膀痠痛的原因。

▲ 選項 3　男士雖説部長説話冗長，聽得好累，但
這也不是造成肩膀痠痛的主要原因。

1
解答：2

▲ 對話中提到錢包有可能掉在車站裡，也有可能是
被扒走了。因為不知道到底是掉了還是被扒走
了，所以女士説「困った／傷腦筋」。

《其他選項》

▲ 選項 1　因為定期票還在，所以車資還付得出來。

▲ 選項 3　雖然女士説覺得有人在偷看她的手機螢
幕，但這並不是造成她傷腦筋的原因。

▲ 選項 4　信用卡在錢包裡，但女士不確定錢包是
掉了還是被扒走了。

2
解答：1

▲ 男士提到「変な質問にも、相手の立場に立って
誠実に答えていた／即使有人提出奇怪的問題，
也能站在對方的立場誠懇回答」儘管講師是位人

氣作家，卻有這樣不驕傲的謙虛態度，讓男士深
受感動。因此正確答案是選項1。

3　　　　　　　　　　　　　　　　　解答：**4**

▲ 對於女士詢問男士學習國標舞的理由，男士回答
了「姿勢がよくなる／端正姿勢」和「若くなれ
る／可以恢復年輕」這兩點。

《其他選項》

▲ 選項1，雖然女兒說男士「背中が丸まってる／
彎腰駝背」，但女兒並沒有建議男士練國標舞。

▲ 選項2的內容在對話中並沒有提到。

▲ 選項3，男士說妻子很支持，並幫他做比賽的舞
衣，但這並不是男士學國標舞的原因。

※ 補充：「背中が丸まってる／彎腰駝背」是指背
部彎曲，無法挺直的樣子。

4　　　　　　　　　　　　　　　　　解答：**4**

▲ 由對話中可知，有黃色、紅色、橘色的種類，看
了賞心悅目，又不需要太大空間種植的小番茄是
正確答案。

《其他選項》

▲ 選項1、選項2，小黃瓜和茄子的種植需要比較
大的空間，所以不正確。

▲ 選項3，紅甜椒顏色很漂亮，但男士說他不敢吃
青椒類。

5　　　　　　　　　　　　　　　　　解答：**2**

▲ 從女兒的最後一句「私の誕生日って、明日なん
だけど／明天才是我的生日」可知爸爸以為昨天
是女兒的生日，但實際上是明天。因此女兒正為
了爸爸記錯她的生日而生氣。

6　　　　　　　　　　　　　　　　　解答：**3**

▲ 銀行員以「いかがでしょうか／是否有意願」來
向顧客推薦保障範圍涵蓋疾病與意外傷害的理財
商品。而顧客回答「うちはみんな主人の会社
の保険に入っているから／我們全家都已經在先
生的公司那邊投保了」，從顧客將這項商品稱作
「保険／保險」可知，銀行員向顧客推薦的是選
項3「保険／保險」。

《其他選項》

▲ 請注意，要選的不是顧客前來辦理的業務，而是

行員推薦顧客辦理的業務！

▲ 選項1，顧客就是為了開立「定期存款」帳戶才
來銀行，這並不是行員所推薦的業務。

▲ 選項2和選項4，對話中並沒有提到房屋貸款和
股票。

7　　　　　　　　　　　　　　　　　解答：**1**

▲ 男學生說因為「会社の役員面接に合格したん
だ／那家公司的高階主管面試，已被錄取了」，
而且是「子どものころからずっと憧れていた会
社／從小就很嚮往的公司」，所以不去留學了。

《其他選項》

▲ 選項3　對於男學生婉拒留學，教授說「しかた
がない／無可奈何」。

▲ 選項4　對話中提到去留學有獎學金，所以不是
因為沒錢才無法留學。

※ 詞彙補充：「たまたま／沒什麼啦」是指偶然的
意思。克服了困難的人受到稱讚時可以回答這句
話，表示自謙的意思。

問題3　　　　　　　　　　　　　　　　　**P93**

例　　　　　　　　　　　　　　　　　解答：**3**

▲ 對話中列舉了汽車相關的內容。從「一般的な4
ドアのセダンだと／就一般的四門轎車而言」、
「フロントガラスの形も変わってきています
ね／前擋風玻璃的造型設計變化也是永不停息
呢」、「使うガソリンの量が減ったことです／石
油的消耗量也減少了」，可知正確答案是選項3。
當然，若一開始能夠聽出「セダン／轎車」這個
單字，本題就能迎刃而解了。

《其他選項》

▲ 選項1　電腦不會有四個門、前擋風玻璃及使用
石油。

▲ 選項2　空調不會有四個門、前擋風玻璃及使用
石油。

▲ 選項4　機車不會有四個門。

1　　　　　　　　　　　　　　　　　解答：**3**

▲ 女士談話內容為和服的種類、挑選方法和挑選重
點從「着物を選ぶうえで大事なことは／挑選和

服重要的是…」開始提到「着ている姿の調和と、周囲との調和だけです／注意穿著時儀容姿態的適宜，以及與身邊人事物的協調性」亦即是否適合自己，和是否適合穿著出席該場合。因此選項3正確。

2
解答：4

▲ 女士提到盡量不要做傷害眼睛的動作，要愛護眼睛。而愛護眼睛的舉動就是選項4。

《其他選項》

▲ 選項1，雖然女士說自從戴上眼鏡之後，感覺視力變差了，但並沒有說為了不讓視力惡化，最重要的就是別戴眼鏡。

▲ 選項2，雖然女士提到注重飲食健康，但並沒有說這是最重要的事。

▲ 選項3的內容在對話中並沒有提到。

3
解答：2

▲ 男士指示女士要讓人只要看到照片就能看出椅子的特色，要「目を引くようなものをしっかり選んでください／挑選足以吸睛的照片（用在DM上）」。因此選項2正確。

《其他選項》

▲ 選項1和選項4，關於DM上的文字和漢字的多寡，男士並沒有下達指示。

▲ 選項3，男士並沒有說要增加照片和圖片的數量，而是要求女士挑選「目を引くような／足以吸睛」的照片。

4
解答：3

▲ 談話主要架構為：必須從兩個面向來考慮教育的形式→有偏見的思考方式會衍生出許多問題→這堂課的目標。可知教授正在說明的是學習教育制度歷史的課程大綱。

▲ 最後一句說道「我が国の教育制度がどのように作られてきたのかを学ぶことを第一の目標にしていきたい／我期許這堂課的首要目標是學習我國的教育制度是如何在時代的變遷之中形成的」也就是說，教授以時代變遷之中的教育制度作為學習目標。

5
解答：4

▲ 男士讓女士搭乘他的車。這是兩人在車中的對話。從「真っ白なドレス着て／穿著純白的禮服」和「きっといい夫婦になるね／一定能白頭偕老」可知，男士和女士正要去參加朋友健二和真奈美的婚禮。

6
解答：1

▲ 這是一位女士和警察的對話。女士被貌似高中生的孩子搶走了皮包。對於警察說「被害届けを出しに来ていただきたいんですが／可以麻煩您來一趟警局做個筆錄嗎」女士回答「いいですよ。行きます／好，沒問題，我跟您去」。可知接下來女士要去的地方是警局。

《其他選項》

▲ 選項3　因為女士說身上沒什麼傷口，所以不是去醫院。

問題4
P94

例
解答：1

▲ 對方語帶鼓舞的說「張り切ってるね／真是幹勁十足啊」，是「元気があふれている。大いに意気込む／精神飽滿。積極奮力」的意思，這時要回答表示原因的選項1「ええ、初めての仕事ですから／是啊，因為這是我第一份工作啊」語含感謝對方對自己積極態度的關注。

《其他選項》

▲ 選項2　這是表示狀況、程度的說法，是被詢問「ずいぶん長旅になりましたね／旅途期間真是久啊」等的回答。

▲ 選項3　這是表達內心不安或能力不足時的心理狀況，是被詢問「今回も駄目か／這次也不行啊」等的回答。

1
解答：2

▲ 對話的背景是男士看到女士對「新人／生手、菜鳥」太嚴厲而提醒女士。女士聽到這番話可回答選項2表示坦率的反省。

《其他選項》

▲ 選項1是當對方說自己聲音太小時的回答。

▲ 選項3是當對方説自己對菜鳥太好時的回答。

2　　　　　　　　　　　　　　　　　解答：**1**

▲ 對話的背景是男士正在解釋自己由於發燒而無法赴約，希望女士不要説他沒有遵守約定這種「人聞きの悪いこと／難聽的話」。可回答選項1女士表示是自己不對，坦率的道歉。

《其他選項》

▲ 選項2　這是對客氣的人説的話。

▲ 選項3　這是用來道謝的話。

※ 補充：「人聞きの悪い／難聽的」是指不好的名聲。別人聽了會有負面的感覺。

3　　　　　　　　　　　　　　　　　解答：**3**

▲ 聽到男士説考題很難時，可回答選項3表示擔心若是沒有合格的話要怎麼辦。

《其他選項》

▲ 選項1和選項2都是當對方説考題很簡單時的回答。

※ 文法補充：「難しいなんてもんじゃない／難得要命」是指難度高到光是以「難しい／困難」來形容還不夠。例句：

・痛いなんてもんじゃなく、気を失いそうだったよ。／痛得要命，幾乎要休克了。

4　　　　　　　　　　　　　　　　　解答：**2**

▲ 這是男士看到女士一直對某人嘮叨，因而出言提醒的情況。「口やかましく／嘮嘮叨叨」是指喋喋不休，近乎煩人的狀態。可回答選項2表示反省。其中的「ガミガミ／罵得太兇」是指大聲訓人的樣子。

《其他選項》

▲ 選項1　這是當對方説某事太簡單時的回答。

▲ 選項3　這是當對方説自己太溺愛時的回答。

5　　　　　　　　　　　　　　　　　解答：**1**

▲ 這是女士在猜測造成田中愛理不理的態度的原因。所以回答時要説出可能的原因，因此選項1最適當。

《其他選項》

▲ 選項2和選項3和態度冷淡並不相關。

6　　　　　　　　　　　　　　　　　解答：**3**

▲ 這是正在觀賞不好看的影集時的對話。「打ち切り／下檔」是指因為內容乏善可陳，所以被提前結束了。所以回答時要表達提前下檔的原因，也就是選項3。

《其他選項》

▲ 選項1和選項2，如果是「楽しみ／很期待」、「人気がある／很紅」的影集，就不會提前下檔。

7　　　　　　　　　　　　　　　　　解答：**1**

▲ 對話的背景是將小隆糾纏取鬧而只好買下的東西拿給男士看。要選男士看見這樣東西之後所説的話，而選項1是最合適的回答。

《其他選項》

▲ 選項2是看見損壞了的物品時的回答。

▲ 選項3是看見小隆送的禮物時的回答。

※ 補充：「また／就算這樣」是指不是「ふたたび／再次」的意思，而是「それにしても／即便如此」的意思。例句：

・また、今日はずいぶんおしゃれしているね。／話說回來，今天打扮得很漂亮呢。

8　　　　　　　　　　　　　　　　　解答：**2**

▲「かっとする／火冒三丈」是指變得情緒化。這是男士開口提醒女士不要因為情緒化而説話傷人的狀況。最適合的答案是選項2，表示會冷靜的溝通。

《其他選項》

▲ 選項1是被人説自己發言冗長時的回答。

▲ 選項3是話題突然結束時説的話。

※ 補充：「それを言ったらおしまいだよ／一旦説出那種話，場面就不可收拾了」的「おしまい／不可收拾」是無法挽回的意思。例如，因憤怒而不小心脱口而出「別れよう／分手吧」之類的話，於是兩個人的關係就無法挽救了。

9　　　　　　　　　　　　　　　　　解答：**1**

▲「大まかな説明／大致説明」是不講細節、簡單説明的意思。對話的背景是女士在詢問對方是否能聽懂她的大致説明。而最適合的回答為選項1，表示大部分都聽懂了。

《其他選項》

▲ 選項2是對方詢問是否聽得清楚時的回答。

▲ 選項3是對方詢問不會太誇張了嗎的回答。

10 解答：2

▲ 這是男士發現女士的睫毛上似乎沾上東西了，說要幫她拿掉的狀況。可回答選項2表示感謝。

《其他選項》

▲ 選項1用在被詢問「疲れたの／累了嗎？」的情況下。

▲ 選項3，因為說話者無法看見沾在睫毛上的東西，所以這個回答不合理。

11 解答：3

▲ 在這裡的情況，「あやふや／不明確、曖昧」是說法含糊、說不清楚的意思。女士正在抱怨，所以要選擇能回應女士抱怨的回答。選項3是給女士建議的回答，為正確答案。

《其他選項》

▲ 選項1是當對方說「あの人しっかりしてるね／那個人真可靠呢」時的回答。

▲ 選項2是對方在稱讚一個有趣的人時的回答。

12 解答：1

▲「見え透いた／看穿」是謊言馬上就會被拆穿的意思。女士的意思是「そんな、嘘とわかるようなお世辞を言っても、何にもお礼はしないよ／就算說了這種馬上會被拆穿的恭維話，也不會得到任何好處哦」，所以要選在這種情形下，男士該怎麼回答的選項。可回答選項1表示自己說的是實話。

13 解答：2

▲ 男士正為沒有穿容易活動的衣服而後悔，所以要選擇表示贊同男士看法的回答。因此表示應該穿牛仔褲和T恤的選項2正確。

《其他選項》

▲ 選項1　西裝不是容易活動的衣服。

▲ 選項3　領帶也不適合做需要大幅度動作的工作。

1 解答：3

▲ 要選大家程度差不多的運動，又因為羽毛球和籃球剛好有能擔任裁判的人，所以正確。而拔河則因為任何人都能擔任裁判，還能展現團隊合作，所以也正確。因此，正確答案是選項3。

《其他選項》

▲ 公司有排球隊，與大家程度差太多，所以排球不正確。桌球則沒有特別提到有人可以擔任教練。

2 解答：4

▲ 男同學提議叫外送，女同學也說要預約三樓的學生交誼廳。雖然有人提出不同的意見，但由最後一句「よし、今年は配達。それで行こう／好，今年就叫外賣！就這樣決定了」可知最後還是要叫外送，並在學生交誼廳舉行迎新。

《其他選項》

▲ 選項1　因為女生比較多，所以不適合。

▲ 選項2　因為價格太貴所以遭到反對。

▲ 選項3　有時間限制，而且套餐也太貴了。

3-1 解答：2

▲ 從男士的話「部長にご飯をよそってもらうなんて冗談じゃない。かたくなっちゃって、ろくにのどに通らないよ／由經理幫我添飯，開什麼玩笑啊！我一定渾身不對勁，飯菜連吞都吞不下去哩」可知男士認為這種員工餐廳只會帶給員工更大的壓力，所以反對。

3-2 解答：3

▲ 從女士們的「うらやましい／好羨慕」、「これはおもしろいし、いい仕組みだね／這種方式很有意思，蠻好的呢」可知女士們認為這個員工餐廳很有趣，並且覺得這是很好的方式。

第3回 言語知識（文字・語彙）

問題1　　　　　　　　　　　　　　　P97

1
解答：2

▲「該」音讀唸「ガイ」。例如：「該当／符合」、「該博／淵博」。

▲「当」音讀唸「トウ」，訓讀唸「あ－てる／打、碰」、「あ－たる／碰上」。例如：「大当たり／猜中、大成功」。

▲「該当／符合」是吻合、符合的意思。

《其他選項》

▲ 選項1　寫成漢字是「解答／解答」、「回答／回答」。

▲ 選項3　寫成漢字是「格闘／格鬥」。

2
解答：4

▲「色」音讀唸「ショク・シキ」，訓讀唸「いろ／顏色」。例如：「変色／變色」、「原色／原色」、「色紙／彩紙」、「顔色／顏色」。

▲「彩」音讀唸「サイ」，訓讀唸「いろど－る／上色」。例如：「水彩画／水彩畫」、「花火が暗い夜空を彩る／煙火點綴了黑暗的夜空」。

▲「色彩／色彩」是指顏色、配色。

《其他選項》

▲ 選項1　寫成漢字是「食材／食材」。

▲ 選項2　寫成漢字是「植栽／種植」。

3
解答：1

▲「逃」音讀唸「トウ」，訓讀唸「に－げる／逃走」、「に－がす／放掉」、「のが－す／錯過、漏掉」、「のが－れる／逃脫」。例如：「逃走／逃跑」、「一目散に逃げる／一溜煙地逃跑」、「犯人を逃がす／被犯人逃脫」、「機会を逃す／錯過機會」、「責任を逃れる／逃避責任」。

▲「逃す／放掉」是指錯過、漏掉沒抓住的意思。

《其他選項》

▲ 選項2　寫成漢字是「逃げる／逃走」，但不會念「にげさない」，請特別注意。

▲ 選項3　寫成漢字是「抜かさない／不遺漏」。

▲ 選項4　寫成漢字是「潰さない／不被壓扁」。

4
解答：2

▲「弾」音讀唸「ダン」，訓讀唸「ひ－く／彈奏」、「はず－む／蹦、彈起」、「たま／砲彈」。例如：「爆弾／炸彈」、「ピアノを弾く／彈鋼琴」、「ボールが弾む／球彈跳起來」、「弾をこめる／裝填子彈」。

▲「弾む／彈起」指讓球等物品彈跳起來，也指表現出無法壓抑的欣喜。

《其他選項》

▲ 選項1　寫成漢字是「阻む／阻止」。

▲ 選項3　寫成漢字是「励む／努力」。

▲ 選項4　寫成漢字是「挑む／挑戰」。

5
解答：3

▲「速」音讀唸「ソク」，訓讀唸「はや－い／快速的」、「はや－める／提前」、「すみ－やか／迅速；及時」。例如：「速達／快遞」、「スピードが速い／速度很快」、「速やかに提出する／迅速提出」。

▲「速やか／迅速」是指花的時間不多，很快的樣子。

《其他選項》

▲ 選項1　寫成漢字是「健やか／健康」。

▲ 選項2　寫成漢字是「細やか／仔細」。

▲ 選項4　寫成漢字是「鮮やか／鮮明」。

6
解答：2

▲「峠」訓讀唸「とうげ／關鍵期、山頂」。例如：「峠の茶屋／山頂的茶館」、「峠を越す／翻過山頂、過了關鍵期」。

▲「峠／關鍵期、山頂」是指兩斜坡的交界處，也指判別好或壞的關鍵期。

《其他選項》

▲ 選項1　寫成漢字是「麓／山腳」。

▲ 選項3　寫成漢字是「岬／海角」。

▲ 選項4　寫成漢字是「頂／山頂」。

7 　　　　　　　　　　　　解答：4

▲ 能表示照顧長輩的是選項4「介護（かいご）／看護」指看護病人或年長者。

《其他選項》

▲ 選項1　「福祉（ふくし）／福利」是使人民生活更幸福的措施。例如：「社会福祉（しゃかいふくし）／社會福利」。

▲ 選項2　「保有（ほゆう）／持有」是指擁有、持有屬於自己的事物。例如：「兵器を保有する（へいきをほゆう）／持有兵器」。

▲ 選項3　「安静（あんせい）／靜養」是指靜養身體或保持身心的平靜。例如：「安静時間（あんせいじかん）／靜養的時間」。

8 　　　　　　　　　　　　解答：2

▲ 這題要選和「ほめる／誇獎」意思相反的詞彙，選項2「けなす／貶低」是指説壞話，為正確答案。

《其他選項》

▲ 選項1　「みたす（満たす）／填滿」是指裝得滿滿的。例句：
・空腹をみたす（くうふく）／填飽肚子。

▲ 選項3　「はみだす／滿溢出」是超出有限範圍、滿到外面了的意思。例句：
・会場から人がはみだす（かいじょう／ひと）／人群從會場裡溢湧而出。

▲ 選項4　「もよおす／舉行」用在召開會議等時，也有進入某個狀態的意思。例句：
・説明会をもよおす（せつめいかい）／召開說明會。
・眠気をもよおす（ねむけ）／昏昏欲睡。

9 　　　　　　　　　　　　解答：1

▲ 要表示品質的提升應用選項1「向上（こうじょう）／進步」指比以前更進步。

《其他選項》

▲ 選項2　「上昇（じょうしょう）／上升」指上漲、提升。例句：
・気温の上昇（きおん／じょうしょう）／氣溫上升。

▲ 選項3　「良好（りょうこう）／良好」是指成績或狀態良好。例句：
・成績良好（せいせきりょうこう）／成績優秀。

▲ 選項4　「増加（ぞうか）／增加」是指數量增加。例句：
・体重が増加する（たいじゅう／ぞうか）／體重增加。

10 　　　　　　　　　　　　解答：2

▲ 因為題目中提到「競い合う（きそあ）／競爭」，可用來修飾選項2「ライバル／對手」指勁敵、競爭對手。

《其他選項》

▲ 選項1　「キャリア／資歷」是指職涯、比賽等方面的經驗。例句：
・20年のキャリアがある（ねん）／有二十年的工作經驗。

▲ 選項3　「トラブル／糾紛」是指紛爭或問題。例句：
・トラブルを解決する（かいけつ）／解決問題。

▲ 選項4　「ボーイフレンド／男朋友」。例句：
・ボーイフレンドと映画を見に行く（えいが／み／い）／和男朋友去看電影。

11 　　　　　　　　　　　　解答：3

▲「縁（えん）／緣」是指人和人之間的結緣。

▲「金の切れ目が縁の切れ目（かね／き／め／えん／き／め）／錢在人情在，錢盡緣分斷」是一句諺語，意思是人和人的關係建立在金錢之上，一旦沒有錢了也就互不相干了。

《其他選項》

▲ 選項1　「宝（たから）／寶物」。例句：
・子どもは国の宝だ（こ／くに／たから）／孩子是國家的珍寶。

▲ 選項2　「骨（ほね）／骨頭」。例句：
・この国に骨を埋める（くに／ほね）／把一生奉獻給這個國家。

▲ 選項4　「涙（なみだ）／眼淚」。例句：
・涙を流す（なみだ／なが）／流淚。

12 　　　　　　　　　　　　解答：4

▲ 題目的意思是一旦接下了工作，就不能事後反悔不做。選項4「いまさら／事到如今」是到了現在才做後項的意思，為正確答案。

《其他選項》

▲ 選項1　「いかにも／誠然」是無論怎麼想都是後項、總覺得是這樣的意思。例句：
・いかにも残念だ（ざんねん）／真是很可惜。

▲ 選項2　「まさしく／的確」是正是後項沒錯的意思。例句：
・正しく彼女は美人だ（まさ／かのじょ／びじん）／她的確是個美人。

▲ 選項3　「やんわり」指柔和的、委婉的。例句：

・やんわりと注意する／委婉的提醒。

13 　　　　　　　　　　　　解答：**1**

▲ 要形容煩惱消失應用選項 1「吹き飛ぶ／煙消雲散」指完全消失的意思。

《其他選項》

▲ 選項 2 「走り去る／跑掉」指跑離、駛離。例句：
・振り返りもせず走り去った／頭也不回的跑掉了。

▲ 選項 3 「滑り込む／滑進」指滑入、溜進某處，也指時間剛好趕上的意思。例句：
・滑り込みセーフ／趕上截止前一刻。

▲ 選項 4 「溶け出す／融化」指固體的物品化成液體。例句：
・バターが溶け出した／奶油融化了。

問題 3 　　　　　　　　　　　　P99

14 　　　　　　　　　　　　解答：**3**

▲「キャリア／資歷」是指如工作、比賽等方面的經驗、經歷。而意思相近的是選項 3「経歴／經歷」指目前為止的學歷和職業經歷。

《其他選項》

▲ 選項 1 「能力／能力」是指處理事情的能力。例句：
・能力を引き出す／發揮能力。

▲ 選項 2 「性格／性格」是指某人擁有的特質。例句：
・朗らかな性格／開朗的性格。

▲ 選項 4 「出身／出身」是指某人來自的學校或地區。例句：
・モンゴル出身の力士／出身蒙古的相撲選手。

15 　　　　　　　　　　　　解答：**1**

▲「該当する／符合」是完全符合的意思。意思相近的是選項 1「合う／符合」指吻合。

《其他選項》

▲ 選項 2 「乗る／搭乘」除了乘坐交通工具的意思之外，還有參與的意思。例句：
・相談に乗る／傾聽並提供建議。

▲ 選項 3 「貼る／黏貼」是指物品和物品緊黏在

一起。例句：
・のりで貼る／用膠水黏貼。

▲ 選項 4 「参加する／參加」是指加入。例句：
・合唱コンクールに参加する／參加合唱團。

16 　　　　　　　　　　　　解答：**3**

▲「現に」有事實上、實際上的意思。選項 3「その証拠に／以此為根據」是以這件事來證明某事的意思。因此符合本題的句意。

《其他選項》

▲ 選項 1 「今のところ／目前、現階段」是指就現在的狀態而言。例句：
・今のところ母は元気です／媽媽目前還稱得上老當益壯。

▲ 選項 2 「例によって／依照先例」是指像往常一樣。例句：
・例によって先生のお説教が始まった／依照慣例，老師又開始訓話了。

▲ 選項 4 「約束したのに／明明約定好」是也不管已經約定好了的意思。例句：
・7 時に約束したのに、彼女は来ない／明明約好七點了，她卻沒來。

17 　　　　　　　　　　　　解答：**4**

▲「趣／旨趣」是深切的感覺、韻味的意思。意思相近的是選項 3「雰囲気／氛圍」表示當場的氣氛、感覺等。

《其他選項》

▲ 選項 1 「思い出／回憶」指回想起以前的事情。例句：
・小学校の思い出／小學時期的回憶。

▲ 選項 2 「遊び／遊玩」是指玩樂。例句：
・大人にとっても遊びは必要だ／即使是大人也需要玩樂。

▲ 選項 3 「旅館／旅館」是提供住宿的設施。例句：
・素敵な旅館に泊まる／住在很棒的旅館。

18 　　　　　　　　　　　　解答：**4**

▲「無難／平平淡淡」是指沒有特別好也沒有特別不好的樣子。選項 4「良くも悪くもない／沒有好或不好」也是相同的意思，為正確答案。

▲ 選項1 「真面目過ぎる／過於認真」是指超過必要程度的認真。例句：

・真面目すぎるのも考えものだ／做事過於認真恐怕也值得商榷。

▲ 選項2 「レベルが低い／低水準」是指比其他事物程度更低的樣子。例句：

・レベルが低い学校／低水準的學校。

▲ 選項3 「わかりにくい／不易懂」是指難以理解。例句：

・図書館はわかりにくい場所にある／圖書館的位置很不好找。

---

19 解答：**2**

▲「意気込む／幹勁十足」是指為了做某事而精神百倍的樣子。意思相近的是選項2「張り切る／精神百倍」指充滿幹勁的打算要努力做某事。

《其他選項》

▲ 選項1 「叫ぶ／喊叫」指發出很大的聲音吶喊。例句：

・遠くから叫んだ／從遠處發出吶喊。

▲ 選項3 「もてなす／招待」是指細心的接待客人。例句：

・外国人をもてなす／接待外賓。

▲ 選項4 「気にする／擔心」是指特別在意某事。例句：

・容姿を気にする／在意外表。

問題4 P100-101

20 解答：**2**

▲「告白する／坦承」是指坦白説出隱情。例句：

・私はA君に前から好きだったと告白した／我向A同學告白了自己從以前就喜歡他。

《其他選項的用法及正確用語》

▲ 選項1 「新製品の特徴を表にして発表する／將新產品的特徵製成圖表向大家發表」。

▲ 選項3 「医者には、患者の病状を分かりやすく告示する義務がある／醫生有義務簡單易懂地告知患者的病情」。

▲ 選項4 「マスコミ各社は、女優Aの婚約を一斉に公表した／各大媒體同時公布了女演員A訂婚的消息」。

---

21 解答：**4**

▲「仲直り／和好」是指關係變差的雙方恢復以往的交情。例句：

・意見の食い違いで喧嘩していたA君と仲直りした／我和因為意見分歧而吵了架的A同學和好了。

《其他選項的用法及正確用語》

▲ 選項1 「簡単な故障なら、自分で修理できます／如果是輕微的故障就可以自己修理」。

▲ 選項2 「練習で失敗したことを、本番で繰り返さないことが大切だ／在正式上場時不重複犯下練習時犯的錯是很重要的」。

▲ 選項3 「ぼくとたかし君は、小さいころからの仲良しです／我與小隆是從小相識的好友」。

---

22 解答：**2**

▲「ふさわしい／適合」是指和某人或某物的性質相襯的樣子。例句：

・秋は読書をするのにふさわしい季節だ／秋天是適合讀書的季節。

《其他選項的用法及正確用語》

▲ 選項1 「駅前のコンビニは24時間営業なので、忙しい人にありがたい／由於車站前的便利商店營業二十四小時，對於忙碌的人來說真的是十分感謝」。

▲ 選項3 「あの兄弟は、顔も体格も似ていて、遠くからでは区別がつかない／那對兄弟的長相和體格都很相像，遠遠一看根本分不出來」。

▲ 選項4 「ちゃんと病院に行って、合う薬をもらったほうがいいよ／乖乖地去醫院，領合適的藥比較好」。

---

23 解答：**1**

▲「強いて／硬要」是排除反對或困難，進行某事物的意思。例句：

・気が向かないのなら、強いて行く必要はない／如果不想去，也沒必要強迫自己去。

《其他選項的用法及正確用語》

▲ 選項2 「彼女は、こちらの都合など考えず、勝手にしゃべり続けた／她沒考慮到我們方不方便，只顧自己的繼續說話」。

▲ 選項3 「男の子というのは、好きな女の子をわざといじめるものだ／男孩子就是會故意欺負自己喜歡的女孩子」。

▲ 選項4 「犯人逮捕のために、知っていることは極力話してください／為了逮捕犯人，請您盡量告訴我您所知道的事情」。

→ 也可用「全て／全部」替換。

24 　　　　　　　　　解答：3

▲「威張る／逞威風」指在別人面前擺架子。例句：

・優勝したからって威張るんじゃない／就算贏得了勝利也不該這樣逞威風。

《其他選項的用法及正確用語》

▲ 選項1 「君は班長なのだから、責任を持ってもっと指導しなくてはいけないよ／你身為班長，要負起領導大家的責任」。

▲ 選項2 「あの山は姿が悠然としていると、観光客に人気だ／那座山的悠然的模様，很受遊客的歡迎」。

▲ 選項4 「となりの犬は夜になると大きな声でほえるので迷惑だ／隔壁家的狗一到晚上就大聲地吠叫，造成大家的困擾」。

25 　　　　　　　　　解答：3

▲「使いこなす／運用自如」指充分活用某樣物品的功能。例句：

・新しく出たスマートフォンはなかなか使いこなすことができない／我實在不太會操作這台新出的智慧型手機。

《其他選項的用法及正確用語》

▲ 選項1 「父に買ってもらったこの辞書は、もう10年以上使っている／這本爸爸買給我的詞典已用了十多年了」。

▲ 選項2 「このくつはもう履きつぶしてしまったので、捨ててください／這雙鞋已經穿壞了，請把它扔掉」。

▲ 選項4 「旅先で、持っていたお金を全て使い切ってしまった／在旅途中把所有的錢都用光了」。

26 　　　　　　　　　解答：3

▲ 題目的句意是要表達非常遺憾的意思。而選項3的「（動詞て形、い形くて、な形‐で）ならない／…得受不了」用在表示無法過制前項的情緒時，因此為正確答案。例句：

・先生が、私にばかり厳しいように思えてならない／我無法不去覺得老師只對我特別嚴厲。

《其他選項》

▲ 選項1 「てやまない／…不已」用在指前項的這種心情一直持續下去。例句：

・私は故郷のこの風景を愛してやまない／我深愛故郷的這片美景。

▲ 選項2 「に堪えない／忍受不住」用在表示前項的這種心情非常強烈時。例句：

・支援者の皆様にはここまで支えて頂き、感謝に堪えません／各位支援者至今的協助，我們萬分感激。

▲ 選項4 「やむを得ない／不得已」是沒辦法只好做前項的意思。「（動詞ます形）得ない」表達做不到、不可能的意思。

※ 文法補充：題目中的「とは／竟然」用於表是吃驚、呆愣時的説法。例句：

・せっかく入った会社を三日で辞めてしまうとは／好不容易才進去的公司，你竟然三天就離職了。

27 　　　　　　　　　解答：2

▲「（名詞）をものともせず／絲毫不顧」是不把前項的困難當作問題、克服困難的樣子。例句：

・中村選手は、足のけがをものともせず、ボールを追いかけた／中村選手不顧腳上的傷，依舊追逐球跑。

《其他選項》

▲ 選項1 「（名詞）を抜きにしては／沒有…就（不能）」意思是假設在沒有前項的情況下。例句：

・吉田君の頑張りを抜きにしては、文化祭の成功はなかっただろう／如果沒有吉田的努力，文化祭就不會圓滿成功。

▲ 選項3 「（名詞）を問わず／不分」表示不管前項如何，結果都一樣。例句：

- テニスは、年齢を問わず、何歳になっても楽しめるスポーツです／足球是無關年齡，不論幾歲都能玩得開心的運動。

▲ 選項4 「(名詞)をよそに／無關」是不在意前項而去做某事的意思。例句：

- 住民の反対運動をよそに、ごみ処理場の建設計画が進められている／不顧居民的反對運動，垃圾處理場的建設計畫依舊持續進行。

28 解答：4

▲ 題目是指在今天之內結束的意思。「(名詞)を限りに／以…為限」用於表示持續到現在的事情將在未來的某一時刻結束。例句：

- 当店は今月を限りに閉店致します／本店將於本月底結束營業。

《其他選項》

▲ 選項1並非表示某個特定時日的詞語，所以錯誤。

29 解答：1

▲ 選項1的「いかん／不管」是不管怎樣、無論如何的意思。「(名詞)のいかんによらず／無論」是無關前項如何的意思。是生硬的説法。例句：

- 大会終了後は結果のいかんによらず、観客から選手全員に拍手が送られた／運動大話結束後不管結果如何，所有的選手都會受到觀眾們的拍手歡送。

《其他選項》

▲ 選項2 「～ならいざしらず／(關於)…我不得而知…」表示如果是前項的話也許還可以，但事實並非如此。例句：

- 子どもならいざ知らず、君はもう立派な大人なんだから、自分のことは自分でしなさい／如果是小朋友我就不知道了，但既然你已經是個成熟的大人，自己的事就該自己處力。

▲ 選項3 「ともなると／一旦成為」指到了前項的地位或程度的話就會有後項的情況。例句：

- やはり社長ともなると、乗っている車も高級なんですね／一旦成為社長，乘坐的車子就是很高級呢。

▲ 選項4 「のことだから／畢竟是」表示從前項的性格和平常的舉動來看的話，推測出後項的結論。例句：

- 真面目な木村さんのことだから、熱があっても会社に来るんじゃないかな／畢竟是認真的木村先生，就算發燒了大概也會來上班吧。

30 解答：1

▲ 從( )前後文的關係來考量，應填入「(名詞、普通形)とはいえ／雖說」表示前項雖是事實，但還是會有結果不一致的後項。例句：

- 駅前とはいえ、田舎ですので夜7時には真っ暗になりますよ／雖說是在車站前，但因為是鄉下，所以晚上七點便一片漆黑了。

《其他選項》

▲ 選項2 「にもかかわらず／儘管如此」是雖然處於前項的情況，但還是去做了一般不會做的後項之意。例句：

- 悪天候にもかかわらず、多くのファンが空港に押し寄せた／儘管天候不佳，仍有許多粉絲湧至機場。

▲ 選項3 「と思いきや／原以為…」用在表示雖然是這麼想，但事實並非如此時。例句：

- 去年できたこのラーメン屋は、すぐに潰れるかと思いきや、なかなか流行っているようだ／去年新開的這間拉麵店，原以為很快就會倒了，沒想到好像還很受歡迎。

▲ 選項4 「とばかり(に)／似乎…一般地」是簡直就像是在説前項似的態度。例句：

- 母は、がんばれとばかりに、私の肩をたたいた／母親彷彿在説加油似的，拍了拍我的肩膀。

31 解答：3

▲「～ばこそ／正因為」用在表示正是因為前項，並不是因為其他原因時。「こそ／正」表強調。接續方法是【[名詞、形容動詞詞幹]であれ；[形容詞・動詞]假定形]＋ばこそ。因為句意是要表達有過去的經驗累積，才導致後面的好結果，因此最適合的答案為選項3「来られたんです／才有辦法來到」。例句：

- あなたのことを思えばこそ、厳しいことを言うのです／我是為了你著想才説重話的！

32 解答：4

▲ 本題是在比較A氏和B氏兩者完全相反的情形。應填入選項4「(名詞、普通形＋の)にひきかえ／與前項有著天壤之別」指和前項的人事物有很大的不同。例句：

416

- 黒字続きのＡ社にひきかえ、Ｂ社は倒産寸前だ／不同於與穩定賺錢的Ａ公司，Ｂ公司幾乎瀕臨倒閉。

《其他選項》

▲ 選項１「ならでは／非…莫屬」指唯有前項的人或物可以達到後面的事情，是用於表達高度評價的說法。例句：

- このジャムは、自家製ならではのおいしさですね／這個果醬有著手工製作才有的美妙滋味。

▲ 選項２「にもまして／勝過」是雖然前項也很高了，但另一個更勝一籌的意思。例句：

- 今年は去年にもまして寒さが厳しい／今年比去年還冷。

▲ 選項３「にして／到了…階段，才…」表示到了某個階段或很高的程度，才達成某個目標之意。例句：

- 和菓子職人は 10 年目にしてはじめて一人前だと言われるそうだ／他好像在當上和菓子師傅的第十年才終於被認可出師了。

※ 詞彙補充：「知名度」是指名聲被社會大眾所聞知的程度。

33　解答：4

▲ 選項４「（動詞た形）までだ／只是」表示自己的舉動只不過是在做前項的事情而已。例句：

- あなたを疑ってるわけじゃありません。事実を確認しているまでです／我並非懷疑你，只是想確認當時的狀況而已。

34　解答：2

▲ 本題要選是自動詞的選項２「入る／運行（進入）」。例句：

- ノックをして部屋に入ります／敲門之後進入房間。

《其他選項》

▲ 選項１是他動詞。例句：

- かばんに本を入れます／把書放進包包。

▲ 選項３是「入る／進入」的可能形。

▲ 選項４是「入れる／放入」的可能、被動、尊敬形。

35　解答：3

▲ 由於對項是「ご主人様／您的先生」，所以要用「お目にかかる／見到」。這是「会う／見到」的謙譲語，和「お会いしたい／想見」意思相同。

問題６　P104-105

例　解答：2

※ 正確語順

> あそこで <u>テレビ を 見ている 人</u> は山田さんです。
> 在那裡正在看電視的人是山田先生。

▲ 首先選項２「見ている／正在看」前面要接助詞選項３「を」變成「を見ている」。至於看什麼呢？是「テレビ／電視」還是「人／人」呢？看畫線的前後文脈，知道要看的是選項１「テレビ／電視」才符合邏輯了，就樣就變成了「テレビを見ている／正在看電視」。最後再以「テレビを見ている／正在看電視」來修飾後面的選項４「人／人」，成為「テレビを見ている人／正在看電視的人」。這麼一來順序就是「１→３→２→４」，而 ★ 的部分應填入選項２「見ている」。

36　解答：4

※ 正確語順

> 食物アレルギーを甘くみてはいけない。誤って 食べよう ものなら 命にかかわること も あるのだ。
> 不要小看食物過敏的嚴重性。假如誤食的話，有時可能也會危及性命。

▲ 句子最後的「あるのだ／有」前面應填入選項３「命にかかわることも／危及性命」。再連接選項１和選項４變成「食べようものなら／如果吃了」。接著在選項１的前面填入選項２「誤って／不慎弄錯」。如此一來順序就是「２→１→４→３」， ★ 的部分應填入選項４「ものなら」。

※ 文法補充：「（動詞意向形）ものなら／如果…的話」指如果做了前項，事情就嚴重了。例句：

- 妻に文句を言おうものなら、２倍になって返って来る／如果膽敢向太太抱怨幾句，就會遭受到她兩倍的牢騷轟炸。

文法

1
2
3
4
5
6

37

解答：**2**

※ 正確語順

> この　部屋に　断り　なしに　入ること　を
> 禁ずる。
>
> 這個房間禁止未經報備就擅自進入。

▲ 「この／這個」的後面應接選項1「部屋に／房間」，「を禁ずる／禁止」的前面應接選項3「入ること／進入」。再連接選項4和選項2變成「断りなしに／未經許可」。如此一來順序就是「1→4→2→3」，＿＿★＿＿的部分應填入選項2「なしに／未…就…」。

※ 文法補充：「（名詞、動詞辭書形＋こと）なしに／不…就…」是指不做前項而直接做後項的動作，或是不做前項而保持原樣。例句：

・今日は店が混んで、休憩なしに5時間働き続けた／今天店裡客流不斷，以致於連續工作了五個小時沒得休息。

解答：**3**

※ 正確語順

> たとえ　大金を　積まれようと　友人を裏切
> るような　ことは　しません。
>
> 就算能因此賺到一大筆錢，也不會做出背叛朋友的那種事。

▲ 呼應句子開頭「たとえ／就算」的是選項4「～（よ）うと／就算…也…」，所以要將選項1和選項4連接起來變成「大金を積まれようと／能因此賺到一大筆錢」。「しません／不會」的前面則填入選項3和選項2，變成「友人を裏切るようなことは／背叛朋友的那種事」。如此一來順序就是「1→4→3→2」，＿＿★＿＿的部分應填入選項3「友人を裏切るような」。例句：

※ 文法補充：「～（よ）うと／就算…也…」用在表示即使發生前項的事也沒有關係、不受影響時。接續方式是：「【動詞意向形】＋（よ）うと」。

・私の忠告を聞かないなら、君がどうなろうと責任は持てないよ／因為你不聽我的忠告，不管之後會變成怎麼樣你都要負起全責喔。

39

解答：**4**

※ 正確語順

> お金を貸すことは　できない　までも　アル
> バイトの紹介　くらいなら　できますよ。
>
> 雖然沒辦法借錢給你，但至少可以幫忙介紹兼差工作喔！

▲ 因為句尾有「できますよ／可以喔」，所以注意到選項3的「できない／沒辦法」。且「お金を貸すこと／借錢給你」與選項4「アルバイトの紹介／介紹兼差工作」是成對的。再加上「（動詞ない形）までも／至少」表示雖然無法做到前項，但能達到稍低一點的程度。因此將選項4與選項2連結，放於「できますよ」之前，再把選項3放於「お金を貸すこと」之後。如此一來順序就是「3→1→4→2」，＿＿★＿＿的部分應填入選項4「アルバイトの紹介」。

解答：**1**

※ 正確語順

> 取材陣の　失礼　極まる　態度に　世間の批
> 判が　集中した。
>
> 採訪團隊當時那種極度沒有禮貌的提問態度飽受社會輿論的批評。

▲ 主詞是伴隨助詞「が」的選項3。加上「批判が集中した／飽受批評」這個句子。而選項2「極まる／極度」和選項4「失礼／沒有禮貌」是用來說明選項1的「態度／態度」，因此將三者連接起來。如此一來順序就是「2→4→1→3」，＿＿★＿＿的部分應填入選項1「態度に」。

※ 詞彙及文法補充：

◇「取材陣／採訪團隊」是指進行採訪的記者等團隊。

◇「（な形）極まる／極其」是非常…、到了前項的極致的意思。「（な形）極まりない／極其」也被用作同樣的意思。例句：

・学生のアルバイトとはいえ無断欠勤とは、非常識極まりないな／就算是學生兼差，但無故曠職也是沒常識到了極點的行為喔。

問題7　　　　　　　　P106-107

解答：**3**

▲ 前面的「居ながらにして／人在家中坐」是實際

上並沒有去、待在原地的意思。句意表示即使如此還「行くことができる／能夠前往任（何遙遠的國度）」，因此選項3正確。

42 　解答：4

▲ 要尋找表示只要看電視節目，就感覺自己好像到了當地的詞語。也可以寫成「まるで～行ったかのような／像是去到了…似的」，但是沒有這個選項，所以要選和「まるで／像是」意思相同，從「あたかも／彷彿」轉變而成的選項4「あたかも～行ったかのような／彷彿去到了…似的」。

43 　解答：2

▲ a和b是互相呼應的關係。正確呼應的組合是「もしかしたら～かもしれない／説不定…或許反而」，因此選項2正確。

《其他選項》

▲ 選項1的正確用法應為「もしも～ならば／萬一…的話」。

▲ 選項3的正確用法應為「もし～しても／假如…也」。

▲ 選項4的正確用法應為「たとえば～のような／比如…一般」。

44 　解答：3

▲ 前文提到也許實際去了會感到失望。下一句又提到「それでもいいのだ／就算這樣也沒關係」，所以後面的句子應為表示沒關係的理由。因此，應選擇表示理由的「から／因為」的選項3。

45 　解答：2

▲ 因為前面有「自分の部屋のことが／自己的房間的影像」，所以要接「心に浮かぶ／浮現心頭」是正確的。

《其他選項》

▲ 選項1 「浮かべる／想出」因為是他動詞，不能接在「～が」之後。

▲ 選項3 「浮かばれる／被漂浮」是被動式，和此處的文意不合。

第**3**回 読解

問題8 　P108-110

46 　解答：4

▲ 請參見底線文字的前一句「集団の存続のためには、勤勉な者の交代要員として怠け者が不可欠なのだ／為了讓一個組織永續生存，擁有一群懶惰者做為勤勞者的換班成員是不可或缺的」，因此正確答案為選項4。

《其他選項》

▲ 選項1 文章沒有寫到「働き具合をそろえるべき／所有成員的工作程度必須一致」。

▲ 選項2 句尾的「残念だ／很遺憾」與文章內容不符。

▲ 選項3 並不是「ずっと働かない／一直不工作」，而是不可或缺的換班成員。

47 　解答：1

▲ 請參見文章的最後一句話，「人は一つ便利さを身につけるたびに、実は一つ不器用になっていく気がしてならない／每當人們獲得一項便利的功能，其實就又多一項不會的技能」。因此正確答案為選項1。

《其他選項》

▲ 選項2 關鍵不在於「新品／新商品」。

▲ 選項3 文章並沒有寫到「意外と不確かなもの／其實還挺靠不住的」。

▲ 選項4 文章並沒有談到該選項的內容。

48 　解答：3

▲ 免費週的可供使用時間是從上午九點到下午三點，因此選項3不正確，其他選項都符合使用條件。

問題9 　P111-116

49 　解答：2

▲ 請參見文章第三段第一至三行，「まずは、その人が危険な状態にないかどうかを確かめよう。そして、危険な状態に直面していると思われる場合は、ためらわずに助けを申し出よう／首先

確認該位人士是否身處危機之中，如果判斷其面臨危險，必須毫不遲疑地立刻協助」。因此正確答案為選項2。

《其他選項》

▲ 請參見文章第四段第一至二行，「いきなりその人の腕を掴んだり杖を触ったりするのは禁物である／絕對不可以突然抓住該位人士的手或碰觸其手杖」，因此選項1和選項3不正確。

▲ 選項4，文章並未寫到相關的內容。

50 解答：**3**

▲ 請參見文章最後一段第一至二行，「『白杖SOS』といって、白杖を体の前に高く掲げて立ち止まるポーズである／有一種所謂『白手杖SOS』的視障人士求救姿勢是站立原地並且高舉白手杖」。因此選項3正確。

51 解答：**4**

▲ 請參見文章最後一段第五至六行的「障害者の社会参加が進んでいる今日、SOS が必要になる場面も増えるにちがいない／隨著近來有愈來愈多視障人士走出家門、參與社會生活，想必他們將會遇到更多需要透過『白手杖SOS』的姿勢向身邊人們求援的情況」，因此正確答案為選項4。

《其他選項》

▲ 本文沒有談到選項1的「障害者の数が多くなった／視障人士的人數變多了」、選項2的「障害者に対する社会の関心が高まっている／社會愈來愈重視視障人士」和選項3的「障害者の社会参加が増えている／有更多視障人士參與社會生活」。

52 解答：**4**

▲ 文章第一至三段是敘述中國政府將於2016年（本文寫於2015年）改為施行「二胎化政策」，儘管如此，仍然有愈來愈多都會區的夫妻不願意生第二個小孩。由前可知，空格的前後文是含意相反的內容，因此正確答案應該是選項4，亦即逆接連接詞的「しかし／然而」。

53 解答：**4**

▲ 請參見文章第五段第一行的「中国にしても日本にしても、経済的な理由が子供を産めない一番の理由になっている／無論是在中國或在日本，

不生小孩的首要理由皆是經濟因素」，因此正確答案為選項4。

《其他選項》

▲ 選項3 文章沒有提到「夫婦二人の人生観／夫妻倆的人生觀」。

54 解答：**1**

▲ 請參見文章最後一段的「本来、子供を産み育てるのは人類としての義務であり、また、人にとって喜びであるはず／生養下一代原本是人類的義務，並且也應該是人類的喜悅」，因此正確答案為選項1。

《其他選項》

▲ 選項2的「社会に貢献するため／為了貢獻社會」和選項3的「経済的な事情を考慮／考量經濟因素」皆與文章的文字敘述相反。

▲ 選項4的立論與本篇文章無關。

55 解答：**1**

▲ 請參見空格所在的第二段第一到三行，「男女雇用機会均等法の施行後、1999年と2007年にも比較的大きな改正が行われたが、□□、1999年採用の女性総合職は74%が、2007年採用では42%が退職しているということだ／《男女雇用機會均等法》實施之後，分別於1999年和2007年對條文進行較大幅度的修訂，□□，於這兩個年度錄取的女性綜合性職務者的離職率仍相當值得注意，分別是1999年度為74%、2007年度為42%」。由前可知，空格的前後文是含意相反的內容，應該填入逆接連接詞，例如「にも関わらず／饒是如此」、「しかし／然而」或「それでも／儘管如此」。因此正確答案應該是選項1。

《其他選項》

▲ 選項2 「それで／因此」用於承上啟下的狀況。

▲ 選項3 「つまり／換言之」用於換一句話解釋前文的狀況。

▲ 選項4 「そして／而」用於繼續說明的狀況。

56 解答：**3**

▲ 關於性別比例原則，文章第四段第五行寫到日本於2016年（文章寫於同一年）「超党派による議員連盟が動きだした／開始啟動跨黨派的議員聯

盟」，因此還稱不上是「取り入れている／已經施行」，因此選項 1 不正確。

57 解答：3

▲ 請參見文章最後一段，符合作者觀點的是選項 3「多くの女性が活躍できる環境を整えること／調整出讓多數女性皆能活躍的環境」。

《其他選項》

▲ 選項 1 的「女性を差別しないという法律を厳しくする／制訂更為嚴格的不得歧視女性的法律規範」、選項 2 的「企業の長時間労働を取り締まる／取締企業的超時工作」和選項 4 的「女性に高い賃金を払う／提高女性的薪資」，以上這三點均未於文章內提及。

問題10 P117-119

58 解答：2

▲ 請參見底線文字所在段落，即文章第四段，「最近の子どもたちを見ても、小学生から中学生になるにつれ、理数系は苦手だという子どもがますます多くなり、①理科離れを引き起こしているようだ／綜觀近來的學童，有愈來愈多人從小學升上中學之後不擅長數理科目，繼而引發①逃避理科的現象」。此處的「苦手」是指學童對該學科毫無興趣與關心，該科的學習能力也相對低落。因此，正確答案為選項 2。

《其他選項》

▲ 選項 1 的「小学生から中学生にかけて、理科の授業が減る／學童從小學升上中學後，理科的授課時數減少」和選項 4 的「理科を教える先生の数が減る／理科教師的人數減少」並未在文章中提及。

▲ 選項 3 的「中学になると、文系より理数系に偏る／升上中學之後，比起文科，更喜歡數理學科」則與文章內容相反。

59 解答：3

▲ 請參見本題底線文字②所在的文章第五段，回答喜歡理科的中學生百分比：新加坡為 86%、日本為 52%，也就是說日本約為新加坡的 60%，亦即六成。因此正確答案為選項 3。

《其他選項》

▲ 選項 1 第五段第三至四行提到，回答喜歡數學的中學生百分比：新加坡為 79%、日本為 54%，也就是說日本約為新加坡的 68%，而不是一半。

▲ 選項 2 第五段最後一句提到，日本喜歡理科或數學的中學生百分比皆較美國為低。

▲ 選項 4 綜觀第五段內容，回答喜歡理科的日本中學生百分比與國際相較並不算高。

60 解答：4

▲ 請參見文章第六段第三至六行，作者在這裡列舉了日本中學生對理科的關心度遞減的原因：「その原因の一つとして考えられるのが、理数科の特徴として論理的に考えることが難しいということは当然としても、社会の急速な発展につれ便利な物があふれ、新しい物を創造するとか、考えるとかいうことが少なくなったことが挙げられるだろう／可以想像得到的原因之一是，數理科目的邏輯思考相當困難。除了這項顯而易見的學科特色，其他原因還包括在社會的快速發展下出現了無數便捷生活的物品，繼而使得人們怠惰於創造新物和進行思考」。經過對照，正確答案是選項 4。

《其他選項》

▲ 選項 1 學童們並不是因為自身的理科學習能力追趕不上社會的快速發展而不喜歡這項學科。

▲ 選項 2 現代社會享有豐饒的物質生活，雖會使得人們怠惰思考，但並不會造成學童們再也無法進行邏輯性的思考。

▲ 選項 3 文章並沒有提到日本人原本就不擅長邏輯性思考。

61 解答：3

▲ 作者的觀點寫在文章的最後一段，其中兩項關鍵為「科学技術の発展には、長い時間と国民的な基礎学力が必要／科學技術發展的必備要件是，全體國民皆須擁有並且是長期累積的基礎學力」以及「一日も早く理数科教育の改善に向かう必要がある／必須盡早致力於改進數理學科的教育」。綜合以上兩點，正確答案為選項 3。

《其他選項》

▲ 選項 1 文章倒數第二段雖然提到日本自二戰以

後憑藉著卓越的數理能力和科學能力而得以產業立足世界，但是本選項的「理科離れを改善することが世界の中での日本の地位を高める／改善逃避理科的現象就能提升日本在全世界的地位」與日本學童逃避理科並無相關。

▲ 選項 2　「理科や数学は最も大切な学科だから、文系の勉強より優先すべき／因為理科和數學是最重要的學科，所以應該優先於文科的學習」並不是本篇文章的寓意。

▲ 選項 4　文章最後兩段並沒有提到「理科離れを改善することで、日本から多数のノーベル賞受賞者が出るだろう／逃避理科的現象得到改善之後，想必日本就會出現更多諾貝爾獎得主了」。

問題 11　　　　　P120-122

62　　　　　解答：2

▲ 請參見 A 文章中屢次出現「社會」一詞，並從社會層面闡述說謊的壞處；而 B 文章的觀點則是基於人與人之間的關係，進而論述人們有時候還是需要說謊。因此正確答案為選項 2。

《其他選項》

▲ 選項 1　「Aは道徳的な観点で／A文章從道德角度」和「Bは慣習的な観点で／B文章從習俗角度」皆與文章的論述不符。

▲ 選項 3　B文章雖是針對個人心態予以論述，但A文章並不是。

▲ 選項 4　A文章並未提及「建前／場面話」，B文章亦未談到「本音／真心話」。

63　　　　　解答：4

▲ 請參見A文章的最後一句：「人間関係を壊すような嘘は小さくとも絶対についてはいけないのだ／會破壞人際關係的謊言，即使再微不足道也絕不允許！」還有B文章「相手を励まし傷つけないための嘘なら、むしろ積極的に嘘をつく方がいい／如果那個謊言的用意是鼓勵對方、不傷害對方（也就是為對方著想而說謊），甚至應該盡己所能地說謊才好」。因此，與之相符的答案是選項 4。

《其他選項》

▲ 選項 1　A文章的部分正確，但B文章「本音な

らば／假如是為了說出真心話」的理由不正確。

▲ 選項 2　A文章的論點是只要有助於社會和諧，任何謊言都沒有關係，因此本選項的「多少の嘘は許される／可以接受些許謊言」與文章內容不符。至於B文章的部分正確。

▲ 選項 3　本選項的內容全部與A、B兩篇文章的立論相反。

問題 12　　　　　P123-125

64　　　　　解答：2

▲ 本題底線文字「和をもって尊し（＝貴し）となす／以和為貴」的寓意是應當尊崇人與人之間的和諧。「尊し」是「尊い／尊崇、高貴」的古文用法。文章的第一段即說明了人們維持和諧與友好相處的境地是值得推崇的，因此正確答案為選項 2。

《其他選項》

▲ 選項 1　「以和為貴」的意思不是要人們尊敬能夠迎合其他意見的人。

▲ 選項 3　「以和為貴」的「和」不是指國與國之間的和平。

▲ 選項 4　從文章第一段雖然可以看出本選項的「日本人は、何よりも「和」を好む性質があるということ／日本人自古喜歡『和』」，但這並不是題目問的「何謂『以和為貴』？」的解答。

65　　　　　解答：4

▲ 請參見文章第四段第三到六行，「たとえプラスになる独創的な提案や改善策があっても、それは全体からはみ出すわがままな意見として無視され、取り上げられることはほとんどない。むしろ皆で決めたことと違う意見を述べることは、仲間の和を乱す異論として捉えられるからだ／在團體之中，即使額外提出具有創見的提案或改進方案，只會被當成是不合群的意見而不予置評，鮮少採納。像這樣獨排眾議、表達自己的意見，甚至會被認為是擾亂同儕和諧的異議」。綜上所述，以選項 4 為正確答案。

《其他選項》

▲ 文章沒有提到選項 1 的「突然和が崩れてしまう／使原本的和諧忽然變得四分五裂」、選項 2

的「一人だけ皆と異なる意見を述べることも大切だと見なされる／獨排眾議的意見也會得到重視」和選項3的「その和がいつまでも続くとは限らない／但那種和諧未必能夠永遠持續下去」。

66 解答：1

▲ 作者在文章的前半段敘述和諧的重要性，後半段則談到伴隨而來的問題，認為過度強調和諧、迎合周遭意見，將會導致無法出現創新的發明和獨到的發現。綜上所述，正確答案為選項1。

《其他選項》

▲ 選項2　雖然文章第二段第三至四行提到本選項的內容：「和の精神によって日本人はいろいろな成果を上げてきたのだ／和諧精神使得日本人在各個領域達成了多項成就」，但是本選項沒提到作者在文章後半段的反面論述。

▲ 選項3　雖然文章在第三段第二至四行寫到「その過程で私たちは「和」の素晴らしさを再認識することになる。そしてまた成果に関わらず個人一人一人にとっても得難い経験、体験を積み重ねることになる／在那個過程中，我們得以重新認知『和諧』的偉大，且每一個人都能不計成果地持續累積難得的經驗與體驗」，但這與本選項的「人に得難い経験や体験を得させる和のすばらしさを認識すべきだ／我們必須認知到，偉大的和諧能夠使得人們得到難得的經驗和體驗」的意思稍有出入，並且不是全文的重要寓意。

▲ 選項4　文章沒有提到本選項的「自分のわがままな意見を反省させられるので、和は大切なものだ／和諧很重要，因為有助於人們反省自己不該放肆表達意見」。

67 解答：3

▲ 作者大聲疾呼的主張寫在最後一段第三至五行，「私たち日本人は「和」の精神を大切にしながらも、今こそ積極的に仲間はもちろん世界に向けて発言し、行動しなければならない時なのだ／值此時刻，我們日本人不僅要重視「和諧」精神，更要向團隊伙伴甚至全世界積極發言，採取行動！」因此正確答案為選項3。

《其他選項》

▲ 選項1　作者雖然認為應該重視和諧，但沒有強調必須將這種精神推廣到全世界。

▲ 選項2　文章沒有提到和諧精神將日本人禁錮在日本歷史之中。

▲ 選項4　文章沒有提到被禁錮在傳統的和諧精神之中的日本會受到其他國家的嘲笑。

問題13 P126-127

68 解答：3

▲ 請參見「食事について／飲食注意事項」：接受檢查的前一天禁止喝酒，但可以正常飲食；至於接受檢查當天在報到的五個小時前必須吃完固體食物，之後只能喝茶或開水。所以正確答案是選項3。

69 解答：2

▲ 請參見「キャンセルについて／取消檢查相關事項」：如欲取消檢查，「検査日の前日正午までに、検査室受付にご連絡ください／請於檢查日前一天的中午十二點以前聯絡檢查室」，因此正確答案為選項2。

第3回 聴解

問題1 P128-131

例 解答：2

▲ 從女士跟男士說「飲み物がなくちゃ乾杯できないじゃない。私たちが買って行くことになってたのに／沒有飲料不就沒辦法乾杯嗎？我們被派的任務是購買飲料的説」可得知目前宴會上沒有飲料，導致宴會無法開始。

▲ 再加上男士最後説「まあね。とにかく急ごう。あのスーパーならいろいろありそうだよ／算了！總之加緊腳步，那家超市的話應該什麼都有吧」。可知兩人接下來要做的是選項2「飲み物を買う／購買飲料」。

《其他選項》

▲ 選項1　這是男士抵達前使用的交通工具。

▲ 選項3　兩人雖在前往宴會的途中，但這並不是接下來要做的事。

▲ 選項4　蛋糕男士一早在家裡就做好了。

1

解答：3

▲ 女學生説「私はもう少し学生を続けることになりそう／我或許還能再當個幾年學生」，男學生接著回答「大学院、合格したんだってね／妳考上研究所了吧」。由此可知女學生要去唸研究所。

《其他選項》

▲ 選項 2　對話中完全沒提到結婚的事。

※ 詞彙補充：「蔵／窖」是指釀造日本酒的酒窖。

2

解答：4

▲ 對於女士説要向診所預約掛號，男士表示「まず、もう少しまじめにスポーツクラブへ行ってみて、病院はそれからにする／先上健身房一段時間觀察看看，不行再去看醫生」。可知男士下班後要先去健身房。

《其他選項》

▲ 選項 2　雖然對話中提到經常出差，但並沒有説接下來要出差。

▲ 選項 3　回家之前要先去健身房。

※ 補充：「もう／真是的」這裡的意思不是「すでに／已經」，而是厭煩的時候用來表達「ほんとにしょうがないんだから／真拿你沒辦法」的意思。例句：

・もう、あなたなんか嫌い／真是的，我討厭你！

3

解答：3

▲ 男士來選購小孩的書桌。

▲ 因為家裡太狹窄，所以不買床。而收納箱要之後再帶小孩自己來選，椅子的尺寸也是之後讓小孩來才能決定尺寸。綜合上述，男士購買的只有書桌。

4

解答：1

▲ 兒子説「ちょっと歯医者に行ってくる／先去一趟牙科」，因此選項 1 正確。

《其他選項》

▲ 選項 2　兒子説剛才去藥房買了牙刷。

▲ 選項 3　不是去醫院，是去牙科診所。

▲ 選項 4　去當志工是從明天開始一個星期。

※ 補充：「いざという時／緊急時刻」是指萬一到最後迫不得已的時候。這裡指的是萬一到時候牙疼了。

5

解答：3

▲ 陳同學打算等暑假回國後和父母商量留學的事，並準備留學資料，同時也要準備六月的留學考試。老師聽了建議「ではひとまず留学試験に集中しましょう／那麼先專心準備留學考試吧」等留學考試結束後，再開始準備資料。因此，這位留學生打算先專心準備留學考試。

6

解答：2

▲ 男士説要使用的顔色「同じ系統だけど、はっきりした赤は攻撃性を強めそうでなんとなく落ち着かない／雖然屬於同樣的色系，但是正紅色的攻擊性強，沒辦法讓人放鬆」，也就是與紅色是相同色系，又不會讓人感到有攻擊性的顏色。可推出男士選則的是粉紅色。

《其他選項》

▲ 選項 1　黃色是亮色，但沒辦法讓人放鬆。

問題 2
P132-136

例

解答：4

▲ 男士在對話中提到「あの会議室は椅子がだめだね／那間會議室的椅子不行啦」，女士下一句附和説「椅子は柔らかければいいというわけじゃないね／椅子並不是軟就好呢」，「というわけじゃない／並不是説」表示否定前面「椅子軟就好」的情況，由此得知答案是選項 4「会議室の椅子が柔らかすぎるから／因為會議室的椅子太軟了」。

《其他選項》

▲ 選項 1　女士問「パソコン、使いすぎなんじゃないの／是不是過度使用電腦了？」，男士否定説「今日は 2 時間もやってないよ／今天也用不到兩小時啊」，可知選項 1 不正確。

▲ 選項 2　男士雖然喝了四杯咖啡，但這並不是造成肩膀痠痛的原因。

▲ 選項 3　男士雖説部長説話冗長，聽得好累，但這也不是造成肩膀痠痛的主要原因。

1

解答：4

▲ 女學生聽到教授提議搭巴士去時，便感到驚訝，並提出搭巴士會遇到的問題。從「酔い止めの薬

を飲んで行きます／先吃暈車藥再上車」這句話可知，女學生因為會暈車而感到困擾。

《其他選項》

▲ 選項1、選項2和選項3都不是導致女學生為難的理由。

※ 詞彙補充：「けっこう／相當」寫成漢字是「結構」有許多含意。在這裡表示「なかなか／非常」、「かなり／十分」的意思。例句：

・あの人、けっこう親切だよ。／那個人相當親切哦！

2　　　　　　　　　　　　　　解答：3

▲ 從男士説「もう一度連絡して、催促しましょうか／要不要我再聯絡一次，催催他們呢」以及女士説的「あわてないで／不要緊張」可知，男士正因為新產品樣本還沒送到而不知所措，所以要選和「あわてている／慌張」意思相同的「焦っている／焦急」。

※ 詞彙補充：「ミス／錯誤」是「ミステイク【mistake】」的簡稱，指出差錯、犯下錯誤的意思。

3　　　　　　　　　　　　　　解答：2

▲ 從男士説「ほら、店長が厳しいでしょ／不過妳也知道，店長很兇嘛！」可知，女士辭去行政工作後，和男士在同一個地方工作。對話中又提到「レジや商品を並べたりする／站收銀櫃臺，把貨品上架」、「スーパーの仕事が休みの日／超市排班輪休的日子」可知兩人認識的地方就是超市。

《其他選項》

▲ 選項1　男士是去東京念大學的。

▲ 選項3　男士的老家是開書店的。

▲ 選項4　男士曾在印刷公司工作過一陣子。

4　　　　　　　　　　　　　　解答：3

▲ 女士一開始説找不到標價，事後又説看到了，店員説會「商品のコーナーに表示するようにいたします／標示劃分商品區域」，綜合上述幾點可知店員是為了筆的價格標示不清楚而向顧客道歉。

《其他選項》

▲ 選項1，兩千圓的筆和三千圓的筆是不同的商品，並非漲價，所以不是店員道歉的理由。

▲ 選項2和選項4的內容在對話中並沒有提到。

※ 補充：「3,000円になります／是三千圓」這句話的意思並不是兩千圓的東西漲至三千圓，而是單純指這件商品「3,000円です／是三千圓」的意思。這是服務業近年來慣用的商業用語。

5　　　　　　　　　　　　　　解答：4

▲ 小女孩最後解釋「もうすぐ暗くなるでしょう。そうしたら、お母さんが一人で帰ってくるとき、あぶないよ／馬上就天黑了，天黑了以後，媽媽一個人走回家，很危險」可知她是因為擔心媽媽等一下必須走夜路回家，所以在哭。

※ 補充：「そんなんじゃないよ／不是那樣啦」是指不是那麼回事啦。這裡的意思是，並非因為想要新上市的餅乾而哭。

6　　　　　　　　　　　　　　解答：4

▲ 從「ご両親に渡すのはその時／等到那時才要送給雙方父母」還有男士親戚的例子中提到「白い花ばかりだったけど／雖然淨是白色的花朵」可知兩人正在等待在婚禮上送給新娘新郎父母的花束送到。

《其他選項》

▲ 選項1和選項2，對話中提到禮物和遊戲道具都已經送到會場了。

▲ 選項3，因為還有十分鐘典禮就開始了，所以新娘和新郎不可能還沒來。且從「白い花」等線索也可推出他們等的不是「人」。

7　　　　　　　　　　　　　　解答：1

▲ 女士問男士很急嗎，男士回答希望將文件盡快趕出來，是因為和竹中產業的立川經理開會時需要用到這份文件。

《其他選項》

▲ 選項2　立川經理還沒抵達公司。

▲ 選項3　今天要出差的是女士。

▲ 選項4　新產品的上市和製作文件沒有關係。

問題3　　　　　　　　　　　　P137

例　　　　　　　　　　　　　　解答：3

▲ 對話中列舉了汽車相關的內容。從「一般的な4

ドアのセダンだと／就一般的四門轎車而言」、「フロントガラスの形も変わってきていますね／前擋風玻璃的造型設計變化也是永不停息呢」、「使うガソリンの量が減ったことです／石油的消耗量也減少了」，可知正確答案是選項3。當然，若一開始能夠聽出「セダン／轎車」這個單字，本題就能迎刃而解了。

《其他選項》

▲ 選項1　電腦不會有四個門、前擋風玻璃及使用石油。

▲ 選項2　空調不會有四個門、前擋風玻璃及使用石油。

▲ 選項4　機車不會有四個門。

<hr>

1

解答：4

▲ 最後的「ストレスを増やさないためには、自分のストレスの程度をよく知って、付き合い方を考えていくことが必要です／為了不讓壓力愈來愈大，我們必須徹底了解自己的抗壓程度，並且思考該如何與壓力共存」是話題的結論，也是話題的重點，前面講述沙丁魚與鯊魚的事情只是為了舉例。因此可知正確答案是選項4。

《其他選項》

▲ 選項1、選項2和選項3的內容在對話中都沒有提到。

<hr>

2

解答：1

▲ 女士提到父母在大學生的求職過程中給予幫助是時代的潮流，並説「協力できるならしてほしいものです／如果情況允許，希望（父母）能提供協助」。

《其他選項》

▲ 選項2　女士並沒有提到求職過程中父母提供幫助會對孩子造成什麼影響。

▲ 選項3　女士的發言中完全沒有提到此內容。

▲ 選項4　女士説大學生只和年紀相仿的人交談。

※ 詞彙補充：

◇「コネ／運用人脈」是指門路「コネクション【connection】」，也就是透過父母或親友的熟人，在求職過程中得到特別的關照。

◇「そこをつく／針對」是指説中的意思。這裡是指能針對孩子的長處和短處精準提問的意思。

<hr>

3

解答：3

▲ 老師建議家長「そっとしておいて、何か言ってきた時に、気持ちを聞いてあげて／（在武史自己開口之前）先在一旁默默守候，等到他主動開口時再問問他想怎麼做」。

《其他選項》

▲ 選項1　老師建議假如孩子自己説想退出足球部的話，再問問他要怎麼做。

▲ 選項2　老師並沒有説讓他放棄足球比較好。

▲ 選項4　對話中沒有提到每場比賽都一定要到場加油。

<hr>

4

解答：2

▲ 播報員提到，救難犬比救難機器人出色在於「生存率が極端に下がると言われる72時間以内に、広い範囲の中から動けなくなった人を捜せる／（救難犬能於）存活機率極限的黃金七十二小時以內，在大範圍中找到無法動彈的傷者」。

《其他選項》

▲ 選項1、選項3和選項4的內容，播報員沒有提到救難犬和救難機器人哪個比較優異。

<hr>

5

解答：2

▲ 媽媽説道「こんな成績じゃ。高校受験まで、もう一年もないんだから／瞧瞧你現在的成績，（還能不去嗎？）距離高中升學考試只剩下不到一年了」也説「勉強の仕方から教えてもらいなさい／先去學一學用功的方法吧」皆能推出媽媽擔心高中升學考試將近的兒子成績不理想，正要去報名補習班。

※ 詞彙補充：「ゴロゴロ／偷懶」是指躺在那兒什麼也不做。

<hr>

6

解答：3

▲ 從「芽／長芽」、「咲く／開花」與「根／根」可知，「カタクリ／豬牙花」是花卉的名稱。對話中的兩人正在談論豬牙花。

例　　　　　　　　　　　　解答：1

▲ 對方語帶鼓舞的説「張り切ってるね/真是幹勁十足啊」，是「元気があふれている。大いに意気込む/精神飽滿。積極奮力」的意思，這時要回答表示原因的選項1「ええ、初めての仕事ですから/是啊，因為這是我第一份工作啊」語含感謝對方對自己積極態度的關注。

《其他選項》

▲ 選項2　這是表示狀況、程度的説法，是被詢問「ずいぶん長旅になりましたね/旅途期間真是久啊」等的回答。

▲ 選項3　這是表達內心不安或能力不足時的心理狀況，是被詢問「今回も駄目か/這次也不行啊」等的回答。

1　　　　　　　　　　　　解答：1

▲ 無意中惹對方生氣了。男士正在辯解自己沒有那個意思。可回答選項1，表達自己的想法。

《其他選項》

▲ 選項2對方説自己不是故意的，因此這個回答不合理。

▲ 選項3是當對方説「ぼく、そのときは怒っていなかったつもりだよ/我那時沒有生氣啊」時的回答。

2　　　　　　　　　　　　解答：2

▲ 這是説話者認為儘管電影大受歡迎，但電影非常無聊的狀況。可回答選項2，表示自己也不去看這部電影了。

《其他選項》

▲ 選項1和選項3用在回答當對方説自己看了這部電影後覺得很有趣的情況。

3　　　　　　　　　　　　解答：1

▲ 這是當好幾個人一起走在人群中，彼此叮嚀不要走散了的狀況。符合這個情境的回答是選項1。

《其他選項》

▲ 選項2　這是當對方説即使分別了也不要忘記我們一起經歷的時光時，所説的回答。

▲ 選項3　這是當對方提醒自己袋子不要掉了時的回答。

※ 詞彙補充：「離れればなれ/走散」是指與對方走遠了。意思相近的還有其他像是「別れ別れ/失散」等詞語，表示雙方分離的意思。

4　　　　　　　　　　　　解答：3

▲ 這個狀況是詢問對方眼皮腫的原因。可以回答選項3説明因為讀了這本書後太感動而淚流不止，所以眼皮腫起來了。

《其他選項》

▲ 選項1和選項2，換新眼鏡或吃太多都不會造成眼皮腫。

5　　　　　　　　　　　　解答：2

▲「突破/過關」是指在比賽中擊敗對手並且晉級。可回答選項2，表示會再接再厲。

《其他選項》

▲ 選項1是常對方説「1回戦、敗れたんだってね/聽説第一回合吃了敗仗哦？」時的回答。

▲ 選項3是當對方説「次の試合、あきらめたの/下一場比賽，要放棄嗎？」時的回答。

6　　　　　　　　　　　　解答：1

▲ 這是男士希望把打掃和搬運行李這些簡單的事交給他的情況。可開心的回答選項1，表示太好了。

《其他選項》

▲ 選項2是當對方説「掃除や荷物運びぐらいは君がやってよ/你至少也要打掃或是搬運行李啊」時的回答。

▲ 選項3是當男士説自己實在沒辦法幫忙打掃和搬運行李時的回答。

7　　　　　　　　　　　　解答：3

▲「胸が痛む/心痛」是指因為悲傷和擔心，而感到痛苦的意思。而符合這個意思的是選項3。

《其他選項》

▲ 選項1，看到物價上漲的新聞不會因悲傷而心痛。

▲ 選項2誤解了「胸が痛む/心痛」的意思。這並不是指因為食物而造成的胸痛，而是表示非常痛苦的情緒。

聴解

1
2
3
4
5
6

8
解答：1

▲ 在這種情況下，「固い／不近情理」的意思是「厳しい／毫不留情」、「頑固だ／固執」。最符合情境的是選項1，堅持自己強硬的態度。

《其他選項》

▲ 選項2，對話內容並非在談論麵包的硬度。

▲ 選項3是當自己說了好笑的話而被對方嘲笑時的反駁。

9
解答：1

▲ 這裡的狀況是當女士說富士田產業延後付款，「滞っている／延後」是指沒有付清、積欠款項的意思。因此男士給予的回答應該是感到困擾的選項1。

《其他選項》

▲ 選項2和選項3是當被告知對方付款順利，或者是一次結清款項時的回答。

10
解答：2

▲ 這是看了賣座電影後，覺得實在難看極了的情況。最適合的回答是選項2表達贊同。

《其他選項》

▲ 選項1是當對方說「いい映画だったね／真是一部好電影呢」時的回答。

▲ 選項3是當對方說「見てよかったと思える映画ないかなあ。最近、そんな映画見たことないよ／有沒有看了之後覺得不錯的電影啊？最近都沒看到這種好電影耶。」時的回答。

11
解答：3

▲ 這是女士向田中君確認「今天不是你的生日嗎」的情況。田中君應對女士還記得自己的生日感到感謝。因此選項3是最佳的答案。

《其他選項》

▲ 選項1　如果要表示不是「今日／今天」，應該回答「いや、今日じゃないよ／不，不是今天哦」。

▲ 選項2　如果要感謝對方記得生日是「今日／今天」，應該回答「そう、今日だよ。よく覚えててくれたね／對，是今天哦，謝謝妳居然記得」。

12
解答：1

▲ 這個狀況是男士看到情緒激動的內田，說暫時讓他冷靜一下比較好。所以應該回答選項1，先不要打擾他。

《其他選項》

▲ 選項2的回答把「頭を冷やす」誤以為是「把頭部降溫」的意思了。

▲ 選項3，內田並不冷靜。

※ 補充：「頭を冷やす／冷靜下來」是指使興奮的情緒變得和緩，平靜下來的意思。面對情緒激動、正在興奮的人，可以說「頭を冷やせ／去冷靜冷靜」。

13
解答：1

▲ 女士強烈推薦酒井先生擔任新組長。「他にいない」在這裡是指除了酒井先生之外，誰都不可以之意。在這樣的情況下，由於三個選項都以「そうですね／就是說啊」來同意女士，所以要選擇後半句表示認同的回答。因此最合理的答案是選項1「一番／最佳」跟「他にいない／除了…之外都不行」的意思相近。

《其他選項》

▲ 選項2的回答是當對方說除了酒井先生之外，誰都可以。

▲ 選項3，酒井先生說過什麼事，與本題沒有關係。

問題5
P139-140

1
解答：1

▲ 建議一邊聽對話一邊將三種課程的時間記下來。
星期一和星期三的課程：從七點開始
星期二和星期四的課程：從八點開始
隨到隨學班的課程：日期和時間皆可任選

▲ 男士決定報名七點開始的固定時段班。從七點開始的是星期一和星期三的課程，因此選項1正確。

《其他選項》

▲ 選項3　沒有只在星期三上課的課程。

▲ 選項4　男士說因為隨到隨學班可能會偷懶，所以還是固定時段上課好了。

2　解答：**4**

▲ 對話中提到「荷物を運ぶ音、すごいですよね／搬貨的聲音好吵喔」和「携帯かけてる声がかなり響く／講手機的聲音太大」可知困擾著附近居民的是噪音，為此他們要去市公所諮詢。

※ 補充：「立派な／不折不扣」在這裡並非優秀之意，而是反諷的意思「他に言いようがないほど、まさにそうだ／就是那樣，再也想不出更貼切的形容了」。例句：

・ 親切そうに見えても、あれは立派な詐欺ですよ／即使看起來很誠懇，但那是不折不扣的騙術！

3-1　解答：**2**

▲ 演員的敘述從「でもあるとき仕事で忙しすぎて／但有一陣子工作忙得不可開交」開始出現轉折，説當他在工作忙得不可開交時，偶然在咖啡廳裡聽到古典樂，覺得音樂撫慰了他的心。這就是他喜歡上古典樂的契機。

3-2　解答：**4**

▲ 從家人對父親的評語「安定してる／四平八穩」和「ほっとできる／讓人卸下心防」可以得知，這位爸爸是個「人に安心感を与える人／能給人安心感的人」。

※ 詞彙補充：

◇「ハマる／愛上」是指非常著迷。

◇「くたくた／身心俱疲」是形容非常疲憊的模樣。

◇「ぶれない／不動如山」是指思想和言行都不會輕易改變。

|第**4**回| 言語知識（文字・語彙）

問題1　　　　　　　　　　P141

1　解答：**1**

▲「類」音讀唸「ルイ」。例如：「種類／種類」、「親類／親戚」。

▲「似」音讀唸「ジ・シ」、訓讀唸「に‐る／相似」。例如：「相似／類似」。

▲「類似」是指十分相似。

2　解答：**2**

▲「背」音讀唸「ハイ」、訓讀唸「せ／背部」、「せい／身高」、「そむ‐く／背向；背棄」、「そむ‐ける／別過（臉）」。例如：「背後／背後」、「背中／背脊」、「背比べ／互比身高」、「教えに背く／違背教誨」、「顔を背ける／別過臉」。

▲「景」音讀唸「ケイ」。例如：「風景／風景」、「景気／景氣」。

▲「背景／背景」是指圖畫或照片中，位於主要重點後方的陪襯部分。

※ 補充：「景色／景色」是特殊唸法。

3　解答：**4**

▲「保」音讀唸「ホ」、訓讀唸「たも‐つ／維持」。例如：「保険／保險」、「保存／保存」、「健康を保つ／維持健康」。

▲「保つ／保持」是指持續原本的狀態。

《其他選項》

▲ 選項1　寫成漢字是「打つ／拍打」。

▲ 選項2　寫成漢字是「建つ／建蓋」、「断つ／斷絕」等等。

▲ 選項3　寫成漢字是「持つ／持有」。

4　解答：**1**

▲「尽」音讀唸「ジン」、訓讀唸「つ‐くす／盡力」、「つ‐きる／到盡頭、窮盡」、「つ‐かす／用盡」。例如：「尽力／盡力」、「力を尽くす／盡力而為」、「食糧が尽きる／糧食耗盡」。

▲「尽きる／罄盡」是指用光了儲備著的東西。

《其他選項》

▲ 選項2　寫成漢字是「飽きる／厭倦」。

▲ 選項3　寫成漢字是「起きる／起身」。

▲ 選項4　寫成漢字是「生きる／生存」。

5　解答：**3**

▲「半」音讀唸「ハン」、訓讀唸「なか‐ば／中央」。例如：「半分／一半」、「夜半／半夜」、「月の半ば／中旬」。

▲「端」音讀唸「タン」、訓讀唸「は／端、邊、頭」、「はし／邊、角」、「たん／開端」。例如：「山の端／山頭」、「口の端／嘴邊」、「端を発する／發端」。

▲「半端／不徹底」是指不上不下、不夠完整。

6 解答：4

▲「滑」音讀唸「カツ」、訓讀唸「すべ-る／滑行」、「なめ-らか／光滑」。例如：「円滑／圓滑」、「氷の上を滑る／滑冰」、「滑らかに話す／說得通順流利」。

▲「滑らか」是指表面光滑的樣子，或指沒有受到阻撓、順利進行的意思。

《其他選項》

▲ 選項1　寫成漢字是「朗らか／開朗」。

▲ 選項2　寫成漢字是「清らか／清澈」。

▲ 選項3　寫成漢字是「明らか／明亮」。

問題2　　　　　　　　　　　　P142

7 解答：2

▲ 中途退出比賽應用「棄権／棄權」指放棄權利。

《其他選項》

▲ 選項1　「不振／不振」是指氣勢萎靡。例如：「食欲不振／食慾不振」。

▲ 選項3　「脱退／脫離」是指退出團體或組織。例如：「連盟を脱退する／退出聯盟」。

▲ 選項4　「反撃／反擊」是指對進攻自己的敵人進行回擊。例如：「反撃に出る／進行反擊」。

8 解答：4

▲ 弄丟了卡片，再次補發應用「発行」指出版書籍或發給證明文件。

《其他選項》

▲ 選項1　「作成／製作」是指制定計畫或擬定文件。例如：「文書を作成する／製作文件」。

▲ 選項2　「発信／發信」是指發出郵件、信件、或電報等。對義詞是「受信／收信」。例如：「メールを発信する／發送信件」。

▲ 選項3　「提出／提交」是指提交文件等等。例如：「作文を提出する／提交作文」。

9 解答：2

▲ 要找可以形容「悪化／惡化」的詞，所以應是「著しい／非常」指非常明顯程度強烈、顯著地

突出的樣子。

《其他選項》

▲ 選項1　「強いて／強迫」是指逼迫。例句：

・嫌なら強いて行くことはない／如果你不想去我也不會強迫你。

▲ 選項3　「一向に／完全」意思是一點也（不），後接否定的詞語。例句：

・一向に存じません／我一點也不知情。

▲ 選項4　「代わる代わる／輪流」是指輪流或依次做同一動作的情況。例句：

・代わる代わるのぞいてみた／輪流去偷看了。

10 解答：2

▲ 由於前方提到「発する／發出、顯示」為發出訊息等的意思，因此應用「キャッチ／抓住」指捉住飛過來的東西。

《其他選項》

▲ 選項1　「リード／帶領」是指站出來領導眾人。例句：

・委員がリードする／由委員帶領大家。

▲ 選項3　「オーバー／超過」。雖然厚重的上衣也稱作「オーバー／大衣」，但在這裡做動詞使用，是指超出數量或限制的意思。例句：

・制限時速をオーバーして走る／以超過速限的時速開車。

▲ 選項4　「キープ／維持」是指繼續保持在同一個狀態。例句：

・体重をキープする／維持體重。

11 解答：1

▲「密」是暗中的意思。「密輸入／走私進口」的意思是暗中進口違禁品。

《其他選項》

▲ 選項2　「不」接在詞語前面表示否定。例如：「不自由／不自由」、「不完全／不完全」。

▲ 選項3　「過」接在詞語的前面，表示「～しすぎる／超過」的意思。例如：「過熱／過熱」、「過大／過大」、「過度／過度」。

▲ 選項4　「裏／背面」是指事物的背面、內側。對義詞是「表／表面」。

12　　　　　　　　　　　　解答：3

▲ 從後面的「貫く／貫徹到底」可知前面要填入「終始／始終」是指從開始一直到結束。

《其他選項》

▲ 選項1　「直に／直接」是指中間沒有隔著其他事物而直接接觸。例句：
・地面に直に座る／直接坐在地上。

▲ 選項2　「危うく／險些」是指差一點就會遇到危險的樣子。例句：
・危うく崖から落ちそうだった／差點就要從懸崖上掉下去了。

▲ 選項4　「一概に／一律」是指無差別的一概而論。例句：
・彼だけが悪いとは一概に言えない／這不能全然怪罪於他。

13　　　　　　　　　　　　解答：1

▲ 由於動作的受詞是「頭／頭腦」，所以後面填入「切り替える／轉換」最合適，意思是轉換成完全不同的想法。

《其他選項》

▲ 選項2　「乗り切る／渡過」是指克服難關。例句：
・受験戦争を乗り切る／挺過升學考試的戰火。

▲ 選項3　「立て直す／重整」是指再次從頭制定計畫。例句：
・計画を立て直す／重新訂立計畫。

▲ 選項4　「折り返す／折回」是指到指定的地點後再朝原來的方向走回去。例句：
・折り返し地点をすぎる／經過折返點。

問題3　　　　　　　　　　　　P143

14　　　　　　　　　　　　解答：2

▲「根拠／根據」是指理由、依據。意思相近的是選項2「理由／理由」指事發的原因、採取某行動的緣由。

《其他選項》

▲ 選項1　「結果／結果」指某事件發生後引起的後果或狀態。為「原因／原因」的對義詞。例句：
・話し合いの結果をまとめる／將談話內容做個總結。

▲ 選項3　「経緯／原委」指事情的來龍去脈。例句：
・事件の経緯を明らかにする／弄清楚事件的來龍去脈。

▲ 選項4　「推測／推測」指以自己已知的事情為基礎，做「大概是這樣吧」的推想。例句：
・理由を推測する／推測原因。

15　　　　　　　　　　　　解答：1

▲「接する／接觸」是指物和物，或人與人的接觸。意思相近的是選項1「応対する／應對」指接待他人時的應答。

《其他選項》

▲ 選項2　「担当する／擔任」是指承擔工作等的某些部分。例句：
・受付を担当する／負責接待。

▲ 選項3　「取材する／取材」是指收集情報等。例句：
・事件の現場を取材する／到事發現場採訪。

▲ 選項4　「訴える／訴説」是指把自己的煩惱或意見告訴他人。例句：
・無実を訴える／申冤。

16　　　　　　　　　　　　解答：4

▲「平凡な／平凡」是指普通的樣子。意思相近的是選項4「普通の／普通的」指和其他人事物相比沒有特殊之處。

《其他選項》

▲ 選項1　「穏やかな／平靜的」是指溫和、冷靜的樣子。例句：
・母は穏やかな性質だ／母親的性情溫和。

▲ 選項2　「理想の／理想的」是指所追求的最高境界。例句：
・理想の生き方／理想的生活方式。

▲ 選項3　「気楽な／舒心的」指無憂無慮、輕鬆的樣子。例句：
・気楽な仕事／輕鬆的工作。

17　　　　　　　　　　　　解答：4

▲「イメージ／印象」是指他人對自己的印象、感覺。也就是選項4的「印象／印象」表示事物留在心裡的模樣或感覺。

▲ 選項1 「収益／收益」是指企業獲得的利益。
例句：

・ 収益を上げるように努力する／努力提高收益。

▲ 選項2 「合併／合併」是指企業、團體等組織
合而為一。例句：

・ 二つの市が合併する／兩市合併。

▲ 選項3 「感想／感想」是指看或聽過之後湧上
心頭的事情。例句：

・ 読書感想文を書く／寫下讀書心得。

18　　　　　　　　　　　　　　　　解答：**1**

▲「脈」原意指體內血液流通的管路，「脈がある／
有希望」是看得到希望的意思。意思相近的是選
項1「のぞみ／期望」指期待著的事情、具有前景。

《其他選項》

▲ 選項2 「うわさ／傳聞」指流傳在眾人之間無
憑無據的傳聞。例句：

・ よくないうわさが広まる／負面流言不斷蔓延。

▲ 選項3 「ききめ／效果」指做了某件事後所得
到的成效。例句：

・ 薬の効き目があらわれる／藥效已經發揮。

▲ 選項4 「このみ」漢字寫作「好み／愛好」，表
示有好感的事物。例句：

・ 地味な服がこのみだ／我偏好樸素的服裝。

19　　　　　　　　　　　　　　　　解答：**2**

▲「落ち込む／失落」是指因為不快之事而變得沮
喪。也就是選項2的「元気をなくす／變得沮
喪」指失去精神活力。

《其他選項》

▲ 選項1 「反省する／反省」指回顧自己做過的
事情，進行反思。例句：

・ 反省して行いを改める／反省後改過。

▲ 選項3 「中止する／中止」指中途取消、放棄。
例句：

・ 計画を中止する／取消計畫。

▲ 選項4 「速度を落とす／放慢速度」指降低速
度。例句：

・ 曲がり角は速度を落として運転する／轉彎時減
速慢行。

20　　　　　　　　　　　　　　　　解答：**2**

▲「最善／最好、全力」指在可進行的範圍中的最
佳狀態。「最善を尽くす／盡我所能」是指盡最
大的努力。例句：

・ A社に就職するために最善を尽くした／為了進
入A公司上班，我已經竭盡所能。

《其他選項的用法及正確用語》

▲ 選項1 「最適な材料を使った当店特製スープ
です／這是用了最搭配的食材熬煮而成，本店的
特製湯品」。

▲ 選項3 「あなたの一番の長所は、その正直なと
ころだ／你最大的優點，就是那正直的個性了」。

▲ 選項4 「数学の成績は常にクラスで最高でし
た／數學成績經常是班上最好的」。

21　　　　　　　　　　　　　　　　解答：**4**

▲「紛らわしい／易混淆的」是指相似而不易區別
的樣子。例句：

▲「紛」と「粉」の字はよく似ていて紛らわしい
ね／「紛」和「粉」的字型相似，容易混淆喔。

《其他選項的用法及正確用語》

▲ 選項1 「忘れ物をしたり、遅刻をしたり、君
はちょっとそそっかしいね／又是忘東忘西，又
是遲到，你有點粗心大意呢」。

→ 也可用「慌て者だ／冒失鬼」替換。

▲ 選項2 「引っ越しをすると、住所変更などの
手続きがわずらわしい／要搬家時住址變更的手
續好麻煩啊」。

▲ 選項3 「昔のことなので、記憶がはっきりし
ないのですが／因為是很久以前的事情，所以也
記不清楚了」。

22　　　　　　　　　　　　　　　　解答：**1**

▲「浮かぶ／浮現」是指出現某種想法或影像。例句：

・ 心に浮かんだ情景を詩にする／把浮現於心中的情
景寫成一首詩。

《其他選項的用法及正確用語》

▲ 選項2 「今日は給料日なので、朝から気持ち
が浮き浮きする／今天是發薪日，所以從早上開

始就喜不自禁」。

▲ 選項3 「パンにチーズやトマトをのせて焼く/在麵包上放上起司啦、番茄然後烤香」。

▲ 選項4 「木の枝に鳥の巣がかかっている/樹木的枝頭上懸掛著鳥巢」。

23 　　　　　　　　　　　　解答：3

▲「スペース/空間」是指空著的地方。例句：

・紙面のスペースにコラムを入れる/在報紙版面的空白處插入小專欄。

《其他選項的用法及正確用語》

▲ 選項1 「10時東京駅発の新幹線の空席はまだありますか/請問十點從東京車站發車的新幹線還有空位嗎」。

▲ 選項2 「ここはサービスエリアの圏外ですので、携帯電話は使用できません/這裡收不到訊號，所以沒辦法打電話」。

▲ 選項4 「彼は、どんなに忙しい時でも、自分のペースを崩さない/不論有多忙，他也絕不會亂了自己的步調」。

24 　　　　　　　　　　　　解答：1

▲「打ち込む/專心致志」是指全神貫注到一件事上，全力以赴做一件事。例句：

・仕事に打ち込む姿は惚れ惚れするくらい立派だ/他專一心志的工作模樣出色到令人著迷的程度。

《其他選項的用法及正確用語》

▲ 選項2 「新事業に失敗して、会社の業績が落ち込んだ/新創事業失敗後，公司的業績跌落谷底」。

▲ 選項3 「時計台の時計が3時を打った/鐘樓的時鐘在三點的時候報了時」。

▲ 選項4 「駅のホームで並んでいたら、酔っ払いが列に割り込んできた/在車站月台排隊時，被一個醉漢插隊了」。

25 　　　　　　　　　　　　解答：2

▲「取り入れる/採用」是指採納意見，吸收有用的事物。例句：

・新技術を取り入れて、生活を改善する/引進新技術，改善生活。

《其他選項的用法及正確用語》

▲ 選項1 「審議委員にはさまざまな分野の専門家が採用された/審議委員會採用了各領域的專家」。

▲ 選項3 「男は小さな瓶を、そっとかばんの中に隠し入れた/男子悄悄把小瓶子藏進背包」。

▲ 選項4 「給料から毎月5万円、銀行に預け入れるようにしている/每個月都會從薪水扣下五萬元存進銀行」。

第4回 言語知識（文法）

問題5 　　　　　　　　　　　　P146-147

26 　　　　　　　　　　　　解答：2

▲ 由前後句意判斷應填入選項2「（普通形）としたら/如果要做…的話」意思是如果變成前項的情況。例句：

・どんなことでも、願いが三つ叶うとしたら、何をお願いしますか/如果沒有任何限制，能夠讓你實現三個願望，你會如何許願呢？

《其他選項》

▲ 選項1 沒有這樣的文法。

▲ 選項3 「（動詞意向形）ものなら/如果能…的話」表達如果和前項的敘述一樣的話，事情就嚴重了的意思。例句：

・明日は9時集合です。1分でも遅刻しようものなら、置いていきますよ/明天九點集合。假如膽敢遲到一分鐘，就不帶你去了！

▲ 選項4 應用在想表達「〜しようとしたところ/正準備要…的時候」時。例句：

・帰ろうとしたら、急に雨が降って来た/正準備回去，卻突然下起雨來了。

27 　　　　　　　　　　　　解答：1

▲ 前面是「A議員の発言/A議員的發言」後又提到「若手の議員から法案に対する反対意見が次々と出された/年輕議員們紛紛對法案提出反對意見」。因此要用「（名詞）を皮切りに/以…為開端」意思是以某人事物為開端，事情一件接一件的發生。例句：

・コンサートは、来月の東京ドームを皮切りに、

全国 8 都市で開催される／演唱會將在下個月於東京巨蛋舉辦首場，接下來將到全國八個城市展開巡迴演唱。

《其他選項》

▲ 選項 2 「（名詞）を限りに／僅限於」用於表達從某一時刻起就不再做某事了。例句：

・本日を限りに閉店致します／本店將於今天結束營業。

▲ 選項 3 「（名詞）をおいて／除了」是指除了前項之外（就沒有了）。是對前項事物抱有高度評價的説法。例句：

・このチームをまとめられるのは君をおいて他にいないよ／能夠帶領這支隊伍的，除了你再也沒有別人了！

28　　　　　　　　　　　　　解答：2

▲ 從（　）的前後文可知，要選擇與父母的期待相反的選項。選項 2 的「（名詞）をよそに／不顧」是無視前項的狀況而行動的意思，為正確答案。例句：

・スタッフの心配をよそに、監督は危険なシーンの撮影を続けた／導演不顧工作人員的擔憂，繼續拍攝了危險的鏡頭。

《其他選項》

▲ 選項 1 「（名詞）を問わず／不分」是與前項無關，哪個都一樣的意思。例句：

・町内ボーリング大会は、年齢、経験を問わずどなたでも参加できます／鎮上舉辦的保齡球賽沒有年齡和球資的限制，任何人都可以參加。

▲ 選項 3 「（名詞）はおろか／別説是」是別説前項了，就連程度更低的事情也…的意思。常用在負面的事項。例句：

・その男は歩くことはおろか、息をすることすら辛い様子だった／那個男人別説走路了，看起來就連呼吸都很痛苦的樣子。

▲ 選項 4 「（名詞、疑問詞）であれ／不管是」是即使是前項也一樣的意思。例句：

・たとえ社長の命令であれ、法律に反することはできません／即使是總經理的命令，也不可以違反法律規定！

29　　　　　　　　　　　　　解答：3

▲ 「（動詞）た形＋が最後／一旦…就」意思是如果發生前項的話，一定會造成嚴重的後果。與「～たら最後／一旦…」是相同的意思。例句：

・彼を怒らせたが最後、こちらから謝るまで口もきかないんだ／一旦惹他生氣了，他就連一句話都不肯說，直到向他道歉才肯消氣。

《其他選項》

▲ 選項 4 「（動詞辞書形）なり／一…就…」是做了前項之後，又立即做下一件事的意思。例句：

・彼はテーブルに着くなり、コップの水を飲み干した／他一到桌前，立刻把杯子裡的水一飲而盡。

30　　　　　　　　　　　　　解答：4

▲ 從題目的「技術力／技術能力」和「勝てなかった／無法勝過」兩處可以推測句子的前後關係是逆接。選項 4「～をもってしても／即使…憑藉…」是指即使有了前項，也無法做到後項的意思，是對前項有高度評價的逆接説法，符合本題句意。例句：

・日本のベストメンバーをもってしても、決勝リーグに進むことは難しいでしょう／即使擁有由日本的菁英好手組成的隊伍，想打入總決賽還是難度很高吧。

《其他選項》

▲ 選項 1 「（名詞）に至っては／至於」是提出極端例子的説法。例句：

・学校はこの事件に関して何もしてくれませんでした。校長に至っては、君の考え過ぎじゃないのか、と言いました／關於這起事件，學校完全沒有對我提供任何協助。校長甚至對我說了：「這件事是你想太多了吧」。

▲ 選項 2 「（名詞、動詞辞書形）にとどまらず／不僅…」是指超越前項這個範圍。例句：

・彼のジーンズ好きは趣味にとどまらず、とうとうジーパン専門店を出すに至った／他對牛仔褲的熱愛已經超越了嗜好，最後甚至開起一家牛仔褲的專賣店來了。

▲ 選項 3 「（名詞）をものともせずに／不當…一回事」表示不向困難低頭。例句：

・母は貧乏をものともせず、いつも明るく元気だった／家母並不在意家裡的生活條件匱乏，總是開朗而充滿活力。

※ 文法補充：「～をもってしても／即使…憑藉…」其中的「（名詞）をもって／以…」是表示手段的説法。例句：

・ 試験の合否は書面<ruby>を<rt></rt></ruby>もってご連絡します／考試通過與否，將以書面文件通知。

31 解答：1

▲「（名詞、普通形）なりの／自己的」指在前項能做到的範圍內盡其所能的意思，含有前項的程度並不高的語意。例句：

・ 孝君は子どもなりに忙しい母親を助けていたようです／小孝雖然還是個孩子，但聽説他也會盡量協助忙碌的媽媽。

《其他選項》

▲ 選項2 「（名詞、普通形）ゆえに／正因為」表示原因和理由。是較生硬的説法。例句：

・ 私の力不足ゆえにご迷惑をお掛け致しました／都怪我力有未逮，給您添了麻煩。

▲ 選項3 「（承接某個話題）といえば／説起」是指由於聽到了某事，從這事聯想起了另一件事。例句：

・ きれいな花ですね。花といえば今、バラの展覧会をやっていますね／這花開得好漂亮啊！對了，提到花，現在正在舉辦玫瑰花的展覽會喔！

▲ 選項4 「（名詞、普通形）といえども／儘管如此」表達雖然前項是事實，但…的意思。例句：

・ オリンピック選手といえども、プレッシャーに勝つことは簡単ではない／雖説是奧運選手，想要戰勝壓力仍然不容易。

32 解答：4

▲ 句意要表達的是「これは人災だ／這是人禍」。「人災／人禍」是指因人為的不注意等而引起的災害。而能使句子成為肯定句的是選項2和選項4。

▲ 選項4的「（名詞）でなくてなんであろう／不是…又是什麼呢」表達正是因為前項，除了前項以外就沒有了的意思。是較生硬的説法。符合句意，因此為正確答案。例句：

・ 事故の現場で出会ったのが今の妻だ。これが運命でなくてなんであろうか／我在事故現場遇到的女子就是現在的太太。如果這不是命運，那又是什麼呢？

《其他選項》

▲ 選項1 「（名詞、普通形）であろうはずがない／不可能是那樣」表達有根據認為絕對不會是前項的意思。例句：

・ 彼が犯人であろうはずがない。そのとき彼は香港にいたのだから／他不可能是兇手！因為那時候他人在香港。

▲ 選項2 「（数量）といったところだ／頂多…」用在想表達最多也不過是前項時。例句：

・ 頑張ったが、試験はあまりできなかった。70点といったところだろう／雖然努力用功了，但是考題還是不太會作答。估計大約七十分吧。

▲ 選項3 「（名詞、動詞辞書形）には当たらない／用不著…」用在想表達沒有做前項的必要時。例句：

・ たいした怪我ではありませんから、救急車を呼ぶには当たりませんよ／傷勢不怎麼嚴重，用不著叫救護車啦！

33 解答：4

▲ 因為空格前面有「～あげく／結果…」，可知後面應會變成一個糟糕的事態。選項4的「（動詞辞書形）始末だ／落到…的結果」是指變成前項這般糟糕的結果的意思。例句：

・ 弟には困っている。大学を何年も留年して、とうとう中退する始末だ／我家那個弟弟真讓人傷透腦筋，大學留級了好幾次，最後終於淪落到退學的下場。

《其他選項》

▲ 選項1 「（動詞て形）やまない／…不已」用於表達持續感到某特定情緒或想法。例句：

・ 結婚おめでとう。あなたの幸せを願ってやみません／結婚恭喜！由衷獻上我的祝福，願妳永遠幸福！

▲ 選項2 「（動詞ます形）っぱなしだ／置之不理」用在想表達持續前項的狀況時，含有持續這樣的狀況有違常理的意思。例句：

・ 昨夜はテレビをつけっぱなしで寝てしまった／昨天晚上開著電視就這樣睡著了。

▲ 選項3 「（動詞辞書形）までだ／只是…而已」表示如果沒有其他辦法，那就只好採取前項了。是表示意志的説法。例句：

・ 会社を首になったら、田舎に帰るまでだ／假如被公司開除，就只能回鄉下了。

34　　　解答：1

▲「(名詞)を余儀なくされる／不得不…」是因為某些原因，所以不得不做前項的意思。「される／被…」是被動形。例句：

・震災の被害者は、不自由な暮らしを余儀なくされた／當時震災的災民被迫過著不便的生活。

《其他選項》

▲ 選項2「～を余儀なくさせる／不得不讓…」意思是不得不讓某事變成前項的狀況。「させる／使…」是使役形。例句：

・景気の悪化が、町の開発計画の中止を余儀なくさせた／隨著景氣的惡化，不得不暫停執行城鎮的開發計畫了。

▲ 沒有選項3和選項4的說法。

35　　　解答：3

▲ 因為提到的是「父は／家父」，得知是和外人提到家人的場合，應使用謙讓語。而選項3「おります」是「います」的謙讓語，為正確答案。

《其他選項》

▲ 選項1是「います、来ます、行きます／在、來、去」的尊敬語。

▲ 選項2是「います／在」的尊敬語。

→ 如果說話的是外人則會用「お父さん／您父親」或「お父様／令尊」，那麼句尾填入選項1或選項2就是正確答案。

▲ 選項4是「です、ます」的丁寧語。

問題6　　　P148-149

例　　　解答：2

※ 正確語順

> あそこで　テレビ　を　見ている　人　は山田さんです。
> 在那裡正在看電視的人是山田先生。

▲ 首先選項2「見ている／正在看」前面要接助詞選項3「を」成為「を見ている」。至於看什麼呢？是「テレビ／電視」還是「人／人」呢？看畫線的前後文脈，知道要看的是選項1「テレビ／電視」才符合邏輯了，就樣就變成了「テレビを見

ている／正在看電視」。最後再以「テレビを見ている／正在看電視」來修飾後面的選項4「人／人」，成為「テレビを見ている人／正在看電視的人」。這麼一來順序就是「1→3→2→4」，而　★　的部分應填入選項2「見ている」。

36　　　解答：2

※ 正確語順

> 社長の時代錯誤な提案に、反対意見を　唱える　社員は　一人　としていなかった。
> 對於總經理那跟不上時代的提案，表示反對的員工竟一個人也沒有。

▲ 將選項4和選項3連接在一起，變成「反対意見を唱える／表示反對」。「として」的前面應接選項1「一人／一個人」。選項1之前應填入主詞也就是選項2「社員は／員工」。選項4和選項3用來說明選項2。如此一來順序就是「4→3→2→1」，　★　的部分應填入選項2「社員は」。

※ 文法補充：

◇「(最少數量) として～ない／連…也沒有」是完全沒有前項的意思。「として」的前面應填入一人、一個、一次等等的「一＋助數詞」。例句：

・私が不正を行ったという事実は一つとしてありません／營私舞弊的事，我連一樁都沒有做過！

◇「何一つとして／連一個也沒有」、「誰一人として／連一個人也沒有」也是相同意思。

37　　　解答：4

※ 正確語順

> 仕事を始めてから　というもの　もっと勉強しておく　べきだったと　思わない　日はない。
> 自從進入開始工作的狀態以後，我沒有一天不想(不懊悔)著早知道應該學習更多知識才對。

▲ 因為選項4的「べき／應該」前面必須接辭書形，所以可以將選項1「もっと勉強しておく／學習更多知識」和選項4連接起來。選項4後面應填選項2「思わない／不想著」。變成「思わない日はない／沒有一天不想著」的雙重否定，也就是每天都這麼想的意思。而「始めてから／自從開始」後面應接選項3「というもの／進入(開始工作)的狀態」。如此一來順序就是「3→1→4→2」，　★　的部分應填入選項4「べき

だったと」。

※ 文法補充:「(動詞て形)からというもの/自從…以來一直…」表示從前項以來一直持續同樣的狀態的意思。例句:

・ 子<ruby>こ</ruby>どもが<ruby>う</ruby>生まれてからというもの、<ruby>わ</ruby>我が<ruby>や</ruby>家の<ruby>せい</ruby>生<ruby>かつ</ruby>活は<ruby>すべ</ruby>全て<ruby>こ</ruby>子ども<ruby>ちゅうしん</ruby>中心だ/自從孩子出生之後,我的家庭生活完全繞著孩子打轉。

38　　　　　　解答:**1**

※ 正確語順

<ruby>あと</ruby>後になって　<ruby>ことわ</ruby>断る　くらいなら　<ruby>さいしょ</ruby>最初から　<ruby>ひ</ruby>引き受ける　べきではない。

與其事後拒絕,還不如一開始就不應該答應下來。

▲ 「<ruby>あと</ruby>後になって/事後」和選項1「<ruby>さいしょ</ruby>最初から/一開始」;選項2「<ruby>ことわ</ruby>断る/拒絕」和選項3「<ruby>ひ</ruby>引き受ける/答應」分別是成對的詞語。選項4「くらいなら/與其…還不如」表示與其做前項,不如選擇後項,可知應將選項2填在前面,後面再連接選項1和3。如此一來順序就是「2→4→1→3」,　★　的部分應填入選項1「<ruby>さいしょ</ruby>最初から」。

※ 文法補充:「(動詞辞書形)くらいなら~/與其…還不如」是與其變成前項這樣糟糕的事態,還不如做後項的意思。例句:

・ <ruby>やました</ruby>山下<ruby>かちょう</ruby>課長の<ruby>した</ruby>下で<ruby>はたら</ruby>働き<ruby>つづ</ruby>続けるくらいなら、<ruby>かいしゃ</ruby>会社を<ruby>や</ruby>辞めるよ/要我在山下科長的底下繼續工作,我寧願辭職不幹!

39　　　　　　解答:**3**

※ 正確語順

<ruby>じょせい</ruby>女性の<ruby>ろうどうかんきょう</ruby>労働環境は<ruby>きび</ruby>厳しい。<ruby>こ</ruby>子どものいる<ruby>どくしん</ruby>独身<ruby>じょせい</ruby>女性　<ruby>いた</ruby>に至っては　<ruby>ひんこんりつ</ruby>貧困率　が　<ruby>わり</ruby>5割　を<ruby>こ</ruby>越えるという。

女性的工作環境非常嚴峻。說到沒有兒女的單身女性的貧窮率據說甚至超過五成。

▲ 因為「~を<ruby>こ</ruby>越える/超過…」的前面要填入名詞,所以應為選項1「<ruby>ひんこんりつ</ruby>貧困率/貧窮率」或選項4「<ruby>わり</ruby>5割/五成」。從文意考量,順序應是選項1→3→4。而選項2則應填在「<ruby>どくしん</ruby>独身女性/單身女性」之後。如此一來順序就是「2→1→3→4」,　★　的部分應填入選項3「が」。

※ 文法補充:「(名詞)に<ruby>いた</ruby>至っては/說到、到…地步」是舉出極端例子的說法。例句:

・ <ruby>のうか</ruby>農家は<ruby>はるなつ</ruby>春夏が<ruby>いそが</ruby>忙しい。<ruby>しゅうかくじき</ruby>収穫時期に<ruby>いた</ruby>至っては、<ruby>ね</ruby>寝る<ruby>ひま</ruby>暇もないほどだ/農家在春夏兩季已經十分忙碌,到了收穫的季節,更是忙得連睡覺的時間都沒有。

40　　　　　　解答:**3**

※ 正確語順

この<ruby>さくひん</ruby>作品は　<ruby>わたし</ruby>私が　<ruby>そんけい</ruby>尊敬して　やまない　<ruby>いの</ruby>井<ruby>うえせんせい</ruby>上先生　の<ruby>しゅっせさく</ruby>出世作です。

這部作品是我無比尊敬的井上老師的成名作。

▲ 「の<ruby>しゅっせさく</ruby>出世作です/的成名作」的前面應接名詞的選項2。選項3「やまない/無比」前面應接形容心情的選項4「<ruby>そんけい</ruby>尊敬して/尊敬」,再將選項1與選項4跟選項3連接來修飾選項2的詞語。如此一來順序就是「1→4→3→2」,　★　的部分應填入選項3「やまない」。

※ 文法補充:「(動詞て形)やまない/無比」用於表達持續抱有某種強烈的心情。例句:

・ これは<ruby>わたし</ruby>私が<ruby>あい</ruby>愛してやまない<ruby>こきょう</ruby>故郷の<ruby>やま</ruby>山の<ruby>しゃしん</ruby>写真です/這就是我摯愛的故鄉的山岳相片。

問題7　　　　　　P150-151

41　　　　　　解答:**2**

▲ 因為文中提到外國人說日本人「なぜ、『つまらない<ruby>もの</ruby>物』を<ruby>ひと</ruby>人にあげるのかと、<ruby>ふしぎ</ruby>不思議に<ruby>おも</ruby>思う/為什麼要把『不值錢的東西』送給其他人呢?真是不可思議」,因此可知 a 應填入「つまらない/不值錢」。b 則要填入與此相反的詞語「おいしい/好吃」。

《其他選項》

▲ 選項3　明知是「おいしくない/不好吃」的食物,還送給別人是一件失禮的行為。「つまらない/不值錢」是自謙說法,但「おいしくない/不好吃」是「おいしい/好吃」的否定詞。

42　　　　　　解答:**1**

▲ 對外國人而言,要理解日本人「つまらない<ruby>もの</ruby>物ですが/只是個不值錢的東西」這樣的說法是很困難的。也就是選項1「<ruby>りかい</ruby>理解しがたい/難以理解」。

43	解答：**4**

▲ 從他人那裡收到禮物時，如果對方說這是「立派<ruby>立<rt>りっ</rt></ruby>なもの／貴重的禮物」或「高価<ruby>高<rt>こう</rt></ruby><ruby>価<rt>か</rt></ruby>なもの／昂貴的禮物」之類，會覺得對方自以為是，因而有負面的感受。因此選項4「威張られて／（對方）很自以為是」是正確答案。

44	解答：**3**

▲ 前文針對謙讓語進行了說明「自分<ruby>自<rt>じ</rt></ruby><ruby>分<rt>ぶん</rt></ruby>の側<ruby>側<rt>がわ</rt></ruby>を謙遜<ruby>謙<rt>けん</rt></ruby><ruby>遜<rt>そん</rt></ruby>して言うことによって、相手<ruby>相<rt>あい</rt></ruby><ruby>手<rt>て</rt></ruby>をいい気持<ruby>気<rt>き</rt></ruby><ruby>持<rt>も</rt></ruby>ちにさせる／藉由自我謙虛的語言讓對方感覺開心」，並舉出「愚息<ruby>愚<rt>ぐ</rt></ruby><ruby>息<rt>そく</rt></ruby>／小犬」這個詞語作為例子，也就是說「愚息<ruby>愚<rt>ぐ</rt></ruby><ruby>息<rt>そく</rt></ruby>／小犬」就是前文提到的「謙譲<ruby>謙<rt>けん</rt></ruby><ruby>譲<rt>じょう</rt></ruby><ruby>語<rt>ご</rt></ruby>／謙讓語」的其中一種，因此應填入選項3「それ／其中一種」。

45	解答：**2**

▲「〜だけでなく、〜にもあると聞<ruby>聞<rt>き</rt></ruby>く／不只…，聽說…也有」是「〜にあるということはわかっているが、〜にもあるそうだ／雖然知道…有，不過…也有」的意思。因為知道日語有尊敬語，所以a應填入「日本語<ruby>日<rt>に</rt></ruby><ruby>本<rt>ほん</rt></ruby><ruby>語<rt>ご</rt></ruby>／日語」，b應填入「外国語<ruby>外<rt>がい</rt></ruby><ruby>国<rt>こく</rt></ruby><ruby>語<rt>ご</rt></ruby>／外國語言」。選項2正確。

第**4**回 | 読解

問題8	P152-154

46	解答：**2**

▲ 這裡問的是在什麼樣的事後，連帶影響了香蕉、酪梨等水果，並振興了各地的農業呢？注意前一段寫道「これまで主<ruby>主<rt>おも</rt></ruby>に輸入<ruby>輸<rt>ゆ</rt></ruby><ruby>入<rt>にゅう</rt></ruby>に頼ってきたパクチーを日本<ruby>日<rt>に</rt></ruby><ruby>本<rt>ほん</rt></ruby>で作<ruby>作<rt>つく</rt></ruby>ろうという動<ruby>動<rt>うご</rt></ruby>きも活発化<ruby>活<rt>かっ</rt></ruby><ruby>発<rt>ぱつ</rt></ruby><ruby>化<rt>か</rt></ruby>し、国<ruby>国<rt>こく</rt></ruby>内<ruby>内<rt>ない</rt></ruby>で栽培<ruby>栽<rt>さい</rt></ruby><ruby>培<rt>ばい</rt></ruby>を始<ruby>始<rt>はじ</rt></ruby>める農家<ruby>農<rt>のう</rt></ruby><ruby>家<rt>か</rt></ruby>が増<ruby>増<rt>ふ</rt></ruby>えている／過去必須仰賴進口的香菜在日本推廣種植，越來越多農戶開始在國內種起香菜來」，並且帶來了良好的結果進而影響其他水果。可知「こうした動<ruby>動<rt>うご</rt></ruby>き／這樣的做法」指的正是這件事情。

《其他選項》

▲ 選項1，「輸入<ruby>輸<rt>ゆ</rt></ruby><ruby>入<rt>にゅう</rt></ruby>を活性化<ruby>活<rt>かっ</rt></ruby><ruby>性<rt>せい</rt></ruby><ruby>化<rt>か</rt></ruby>させる／踴躍進口」不正確。

▲ 文章沒有提到選項3、4的內容。

47	解答：**1**

▲「これ／這個」所指的內容可往前看上一段，寫道雖然錦織選手在「トッププレーヤーたちとの体格差<ruby>体<rt>たい</rt></ruby><ruby>格<rt>かく</rt></ruby><ruby>差<rt>さ</rt></ruby>では、かなり苦<ruby>苦<rt>くる</rt></ruby>しんだ／與其他頂尖選手的體格差距居於弱勢」，但他「スピードとフットワーク、そしてメンタル面<ruby>面<rt>めん</rt></ruby>で補<ruby>補<rt>おぎな</rt></ruby>った／以速度、步法以及毅力填補了不足之處」。綜合上述幾點，正確答案是選項1。

《其他選項》

▲ 選項2 並不是「体格差<ruby>体<rt>たい</rt></ruby><ruby>格<rt>かく</rt></ruby><ruby>差<rt>さ</rt></ruby>で悩<ruby>悩<rt>なや</rt></ruby>んだこと／為體格的差距感到困擾」，而是克服了體格的差距。

48	解答：**4**

▲ 請注意全文最後的「この言葉<ruby>言<rt>こと</rt></ruby><ruby>葉<rt>ば</rt></ruby>が最近<ruby>最<rt>さい</rt></ruby><ruby>近<rt>きん</rt></ruby>あまり聞<ruby>聞<rt>き</rt></ruby>かれなくなったことには／最近不太會聽到這個詞語了」開始的解釋「具体的<ruby>具<rt>ぐ</rt></ruby><ruby>体<rt>たい</rt></ruby><ruby>的<rt>てき</rt></ruby>な神<ruby>神<rt>かみ</rt></ruby>や仏<ruby>仏<rt>ほとけ</rt></ruby>でなくとも、なにか人間<ruby>人<rt>にん</rt></ruby><ruby>間<rt>げん</rt></ruby>の力<ruby>力<rt>ちから</rt></ruby>を超<ruby>超<rt>こ</rt></ruby>えたものに対<ruby>対<rt>たい</rt></ruby>する畏怖<ruby>畏<rt>い</rt></ruby><ruby>怖<rt>ふ</rt></ruby>のようなものが、日本人<ruby>日<rt>に</rt></ruby><ruby>本<rt>ほん</rt></ruby><ruby>人<rt>じん</rt></ruby>の心<ruby>心<rt>こころ</rt></ruby>から急速<ruby>急<rt>きゅう</rt></ruby><ruby>速<rt>そく</rt></ruby>に失<ruby>失<rt>うしな</rt></ruby>われつつあることに関係<ruby>関<rt>かん</rt></ruby><ruby>係<rt>けい</rt></ruby>しているのではないか／是否與日本人心中對於具體的神、佛或某些超越人類力量的敬畏之心，正在急遽失去的信念有關呢」。選項4是用另一種描述方式來總結這個段落的內容，因此為正確答案。

《其他選項》

▲ 選項1、2，關於「おかげさまで／托您的福」的使用，作者說是非直接受惠於他人時，仍表達感謝的心情。

▲ 選項3，「具体的<ruby>具<rt>ぐ</rt></ruby><ruby>体<rt>たい</rt></ruby><ruby>的<rt>てき</rt></ruby>な神<ruby>神<rt>かみ</rt></ruby>を信<ruby>信<rt>しん</rt></ruby>じなくなったから／因為大家不再信奉有具體形象的神了」不正確。

問題9	P155-160

49	解答：**3**

▲ 底線部分後寫道「選挙権年齢<ruby>選<rt>せん</rt></ruby><ruby>挙<rt>きょ</rt></ruby><ruby>権<rt>けん</rt></ruby><ruby>年<rt>ねん</rt></ruby><ruby>齢<rt>れい</rt></ruby>が18歳<ruby>歳<rt>さい</rt></ruby>以上<ruby>以<rt>い</rt></ruby><ruby>上<rt>じょう</rt></ruby>に引<ruby>引<rt>ひ</rt></ruby>き下<ruby>下<rt>さ</rt></ruby>げられたことに向<ruby>向<rt>む</rt></ruby>けて、自分<ruby>自<rt>じ</rt></ruby><ruby>分<rt>ぶん</rt></ruby>たちを鍛<ruby>鍛<rt>きた</rt></ruby>え、知<ruby>知<rt>ち</rt></ruby>を磨<ruby>磨<rt>みが</rt></ruby>くためだ／為因應選舉年齡下修至18歲一事，應該要自我鍛鍊，研磨知識與學問」。「ため」表是目的，因此總結這段內容的選項3是正確答案。

50	解答：**4**

▲ 要掌握指示語所描述的內容時，請看該指示語前面的部分。前面寫道「このところ高校生<ruby>高<rt>こう</rt></ruby><ruby>校<rt>こう</rt></ruby><ruby>生<rt>せい</rt></ruby>の活躍<ruby>活<rt>かつ</rt></ruby><ruby>躍<rt>やく</rt></ruby>

が目立つ／近來，高中生的表現十分活躍」，因此選項4正確。

《其他選項》

▲ 其他選項並非「これまであまり見られなかった／以前沒怎麼見過」的傾向。

51
解答：1

▲ 倒數第三行寫道「高校生のこれらの活躍を見ていると、とても頼もしいものを感じる／看著這些高中生活躍的表現，不禁感到他們的前途無可限量」。這是作者對於這些高中生活躍表現的看法。

《其他選項》

▲ 選項2 「軽率な行動を見て、心配している／看到他們輕率的舉止，覺得很擔心」不正確。

▲ 選項3 不是作者的想法。

▲ 選項4 這是文章裡沒有提到的內容。

52
解答：1

▲ 第三段提到日本飲食得到全世界矚目的理由，內容包含了選項2、3和4，但沒有寫到選項1「材料が安くて豊富であること／食材便宜又豐富」。

53
解答：4

▲ 本題要選不是針對法國的說明，選項4「日本のアニメが日本食の普及に役立っていること／日本的動漫文化為日本飲食文化普及的一大助力」這是日本飲食文化受到全世界關注的原因之一，並不是只有法國，因此為正確答案。

《其他選項》

▲ 選項1 請參見文章第二段寫道不僅在亞洲，「アメリカやフランスにも多くなった／在美國和法國也多了很多（日本餐廳）」。

▲ 選項2 請注意第四段第一行提到法國，並舉出「日本茶も普及している／（近年來）日本茶十分普及」的例子。

▲ 選項3 第四段第三行也寫道「昆布や鰹節を使った日本の「だし」をフランス料理に活かしている／將用了昆布、柴魚熬煮的『高湯』活用於法國料理中」。

54
解答：1

▲ 最後一段總結了作者對於日本飲食的想法。作者預測「日本食は、今後ますます世界に広がっていくだろう／正統的日式料理將會席捲全球」。

《其他選項》

▲ 選項2、3，文中沒有提到日式料理在美國、法國甚至是亞洲國家中廣為盛行。

▲ 選項4，文中沒有提到日本國內的狀況。

55
解答：2

▲ 文章前三段提到幾乎大多數日本人都會讀日記、寫日記，且不論是在現代、平安時代，甚至是戰爭期間，日記總是反映出當代日本人的想法。這可以說是日本的文化。統合前三段的內容，最符合的答案是選項2。

《其他選項》

▲ 選項1 「出来事を詳しく語るもの／詳細敘述（時代的）大事件的物品」，並不是日本文化的一部分。

▲ 選項3 文中並未提及是「優れた／優越」的文化。

▲ 選項4 並不是顯現個人性格的東西。

56
解答：4

▲ 關於寫日記的好處，請見文章倒數第二段以「まずは～／首先…」開頭的段落。選項1到3的內容文中都有提及。唯一沒有提到的就是選項4。

《其他選項》

▲ 選項1 文章提及「その日の出来事を忘れないようにメモしておく／記下當天發生的事情而不忘記」。

▲ 選項2 文章提及「自分の心を見つめることで自分自身を知ることができる。これは、自分の進歩のためである／可以審視自己的內心了解自己，因而可以促使自己進步」。

▲ 選項3 文章提及「日記を書くことで文章力が増す／藉由寫日記可以增進寫作能力」。

57
解答：3

▲ 最後一段寫道「日記を書くことは、何よりも自分自身のためになる／寫日記最重要的目的是為

了自己」以及「日記を書く事を実行してみよう／不妨嘗試寫日記吧」，符合此內容的是選項3。

《其他選項》

▲ 選項1　閱讀從前流傳下來的日記可以瞭解當時的狀況，但作者提到「日記は、人に見せるために書くものではない／日記不是為了讓人看而寫的」，因此這並不是作者最想表達的重點。

▲ 選項2　寫日記並不是「日本の文化のために／為了日本文化」。

▲ 選項4　「文章力をつける／精進寫作能力」不是主要的目的。

問題10　　　　　　　　　　　P161-163

58　　　　　　　　　　解答：**4**

▲ 第五段寫道「日本を訪れる外国人観光客はアジアの人々が多く、全体の75%を占める／造訪日本的外國遊客中亞洲人的比例很高，佔全體的75%」。75%就是四分之三。

59　　　　　　　　　　解答：**3**

▲ 請注意「それ／那」前面提到，外國人對日本有「フジヤマ、ゲイシャの国／富士之國、藝妓之國」的印象，這就是「それ」的意思。

《其他選項》

▲ 文章接著說「浮世絵が関係している／和浮世繪有關」因此接下來的段落會寫道二者之間的關係。可用其他選項替換「それ」後再讀讀看，發現文意不通，由此可知其他選項不正確。

▲ 用選項1替換「それ」：「『日本のイメージがいつの間にか固定されていたこと』には、浮世絵が関係しているらしい／『日本的形象在不知不覺間被定型了』，這似乎和浮世繪有關係」文意不通，所以不正確。

60　　　　　　　　　　解答：**3**

▲ 底線下一句寫道「和服や神社仏閣などといった伝統的な日本の姿だけでなく、新しい時代の日本を求めて／不僅要朝聖和服、神社廟宇等日本的傳統文化，更要追尋新世代的日本」。這裡的「新しい時代の日本／新世代的日本」指的是第五段提到的日本現況，其中「街の様子やショッピング／街道的模樣和購物」是觀光客來旅遊的

一大目的。因此正確答案為選項3。

《其他選項》

▲ 選項1　「和服や神社の建物など／和服和神社建築等等」並不是新世代的日本。

▲ 選項2　「ほとんどいなくなった／幾乎消失了」不正確。

▲ 選項4　並沒有寫道亞洲人和歐美人的比較。

61　　　　　　　　　　解答：**1**

▲ 請注意最後一段。作者建議「定番の観光地の宣伝広報に頼るだけでなく、メディアを駆使して／不只是用觀光地基本的宣傳廣告，也要活用媒體」也就是利用媒體向全世界宣傳日本的現況。因此選項1是正確答案。

問題11　　　　　　　　　　P164-166

62　　　　　　　　　　解答：**4**

▲ 不丹是佛教國家，A文第三段第一行提到「仏教の教えが人びとの日常生活に大きな影響を与えている／佛教的教義為人們的日常生活帶來深遠的影響」，因此選項4正確。

《其他選項》

▲ 文中並沒有提及日本或日本人的宗教信仰，因此其他選項不正確。

63　　　　　　　　　　解答：**2**

▲ A認為幸福存在自己的心中，B則認為在競爭中戰勝他人才能感到幸福。

《其他選項》

▲ 選項1　文章沒有提到關於生活的貧困或富有。

▲ 選項3　文章沒有提到「自分の幸せより人の幸せを優先／比起自己的幸福，應該優先考慮他人的幸福」。

▲ 選項4　A和B的觀念並不相同。

問題12　　　　　　　　　　P167-169

64　　　　　　　　　　解答：**4**

▲ 請看第二段「通達によると／公文內容指出」第四行寫道的「現行の教員養成学部や人文社会

440

系学部は廃止ないし再編成を行うことが望ましい／期盼採行系所改組方式，切勿廢止現有之教育學系以及人文暨社會學系」。由此可推出答案是選項 4。

《其他選項》

▲ 選項 1 「特色ある分野の研究を進めるべき／應該針對特殊領域進行研究」文中提到的並不是只有這一點。

▲ 選項 2 「地域に貢献／為社區貢獻」文中也不是只有提到這一點。

▲ 選項 3 「人文系の学部を更に充実させるべき／應該增設人文學系」文中並未提及。

65　　　　　　　　　　　　　　　　解答：**1**

▲ 作者在第六段説到不同意通告的做法，並接著闡述理由。提到人文、社會學也有其舉足輕重的重要性，不應只看到理工科短期的成果而忽視了人文、社會學。並於最後一段總結作者的想法「人文系・社会系を軽視してはならない／人文、社會學系是不可忽視的學科」。因此選項 1 正確。

《其他選項》

▲ 選項 2、3，作者雖然大致同意了「避けることができない／無法避免」、「難しいというのも納得できる／理解它的難處」，但又都以「しかし／但是」表示否定。

▲ 選項 4，作者認為不該輕忽人文、社會學科的重要性，因此選項 4 不正確。

66　　　　　　　　　　　　　　　　解答：**1**

▲ 作者提到直接接受「このような意見／這種意見」是「よくない／不好的」，並在文章後方表明自己持有相反的意見，可知要找與作者意見相反的內容。

▲ 往回看到文章第五段提到，理工科的成果相較於文科是非常顯而易見的，而如果因此認定比起文科，「産業社会に役立つ理系分野の学部を強化したほうがいいという考え／覺得『加強有助於產業社會的理工相關學系比較好』的想法」似乎也是理所當然。這就是「このような意見／這種意見」所指的事情。

《其他選項》

▲ 關於其他選項，作者沒有提出否定意見。

67　　　　　　　　　　　　　　　　解答：**4**

▲ 作者的意見多寫於全文的最後，也就是這篇文章的第六、七段。這裡關於人文暨社會學系，作者提到「人間社会に絶対不可欠の学問／這是人類社會不可或缺的知識」、「理系の学問で優れた成果を挙げるための基礎ともなる学問分野である／這是有助於理工相關學術得到傑出成果的基礎學術領域」。總結這些內容後，可知正確答案是選項 4。

《其他選項》

▲ 選項 1 「一人一人の知的水準を高めなければならない／必須提高每一個人的知識水準」是人文、社會科帶來的好處，並不是為了維護而必須做到的事情。

▲ 選項 2 「理系の学問を強化したほうがいい／加強理工相關學術比較好」與作者的想法完全相反。

▲ 選項 3 「ますます重要になる／越來越重要」作者只是呼籲其重要性，並不曉得是否會越來越重要。

問題 13　　　　　　　　　　　P170-171

68　　　　　　　　　　　　　　　　解答：**2**

▲ 平成 19 年的 45～49 歲，以及平成 24 年的 25～29 歲的就業率最高。

69　　　　　　　　　　　　　　　　解答：**1**

▲ 關於 15 到 19 歲的女性就業率，平成 19 年為 17.3%，平成 24 年為 16.5%；而 20 到 24 歲的女性就業率，平成 19 年為 68.4%，平成 24 年為 66.6%，因此可知平成 24 年低於 19 年，答案應是選項 1。

第 4 回｜聴解

問題 1　　　　　　　　　　　P172-175

例　　　　　　　　　　　　　　　　解答：**2**

▲ 從女士跟男士説「飲み物がなくちゃ乾杯できないじゃない。私たちが買って行くことになってたのに／沒有飲料不就沒辦法乾杯嗎？我們被派

的任務是購買飲料的説」可得知目前宴會上沒有飲料，導致宴會無法開始。

▲ 再加上男士最後説「まあね。とにかく急ごう。あのスーパーならいろいろありそうだよ／算了！總之加緊腳步，那家超市的話應該什麼都有吧」。可知兩人接下來要做的是選項2「飲み物を買う／購買飲料」。

《其他選項》

▲ 選項1　這是男士抵達前使用的交通工具。

▲ 選項3　兩人雖在前往宴會的途中，但這並不是接下來要做的事。

▲ 選項4　蛋糕男士一早在家裡就做好了。

1
解答：**2**

▲ 男士提到「今年は見本をのせたポスターを学校に貼ってみましょうか／不如今年放上樣本做成海報，張貼在學校試試看吧？」而對於製作海報張貼在學校的意見，女士也表示贊成，可知他們接下來要製作海報。選項2正確。

※ 補充：「ちょっとなあ／總覺得有點…」是不太好意思、有些猶豫的意思。

2
解答：**4**

▲ 女士提到「すべて自分でできるって思わない／不要只想著憑一己之力達到十全十美」和「チームワークを大事にして／重視團隊合作」可知女士正在訓誡男士，不要認為自己一個人就能做到完美，要重視合作，也就是説，要重視和旁人的合作協調。

《其他選項》

▲ 選項1和選項3對話中都沒有提到。

▲ 選項2女士提到每個人都會遇到失敗，不可能完全不犯錯。

※ 詞彙補充：「ミス／錯誤」指出差錯、失敗。為「ミステイク【mistake】」的略稱。

3
解答：**3**

▲ 對話中提到暫時回國的兒子「お忙しいかもしれませんね／或許會很忙喔」，所以店員提議，「ご本人に予定を確認されてから／先和令公子本人確認有無其他安排之後」表示等確認了兒子回國後的安排再決定也不遲，男士同意了這個提議。

※ 補充：「三名様／三位客人」的「～名様／…位客人」是店員尊稱客人的用語，在這裡是對顧客家人的尊敬語。

4
解答：**3**

▲ 女士要去百貨公司而跟爸爸借車，但因為沒剩多少油了，所以去百貨公司前必須先去加油站，而洗好的衣服則等回來後再整理。最後又説去加油站的途中順便送爸爸去車站。因此，接下來要做的事是選項3「父親を駅に送る」。

5
解答：**2**

▲ 男士表示做了一年後，漸漸覺得業務的工作很有意思，並打算告訴科長「このまま営業をやらせてほしい／希望照現在這樣留在業務部裡工作」。因此選項2正確。

《其他選項》

▲ 選項1，商品研發是男士原本想從事的工作，但現在男士認為如果不知道消費者的需求，那麼做出來的產品就只是自我滿足罷了。

▲ 選項3和選項4，對話中沒有提到想找新工作。

※ 詞彙補充：「マーケティング【marketing】／市場行銷」指從事製造、銷售與市場調查的活動。

6
解答：**3**

▲ 學生撰寫了關於地震受災的報告。老師建議學生「せっかくの連休なんだから、現地に足を運んでみてはどうでしょう／難得的連續假期，你有沒有考慮親自到當地看一看呢？」而學生也表示會利用連假期間親自走訪當地、親眼觀察。因此正確答案是選項3。

《其他選項》

▲ 選項1　寫論文並非連假要做的事。

▲ 選項2　對話中沒有提到問卷調查，因此錯誤。

▲ 選項4　雖説要聯絡朋友，但並沒有説要拜託對方協助調查，並且聯絡朋友也不是連假才要做的事。

問題2
P176-180

例
解答：**4**

▲ 男士在對話中提到「あの会議室は椅子がだめだね／那間會議室的椅子不行啦」，女士下一句附

和説「椅子は柔らかければいいというわけじゃないね／椅子並不是軟就好呢」,「というわけじゃない／並不是説」表示否定前面「椅子軟就好」的情況,由此得知答案是選項4「会議室の椅子が柔らかすぎるから／因為會議室的椅子太軟了」。

《其他選項》

▲ 選項1　女士問「パソコン、使いすぎなんじゃないの／是不是過度使用電腦了?」,男士否定説「今日は2時間もやってないよ／今天也用不到兩小時啊」,可知選項1不正確。

▲ 選項2　男士雖然喝了四杯咖啡,但這並不是造成肩膀痠痛的原因。

▲ 選項3　男士雖説部長説話冗長,聽得好累,但這也不是造成肩膀痠痛的主要原因。

1　　　　　　　　　　　　　　解答:**2**

▲ 從「全部まかせてよかったのか／我不確定是否應該讓她獨當一面」和「まだ一人で担当したことはなかった／還不曾單獨負責客戶」可知女士正在擔心,把這份工作全交給進入公司未滿一年、還沒單獨負責過客戶的杉本小姐是否妥當。因此正確答案為選項2。

《其他選項》

▲ 選項1和選項4,女士並沒有對男士抱持任何情緒。

▲ 選項3,女士並沒有認為杉本小姐可憐。

2　　　　　　　　　　　　　　解答:**1**

▲ 女士説「主人が先にもどってくれないかって思って待っているんだ／我想還是站在這裡等等看,説不定先生會比較早到家」可知雖然安排了鎖匠過來換鎖,但女士心裡真正希望的,還是丈夫趕快回來開門。因此選項1正確。

《其他選項》

▲ 選項2　雖然打過兒子的電話,但並沒有在等他回來。

▲ 選項3　管理公司並沒有要過來。

▲ 選項4　還沒辦法開門進去家裡之前,如果客人來了會很傷腦筋,所以並沒有在等客人。

※ 詞彙補充:「馬鹿にならない／不容小覷」意思

是無法輕視。例句:

・私立の学校は、入学金だけでも馬鹿にならない／私立學校光是學費就不容小覷。

3　　　　　　　　　　　　　　解答:**1**

▲ 「あゆみ、あ、奥さんは元気ですか／亞由美,呃,您太太好嗎」由這句話可知,女士和亞由美是朋友。再從「高校の大会で初めてお会いした／在高中那場大賽第一次見到您」可知兩人高中時在籃球大賽中認識男士,之後,男士和亞由美結婚了。也就是説,男士是女士的好友亞由美的丈夫。

《其他選項》

▲ 選項2和選項4,因為對話中提到女士和男士是在高中的大賽第一次相遇,因此兩人的關係並非以前的同事或學長學妹。

▲ 選項3,雖然女士提到在高中的大賽中見到男士時,和亞由美説了「かっこいい／好帥」,但兩人並不是情侶。

4　　　　　　　　　　　　　　解答:**3**

▲ 客人原本以為這家店服務周到,結果店員接待的態度冷淡,所以客人説「残念でした／太遺憾了」。

《其他選項》

▲ 選項1　客人沒有提到料理好不好吃。

▲ 選項2　對於上錯菜,客人説「まあいいです／沒關係」。

▲ 選項4　客人説難免需要等菜。

5　　　　　　　　　　　　　　解答:**2**

▲ 鞋店的男士説,有超商的那棟大樓已經被拆除了,原本開在三樓的才藝班和髮廊也都收了。女士聽了之後説「せっかく久しぶりに髪、切ってもらおうと思って来たのに／好久沒來這裡剪頭髮了,今天是特地來一趟的」可知她是特地來這裡剪頭髮的。

《其他選項》

▲ 選項1、3、4,超商、咖啡廳、才藝班原本都開在那棟大樓裡,但大樓已經被拆除了,而且也都不是女士前來的目的。

※ 補充:「ビルごと／整棟樓」指大樓的全部。「ごと／連同」是指包含自身在內的全部。例句:

・それ、お皿ごと持ってきて／把那個盤子整個端過來。

6
解答：4

▲ 聽到女士説在巴士站牌等計程車是絕對等不到的，男士説「しょうがないから電話で頼もう／沒辦法了，我打電話叫車吧」因此打電話叫計程車是男士之後要做的事。

《其他選項》

▲ 選項1　男士要去的地方比車站遠，要走過去有點勉強。

▲ 選項2　如果搭對向的巴士，會繞一大圈。

▲ 選項3　對話中提到走一段路就可以到地鐵站，但男士並沒有説要走去那裡。

7
解答：2

▲ 男學生提到「そのコピーを、とってあるところだけでいいから、見せてくれない／妳影印下來的那些資料就好，可以借我看嗎」也就是説，男學生想拜託女學生借他作報告時用到的資料影本。而女學生正在猶豫自己是否該答應這個要求。

《其他選項》

▲ 男學生並沒有拜託選項1和選項3的內容。

▲ 選項4，男學生説「さすがに～頼めないよね／好像太過分了吧」，女學生回答「あたりまえでしょ／那還用説」。

問題3
P181

例
解答：3

▲ 對話中列舉了汽車相關的內容。從「一般的な4ドアのセダンだと／就一般的四門轎車而言」、「フロントガラスの形も変わってきていますね／前擋風玻璃的造型設計變化也是永不停息呢」、「使うガソリンの量が減ったことです／石油的消耗量也減少了」，可知正確答案是選項3。當然，若一開始能夠聽出「セダン／轎車」這個單字，本題就能迎刃而解了。

《其他選項》

▲ 選項1　電腦不會有四個門、前擋風玻璃及使用石油。

▲ 選項2　空調不會有四個門、前擋風玻璃及使用石油。

▲ 選項4　機車不會有四個門。

1
解答：4

▲ 對於越來越多人對登山產生興趣，男士提到「心配です／擔心不已」，並呼籲大家注意登山時可能發生意外。可知男士正談論的是登山的危險性。

《其他選項》

▲ 選項1和選項2，談話中沒有提到聖母峰的壯麗景象和危險。

▲ 選項3，男士提到「登山者に山が親しまれるのはいい／山友投入山野的懷抱當然是好事」，但並沒有特別説明登山的快樂。

2
解答：2

▲ 女性政治家提到希望能打造良好的工作環境，目標是營造能夠讓因故離開職場的人可以隨時回到職場的社會。為此，有必要提出「労働時間規定の見直し／修改工作時數上限」的政策。因此選項2是正確答案。

《其他選項》

▲ 選項1　雖然談話中提到女性的工作環境，但並沒有特別針對性別平權的政策進行論述。

▲ 選項3　雖然對少子化的對策有意見，但並沒有説現在必須阻止少子化的情況繼續惡化。

▲ 選項4　雖然對確保勞動力的政策有意見，但這並非女性政治家演説的重點。

※ 文法補充：「めざそうではありませんか／不以…為目標嗎」是用強調的語氣呼籲「めざしましょう／以…為目標」的説法。另外，「～ではありませんか／不…嗎」經常在演講中使用。

3
解答：2

▲ 教授説要先確定宿營的地點是否能使用網路再決定行程。「それによっていつ行くか決めます／我要根據能不能上網來決定行程」的「それ」指的就是能用網路與否。因為現在還不知道能否使用網路，所以還沒決定參加宿營的日程。

《其他選項》

▲ 選項1和選項3，宿營辦在一處附近連超商都沒有的偏遠鄉間，教授説「面白そう／很讓人期待」。

▲ 選項4，學生提到要配合教授的日程調整報告的順序。

4
解答：4

▲ 電視上的女士提到，從現在開始，人類應該追求和 AI 共存，並將所有不確定因素納入考量，並且根據這些經驗來持續預測 AI 的動向。與此相符的是選項 4。

※ 補充：「耳にしない日はない／天天都可以聽到」指沒有一天不會聽到，也就是每天都會聽到。「耳にする／聽到」是聽的意思。

5
解答：1

▲ 兩人都以為對方有票，但事實並非如此，兩人這才注意到根本還沒買票，所以急著出門。因此選項 1 是正確答案。

6
解答：3

▲ 男士騎著自行車正要回家。女警提醒男士自行車燈的亮度相當微弱，並說「夜間は、十分に注意してください／晚上出門請務必留意」。因此兩人對話時是夜間，也就是晚上。唯一符合的答案是選項 3。

問題 4
P182

例
解答：1

▲ 對方語帶鼓舞的說「張り切ってるね／真是幹勁十足啊」，是「元気があふれている。大いに意気込む／精神飽滿。積極奮力」的意思，這時要回答表示原因的選項 1「ええ、初めての仕事ですから／是啊，因為這是我第一份工作啊」語含感謝對方對自己積極態度的關注。

《其他選項》

▲ 選項 2　這是表示狀況、程度的說法，是被詢問「ずいぶん長旅になりましたね／旅途期間真是久啊」等的回答。

▲ 選項 3　這是表達內心不安或能力不足時的心理狀況，是被詢問「今回も駄目か／這次也不行啊」等的回答。

1
解答：2

▲ 男士說聽到田中先生退休的消息嚇了一跳。「伺う」是「聞く」的謙讓語。對於男士的發言，女士回答「もうお耳に入ったんですね／已經傳到您耳中了」最適當。

《其他選項》

▲ 選項 1 是當聽到對方說「さっき、〜に行った／剛才已經去…了」時的回答。

▲ 選項 3 是當聽到對方說「さっき、〜について質問した／剛才問了有關…」時的回答。

2
解答：2

▲ 一起工作的男士說「至少要先做一半左右，不然就慘了」徵求女士的附和，可以回答選項 2 表示同意他的說法。

《其他選項》

▲ 選項 1 是當對方說「疲れたんじゃない？もうそのくらいでやめたら？／累了嗎？不如暫時做到這樣就好了？」時的回答。

▲ 選項 3 是當對方說「このお菓子、まずいね／這個點心真難吃呀」時的回答。

※ 補充：「まずい／慘了」在這裡是「都合が悪い。具合が悪い／糟了。慘了」的意思。也有食物不好吃的含意，選項 3 的回答便誤以為是這個意思，因此錯誤。

3
解答：1

▲ 男士正在為向加藤小姐說過的話感到後悔，可回答選項 1 建議男士去道歉。

《其他選項》

▲ 選項 2 是當對方說「名前を間違えていた／弄錯名字了」時的回答。

▲ 選項 3 是當對方說「加藤さんにあのことを言えばよかった／如果當時告訴加藤小姐那些話就好了」時的回答。

※ 詞彙補充：「潔く／乾脆的」指清白，也指果斷、乾脆的意思。

4
解答：3

▲ 男士正在詢問部長是否可以讓其他人代替他出差，可以用選項 3 來表示同意。

《其他選項》

▲ 選項 1 和選項 2 用的是過去式，所以不正確。

※ 補充：「構わないでしょうか／是否可以？」是「〜してもいいでしょうか／這樣做的話可以嗎？」的意思。

5　　　　　　　　　　　　解答：**1**

▲ 這題的情況是女士正在提醒因為沒有幹勁而慢吞吞的男士。「ぐずぐずする／拖拖拉拉」是指磨磨蹭蹭的樣子。可回答選項1「でも／可是」表示反駁的回應。

《其他選項》

▲ 選項2是當對方説「そんなことに笑ったりしないでよ／不要嘲笑我的那件糗事啦！」時的回答。

▲ 選項3是當對方説「洗濯物、なかなか乾かないね／洗好的衣服遲遲乾不了呀」時的回答。

6　　　　　　　　　　　　解答：**3**

▲ 這題的情況是男士要打掃這間房間，所以請房間裡的女士離開一下。應回答選項3向他道謝。

《其他選項》

▲ 選項1是當對方説「この部屋、掃除するから手伝って／我要打掃這間房間，你也一起幫忙」時的回答。

▲ 選項2是當對方説「長い間待っていると疲れるよ／等好久很累吧」時的回答。

7　　　　　　　　　　　　解答：**3**

▲ 入學面試（或就業面試）中，擔任面試官的女士説留學生「鋭い質問が出た／提出了相當靈活的問題」。「鋭い／靈活的；敏鋭的」有頭腦機靈的意思。而選項3的「頭の切れる／聰明」是「頭がよく働く。鋭い／腦筋動很快。敏鋭」的意思。可用來對女士的感想表示贊同。

《其他選項》

▲ 選項1，女士是在稱讚留學生。對此，「勉強不足なんです／還有很多該學的」的回答並不合適。

▲ 選項2是當對方説「あんまり質問が出なかったね／不怎麼提問呢」時的回答。

8　　　　　　　　　　　　解答：**1**

▲ 這題的情況是男性把「台無しだ／全毀了」的湯拿給女士看，可回答選項1，表示湯都熬焦了。

《其他選項》

▲ 選項2用在將煮好的湯給女士試喝，並詢問「ね、おいしいだろう？／不錯吧，很好喝吧？」的狀況。

▲ 選項3是當對方説「このスープ、なんだか物足りないね／這個湯，好像缺了點什麼耶」時的回答。

9　　　　　　　　　　　　解答：**1**

▲ 這題的狀況是女士看到隆子正在炫耀新皮包，並將這件事告訴男士。「見せびらかす／賣弄」就是炫耀的意思。於是男士問她是不是也想要，符合邏輯。

《其他選項》

▲ 選項2是當對方説「娘が新しいバッグをすごく欲しがっているの／女兒非常想要新背包」時的回答。

▲ 選項3是當對方説「このバッグ、この前買ったのよ／這個皮包是最近新買的哦」，並在電車中等公共場所打開皮包炫耀時的回答。

10　　　　　　　　　　　　解答：**2**

▲ 男士説聽了小野先生的報告後覺得很憂慮擔心。「はらはら／擔心憂慮」是指因擔心而感到不安的意思。女士也回答「そうね／就是説呀」，可知要選同意他説法的選項，因此選項2正確。

《其他選項》

▲ 選項1　對方説的是「はらはらする／憂慮」，所以用「気持ちが明るくなる／心情變好了」不合邏輯。

▲ 選項3　回應「はらはらする／憂慮」，用「説得力がある／很有説服力」來誇獎也是不合邏輯的説法。

11　　　　　　　　　　　　解答：**3**

▲ 這題的狀況是父親買了很多小孩子的玩具回家。面對家人的疑問，可回答選項3來説明買下許多玩具的原因。

《其他選項》

▲ 選項1和選項2是將玩具丟棄後説的話。

12　　　　　　　　　　　　解答：**1**

▲ 男士説正在努力的敵隊很頑強，「しぶとい／頑強」也就是倔強，指對方很有毅力的意思。可回答選1表示抱持相同看法。

《其他選項》

▲ 選項2和選項3，當聽到敵隊正在頑強抵抗時，

回答「それなら、すぐに（こっちのチームが）勝てます／那樣的話，（我們）馬上就贏囉」或「ええ。こっちはまだ零点ですよ。／是呀，我們還是零分呢」都不合邏輯。

▲ 男士説距離繳交截止日剩不到兩週了，選項3表示「もうのんびりしてはいられない／不能再悠哉了」的回答最適合。

《其他選項》

▲ 選項1説的是剩下不到一週，但男士説的是剩下不到兩週，因此與男士的話相互矛盾。

▲ 選項2，「二週間を切った／不到兩週」是剩下不到兩星期的意思，因此「二週間もある／還有足足兩週」是錯誤的。

※ 補充：「二週間を切る／不到兩週」指少於兩週。「～を切る／不到…」表示變得少於某數量的狀態，是「～を下回る／低於…」的意思。例句：

・このアパートの家賃が値下がりして、今、５万円を切った／這個公寓的房租降價了，現在五萬圓有找。

問題5
P183-184

1
解答：1

▲ 女士説把餐盤和杯子拿出來，男士則説要改用紙餐具。

▲ 女士回答使用紙餐具會增加垃圾，對環境不好，但男士認為兩種餐具對環境的汙染程度是一樣的。最後女士同意使用紙餐具。因此選項1是正確答案。

《其他選項》

▲ 選項3　客人會帶來的是食物。

▲ 選項4　雖説要把不用的餐具拿去二手商店或是跳蚤市場賣掉，但並沒有説要現在立刻賣出。

※ 補充：「どっちもどっち／半斤八兩」是兩者沒什麼差別的意思。

2
解答：4

▲ 職員們正在談論進入演唱會會場時的系統，從「顔が違うと絶対会場に入れない／長相不一樣，就絕對進不了會場」可知這是辨識入場的人是否為本人的識別機器。

▲ 爸爸説「地震や台風で停電になった時に役立つよ／遇到地震或颱風導致停電的時候就能發揮作用了」。因此選項4正確。

《其他選項》

▲ 選項3　爸爸説就算是打高爾夫球的時候也沒辦法走八個小時。

▲ 從「ふつうのスポーツシューズでたくさん／穿普通的運動鞋就很好了」可知女孩只想穿普通的運動鞋。加上女孩説心裡總是惦記著充電，反而沒辦法專心享受運動的樂趣，所以不想要。可知答案是選項1。

《其他選項》

▲ 選項2　在意價格高低的是媽媽。

▲ 選項3　説「短時間で充電できればいいのに／要是能短時間充飽電就好了」的是爸爸。

|第5回| 言語知識（文字・語彙）

問題1
P185

1
解答：3

▲「寿」音讀唸「ジュ」，訓讀唸「ことぶき／祝詞」。例如：「長寿／長壽」、「寿の言葉／賀詞」。

▲「命」音讀唸「メイ・ミョウ」，訓讀唸「いのち／生命」。例如：「命をかける／賭上性命」。

▲「寿命／壽命」是指人的生命長度或物品的耐用期限。

2
解答：2

▲「建」音讀唸「ケン・コン」，訓讀唸「た-てる／建造、建立」、「た-つ／築起」。例如：「建築／建築」、「建設／建設」、「建立／建立」、「家を建てる／建造房子」、「寺が建つ／蓋寺院」。

▲「前」音讀唸「ゼン」，訓讀唸「まえ／前方」。例如：「以前／以前」、「前進／前進」、「前に進む／向前走」。

▲「建前／原則、場面話」是指表面上的方針，或不

是發自內心的寒暄。對義詞是「本音／真心話」。

▲「響」音讀唸「キョウ」，訓讀唸「ひび－く／響起」。例如：「反響／反響、回音」、「交響楽団／交響樂團」、「電車の音が響く／響起電車的聲音」。

▲「響く／聲響」是指可以聽見聲音傳到四周，或指回音。

《其他選項》

▲ 選項2　寫成漢字是「描く／描繪」。

▲ 選項3　寫成漢字是「築く／修築」。

▲ 選項4　寫成漢字是「輝く／閃耀」。

▲「縮」音讀唸「シュク」，訓讀唸「ちぢ－む／縮小」、「ちぢ－まる／收縮；畏懼」、「ちぢ－める／縮短」。例如：「縮小／縮小」、「布が縮む／布料縮水」、「差が縮まる／差距縮短」、「命を縮める／減壽」。

▲「縮む／縮小」是指長度變短。

《其他選項》

▲ 選項1　寫成漢字是「絡む／纏繞」。

▲ 選項2　寫成漢字是「弾む／彈起」。

▲ 選項3　寫成漢字是「望む／希望」。

▲「兆」音讀唸「チョウ」，訓讀唸「きざ－し／兆頭」、「きざ－す／萌發」。例如：「兆候／徵兆」、「前兆／前兆」、「春の兆し／春天的先兆」、「新芽が兆す／新芽萌發」。

▲「兆し／預兆」為事情要發生前的徵兆。

《其他選項》

▲ 選項2　寫成漢字是「印／標記」。

▲ 選項4　寫成漢字是「志／志向」。

▲「專」音讀唸「セン」，訓讀唸「もっぱ－ら／主要」。例如：「專門／專門」、「專用／專用」、「休日は專らゴルフだ／一放假就是去打高爾夫球」。

▲「專ら／專心地」意思是只專心做一件事。相似詞如「ひたすら／一心一意」。

▲ 因為前面的「詐欺／詐欺」可知應該要選擇選項3「手口／手法」意思是在犯罪中，慣用的犯案伎倆。例如：「泥棒の手口／小偷的手法」。

《其他選項》

▲ 選項1　「手際／本領技巧」是處理工作的方法。例如：「手際がいい／好本領」。

▲ 選項2　「手順／步驟」是指處理事物的順序。例如：「仕事の手順／工作的順序」。

▲ 選項4　「手取り／淨利」指扣除稅金等手續費後，實際收到的金額，唸作「てどり」。還有一種常用說法是形容仔細教導的樣子「手取り足取り／親自指導」。例如：「手取り足取り教える／親自傳授」。

▲ 從前面的「せっかく／難得的」可推出後面要接不好的結果，選項3「台無し／糟蹋」指完全弄壞，已經不能使用了。

《其他選項》

▲ 選項1　「あべこべ／顛倒」指關係或順序相反。例句：

・あべこべに怒られてしまった／反倒挨罵了。

▲ 選項2　「由来／由來」指事物發生的原因。例句：
・言葉の由来／語言的由來。

▲ 選項4　「色違い／顏色不同」指的是顏色不同的物品。例句：
・色違いの傘はありませんか／這種傘有別的顏色嗎？

▲ 要形容在車廂內大聲吵架，最適合的詞語應是選項1的「みっともない／不成體統」指被別人看到這種狀態會感到很羞恥，別人認為難看的樣子。

《其他選項》

▲ 選項2　「めざましい／令人驚豔的」指令人眼睛一亮的出色模樣。例句：

- めざましい発達／驚人的進展。

▲ 選項3 「にくらしい／可恨的」指引起憎恨心情的樣子。例句：

- いたずらばかりする弟はにくらしい／一天到晚惡作劇的弟弟真討厭。

▲ 選項4 「そそっかしい／冒失」指慌張、粗心大意的樣子。例句：

- 彼女は案外そそっかしい／沒想到她竟如此冒失輕率。

10 　解答：**2**

▲「支配下／在控制之下」的「下」是接在詞語後面的接尾語，表示「〜のもと／在…之下」。「支配下」是指置身於被支配的情況下。例如：「影響下／受到影響之下」。

《其他選項》

▲ 選項1 「状／函」是表示書信的接尾語。例如：「感謝状／感謝函」。

→ 有時作為接尾語會用來表示狀態。

▲ 選項3 「圏／圈」是表示有限範圍的接尾語。例如：「北極圏／北極圈」。

▲ 選項4 「層／群」是表示社會中某些集團的接尾語。例如：「読者層／讀者群」。

11 　解答：**4**

▲ 題目的句意是要表達翹課去看電影，選項4的「サボる／偷懶」指偷懶休息或翹班、曠課，是正確答案。

《其他選項》

▲ 選項1 「おしむ／惋惜」指對失去覺得遺憾、可惜。例句：

- 別れを惜しむ／捨不得離別。

▲ 選項2 「まぎれる／混淆」指和其他東西混在一起分不清楚。例句：

- 寂しさがまぎれる／排遣寂寞。

▲ 選項3 「はずす／取下」指摘下戴著的東西。例句：

- 眼鏡をはずす／摘下眼鏡。

12 　解答：**1**

▲ 説明電視節目中斷要用「打ち切る／中止」指中途取消或放棄正在進行的事。被動形是「打ち切られる／被打斷」。

《其他選項》

▲ 選項2 「取り組む／埋頭」指認真的解決事情。例句：

- 宿題に取り組む／埋頭做作業。

▲ 選項3 「受け止める／接住、處理」是指接受並支持。例句：

- ボールを受け止める／接住球。

- 問題を受け止める／解決問題。

▲ 選項4 「使い果たす／用盡」指全部花光。例句：

- お金を使い果たす／把錢花光。

13 　解答：**3**

▲ 要表示負責到底要用「あくまで／終歸」指堅持到最後、貫徹到底的意思。

《其他選項》

▲ 選項1 「ろくに／好好地」指很好地，通常後面接否定詞，表示沒有充分地進行某動作。例句：

- ろくに勉強もしない／不好好學習。

▲ 選項2 「どうせ／反正」指已經確定，認為無可奈何的心情。例句：

- どうせ間に合うまい／反正來不及了。

▲ 選項4 「案の定／果然」指和想像中一樣。例句：

- 彼は案の定遅刻だ／他果然遲到了。

問題3　　　　　　　　　　　　　P187

14 　解答：**1**

▲「着工／動工」指開始進行工程。意思相近的是選項1「開始／開始」指事物的開始。

《其他選項》

▲ 選項2 「開業／開張」指開始買賣、營業等。例句：

- 蕎麦屋を開業する／蕎麥麵店開幕。

▲ 選項3 「着陸／降落」指飛機之類的交通工具抵達陸地。例句：

- 着陸の合図が点灯する／打開著陸的燈誌。

▲ 選項4 「完了／結束」指應做的事全部完成、完畢。和「開始／開始」意思相反。例句：

449

・工事が完了する／完工。

15
解答：3

▲「さする／摩挲」指移動手掌搓磨身體的動作。意思相近的是選項3「こする／搓」指用比「さする／搓磨」更強的力道按壓。

《其他選項》

▲ 選項1 「抱く／抱」指用雙臂抱住。例如：「子猫を抱く／抱著小貓」。

▲ 選項2 「たたく／敲打」指用手拍撃。例如：「太鼓をたたく／打鼓」。

▲ 選項4 「探す／找尋」指尋找人或事物。例如：「仕事を探す／找工作」。

16
解答：4

▲「他よりまし／比其他的好一點」指至少比其他的人事物來得好一些。選項4的意思是「他より少しよい／至少比其他的好一些」意思相近，是正確答案。

《其他選項》

▲ 選項1 「～よりだいぶ強い／比…強多了」用於比較強度和能力，表示比前項強多了的樣子。例句：

・母は父よりだいぶ強い／媽媽比爸爸厲害多了。

▲ 選項2 「～よりやや大きい／比…稍大」用於比較大小，也就是比前項稍微大一點的樣子，例句：

・私の机は、弟のよりやや大きい／我的書桌比弟弟的稍微大一點。

▲ 選項3 「～よりとても速い／比…快多了」用於比較速度，表示比前項快很多的樣子。例句：

・飛行機は新幹線よりとても速い／飛機比新幹線快多了。

17
解答：2

▲「一段と／益發」是指比過去更上一層的意思。意思相近的是選項2「ますます／越加」指比以前的程度更強大的樣子。

《其他選項》

▲ 選項1 「すぐに／立即」指做完某事後馬上做另一件事。例句：

・すぐに出かけよう／立刻出門吧！

▲ 選項3 「いくらか／多少有一點」意思是有那麼一點。例句：

・昨日に比べて、今日はいくらか暖かい／和昨天相比，今天暖和了點。

▲ 選項4 「だんだん／越來越」是指相較於從前，一點一點改變的樣子。例句：

・ピアノがだんだん上手になった／鋼琴彈得越來越好了！

18
解答：1

▲「あっさり／輕易」是形容很容易，不花時間和勞力進行某事物的樣子。意思相近的是選項1「すんなり／順利」指事情順利進行的樣子。

《其他選項》

▲ 選項2 「きっぱり／斷然」形容毫不猶豫、乾脆俐落的樣子。例句：

・誘いをきっぱり断る／斷然拒絕邀請。

▲ 選項3 「しっかり／可靠的」形容認真的樣子。例句：

・しっかり考えて決める／好好考慮後再決定。

▲ 選項4 「てっきり／肯定是」形容深信不疑的樣子。例句：

・てっきり遅刻だと思ったが、間に合った／原以為肯定遲到，沒想到居然趕上了。

19
解答：3

▲「立て替える／墊付」指暫時代付他人應付的款項。選項3「貸す／借出」和「立て替える／墊付」一樣都是指借錢給別人。

《其他選項》

▲ 選項1 「直す／修繕」指修理故障的地方，使其恢復原本的狀態。例句：

・故障したテレビを直す／修理故障的電視。

▲ 選項2 「預ける／存放」指把自己的東西交給別人保管。例句：

・お金を銀行に預ける／把錢存入銀行。

▲ 選項4 「整える／整頓」指仔細整理成有條不紊、整齊的狀態。例句：

・服装を整える／整理服裝。

20　　　　　　　　　　　　　解答：1

▲「過労／過勞」指勞累過度。例句：

・毎日の育児とパートで、母は過労だ／媽媽每天都要照顧小孩和兼差工作，已經過度疲勞了。

《其他選項的用法及正確用語》

▲ 選項2　「この業界はどこも人手不足で、職員は毎日深夜まで労働している／這個業界不管哪裡都人手不足，所以員工每天都工作到深夜」。

▲ 選項3　「今回の件では、ご苦労をおかけし、誠に申し訳ございません／這次造成您的辛勞，我由衷至上萬分歉意」。

▲ 選項4　「成功したければ、寝る間を惜しんで努力しなさい／若想成功，就要努力到連睡覺都覺得可惜」。

21　　　　　　　　　　　　　解答：1

▲「さっさと／迅速的」指不耽擱、不猶豫，迅速行動的樣子。例句：

・宿題が済んだらさっさと寝なさい／功課寫完後就趕快睡吧。

《其他選項的用法及正確用語》

▲ 選項2　「どうぞ、熱いうちになるべく早くお召し上がりください／請用，趁熱時盡快品嘗」。

▲ 選項3　「配布した資料は、次の会議までにざっと目を通しておくこと／發下來的資料，要在下次開會前大略瀏覽過」。

▲ 選項4　「ようやく渋滞を抜けて、車はやっと動き始めた／好不容易脫離塞車，車子終於開始動了」。

22　　　　　　　　　　　　　解答：3

▲「もれる／洩漏」意思是隱瞞的事情外洩了。例句：

・情報がもれないように厳しく管理する／嚴加管理以避免洩露資訊。

《其他選項的用法及正確用語》

▲ 選項1　「彼女の目から一粒の涙がこぼれた／她的眼裡溢出了一滴淚珠」。

▲ 選項2　「夜の間に、小屋からニワトリが逃げ出したようだ／難好像在夜間逃出了小屋」。

▲ 選項4　「口の周りにケチャップがくっついているよ／你的嘴巴沾到番茄醬了」。

23　　　　　　　　　　　　　解答：4

▲「オーバー／誇張」指言行誇張的樣子。例句：

・舞台の上では、オーバーな演技のほうがよい／在舞臺上，誇張的演技比較吸引人。

《其他選項的用法及正確用語》

▲ 選項1　「先生の本を読んで、非常に感動しました／拜讀了老師的書，覺得非常感動」。

▲ 選項2　「オーケストラによる壮大な音楽を楽しむ／欣賞管弦樂團帶來的壯麗動人的音樂」。

▲ 選項3　「オーバーな表現はかえって心に響かないものだ／與誇張的表現相反的是心中並未感到悸動」。請注意沒有「オーバーした」這種說法。

24　　　　　　　　　　　　　解答：2

▲「ほぼ／大略」是雖非完整或全部，但大概相近的狀態的意思。例句：

・今日の勉強はほぼ終わった／今天的功課差不多做完了。

《其他選項的用法及正確用語》

▲ 選項1　「この番組は、子どもからお年寄りまで、とても人気がある／這個節目從小孩到長輩都相當受歡迎」。

▲ 選項3　「今朝、家の猫が全部で4匹の子猫を産んだ／今早，我家的貓一共生了四隻小貓」。

▲ 選項4　「来年の今頃は、君も多分大学生か／明年的這個時候，你也應該是大學生了吧」。

25　　　　　　　　　　　　　解答：1

▲「溶け込む／融入」是合為一體的意思。例句：

・結婚して中国に行った彼女は、早くも周りの社会に溶け込んでいるそうだ／聽說嫁到中國的她很快就融入周遭的社會環境了。

《其他選項的用法及正確用語》

▲ 選項2　「春になって、春嵐のような天気の日が続いている／春天來了，接連著好幾天都下著春季的暴雨」。

▲ 選項3　「雨水が靴の中まで染み込んできて、気持ちが悪い／雨水滲入鞋子裡，好不舒服」。

文字・語彙

1
2
3
4
5
6

▲ 選項 4 「公共料金の相次ぐ値上げから 1 年が
たち、国民の生活はすっかり適応させられた／
（水、電、瓦斯等）公共費用持續上漲一年了，
民眾也完全適應了這樣的生活」。

第5回 言語知識（文法）

問題5　　　　　　　　　　　　　P190-191

26　　　　　　　　　　　　　　　解答：4

▲「あまりの（名詞）＋に／由於過度…」是因為後
項的程度太大了的意思。例句：
・この会社は給料はいいが、あまりの忙しさに辞
める人が多いらしいよ／這家公司的薪水不錯，但
聽說實在太忙，辭職的人也不在少數喔。

《其他選項》

▲ 選項 1 如果是「あまりに怖くて／非常恐怖」則
為正確答案。

▲ 選項 2 或選項 3 如果是「怖さのあまり／太恐
怖」則為正確答案。

27　　　　　　　　　　　　　　　解答：2

▲「（名詞）をおいて〜ない／除了…就沒有…」指
除前項之外就沒有了的意思，是對前項有高度評
價時的説法。例句：
・日本でこれだけ精巧な部品を作れるのは、大田
製作所をおいてありません／在日本能夠製造出如
此精巧的零件，就只有大田工廠這一家了。

《其他選項》

▲ 選項 1 「（名詞）をよそに／不顧」指不介意、
不管前項的事，而去做後項。例句：
・奥さんの反対をよそに、彼は一人で事業を始め
た／他不管太太的反對，獨自開始創業。

▲ 選項 3 「（名詞）をもって／以…」指用前項來
達成某事，是較生硬的説法。如果填入的名詞為
日期，是指到那一刻為止的意思。例句：
・当店はコロナの影響により今月末をもって一旦
閉店いたします／由於受到武漢肺炎的影響，本店
將於本月底暫時歇業。

▲ 而若是填入的名詞為方法等等，則用於表示手
段。例句：

・君の実力をもってすれば、不可能はないよ／只
要發揮你的實力，絕對辦得到的！

▲ 選項 4 「（名詞）を限りに／從…之後就不
（沒）…」用於表達到某時為止（從此以後不再
繼續下去）的意思。

28　　　　　　　　　　　　　　　解答：2

▲「（動詞辞書形）べく／為了」指為了做某事，或
為了能做到某事。是較生硬的説法。從文意考
量，要選他動詞的選項 2。

《其他選項》

▲ 選項 1 是自動詞，因此不會有「〜する／做…」
的意思。

▲ 選項 3 或選項 4 不是辭書形，所以不正確。

29　　　　　　　　　　　　　　　解答：1

▲ 因為是責備「そのまま帰ってきた／就這樣回來
了」，所以要選擇「あなたは子どもではないの
に／你明明不是小孩子了」意思的選項。「（名詞）
では（じゃ）あるまいし／又不是…」是指因為
不是前項，所以不該做出後面的行為。

《其他選項》

▲ 選項 2 「（名詞）ともなると／要是…那就…」
表示到了某較高的立場或程度時。例句：
・大学も 4 年目ともなると、授業のサボり方もう
まくなるね／大學都已經上了四年，蹺課的方法也越
來越純熟囉。

▲ 選項 3 「（名詞）いかんによらず／不管」是和
前項無關的意思。例句：
・レポートは内容のいかんによらず、提出すれば
単位がもらえます／不論報告內容的優劣程度，只
要繳交，就能拿到學分。

▲ 選項 4 「（名詞）ながらに／在…的狀態下」是
指做前項動作的狀態下。例句：
・その男は事件の経緯を涙ながらに語った／那個
男人流著淚訴説了整起事件的來龍去脈。

30　　　　　　　　　　　　　　　解答：4

▲「（動詞ない形）までも／雖然…仍是」指雖然無
法達到如同前項這麼高的程度，但可以達到比其
稍低的程度。例句：
・毎晩とは言わないまでも、週に一度くらいは親

に電話しなさい／雖不至於要求每天晚上，但至少一個星期要打一通電話給爸媽！

▲ 本題要選表示比非常成功的程度差一點的狀態的選項，因此選項4正確。

▲ 要選「即使一分也不能…」意思的選項。而選項3「(一＋助數詞)たりとも～ない／那怕…也不(可)…」用在想表達一點(助數詞)也沒有、完全沒有時。例句：

・ あの日のことは1日たりとも忘れたことはない／那天的事，我至今連一天都不曾忘懷。

《其他選項》

▲ 選項1　「(動詞辞書形)なり／剛…就立刻…」是做了前項後馬上做後項的意思。例句：

・ リンさんはお父さんの顔を見るなり泣き出した／林小姐一見到父親的臉，立刻哭了出來。

▲ 選項2　「(名詞)かたがた／順便…」用於表達做某事的同時也順便進行其他事情。例句：

・ 上司のお宅へ、日ごろのお礼かたがたご挨拶に伺った／我登門拜訪了主管家，順便感謝他平日的照顧。

▲ 選項4　「(名詞)もさることながら／不言而喻…」是指前項自不必説，並且比之更進一步的意思。例句：

・ この地域は景観はさることながら、地元の郷土料理が観光客に人気らしい／這個地區不僅景觀優美，聽說當地的家鄉菜也得到觀光客的讚不絕口。

▲「(い形、な形)限りだ／真是太…」是表達説話者的心情和感情的説法。是前項的心情非常強烈的意思。例句：

・ 先輩にあんなきれいな奥さんがいるとは、羨ましい限りです／沒想到學長居然有那麼美麗的太太，真讓人羨慕得要命。

《其他選項》

▲ 選項4　用於表示期待著的狀況，並非表達説話者的心情。

▲「頑固／頑固」、「意地悪／壞心眼」、「ケチ／小

氣」都是罵人的話，但意思都不同。因此，表示追加的選項2是正確答案。例句：

・ あの店は安くておいしい。おまけに店員さんも感じがいい／那家店既便宜又好吃，而且店員待客也很得體。

《其他選項》

▲ 選項1用在以其他詞語換句話説的時候，意思是「つまり／也就是説」。是生硬的説法。例句：

・ 社長は88年入社、すなわち高田専務と同期だ／社長於一九八八年進入公司，也就是和高田專務董事是同一屆的同事。

▲ 選項3是在後面補充説明的説法。例句：

・ こちらが今話題のトレーニングマシーンです。ちなみにお値段は1万円／這就是目前廣受矚目的健身器材！順道一提，價格是一萬圓。

▲ 選項4是連接原因和結果的詞語。是生硬的説法。例句：

・ 人間は弱い。それゆえ犯罪を犯すのです／人類太脆弱了。就因為如此，才會犯下罪行。

▲ 從「献身的な活動／奉獻」和「再建はなかった／不可能重建」的文意來看，可知這是雙重否定的句子。選項1「(名詞、動詞辞書形＋こと)なくして／假如沒有…(就不…)」是指如果沒有前項就沒有後項的意思。例句：

・ 先生の厳しいご指導なくして、今の私はありません／如果沒有老師的嚴格指導，就不會有今天的我了。

《其他選項》

▲ 選項2　「(名詞)をもって／以…」指用前項來做某事，是較生硬的説法。如果填入的名詞為日期，是「到某時為止」的意思。例句：

・ 本日をもって閉会します／會議就到今天結束。

▲ 若是填入的名詞為方法等等，則用於表示手段。例句：

・ 本日の面接の結果は、後日書面をもってお知らせします／今天面談的結果將於日後以書面通知。

▲ 選項3　「(名詞)をよそに／不顧」是不管、不介意前項的事而去做後項的意思。例句：

・ 彼女は親の心配をよそに、故郷を後にした／她不顧父母的擔憂，離開了故鄉。

▲ 選項4 「（名詞、普通形）といえども／雖説…可是…」表示雖然前項是事實，但也沒有例外的意思。例句：

・子どもといえども、人を傷つける嘘は許されない／雖説還是小孩，但一樣不可以説謊傷害別人。

35　　　　　　　　　　解答：3

▲ 原句是「私は事故の責任を（　）／我（　）事故責任」，主詞「私は／我」被省略了。這是從主動句「私は責任をとる」改寫成使役被動形「私は責任をとらされる／我被追究責任」的句子。

問題6　　　　　　　　P192-193

例　　　　　　　　　　解答：2

※ 正確語順

> あそこで <u>テレビ</u> を <u>見ている</u> <u>人</u> は山田さんです。
> 在那裡<u>正在看電視的人</u>是山田先生。

▲ 首先選項2「見ている／正在看」前面要接助詞選項3「を」變成「を見ている」。至於看什麼呢？是「テレビ／電視」還是「人／人」呢？看畫線的前後文脈，知道要看的是選項1「テレビ／電視」才符合邏輯了，就樣就變成了「テレビを見ている／正在看電視」。最後再以「テレビを見ている／正在看電視」來修飾後面的選項4「人／人」，成為「テレビを見ている人／正在看電視的人」。這麼一來順序就是「1→3→2→4」，而 ____★____ 的部分應填入選項2「見ている」。

36　　　　　　　　　　解答：1

※ 正確語順

> この<u>病気</u>は <u>薬を飲めば</u> <u>治る</u> <u>という</u> <u>もの</u>ではなく、毎日の生活習慣を改める必要があるのです。
> 這種病<u>並不是光靠吃藥就會好</u>，還需要改善每天的生活作息。

▲ 「というものではない／並非」是並不是説只要前項即可的意思。因此要連接選項1和選項3。再連接選項4和選項2，變成「薬を飲めば治る／吃藥就會好」然後接在選項1之前。如此一來順序就是「4→2→1→3」，____★____ 的部分

※ 文法補充：「（普通形）というものではない／並非」用於否定前項。例句：

・ご飯は食べればいいってもんじゃない。栄養のバランスが大事なんだぞ／飯並不是有吃就好。攝取均衡的營養也很重要。

37　　　　　　　　　　解答：1

※ 正確語順

> 個人商店ですから、売り上げ <u>といっても</u> せいぜい <u>月に100万</u> <u>といったところ</u> です。
> 畢竟是個人經營的商店，<u>所謂營業額頂多也只有每個月100萬而已</u>。

▲ 選項2「せいぜい／頂多」是最多也不過後項而已的意思。將選項2和選項1「月に100万／每個月100萬」連接起來。選項4「といったところ／也只有」是表示程度不太高的説法。選項1後面應接選項4。「売り上げ／營業額」後面應填入選項3「といっても／所謂」。如此一來順序就是「3→2→1→4」，____★____ 的部分應填入選項1「月に100万」。

※ 文法補充：

◇ 選項3 「（名詞、普通形）といっても／雖説…，但…」是前項和想像的不一樣的意思。例句：

・イギリスに留学していました。といっても半年ですが／我曾經到英國留學，不過去了半年而已。

◇ 選項4 「（名詞、動詞辞書形）といったところだ／也只有…」用在表達程度並不是很高，不過少數的意思。例句：

・社長はあまり会社に来ません。週に2、3日といったところです／社長很少進公司，頂多一星期來兩三天吧。

38　　　　　　　　　　解答：3

※ 正確語順

> <u>オリンピック出場</u> <u>をかけた</u> <u>試合</u> <u>とあっ</u>て、どの選手も緊張を隠せない様子だった。
> <u>畢竟是事關能否參加奧運的資格賽</u>，每一位選手當時都難掩緊張的神情。

▲ 第二句的前面應填選項1「とあって／畢竟是」。選項1的前面應接名詞的選項3「試合／資格賽」。再連接選項4和選項2，變成「オリン

ピック出場をかけた／事關參加奧運」來説明選項3。如此一來順序就是「4→2→3→1」，＿＿★＿＿的部分應填入選項3「試合」。

※ 文法補充：「（名詞、普通形）とあって／由於…（的關係）」指因為是前項這樣特別的情況。例句：

・ 3年ぶりの大雪とあって、都内の交通は麻痺状態です／由於是三年來罕見的大雪，市中心的交通呈現癱瘓狀態。

39　　　　　　　　　　　　　　　　解答：**4**

※ **正確語順**

> 彼が　がっかりしている　ことは　見る　までも　なかった。
>
> 那時<u>根本</u>用不著<u>看</u>就知道他<u>感到失望</u>。

▲ 先連接選項4和選項2，變成「見るまでもなかった／用不著看」表示不用看也知道的意思。在將選項3「がっかりしている／感到失望」和選項1「ことは／的事」填在它的前面。如此一來順序就是「3→1→4→2」，＿＿★＿＿的部分應填入選項4「見る／看」。

※ 文法補充：「（動詞辭書形）までもない／用不著…」因為程度很輕，所以不做前項也沒關係。例句：

・ このくらいのミスなら、課長に報告するまでもないだろう／這種程度的小失誤，用不著向科長報告吧。

40　　　　　　　　　　　　　　　　解答：**1**

※ **正確語順**

> 森君に関しては、成績が下がったこと　にもまして　最近　元気がない　ことが心配です。
>
> 比起森同學的成績下降，我<u>更</u>擔心他<u>最近</u>一直<u>沒什麼精神</u>。

▲ 注意題目中有兩個「こと」，這個句子是要對比「成績が下がったこと」和「元気がないこと」這兩件事。將選項4和選項3連接變成「にもまして／更加」，而選項1「最近／最近」要接在選項2「元気がない／沒什麼精神」前面。如此一來順序就是「4→3→1→2」，＿＿★＿＿的部分應填入選項1「最近」。

※ 文法補充：「（名詞）にもまして」用在想表達比起前項，後項程度更甚時。例句：

・ 父の借金にもまして憂鬱なのは、兄の失業だ／

比<u>爸爸的負債</u>更讓人憂慮不安的是，哥哥失業了。

41　　　　　　　　　　　　　　　　解答：**2**

▲ **41** 前面的「それ／這個問題」是上一句的「1年に11日ほどのずれが生じること／一年會產生11天左右的偏差」。後面接著説道讓數年一次一年有13個月，就能解決「それ／這個問題」。也就是説，**41** 應填入「解決するために／為求解決」。

42　　　　　　　　　　　　　　　　解答：**3**

▲ 文章脈絡是：為了解決一年有11天左右的偏差，讓數年一次一年13個月→**42-a**（但是）如此一來，月曆上的日期和實際的季節就有了差異，很不方便→**42-b**（於是便）想出了四十二節氣、七十二氣候這樣的區分方式。可知a要填入表轉折的詞語，b則是順接，符合的答案是選項3。

43　　　　　　　　　　　　　　　　解答：**4**

▲ 把選項實際代入a和b確認看看吧！

▲ 「『七十二候』は、それをさらに三等分にしたもので、**43-a**（もともと）古代中国で **43-b**（考え出された）ものである／『七十二候』（最早）則是在中國古代（所想出來的）辦法」填入這兩個詞語後，句子就説得通了。

《其他選項》

▲ 選項1的「組み合わせた／組合起來的」、選項2的「最近／最近」、選項3的a「昔から／從以前」和b「考えられる／被想」填入句子都不正確。

44　　　　　　　　　　　　　　　　解答：**3**

▲ 前一句提到「単に太陽暦（新暦）といっている／可以稱為太陽暦（新暦）」，接著提到「この／這種」，因此「この／這種」指的是「太陽暦／太陽暦」，但因為沒有這個選項，所以「太陽暦／太陽暦」的另一個説法「新暦／新暦」是正確答案。

45　　　　　　　　　　　　　　　　解答：**1**

▲ 前人的智慧對現代的生活仍有益處，換句話説就是「役に立たないとも限らない／不一定沒有用」。

文法

1
2
3
4
5
6

《其他選項》

▲ 選項2「役に立つとも限らない／不一定有用」
是可能沒有用處的意思。

▲ 選項3和選項4後面不會接「とも限らない／不
一定」。

第5回 | 読解

問題8　P196-198

46　解答：1

▲ 全文最後寫道「前向きな気持ちが行動や人との
交流を活発にして、脳にいい刺激を与えるな
ら、アクティブシニアの老い方は超高齢社会
を生き抜くための知恵なのかもしれない／如果
能透過積極的心態或行動，盡量與他人交流，進
而給予腦部正向的刺激，也許這些充滿活力的養
老竅門有助於在超高齡社會中得到優良的生活品
質」，因此反過來説，答案是選項1。

《其他選項》

▲ 選項2「認知症が改善される／可以改善失智
症」文中並未提及。

▲ 選項3「より強い刺激を求めるようになる／
追求更強烈的刺激」文中並未提及。

▲ 選項4「高齢者の幸福度や満足度が上がっ
た／年長者的幸福度和滿意度提升了」文中並未
提及。

47　解答：3

▲ 第二段舉例説明了圓環的優點如「正面衝突など
重大事故のリスクや、信号待ちによる渋滞など
が減る、災害時に停電しても交通に支障が出に
くいなど／可降低正面撞擊等重大事故的風險、
減少因等紅綠燈而塞車的情形，因天災停電時交
通也不太會出問題」，而第三段的「今後さらな
る普及が見込まれている／今後有望更加普及」
所指的則是「導入が増えそうである／可能會持
續引進」。因此選項3正確。

《其他選項》

▲ 選項1「道路を交差させるため、信号機は従
来より少なくて済む／由於形成十字路口，使得

紅綠燈的數量比以往少」應是有了圓環紅綠燈的
數量才變少。

▲ 選項2「交通量によって利便性が制限されな
い／不因運輸量而阻礙便利性」並不正確。第二
段提到運輸量大的都市難以執行。

▲ 選項4「郊外を中心に導入されている／主要
裝設於市郊地區」文中並未提及。

48　解答：2

▲「それ」的前面提到「たちまち魅了されてハル
キストとなる人は、新たな彼の作品に手を伸ば
さずにはいられなくなる／頓時著迷而成為村上
春樹粉絲的人，對於他的新作都忍不住要拜讀」，
也就是選項2「村上春樹の作品の世界に引き込
まれて、彼の作品を読まずにいられなくなるこ
と／由於深受村上春樹作品的世界吸引，而非得
拜讀他的作品不可」。

▲ 另外，也可以試著將「それ」帶入各選項中試讀，
即可確認是否正確。而選項2的敘述也與文章內
容相符。

問題9　P199-204

49　解答：3

▲ 請仔細讀第二段。第二段寫道「地中の微生物が
作り出す「エバーメクチン」という化合物を見
つけ、それをもとに寄生虫病に効く薬を開発
し、アフリカなどで寄生虫病に悩む多くの人々
を、失明の危険性から救った／以地底微生物產
生的化合物「阿維菌素」為基礎，研發出能夠有
效消滅寄生蟲的特效藥，挽救了許多面臨失明危
機的人」。

《其他選項》

▲ 選項1　並沒有説是在地底下發現「阿維菌素」
這種藥。

▲ 選項2　並沒有説長年在地底採集，且「新しい
微生物を発見した／發現了新的微生物」也不正確。

▲ 選項4「『エバーメクチン』という微生物／
『阿維菌素』這種微生物」不正確，「阿維菌素」
是從微生物開發而成的化合物。

50　解答：2

▲「両者／兩者」指的是前面敘述的兩件事。前面

提到「科学と芸術は創造と想像が不可欠で／科學與藝術是創造或想像中不可或缺的」，可知答案是科學與藝術，帶入句中的意思是：「両者の融合が人類を好ましい方向に導く／只有當這兩者（科學與藝術）合而為一的時候，才能引導人類邁向理想的道路」。

51
解答：4

▲ 全文最後寫的是作者對大村先生的看法。從「多方面に興味や関心を持つことが出来る人こそ、専門分野でも深い研究が出来るのかもしれない／關心多方面的事物並抱有興趣的人，進行專門研究時或許就能做出相當深入的研究」可知正確答案為選項4。

《其他選項》

▲ 選項1 「才能に恵まれている／天賦才華」不正確。

▲ 選項2 「専門分野にのみ力をそそぐ／只專注於專業領域」與作者的看法相反。

▲ 選項3 「すべてにおいて底が浅い／樣樣都不專精」也不正確。

52
解答：1

▲ 第一段提到「教育を受けるべき年齢の子ども（14、5歳まで）が教育を受けずに働くこと／應受教育的學齡孩童（14、5歲前）沒有上學而去工作」因此選項1的敘述與文章不符。

《其他選項》

▲ 選項2 第一段提到「子どもが危険で有害な仕事をすること／讓兒童從事危險、有害的工作」。

▲ 選項3 第二段提到「世界の子どもの9人に1人、1億6800万人が、児童労働に従事している／全世界的孩童每九人就有一人，共有1億6800萬個兒童在當童工」。

▲ 選項4 第三段提到「児童労働が多いのはアジアやアフリカで／童工最多是在亞洲及非洲」。

53
解答：2

▲ 哪個產業有最多人力屬於童工，請見第三段第二行提到「『農林水産業』が58.6%／（從事）『農林漁牧業』（的兒童）有58.6%」。

54
解答：3

▲ 請見倒數第二段寫道「日本も世界の児童労働と無関係ではない／日本和全世界的童工問題並非毫不相關」，因此選項3正確。

《其他選項》

▲ 選項1 「児童労働とは関係がない／和童工毫不相關」不正確。

▲ 選項2 「海外に進出することで途上国の児童労働を増やしている／向海外拓展，因而使開發中國家的童工增多」不正確。

▲ 選項4 「世界の児童労働は激減している／世界上的童工銳減」不正確。

55
解答：1

▲ 如同（注1）所寫的，「連鎖／連鎖」是指同樣的事情一件接著一件。例如父母貧窮，孩子也跟著貧窮，連帶地其孫輩同樣貧窮，依此類推。文章第一段也舉出了貧苦家庭的孩子由於無法好好受教育，以至於影響就業後的待遇和婚姻生活等等。

《其他選項》

▲ 其他選項皆沒有「連鎖／連鎖」的意思。

56
解答：4

▲ 進行募捐活動的是「子どもの貧困対策センター・あすのば／明日之星扶貧中心」的年輕人們，因此選項4是本文沒有提到的內容。

《其他選項》

▲ 選項1 底線後面提到「先生は、大学生や現場の教員だ／大學生和當地的教師擔任老師」。

▲ 選項2 第三段提到「ボランティアの女性を募集。塾の日には簡単なおやつを作って中学生に食べさせる／募集女性志工，在上課的日子製作簡單的點心給中學生吃」。

▲ 選項3 第三段提到「地元の農業青年団が、米を寄付してくれる／當地的農業青年團體捐贈了白米」。

57
解答：3

▲ 最後兩段總結了作者的意見。作者認為政府應該動用國家預算，而非仰賴「寄付や募金／捐贈和募款」。因此選項3正確。

1

2

3

4

5

6

58　　　　　　解答：**2**

▲ 第二段第二行寫道「読む前に自分は何のために読むのかという目的を確認すること／閱讀之前，要先確定自己閱讀的目的」。與此相符的是選項2。

《其他選項》

▲ 選項1　應是為了瞭解自己閱讀這本書的目的和價值，才去調查該書的評價。

▲ 選項3　文中並沒有提到「書評からとらえておく／從書評中掌握」。

▲ 選項4　文中並沒有提到「有名な人かどうか／是否為名人」。

59　　　　　　解答：**3**

▲ 要掌握底線部分①前面的「そのために／為此」所指的內容。這裡指的是「その本が自分の目的に合う本なのか、読む価値があるのか／那本書是否符合自己讀書目的呢？是否具有閱讀的價值呢？」因此選項3正確。

60　　　　　　解答：**1**

▲ 下一段寫道「読書に入る前に十分な準備作業をして取り掛かれば、実際に読み終わった後、本の内容を表面だけの理解にとどまらず、著者の主張を真に生きたものとして吸収出来る／只要在開始讀書之前做足準備，實際讀了之後，對書的內容便不僅是表面上的理解，也能真正內化作者的主張」。因此選項1正確。

61　　　　　　解答：**2**

▲ 請見最後兩段。從「自分と向き合うことは、自分を高めるだけでなく、発想力を養うことにも役立ち、新たな自己発展のヒントも得られ、未知の新たな世界へ旅立つきっかけも与えてくれる／面對自己不僅可以自我提升、培養想像力，也可以得到自我發展的啟示，抑會成為去旅行、探索未知世界的動機」可知選項2正確。

《其他選項》

▲ 選項1　「手当たり次第に／手邊有什麼書就看什麼」和文章內容不符。

▲ 選項3　「興味のない分野の本を読むことで／

閱讀自己沒興趣的書種」和文章內容不符。

▲ 選項4　「気軽に本と向き合う／輕鬆地閱讀」和文章內容不符。

62　　　　　　解答：**1**

▲ A在提到「なるべく早い時期から始める方が／盡早開始的人…」「子供を早くから専門的な指導者の下で教育すると／讓孩子從小就接受專業教師的教導…」「早期教育が子供の成長発達に大いに役立つことを知れば／若能了解早期教育對孩子的成長和發展有很大的幫助…」等等，B提到「果たして子供の早期教育は、いいことばかりであろうか／讓孩子接受早期教育，真的只有優點沒有缺點嗎」等等，可知A和B在談論的是早期教育的好壞，也就是優缺點。

《其他選項》

▲ 選項2　A和B都沒有特別敘述關於「親の役割／父母應承擔的角色」。

▲ 選項3　有敘述到「弊害／弊病」的只有B。

▲ 選項4　「結果/結果」都不是A、B的觀點。

63　　　　　　解答：**3**

▲ A提到「早期教育は多少親からの強制であっても、教育の最中に子供が興味を覚え、やる気も出てくればその後の各種の技能の習得にも大きな力となる／早期教育雖然或多或少是在父母強行主導之下採行的，但只要孩子在學習的過程中萌生興趣，產生學習的心，將對未來學會各種技能有極大的助益」，積極提倡早期教育。

▲ B則以「習い事がいやになったりして興味を失くしかねない／說不定會變得討厭上課後才藝班，反倒失去學習的興趣」「本来の自由な子供らしさが失われ、子供の心が傷ついてしまうかもしれない／說不定會使孩子失去了與生俱來的自由奔放，傷害了孩子的心靈」陳述早期教育的弊病，並以「早期教育にはかなり問題が多いと言える／可以說，早期教育有不少問題」作為結論。因此選項3正確。

《其他選項》

▲ 選項1　B對於「子供に競争させて／讓孩子參

與競爭」抱持疑問。

▲ 選項2　A指的「子供にやる気があれば／只要孩子有幹勁」是在學習中產生幹勁。

▲ 選項4　A沒有說是「当然の義務／理所當然的義務」，B「いい加減な性格にしてしまう／讓孩子養成敷衍的個性」也不正確。

問題12　P211-213

64　解答：3

▲「半端」原本是指不徹底、模稜兩可，但在這裡並不是「中途半端／半途而廢」的意思，而是以否定形來表示非常多。因此選項3正確。

65　解答：2

▲ 第三段寫道寄給孩子的生活費變少了。文中提到「現在の厳しい社会状況では、入学後の経済負担は大変なものだ／在嚴峻的社會現況之下，上學後的經濟負擔相當沉重」，由此可知生活費變少的原因是嚴峻的社會現況。

《其他選項》

▲ 選項1、3、4都沒有提到學生的生活費或學費、註冊費和父母的生活費。

66　解答：3

▲ 最後一段「そもそも奨学金は／獎學金原本是」之後，作者提出了對於獎學金的看法。作者認為「誰にもただで支給され、返還義務のない給付型であるべき／應該採取任何人都可以領取，並且沒有返還義務的支付型獎學金」。

67　解答：4

▲ 文章最後提到「学生たちが、お金の心配なく勉学に専心できるような国を挙げての奨学金制度を早急に作り直さなければならない／為了成為使學生們可以專注學習，不必為錢煩憂的國家，應該儘快重新制訂一套獎學金制度」是作者最想表達的意思。

《其他選項》

▲ 選項1　「親からの仕送りを多くするべき／父母應該多寄一些生活費」文章並未提及。

▲ 選項2　「大学の授業料を無料にするべき／大學應該改為免學費」文章並未提及。

▲ 選項3　整句都不正確。

問題13　P214-215

68　解答：2

▲ 通知函裡提到「書道教室新年親睦会を、下記のとおり開催いたします／在書法教室舉行新年聚會，詳情如下」，因此以「新年会のお知らせ／新年聚會的通知」為名稱最為合適。

69　解答：4

▲「お茶の用意をしますので／我們會備茶」意思是銀座教室會準備茶水讓大家享用，而不是贈送茶葉讓大家帶走。因此答案為選項4。

《其他選項》

▲ 選項1在通知函一開始就提到了。

▲ 選項2、3則是寫在回函中讓大家勾選。

第 **5** 回　聴解

問題1　P216-219

例　解答：2

▲ 從女士跟男士說「飲み物がなくちゃ乾杯できないじゃない。私たちが買って行くことになってたのに／沒有飲料不就沒辦法乾杯嗎？我們被派的任務是購買飲料的說」可得知目前宴會上沒有飲料，導致宴會無法開始。

▲ 再加上男士最後說「まあね。とにかく急ごう。あのスーパーならいろいろありそうだよ／算了！總之加緊腳步，那家超市的話應該什麼都有吧」。可知兩人接下來要做的是選項2「飲み物を買う／購買飲料」。

《其他選項》

▲ 選項1　這是男士抵達前使用的交通工具。

▲ 選項3　兩人雖在前往宴會的途中，但這並不是接下來要做的事。

▲ 選項4　蛋糕男士一早在家裡就做好了。

1
2
3
4
5
6

1

解答：3

▲ 男士表示昨天開會的會議紀錄還在寫，完成以後會在今天之內傳送給經理。因此選項3正確。

《其他選項》

▲ 選項1和選項2，明天男士才會從課長那裡收到檔案，所以今天無法整理圖檔，且檔案是傳給經理而非課長。

▲ 選項4，男士是明天出發去香港出差一個星期。

2

解答：1

▲ 兩人起初商量不在機場吃午餐，而是到市區再吃。接著兩人決定參觀市區前先去參觀博物館，但是到博物館要花一個多小時，所以兩人還是決定一到機場就吃午餐。因此選項1正確。

《其他選項》

▲ 選項2　對話提到參觀市區的行程可以挪到博物館之後。

▲ 選項3　兩人決定在機場吃過午餐後再前往博物館。

▲ 選項4　找好吃的拉麵店是晚上的事。

※ 補充：「腹が減っては戦ができぬ／餓著肚子可沒辦法打仗」這是一句諺語，意思是肚子餓的話就無法完成要緊的事，所以做事之前要先填飽肚子。

3

解答：3

▲ 由於搬家公司上午時段的預約已經額滿了。所以只能約下午五點，但五點離開舊家的話，到新家的時間大約是晚上八點，恐怕整理不完。女士也說「時間帯が合わないので／搬家的時段我不方便」也就是說因為無法預約想要的時段，所以女士拒絕了。

《其他選項》

▲ 女士沒有提到關於其他選項的內容。

4

解答：4

▲ 女學生提議借傘給男學生。男學生原本拒絕了女學生的提議，並且說希望可以跟女學生一起撐傘到車站。女學生回答自己下一堂還有課，而且也當作償還先前借筆記的人情，所以女學生還是將傘借給了男學生。

《其他選項》

▲ 選項1　男學生提到沒有錢買傘。

▲ 選項2　男學生原本說在女學生上課時，男學生會在圖書館等她，但最後決定要借傘就不用去圖書館了。

▲ 選項3　女學生下一堂還有課。

※ 詞彙補充：「お返し／還人情」從對方那裡得到恩惠後的回報。

5

解答：1

▲ 醫生提議說可以轉介病患到綜合醫院檢查。病患提到要做檢查就必須得向公司請假，所以醫生建議先吃藥繼續觀察，如果沒有改善再去做檢查。

《其他選項》

▲ 選項2　並沒有決定吃藥後就去做檢查。而是吃藥繼續觀察，如果沒有改善再去做檢查。

▲ 選項3　要先吃藥觀察，而非直接去醫院。

▲ 選項4　醫生提到用不著向公司請假，但是請不要喝酒、抽菸。

※ 文法補充：「～いかんによらず／無論…」是不管前項如何的意思。對話中的「胃の具合いかんによらず／不管位的狀況如何」是不管胃部的症狀是否緩解的意思。

6

解答：3

▲ 請邊聽邊作筆記！

滑雪的裝備和滑雪靴：在滑雪場租借。

滑雪裝：還在猶豫該怎麼辦。也可以借妹妹的來穿。

襪子：原則上先購買。對話中提到應該平常也有機會穿。

手套：向妹妹借。

帽子：家裡應該有。

滑雪褲：決定在這家店買。

▲ 因此，要買的有襪子和滑雪褲。

※ 補充：「借りてく／去借」是「借りていく」的省略說法。常用於口語說法。

問題2　　　　　　　　　　　P220-224

例

解答：4

▲ 男士在對話中提到「あの会議室は椅子がだめだね／那間會議室的椅子不行啦」，女士下一句附

和説「椅子は柔らかければいいというわけじゃ
ないね／椅子並不是軟就好呢」,「というわけ
じゃない／並不是説」表示否定前面「椅子軟就
好」的情況,由此得知答案是選項4「会議室の
椅子が柔らかすぎるから／因為會議室的椅子太
軟了」。

《其他選項》

▲ 選項1　女士問「パソコン、使いすぎなんじゃ
ないの／是不是過度使用電腦了？」,男士否定
説「今日は2時間もやってないよ／今天也用不
到兩小時啊」,可知選項1不正確。

▲ 選項2　男士雖然喝了四杯咖啡,但這並不是造
成肩膀痠痛的原因。

▲ 選項3　男士雖説部長説話冗長,聽得好累,但
這也不是造成肩膀痠痛的主要原因。

1　　　　　　　　　　　　解答：**2**

▲ 男士原本以為公司和 Global Click 已經談妥要簽
約,卻發現對方和其他公司簽約了。男士正因此
感到沮喪。

《其他選項》

▲ 選項1　男士提到前同事木島先生神采奕奕,讓
人放心不少。

▲ 選項3　這是對話中沒有提到的內容。

▲ 選項4　男士提到已經請木島先生介紹 Global
Click 的矢田先生給他認識了。

2　　　　　　　　　　　　解答：**4**

▲ 男士無法好好和女士討論,因為從第一幕到第三
幕,無論哪個故事他都看不懂、無法理解。因此
正確答案是選項4。

3　　　　　　　　　　　　解答：**2**

▲ 女士提到工作變多也是沒辦法的事,但説道「出
張が増えるのが厄介かなって／出差的次數增加
了,有點困擾」,「厄介／麻煩」是指費事、繁瑣
的樣子。

《其他選項》

▲ 選項1　女士提到應該趕得上。萬一來不及,就
搭計程車回去。

▲ 選項3　對於工作變多,女士認為是「しょうが
ない／沒辦法」的事。

▲ 選項4　女士完全沒有提及男士的工作態度。

4　　　　　　　　　　　　解答：**3**

▲ 女老師提出的觀光地點,因為以下理由所以不合
適。
鎌倉：因為春季一日遊去過了,所以不想再去。
廣島、京都、北海道：太遠了。

▲ 因此,日光是不錯的選擇。

※補充：「行きましたっけ／去過了吧」的「～たっ
け／…吧」是向對方確認自己不確定的事情的説法。

5　　　　　　　　　　　　解答：**3**

▲ 男士家住太遠,所以在宴會中途先離場了。之後
經理喝得很醉,給女士及同事添麻煩了,聽了
女士描述昨日慘況,男士便對女士説：「いろい
ろとすみません／各種事情真是不好意思」以表
示歉意。

《其他選項》

▲ 選項1　男士參加了宴會,只是比大家更早離場。

▲ 選項2　在宴會中喝得爛醉的是經理。

▲ 選項4　女士雖提到「おいしい店だった／那家
店的餐點很好吃」,但這並非男士道歉的埋由。

6　　　　　　　　　　　　解答：**4**

▲ 男士提到為了讓對方願意聆聽自己的説明,必須
學習自家公司產品的相關資訊,然後反覆練習如
何介紹。男士説道「練習しておかなければなり
ません／必須事先練習才行」,因此選項4是正
確答案。

《其他選項》

▲ 選項1　這是演講中沒有提到的內容。

▲ 選項2　盡量接觸人群並非男士強調的重點。

▲ 選項3　男士認為花太多時間在電腦上製作資料
並無益處。

※文法補充：「～を余儀なくされる／不得不…」
表示被迫必須做某事。

7　　　　　　　　　　　　解答：**1**

▲ 面試官提到「日本語学校の時、欠席が多かっ
た／在日語學校的那段時間似乎經常缺課」,對
於這位學生就讀日語學校時經常缺課而感到疑
憂,最後才決定不錄取這位學生。

《其他選項》

▲ 選項2，男面試官提到該學生報考的動機相當明確。

▲ 選項3和選項4，女面試官提到沒有深入了解本校可能只是緊張而一時口誤，因此太緊張並非不錄取的理由。

※ 詞彙補充：「見送る／觀望」指不決定、保持原樣。例句：

・社員に採用するのを見送る／暫時不錄取員工。

問題3　　　　　　　　　　　　　　P225

例　　　　　　　　　　　　　　解答：3

▲ 對話中列舉了汽車相關的內容。從「一般的な4ドアのセダンだと／就一般的四門轎車而言」、「フロントガラスの形も変わってきていますね／前擋風玻璃的造型設計變化也是永不停息呢」、「使うガソリンの量が減ったことです／石油的消耗量也減少了」，可知正確答案是選項3。當然，若一開始能夠聽出「セダン／轎車」這個單字，本題就能迎刃而解了。

《其他選項》

▲ 選項1　電腦不會有四個門、前擋風玻璃及使用石油。

▲ 選項2　空調不會有四個門、前擋風玻璃及使用石油。

▲ 選項4　機車不會有四個門。

1　　　　　　　　　　　　　　解答：2

▲ 女士談話的走向如下：

▲ 東京的研究團隊發表了調查報告：東京二十三區內實際的街友數量，是國家或地方自治團體的調查報告的兩倍以上。

▲ 這個團隊在今年一月的深夜時段，到新宿、澀谷及豐島這三區調查了在街上生活者的人數，合計大約是670名。從這份調查報告推測，全二十三區內的街友人數，應該是都政府或區公所調查的2.2倍以上。因此有人對以往的調查方法提出質疑。

▲ 因此，選項2是正確答案。

《其他選項》

▲ 選項1　根據都政府或區公所的調查，街友人數

自1999年夏天開始持續減少。

▲ 選項3　有人認為街友的減少反映出雇用狀況的改善。

▲ 選項4　這是談話中並沒有提到的內容。

2　　　　　　　　　　　　　　解答：4

▲ 母親對父親說「あまり気を取られないものにして／要買不會讓他分心的東西」，可知送給兒子的禮物只要是會讓應考生分心的東西全都不行，也就是說，妨礙讀書的東西全都不行。

《其他選項》

▲ 選項1，雖說不能送會妨礙讀書東西，但並沒有說要送對功課有幫助的東西。

▲ 選項2和選項3，父親和母親都沒有提到有益健康的東西和能讓心情放鬆的東西。

※ 補充：選項3的「気晴らし／散心」是指轉換心情，使人心情舒暢的意思。

3　　　　　　　　　　　　　　解答：3

▲ 從「課長はチームワーク第一の人／課長是將團隊合作視為第一優先的人」可知課長很重視團隊協調性，由此可知正確答案是選項3。

《其他選項》

▲ 選項1　女士提到「次々に仕事を任せてくる／把工作一件又一件往我們身上堆」後，男士則說以課長的立場只能這麼做。

▲ 選項2　課長對部屬較嚴格。

▲ 選項4　雖然對話中提到課長會為每個員工著想，但並沒有說課長是個人主義者。

※ 補充：

◇「口が滑る／脱口而出」指無意中說出來了。

◇「上／上司」是上級、長輩的意思。

4　　　　　　　　　　　　　　解答：4

▲ 女學生說自己領悟到了「負けるもんかと思ったからこそ、必死で頑張って／在感到快要不行了的時候，拼命的努力」也就是打擊愈大，會相對激發出絕大的爆發力。因此選項4是正確答案。

《其他選項》

▲ 選項1，雖然女學生說「あきらめようかと思った／原本想放棄了」，但並沒有說領悟到一旦放

棄就無法挽回了。

▲ 選項2和選項3都是教授説的，並非女學生學到的。

5　　　　　　　　　　　　　　　解答：2

▲ 男士在飛機上説了「こんなところから落ちたりしたら／萬一在這麼高的地方墜機」、「なんで飛行機はこんなところを飛べるのか不思議／飛機居然能在這麼高的地方飛行，實在不可思議」，又説回去想搭船，由此可見他懼高。

《其他選項》

▲ 選項1　雖然男士提到「機内食どころじゃない／沒心情想飛機餐」，但並不表示他不喜歡吃飛機餐。

▲ 選項3　飛機不晃動就沒意思了是女士説的。

▲ 選項4　對話中沒有提及噪音。

6　　　　　　　　　　　　　　　解答：4

▲ 男士説要用玻璃隔出一間隔音的房間當作產品檢查室。對於這個要求，女士回答「ひと通り測ってみて、写真を撮って、社に帰って見積もりを出します／我先丈量和拍照，回到公司後再給您估價單」的部分，由此可知女士是一位建築師。

《其他選項》

▲ 選項3　設計師是指賦予作品設計感，使其達到視覺效果的工作。建築師則是指從設計到建構，整合、實踐各種建築結構甚至設備的工作。由此可見，建築師更符合女士的工作。

問題4　　　　　　　　　　　　　　P226

例　　　　　　　　　　　　　　　解答：1

▲ 對方語帶鼓舞的説「張り切ってるね／真是幹勁十足啊」，是「元気があふれている。大いに意気込む／精神飽滿。積極奮力」的意思，這時要回答表示原因的選項1「ええ、初めての仕事ですから／是啊，因為這是我第一份工作啊」語含感謝對方對自己積極態度的關注。

《其他選項》

▲ 選項2　這是表示狀況、程度的説法，是被詢問「ずいぶん長旅になりましたね／旅途期間真是久啊」等的回答。

▲ 選項3　這是表達內心不安或能力不足時的心理狀況，是被詢問「今回も駄目か／這次也不行啊」等的回答。

1　　　　　　　　　　　　　　　解答：1

▲ 從男士提到的「こんな雨／這點小雨」、「傘をさすまでもない／用不著撐傘」可知這場雨是小雨。因此回答不必買傘的選項1是正確答案。

《其他選項》

▲ 選項3　因為男士説「こんな雨／這點小雨」，所以可知現在正在下雨。

※ 補充：「～までもない／用不著…」表示還不到需要做前項的程度。

2　　　　　　　　　　　　　　　解答：2

▲ 這是提醒拚命工作的人不要太勉強自己的情況。應該要回答選項2表示會休息。

《其他選項》

▲ 選項1是對偷懶的人説「頑張りなさい／要努力一點」時，對方的回答。

▲ 選項3是當對方説「もういい加減に休みなさい／你真的該休息了」時的回答。

3　　　　　　　　　　　　　　　解答：3

▲ 這是男士在抱怨每天都熱得受不了的狀況。表示同意的説法是選項3。

《其他選項》

▲ 選項1是當對方説「だいぶ涼しくなってね／變得相當涼爽了呢」時的回答。

▲ 選項2是當對方説「今年の夏は涼しい／今年夏天真涼爽」時，認同對方的回答。

4　　　　　　　　　　　　　　　解答：2

▲ 這是被批評明明不是新進人員，竟然不知道人事經理的名字的狀況。應回答選項2表示自己感到很羞愧。

《其他選項》

▲ 選項1是當對方説「もう、当然人事部長の名前も知ってるよね／真是的，你肯定知道人事經理的名字吧？」時的回答。

▲ 選項3是當對方説「人事部長の名前、新入社員

にも紹介したね／已經和新進人員介紹過人事經理的大名了」時的回答。

※ 文法補充：「～じゃあるまいし／又不是…」是「～ではないのに／明明不是…」、「～ではないにもかかわらず／儘管不是…」的意思。本題是在批評對方「新入社員でもないのに、人事部長の名前を知らないのか／明明不是新進人員，竟然連人事經理的名字都不知道嗎？」。

5　　　　　　　　　　　　　解答：**1**

▲ 女士説再多等兩天，也就是希望對方能等到後天的意思。可回答選項 1 表示了解。

《其他選項》

▲ 選項 2 是當對方説「できるまであと何日か待ちましょうか／請問還要等幾天才能完成呢？」時的回答。

▲ 選項 3 是當對方説「あと二日ではとてもできません／實在沒辦法趕在兩天之內完成」時的回答。

※ 文法補充：「できないこともない／也不是無法」否定了「できない／無法」，所以是「できる／可以」的意思。

6　　　　　　　　　　　　　解答：**2**

▲ 男士説因為遇見了女朋友，所以才能過著愉快的人生。聽見男士這麼説，可回答選項 2「よかったね／值得慶幸」表示替他感到開心。

《其他選項》

▲ 選項 1 是當對方説「彼女に会えなかったから、僕のこれまでの人生は寂しいものだったよ／因為沒有遇見她，所以我一直過著孤獨的人生」時的回答。

▲ 選項 3，因為事實是有遇見女朋友，所以並沒有過著孤獨的人生。

7　　　　　　　　　　　　　解答：**1**

▲ 這題是男科長和女部屬的對話。女部屬正在對男科長抱怨他根本不了解這個案子，男科長應接著解釋。因此選項 1 正確。

《其他選項》

▲ 選項 2 和選項 3 誤解了「私に言わせてもらえば／請容我説一句」的意思。

※ 補充：「私に言わせてもらえば／請容我説一句」

是「遠慮なく言ってよければ／如果讓我直説」的意思。用在要説難以開口的事情時。例句：

・ 私に言わせてもらえば、いちばん悪いのはあなたよ／請容我直説，最糟糕的就是你了。

8　　　　　　　　　　　　　解答：**3**

▲ 這題是看到孩子們「目をきらきらさせて／睜大了眼睛」津津有味地聽著故事時説的話。應該是聽得很開心，所以選項 3 正確。

《其他選項》

▲ 選項 1 和選項 2，聽見無聊或恐怖的故事時，並不會睜大眼睛聽得津津有味。

9　　　　　　　　　　　　　解答：**2**

▲ 女士正在為後天要出差所以無法聯絡的狀況向男士道歉，「控える／暫時不…」是暫緩的意思。回答選項 2 表示了解與接受最適切。

《其他選項》

▲ 選項 1 是當對方説忙到沒時間出差時的回答。

▲ 選項 3 是當對方説一直忙到今天所以無法出差時的回答。

10　　　　　　　　　　　　解答：**1**

▲ 這是在為沒有提早到這裡而後悔的狀況。本題的「こんなこと／這種事」是指全數售完。也就是選項 1 的「ぜんぶ売り切れちゃう／銷售一空」。

《其他選項》

▲ 因為題目是在為沒有提早來感到後悔，因此回答選項 2 和選項 3 都不合邏輯。

11　　　　　　　　　　　　解答：**2**

▲ 這題的狀況是女士説明已經拜託山口先生了，可是他遲遲不肯答應。「うんと言う／點頭答應」就是應允的意思。可回答選項 2，建議她試著繼續和山口先生交涉，或許他最後就會答應了。

《其他選項》

▲ 選項 1 是當對方説「山口さんに頼んだら、承知してくれました／我一拜託山口先生，他立刻答應了」時的回答。

▲ 選項 3 如果是「きっとよく分からなかったんだろう／他一定是不太了解（實際狀況）吧」則正確。

12
解答：1

▲ 題目問說是不是什麼也沒有告訴川上小姐，如果沒有告訴她，應該回答「はい、伝えませんでした／對，沒有告訴她」。如果有告訴川上小姐，則應回答「いえ、伝えました／不，已經告訴她了」。因此，選項1的說法是正確的。其他選項錯誤。

13
解答：3

▲「続けませんか／不繼續嗎」是繼續下去比較好的意思。可回答選項3，表達自己的意見。

《其他選項》

▲ 選項1如果回答「続けようと続けまいと、私たちの自由です／要不要繼續都是我們的自由」，則為正確答案。

▲ 選項2女士並沒有說「結論が出た／做出決議」，而且如果做出決議，會議也就結束了。

問題5
P227-228

1
解答：3

▲ 女學生雖然想加入有許多留學生的社團，但可以的話更希望是「いっしょに人の役に立つような／一起助人」、「いっしょに社会の役に立つ／一起對社會有所貢獻」這類的社團。符合這個目的是選項3。

《其他選項》

▲ 選項1　對話中沒有提到日本畫。

▲ 選項4　女學生並不是要「日本文化を紹介する／介紹日本文化」，相反的，她說想了解留學生國家的文化。因此她最感興趣的是有許多留學生的服務性社團。

2
解答：1

▲ 對話中提到客戶多是「大家さんや建築会社、銀行など／房東、建設公司或銀行等」，「大家／房東」是指出租房屋的人。而和房東及建設公司有密切關係的是選項1「不動産会社／不動產公司」。不動產公司的業務是代表屋主出售或租賃房屋、土地給需要的客人。

※ 補充：「不自由しない／沒有問題」意思是不會感到困擾。

3-1
解答：4

▲ 律師提到要解決鄰居糾紛，最重要的前提就是「今後もつきあいが続くということを頭において対処する／應對時必須記住，雙方日後仍須保持往來這一點」。因此選項4正確。

※ 補充：「頭におく／放在心上」表示會記住不忘記。

3-2
解答：2

▲ 從爸媽和女兒的對話中可以判斷出，這一家人對於鄰居夫婦的經常關照感到非常感激。對話最後也做出明確的結論，說「本当。ありがたいわね／真的很感謝她呢」。

《其他選項》

▲ 選項1和選項3，女兒提到酒井先生「顔はちょっと怖いけど、優しい／長相雖然有點可怕，但其實心地很善良」。

▲ 選項4，對話中沒有提到「口うるさい／嘮叨」。

第6回 言語知識（文字・語彙）

問題1
P229

1
解答：4

▲「是」音讀唸「ゼ」。例如：「是非／務必」、「是認／同意」。

▲「正」音讀唸「ショウ・セイ」，訓讀唸「ただしい／正確」、「ただす／改正」、「まさ／真正的」。例如：「改正／修改」。

▲「是正／訂正」是指更正錯誤的部分。

《其他選項》

▲ 選項1　寫成漢字是「訂正／訂正」。

2
解答：4

▲「不」音讀唸「フ・ブ」。例如：「不思議／神秘」、「無作法／粗魯」。

▲「気」音讀唸「キ・ケ」。例如：「気分／心情」、「気力／精力」、「気配／動靜」。

▲「味」音讀唸「ミ」，訓讀唸「あじ／味道」、「あじ－わう／品味」。例如：「興味／興趣」、「趣味／愛好」、「甘い味／甜味」、「味わって食べ

る／嚐嚐味道」。

▲「不気味／毛骨悚然」指由於不知道其真面目而感到害怕的樣子，也可以寫作「無気味」。

3 解答：1

▲「営」音讀唸「エイ」，訓讀唸「いとな‐む／經營」。例如：「営業／營業」、「経営／經營」、「パン屋を営む／經營麵包店」。

▲「営む／經營」是指經營小店舖等等。

《其他選項》

▲ 選項2　寫成漢字是「挑む／挑釁、挑戰」。

▲ 選項3　寫成漢字是「慎む／慎重」。

▲ 選項4　寫成漢字是「歩む／行走」。

4 解答：1

▲「透」音讀唸「トウ」，訓讀唸「す‐く／透過」、「す‐かす／穿過」、「す‐ける／透過；透明」。例如：「透明／透明」、「カーテンを透かして見る／透過窗簾觀看」、「向こうが透けて見える／可以看見另一側」。

▲「通」音讀唸「ツウ・ツ」，訓讀唸「かよ‐う／通勤」、「とお‐す／穿過」、「とお‐る／通過」。例如：「バスで通う／搭巴士通勤」、「押し通す／貫徹到底」、「山道を通る／走過山路」。

▲「透き通る／透明」是指可以穿透看到另一側。

5 解答：4

▲「淡」音讀唸「タン」，訓讀唸「あわ‐い／淺的；些微」。例如：「濃淡／濃淡；深淺」、「淡白／清淡」、「淡いあこがれ／淡淡的憧憬」。

▲「淡い／淡」是指顏色或味道等等淡薄的樣子。

《其他選項》

▲ 選項1　寫成漢字是「粗い／粗糙」、「荒い／粗暴」。

▲ 選項2　寫成漢字是「緩い／緩慢」。

▲ 選項3　寫成漢字是「薄い／薄的」。

6 解答：3

▲「値」音讀唸「チ」，訓讀唸「ね／價格；價值」、「あたい／價格；價值」。例句：「数値／數值」、「価値／價值」、「物の値段／物品的價格」、「見

るに値する作品／值得一看的作品」。

▲「値／數值、價值」是指以文字或算式表示的數值。

《其他選項》

▲ 選項1　寫成漢字是「技／技能」。

▲ 選項2　寫成漢字是「札／牌子」。

▲ 選項4　寫成漢字是「お釣り／找零」。

問題2　P230

7 解答：4

▲ 從句意可推斷，應填入回饋之類的詞語，而選項4「還元／返還」是指將利潤返回給取得之處，因此為正確答案。

《其他選項》

▲ 選項1　「回収／回收」是指把散佈各處的物品收集回來。例如：「ごみの回収／回收垃圾」。

▲ 選項2　「出資／投資」是把資金投入企業等。例句：
・企業に出資する／投資公司。

▲ 選項3　「譲歩／讓步」是指改變自己的一部分或全部主張，聽從他人。例句：
・意見を譲歩して相手に従う／不堅持己見，接受對方的看法。

8 解答：3

▲ 要表達大部分的居民應用選項3「大多数／大多數」指接近全數。

《其他選項》

▲ 選項1　「最大数／最大數字」是指最大的數字。例句：
・1から10までの最大数は10だ／從1到10的最大數字是10。

9 解答：1

▲ 因為對方是很誇大的誇獎，因此應用「お世辞／應酬話」指為了讓對方高興而過度誇獎的褒詞。

《其他選項》

▲ 選項2　「愚痴／牢騷」是指就算說了也無濟於事的抱怨。例句：
・愚痴をこぼす／發發牢騷。

▲ 選項 3 「お説教／訓誡」是指為了讓對方做正確的事而勸導。例句：
・父のお説教が始まった／老爸又開始說教了。

▲ 選項 4 「お節介／多管閒事」是指無謂的操心。例句：
・お節介を焼く／愛管閒事。

10
解答：2

▲ 下有部下，上司有上司，可知題目所說的是課長的「ポジション／位置」指所站的位置、職位及立場。

《其他選項》

▲ 選項 1 「プレゼン／發表」是「プレゼンテーション／發表簡報」的簡稱。

▲ 選項 3 「レギュラー／正規的」是「レギュラーメンバー／正規選手」的簡稱。例句：
・サッカーチームのレギュラーになる／成為足球隊的正選隊員。

▲ 選項 4 「エリート／菁英」是指在某集團中，被評選為優秀的人。例如：「エリート教育／菁英教育」。

11
解答：1

▲「手を引く／縮手」是指放棄正在做的工作。題目提到Ａ社倒閉，因此同業紛紛縮手符合邏輯。

《其他選項》

▲ 其他選項如果接上「〜を引く」的句型則語意不通。

12
解答：2

▲ 從前後文可推出句意是要對方順便買東西，「ついでに／順便」是指做某事時一起順手、連帶的做其他的事。

《其他選項》

▲ 選項 1 「ひいては／進而」是指以該事作為原因，而涉及到下一事物。例句：
・ちょっとした油断がひいては大事故につながる／一點點疏忽將會導致嚴重的事故。

▲ 選項 3 「そもそも／到底」是指強調事情的原因或開端。例句：
・そもそも喧嘩の原因は何なのか／到底為什麼吵架呢？

▲ 選項 4 「てっきり／一定」是指斬釘截鐵認定。例句：
・てっきりそうだと思ったのに、違っていた／原本以為一定是這樣，結果我錯了。

13
解答：3

▲ 由於是要形容對「私の言い方／我的說法」的感覺，選項 3「気にさわる／感到不悅」意思是覺得不愉快損傷感情。帶入句中最為合理。

《其他選項》

▲ 選項 1 「きにやむ／介意」是指為一點小事擔心、發愁。例句：
・病弱なことを気にやむ／擔心生病。

▲ 選項 2 「気にかかる／掛心」是指總是惦記著，放心不下。例句：
・妹のことが気にかかる／擔憂妹妹。

▲ 選項 4 　沒有「気にしみる」這種說法。

問題3
P231

14
解答：4

▲「手入れ／照料」指整理得很整齊、照顧得很周到。意思相近的是選項 4「世話／照顧」指照顧人或動植物等等。

《其他選項》

▲ 選項 1 「購入／買進」是指付錢購買。例句：
・家を購入する／買房子。

▲ 選項 2 「処分／處分」是指丟掉不需要的物品。例句：
・壊れた電気器具を処分する／丟棄壞掉的家電用品。

▲ 選項 3 「分担／分擔」將工作分成不同部分各自負責。例句：
・仕事の分担を決める／決定工作分擔。

15
解答：2

▲「一挙に／一舉」是指一下子、一個動作，事情就全部一起完成或發生的樣子。選項 2「一度に／同時」指一下子，意思相近為正確答案。

《其他選項》

▲ 選項 1 「ようやく／終於」是指好不容易才結束的心情。例句：

- 作品がようやく完成した／作品終於完成了。

▲ 選項3 「素早く／迅速的」指反應、動作很快。
例句：

- 素早く隠れた／迅速地躲起來。

▲ 選項4 「簡単に／簡單」是指不複雜、容易的
樣子。例句：

- 簡単に答える／簡單地回答。

16 解答：**1**

▲「控える／暫不…」有節制的意思，而在這裡是
指暫時不做。意思相近的是選項1「やめる／停
止」指停下來不繼續做某事。

《其他選項》

▲ 選項2 「ことわる／拒絕」是指回絕對方的請
求、申請等。雖然回答選項1「やめて／停止」
和選項2「ことわって／拒絕」的結果是相同的，
但意思不同。例句：

- 参加をことわる／拒絕參加。

▲ 選項3 「待つ／等」是指暫停一會兒。例句：

- 回復を待って面会をしてください／請先等待身
體康復再行會面。

▲ 選項4 「延期する／延期」是指延長期限。例句：

- 雨のため、運動会は延期します／運動會因雨延期。

17 解答：**1**

▲「勝手な／任意」是只顧自己方便的樣子。意思
相近的是選項1「わがままな／任性」指想做什
麼就做什麼。

《其他選項》

▲ 選項2 「勝手な／任意」不限定用於「一人だ
け／只有一人」。

▲ 選項3 「別方向の／不同方向的」是指方向與
其他人不同。例句：

- 一人だけ別方向の道を行く／只有自己一個人走上
不同的道路。

▲ 選項4 「危険な／危險的」指有風險、不安全
的樣子。例句：

- 危険な道を避ける／避開危險的道路。

18 解答：**3**

▲「仕切る／隔開；掌管」雖有間隔開來的意思，但

在這題是指掌管，也就是成為主要管理者的意思。
意思最接近的是選項3「まとめる／彙整」是巧
妙地歸納的意思。

《其他選項》

▲ 選項1 「紹介する／介紹」是指居中牽線。例句：

- 兄を先生に紹介する／將哥哥介紹給老師。

▲ 選項2 「昇進する／晉升」是指職位或地位上
升。例句：

- 部長に昇進する／晉升為經理。

▲ 選項4 「進める／推動」是指推動事情往前進
展。例句：

- 計画の実行を進める／推動執行計畫。

19 解答：**4**

▲「投げ出す／投擲、放棄」除了投出去的原意之
外，也用於形容做事半途而廢。意思相近的是選
項4「途中でやめる／半途放棄」也是指做到一
半不做了的意思。

《其他選項》

▲ 選項1 「断る／拒絕」是指不接受請託或邀約。
例句：

- 友達の誘いを断る／拒絕朋友的邀請。

▲ 選項2 「他の人に頼む／拜託其他人」。例句：

- 自分の仕事を他の人に頼む／把自己的工作交託給
別人。

▲ 選項3 「安く売る／賤賣」指便宜售出。例句：

- 古着を安く売る／賤賣舊衣服。

問題4 P232-233

20 解答：**2**

▲「順調／順利」是指事情的進展毫無阻礙。例句：

- マンションの工事も順調に進んでいる／大廈的
工程也進行得很順利。

《其他選項的用法及正確用語》

▲ 選項1 「問題は全部で5問あります。1番か
ら5番まで順番に答えてください／一共有五個
問題，請從一到五依序作答」。

▲ 選項3 「景気の悪化に伴い、失業者数は漸次
増加している／隨著景氣變差，失業的人數也逐

漸增加」。

▲ 選項4 「この湖には、水を求めて野性のシカがどんどん集まってくる／這個湖邊漸漸聚集了許多來找水喝的野生小鹿」。

21　　　　　　　　　　　解答：**1**

▲「重んじる／重視」是指看重、珍視想法、心情或常識。例句：

・結婚に際しては、相手の誠実さを重んじます／論及婚嫁時要注意對方是否誠實。

《其他選項的用法及正確用語》

▲ 選項2 「未成年者の犯罪は、近年若くなる傾向にある／未成年犯罪近年來有低齡化的傾向」。

▲ 選項3 「無理をしたので、腰痛が重くなってしまった／太過勉強自己，結果腰痛又更嚴重了」。

▲ 選項4 「たくさんの失敗を重ねて、人は成長する／經過不斷的失敗，人才會成長」。

22　　　　　　　　　　　解答：**3**

▲「費やす／耗費」是指花費時間或金錢的意思。例句：

・トンネルの完成には長い年月を費やした／隧道的完工耗費了漫長的歲月。

《其他選項的用法及正確用語》

▲ 選項1 「子どもの教育のため、無理をしてでも学費を工面する親は多い／許多家長為了孩子的教育，無論如何也要籌到學費」。

▲ 選項2 「大学の寮で暮らしていた頃は、友人たちと有意義な時間を過ごしたものだ／大學住宿舍的那段日子，我和朋友們度過了非常有意義的時光」。

▲ 選項4 「ダムの建設には、多くの作業員を動員した／為了建設水庫，動員了多位工作人員」。

23　　　　　　　　　　　解答：**2**

▲「きっかり／恰恰」是指數量、時刻等精準、正好、剛好的意思。例句：

・地震の寄付がきっかり100万円集まった／籌措到整整100萬圓的地震賑災捐款。

《其他選項的用法及正確用語》

▲ 選項1 「この車は小さいから、4人乗ったらちょうどだ／這輛車很小，坐四個人剛剛好」。

▲ 選項3 「この料理には赤ワインがぴったりですね／這道料理與紅酒搭配得十分完美」。

▲ 選項4 「彼女はいつもすっきりした服装をしている／她總是穿得乾淨整潔」。

24　　　　　　　　　　　解答：**4**

▲「取り組む／致力於」是指熱衷投入於某事物的意思。例句：

・難しい研究に取り組む／致力於艱苦的研究。

《其他選項的用法及正確用語》

▲ 選項1 「会社のお金をこっそり横領したのが知られ、首になった／私吞公司資金的事被人發現後，他就被開除了」。

▲ 選項2 「この村では、毎年秋に盛大な収穫祭が催される／這個村子每年秋天都會舉行盛大的豐收祭」。

▲ 選項3 「迷いがなくはなかったが、思い切って出発した／雖然仍有一絲猶豫，還是下定決心出發了」。

25　　　　　　　　　　　解答：**1**

▲「引き返す／返回」是指回到原本的地方。例句：

・友達によく似た人を見かけて引き返したが、人違いだった／我看到與朋友長得很像的人，於是走回去確認，結果認錯人了。

《其他選項的用法及正確用語》

▲ 選項2 「問い合わせの電話があったので、すぐに調べて折り返した／接到打來詢問的電話，所以我立刻查詢並回覆了」。

▲ 選項3 「意地悪をされたので、倍にして返してやった／因為被刁難，所以我加倍奉還了」。

▲ 選項4 「このチケットは1000円相当の品物と引き換えることができます／這張券可以兌換價值千元的商品」。

26　解答：1

▲「～ものだ／就該…、就是…」用在談論人類和社會的道德或常識時。將題目想成「A（　）B ものだ」，換句話說就變成「Aのとき、いつも B／A的時候，總是B」。而能使這個意思成立的是選項1「と／一…就…」表示發生前項，就一定會接著發生後項。例句：

・大人になると、子どもの頃の気持ちは忘れてしまうものだ／一旦長大成人，兒時的感受也就隨之淡忘了。

・春になると桜が咲きます／一入春後櫻花就會開了。

・このボタンを押すとおつりが出ます／一按下這個按鈕就會掉出零錢。

※文法補充：「ものだ」也可以用來形容過去的習慣，或用於表達對某事有強烈的感觸等等。

27　解答：2

▲「（名詞）ならでは／正因為…才有的」是評論只有前項才有、只有前項才能做到的說法。例句：

・映画のラストシーンは素晴らしかった。演出に定評のある松田監督ならではだ／電影的最後一個鏡頭真是太精彩了！不愧是素有佳評的松田導演執導的作品！

《其他選項》

▲選項3　「（名詞、普通形）なり（の）／盡…所能」是雖然程度不高，但非常努力地做的意思。例句：

・先生がお休みの間、わたしなりに工夫して資料を作ってみました／老師休息期間，我盡己所能地試著努力彙整了資料。

▲選項4　「（名詞）あっての／正因為…才能…」是正因為有前項，才能有後項的意思。例句：

・ファンあってのプロスポーツだ。ファンサービスも選手の仕事と言えるだろう／職業運動團隊必須仰賴球迷的支持才能永續經營，所以嘉惠球迷的福利也該算是選手的工作項目之一吧。

28　解答：1

▲要寫成從事兩個工作的句子，應用選項1「（名詞 - の、動詞辞書形）かたわら／一面…一面…」在這裡表示從事本業的同時，也從事其他工作。例句：

・会社勤めのかたわら、近所の子どもに英語を教えています／一面在公司上班，一面教鄰居的小孩英文。

《其他選項》

▲選項2　「（動詞辞書形／た形）そばから／才剛…就…」表示才做完前項，下一件事馬上又緊接著發生。例句：

・片付けるそばから次の仕事が入って、休む暇もない／正在收尾的時候，下一項工作又來了，根本沒有時間休息。

▲選項3　「（普通形）からには／既然…就…」表示因為前項，當然就要做到後項的意思。例句：

・引き受けたからには、最後までやります／既然接下這份任務，就會做到完成為止。

▲選項4　「（動詞辞書形）ともなく／無意中…」用於表示沒有意識到的樣子。例句：

・テレビを見るともなくみていたら、妹が映っていてびっくりした／不經心地瞥了電視一眼，赫然看到妹妹出現在螢幕上，嚇了我一大跳。

29　解答：3

▲「（動詞た形）ところで／即使…」指即使做前項也沒有用了的意思。例句：

・今から急いで行ったところで、どうせ間に合わないよ／反正就算現在趕過去，也來不及啦！

※補充：「今さら／事到如今」用在表達已經太遲了、為時已晚的句子中。

30　解答：1

▲「（名詞 - の、動詞辞書形、た形、ている形）手前／由於」意思是正因為位於某種立場或發生了某事，後面接表示如果不這麼做，聲望就會下降的句子。例句：

・僕に期待している両親の手前、大学を留年するわけにはいかない／正因為父母對我抱以期待，所以我大學更不能留級。

▲題目表達的是說話者「正因為是自己說了嚴禁遲到，所以說我更沒有立場打破這個規矩」的心情。

31 解答：4

▲「（名詞）ともなると／一旦成為」意思是一旦到達了某個較高的立場或程度。前面接表示程度進步的名詞。題目是「因為已經不是幼兒和小學生，是國中生了」的意思。例句：

・大企業の部長ともなると、休日も接待ばかりだ／一旦成為了大公司的經理，就連假日也是滿滿的應酬。

32 解答：2

▲「（名詞、動詞辞書形）に至って／直到…才…」用於想表達直到前項才初次做某事時。例句：

・妻から離婚届を渡されるに至って、初めて妻の気持ちに気付く夫も少なくないという／據說有不少丈夫在收到妻子的離婚協議書時，才初次留意到妻子的心情。

《其他選項》

▲ 選項1 「（動詞辞書形）べく／為了…」是我想應該做前項的意思。例句：

・次の会議で発表するべく、現在資料を作成中です／我現在正在製作下次會議報告要用的資料。

▲ 選項3 「（名詞）をもって」作為表示時間的名詞時，意思是到前項的時候為止。例句：

・3月末日をもちまして、退職致します／我將在三月的最後一天退休。

33 解答：4

▲「（名詞）すら／甚至連…」是舉出一個極端的例子，表示其他也肯定是如此的説法。意思是甚至連前項也…。例句：

・父は病状が悪化し、自分の足で歩くことすら難しくなった／家父病情惡化，已經幾乎沒力氣自己走路了。

《其他選項》

▲ 選項1 「（名詞、動詞辞書形）だに／一…就…」表示光是做前項就會…。多接在「聞く、考える、想像する／聽、想、想像」等特定動詞後面。例句：

・細菌を兵器にするとは、聞くだに恐ろしい／光是聽到要使用生化武器，就讓人寒而慄。

▲ 選項3 「（動詞た形）きり／自從…就一直…」表示從前項的那一刻開始，一直維持著相同狀態。例句：

・母とは国を出る前に会ったきりです／自從出國前告別以來，就一直沒再見到媽媽了。

34 解答：1

▲「（名詞、動詞辞書形）に足る／足以…」是對於做前項而言十分值得或足夠的意思。例句：

・安井君は私の会社の同僚で、信頼に足る男ですよ／安井先生是我公司的同事，是個相當值得信賴的男人喔！

《其他選項》

▲ 選項2 「（名詞、動詞辞書形）に堪える／值得…」是有做前項的價值（值得做前項）的意思。例句：

・この雑誌は品の悪い噂話ばかりで、読むに堪えないね／這本雜誌刊登的全都是些惡意的謠言，根本不值得看嘛！

35 解答：3

▲ 這題可以理解為「この店（の主人）は私に本場の中華料理を〜／這家店（的老闆）讓我（吃到）道地的中華料理」。「（人）は私に」的述語要用使役形的「食べさせる」。又因為是以（人）為主詞，所以要接「〜てくれる／幫我、讓我（表達感謝的心情）」，選項3是正確答案。

《其他選項》

▲ 選項1是使役被動型。例句：

・嫌いな野菜を無理に食べさせられて、ますます嫌いになった／被強迫吃我討厭的蔬菜，所以就更加厭惡蔬菜了。

▲ 選項2是在使役形的「食べさせる」後接以自己為主詞的「〜てもらう」。例句：

・若い頃は生活が苦しくて、よく先輩にご飯を食べさせてもらった／我年輕的時候生活很艱苦，經常被學長請吃飯。

▲ 沒有選項4的説法。

例

解答：**2**

※ **正確語順**

あそこで <u>テレビ</u> <u>を</u> <u>見ている</u> <u>人</u> は山田さんです。

<u>在那裡正在看電視的人</u>是山田先生。

▲ 首先選項2「見ている／正在看」前面要接助詞選項3「を」變成「を見ている」。至於看什麼呢？是「テレビ／電視」還是「人／人」呢？看畫線的前後文脈，知道要看的是選項1「テレビ／電視」才符合邏輯了，就樣就變成了「テレビを見ている／正在看電視」。最後再以「テレビを見ている／正在看電視」來修飾後面的選項4「人／人」，成為「テレビを見ている人／正在看電視的人」。這麼一來順序就是「1→3→2→4」，而 ＿＿★＿＿ 的部分應填入選項2「見ている」。

36

解答：**3**

※ **正確語順**

点字とは、視覚障害者の <u>ための</u> <u>指で触れて</u> <u>読む</u> <u>文字の</u> ことである。

<u>點字是指為</u>視障者所設計、可以<u>用手指觸摸理解的文字</u>。

▲ 本題用「～とは～のことである／…是指…」的句型來說明「点字／點字」。「視覚障害者の／視障者」的後面接選項4「ための／為」，「ことである／是…」的前面接選項2「文字の／文字的」。再連接選項1和選項3，變成「指で触れて読む／用手指觸摸理解」來說明選項2。如此一來順序就是「4→1→3→2」，＿＿★＿＿的部分應填入選項3「読む」。

※ 補充：「（名詞）とは／（名詞）是指」用於表達詞彙的意思或解釋辭意時。例句：

・あなたにとって仕事とは何ですか／對你而言，工作是什麼？

37

解答：**2**

※ **正確語順**

全財産を失ったというのなら <u>いざ知らず</u> 宝くじがはずれた <u>くらいで</u> そんなに 落ち込むとはね。

假如是失去了所有的財產倒還<u>另當別論</u>，只不過是彩券<u>沒中獎</u>，用不著那麼沮喪吧。

▲ 考量到「全財産を失った／失去了所有財產」和選項4「宝くじがはずれた／彩券沒中獎」是相對的，因此中間填入選項3「いざ知らず／另當別論」。並連接選項4和選項2「くらいで／只不過是」。最後將選項1填入「落ち込む／沮喪」前面。如此一來順序就是「3→4→2→1」，＿＿★＿＿的部分應填入選項2「くらいで」。

※ 文法及句型補充：

◇ 句尾「とは」是表示驚訝的説法。「とは」後面省略了「～驚きだ／…驚人」、「～呆れた／…訝異」等詞語被省略了。

◇「（名詞、普通形）ならいざ知らず／倒還另當別論」先舉出一個極端的例子，表示如果是前項也許是這樣，（但情況並非如此）。例句：

・プロの料理人ならいざしらず、私にはそんな料理は作れませんよ／姑且不論專業的廚師，我怎麼可能做得出那種大菜嘛！

◇「（名詞、普通形）くらい／不過是…」用在想表達程度很輕的時候。例句：

・そのくらいの怪我で泣くんじゃない／不過是一點點小傷，不准哭！

38

解答：**3**

※ **正確語順**

突然の事故で <u>母親を失った</u> <u>彼女の悲しみ</u> は <u>想像に</u> <u>かたくない</u> 。

<u>不難想像</u>由於突如其來的意外而<u>失去了母親的她有多麼悲傷</u>。

▲ 從助詞「は」來看，可知選項1「彼女の悲しみは／她的悲傷」是主語。而選項4「母親を失った／失去了母親」修飾選項1。選項2的「～にかたくない（難くない）／不難做前項」在這裡是想表達即使不看也知道，因此前面要接選項3「想像に／想像」。如此一來順序就是「4→1→

472

「3→2」，___★___的部分應填入選項3「想像に」。

※ 文法補充：「(名詞、動詞辞書形)にかたくない／不難…」是指從情況來看，要做到前項是很容易的。經常寫成「想像にかたくない／不難想像…」的形式。例句：

・彼女が強い決意を持って国を出たことは想像に難くありません／不難想像她抱著堅定的決心去了國外。

39 　　　　　　　　　　　解答：**1**

※ 正確語順

> 逆転に次ぐ逆転で、一瞬　たりとも　気を抜くことの　できない　試合が続いている。
>
> 這場接連幾度逆轉，連一分一秒都無法放鬆觀看的比賽仍在進行當中。

▲「～たりとも～ない／連…都沒有…」前接「一＋助数詞」，是完全沒有的意思。因此選項4「一瞬／一分一秒」要接在選項3「たりとも／連…」前面。再將選項1和選項2連接起來，變成「気を抜くことのできない／無法放鬆」接在「試合／比賽」前面。如此一來順序就是「4→3→1→2」，___★___的部分應填入選項1「気を抜くことの／放鬆」。

※ 文法補充：

◇「一＋助数詞＋たりとも～ない／一…都沒有…」是連一(次、點、瞬間等)也完全沒有的意思。例句：

・一度たりともあなたを疑ったことはありません／我連一次也不曾懷疑過你！

◇「～に次ぐ～／接連…」表示事情一件又一件的發生的狀態。

◇「気を抜く／放鬆」是鬆懈緊張的情緒、大意的意思。

40 　　　　　　　　　　　解答：**4**

※ 正確語順

> 娘の好きなアニメ映画を見たが、大人の　鑑賞に　も　堪える　素晴らしいものだった。
>
> 我看了女兒喜歡的動畫電影，但也是一部對大人而言具有鑑賞價值的傑出作品。

▲ 選項3「～に堪える／值得…」是值得做前項的意思。若要連接選項2、1、3，應寫成「子ど

もの鑑賞にはもちろん、大人の鑑賞にも／小孩就不用說了，就算以成年人的鑑賞價值來看也一樣」的意思，因此選項4「も／同樣」應填入選項1「鑑賞に／鑑賞」和選項3「堪える／值得」之間。如此一來順序就是「2→1→4→3」，___★___的部分應填入選項4「も」。

※ 文法補充：「(名詞、動詞辞書形)に堪える／值得…」是指有做某事的價值。「～に堪えない／無法忍受…」是在負面的狀況下，無法忍受去做這件事的意思。例句：

・君の言い訳は嘘ばかりで、聞くに堪えないよ／他的辯解統統都是謊言，我再也聽不下去了！

問題7 　　　　　　　　　　P238-239

41 　　　　　　　　　　　解答：**1**

▲「若者言葉／年輕人的獨特用語」是指只有年輕人才懂的語言，換句話說就是「若者にしか通じない／只有年輕人才懂」的語言。「～にしか／只…」後面接否定的詞語，表示限定的意思。

42 　　　　　　　　　　　解答：**3**

▲「覗く／看了一下」是指偷偷的窺探。而要形容這個詞最適當的形容是選項3「ちらっと／稍微」。

《其他選項》

▲ 選項1 「じっと／一直」是目不轉睛盯著看的樣子。

▲ 選項2 「かなり／相當」是相當、非常的意思，表示在一定程度之上。

▲ 選項4 「さんざん／狼狽地」含有一次又一次的意思，表示程度極為離譜的樣子。

43 　　　　　　　　　　　解答：**1**

▲「フロリダ」的「フロ」來自於「風呂に入るから／我要去洗澡了」的「フロ」，「リダ」則是「離脱する／暫時離開」的「リダ」。「イチキタ」也同樣是由漢字讀音簡化後的略語。因此 a 應為「読み／讀音」，b 為「略語／省略的詞語」。

44 　　　　　　　　　　　解答：**4**

▲ 從「極端／極端」和後面的「せっかち／性急」可知作者應是抱著負面、批判的想法。由此推出

對於把「了解／了解」省略成「り」、「りょ」，「怒っている／生氣」省略成「おこ」的這些縮寫，作者是認為「略さなくてもいいのでは／沒有必要縮寫到這麼極端的地步」。

45 解答：2

▲ 文章最後提到，這些年輕人幾年後也就不是年輕人了。所以這題應選擇選項2「しばらくの間／趁著這段時間」，也就是趁現在還年輕，用年輕人的獨特用語享受文字遊戲或許也不錯。可見作者對於年輕人的獨特用語採取寬容的態度。

第6回 読解

問題8 P240-242

46 解答：3

▲「頭が下がる／欽佩」是指覺得對方很厲害、佩服對方。其指的對向可看「に／向」前面的敘述「およそ100年もの昔に日本から地球の反対側まで出かけ、地元のために貢献した野内さんの開拓者魂／約在一百年前從日本出發到地球另一邊的馬丘比丘，為了當地盡心盡力的開拓者（野內先生）」這就是作者感到欽佩的對象。因此選項3是正確答案。

《其他選項》

▲ 選項1、2、4，作者佩服的事物並不是馬丘比丘遺跡的世界遺產、意外的友好關係、或者馬丘比丘村奇蹟性的發展。

47 解答：4

▲ 第一段列出了一個人去唱卡拉OK各式各樣的動機。接下來以「一方で／另一方面」描述了猶豫著是否該一個人去唱卡拉OK的心情。提到「寂しい人だと思われそうで気が引ける／擔心被認為是寂寞的人而怯步」，這並不是去唱卡拉OK的動機，因此答案為選項4。

《其他選項》

▲ 選項1 第一段第三行提到「ストレス発散する／宣洩壓力」。

▲ 選項2 第一段第二行提到「仲間と歌う前にこっそり練習する／和朋友唱歌前偷偷練習」。

▲ 選項3 第一段第二行提到「誰にも邪魔されずに好きな歌を好きなだけ歌う／不會被別人打擾，可以盡情唱自己喜歡唱的歌」。

48 解答：1

▲ 文中第二段寫道「後半3回では、庭園での写生をもとに日本画を作成／後面三次課程是以庭園寫生當作參考範本，繪製日本畫」、「後半の講座を受講の場合、日本画材は各自で用意／若要參加後面三回講座，請自備日本畫的材料」。因此選項1正確。

《其他選項》

▲ 選項2的「二十日間／二十天之內」不正確，是優先受理的人必須在20日之前報名。

▲ 選項3「受講することができない／無法出席課程」和選項4「必ず申し込まなければならない／必須申請」文中都沒有提到及。

問題9 P243-248

49 解答：3

▲ 第一段第三行解釋「もったいない／浪費」現在的意思「そのものの値打ちが生かされず無駄になることが惜しい／是沒有物盡其用而白白浪費、非常可惜」，並且舉出例子。而用法正確的是選項3。

《其他選項的用法及正確用語》

▲ 選項1 「おいしそうなケーキね。みんなで食べましょう／蛋糕看起來很好吃，大家一起吃吧」。

▲ 選項2 「彼はスポーツマンで頭もいいから学校でももてるようよ／他是運動員，又頭腦聰明，在學校也很受歡迎」。

▲ 選項4 「彼女の性格は朗らかなので、人気者よ／她的個性爽快，很招人喜愛」。

→ 也可用「明るい／開朗」等替代。

50 解答：2

▲ 請見第三段。作者試著尋找「この言葉のように自然や物に対する敬意や愛などが込められている言葉／像這句話一樣，蘊含著對自然萬物的敬意和愛意的話語」，但沒有找到。因此選項2正確。

《其他選項》

▲ 選項 3　文中並沒有寫到作者認為推廣「もったいない／浪費」這個詞語對於「消費削減や再生利用／減少消費和回收利用」有直接的效用。

51　解答：**4**

▲ 作者的想法寫在最後一段。「『日本人の知恵』とも言われた『もったいない』という言葉が、近年ではその日本で忘れられようとしているように感じる／人稱『日本人的智慧』的詞語『浪費』近年在日本卻好像被遺忘了」、「本当に『もったいない』／真的是『很浪費』」。與此相符的是選項 4。

《其他選項》

▲ 文中並沒有提到選項 1「これからの日本人の心の支え／今後日本人的心靈支柱」、選項 2「日本人の特徴をよく表している／徹底呈現出日本人的特徵」，以及選項 3「日本でも時代遅れである／即使在日本也已經過時了」。

52　解答：**2**

▲「後者／後者」指的是稍早敘述過的兩件事之中，後面的那件事。因為這裡提到的是「東京マラソン／東京馬拉松」和「名古屋ウイメンズマラソン／名古屋女子馬拉松」這兩件事，因此後者是「名古屋ウイメンズマラソン／名古屋女子馬拉松」。

53　解答：**3**

▲ 由於第三段在一開始提到「ある新聞の社説によると／根據某報社論」，請仔細閱讀接下來的內容。後面提到「制限時間を 7 時間と設定する大会が増えたことによって／大會增訂了『七小時』的時間限制」，因此選項 3 正確。

《其他選項》

▲ 其他選項皆非「一番の原因／首要原因」。

54　解答：**4**

▲ 最後一段作者寫道針對「人はなぜ走るのか／人為什麼而跑呢」的看法。因為跑步可以印證自己是自由之身，而且可以獲得成就感。與之相符的是選項 4。

55　解答：**4**

▲ 諸如「数個／好幾個」、「数年／好幾年」這類表述法中的「数」這個字，通常並非指具體的數字，而是指大約「4～6」左右的數量。第三行寫道「10 数年前のこと／十幾年前的事情」，因此推測是 15 或 16 年前較為恰當。

《其他選項》

▲ 選項 1　「数十年前／幾十年前」是指如 50～60 年前。

▲ 選項 2　文中提到「会社の帰り／從公司回家的路上」、「一人暮らし／一個人住」，因此可知並不是「子どもだったころ／小時候」。

▲ 選項 3　「5、6 年前／五、六年前」是指「数年前」。

56　解答：**2**

▲ 請注意「それでも／即使如此」前面的部分再做判斷。前面提到「魚をひと切れ、りんごを一個、お肉を 100g、などである／切一片魚、一顆蘋果、肉 100 克等等」，意思是只買少量的食材就夠了。因此選項 2 正確。

57　解答：**3**

▲ 請從描述超市的倒數第二段開始詳讀。這裡寫道「ほんの一人分買うことはなかなか難しい／很難只買一人份」。這就是作者覺得棘手的事。因此選項 3 正確。

《其他選項》

▲ 其他選項的內容文章中都沒有提到。

問題 10　P249-251

58　解答：**1**

▲ 底線後面提到「優美な姿／優美的姿態」，另外，倒數第二段寫道「見事に均整のとれた山の形／完全對稱的山形」，都在描述富士山對稱的樣貌。意思是無論從哪裡看，都是平穩的緩坡。與之相符的是選項 1。

59　解答：**2**

▲「そのため／因此」的「ため／因」表示原因、理由，可以解釋為「のでから／由於、之故」。請見底線部分的前面，發現「その／那個」指的

内容是「富士山は今も生きている火の山である／富士山現在仍是活火山」。從以上兩點可知選項2是正確答案。

《其他選項》

▲ 其他選項無法和底線後的「地域の人々はこの火の山が噴火して被害をもたらすことのないよう、富士山の霊を祭る神社を造り、神の加護を願って季節ごとに祭りを行っている／當地的人們為了不讓這座火山爆發而造成傷害，因此蓋了祭拜富士山神靈的神社，每個季節都會舉辦祭典來祈求神明的庇護」連接，因此不正確。

60 　　　　　　　　　　解答：4

▲ 倒數第三段的第三行提到「この火の山が噴火して被害をもたらすことのないよう／為了不讓這座火山爆發而造成傷害」，因此選項4正確。

《其他選項》

▲ 選項1「富士山が神様の怒りにふれて／富士山觸怒了神靈」不正確。

▲ 選項2和選項3的內容文章皆沒有提到。

61 　　　　　　　　　　解答：4

▲「つまり／換言之」是用於總結前面敘述之事的詞語，所以要看看前面的句子。「人々は富士山を神の山、信仰の山として怖れ敬いながら／人們一方面將富士山奉為神山、崇仰之山而備感敬畏」這句話說明了富士山活在「人々の心の中／在人們的心中」。

▲ 接著再看「富士を見て移り行く季節を感じ、富士にかかる雲の様子で明日の天気を知る／遠眺富士山就能感到四季嬗遞，觀察覆蓋在富士山上的雲霧狀態就能預測明日的天氣」可推出富士山也活在人們的「生活の中／生活中」。帶入句子會變成「まさに人々の生活は富士山とともにある／人們的生活可以說與富士山休戚相依」因此選項4正確。

問題11 　　　　　　　　P252-254

62 　　　　　　　　　　解答：1

▲ A的第二行提到「生活の全てが、人々の長年に渡る工夫と努力、科学技術の発達が生み出した成果の上に成り立っている／生活中的一切皆是

經由人們長期的努力，以科學技術發展的成果」，B提到「科学技術の発達によって私たちの生活は大きく変化し、誰もがその成果を享受し、豊かで便利な世の中になったと言えるだろう／由於科學技術的發展，我們的生活有了很大的改變，任何人都能享受這樣的成果，世界可說是變得富足而便利」。

▲ 也就是說，A和B皆提到「科学技術の発達によって私たちの生活は便利で豊かになった／科學技術的發展使我們的生活變得更方便且豐富」。

63 　　　　　　　　　　解答：3

▲ A提到不要滿足於前人給的富足生活，而應該以更進一步的科學發展為目標；B則提到科學技術的發展奪去了人命，破壞了大自然，因此應該重新思考科學發展的意義。因此選項3正確。

《其他選項》

▲ 選項1　文中並沒有描述今後科學技術將如何發展。

▲ 選項2　A沒有提到「子どもたちが責任をもって取り組むべき／孩子們應該承擔責任解決問題」。

▲ 選項4　關於B的敘述是不正確的。

問題12 　　　　　　　　P255-257

64 　　　　　　　　　　解答：1

▲ 第四段第二行，「最大の原因として考えられるのは／思考主要原因」後面提到「何よりも社会構造の変化ではないだろうか／難道不是因為社會結構的變化嗎」，後面又提到「今日の社会は階層化がはっきりして、一個人の力では社会で活躍することはまず不可能な状況になっている／現今社會的階級分明，變成只靠一個人的力量是無法使公司蓬勃發展的現況」，因此選項1正確。

《其他選項》

▲ 選項2文中沒有提及。

▲ 選項3、4並不是年輕人不關心周遭的原因。

65 　　　　　　　　　　解答：3

▲ 請看第五段後面的「例えば教育の面で考えても／例句從教育方面思考」。文中提到家境富裕

的孩子和家境貧寒的孩子未來的出路明顯不同。因此選項 3 正確。

《其他選項》

▲ 選項 1 的「付き合うことが少ない／很少往來」和選項 2 的「卒業後属する階層によって／根據畢業後所屬的階層」與文章內容不相符。

▲ 選項 4 文中並沒有提及。

---

66 解答：**2**

▲ 第六段最後提到因為社會階級化，所以「周囲に気を配るだけの余裕が無くなってきている／沒有餘力關心身邊的人」。選項 2 正確。

《其他選項》

▲ 文中沒有提到選項 1「不安に感じる／感到不安」、選項 3「満足する／滿足」、選項 4「ねたむ／忌妒」等等。

---

67 解答：**1**

▲ 文章在第二段提出質疑「果たして今の若者はこの期待に応えることが出来るのだろうか／現在的年輕人真的有辦法回應這份期待嗎」，並在第七段陳述否定的想法「そんな若者たちが、社会のことや選挙のことなど考えるはずがないではないか／這樣的年輕人，難道不應該好好思考關於社會和選舉的事嗎」。因此選項 1 正確。

問題13 P258-259

68 解答：**2**

▲ 噪音之類的生活問題應該在「家庭生活相談／家庭生活諮商」時段諮詢。諮詢日期時間是星期二、四、五的 10 點到 12 點。

《其他選項》

▲ 選項 1 是行政諮詢的諮詢時間。

▲ 選項 3 是交通事故諮詢的諮詢時間。

▲ 選項 4 是「わいワーク東／東區工作諮詢」的諮詢時間。

---

69 解答：**3**

▲ 最後的注意事項提到「書類作成などの具体的な業務は行いません／關於製作文件之類的具體業務內容，恕不提供諮商指導」，因此選項 3 正確。

《其他選項》

▲ 選項 1 是「法律相談／法律諮詢」。

▲ 選項 2，無論哪種諮詢都是由專家擔任諮詢師。

▲ 選項 4，「わいワーク東／東區工作諮詢」寫道可以幫忙介紹工作。

| 第**6**回 | 聴解 |

問題1 P260-263

例 解答：**2**

▲ 從女士跟男士說「飲み物がなくちゃ乾杯できないじゃない。私たちが買って行くことになってたのに／沒有飲料不就沒辦法乾杯嗎？我們被派的任務是購買飲料的說」可得知目前宴會上沒有飲料，導致宴會無法開始。

▲ 再加上男士最後說「まあね。とにかく急ごう。あのスーパーならいろいろありそうだよ／算了！總之加緊腳步，那家超市的話應該什麼都有吧」。可知兩人接下來要做的是選項 2「飲み物を買う／購買飲料」。

《其他選項》

▲ 選項 1 這是男士抵達前使用的交通工具。

▲ 選項 3 兩人雖在前往宴會的途中，但這並不是接下來要做的事。

▲ 選項 4 蛋糕男士一早在家裡就做好了。

---

1 解答：**3**

▲ 男士請女士幫忙的是，「明後日、請求書を富士工業に送っといてください／後天把請款單送到富士工業」。因此選項 3 正確。

《其他選項》

▲ 選項 1 是男士自己要去買一件薄外套。

▲ 選項 2 女士已經把資料印好了。

▲ 選項 4 男士說企畫書在國外處理就行了。

---

2 解答：**3**

▲ 爸爸和女兒看了媽媽的留的字條後，最後都決定要吃冰箱冷凍庫裡的咖哩。因此選項 3 正確。

《其他選項》

▲ 選項1、2、4，雖然父親起先建議下廚炒麵、煮拉麵，或者去買便當，但看到媽媽留的字條後，決定要吃冰箱冷凍庫裡的咖哩。

3　解答：2

▲ 店員展示了帽子、襪子和鞋子給男士看後，推薦男士買帽子。「このままだとクマさんのお耳で、裏返すとウサギさんになるんです／現在這樣露出的是熊耳朵，內面翻出來則變成兔耳朵」可知是戴在頭上的東西，推出男士看到了可愛的帽子，也決定要購買帽子了。

《其他選項》

▲ 選項4　店員說有些媽媽盡量不讓寶寶穿襪子。

4　解答：2

▲ 雖然女士建議男士到一樓的醫院拿藥，但男士說回家時，再前往住家附近的醫院看醫生。男士說要先去買藥。

《其他選項》

▲ 選項1，會議六點開始，現在才三點，所以男士說要先去藥局，再去總公司。

▲ 選項3和選項4，因為男士說還用不著急著去一樓的醫院看病，下班後回去的路上再順便到家附近的內科就行了，所以並不是現在要做的事。

5　解答：1

▲ 先整理出對話中提到的眼鏡。
紅色、粉紅色：適合女性。
褐色：沒有特別挑剔。
深藍色：太學生氣。
花紋相間：還是挑素色比較好。

▲ 因此，男士買了褐色的眼鏡。

※ 補充：「縁なしか、あっても薄い、明るい色／無框的，或者就算有框也是亮色系的細邊」意思是無框，或是亮色細框兩者之一。

6　解答：4

▲ 女士建議「ひと駅前で降りて歩く／提前一站下車用走的」。聽了建議後，男士同意說要從今天早上開始試著走路到車站，因此正確答案是選項4。

問題2　P264-268

例　解答：4

▲ 男士在對話中提到「あの会議室は椅子がだめだね／那間會議室的椅子不行啦」，女士下一句附和說「椅子は柔らかければいいというわけじゃないね／椅子並不是軟就好呢」，「というわけじゃない／並不是說」表示否定前面「椅子軟就好」的情況，由此得知答案是選項4「会議室の椅子が柔らかすぎるから／因為會議室的椅子太軟了」。

《其他選項》

▲ 選項1　女士問「パソコン、使いすぎなんじゃないの／是不是過度使用電腦了？」，男士否定說「今日は2時間もやってないよ／今天也用不到兩小時啊」，可知選項1不正確。

▲ 選項2　男士雖然喝了四杯咖啡，但這並不是造成肩膀痠痛的原因。

▲ 選項3　男士雖說部長說話冗長，聽得好累，但這也不是造成肩膀痠痛的主要原因。

1　解答：2

▲ 因為對話中提到「別の地域ではそれほどまでに激しい反対運動は起きていませんね／其他地區並沒有發生那麼激烈的反對運動喔」，這裡的「反對運動」指的是反對建蓋托兒所的運動。所以老師提點學生「その事態を生んだ社会の事情から考えないと／應該從為何導致激烈的反對運動發生的社會因素開始思考」。因此選項2正確。

《其他選項》

▲ 選項1和選項3的內容對話中沒有提到，選項4也並非老師希望學生思考的事。

※ 詞彙補充：「待機兒童／候補兒童」是指等待進入托兒所的兒童。

2　解答：1

▲ 女士提議，在四張桌子中丟掉兩張，另外，把桌上的那些東西擺進櫃子，再將櫃子移到裡面。男士贊成女士的提議。所以選項1正確。

《其他選項》

▲ 選項2和選項4的內容對話中沒有提到。

▲ 選項3，對話中提到先將放在兩張桌子上的東西收進櫃子，再把櫃子移到裡面。

3
解答：2

▲ 從「高速道路が通っている／屬於高速公路的其中一個路段」、「海の上／橫跨海面」、「電車や車では通ったことがある／曾搭電車和汽車從那上面經過」可推出兩人正在看跨海大橋。

《其他選項》

▲ 選項1　從「高速道路が通っている／屬於高速公路的其中一個路段」、「海の上／橫跨海面」、「ゆっくり歩く／慢慢走過去」可知，兩人正在看的並不是高樓。

▲ 選項3　因為對話中提到「電車や車では通ったことがある／曾搭電車和汽車從那上面經過」，所以不是公園。

※ 詞彙補充：「スリル【thrill】／驚險刺激」因恐懼而膽顫心驚的感覺。

4
解答：3

▲ 兒子提到今天傍晚是最後一次打工，所以決定不請假。去打工前，他要準備搬家的行李。媽媽雖要兒子去看牙科，但牙科今天已經額滿不能約診，所以預定明天再去。由此可知正確答案是選項3。

《其他選項》

▲ 選項1，要去買東西的是媽媽。

▲ 選項2和選項4，兒子沒有要去買東西，而且明天才要去看牙醫。

※ 詞彙補充：「ぼちぼち／慢慢地」一點一點慢慢地做的樣子。

5
解答：4

▲ 女士說「もう少し写真が入っていたほうがわかりやすい／再多放幾張照片會更加簡單明瞭」並提到新型煮飯鍋的DM中的照片不夠。男士聽了之後，回答說他現在就去工廠拍照。因此正確答案是選項4。

《其他選項》

▲ 選項1　譯者說等一下就會把譯文傳過來。

▲ 選項2　日文的文案已經全部檢查完了，因此並不需要重寫。

▲ 選項3　對話中沒有提到要帶新產品過去。

6
解答：1

▲ 雖然一開始男士說牧場太遠，但在談話過程中他提到現在又想走一走了，從最後的「搾りたての牛乳なんてめったに飲めない／現擠的牛奶可不是常常喝得到」可知男士決定去牧場。

《其他選項》

▲ 選項2和選項4，雖然男士對於櫃臺人員提議的動物園和美術館回答了「いいですね／聽起來很不錯」，但最後還是決定去牧場。

▲ 選項3，滑雪是明天的行程。

7
解答：1

▲ 女士看了問卷調查的結果後，首先提出了填答人數太少的問題。並且提議「回答数を増やすためにも記名の必要性について再度検討して／為了增加今後的填答人數，必須重新檢討具名填答的必要性」。可知問題在於回答人數太少，必須增加。

《其他選項》

▲ 選項2，這份問卷是具名填答的問卷。

▲ 選項3和選項4的內容對話中並沒有提到。

※ 文法補充：

◇「いかがなものでしょうか／有待商榷」當覺得某件事有問題時，會用「～はいかがなものでしょうか／關於…有待商榷」的說法。例句：
・彼の責任にするのはいかがなものでしょうか／是否該讓他負責還有待商榷。〈彼の責任にすることには問題があるのでは／讓他負責沒問題嗎？〉

◇「画期的／嶄新」指前所未見的事，初次發現的樣子。

問題3
P269

例
解答：3

▲ 對話中列舉了汽車相關的內容。從「一般的な4ドアのセダンだと／就一般的四門轎車而言」、「フロントガラスの形も変わってきていますね／前擋風玻璃的造型設計變化也是永不停息呢」、「使うガソリンの量が減ったことです／石油的消耗量也減少了」，可知正確答案是選項3。

當然，若一開始能夠聽出「セダン／轎車」這個單字，本題就能迎刃而解了。

《其他選項》

▲ 選項1　電腦不會有四個門、前擋風玻璃及使用石油。

▲ 選項2　空調不會有四個門、前擋風玻璃及使用石油。

▲ 選項4　機車不會有四個門。

1
解答：4

▲【整體架構】：①（破題）科學從不停下前進的腳步→②（提出問題）科技進步的目的是什麼呢→③（作者的想法）希望人類將智慧運用在增進生活安全的科學技術上。可知談論的主題事關於科技的目的。

《其他選項》

▲ 選項1和選項2，男士從頭到尾都沒有提到文化和進化。

▲ 選項3，雖然男士提到自然災害破壞了人類生活的和平，但這並不是男士談話的重心。

2
解答：2

▲【對話的走向】：①無法在職場上和同事多聊幾句的女士正在請教男士→②男士建議，營造容易聊天的情境→③男士向女士提議，早上第一個到公司。因此正確答案是選項2。

《其他選項》

▲ 男士並沒有建議選項1和選項3的內容。

▲ 選項4，雖然男士提到高階主管也許會談起令人意想不到的話題，但並沒有建議女士試著和高階主管聊意想不到的話題。

※補充：「最小限／最低限度」指最少，只做必要的事。

3
解答：1

▲「笑う門には福来たる／笑口常開福滿門」是指好事自然會發生在笑口常開的人身上。笑口常開的人會讓人想要親近，做起事來也能順利進行。並且常笑對身體有益。因此談話的主題是「にこにこ／笑」，選項1是正確答案。

4
解答：3

▲ 文中舉例說明在什麼樣的情況下，使用 SNS 或電子郵件的人正在逐漸增加。而這裡舉的例子「友達にあやまる時／向朋友道歉」、「バイトを休みたい時／向兼差工作的老闆請假」、「つきあっている相手との交際をやめたい時／向正在交往的對象表達分手的意願」等等正是「言いにくいこと／難以啟齒的訊息」。

《其他選項》

▲ 談話中沒有特別敘述其他選項的內容，也沒有提到在這些情況下用 SNS 等管道傳達訊息的人正在增加。

5
解答：2

▲ 學校的活動中要跑步、跳大會舞的是運動會。這是兩人觀賞完運動會後的對話。

《其他選項》

▲ 其他選項的活動不需要跑步、跳大會舞。

▲ 選項4，女士提到純一的音樂比運動拿手，所以他非常努力地跳大會舞。但女士提到音樂相關敘述並不是當下發生的事。

6
解答：3

▲ 整理醫生說的注意事項：

【應避免的食物】酒、咖啡、可樂、肉類加工品、油炸物、脂肪含量高的食物

【對身體好的食物】乳製品、容易消化、不會造成胃部負擔的烏龍麵、豆腐燉菜。另外，醫生建議盡量多吃優格。

▲ 因此，選項3是正確答案。

《其他選項》

▲ 選項1　炸蝦是油炸物，應避免。

▲ 選項2　咖哩是刺激性食物。肉類加工品的火腿也應避免。

▲ 選項4　拉麵、鍋貼的油脂含量高，應避免。

問題4
P270

例
解答：1

▲ 對方語帶鼓舞的說「張り切ってるね／真是幹勁十足啊」，是「元気があふれている。大いに意

気込む／精神飽滿。積極奮力」的意思，這時要回答表示原因的選項1「ええ、初めての仕事ですから／是啊，因為這是我第一份工作啊」語含感謝對方對自己積極態度的關注。

《其他選項》

▲ 選項2　這是表示狀況、程度的說法，是被詢問「ずいぶん長旅になりましたね／旅途期間真是久啊」等的回答。

▲ 選項3　這是表達內心不安或能力不足時的心理狀況，是被詢問「今回も駄目か／這次也不行啊」等的回答。

1　　　　　　　　　　　　　解答：1

▲ 這題的情況是男士在為自己先前說過的話辯解，自己並不是那個意思。對於男士的辯解，可回答選項1表示沒放在心上、沒關係。

《其他選項》

▲ 選項2是當對方說類似「君は、僕が好きだなんて言わなかったじゃない／妳當初並沒有說妳喜歡我啊」時的回答。

▲ 選項3是當對方說「そんなこと、僕は言わなかったよ／我沒說過那種話哦！」時的回答。

2　　　　　　　　　　　　　解答：2

▲「思うようにならない／不像我想的那樣」在本題的意思是印表機無法按照男士希望的方式運轉，也就是操作起來並不順利。因此，可回答選項2問男士是否看過說明書了。

《其他選項》

▲ 選項1是當對方說「高いものを買ってしまった／花大錢買下昂貴的東西了」時的回答。

▲ 選項3的回答不合邏輯。

3　　　　　　　　　　　　　解答：3

▲ 男士問的是犯人犯案的動機。回答關於動機的描述的是選項3。

《其他選項》

▲ 選項1是當對方詢問犯人以前的職業時的回答。

▲ 選項2是當對方詢問作案的凶器是什麼時的回答。

4　　　　　　　　　　　　　解答：1

▲ 這題的狀況是男士看到殘忍的新聞後，和女士說這則新聞令人「寒気がする／打冷顫」也就是「ぞっとする／毛骨悚然」的意思。因此回答選項1才符合邏輯。

《其他選項》

▲ 選項2是當對方說「こんなニュースを見ると、早くこのアイスクリームを食べたくなるね／看了這個消息，好想趕快嚐嚐這種冰淇淋啊！」時的回答。

▲ 選項3是看了積雪的富士山之類的照片之後，敘述的感想。

5　　　　　　　　　　　　　解答：3

▲ 這題的狀況是看到精緻的器具後，讚嘆道有許多技藝高超的工匠。「腕がいい／技藝高超」是指手藝出色的意思。因此回答選項3最適當。

《其他選項》

▲ 選項1和選項2誤解了「腕がいい／技藝高超」的意思。

6　　　　　　　　　　　　　解答：1

▲「家族手当／扶養津貼」是公司支付給需要扶養家人的員工的津貼。所以可回答選項1表示為對方感到高興。

《其他選項》

▲ 選項2是當對方說為了某原因，而需要一筆錢時的回答。

▲ 選項3是因受傷之類的情況而接受了治療時說的話。

7　　　　　　　　　　　　　解答：2

▲ 這題是在誇獎片岡小姐給別人印象很不錯的情況。「人当たりがいい／給人蠻好的印象」意思是讓別人留下很不錯的印象和感覺。表示附和的回應是選項2。

《其他選項》

▲ 選項1是當對方說「体重が70キロもあるんですよ／片岡小姐有70公斤哦！」時的回答。

▲ 選項3是當對方說「怖そうだ／片岡小姐給人感覺很恐怖。」時的回答。

解答：3

▲ 這題的狀況是男士提到佐藤説話有條有理。「一本筋<ruby>いっ</ruby>が通っている<ruby>ぼんすじ</ruby>／有條有理」是立論清楚，符合邏輯的意思。表示認同的回應是選項3。

《其他選項》

▲ 選項1是當對方説「佐藤君<ruby>さとうくん</ruby>の言<ruby>い</ruby>うことは、自分<ruby>じぶん</ruby>本位<ruby>ほんい</ruby>だよね／佐藤説的話總是以自我為中心呢」時的回答。

▲ 選項2是當對方説「佐藤君<ruby>さとうくん</ruby>は自分<ruby>じぶん</ruby>の意見<ruby>いけん</ruby>を持<ruby>も</ruby>ってないよね／佐藤沒有自己的想法」時的回答。

9 **解答：2**

▲ 女士在抱怨菅原先生總是自吹自擂，令人厭煩。老是聽同樣的話很無聊，所以可回答選項2表示同意。

《其他選項》

▲ 選項1是當對方説「菅原<ruby>すがはら</ruby>さんの話<ruby>はなし</ruby>は、いつもすごくおもしろいのよ／菅原先生説話總是相當風趣哦」之類的話時的回答。

▲ 選項3是當對方説「菅原<ruby>すがはら</ruby>さんの話<ruby>はなし</ruby>はとても難<ruby>むずか</ruby>しい／菅原先生説話很難懂」之類的話時的回答。

10 **解答：2**

▲ 因為剛看完的電影很無聊，因此男士正在抱怨如果當初選別部電影就好了。可回答選項2來表示贊同。

《其他選項》

▲ 選項1是當對方説「とてもいい映画<ruby>えいが</ruby>だったね／真是一部好電影呢」時的回答。

▲ 選項3是當對方説「最近<ruby>さいきん</ruby>あまりいい映画<ruby>えいが</ruby>がないから、見<ruby>み</ruby>ないことにしてる／因為最近沒什麼好電影，還是決定不看了」之類的話時的回答。

11 **解答：1**

▲ 這是女士在宣告自己決定戒菸的狀況。聽了她的話後最適合的回答是選項1，佩服的説「えらい／了不起」，並替她加油打氣。

《其他選項》

▲ 選項2是當對方説「たばこはやめたくない／我不想戒菸」時的回答。

▲ 選項3，因為女士説「今日<ruby>きょう</ruby>できっぱりやめる／

從今天起徹底戒菸」，若是回答「少<ruby>た</ruby>しずつでも減らしたほうがいい／一天少抽一支也好」並不合邏輯。如果對方説的是「たばこはやめようと思<ruby>おも</ruby>う／我想戒菸」，那麼選項3就是合適的回答。

12 **解答：3**

▲ 男士説日本料理中他特別喜歡豆腐。可回答選項3表示聽了感到驚訝，沒想到竟然比壽司和炸蝦還要喜歡。

《其他選項》

▲ 選項1 「私<ruby>わたし</ruby>も／我也」後面應該要接「大好<ruby>だいす</ruby>きです／非常喜歡」。

▲ 選項2 對於説喜歡豆腐的人，不會説「おいしくないですから／豆腐不怎麼好吃」。這是當對方説「豆腐<ruby>とうふ</ruby>が苦手<ruby>にがて</ruby>なんです／我不敢吃豆腐」之類的話時的回答。

※補充：「へえ／是哦！」驚訝、感到意外時説的話。例句：

・へえ、君<ruby>きみ</ruby>も昔<ruby>むかし</ruby>、彼女<ruby>かのじょ</ruby>が好<ruby>す</ruby>きだったの。気<ruby>き</ruby>づかなかったなあ／是哦，你以前也喜歡她呀？我當時都沒發現呢！

13 **解答：1**

▲ 這題的狀況是父母親正在討論孩子的成績。對於媽媽的擔心，爸爸可回答選項1暫時再觀察一陣子，表達自己的看法。

《其他選項》

▲ 選項2是當對方説「合格<ruby>ごうかく</ruby>できたら喜<ruby>よろこ</ruby>ぶでしょうね／及格的話一定會很高興吧」時的回答。

▲ 選項3，因為媽媽擔心的是小廣能否及格，所以「合格<ruby>ごうかく</ruby>したら最後<ruby>さいご</ruby>、がんばるだろう／一旦及格了，他應該就會努力了」的説法是錯誤的。

→「～したら最後<ruby>さいご</ruby>／一旦…」是「いったん～したら、それまで／一旦…，就完了」的意思。「合格<ruby>ごう</ruby>したら最後<ruby>さいご</ruby>／一旦及格」是「いったん合格<ruby>ごうかく</ruby>したら／一旦及格」的意思。因此選項3後半應該改成「合格<ruby>ごうかく</ruby>したら最後<ruby>さいご</ruby>、勉強<ruby>べんきょう</ruby>なんてするものか／一旦及格了，哪還會念書」。

而言，工作條件並不友善。

※ 詞彙補充：「育児休暇／育兒假」在孩子小的時候給予固定休假天數的制度。

問題5　P271-272

1　解答：3

▲ 順序應為上官網列印申請表並填寫必填欄位→與書籍一同放進箱子裡→打電話給貨運公司請他們來取書→等貨運人員到府之後，把箱子交給他們就可以了，由此可知選項3是正確答案。

《其他選項》

▲ 選項1和選項2，並不是必須要做的事。

▲ 選項4，順序②錯誤。

※ 補充：「値段がつく／評估價格」決定要以多少價格收購。

2　解答：1

▲ 對話中提到「イベントをやること自体はみんな前向き／舉辦員工活動的目的是提升大家的積極度」，所以不需要問選項1的問題。

《其他選項》

▲ 選項2　對話中提到「みんなに行きたいかどうか／大家到底想不想去呢」。

▲ 選項3　對話中提到「どんなところに行きたいか／希望去什麼樣的地方呢」。

▲ 選項4　對話中提到「いくらぐらいなら個人的に出してもいいか／每個人願意自費的金額大約多少呢」。

※ 補充：「前向き／積極」是指積極主動的。例句：
・その件につきましては、前向きに検討させていただきます／關於那個問題，我們將會認真討論。

3-1　解答：2

▲ 第一句便説出了這次調查的主題，提到「各分野で女性のリーダーを増やすときに障害となるものは何か／在增加各種領域的女性主管時，遇到的障礙是什麼？」也就是説，這是針對推動女性活躍於職場，調查民眾意見的民意調查。因此，選項2是正確答案。

3-2　解答：4

▲ 相較於哥哥説自己的工作「働きやすい／工作變輕鬆的」，妹妹則説「子どもが生まれたら仕事を続けられるか心配／擔心生了小孩以後，不知道還能不能繼續外出上班」。由此可知對於女性

483

全攻略
11

絕對合格攻略！
新日檢6回 全真模擬 N1
寶藏題庫＋通關解題 （16K+MP3）

【讀解・聽力・言語知識（文字・語彙・文法）】

發行人	林德勝
著者	吉松由美・田中陽子・西村惠子・山田社日檢題庫小組
出版發行	山田社文化事業有限公司 地址　臺北市大安區安和路一段112巷17號7樓 電話　02-2755-7622　02-2755-7628 傳真　02-2700-1887
郵政劃撥	19867160號　大原文化事業有限公司
總經銷	聯合發行股份有限公司 地址　新北市新店區寶橋路235巷6弄6號2樓 電話　02-2917-8022 傳真　02-2915-6275
印刷	上鎰數位科技印刷有限公司
法律顧問	林長振法律事務所　林長振律師
定價+MP3	新台幣520元
初版	2020年 11 月

ISBN : 978-986-246-591-2
© 2020, Shan Tian She Culture Co. , Ltd.

STS